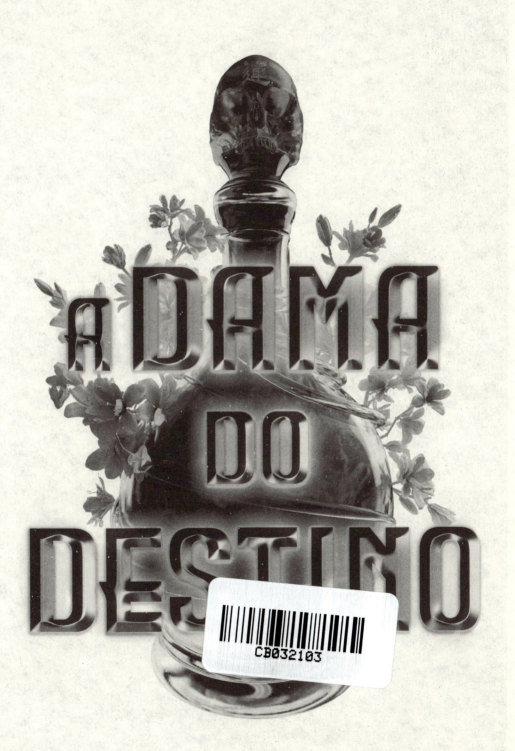

Outras obras de chloe gong

Prazeres Violentos
&
Finais Violentos

A DAMA DO DESTINO

CHLOE GONG

TRADUÇÃO DE BEATRIZ GUTERMAN

ALTA BOOKS
GRUPO EDITORIAL
Rio de Janeiro, 2023

A Dama do Destino

Copyright © 2023 da Starlin Alta Editora e Consultoria Ltda.
ISBN: 978-85-508-2061-3

Translated from original Foul Lady Fortune. Copyright © 2022 by Chloe Gong. ISBN 9781665905589. This edition is published by arrangement with Triada US. PORTUGUESE language edition published by Starlin Alta Editora e Consultoria Eireli, Copyright © 2023 by Starlin Alta Editora e Consultoria Eireli.

Impresso no Brasil – 1ª Edição, 2023 – Edição revisada conforme o Acordo Ortográfico da Língua Portuguesa de 2009.

Todos os direitos estão reservados e protegidos por Lei. Nenhuma parte deste livro, sem autorização prévia por escrito da editora, poderá ser reproduzida ou transmitida. A violação dos Direitos Autorais é crime estabelecido na Lei nº 9.610/98 e com punição de acordo com o artigo 184 do Código Penal.

A editora não se responsabiliza pelo conteúdo da obra, formulada exclusivamente pelo(s) autor(es).

Marcas Registradas: Todos os termos mencionados e reconhecidos como Marca Registrada e/ou Comercial são de responsabilidade de seus proprietários. A editora informa não estar associada a nenhum produto e/ou fornecedor apresentado no livro.

Erratas e arquivos de apoio: No site da editora relatamos, com a devida correção, qualquer erro encontrado em nossos livros, bem como disponibilizamos arquivos de apoio se aplicáveis à obra em questão. Acesse o site www.altabooks.com.br e procure pelo título do livro desejado para ter acesso às erratas, aos arquivos de apoio e/ou a outros conteúdos aplicáveis à obra.

Suporte Técnico: A obra é comercializada na forma em que está, sem direito a suporte técnico ou orientação pessoal/exclusiva ao leitor.

A editora não se responsabiliza pela manutenção, atualização e idioma dos sites referidos pelos autores nesta obra.

Dados Internacionais de Catalogação na Publicação (CIP) de acordo com ISBD

G638d   Gong, Chloe
        A Dama do Destino / Chloe Gong ; traduzido por Beatriz Guterman. - Rio de Janeiro : Alta Books, 2023.
        544 p. ; 15,7cm x 23cm.

        Tradução de: Foul Lady Fortune
        ISBN: 978-85-508-2061-3

        1. Literatura chinesa. 2. Ficção. I. Guterman, Beatriz. II. Título.

2023-1717   CDD 895.1
                                        CDU 821.581

Elaborado por Odilio Hilario Moreira Junior - CRB-8/9949

Índice para catálogo sistemático:
1. Literatura chinesa 895.1
2. Literatura chinesa 821.581

Produção Editorial
Grupo Editorial Alta Books

Diretor Editorial
Anderson Vieira
anderson.vieira@altabooks.com.br

Editor
José Ruggeri
j.ruggeri@altabooks.com.br

Gerência Comercial
Claudio Lima
claudio@altabooks.com.br

Gerência Marketing
Andréa Guatiello
andrea@altabooks.com.br

Coordenação Comercial
Thiago Biaggi

Coordenação de Eventos
Viviane Paiva
comercial@altabooks.com.br

Coordenação ADM/Finc.
Solange Souza

Coordenação Logística
Waldir Rodrigues

Gestão de Pessoas
Jairo Araújo

Direitos Autorais
Raquel Porto
rights@altabooks.com.br

Assistente da Obra
Beatriz de Assis

Produtoras da Obra
Illysabelle Trajano
Maria de Lourdes Borges

Produtores Editoriais
Paulo Gomes
Thales Silva
Thiê Alves

Equipe Comercial
Adenir Gomes
Ana Claudia Lima
Andrea Riccelli
Daiana Costa
Everson Sete
Kaique Luiz
Luana Santos
Maira Conceição
Nathasha Sales
Pablo Frazão

Equipe Editorial
Ana Clara Tambasco
Andreza Moraes
Beatriz Frohe
Betânia Santos
Brenda Rodrigues

Caroline David
Erick Brandão
Elton Manhães
Gabriela Paiva
Gabriela Nataly
Henrique Waldez
Isabella Gibara
Karolayne Alves
Kelry Oliveira
Lorrahn Candido
Luana Maura
Marcelli Ferreira
Mariana Portugal
Marlon Souza
Matheus Mello
Milena Soares
Patricia Silvestre
Viviane Corrêa
Yasmin Sayonara

Marketing Editorial
Amanda Mucci
Ana Paula Ferreira
Beatriz Martins
Ellen Nascimento
Livia Carvalho
Guilherme Nunes
Thiago Brito

Atuaram na edição desta obra:

Tradução
Beatriz Guterman

Copidesque
Sara Orofinc

Revisão Gramatical
Ana Beatriz Omuro
Vivian Sbravatti

Diagramação
Joyce Matos

Editora afiliada à: ASSOCIADO

ALTA BOOKS
GRUPO EDITORIAL

Rua Viúva Cláudio, 291 – Bairro Industrial do Jacaré
CEP: 20.970-031 – Rio de Janeiro (RJ)
Tels.: (21) 3278-8069 / 3278-8419
www.altabooks.com.br – altabooks@altabooks.com.br
Ouvidoria: ouvidoria@altabooks.com.br

PARA MINHAS AVÓS E TIAS-AVÓS

谨此献给我的阿娘 、 外婆,
和我的小阿奶 、 二姨婆 、 小姨婆

*O tempo caminha a um passo diferente para cada pessoa.
Vou lhes dizer com quem o tempo caminha a furta-passo,
com quem o tempo trota, com quem o tempo galopa e
com quem o tempo permanece imóvel.*

— SHAKESPEARE, COMO GOSTAIS

PRÓLOGO
1928

Quando se está no campo, não importa o quão alto se grita. O som viaja através do armazém, ecoando até as altas ripas de madeira do teto, expandindo-se pelo espaço e noite afora. Quando escapa, mistura-se ao vento uivante, até que simplesmente passa a ser parte da tempestade enfurecida. Os soldados avançam, nervosos, até a entrada do armazém, empurrando a porta pesada para fechá-la, porém a chuva cai com tanta força que já encharcou o piso, formando um semicírculo escuro no concreto. À distância, é possível ouvir o apito suave de um trem. Apesar de a chance de alguma alma viva os ver ali ser ínfima, as instruções que lhes foram dadas eram claras: proteger o perímetro. Ninguém pode saber o que está acontecendo ali.

— Qual é o veredito?

— Deu certo. Acho que deu certo.

Os soldados estão espalhados pelo armazém, mas dois cientistas estão ao redor de uma mesa no meio do local. Eles encaram impassíveis a cena à sua frente, o experimento preso por fivelas grossas, a testa encharcada de suor. A cobaia é atingida dos pés à cabeça por outra convulsão, mas sua voz ficou rouca de tanto gritar, então sua boca simplesmente se abre, mas nenhum som sai dessa vez.

— Então funciona.

— Funciona. A primeira parte está completa.

Um dos cientistas coloca uma caneta atrás da orelha e gesticula para um soldado, que se aproxima da mesa para afrouxar as fivelas: primeiro todas as da esquerda, depois todas as da direita.

As fivelas caem, o metal estalando no chão. O indivíduo tenta se virar para levantar, mas entra em pânico, tendo um espasmo e caindo da mesa. É uma cena horrível. A cobaia cai esparramada aos pés do cientista, arfando — arfa sem parar, como se não conseguisse preencher os pulmões corretamente, e talvez nunca mais fosse conseguir.

Uma mão toca a cabeça do indivíduo. O toque é gentil, quase afetuoso. O cientista dá um sorriso enquanto examina seu trabalho, amaciando o cabelo da cobaia.

— Tudo bem. Você não deve resistir.

Uma seringa surge. A agulha brilha sob as luzes altas quando o êmbolo é pressionado, e a substância vermelha dentro dela desaparece sob a pele macia.

A dor é imediata: um choque líquido, sobrecarregando cada nervo que encontra pelo caminho. Logo chegará aonde é necessário, e o sentimento será como o de ser destruído.

Do lado de fora, a chuva continua a cair. Pinga através das rachaduras do armazém, as poças se alargando cada vez mais.

O primeiro cientista afaga mais uma vez o indivíduo.

— Você é minha maior realização, e ainda maiores virão. Mas até lá...

A cobaia não conseguia mais manter os olhos abertos. A fraqueza tornou todos os seus membros pesados, cada pensamento em sua cabeça se esvaindo como a visão de navios entre a névoa. O indivíduo quer dizer algo, gritar, mas nada sai. Então o cientista se inclina para sussurrar em seu ouvido, dando o golpe final e penetrando a névoa de maneira tão afiada quanto uma faca.

— *Oubliez.*

1
SETEMBRO DE 1931

Exceto pelo ronco abaixo do piso, o corredor do trem estava silencioso. O crepúsculo já havia caído, mas as janelas brilhavam a cada três segundos — uma onda de luz vinha das lâmpadas instaladas pelo curso do trilho e logo desaparecia, engolida pela velocidade da locomotiva. Fora dali, as cabines estavam preenchidas por luz e barulho: os lustres suaves e dourados, o ruído dos talheres contra os carrinhos de comida, o tilintar de uma colher batendo em uma xícara e o brilho das lâmpadas de cristal.

Mas ali, no caminho até a primeira classe, só havia o sopro da porta sendo aberta por Rosalind Lang, penetrando a penumbra com os saltos batucando contra o chão.

Os quadros na parede a encaravam conforme ela passava, seus olhos brilhando na escuridão. Rosalind apertou a caixa que tinha nos braços, tendo cuidado para manter a suavidade nas luvas de couro que seguravam as bordas, os cotovelos fixos às laterais de seu tronco. Quando parou em frente à terceira porta, usou o sapato para bater, cutucando a base com delicadeza.

Um momento se passou. Por um instante, só o motor do trem podia ser ouvido. Então, um barulho quase inaudível soou do outro lado, e a porta se abriu, derramando uma nova luz no corredor.

— Boa noite — disse Rosalind, com educação. — Está ocupado?

O senhor Kuznetsov a encarou, franzindo a sobrancelha enquanto compreendia a cena diante de si. Havia dias, Rosalind tentava conseguir uma reunião com o comerciante russo. Ela havia acampado em Harbin e sofrido com as temperaturas frígidas sem sucesso, e então o seguiu para Changchun, uma cidade mais ao sul. Lá, os empregados dele também haviam falhado em ceder aos seus pedidos, e quase parecera uma causa perdida — era como se ela tivesse que fazer tudo do jeito mais difícil. Até que ficou sabendo dos planos do comerciante de viajar de trem na primeira classe, onde as cabines são espaçosas e os tetos baixos, quase não há ninguém por perto e os barulhos são abafados por paredes muito, muito grossas.

— Vou chamar o guarda...

— Ah, não seja tolo.

Rosalind entrou sem ser convidada. Os quartos da primeira classe eram tão grandes que poderiam facilmente tê-la feito esquecer que estava a bordo de um trem... se não fosse pelo tiritar das paredes, a estampa floral tremendo a cada vez que os trilhos se tornavam acidentados. Ela olhou ao redor por mais um tempo, observando a rachadura que ia até o topo do trem e a janela na lateral do aposento, as cortinas fechadas para bloquear a noite que avançava com rapidez. À esquerda da cama com dossel, havia outro par de portas que dava para um armário ou para um banheiro.

Uma batida firme trouxe a atenção de Rosalind de volta ao comerciante quando ele fechou a porta principal da cabine. Quando ele se virou, seus olhos a analisaram e logo depois a caixa em suas mãos. O homem não examinava seu *qipao* ou as flores vermelhas presas ao casaco de pele jogado sob seu ombro. Apesar de tentar ser sutil, o senhor Kuznetsov estava preocupado com a caixa em suas mãos e se ela carregava uma arma.

Rosalind já estava levantando a tampa da caixa delicadamente, fazendo floreios para apresentar seu conteúdo.

— Um presente, senhor Kuznetsov — disse, com gentileza. — Da Sociedade Escarlate. Fui enviada por eles para que nos conhecêssemos. Podemos conversar?

Ela empurrou a tampa da caixa com mais floreios. Era um vaso chinês de porcelana azul e branca, disposto em cima de cetim vermelho. Bem caro. Mas não o suficiente para causar ultraje.

Rosalind prendeu a respiração até o senhor Kuznetsov estender a mão e pegar a caixa. Ele examinou o vaso sob a luz pendurada no teto, virando o pescoço de um lado para o outro, admirando os símbolos cravados na lateral. Depois de um instante, ele grunhiu algo que soava como aprovação, andou até a mesinha posicionada entre duas grandes poltronas e colocou o vaso ali. Já havia duas xícaras de chá na mesa. Um cinzeiro também estava ali, empoeirado com cinzas pretas.

— A Sociedade Escarlate — murmurou o senhor Kuznetsov. Sentou-se em uma das poltronas, suas costas eretas contra o estofado. — Não escuto esse nome há um bom tempo. Sente-se, por favor.

Rosalind caminhou até a outra cadeira, tampando a caixa novamente e a colocando ao lado da poltrona. Quando se sentou, ficou apenas na beirada, dando mais uma olhadela nas portas do armário à sua esquerda. O chão estremeceu.

— Presumo que seja a mesma garota que tem assediado meus empregados. — O senhor Kuznetsov saiu do russo e foi para o inglês. — Janie Mead, certo?

Já haviam se passado quatro anos, mas Rosalind ainda não se acostumara com seu pseudônimo. Mais cedo ou mais tarde, ela ficaria em apuros por aquele meio segundo de atraso, a expressão vazia antes de se lembrar que seu nome era Janie Mead, a pausa antes de prolongar seu sotaque francês ao falar inglês, fingindo ter sido criada como uma norte-americana, e outra entre os muitos repatriados na cidade registrados no Kuomintang.

— Isso mesmo — respondeu Rosalind, com tranquilidade.

Talvez ela devesse ter contado uma piada, relaxado o pé na poltrona e declarado que seria bom ele lembrar seu nome. O trem ribombou ao passar por uma elevação nos trilhos, e o aposento inteiro balançou, mas Rosalind não disse mais nada. Ela apenas colocou uma das mãos sob a outra, dobrando a pressão fria do couro.

O senhor Kuznetsov franziu o cenho. As rugas em sua testa se intensificaram, assim como os pés de galinha abaixo de seus olhos.

— A senhorita está aqui… por minhas propriedades?

— Exato — respondeu Rosalind. Essa sempre era a forma mais fácil de ganhar tempo. Deixando-os presumir o motivo de sua presença e seguir a partir daí, ao invés de soltar alguma mentira estranha e ser pega cedo demais. — Tenho certeza de que ouviu dizer que os Escarlates não lidam mais com territórios desde que nos unimos aos Nacionalistas, mas essa é uma ocasião especial. A Manchúria tem vastas oportunidades.

— Parece-me longe demais de Xangai para ter importância para os Escarlates. — O senhor Kuznetsov inclinou-se para a frente, espiando as xícaras de chá que estavam na mesa. Ele percebeu que uma permanecia meio cheia, então levou-a aos lábios, limpando a secura da garganta. — E a senhorita me parece nova demais para estar cumprindo afazeres para os Escarlates.

Rosalind o observou beber. A garganta dele se moveu. Livre para ser atacada. Vulnerável. Mas ela não pegou uma única arma. Estava sem nenhuma.

— Tenho 19 anos — respondeu Rosalind, enquanto retirava as luvas.

— Diga a verdade, senhorita Mead. Esse não é seu nome verdadeiro, é?

Rosalind sorriu, colocando as luvas na mesa. Ele estava desconfiado, é claro. O senhor Kuznetsov não era um simples magnata russo com alguns negócios na Manchúria, mas um dos últimos Rosas Brancas restantes no país. Só isso era o suficiente para entrar na lista do Kuomintang, mas ele também estava enviando dinheiro para organizações Comunistas, apoiando sua luta na guerra do sul. E, já que os Nacionalistas precisavam exterminar os Comunistas e destruir cada fonte de financiamento com a maior destreza possível, Rosalind havia sido enviada com ordens para... pôr um fim naquilo.

— É claro que esse não é meu nome verdadeiro — disse ela suavemente. — Meu nome verdadeiro é chinês.

— Não foi isso que eu quis dizer. — O senhor Kuznetsov tinha as mãos depositadas ao lado do corpo agora. Ela se perguntou se ele tentaria pegar uma arma escondida. — Pesquisei sobre você após seus outros pedidos por um encontro. E você se parece muito com Rosalind Lang.

Rosalind nem piscou.

— Vou considerar isso um elogio. Sei que deve estar por fora dos acontecimentos de Xangai, mas Rosalind Lang não é vista há anos.

Se alguém dissesse que a viu, com certeza estava tendo vislumbres de fantasmas — apanhando os restos de um sonho desvanecido, a lembrança do que Xangai costumava ser. Rosalind Lang: criada em Paris antes de retornar à cidade e alcançar a fama na vida noturna como uma das melhores dançarinas de cabaré. Rosalind Lang: uma garota cujo paradeiro era desconhecido, que supostamente estava morta.

— Fiquei sabendo — disse o senhor Kuznetsov, inclinando-se para examinar sua xícara mais uma vez.

Ela se perguntou o porquê de ele não beber da segunda xícara, se tinha tanta sede. Perguntou-se o porquê de *haver* uma segunda xícara, para começo de conversa.

Bem, Rosalind sabia.

De repente, o senhor Kuznetsov olhou para cima.

— Porém — continuou —, rumores Rosas Brancas diziam que Rosalind Lang desapareceu por causa da morte de Dimitri Voronin.

Rosalind congelou. A surpresa caiu como um peso em seu estômago, e um pequeno sopro escapou de seus pulmões. Já era tarde demais para fingir que não havia sido pega desprevenida, então ela deixou o silêncio se estender, a raiva ganhar vida em seus ossos.

Convencido, o senhor Kuznetsov pegou uma colher minúscula e a bateu na beirada da xícara. Soou alto demais para o espaço, como um tiro, uma explosão. Como a explosão que assolara a cidade havia quatro anos, aquela que sua própria prima Juliette havia criado, dando a vida para acabar com o reinado de horror de Dimitri.

Se não fosse por Rosalind, Juliette Cai e Roma Montagov ainda estariam vivos. Se não fosse pela traição dela à Sociedade Escarlate, Dimitri nunca teria alcançado o poder que conseguira, e talvez os Rosas Brancas nunca tivessem se desfeito. Talvez a Sociedade Escarlate nunca tivesse se aliado ao Kuomintang, unindo-se ao partido Nacionalista. *Talvez, talvez, talvez* — esse era um jogo que a assombrava em suas noites eternas, um exercício inútil de listar tudo o que havia feito de errado para chegar aonde estava.

— E o senhor conhece bem os Rosas Brancas, não é?

As máscaras haviam caído. Quando Rosalind falou, foi com sua verdadeira voz, com o sotaque francês e a rispidez.

O senhor Kuznetsov abaixou a colher com uma careta.

— A questão é que os Rosas Brancas restantes também possuem contatos de longa data que nos dão avisos. E eu já estava preparado há muito tempo, senhorita Lang.

A porta à sua esquerda se abriu. Outro homem surgiu, vestido em um terno ocidental, uma adaga simples na mão. Antes que Rosalind pudesse se mexer, ele já estava atrás dela, um aperto firme em seu ombro a mantendo na cadeira, a adaga posicionada contra sua garganta.

— Acha que eu viajaria sem meus seguranças? — perguntou o senhor Kuznetsov. — Quem a enviou?

— Já lhe disse — respondeu Rosalind. Ela experimentou afastar o pescoço. Não podia. A lâmina já atingia sua pele. — A Sociedade Escarlate.

— A guerra entre a Sociedade Escarlate e os Rosas Brancas acabou, senhorita Lang. Por que a enviaram?

— Para trocar gentilezas. Não gostou do presente?

O senhor Kuznetsov se levantou. Colocou as mãos atrás do corpo, os lábios formando uma linha fina de irritação.

— Vou lhe dar uma última chance. Que partido a enviou?

Ele estava tentando sondar os dois lados da guerra civil que atravessava o país naquele momento. Julgando se havia caído na lista dos Nacionalistas, ou se os Comunistas o haviam traído.

— O senhor vai me matar de qualquer jeito — disse Rosalind. Sentiu uma gota de sangue escorrer por seu pescoço. Ela seguiu por sua clavícula e manchou o tecido de seu *qipao*. — Por que eu perderia meu tempo respondendo suas perguntas?

— Tudo bem.

O senhor Kuznetsov assentiu para o guarda-costas. Não houve hesitação antes de ele trocar para o russo e dizer:

— Se é assim, mate-a. *Bystreye, pozhaluysta.*

Rosalind se retesou. Respirou fundo e sentiu a lâmina sussurrar uma benção contra sua pele.

Então o guarda cortou sua garganta.

O choque inicial sempre era a pior parte — aquele primeiro segundo em que ela mal podia pensar em meio à dor. Suas mãos voaram livremente para o pescoço, apertando a ferida. Vermelho quente jorrou pelos vãos entre seus dedos e correu por seus braços, pingando no chão da cabine. Houve um momento de incerteza quando ela se levantou da cadeira e caiu de joelhos, um murmúrio em sua mente dizendo que ela já enganara demais a morte e que dessa vez não haveria redenção.

Mas então Rosalind abaixou a cabeça e o sangramento diminuiu. Ela sentiu sua pele se reconstruir, centímetro por centímetro. O senhor Kuznetsov estava esperando que ela caísse e sucumbisse, encarando o teto sem expressão.

Em vez disso, ela levantou a cabeça e tirou as mãos do pescoço.

Sua garganta havia se curado. Ainda estava manchada de vermelho, mas parecia nunca ter sido cortada.

O senhor Kuznetsov soltou um som de surpresa. Já seu guarda-costas suspirou algo indecifrável e avançou na direção dela, mas obedeceu quando Rosalind gesticulou para que ele parasse, perplexo demais para fazer outra coisa.

— Acho que vou lhe contar, então — disse Rosalind, levemente sem fôlego. Ela limpou o sangue do queixo e se apoiou em um pé, depois no outro. — Não ouviu falar de mim? Os Nacionalistas precisam melhorar suas propagandas.

Agora caía a ficha do comerciante. Ela conseguia ver em seus olhos, na expressão de incredulidade por estar testemunhando algo tão anormal diante de si, conectando as histórias que haviam começado a se espalhar fazia alguns anos.

— A Dama do Destino — sussurrou.

— Ah. — Rosalind finalmente ficou ereta, seus pulmões se recuperando. — Esse é o termo errado. O certo é só Destino. *Pegue.*

Em um movimento simples, ela tirou uma das luvas para agarrar a boca do vaso e tirá-lo da mesa. O guarda-costas o pegou rapidamente quando ela o jogou em sua direção, como se estivesse preparado para algum ataque, mas o vaso apenas atingiu suas mãos com suavidade, aninhado como um animal selvagem feito de porcelana.

Destino, diziam os rumores, era o codinome de uma espiã Nacionalista. Não alguém qualquer: uma assassina imortal, apesar das diversas tentativas para garantir sua morte, que não dormia nem envelhecia, que perseguia seus alvos durante a noite e aparecia na forma de uma simples garota. Dependendo de quanto floreio era adicionado às histórias, ela era particularmente horrível com os Rosas Brancas sobreviventes, indo atrás deles com uma moeda. Se desse cara, matava-os na mesma hora. Se desse coroa, dava a eles uma chance de correr, mas nenhum alvo havia conseguido escapar até então.

— Criatura abominável — sibilou o senhor Kuznetsov.

Ele recuou para ampliar o espaço entre os dois, ou pelo menos tentou. O comerciante não tinha dado nem três passos antes de cair com tudo no chão. O guarda ficou imóvel de choque, congelado com as mãos em volta do vaso.

— Veneno, senhor Kuznetsov — explicou Rosalind. — Não é um jeito tão terrível de morrer, é?

Os membros dele começaram a se contrair. Seu sistema nervoso estava se desligando: os braços amoleciam, as pernas viravam papel. Ela não sentia prazer nisso. Não era uma vingança. Mas mentiria se dissesse que não sentia justiça a cada golpe, como se essa fosse sua maneira de arrancar as camadas de seus pecados até que tivesse respondido completamente por suas ações de quatro anos antes.

— Você... — O senhor Kuznetsov ofegava. — Não... tocou... o chá. Eu... observei.

— Não envenenei o chá, senhor Kuznetsov — respondeu Rosalind. Ela se virou para o guarda-costas. — Envenenei o vaso que o senhor tocou com as mãos nuas.

O guarda-costas jogou o vaso de lado com uma crueldade repentina, destroçando-o contra o dossel da cama. Mas era tarde demais: ele o segurara por mais tempo que o senhor Kuznetsov. Ele se lançou na direção da porta, talvez em busca de ajuda, talvez para tentar lavar as mãos, mas também caiu rapidamente no chão antes que pudesse escapar.

Rosalind assistiu tudo sem expressão. Ela havia feito isso diversas vezes. Os rumores eram reais: às vezes ela andava com uma moeda, para alimentar a propaganda Nacionalista. Mas sua arma preferida era o veneno, então não importava quão longe eles corriam. Quando seus alvos pensavam que ela os deixara escapar, já haviam sido atingidos.

— Você...

Rosalind se aproximou do comerciante, colocando as luvas no bolso.

— Me faça um favor — pediu, sem emoção —, mande lembranças quando vir Dimitri Voronin no inferno.

O senhor Kuznetsov parou de arquejar, parou de se mover. Estava morto. Outra tarefa fora cumprida, e os Nacionalistas estavam um passo mais perto de perder o país para os imperialistas ao invés dos Comunistas. O guarda-costas também sucumbiu momentos depois, e o quarto caiu em um silêncio vazio.

Rosalind virou-se para a pia no bar, girando a torneira o máximo possível e enxaguando as mãos. Depois, jogou água no pescoço, esfregando-o com os dedos. O sangue era todo dela, mas mesmo assim o nojo trouxe um amargor à sua língua quando viu as laterais da pia ficando manchadas conforme se limpava, como se partículas de um veneno diferente estivessem pingando de sua pele, do tipo que contaminava a alma em vez de seus órgãos.

É mais fácil se não pensar a respeito, costumava dizer a prima quando Xangai era dividida por uma guerra de sangue entre duas gangues rivais, quando Rosalind era a mão direita da herdeira da Sociedade Escarlate e via Juliette matar pessoas dia após dia em nome da família. *Lembre-se de seus rostos. Lembre-se das vidas que foram tiradas. Mas ficar ponderando sobre isso vai ajudar em quê? O que passou, passou.*

Rosalind soltou a respiração devagar, fechando a torneira e deixando a água cor de cobre descer pelo ralo. Pouco havia mudado na postura da cidade em relação ao derramamento de sangue desde a morte de sua prima. A não ser a troca de gângsteres por políticos que fingiam que haveria alguma sombra de lei agora. Uma mudança artificial, não havia nada diferente na essência.

Vozes ecoaram no corredor. Rosalind enrijeceu, examinando o entorno. Apesar de achar que não poderia ser processada pelos crimes cometidos ali, precisava escapar antes de testar essa teoria. O Kuomintang havia se colocado no comando do país, posicionando seu governo como o defensor da justiça. Pelo bem de sua imagem, os membros Nacionalistas a jogariam aos lobos e renegariam seu papel como espiã se ela fosse pega deixando corpos fora da cidade, mesmo que a ordem tivesse vindo de sua própria filial secreta.

Rosalind levantou o queixo, dobrando a pele nova e macia em sua garganta enquanto inspecionava o teto da cabine. Ela havia estudado as plantas do trem antes de embarcar, e, quando encontrou uma fina e quase invisível corda pendurada ao lado da luminária, puxou um painel do teto, revelando um alçapão de metal que levava direto para a parte superior do trem.

Assim que baixou a porta do alçapão, o vento entrou na cabine com um rugido. Ela usou uma das gavetas próximas para ganhar impulso, saindo da cena do crime com agilidade.

— Não escorrega — disse para si mesma, escalando através do alçapão e emergindo na noite, os dentes tremendo graças à temperatura congelante. — *Não* escorrega.

Rosalind fechou o alçapão. Parou por um ínfimo segundo, para buscar o equilíbrio em cima do trem em movimento. Por um momento atordoante, foi atingida por uma sensação de vertigem, convencida de que tropeçaria e cairia. Mas, na mesma velocidade, encontrou o equilíbrio, firmando os pés.

— Uma dançarina, uma espiã — sussurrou Rosalind quando começou a se mover pelo trem, os olhos no fim do vagão.

Seu treinador havia implantado esse mantra em sua mente nos primeiros dias de treinamento, quando ela havia reclamado por não ser rápida, por não conseguir lutar como os espiões tradicionais faziam — desculpas atrás de desculpas para encobrir o fato de não ser boa o bastante para aprender. Rosalind costumava passar todas as noites em um palco iluminado. A cidade a havia transformado em uma estrela deslumbrante, na dançarina que todos precisavam ver, e os rumores eram mais velozes do que a realidade em si. Não importava quem Rosalind fosse ou que, na verdade, era só uma criança vestida com lantejoulas. Ela conquistava homens e sorria para eles como se fossem seu universo até que lhe dessem as gorjetas que Rosalind queria, e então trocava de mesa antes mesmo da próxima música.

— Deixe eu me esgueirar na escuridão e envenenar as pessoas — insistira ela em seu primeiro encontro com Dao Feng. Os dois estavam no pátio da universidade onde Dao Feng trabalhava disfarçado. Havia certa relutância da parte de Rosalind, já que estava calor, a grama pinicava seus calcanhares e o suor se formava em suas axilas. — Eles não conseguem me matar, de qualquer forma. Para que preciso fazer outra coisa?

Em resposta, Dao Feng lhe deu um soco no nariz.

— Jesus!

Ela sentiu o osso ser triturado. Sentiu o sangue escorrer por seu rosto e subir na outra direção também, o líquido metálico e quente descendo por sua garganta e por sua língua. Se alguém os tivesse visto naquele instante, teria sido uma cena chocante. Felizmente, era cedo e o pátio estava vazio — o horário e o local que haviam se tornado seu campo de treinamento nos meses seguintes.

— É por isso — respondeu ele. — Como vai colocar o veneno se estiver tentando sarar um osso quebrado? Esse país não inventou o *wǔshù* para você não o aprender. Você era dançarina. Agora é espiã. Seu corpo já sabe como se curvar e se flexionar, tudo o que precisa é ensiná-lo a direção e a intenção.

Quando ele lançou outro soco em seu rosto, Rosalind desviou, indignada. O nariz quebrado havia se curado com a rapidez de sempre, mas seu ego ainda estava ferido. O punho de Dao Feng atingiu o ar.

E seu treinador sorriu.

— Isso. Agora sim.

Agora, Rosalind se movia mais rápido contra o vento agressivo, murmurando baixinho seu lema. A cada passo, sentia-se mais segura de si. Sabia que não podia escorregar, sabia o que estava fazendo. Ninguém havia pedido para que ela se tornasse uma assassina. Ninguém havia pedido para que saísse do cabaré e parasse de dançar, mas Rosalind havia morrido e acordado uma criatura abominável — como o senhor Kuznetsov havia citado tão gentilmente —, e precisava dar um propósito a sua vida, um jeito de impedir que os dias e as noites não se transformassem em uma única monotonia.

Ou talvez estivesse mentindo para si mesma. Talvez tivesse escolhido matar porque não sabia como provar seu valor de outra forma. Rosalind queria redenção mais do que tudo neste mundo e, se essa era a forma de consegui-la, então que assim fosse.

Tossindo, Rosalind afastou a fumaça que se juntava ao seu redor. O motor a vapor fez um som alto, dispersando um fluxo infinito de sujeira e poeira. Os trilhos seguiam adiante, desaparecendo no horizonte além de onde era possível enxergar.

Até que... um movimento à distância interrompeu a calmaria.

Rosalind parou, inclinando-se para frente com curiosidade. Não tinha certeza do que via. A noite em si era escura, a lua crescente e esguia apenas pendurada entre as nuvens. Mas as luzes instaladas ao longo dos trilhos cumpriam a função de iluminar as duas sombras que corriam para longe e desapareciam dentro dos campos altos.

O trem estava a talvez vinte ou trinta segundos de alcançar os trilhos onde as sombras estiveram à espreita. Quando Rosalind chegou ao fim do vagão, teve que forçar e focar a vista, certa de que estava enganada.

E foi essa a razão de só ter notado que uma dinamite havia explodido nos trilhos quando o barulho soou pela noite e o calor da rajada atingiu seu rosto.

2

Rosalind arquejou, jogando-se no chão para se agarrar ao topo do trem. Ela pensou em gritar um aviso, mas ninguém dentro do trem a escutaria ou conseguiria fazer alguma coisa dada a velocidade com que os vagões avançavam, indo diretamente para o local da explosão.

Porém, as chamas nos trilhos extinguiram-se bem rápido. Rosalind se preparou para uma parada brusca conforme o trem se aproximava mais e mais do local da explosão, porém o primeiro vagão chegou às chamas restantes e seguiu em frente. Ela olhou por cima do ombro, contraindo o rosto contra o vento. O trem ribombou acima do local da explosão. Em segundos, havia deixado o ponto para trás completamente, o estouro fraco demais para afetar os trilhos de forma significativa.

— O *que* foi aquilo? — perguntou ela para a noite.

Quem eram aquelas pessoas que correram para os campos? Teriam a intenção de fazer mal a alguém?

A noite não respondeu. Suprimindo outra tosse causada pela fumaça incansável do trem, Rosalind forçou-se a sair do seu estado estupefato e desceu pela lateral do trem, pulando no espaço entre dois vagões. Depois de afastar fios soltos de cabelo que estavam em seu rosto, abriu a porta e entrou, retornando ao calor do corredor da classe econômica.

Estava cheio. Apesar de ter entrado no vagão junto a três pessoas com uniformes de garçons, eles não repararam nela. Um garoto empurrou uma bandeja na mão de outro, falou algumas palavras rápidas e então apressou-se para uma cabine. Ao sair, a porta atrás dela abriu-se outra vez e mais cinco copeiros entraram.

Um deles olhou de soslaio para Rosalind conforme passava. Apesar de extremamente breve, o contato visual arrepiou a pele dela, o mal-estar se alojando no mesmo instante em seus ombros tensos. Assim que o garçom pegou uma toalha de mesa da prateleira, ele girou nos calcanhares e se afastou dos outros funcionários do trem para seguir pelo vagão.

Rosalind começou a segui-lo. De qualquer forma, sua intenção era chegar ao começo do trem, mas ela ainda não havia decidido se desceria na parada seguinte — Shenyang — ou se chegaria mais perto de Xangai. Dependia do quão rápido achariam os corpos. Se é que os achariam. Se tivesse sorte, todos ficariam paradinhos até que o trem chegasse ao fim da linha e alguém pensasse em limpar os quartos.

Com uma careta, Rosalind colocou a mão dentro da manga, onde havia colocado o bilhete de trem. O nome JANIE MEAD estava impresso ali. Seu pseudônimo, publicamente conhecido por ser associado aos Escarlates. O melhor jeito de manter uma identidade secreta era deixá-la o mais próximo da verdade quanto possível. Assim, era mais difícil confundir os detalhes, esquecer um passado quase paralelo ao seu. De acordo com a história criada, Janie Mead era a filha de um antigo membro da Sociedade Escarlate que havia se tornado um parceiro incerto de negócios dos Nacionalistas. Se procurassem mais sobre quem eram seus pais — ou qual era o seu verdadeiro nome chinês, por trás daquele inglês que ela adotara por conta dos anos que supostamente passou estudando nos Estados Unidos —, tudo viria à tona.

Um cobrador passou por ela. Novamente, houve um olhar torto, este durante um segundo longo demais. Será que Rosalind havia deixado uma mancha de sangue em algum lugar? Achou que havia lavado bem o pescoço. Achou que estava fazendo um ótimo trabalho em parecer normal.

Rosalind amassou o bilhete com firmeza na mão e entrou em outro vagão, em que as janelas mostravam os entornos vagarosamente. O trem se aproximava da estação, os campos verdes se transformando em pequenos edifícios e luzes elétricas. De todos os lados, os murmúrios de conversa se tornaram mais altos, pequenos fragmentos flutuando de assento em assento.

Cada fio de cabelo em sua nuca se arrepiou. Apesar de não parecer haver nada de errado, apenas os outros passageiros se apressando para baixar suas bagagens e se debandar para mais perto das saídas antes que o trem parasse, Rosalind já trabalhava como assassina havia anos. Aprendera a confiar primeiro em sua intuição, deixando que o cérebro a alcançasse depois. Ela precisava ficar alerta.

Duas comissárias passaram por ela, juntando em seus braços os cobertores que coletavam dos passageiros de saída. Rosalind se afastou com cuidado para deixar as mulheres passarem, seu ombro pressionando a parede. Ela quase arrancou um calendário destacável de seu prego, mas, antes que fosse longe demais e atingisse o chão, Rosalind o ajeitou, passando a mão na página aberta: 18 de setembro.

As comissárias passaram apressadas por ela de novo, seus braços livres dos cobertores e prontos para pegar outros. Houve um *tsc*, ambas ignorando Rosalind em seu caminho — felizmente.

— Vamos parar em Fengtian? — perguntou uma delas à outra.

— Por que está usando o nome japonês? Eles ainda não invadiram, não precisamos voltar a usar esse nome.

Rosalind seguiu em frente, passando a mão pelas vigas de madeira que corriam pela extensão das paredes. *Fengtian*. O nome havia mudado para Shenyang fazia quase duas décadas, após os chineses retomarem o controle do território, mas, quando Rosalind estudou a região com seus tutores, eles usaram a palavra em inglês com a qual estava mais acostumada: Mukden.

Aquele novo vagão estava muito mais cheio. Rosalind se curvou próximo ao corredor do meio, abrindo caminho entre os passageiros. Era fácil sintonizar e dessintonizar das conversas pelas quais passava quando estava bem no meio da densa multidão, absorvendo o que seus ouvidos escutavam.

— Já chegamos?

— ... *qīn'ài de*, venha aqui antes que *Māma* te perca de vista.

— É de se pensar que há um incêndio em algum lugar com todo esse empurra-empurra...

— ... viu o meu sapato?

— ... integrante da Sociedade Escarlate a bordo. Talvez seja mais seguro entregá-la aos japoneses, até que alguém do alto escalão possa acalmá-los.

Rosalind desacelerou o passo. Não deixou transparecer a surpresa, mas não pôde deixar de parar um instante para ter certeza de que não havia ouvido mal. *Ah*. Era isso. Ela havia percebido que algo estava errado, e os instintos incutidos nela durante seu treinamento nunca haviam falhado. Às vezes, ao trabalhar, ela identificava seu alvo antes mesmo de perceber isso conscientemente. Outras vezes, sentia que ela mesma havia se tornado um alvo antes que se desse conta.

Entregar-me aos japoneses?, pensou freneticamente. *Por quê?* Com certeza não pelo assassinato do comerciante russo. Para começar, não havia policiais a bordo e, mesmo que houvesse, eles não teriam trabalhado rápido o suficiente para já responderem a departamentos externos. Além do mais, qual seria a razão para os japoneses estarem envolvidos?

Seus olhos percorreram os assentos. Ela não conseguiu identificar de onde a voz viera. A maioria dos rostos parecia comum. Cidadãos comuns usando camisas de botão e sapatos de tecido fino, o que indicava que estavam a caminho de casa ou de seu vilarejo, e não rumo a uma metrópole.

Algo maior do que Rosalind estava acontecendo. E ela não gostava nem um pouco disso.

Quando o trem enfim parou em Shenyang, Rosalind se juntou à fila de desembarque com os outros passageiros. Ela deixou seu bilhete cair quando saiu do vagão do trem, jogando a bolinha amassada na plataforma tão facilmente quanto uma moeda é atirada em um poço. O barulho a cercava por todas as direções. O apito do trem soou noite adentro, soprando o vapor quente ao redor dos trilhos e fazendo as costas de Rosalind suarem. Mesmo enquanto abria caminho entre a aglomeração da plataforma e entrava na estação, o suor permanecia.

Rosalind observou a estação. Os painéis da plataforma que exibiam as chegadas e partidas fizeram um rápido *clique-clique-clique* conforme mudavam para exibir os trens que estavam para chegar. Xangai era um destino popular, mas o próximo trem só sairia em uma hora. Ela seria um alvo fácil enquanto aguardava na área de espera.

Enquanto isso, a saída principal era vigiada por uma fileira de policiais, parando cada cidadão que passava pelas portas e dando uma olhada rápida em seus bilhetes.

Devagar, Rosalind puxou o colar de debaixo do *qipao*, os passos firmes enquanto se decidia e andava na direção da saída. Se conseguisse passar, poderia primeiro situar-se em Shenyang e depois partir pela manhã, retornando para Xangai e chamando o mínimo de atenção possível. Se não conseguisse...

Ela colocou a conta do colar na boca, então abriu o pequeno fecho e tirou o cordão. Não houve tempo para uma troca de roupa. Poderia ter se misturado melhor se tivesse trazido mais alguma coisa, mas agora Rosalind era a pessoa mais bem-vestida da estação, e claramente pertencia a um centro urbano. Não era necessário um bilhete para identificá-la.

Assim que um dos policiais avistou sua chegada, ele acotovelou o homem ao seu lado, que usava um broche diferente na lapela.

— Bilhete? — exigiu o homem do broche.

Rosalind deu de ombros, relaxada.

— Perdi. Não está exigindo meu bilhete para que eu possa *sair*, está?

Outro homem sussurrou no ouvido do policial. Sua voz era muito baixa para que ela identificasse qualquer outra coisa além de "*lista de passageiros*", mas só isso já era o suficiente.

— Janie Mead, certo? — confirmou ele quando voltou sua atenção a ela. — Precisamos que venha conosco. A senhorita está sob suspeita de colaborar com a Sociedade Escarlate, em uma conspiração que causará danos de larga escala.

Rosalind piscou. Ela moveu a conta pela boca, escondendo-a de um lado e depois do outro embaixo da língua. Então isso nada tinha a ver com seu trabalho como Destino. Era apenas a Sociedade Escarlate sendo usada como bode expiatório. Era mais um dos vários acontecimentos ao redor do país em que os gângsteres da cidade eram acusados a torto e a direito, porque os imperialistas estrangeiros queriam jogar a culpa em alguém por sua infraestrutura falha e pelos protestos das massas. Os gângsteres levavam a culpa quando os comandantes no controle precisavam de alguém para apontar o dedo, antes que os imperialistas pudessem dizer que os chineses não conseguem controlar o próprio povo e que implantam governos intrusos no país em vez disso.

Talvez seja mais seguro entregá-la aos japoneses, até que alguém do alto escalão possa acalmá-los.

Ela deveria ter percebido. Já fazia parte da rotina: algo dava errado em uma cidade e os estrangeiros com interesse na área usavam isso como motivo para tirá-la das mãos dos chineses.

A única solução era se apressar para resolver o problema antes que os imperialistas pudessem se meter, marchando com suas armas e seus tanques. Para as autoridades chinesas ali, Janie Mead simplesmente estava no lugar certo na hora certa.

Rosalind levou as mãos para frente, os pulsos unidos e prontos para serem algemados.

— Tudo bem.

Os homens piscaram. Talvez não esperassem que seria tão fácil.

— A senhorita entende a acusação?

— Aquela explosãozinha, não é? — sugeriu Rosalind. — Não sei como a ativei de dentro do trem, mas entendo que deve ser mais fácil olhar a lista de passageiros do que explorar os campos perto dos trilhos.

Ou os policiais não identificaram sua zombaria ou fingiram não ouvi-la. Só o fato de ela saber da explosão já era evidência o suficiente. Um dos policiais prendeu um par de algemas frias em seu pulso e a empurrou, guiando-a para fora da estação. Ele pegou um de seus braços, e o segundo policial pegou o outro. O resto do grupo seguiu próximo, cercando-a por precaução.

Mais uma vez, Rosalind mudou a conta sob a língua de lugar. Girou-a dentro da boca. *Vai logo*, pensou.

Apesar de o movimento estar diminuindo àquela hora, ainda havia um bom número de pessoas atravessando a estação, algumas sendo sutis em sua curiosidade, outras realmente olhando por cima do ombro para ver quem os policiais estavam prendendo. Ela se perguntou se alguma delas a acharia familiar, se alguém lia os jornais de Xangai e se lembrava de quando, um ano após a revolução, costumavam publicar esboços especulando sobre a morte de Rosalind Lang.

— Por aqui.

No pátio do lado de fora da estação, só havia um poste de luz, brilhando próximo a um chafariz. Mais adiante, havia um carro estacionado do outro lado da rua, quase escondido ao lado de um beco.

Os policiais a empurraram naquela direção. Ela obedeceu. Andou pacientemente com eles — até se aproximarem da viatura, o brilho da tinta preta e as grades nas janelas quase ao seu alcance.

E então, *finalmente*, a camada exterior da conta derreteu. O líquido explodiu em sua boca tão rapidamente que Rosalind quase tossiu com a sensação, tendo dificuldade para se controlar enquanto o gosto apimentado invadia sua língua. Um som escapou de sua garganta. O policial à sua direita se virou para ela.

— Sem brincadeirinhas — ordenou, claramente irritado. — *Xiăo gū-niáng*, terá sorte se...

Rosalind cuspiu o líquido no rosto dele. O homem recuou com um grito, soltando-a para que suas mãos pudessem conter a queimação em seus olhos. Antes que o policial da direita pudesse entender o que estava acontecendo, ela passou os braços sobre sua cabeça e pressionou a corrente das algemas em seu pescoço. O policial gritou em desespero, mas Rosalind puxou com força o bastante para ouvir um *crack* e ele caiu, em silêncio. Ela enfiou o joelho nas costas dele e tirou as mãos de seu pescoço.

Os outros policiais avançaram para fechar as saídas de cada lado dela, mas era tarde demais. Rosalind já corria para longe, fazendo uma fuga rápida pela estrada.

Uma dançarina, uma espiã. Ela usaria cada pedaço do palco, cada item de seu arsenal. A conta era uma de suas próprias invenções, revestida com a mesma substância que as farmácias usam em comprimidos. O líquido no interior era inofensivo se engolido por acidente, mas capaz de cegar alguém por um dia inteiro se entrasse em contato com os olhos.

Rosalind lançou um olhar por cima do ombro, avistando os policiais que ficavam para trás. Havia prédios residenciais ao redor, escadas meio desmoronadas e janelas com vidros quebrados passando por ela em um borrão. Assim que Rosalind virou a esquina, ela pulou e enganchou a corrente das algemas numa luminária fixa a uma das casas. Não haveria lugar firme para que suas mãos segurassem, mas a corrente era quase perfeita, dando-lhe a melhor oportunidade de lançar a perna contra o peitoril da janela e então subir na varanda, as algemas de metal batendo contra as grades. Com um grito abafado, Rosalind rolou sobre as grades e caiu com firmeza no piso de azulejo. A queda brusca tirou o ar de seus pulmões. Lá embaixo, os policiais já estavam tentando achar um jeito de subir.

— Não estou em forma para isso — reclamou Rosalind para si mesma, deitando-se de lado antes de se levantar cambaleando e abrir as portas da varanda.

Ela adentrou um restaurante escuro e vazio, a respiração pesada enquanto passeava entre o labirinto de mesas. Os policiais não pareciam tê-la alcançado quando ela deixou o restaurante e correu pela passagem do segundo andar do prédio, mas vasculhariam o lugar, já que a haviam visto subir por lá, e protegeriam a área ao redor do edifício, pois ali era sua única saída. Rosalind tinha pouquíssimas rotas de fuga viáveis, e pouquíssimos lugares onde se esconder.

— *Bloqueiem o segundo andar! Rápido!*

As vozes adentravam o pátio interno do prédio. Rosalind observou seu entorno, então fixou o olhar em uma porta mais esguia que as outras entradas de lojas ou corredores residenciais. Um toalete.

Assim que passos começaram a ressoar pela escada, Rosalind atravessou a porta e ficou imóvel do outro lado. Alguém havia feito um trabalho minucioso ao limpar os sanitários de chão, então o único cheiro do local era de água sanitária. Rosalind analisou a largura. Olhou novamente para as dobradiças da porta, vendo que abriam para dentro.

Ela se apertou no canto do toalete e segurou a respiração, contando: um, dois, três...

A porta foi escancarada, avançando nas dobradiças antes de parar a um milímetro do nariz dela. Ao encontrar o toalete vazio, o policial continuou andando, gritando para os outros:

— Tudo limpo!

Rosalind soltou o ar vagarosamente. A porta do toalete se fechou sozinha, a maçaneta fazendo um clique suave enquanto os policiais se dispersavam e procuravam entre as residências. Ela não se mexeu. Nem mesmo aliviou uma coceira no nariz enquanto ainda ouvia movimento.

— Aonde a garota pode ter ido?

— Esses operários são trapaceiros. Continue procurando.

— Operária? Ela não é da Sociedade Escarlate de Xangai?

— Deve ser Comunista também. Sabe como é naquela cidade.

Rosalind quase soltou uma risadinha. Ela estava o mais longe possível de ser uma Comunista. Sua irmã, Celia, fazia parte do movimento. Diferente de Rosalind, fora fácil para Celia deixar a mansão Escarlate certo dia e desaparecer da face da terra. Enquanto moravam na casa, ela era conhecida como Kathleen Lang, tendo se apropriado do nome da terceira das irmãs depois de a verdadeira Kathleen ter falecido em Paris, assumindo uma identidade ao voltar para Xangai que a manteria em segurança e a permitiria viver com autenticidade. Celia havia sido designada homem ao nascer e, apesar de o pai delas não ter permitido que ela vivesse abertamente como Celia, ele *havia* permitido que, por proteção, a irmã tomasse o lugar de Kathleen, infiltrando-se como alguém que a cidade já pensava conhecer. Quando a revolução atingiu Xangai, quando o poder foi transferido, quando as alianças mudaram e sua antes poderosa família começou a se partir, Celia entrou em círculos Comunistas com o nome que escolhera para si mesma, em vez de voltar a ser Kathleen. Se quisesse, ela poderia fingir nunca ter feito parte da Sociedade Escarlate. Até porque a organização só havia conhecido Juliette, sua herdeira precoce, e Rosalind e Kathleen, suas duas primas queridas.

Enquanto Celia só contara sobre seu passado na Sociedade Escarlate para poucas pessoas do partido, Rosalind era vista pelos Nacionalistas a todo momento como uma bomba Escarlate prestes a explodir. Havia um motivo para eles a terem enviado atrás dos Rosas Brancas, afinal. Ela e os Nacionalistas tinham um acordo sobre o motivo de ela estar trabalhando para eles.

Rosalind colocou o ouvido na porta, escutando enquanto os policiais a procuravam. As ordens irritadas de um para o outro se tornaram mais e mais baixas, resmungando que ela provavelmente havia fugido sem ser vista. Foi só quando as vozes desapareceram completamente e atingiram outra rua que Rosalind ousou sair do canto do toalete, levantando os pulsos algemados e empurrando a porta com um dedo para abrir uma fresta.

Os entornos do prédio ficaram em silêncio. Ela soltou o ar, finalmente aliviando a tensão nos ombros. Quando escancarou a porta, tudo estava quieto à sua frente.

Quase podia ouvir o elogio de Dao Feng, sua voz estrondosa e sua mão dando um tapa afetuoso em seu ombro. Rosalind tinha mais veneno guardado nas dobras do *qipao*, pós de emergência escondidos na cintura, lâminas cobertas por toxinas nos saltos de seus sapatos. Mas não haveria necessidade de nada disso.

— Fiz como você sempre disse — murmurou para si mesma. — Corra se não precisar lutar. Nunca ataque a frente se as costas estiverem livres.

Rosalind havia falhado em sua primeira missão. A faca havia vacilado em sua mão, a lâmina fora arrancada de seu punho. Seu alvo havia se agigantado acima dela, a segundos de pisotear uma bota em seu rosto, testando os limites de seu poder de cura.

Mas Dao Feng sabia que era melhor vigiá-la. Ele a seguira de perto e interviera, soprando um dardo envenenado antes mesmo de o alvo se virar, fazendo com que ele caísse como um saco de batatas. Rosalind não pensou em agradecer. Enquanto lutava por ar e tremia com a adrenalina, Dao Feng se aproximara para ajudá-la a se levantar, mas as únicas palavras que ela lhe disse foram uma exigência.

— Me ensine.

Rosalind testou a resistência das algemas ao redor dos pulsos. Sem se permitir tempo para recuar, subiu o joelho e o bateu contra a corrente. As algemas saíram, porém rasparam sua pele junto. A carne viva gritava, pedaços inteiros caindo ao chão junto às algemas de metal, mas a dor passaria. Isso se ela *não* gritasse. Se mordesse o interior das bochechas tão forte quanto precisasse, para se controlar e continuar em silêncio.

Pequenas gotas de sangue caíram no chão de madeira, infiltrando-se pelos vãos e manchando o que quer que tivesse lá embaixo. Porém, em menos de um minuto, sua pele passou de vermelha para rosa, e então de rosa para um marrom levemente bronzeado.

Daquela primeira missão em diante, ela só quis usar veneno. Veneno era algo certeiro. Se houvesse outros como Rosalind por aí, eles poderiam se curar de uma lâmina na garganta, de um tiro no estômago, mas veneno os faria apodrecer por dentro do mesmo jeito. Suas células haviam sido alteradas para se recomporem após qualquer ferimento, mas não haviam sido alteradas para aguentarem um colapso completo do sistema. Trabalhar com a única arma que poderia matá-la era uma forma de lembrar a si mesma de que não era imortal, não importava o que os Nacionalistas diziam.

De um jeito estranho, era reconfortante.

Rosalind saiu do toalete e desceu as escadas, voltando à rua ao passo de uma caminhada tranquila. Não queria levantar suspeitas caso fosse vista, e conseguiu seguir o mesmo caminho até a estação de trem, passando pelo mesmo beco de antes. O carro preto havia desaparecido. Assim como o corpo do policial cujo pescoço ela havia quebrado quando fugiu.

— A culpa é sua — murmurou Rosalind em voz alta. — A culpa é sua por ter lutado comigo. Poderia ter me deixado em paz.

Ela se virou, atravessando a rua. O chafariz havia sido desligado para conservar energia durante a noite. Rosalind passou os dedos ao longo da borda da fonte quando passou, pegando uma camada de poeira, e então limpando-a quando entrou novamente na estação de trem, os sapatos de salto fazendo barulho no piso de porcelanato. Se alguém ali a reconhecia como a mesma garota que havia sido arrastada para fora havia menos de meia hora, não demonstravam. A mulher na bilheteria mal olhou para cima quando Rosalind se inclinou, uma das mãos apoiada no balcão e a outra alisando o cabelo.

— Olá. — A voz de Rosalind era como mel. Suave. Completamente inocente. — Um bilhete para o próximo trem com destino a Xangai, por favor.

3

Quando o relógio antigo bateu meia-noite, seu eco cavernoso ressoou por toda a mansão. Não que faltassem objetos para absorver o som: sofás macios estavam alinhados por toda a sala de estar, cercados por grandes vasos de flores e quadros antigos pendurados nas paredes. O problema é que a família Hong vinha reduzindo a equipe de serviçais nos últimos anos, e agora mal tinham dois empregados, o que dava à casa um vazio fantasmagórico impossível de conter.

Ah Dou estava por perto, ajeitando os óculos enquanto organizava os cartões telefônicos que vinham se acumulando no armário do hall de entrada. No sofá da sala de estar, esparramado de lado com as pernas jogadas por cima do apoio de braço, estava Orion Hong, parecendo a personificação da futilidade e do relaxamento.

— Está ficando tarde, *èr shàoyé* — disse Ah Dou, olhando para ele. — Está pensando em ir para cama logo?

— Um pouco mais tarde — respondeu Orion. Ele se apoiou no cotovelo, escorando-se nas almofadas do sofá. Sua camisa não era feita para uma postura tão casual, e o tecido branco esticava nas costuras. Talvez ele fosse parecer durão se a rasgasse. Desconsiderando, é claro, o fato de que Orion era a pessoa de aparência menos durona na cidade. Talvez pudesse assustar alguém com seu desleixo pretensioso. — Acha que meu pai virá para casa esta noite?

Ah Dou deu uma olhada no relógio, fazendo um som exagerado enquanto alongava as costas. As batidas haviam soado minutos antes, então ambos sabiam exatamente que horas eram. Ainda assim, o velho mordomo fingiu verificar.

— Minha aposta é que ele vai ficar no escritório.

Orion inclinou a cabeça em uma das almofadas.

— Com essas horas de trabalho, era de se pensar que ele está na linha de frente da guerra civil, e não cuidando de problemas administrativos de alto nível.

Não era como se Orion também ficasse muito em casa. Se não estivesse em uma missão, estava se deleitando em algum lugar da cidade, de preferência em uma pista de dança cercado por belas pessoas. Mas era estranho ver o estado da casa nos dias em que retornava. Ele já deveria ter se acostumado, ou ao menos se familiarizado com a forma com que se esvaziava pouco a pouco a cada ano. Ainda assim, era surpreendido a cada vez que passava pelo hall de entrada, levantando o queixo para olhar os lustres pendurados no teto do átrio principal e se perguntando quando havia sido a última vez em que eles estiveram iluminados com potência total.

— O senhor tem o espírito de seu pai — comentou Ah Dou, sem mudar o tom de voz. — Tenho certeza de que entende a dedicação dele ao trabalho.

Orion abriu seu mais largo sorriso.

— Não me faça rir. Eu só me dedico à diversão.

O mordomo balançou a cabeça, mas não estava realmente desapontado. Ah Dou sentia afeto demais por ele para isso. Antes de Orion ser enviado para a Inglaterra, ele havia crescido com Ah Dou vigiando-o por cima do ombro, fosse para relatar para sua babá se ele estava usando o casaco, fosse para se certificar de que o rapaz havia se alimentado bem naquele dia.

— Gostaria de um chá? — perguntou Ah Dou, organizando os cartões telefônicos com cuidado. — Farei um chá para o senhor.

Sem esperar por uma resposta, Ah Dou saiu arrastando os pés, seus chinelos fazendo barulho contra o piso de mármore. Ele abriu a cortina de miçangas que dava para a sala de jantar e então entrou na cozinha, fazendo barulho com a chaleira de água. Orion se endireitou, passando uma mão pelo cabelo cheio de gel.

Uma única mecha caiu sobre seus olhos. Ele não se preocupou em afastá-la. Apenas apoiou os braços nos joelhos e observou a porta de entrada, apesar de saber que não se abriria em breve. Se Orion quisesse o pai em casa nas mesmas noites que ele, poderia ter feito uma ligação para confirmar primeiro... mas eles não eram mais esse tipo de família. O General Hong perguntaria se havia algo urgente na casa para ser discutido, e então desligaria se Orion respondesse que não.

Não costumava ser assim. Esse parecia ser seu refrão diário. Antigamente, o pai chegava em casa às cinco em ponto. Orion corria até ele e, mesmo aos 9 anos, quando estava grande demais para ser pego no colo e balançado por aí, seu pai o fazia. Quão terrível era o fato de que suas memórias mais felizes vinham de um passado tão distante? Os anos seguintes na Inglaterra haviam sido um borrão de céus acinzentados, e nada foi o mesmo quando ele retornou a Xangai.

Um ruído repentino soou no andar de cima. O olhar de Orion se voltou para a escadaria, sua atenção se concentrando em um ponto fixo. O escritório do pai ficava em uma sala de espaço aberto à esquerda do segundo andar: um grande domo de vitrais refletia figuras em sua mesa quando o sol estava na posição certa. À noite, o eco mais alto da casa era no escritório. As inúmeras prateleiras de livros fixadas acima da mesa nada faziam para garantir o isolamento acústico do espaço. Seu pai costumava gostar muito de caminhar ao lado dos livros durante a juventude de Orion, sempre batucando no corrimão da passagem que dava para as prateleiras. Os quartos ficavam à direita da escadaria principal. Às vezes, Orion ouvia o tinido metálico enquanto dormia, considerando o som uma música de ninar.

— Phoebe? — chamou.

Ele pensava que a irmã mais nova tinha ido para cama havia horas. O ruído parou imediatamente ao som de sua voz. Orion se levantou em um instante. O som não estava vindo da direita, onde ficava o quarto de Phoebe. Vinha do escritório do pai.

— *Èr shàoyé*, seu chá...

Orion levantou o braço. Ah Dou parou rapidamente.

— Não se mexa. Volto já.

O sorriso largo havia partido. O agente havia surgido. Orion Hong era um espião nacional. Não importava com quanta leveza ele quisesse encarar o mundo, este quase sempre o atingia com uma velocidade vertiginosa.

Ele se apressou pelas escadas, mantendo os passos tão silenciosos quanto possível. Já que o luar entrava pelas janelas laterais, apenas algumas partes do escritório eram visíveis. Quando Orion entrou, ele não fez barulho, arrastando-se para cada vez mais perto do que pensou ser um movimento na mesa do pai. Se tivesse sorte, não encontraria nada além de um roedor selvagem, que abrira caminho mordiscando a parede.

Mas não teve sorte.

Uma sombra estava de pé atrás da mesa.

Orion saltou para frente, os punhos em posição de ataque. Se fosse qualquer outro invasor, ele teria se afastado e chamado a polícia: a solução mais eficiente. Mas esse invasor em particular não tinha nem mesmo escondido sua identidade, então havia uma careta rígida em sua expressão quando Orion o segurou pelo colarinho, jogando-o contra as estantes inferiores.

— Que diabos está fazendo aqui, Oliver? — sibilou Orion em inglês.

— O quê? — retrucou Oliver, soando completamente casual apesar da rouquidão em sua garganta. — Não posso entrar em minha própria casa?

Orion o pressionou com mais força. Seu irmão mais velho ainda não parecia amedrontado, embora seu rosto tivesse ficado vermelho com o esforço.

— Essa não é mais sua casa.

Não depois de Oliver ter desertado e se juntado aos Comunistas. Não depois do Expurgo de 12 de abril havia quatro anos, quando os Nacionalistas traíram os Comunistas e os expulsaram do Kuomintang por meio de um massacre, jogando o país em uma guerra civil.

— Relaxe — sibilou Oliver. — Quando você começou a usar os punhos em vez das palavras?

— Quando se tornou tão tolo? — retrucou Orion. — Voltar aqui *sabendo* o que aconteceria se fosse pego?

— Ah, por favor. — Mesmo enquanto estava sendo detido, Oliver soava muito confiante e seguro de si. Ele sempre fora assim. Havia pouco que o primogênito de um general Nacionalista não pudesse exigir, e ele havia crescido com os pedidos acatados em um estalar de dedos. — Não vamos misturar família e política...

Orion colocou a mão dentro do casaco, então empurrou a pistola contra a têmpora do irmão.

— *Você* trouxe a política para nossa família. *Você* estabeleceu as divisões em nossa família.

— Você poderia ter se juntado a mim. Pedi para vir comigo. Eu nunca quis deixar você ou Phoebe para trás.

O dedo de Orion tremeu contra o gatilho. Seria tão fácil puxá-lo! Xangai havia se tornado totalmente hostil às atividades Comunistas. Nenhum membro conhecido podia andar pelas ruas sem ser arrastado para dentro de algum lugar: ou para ser executado, ou para ser torturado por informações e *depois* executado. Ele só estaria apressando o destino irrevogável do irmão.

Oliver olhou para a pistola. Não havia medo em seus olhos, apenas uma leve irritação.

— Abaixe a arma, *dìdi*. Sei que não vai atirar.

— *Qù nǐ de* — sibilou Orion. Ele era o agressor, e ainda assim era seu coração que batia apavorado. Como se fosse ele quem tivesse sido pego escondido onde não deveria estar. — Te enviaram atrás de informações? Para me matar?

Oliver suspirou, tentando afastar o pescoço do forte aperto que Orion tinha em seu colarinho, amarrotando o tecido. Ele vestia um terno ocidental, o que significava que estava disfarçado, fantasiado como a elite que costumava ser ao invés do partido no qual agora acreditava.

— Literalmente já nos cruzamos em missões antes — respondeu Oliver com franqueza. — Não teríamos vindo atrás de você antes, se o quiséssemos morto?

Os olhos de Orion involuntariamente se voltaram para a passagem da biblioteca, onde ele havia se despedido do irmão antes de Oliver desertar. A guerra civil ainda não havia começado de verdade naquela época. Estava chegando e todos na cidade sabiam, mas estavam decididos a fingir até que não fosse mais possível. Naquela noite, Oliver havia bagunçado os livros à procura de um diário, alegando que o motivo da partida de sua mãe era o fato de o pai deles ser um traidor da pátria: que o General Hong era um *hanjian*, que não tinha a lealdade certa.

— Ele foi inocentado — insistiu Orion, levantando as mãos, tentando freneticamente pegar os livros que o irmão jogava. — Oliver, *por favor*...

— Você acredita nisso? Eu não. — Oliver não conseguira achar o que estava procurando. Mas já havia se decidido, e quando Oliver se decidia não tinha como voltar atrás. — Estou indo embora. Você pode fazer a mesma escolha.

— Eu nunca faria isso — respondeu Orion, mal conseguindo pronunciar as palavras.

Oliver se virou.

— Não pode continuar agindo assim. Não pode continuar tentando consertar os erros de nosso pai.

— Não é isso que eu estou fazendo...

— É *sim*. É claro que é! Se juntar ao Kuomintang? Treinar como um agente deles? Você não se interessa por nada disso. Só está tentando provar para eles...

— Chega — tentou interromper Orion. Fora ele quem havia se voluntariado. Quando a agência secreta veio discutir negócios com o pai, foi ele quem seguiu os superiores e jogou seu histórico acadêmico na mesa deles, mostrando seus anos no estrangeiro e sua formatura precoce no ensino secundário da escola de Xangai, exigindo uma função que fosse adequada ao seu currículo. — Não sabe do que está falando...

— Eles são *corruptos*. Você vai acabar seguindo o mesmo caminho...

— Não vou. — Orion tirou o último livro diretamente das mãos de Oliver. — Traição não é hereditária. Eles vão ver. Terão que enxergar.

Vários segundos se passaram até que Orion percebeu o que havia dito. O que havia deixado escapar, e o que Oliver teria escutado imediatamente.

— Então você admite — disse Oliver baixinho. — Acha *mesmo* que ele cometeu traição.

Orion hesitou.

— Eu não disse isso.

Não havia por que insistir naquela briga. Oliver estava decidido a ir embora. Orion era teimoso, e estava resoluto a ficar. Quando a porta de entrada bateu naquela noite, o som ecoou tão alto que uma das gotas de cristal do lustre se desencaixou e foi ao chão bem rápido, despedaçando-se bem no meio da sala de estar.

Orion afastou a atenção dos livros, das prateleiras que depois passou horas organizando. O pai havia sido acusado de receber dinheiro japonês contra os interesses da pátria. A mãe os havia abandonado sem nenhuma explicação. O irmão havia desertado para o partido inimigo. Orion havia crescido como o irmão do meio negligente e sem nenhuma responsabilidade, e, de repente, dentro de poucas semanas naquele verão fatídico, ele havia se tornado a única peça restante capaz de provar aos Nacionalistas que o nome da família Hong ainda valia de algo.

— Você não deveria estar aqui — disse Orion. Suas palavras eram veementes, mas ele afastou a pistola e soltou o colarinho de Oliver. — Se não fosse meu irmão, eu não tiraria minha mão da sua garganta até arrancar sua língua com a outra.

— Que bom que sou seu irmão. — Oliver ajeitou o colarinho, bufando ao ver que estava amarrotado. — Não estou aqui para causar problemas.

— Então por que está aqui?

— Não teria graça se eu te contasse, teria?

Orion travou o maxilar. Ele gostaria muito mais de viver a vida sossegado do que irritado, mas a cada encontro — a cada breve encontro público em missões que colidiam entre si, a cada vez que Oliver estava disfarçado e Orion era forçado a fingir que não fazia ideia de quem era aquele homem, mesmo enquanto eles repetiam baixinho as mesmas discussões antigas — ninguém o deixava mais irritado quanto o irmão distante.

— Vá embora, Oliver. — Orion irritou-se. — Antes que eu te denuncie.

Oliver pensou sobre o assunto. Cruzou os braços, então pareceu olhar para Orion com mais cuidado.

— Já ficou sabendo sobre as mortes químicas?

Orion franziu o cenho. Será que o irmão havia escutado alguma de suas palavras?

— Sobre o quê?

— Acredito que saberá em breve — continuou Oliver. — Minhas fontes dizem que você estará nessa missão. Típico dos Nacionalistas começarem a formular um plano de ação sem seu consentimento primeiro.

— Não... — Antes que Oliver pudesse se inclinar e pegar algo da mesa do pai, Orion já havia segurado seu pulso. Quando Orion se virou para examinar a mesa, não conseguiu ver o que Oliver estava tentando alcançar. Talvez o irmão estivesse brincando com sua mente. — Ou me diga por que está aqui ou vá embora.

— Você confia com muita facilidade, Orion. Precisa ser mais cuidadoso. Precisa observar melhor as pessoas para quem trabalha.

Oliver puxou o pulso e, pela primeira vez naquela noite, fez uma careta, demonstrando desconforto.

— Não sou eu que estou trabalhando para um partido clandestino — disse Orion, sem emoção. — Vá embora, por favor.

Não vá embora, por favor, suplicara ele anos antes. Quando ainda havia esperança de que a família não estava se despedaçando. Quando Oliver era o prodígio e Phoebe o bebê, e tudo que Orion precisava fazer era se certificar de não ser pego causando problemas insignificantes.

Mas nada disso permaneceu no presente. Agora Orion trabalhava para o governo legítimo do país, e Oliver trabalhava para derrubá-lo, os interesses dos outros que se danassem. Oliver abaixou as mangas da camisa. Aquele deslize de emoção quando ele retirou o pulso poderia ter sido completamente imaginado. Sem mais nada a dizer, Oliver esbarrou em Orion e foi embora sem olhar para trás, exatamente como na primeira vez que havia deixado a casa. Segundos mais tarde, Orion ouviu a porta da frente se fechar, só que muito mais suavemente dessa vez.

Orion soltou a expiração que estava presa. Apesar de sua respiração sair mais uniforme, ele estava longe de estar relaxado. O que Oliver estivera procurando?

Orion se afastou da mesa. Tentou se colocar no lugar do irmão, ver o mundo pela perspectiva de Oliver. Cada coisinha se tornou mil vezes mais urgente, cada decisão repentina feita com muito mais rapidez. Apesar de fazer uma busca cuidadosa na mesa do pai, abrindo até as gavetas para ver o que Oliver poderia estar buscando, não achou nada além de recibos e correspondências entediantes com assistentes.

— *Shàoyé?* — Uma batida no batente. Ah Dou estava com a cabeça dentro do escritório, sua expressão com uma neutralidade cuidadosa. — Está tudo bem?

— Não ouviu nada, ouviu? — perguntou Orion.

Seu tom indicava qual resposta Ah Dou deveria dar: *não, senhor, não ouvi nadinha*. Em famílias que mexiam com política, os empregados ou tapavam os ouvidos ou arriscavam serem demitidos. Ah Dou já estava acostumado com a conduta.

— Nadinha — respondeu calmamente. — Está procurando algo de seu pai?

Orion deu uma última olhada na mesa. Ele tinha de admitir: sim, estava esperando achar algo suspeito. Tinha de admitir: vivia cada dia temendo que o pai errasse de novo e que, desta vez, a acusação não seria revogada antes da condenação, desta vez ele não seria inocentado quando provassem que a evidência era muito fraca. Ele seria preso, e Orion assistiria ao fim de sua esperança desmoronar. Ele não sabia no que acreditar. Traidor ou não, *hanjian* ou não. Era o seu pai. Talvez isso fizesse de Orion um agente ruim, mas, se um dia encontrasse evidências incriminadoras dentro de sua casa, seu primeiro instinto seria escondê-las.

Orion se permitiu soltar um suspiro trêmulo. Então transformou sua expressão em um sorriso brilhante e, se tivesse se olhado no espelho, talvez pudesse ter enganado até a si mesmo.

— Só um pouco mais de papel. O chá está pronto?

4

li, em frente ao bar: um alvo, em pé.

Sob as luzes do salão de dança, pode-se pensar que as mulheres da cidade se assemelham a serpentes marinhas: cores vivas e *qipaos* justos, a curva de um quadril e o decote de um ombro, deslizando de parede a parede. O vislumbre de uma escama que cintila quando o brilho das luzes fica mais forte e desaparece nas sombras quando o holofote se abaixa. Pernas dançantes e sapatos importados que deslizam ao longo do piso pegajoso.

A música vinda dos saxofones reverbera em cada canto do estabelecimento. Ninguém se importa muito em lembrar onde está, em segurar o nome do local na boca e informá-lo na manhã seguinte, quando os eventos da noite anterior forem relembrados em meio a um jogo de baralho. Este salão de dança não é um dos importantes. Não é o Bailemen, ou o Palácio do Lírio Pêssego, ou o salão Canidrome, então simplesmente se mistura a centenas de outros, só mais uma luz trêmula em um teto cheio de luminárias. Há alguns anos, ele poderia nunca ter sobrevivido. Estaria competindo contra um monopólio comandado por duas gangues, mas essas máfias haviam se desfeito enquanto a guerra lá fora ainda precisava de uma distração. Novos salões e cabarés surgem toda semana como infestações na cidade: um tumor de rápido contágio que ninguém se importa em conter.

Ali, saindo pelas portas: um alvo, caminhando.

Por mais que sejam o foco em todos os estabelecimentos, as mulheres da cidade não estão sendo observadas esta noite, aqui, agora, pelos olhos no canto. Em qualquer outro momento, são acompanhadas em qualquer lugar a que forem. São bombardeadas em cada esquina por pôsteres que prometem juventude eterna e saúde de ferro. Cigarros Chesterfield, chocolates Nestlé, cosméticos da Tangee. Estrelas de Hollywood com suas saias esvoaçando no vento desenhado a lápis. Vivia-se uma era de consumo, o tempo voando por sabores norte-americanos e jazz, literatura francesa e um mar de amor cosmopolita perdido. Se a pessoa não tivesse cuidado, poderia ser engolida.

Ali, próximo às mesas: um predador, levantando-se.

O assassino segue o alvo para o lado de fora. O assassino é igual a todas as outras pessoas da cidade, porque a cidade olha para todas as almas igualmente. Dessa forma, talvez ninguém se pareça com ninguém, mas isso significa que ele é só mais um na multidão, outro rosto que não chama atenção, outro andarilho noturno caminhando pelas ruas ao som do *dun, dun!* do bonde em seus trilhos. É o vizinho debruçando-se sobre a varanda; é o ambulante vendendo pêssegos; é aquele banqueiro chamando o último riquixá da rua para aproveitar a noite em um outro distrito. É, simplesmente, Xangai.

Até que ele puxa o homem que saiu do salão, jogando-o contra a parede do beco tão facilmente quanto alguém cuspiria um pedaço de chiclete.

O homem arqueja, arrasta-se. Estava satisfeito em sua tontura pela embriaguez, mal conseguindo ver dois pés a sua frente. Não consegue recobrar os sentidos rápido o suficiente para compreender o ataque, ou para ver o borrão do agressor acima de si quando cambaleia até o chão.

— Por favor. — O homem arfa, tentando se afastar. — Quer dinheiro? Tenho dinheiro.

Ali, no beco: outra vítima a ser atacada.

O brilho de uma agulha reluz sob o poste. A perfuração foi cruel, forçada na parte interna do cotovelo do homem. Ele tenta escapar, mas o aperto em seu ombro é como aço, segurando-o com firmeza.

O líquido queima. Como se fogo corresse por suas veias no lugar de sangue, pulsando por seu coração e devastando tudo por onde passa. Apesar de lutar, apesar de gritar, gritar e gritar, o barulho é só mais um, perdido no tumulto de Xangai enquanto a cidade segue em frente.

Quando a agulha é retirada, uma única gota de seu conteúdo respinga na roupa do homem.

Mas o homem não se importará.

Ele já está morto.

5

Amanhã chegou densa, o alvorecer erguendo-se no horizonte com tensão e esforço. No momento em que Rosalind chegou à Concessão Francesa de Xangai e estava caminhando para casa, as ruas murmuravam com as conversas dos madrugadores, e uma brisa leve vinha dos salgueiros verdes que decoravam as laterais das ruas.

Ela nunca pensou que acabaria de volta ali, morando na Concessão Francesa, onde suas memórias estavam espalhadas como verniz sob as casas de pilar de mármore e sob os caminhos decorados com mosaicos. Vozes a seguiam para onde quer que olhasse, pulando ao longo das cercas de ferro forjado e vagueando sobre as paredes baixas de tijolo.

Rosalind virou em uma rua mais estreita, afastando a cabeça para evitar duas estudantes que andavam com os braços entrelaçados. Elas a seguiram com os olhos, os laços em seus pescoços tremulando com o vento do outono, mas àquela altura Rosalind já estava entrando em sua garagem. Seu apartamento ficava no segundo andar do edifício, um pequeno espaço de um quarto que rangia no inverno. Apesar de seus melhores esforços com a decoração, ele sempre parecia vazio, mas que escolha Rosalind tinha? Era de se esperar para alguém como ela. Nunca tivera mãe. Nunca fora próxima do pai — ou ele a enviava para seus tutores ou a deixava com os

Cai, a família de sua prima. E, apesar de ter construído um lar na mansão Cai, agora ela estava mais vazia que seu próprio apartamento.

Outrora, a mansão Cai havia sido o centro de maior importância da Sociedade Escarlate. Outrora, a Sociedade havia sido uma rede secreta que governava metade da cidade. Agora era apenas outra parceira política dos Nacionalistas, e o quarto de Rosalind naquela casa havia se tornado uma despensa para objetos aleatórios que os empregados não sabiam onde deixar. Se Rosalind não tivesse saído, seria outro desses itens estranhos, esquecida em meio à bagunça e ao acúmulo do quarto.

— Eu estava prestes a entrar em contato com Dao Feng para avisá-lo de que você acabou morrendo no trabalho.

A voz de Lao Lao ressoou das portas do apartamento de Rosalind. A idosa se debruçou sobre o corrimão do segundo andar para olhar o pátio, observando Rosalind entrar no prédio.

— Dao Feng sabe que é preciso muito mais do que uma missão para me matar — respondeu Rosalind.

— Ah, céus. Meu coração é frágil demais para aguentar o choque, sabia?

Com uma bufada divertida, Rosalind tirou os grampos do cabelo, balançando os cachos bagunçados enquanto atravessava o gramado do pátio. Colocou a mão no ombro enquanto subia as escadas externas, massageando uma pequena tensão que havia ganhado vida. Mesmo sob a malha de seu *qipao*, ela conseguia sentir o contorno de suas cicatrizes, que iam até o limite de suas escápulas. O impacto delas decorava suas costas como o centro de um raio. Rosalind as ganhara antes do corpo ter a capacidade de se curar sozinho, então permaneciam ali, latejando cada vez que ela pensava na Sociedade Escarlate.

Rosalind chegou ao patamar do segundo andar, soprando uma mecha para fora do rosto. Quando encontrou os olhos turvos de Lao Lao, a idosa simplesmente soltou um *tsc-tsc*, virando-se nos calcanhares e desaparecendo dentro do apartamento de Rosalind.

— Venha comer. O arroz está esfriando.

Lao Lao era a senhoria do prédio. Rosalind não sabia seu nome, e Lao Lao se recusava a dizê-lo, então a chamava por um título digno de avós. Ela morava no apartamento abaixo, onde havia um telefone de disco instalado na sala de estar, pronto para receber mensagens para Rosalind. No começo, Lao Lao usava suas chaves para entrar no apartamento e deixava bilhetes na mesa da cozinha sempre que havia um recado. Havia dois anos, porém, que ela percebera como as prateleiras de comida de Rosalind estavam vazias, e como as roupas dela estavam sempre dobradas como se uma criança de 7 anos estivesse tentando cuidar da casa. Desde então, apesar dos protestos de Rosalind, Lao Lao sempre tinha um timing perfeito em relação à sua volta ao apartamento, já pronta na cozinha e colocando os pratos na mesa.

— Me preocupa que você acorde tão cedo de manhã — disse Rosalind, sentando-se e olhando as cumbucas de comida.

Yóutiáo e ovo mexido com tomates, *congee* com ovo milenar e *jiānbǐng*. Lao Lao devia ter levado ao menos uma hora para preparar tudo.

— Não preciso de descanso como os jovens — respondeu Lao Lao.

Rosalind pegou uma tira de *yóutiáo*, dividiu-a ao meio verticalmente e mordeu.

— *Eu* não preciso de descanso.

Lao Lao foi até a bancada da cozinha, olhando com muita atenção até pegar um jornal. A idosa com certeza precisava de uns óculos, mas, seja lá por qual motivo, insistia em não os usar. Quando levou o jornal à mesa e o colocou na frente de Rosalind, havia um bilhete preso à primeira página, a caligrafia invadindo as margens do papel.

Encontro com Dao Feng, 17h.
Restaurante Fênix Áurea.

— Sim, querida, eu sei. Escuto você andando pra lá e pra cá de madrugada. — Lao Lao balançou a cabeça, exasperada. — Mas suponho que isso seja melhor que ficar correndo pelas ruas.

— Correr pelas ruas é uma parte essencial das minhas tarefas — disse Rosalind, recostando-se na cadeira e dando outra mordida generosa no *yóutiáo*. Ela retirou o bilhete da página do jornal, na intenção de se livrar dele. Porém, antes que pudesse se levantar, sua atenção ficou presa na manchete que estava escondida embaixo do papel. — Lao Lao... a senhora me deu este jornal de propósito?

Lao Lao andava pela cozinha novamente, organizando a coleção de molho de soja de Rosalind. Para falar a verdade, era a coleção de Lao Lao, já que era ela quem os levava para lá e era a única que os usava.

— Eu faria isso de propósito?

Rosalind enfiou o resto do *yóutiáo* na boca e virou o jornal.

— "*Assassinato em Chenghuangmiao*" — leu, o som abafado pela massa. Ela engoliu e então pigarreou. — Achei que éramos próximas o bastante para a senhora me acusar de assassinato diretamente.

— Ah, *isso*. — Lao Lao estremeceu. As garrafas de molho de soja retiniram. — É o segundo esta semana. Estão dizendo que as mortes foram de overdose por drogas. Jeito triste de partir. Tenho certeza de que você faz muito mais floreio.

— Esta sou eu, a mestra do floreio — murmurou Rosalind. Ela virou o jornal, lendo com mais atenção. — Por que estão chamando de assassinato se as mortes foram por overdoses?

Havia muitos viciados em ópio na cidade. Muitos viciados em geral, vagando também pelas partes mais pobres das ruas, caindo mortos sem soltar uma única palavra.

— Ouvi falar que há evidências de uma luta na primeira vítima. Fizeram uma... qual é o nome desses procedimentos modernos em que se abre o corpo?

Rosalind torceu o nariz.

— Uma autópsia? Lao Lao, isso não é moderno. Os ocidentais fazem autópsias há séculos.

Lao Lao balançou a mão, dispensando o que ela disse, as pulseiras de jade em seu pulso cintilando sob a luz da manhã.

— Não importa. Seja lá qual foi a ciência que usaram, disseram que foi assassinato.

— Quem usa drogas para matar alguém?

— Não é isso que você faz?

Rosalind fingiu fazer uma careta, usando uma colher para pegar um pedaço dos ovos mexidos. O purê de tomate atingiu sua língua com tanto sabor que a expressão sumiu imediatamente, seus olhos se fechando e seus dedos se apertando.

— Primeiro, a senhora se superou com esses tomates. Segundo, eu uso veneno para *evitar* quaisquer evidências de luta. Se tem alguém andando pela cidade e provocando essas manchetes — ela bateu um dedo no jornal —, não é muito bom com venenos, não é?

— Você me assusta, Lang Shalin. — Lao Lao saiu apressada da cozinha, indo empurrar as cadeiras em volta da mesa até que estivessem perfeitamente alinhadas em cada canto. — Tenho que voltar lá para baixo porque minha filha trará sua tropa inteira de crianças já, já. Mas fale com seu treinador à tarde, *hǎo ma*?

Rosalind assentiu.

— Entendido.

Com um som de satisfação, Lao Lao deu um tapinha em seu ombro enquanto passava, então saiu do apartamento, fechando a porta. O lugar ficou em silêncio no mesmo instante, as paredes grossas o suficiente para afastarem o tumulto e os estrondos da cidade lá fora. Para começar, a Concessão Francesa já era mais silenciosa que o normal, as ruas muito cheias de ricos, abastados e estrangeiros para tolerar a gritaria que normalmente povoava as áreas chinesas.

Rosalind comeu mais uma colherada da comida, folheando o jornal distraidamente. Os assuntos da cidade passavam com rapidez: relatórios comerciais, reclamações de trânsito, aberturas de novas lojas. Quatro anos antes, talvez estivesse cheio de reportagens sobre a guerra de sangue entre a Sociedade Escarlate e os Rosas Brancas. Hoje, não havia nada. Nenhuma menção aos Rosas Brancas, porque os poucos que haviam sobrevivido estavam sendo esmagados pelas mãos dela. A família Montagov ou havia morrido ou partido. Qualquer um que tivesse morado naquela casa havia fugido, o quartel-general transformado em uma base Nacionalista.

Rosalind foi para a última página, então congelou, a mão parada sobre a publicação. Parecia que o universo havia decidido fazer uma piada cruel. Havia vasculhado seus pensamentos e escolhido mostrar o rosto sorridente de tinta de sua prima, seu retrato ao lado do de Roma Montagov, apresentado em uma arte delicada de linhas finas.

Em lembrança aos trágicos amantes de Xangai:

Juliette Cai & Roma Montagov

1907 – 1927

Rosalind fechou o jornal com gentileza. Inspirou. Expirou.

Se tivessem sobrevivido, teriam 24 anos agora. Mas os adoráveis rivais de Xangai estavam mortos. Tudo que restava eram os ratos e os fracassos da cidade, os pecados e o horror — personificados em uma garota chamada Rosalind. De todas as pessoas que haviam ganhado o direito de sobreviver, por que *ela*?

Primeiro sobrevivera à revolução e à troca de poder. E de novo quando a morte bateu à sua porta uma segunda vez. Havia sido uma noite de verão de temperaturas sufocantes, meses depois da explosão que tirara a vida de Juliette em abril.

— Rosalind, preciso que se levante — ordenou Celia.

Lembrava-se da expressão preocupada da irmã, parada ao seu lado enquanto o teto do quarto se tornava branco brilhante, indistinguível do brilho de um sol imaginário.

— Vá embora — implorou Rosalind. — Vai se contaminar.

Seus dentes batiam, a pele estava quente e vermelha. *Escarlatina*, disseram os médicos da mansão Escarlate, e, se Rosalind tivesse energia, teria rido. É claro que era. Havia traído a Sociedade Escarlate, e agora a escarlatina abria um caminho de destruição em seu corpo. Era o certo. Era o justo.

— Nós vamos embora. — A voz de Celia não deixava espaço para discussões. — Os médicos daqui não estão ajudando em nada. Você está morrendo.

— Então me deixe morrer — retrucou Rosalind. Começou a tossir, os pulmões latejando de agonia. — Se nenhum médico contratado com... dinheiro Escarlate pode me ajudar, então os hospitais... também não podem.

— Não — sibilou Celia. — Você precisa de remédios. Eles não estão dando atenção o suficiente aqui.

Rosalind havia colocado as mãos em cima da barriga, entrelaçando-as como alguém faria com um cadáver deitado para seu velório.

— Estou tão cansada.

— Não vai mais ficar depois que formos.

— Celia — sussurrou Rosalind. Era isso que devia ter acontecido em abril. Rosalind devia ter pagado com a própria vida por ter traído seu povo. O universo só se atrasou um pouco ao acertar as contas. — Me deixe morrer. Me deixe...

— Se recomponha — falou Celia com rispidez. Quando a irmã puxou Rosalind pelo braço e arrancou seu corpo enfermo da cama, foi com a maior violência que ela já vira a tranquila Celia demonstrar. — Acha que eu te deixaria morrer? Acha que eu te deixaria definhar nessa cama de seda, fingindo que fizemos o bastante? Então você pensa tão pouco de mim que deveria me renunciar como sua irmã neste mesmo instante. Levante e me ajude a *te salvar*.

Celia não a levou até um hospital. Levou-a até um cientista. Lourens Van Dijk, um antigo Rosa Branca, que segurava as pontas num laboratório praticamente inativo. Ainda assim, ele as recebeu na porta, murmurando com Celia sobre o que havia de errado com Rosalind. Levaram-na para os fundos, e Lourens procurou em seu trabalho, tentando determinar se tinha algo que poderia ajudar a curar a infecção que já era grave.

Pouco tempo depois, o coração de Rosalind parou.

Ela havia sentido as batidas ficarem cada vez mais lentas, como se os músculos não pudessem mais continuar funcionando, antes da primeira hesitação quando o amanhecer surgiu. Sentiu a escuridão se aproximar, sentiu seus pensamentos se espalharem e sua consciência se fragmentar em meras nuvens de memórias, e o último suspiro de alívio que passou por sua mente foi: *é isso*. Mais uma vez, o equilíbrio foi restaurado.

Então, como se tivesse sido dilacerada pela própria malha do universo, Rosalind foi arrancada da escuridão e empurrada de volta para seu corpo. Sentiu uma pontada aterrorizante de dor na dobra do braço quando seus olhos se arregalaram, e, apesar de a mandíbula estar aberta em um grito, nenhum som saía. Não conseguiu proferir uma só palavra até que Lourens tirou a seringa de seu braço, a longa agulha refletindo a luz.

— O que você fez? — Rosalind arquejava. — O que aconteceu?

— A vermelhidão desapareceu completamente — acrescentou Celia, soando tão chocada quanto ela. — Que tipo de medicação age tão rápido assim?

— Talvez você sinta dificuldade para dormir — disse Lourens enquanto guardava a seringa.

Ele deu uma batidinha em seu braço, como um avô demonstrando carinho, e então ajudou Rosalind a se levantar da mesa onde estava deitada. A recuperação era atordoante. Não porque continuava doente, mas porque havia passado de moribunda a saudável em questão de minutos, e era impossível para seu cérebro compreender isso.

— Anda — sussurrou Celia. — Vamos te levar para casa. Diremos a Lorde Cai que houve uma recuperação milagrosa.

Talvez você sinta dificuldade para dormir. Lourens não disse que ela nunca mais precisaria dormir. Não disse que, quando acidentalmente cortasse o dedão ao tentar cortar uma maçã na semana seguinte, apenas uma gota de sangue cairia na bancada antes de sua pele ficar lisa como se o ferimento nunca tivesse existido.

Rosalind voltou ao laboratório atrás de respostas. As janelas estavam cobertas com tábuas de madeira, e um grande cartaz escrito ALUGA-SE estava preso na porta, mas nada disso era estranho a princípio. Os Rosas Brancas que quisessem sobreviver na cidade precisavam estar prontos para fugir a qualquer momento, ou pelo menos deixar transparecer que partiram. Rosalind conhecia seus truques antes mesmo de começar a persegui-los, então invadiu o prédio e foi confiante até os fundos, pensando que acharia Lourens na surdina.

Mas o apartamento realmente estava vazio. Até mesmo o carpete havia sido arrancado, deixando manchas retangulares no chão. Lourens havia desaparecido.

Três semanas depois de ser curada, Rosalind deveria fazer 20 anos. O dia 08 de setembro passou tranquilo, e ela assoprou as velas de aniversário ao lado de Celia. Um mês depois, Celia estava claramente um centímetro mais alta. O que não seria estranho — mesmo que sempre tivéssemos tido a mesma altura, uma irmã ficar um centímetro maior que a outra era normal. Mas Rosalind já estava desconfiada. Durante aquelas três semanas, ela fechava os olhos todas as noites e não dormia. Levantava-se quando a manhã chegava e não sentia nenhum cansaço, como se não tivesse passado sete horas se revirando para lá e para cá.

As opções haviam se esgotado. Ela foi até o laboratório de pesquisa dos Escarlates e pediu para que a examinassem e descobrissem o que estava acontecendo. Rasparam sua pele. Tiraram seu sangue. Colocaram tudo sob um microscópio.

Quando os cientistas voltaram, pareciam estar em choque. De olhos arregalados, trocaram olhares frenéticos uns com os outros antes de reunirem coragem para encarar Rosalind.

— Suas células são... totalmente diferentes do normal — relatou um deles, enfim, quando se sentou ao lado dela. — Como se voltassem ao estado inicial no momento em que são danificadas. Como se não enfraquecessem a não ser que sejam lesionadas, e então renascem em vez de morrer.

Rosalind não conseguira entender nada. Todas as palavras haviam passado por cima de sua cabeça, caindo como pedaços inúteis em volta de seus pés.

— O que isso significa?

Os homens na sala haviam trocado mais olhares. Um tipo de silêncio sinistro havia caído como um pesado cobertor.

— Significa... acho que significa que a senhorita é praticamente imortal.

Então sua irmã gêmea havia feito 20 anos. Rosalind Lang ainda tinha 19. Rosalind Lang sempre teria 19 anos.

A Sociedade Escarlate contou sobre suas descobertas para os Nacionalistas. Os Nacionalistas passaram semanas, meses, fazendo experimentos. Não importava o que tentassem, seus laboratórios não conseguiam recriar exatamente *o que* Lourens havia feito com Rosalind. E, já que seus pesquisadores falharam em compreender porque ela não mais dormia ou envelhecia, seus agentes se aproveitaram desse resultado. Vieram bater à sua porta, dizendo que sua participação seria essencial para o desempenho deles na guerra, e Rosalind quase os rejeitara com um revirar de olhos, mal se importando com os partidos da guerra civil, ainda mais quando Celia estava secretamente aliada aos Comunistas. Mas Dao Feng soube como compreendê-la desde aquele primeiro dia, e havia enfiado o sapato na fresta para impedi-la de fechar a porta na cara deles. Ele disse que ela poderia ser a arma mais poderosa que o país já vira, a heroína de Xangai e o motivo de sua redenção. Não tinha como saber por quanto tempo sua imortalidade duraria — ela não queria tirar vantagem enquanto podia?

Rosalind *quisera* ser útil, e os Nacionalistas tinham poder a ser usado. Rosalind havia destruído a cidade, e não ficaria satisfeita até consertá-la. E parecia que a única forma de fazer isso era se aliar às pessoas que estavam se oferecendo para ela. Quando Rosalind fez as malas para partir, Celia fez o mesmo e murmurou que iria primeiro, sabendo que as duas não poderiam manter contato — ao menos, não poderiam *parecer* estar em contato — ou os dois partidos em guerra tirariam vantagem da situação. Celia acreditava no que os Comunistas estavam fazendo. Rosalind via utilidade nos Nacionalistas.

Então ali estava ela.

Apesar de todos os seus esforços, nunca havia reencontrado Lourens, mesmo depois de se tornar Destino e começar a procurar com o olhar de uma assassina. Ele havia desaparecido como todos os outros Rosas Brancas ameaçados pela política da cidade. Na verdade, ela não sabia o que faria se conseguisse encontrá-lo: se sentia-se grata por ele ter salvado sua vida, ou se cairia naquele ressentimento familiar que tinha por todos os Rosas Brancas e o faria pagar por sua interferência. Talvez fosse melhor deixá-lo escapar, mesmo que isso significasse nunca saber o que havia sido feito com ela.

Rosalind pegou o jornal à sua frente, os olhos marejados ao olhar os retratos. *Os trágicos amantes.* Juliette havia escolhido sua despedida da cidade: uma escandalosa e explosiva, que Xangai nunca esqueceria. Quando a hora de Rosalind chegasse, quando sua juventude sobrenatural fosse arruinada, ela sucumbiria com uma lamúria, cinzas carregadas pelo vento. As cicatrizes em suas costas nunca se curariam como os novos ferimentos. Ela estava presa, para sempre com o pior momento de sua vida gravado na pele. Não era só seu corpo que não envelhecia; sua *alma* inteira parecia paralisada. A própria cidade a dizia para seguir em frente, para encontrar algo novo com o que preencher o tempo, mas tudo o que ela queria era se enterrar no passado, na raiva que lhe era familiar, no conforto de resolver as injustiças que haviam se acumulado ali.

É melhor assim, sempre dizia a si mesma. Melhor consertar o passado, já que sempre estaria presa nele.

Rosalind se levantou com o jornal em mãos, olhando uma última vez para os retratos. Então, fechando bem os olhos que ardiam, jogou o jornal no lixo.

6

Quando Rosalind entrou no Fênix Áurea, um garçom a identificou imediatamente, cumprimentando-a com a cabeça e apontando o corredor para deixá-la passar. Apesar de nunca ter trocado mais que algumas palavras com as pessoas atrás das bancadas, era uma cliente assídua do restaurante, já que Dao Feng marcava ali, nas salas privativas, quase todas as reuniões.

Parecia um disfarce ruim, em sua sincera opinião. Se uma única informação vazasse, alguém poderia estar esperando para matá-los.

E foi exatamente o que Rosalind pensou estar acontecendo quando entrou na sala privativa e uma adaga voou na direção de sua cabeça.

Rosalind se abaixou bem a tempo de evitar a lâmina. A adaga fincou-se na parede com um baque alto, o metal tremendo após aterrissar. Ela se levantou rápido, uma careta nos lábios.

Porém, não havia sido um ataque.

— Viu só? — disse seu treinador. Ele sorriu, mas não estava falando com Rosalind. — Ela é boa.

Rosalind arrancou a adaga da parede, experimentando-a em sua mão. Pensou em jogá-la de volta em Dao Feng, mas não tinha como saber se sua mira iria longe, e não queria parecer uma tola. Então, simplesmente depositou a adaga na mesa mais próxima.

— Qual é o significado disso?

Apesar de não haver perigo, realmente havia mais uma pessoa no aposento: outro agente. O jovem parecia extremamente familiar, embora Rosalind não conseguisse descobrir o porquê. Um canto de sua boca se ergueu quando ele encontrou seu olhar. O rapaz parecia despreocupado, recostado na *chaise* do sofá com as pernas esticadas e os tornozelos cruzados, um braço nas costas do assento e o outro balançando uma taça de vinho. O incômodo em sua memória dava a entender que talvez já tivessem se conhecido, mas Rosalind havia visto muitos rostos em sua época como dançarina no cabaré Escarlate, e aquele agente parecia exatamente o tipo que o frequentaria.

— Só estou fazendo apresentações do jeito mais eficiente possível — respondeu Dao Feng. — Esse é Hong Liwen, mas...

— Mas sou conhecido como Orion — interrompeu o garoto, em inglês. — *Enchanté.*

Orion Hong. Agora que sabia seu nome, de repente entendia por que o rosto parecera tão familiar. Seu irmão, Oliver Hong, era o parceiro de missões de Celia. Assim que a irmã lhe contou o nome, Rosalind passou dias verificando seus antecedentes, caçando tudo o que poderia encontrar.

Os olhos de Rosalind se voltaram para Dao Feng com curiosidade, mas o treinador não parecia estar preparando uma armadilha para ela. Para todos os efeitos de sua identidade Nacionalista, Rosalind era Janie Mead. Podia já saber quem era aquele Orion Hong, mas ele não sabia nada sobre ela.

— Encantada — disse Rosalind.

Ela foi até ele, seu tom tão uniforme quanto sua entonação natural permitia. Orion havia falado com sotaque britânico, mas seu francês também era perfeito. Rosalind aprendera inglês com um parisiense. Um único deslize enquanto falava e Orion ouviria Rosalind, e não seu pseudônimo.

Parou em frente a ele e estendeu a mão para cumprimentá-lo.

— Janie Mead. E é só.

Orion juntou a mão na dela, apertando-a com alegria. Seus dedos eram frios ao toque.

— Você pode saber meu nome chinês, mas eu não posso saber o seu? Não me parece justo.

A primeira coisa com que se deparara durante sua pesquisa foi o fato de a família Hong estar arruinada. O pai, o General Hong, havia sido acusado de traição havia alguns anos, e, apesar de Rosalind não ter muito direito de criticar traições, pelo menos ela só havia se desviado de suas obrigações familiares. O General Hong havia sido investigado por aceitar propina dos japoneses, apesar de no final ter sido inocentado pelo alto escalão do Kuomintang. Ainda assim, o dano havia sido feito. A Senhora Hong o deixou, indo para o campo, supostamente com um amante. O filho mais velho desertou para os Comunistas quando a guerra civil começou, repudiando o partido Nacionalista por corrupção.

Porém, em meio a todo o escândalo, foi o filho do meio quem ganhou maior atenção da imprensa. As colunas de fofoca amavam falar sobre os filhos de Nacionalistas proeminentes, e, quando Rosalind fez sua pesquisa a respeito dos Hong, tudo o que encontrou foi *Orion, Orion, Orion:* um playboy conhecido nas áreas estrangeiras da cidade, e que havia dormido com metade da população estudantil da melhor academia de Xangai até se formar e se tornar um namoradeiro em período integral.

Era um bom disfarce para um agente secreto dos Nacionalistas, pensou Rosalind.

Mas isso não o impedia de ser um namoradeiro de meio período.

— Não precisa saber meu nome chinês — respondeu Rosalind. — Guardo ele para contar aos meus inimigos antes de os aniquilar desta existência mortal. E para os idosos.

Orion levantou uma sobrancelha escura. Era um movimento ensaiado, assim como a expressão entretida e a única mecha de cabelo que havia caído de seu penteado em uma suposta descontração.

— Está tentando ser engraçada?

— Você está rindo?

Ele inclinou a cabeça para trás, fazendo com que a mecha de cabelo se afastasse dos olhos.

— Poderia estar.

Rosalind não se deu ao trabalho de retrucar mais. Fazia menos de um minuto que havia conhecido Orion Hong e ele já a observava como se tivesse traçado dez passos de um plano para conquistá-la. Quase pensou em dizer a ele para desistir antes que perdesse tempo. Rosalind não sentia atração física da maneira que as outras pessoas falavam. Não entendia a ideia de olhar para um estranho e se sentir presa em seu olhar. Uma fascinação temporária fazia sentido, mas um desejo real de ir à conquista? Para ela, sempre era necessário algo a mais: compreensão, amizade. Era extremamente improvável que Orion Hong tivesse esse tipo de paciência, quando Rosalind sabia bem o tipo de pessoa que ele era. Bonito. Arrogante. Calculista. Naquela década, quem não era?

Orion ainda segurava a mão dela desde o momento em que se cumprimentaram. Rosalind puxou-a de volta, trocando para o xanganês para não ter que continuar forçando o sotaque.

— Como eu havia perguntado tão gentilmente antes, qual é o significado disso?

Enquanto Rosalind e Orion engajavam em seu toma lá dá cá, Dao Feng estava parado em frente à janela, observando a rua, reflexivo. Por um instante, não respondeu à pergunta de Rosalind. Apenas colocou as mãos atrás das costas, amarrotando o terno ocidental. Quando o sol que estava prestes a se pôr entrou pela janela, seu cabelo grisalho se tornou branco, envelhecendo-o além da idade.

— Ouviu falar dos assassinatos que estão acontecendo pela cidade?

Rosalind se lembrou do jornal daquela manhã. Todos os dias havia assassinatos em Xangai, e muitos outros que não iam para os registros oficiais. A Concessão Francesa, a Concessão Internacional, as terras nativas da China: quando cada uma era governada por mãos diferentes e ninguém se importava em se comunicar além da própria jurisdição, um corpo desaparecido era um corpo perdido para sempre. Se aqueles assassinatos estavam chamando tanto a atenção de todos...

— As overdoses induzidas? — perguntou Rosalind. — De que suspeitamos, uma máfia nova testando seus produtos? As ruas andam com certa sede de liderança desde que a Sociedade Escarlate se uniu ao Kuomintang.

Dao Feng estreitou os olhos.

— Não — respondeu. — A mídia decidiu que essas são drogas recreativas, usadas com intenções assassinas, mas não são drogas. São produtos químicos de laboratório.

Orion havia ajeitado a postura na *chaise*. Ele não interrompeu. Apenas desceu as pernas e apoiou o queixo na mão.

— Químicos de laboratório? — repetiu Rosalind. Sentiu um arrepio na pele. Parecia que os próprios produtos químicos que passavam por sua corrente sanguínea estavam atentos, indo à superfície para ouvir. — De que tipo?

— Não sabemos — respondeu Dao Feng. — A informação não chega tão rápido, e temos agentes em diferentes partes do país ainda trabalhando nisso. O que já sabemos é de onde estão vindo. Investigações anteriores mostram que os assassinatos estão conectados a uma empresa japonesa patrocinada pelo governo: a Imprensa Turquesa.

— Espera, é por *isso* que me mandou ficar aqui depois que fiz meu relatório? — interrompeu Orion finalmente. Ele jogou as pernas de volta na *chaise*. — Está criando uma nova missão? Velhote, *acabamos* de terminar de investigar outra empresa japonesa. Não poderia ter esperado mais um dia?

Dao Feng lhe lançou um olhar fulminante.

— Acha que os japoneses vão esperar pacientemente para engolir nosso país para dentro de seu império?

Orion abaixou a taça de vinho. Pigarreou.

— Você está me mantendo longe do Lótus Esmeralda durante o horário de pico.

Rosalind levantou uma sobrancelha. Dao Feng balançou a cabeça, exasperado.

— A Imprensa Turquesa — repetiu o treinador. — No país deles, a empresa importa mídias. Em Xangai, publicam um jornal para residentes japoneses. Seus objetivos?

Dao Feng esticou a mão para pegar algo que estava em uma das cadeiras, então jogou-o na direção de Rosalind. Dessa vez ela não desviou, apenas esticou a mão e pegou o jornal sem dificuldades.

— Propaganda imperialista — concluiu Dao Feng.

Rosalind abriu uma das páginas. Então virou outra, folheando rapidamente.

— Não consigo ler nada disso.

Estava tudo em japonês.

— Exatamente.

Dao Feng se aproximou e arrancou o jornal dela, apesar dos protestos de Rosalind. Ele jogou os papéis na frente de Orion.

Orion suspirou, alisando a primeira página.

— *"Socialite herda fortuna esquecida e promete financiar a..."*

— O que vamos fazer é o seguinte — interrompeu Dao Feng, sem deixar Orion terminar. — A agência está contratando. Funcionários locais, já que é melhor para os impostos, e sangue novo também, de preferência jovens que acabaram de sair da escola para que possam pagar menos. Abriram duas vagas: intérprete assistente e recepcionista assistente. Então estamos mexendo uns pauzinhos para enviar vocês dois. Há uma facção inteira dentro da agência responsável por planejar esses envenenamentos, seguindo instruções do governo japonês para desestabilizar a cidade. Identifiquem a facção, nós fazemos algumas prisões, Xangai vive feliz para sempre e não é invadida como a Manchúria.

Rosalind levantou a cabeça repentinamente. A explosão nos trilhos da noite anterior. O burburinho frenético entre os policiais para usar a Sociedade Escarlate como bode expiatório, antes que as tropas chinesas fossem culpadas. Depois do café da manhã, Rosalind havia investigado: a parte atingida da ferrovia realmente pertencia aos japoneses. Não a surpreenderia se os próprios comandantes japoneses tivessem planejado a explosão para forjar a incompetência chinesa e criar uma razão para invadir.

— A Manchúria *já* foi invadida? Eu...

Dao Feng lhe lançou um olhar ácido, seus olhos se voltando para Orion uma única vez. Rosalind engoliu o resto das palavras, entendendo o aviso. Discutiriam aquilo mais tarde: Orion Hong não precisava de um resumo de sua última tarefa.

Mas isso levantava a questão de por que ele estava naquele aposento, convocado para uma missão conjunta. Sem mencionar o porquê de *Rosalind* estar envolvida em uma operação de inteligência de longo prazo. Ela era uma assassina, enviada para mortes rápidas e caçadas com alvos definidos. Infiltrar-se numa empresa e identificar ameaças estrangeiras... ela conseguia, é claro. Havia sido treinada para recolher informações e assumir novos disfarces.

Ainda assim... por quê?

— Acho que isso é tudo — concluiu Dao Feng. — Perguntas? Comentários? Preocupações?

— Sim — respondeu Rosalind, indicando Orion com o queixo. — Por que não pode enviá-lo sozinho?

Dao Feng balançou a cabeça.

— São tempos difíceis. Mesmo que Xangai não sinta tanto os efeitos quanto o interior, o país continua em guerra civil. Olhe quantos espiões Comunistas foram capturados nos últimos anos porque eram apenas jovens morando sozinhos, e isso levantou suspeitas.

Rosalind piscou.

— Espere um momento... morando sozinho, em vez de...

— De que importa como os Comunistas foram pegos? — perguntou Orion. — Não somos Comunistas, e foi o Kuomintang quem os pegou.

Simplesmente me coloque em um apartamento sob um pseudônimo e me deixe em paz.

— Nem todo o Kuomintang *sabe* sobre você, Hong Liwen. A não ser que queira que nossa filial secreta seja exposta para o resto do partido.

Orion fez um bico, pensativo, mas não argumentou. Era uma desculpa fraca, e Rosalind cruzou os braços, os olhos se voltando para o jornal em frente ao rapaz. *Ela* fora trazida para uma missão que não condizia bem com suas habilidades. O que significava que Rosalind não estava ali pela missão, e sim para cuidar do jovem capaz de cumpri-la. Naquela cidade, se alguém sabia um idioma, havia se relacionado com sua cultura de um jeito ou de outro. Se Orion falava japonês e seu pai fora suspeito de ser um *hanjian* havia alguns anos...

— O que quis dizer — recomeçou Rosalind — quando falou que os Comunistas foram capturados por morarem sozinhos?

Dao Feng balançou a mão, como se ela fosse lenta demais por não entender.

— Seus disfarces devem fazer sentido, no fim das contas. Se Hong Liwen vai começar a trabalhar sob um nome diferente, não pode continuar a morar na casa do pai.

Agora Orion estava começando a entender a confusão de Rosalind.

— Então... vou morar sozinho?

— Não, não. Como eu disse, isso levanta muitas suspeitas.

— Então... — Rosalind trocou um olhar com Orion. Ele estava igualmente intrigado. — Onde ele vai morar?

— Com você.

O aposento caiu em silêncio. Rosalind pensou ter escutado mal.

— Como disse?

— Desculpe, pulei essa parte? Vocês vão se casar. Para esta operação, os dois abandonarão seus pseudônimos atuais e se tornarão um só agente. Bem-vindos à filial secreta, Maré Alta.

Rosalind engasgou com a própria saliva. O rosto de Orion se animou, praticamente vibrando enquanto se erguia em seu lugar.

— Ah, é? Deveria ter começado com essa parte.

— Isso com certeza é desnecessário.

— O novo local de trabalho fica a três ruas de sua residência atual — disse Dao Feng para Rosalind. — Assumir um disfarce de casal dá a vocês a desculpa para serem um pouco estranhos e reservados enquanto se acostumam. Dá a desculpa para trocarem informações durante a pausa do almoço sem parecerem suspeitos. Dá a vocês um parceiro integrado enquanto conversam sobre a lealdade ao governo de seus colegas e descobrem se eles bolaram algum plano para matar pessoas pela cidade. Nosso esforço de guerra pode estar um pouco espalhado, mas não deixamos de ser profissionais que pensam nos planos de ação com muito cuidado.

Rosalind precisava se sentar. Aquilo tudo era demais. Seria impossível esconder as excentricidades de Destino com alguém morando em seu espaço 24 horas por dia. Não dormir, não se ferir: tudo isso fazia parte da identidade de *Rosalind*, não de Janie Mead. Se Dao Feng não confiava completamente em Orion, por que ela deveria?

Porém, antes que pudesse protestar outra vez, a porta da sala privativa se abriu e uma garçonete apareceu, gesticulando que Dao Feng estava sendo solicitado. O treinador pediu licença, mas Rosalind o seguiu rapidamente, passando pela porta logo antes de ela se fechar.

— Dao Feng — sibilou Rosalind no corredor. — Perdeu a cabeça? Por que deu essa tarefa para *mim*?

— Você é necessária — respondeu Dao Feng com paciência, gesticulando para que a garçonete fosse em frente. — É uma agente muito habilidosa...

— Pare. Não quero sua baboseira ensaiada — interrompeu Rosalind. Lançou um olhar para a sala privativa. Geralmente, não conseguia ouvir nada do corredor quando estava sentada à mesa lá dentro, então só podia torcer para que Orion não estivesse encostado à porta, bisbilhotando. — Trabalho para você com o intuito de livrar a cidade dos Rosas Brancas. De exterminar os inimigos que estão ativamente causando mal a Xangai. Não trabalho por qualquer outro motivo.

Dao Feng abaixou o queixo, concordando.

— Correto. E, nesta missão, estou te enviando para encontrar os inimigos da cidade. Não entendo qual é o problema.

— O problema é que você me treinou para *matá-los*. Não para criar *listas*. Não para erradicar uma *célula terrorista*, ou seja lá o que esteja acontecendo...

Ao ouvir isso, Dao Feng finalmente olhou para a porta da sala privativa com preocupação, então pegou o cotovelo de Rosalind e se afastou alguns passos dali. Quando franzia o cenho, os pés de galinha ao redor de seus olhos se aprofundavam. Às vezes, ele lembrava Rosalind de Lorde Cai, que também costumava ficar com uma expressão de concentração perpétua quando Juliette trazia informações que ele não queria ouvir.

— Me escute bem, Lang Shalin — disse Dao Feng, abaixando o tom de voz. — Hong Liwen é um ótimo espião. É eficiente. Tem uma das mais altas taxas de sucesso na filial secreta. Mas esta não é uma missão fácil. Há muito sobre ela que não faz sentido, e a razão disso pode envolver *hanjian*. Talvez tenhamos um traidor. Talvez tenhamos desertores no Kuomintang. Sabe como os japoneses são: escondem-se nas sombras antes de agirem na luz. E...

Ele não continuou. Rosalind cerrou os dentes.

— E você não confia em Hong Liwen — adivinhou ela.

— Confio até certo ponto — corrigiu Dao Feng. — Mas confio mais em você. Todos nesta cidade podem ser comprados por um certo preço. Você, no entanto... acho que não há nada sob o céu de Xangai que possa te comprar quando você se propõe a fazer algo. Preciso que se envolva nisso. Dê alguns meses de seu tempo para esta operação. Prometo que haverá Rosas Brancas para você podar depois disso.

Rosalind puxou uma mecha de cabelo com o dedo. A tensão deixou seus ombros, e ela relaxou a postura.

— Bem — disse, baixinho. Encolheu-se um pouco mais. — E se eu não for uma espiã tão boa?

Dao Feng deu um peteleco em sua testa. Rosalind recuou.

— Ai! — gritou, mas o rápido olhar do treinador a impediu de dizer algo mais.

— Não te criei com tão pouca confiança.

— *O quê?* Você nem mesmo me *criou* de verdade.

— É claro que criei. Te batizei como Destino. Agora volte lá e fale com Hong Liwen. Só vou demorar um segundo.

Dao Feng se apressou até o salão principal e Rosalind bufou, virando na direção da sala privativa. Abriu a porta e entrou, a boca formando uma linha fina. Orion imediatamente ficou de pé, pronto para falar.

— Não — interrompeu Rosalind.

A boca do rapaz se fechou com um som audível.

— Ainda nem falei nada.

— Foi um aviso prévio. Estou tentando pensar.

Orion cruzou os braços.

— Você é muito mal-humorada. Esperava que minha esposa fosse menos mal-humorada.

— Eu... — Rosalind mal conseguiu falar por entre os dentes cerrados — não sou sua esposa.

— Ainda não. Acha que também farão um certificado falso? Vou comprar um anel. Do que você gosta? Prata? Ouro?

— Dá para parar de falar...

— Tudo bem você ser mal-humorada. Acho bem fofo...

De repente, Rosalind pegou a adaga que Dao Feng havia jogado nela, empunhando-a. Pensou que serviria como uma bela ameaça, que talvez Orion recuasse quando ela levantasse o braço, mas ele simplesmente sorriu, ajeitando a postura. Seus olhos se encontraram. Os dele tinham um tipo de felicidade selvagem, como se dissessem: *por favor, vá em frente, eu a desafio.*

A porta do aposento se abriu novamente. A adaga caiu de volta na mesa.

— Certo. Vocês dois, venham comigo.

Dao Feng já havia partido antes de ouvir uma resposta. Rosalind atravessou a porta primeiro, com Orion em seu encalço. Não importava o quão rápido andasse, só alcançou Dao Feng quando já estavam do lado de fora do Fênix Áurea, e só porque ele estava recebendo uma mensagem de um soldado uniformizado.

Um carro estava estacionado ao lado da calçada.

— Entrem — instruiu Dao Feng.

— Para onde estamos indo?

Orion já estava abrindo a porta traseira, gesticulando para que Rosalind entrasse.

— Será uma viagem rápida — respondeu Dao Feng, sem dar uma resposta precisa. Ele se sentou no banco do passageiro. — Parece que tornaram isso cômodo para nós.

Rosalind rapidamente esticou a malha de seu *qipao,* abaixando a cabeça ao passar pela porta aberta e se sentando no banco traseiro enquanto mordia o interior das bochechas. Assim que Orion bateu a porta, o motorista começou a dirigir, ressoando pela Concessão Francesa, descendo a rua Ningbo e passando por escritórios municipais e delegacias.

Haviam entrado na parte chinesa da cidade. E Rosalind tinha um pressentimento sobre o que estavam sendo levados para ver.

O carro parou. À direita, um pequeno grupo estava reunido ao redor de uma ruela, com as cestas de compras ainda agarradas ao peito. Supôs que havia alguma feira livre nas proximidades, mas atualmente Rosalind não frequentava muito essas áreas, e as barracas e os vendedores mudavam muito de lugar para que tivesse certeza.

Dao Feng desceu do carro. Rosalind e Orion o seguiram, ambos agora quietos, sentindo aquela tensão na pele que acusava problemas, o peso no ar que acusava perigo. Quando Dao Feng andou até o grupo, as pessoas abriram caminho, mostrando soldados de guarda em um beco, mantendo os curiosos à distância sob a ameaça de seus fuzis.

Os soldados deram licença para Dao Feng. Ele não vestia uniforme, não era possível identificá-lo de forma alguma, e ainda assim menos do que um aceno foi necessário para que o caminho ficasse livre e ele pudesse desaparecer beco adentro.

— Devemos segui-lo? — perguntou Orion.

— É óbvio — murmurou Rosalind, apressando-se.

As paredes do beco eram tão altas que bloqueavam o sol. Um arrepio percorreu seu pescoço quando ela se aproximou de Dao Feng e do corpo ao lado do qual ele estava agachado.

Os membros do cadáver estavam esparramados em todas as direções. Sua cabeça pendia para o lado, formando um ângulo estranho com o pescoço. Havia sido um trabalho apressado: quem quer que o tivesse assassinado estava trabalhando rápido, sem tempo para pegar a vítima e colocá-la no chão.

— Estão vendo isso? — perguntou Dao Feng, que foi em direção ao corpo e levantou um braço do cadáver. A pele já havia se transformado em um tom doentio de branco, então o círculo vermelho na dobra do cotovelo praticamente brilhava. — O local da injeção. Muito grande para ter vindo da agulha de viciados. A cor está muito vermelha e viva para ser a reação de uma droga normal, não quando a maioria tem circulado com segurança nesta cidade desde que os estrangeiros começaram a trazê-las.

— Já acreditamos em você — disse Rosalind. Ela estava com uma leve náusea. Sabia que era irônico: uma assassina de estômago fraco. — Qual é o motivo desta visita?

— Apenas um lembrete para acompanhar aquele bate-boca horrível que eu escutei mais cedo.

— Não era um bate-boca — rebateu Orion calmamente.

Quando Rosalind tentou observá-lo pelo canto do olho, viu as mãos dele retorcerem as mangas. Ele não conseguia parar de encarar o corpo, o rosto ficando quase verde de nojo.

Dao Feng soltou o braço do cadáver, que bateu no concreto com uma pancada de dar dó. Nem soava real.

— Os jornais relataram dois casos. Em nossa contagem, há mais de dez, remontando a meses, talvez anos, atrás. Tenho certeza de que outros corpos também estão esperando para serem encontrados, considerando a quantidades de becos e vielas que existem dentro e fora de Xangai. Não pensem que a tarefa é simples só porque já sabemos o que está matando essas pessoas. Façam sua jogada antes que todos sejam capturados, e eles simplesmente se reagruparão para começar de novo. Façam sua jogada antes de arrancarem cada raiz imperialista perversa do solo, e elas simplesmente crescerão de novo quando as condições forem propícias e os jardineiros complacentes voltarem.

Rosalind se mexeu, desconfortável. Orion fez o mesmo, até dando um passo para trás quando, de repente, Dao Feng se levantou, parecendo estar mais alto do que de costume.

— Então — disse o treinador. O sol desapareceu no horizonte. — Estão prontos para trabalhar?

7

Fora dos limites da cidade de Xangai, havia um pequeno estúdio fotográfico especializado em retratos de noivados e casamentos. O movimento era sempre baixo, já que eram poucos os que podiam bancar retratos do tipo na área, o que para os quatro funcionários da loja era perfeito. Dia sim, dia não, abriam as velhas portas da frente que rangiam e preparavam as luzes para os dois ou três clientes que entrariam e bisbilhotariam antes de ir embora. Os moradores dali só tinham alguns trocados para gastar, mais adequados para as variedades de sucessivas lojas de *dumplings* e mercados de peixe.

O pouco trabalho não importava muito, pois o estúdio nunca conferia o lucro semanal ou calculava sua perda. Apesar de possuírem belas câmeras e saberem como fazer um retrato nas raras ocasiões em que um cliente usava seus serviços, a loja era uma fachada para agentes Comunistas, instalados fora da cidade, rastrearem o movimento inimigo.

— Por que ainda estamos abertos? Vocês não têm família para ver?

A voz sarcástica ressoou alto pelas portas, e Celia Lang levantou o olhar de onde estava varrendo, despertando no susto de seu devaneio. Ela estava pensando sobre os últimos mapas, os projetos que a equipe estava desenhando para enviar às forças militares secretas. A tarefa era executada nos arredores de Xangai, onde tecnicamente ficava a Província de Jiangsu, porque havia forças Nacionalistas da cidade se reunindo nas bases dali, preparando-se para serem enviadas ao interior para novos movimentos na guerra. Os quatro estavam de serviço naquele estúdio havia alguns meses, e provavelmente ficariam só mais um até terminarem os relatórios, antes de serem enviados para outro lugar.

— Felizmente, minha família toda está morta — respondeu Audrey de trás da bancada. — Qual é a sua desculpa?

Oliver passou pela entrada da loja, chutando o batente para que a porta se fechasse atrás dele. Ele lançou um olhar torto a Audrey. Não esperavam que voltasse até a manhã seguinte, então ou ele havia terminado mais cedo em Xangai ou havia sido colocado para fora. Sabendo como Oliver terminava suas tarefas — facas em primeiro lugar, portas derrubadas aos chutes, botas desgastadas —, ambas as opções eram plausíveis.

Oliver arregaçou as mangas. Uma bolsa preta estava pendurada em sua mão, e ele a segurava descontraidamente quando apoiou um cotovelo na bancada e franziu o cenho para Audrey.

— Se você se esforçasse tanto como recepcionista quanto se esforça como comediante, os negócios estariam indo de vento em popa.

— Não *me* culpe pela falta de vendas — retrucou Audrey, animada. Havia um cliente em potencial olhando o preço dos filmes no canto, mas sabiam que ele voltaria para a noite fria em alguns minutos, tratando a excursão pela loja como outra simples parte da paisagem em seu passeio noturno. — É provável que todo mundo veja sua cara assustadora e saia por aí gritando.

Oliver simplesmente franziu ainda mais o cenho e Celia se virou, escondendo o sorriso no ombro.

— Ei, está rindo do quê?

Celia suavizou os lábios. Oliver havia reparado. É claro que sim — havia pouco que ele não percebia, a começar pela primeira vez em que se conheceram, em um beco cheio de trabalhadores lutando na revolução. Oliver imediatamente percebeu que ela fazia parte da elite Escarlate, vagando para longe de onde deveria estar. Ele parecia ser importante, e ela havia pensado que era um dos líderes do partido. Quando Celia realmente se juntou aos Comunistas e foi designada para uma tarefa junto a Oliver, descobriu que os Comunistas só o consideravam tanto porque ele era filho de um general Nacionalista, e sua deserção para o outro lado havia sido um grande gesto de comprometimento.

Apesar de agora Celia *tecnicamente* estar em uma posição igual à de Oliver, ele se comunicava com os superiores com maior frequência. Ela não sabia por que ele continuava indo a Xangai, e não perguntava. Não porque não queria saber, mas porque seu trabalho era baseado em segredos. Informações secretas podiam surgir de todas as direções e, se você fosse pego ou torturado, era melhor não saber de nada do que ter que arrancar a própria língua a mordidas para proteger seus colegas.

— Estou pensando no café da Concessão Francesa — respondeu Celia, dando um passo para o lado para que o cliente que vagava pudesse ver a parede de molduras. — Trouxe um pouco para mim?

Apesar de manter o rosto inexpressivo, havia um brilho no olhar de Oliver quando ele ergueu a bolsa que estava em sua mão e puxou uma garrafa térmica. Celia apoiou a vassoura no armário e foi até ele, os braços esticados como se estivesse pronta para segurar uma criança.

— Talvez já esteja frio — disse Oliver. — Mas fiz o possível para mantê-lo embrulhado.

Celia colocou a garrafa térmica no rosto, deleitando-se em sua felicidade. Nada importava naquele momento: nem a guerra civil, nem sua preocupação com a irmã na cidade, nem o progresso de sua própria missão. Apenas aquele café, que a lembrava de dias mais simples em Paris, onde ela e Rosalind haviam crescido, criando um mundinho próprio.

Audrey murmurou algo da bancada. Celia se assustou, voltando-se para ela.

— O que disse?

— Ah, nada. — Audrey lhes lançou uma piscadela, pegando seus pertences e se ajeitando a fim de se retirar para os fundos da loja, onde todos tinham quartos. Nenhum deles tinha mais casas de verdade. Apenas improvisadas, dependendo do que o Partido pedia. — Acho que ouvi Millie me chamar, então vou deixar vocês fecharem aqui. *Wăn'ān.*

Ela saiu às pressas, os silenciosos sapatos de solas de pano contra o piso de linóleo. Millie com certeza não estava chamando ninguém nos fundos, porque já havia ido dormir escandalosamente cedo. Apesar de Audrey não ter repetido o que dissera, Celia achava que parecera muito com: *pelo jeito temos favoritos.*

Oliver claramente também havia escutado. Encarou Audrey por um longo tempo antes de relaxar a expressão. Só que... houve o vislumbre de algo escuro abaixo de seu colarinho quando ele se moveu, e Celia esticou a mão bem rápido, segurando seu maxilar para olhar direito antes que ele pudesse reclamar.

— O que houve?

Um caminho de arranhões feios começava em seu colarinho e continuava para dentro de sua camisa.

— Uma briguinha — respondeu Oliver.

Ele era sempre vago, por costume, mesmo quando não havia informações em risco, e isso enfurecia Celia. Ela afastou a mão, estreitando os olhos. Oliver a encarou de volta, com calma. No fim das contas, mesmo que Oliver nunca admitisse diretamente, a intimidação de Celia venceu, e ele estendeu as mãos sem dizer nada, mostrando os nós dos dedos que também continham arranhões.

— Está tentando parar em um hospital? — A voz dela havia aumentado um tom.

A boca de Oliver se contraiu.

— Só preciso de você para cuidar dos meus ferimentos, querida.

— Ah, vou te *dar* uns ferimentos para você cuidar.

— Ai, que maldade. — Ele fechou as palmas para afastá-las. — Por favor, não se preocupe. Tive um pequeno encontro nas ruas, foi só isso.

— Inimigos?

Ela queria dizer *Nacionalistas*, sem falar a palavra em voz alta, como se a simples menção fosse invocar sua presença.

Oliver não respondeu. Só estendeu a mão para apertar seu cotovelo antes de passar por ela.

— Vou entrar para escrever uma correspondência. Precisa de algo?

— Não. — Celia bufou. Forçou-se a afastar um pouco da irritação. — Obrigada pelo café.

Oliver lançou um sorriso controlado, então desapareceu nos fundos da loja. Sozinha, Celia pegou um pano e começou a limpar, esfregando as janelas e tirando o pó que se juntava depois de um longo dia de nada. Havia começado a se acostumar com as rotinas diurnas. Por mais que a propaganda Nacionalista os fizesse parecer espiões competentes, saídos de um filme de Hollywood, ser um agente Comunista não era nada mais que desenhar mapas, contar quantos tanques passavam a cada semana e, raramente, se esconder no meio da noite quando as fileiras do exército do Kuomintang se moviam pela rua principal da cidade para determinar qual seria seu próximo assentamento. Os Comunistas haviam se tornado clandestinos. Não faria bem chamar atenção. Não se esperava que fizessem nada além de fingir serem pessoas normais, ou seriam capturados, e mesmo assim os números já estavam diminuindo. Celia tinha certeza de que sua irmã fazia muito mais, correndo e cortando gargantas como uma agente secreta do governo que realmente estava no poder.

— Ei.

Celia olhou por cima do ombro, os dedos parando em um dos trincos da porta. Assim que viu que era Audrey novamente, encostada em um expositor de vidro, Celia se virou para voltar a trancar. Colocaria a porta esquerda no lugar primeiro, depois prenderia a direita quando o último cliente fosse embora.

— Achei que já tivesse se retirado para o seu quarto.

— Ainda está cedo — retrucou Audrey. A garota fez questão de mostrar que estava conferindo se havia movimento nos fundos, como se Oliver fosse marchar até ali para repreendê-la. — Sabe por que o zangado foi à cidade?

— Presumo que "zangado" queira dizer Oliver — disse Celia, seca. — Não sei. E você?

Audrey fez um muxoxo.

— É por isso que estou perguntando a *você*, Celia.

A porta esquerda estalou quando fechada. A tranca ficava especialmente enferrujada quando o clima estava mais quente.

— Por que acha que tenho informações sobre ele?

— Sobre o que mais vocês dois estão sempre murmurando? Não me diga que são palavras de amor.

Celia jogou o pano sujo que estava em sua mão em Audrey. A garota gritou, afastando-o antes que pudesse atingir seu rosto.

— Não me meto nos assuntos dos outros — respondeu Celia.

Com um suspiro, Audrey pegou o pano e ficou girando-o enquanto perseguia Celia, sem fazer nada para ajudar a fechar a loja. Os integrantes da equipe não sabiam nada sobre o passado uns dos outros, mas Celia não conseguia imaginar como alguém tão preguiçosa e falastrona como Audrey havia sido recrutada como agente Comunista. Ela e Millie eram novatas, convocadas para aquela tarefa mais como um treinamento do que qualquer outra coisa. Logo iriam para outro lugar, e era mais seguro dizer pouco sobre como haviam parado ali, caso alguém se tornasse um traidor e erradicasse a célula inteira. Oliver era o único que sabia tudo sobre Celia — incluindo o fato de não ter nascido com o nome Celia nem com o nome Kathleen —, e a razão disso era porque eles haviam se conhecido muito antes e anos haviam se passado entre eles antes do primeiro surto de guerra civil. Para todas as outras pessoas, Celia se apresentava como Celia — ou Xīlìyà quando estava em um grupo majoritariamente chinês — e não contava mais nada sobre seu passado.

Bem... presumia que a maioria de seus superiores sabia que ela já havia sido associada aos Escarlates, o que fora mais uma questão de necessidade do que de escolha. Mas eles ainda pensavam que Celia era seu pseudônimo e Kathleen seu nome verdadeiro, quando na verdade era o oposto. Suas mãos estavam atadas: depois da primeira revolução, quando a fumaça abaixou e a poeira caiu sobre a cidade, cartazes pintados com crianças Escarlates começaram a circular por Xangai para levantar o moral. Para prevenir e não criar suspeitas de que era desleal, Celia contou aos superiores necessários que antes era conhecida como Kathleen Lang, e havia sido o braço direito da herdeira Escarlate.

Achara que a revelação seria recebida com horror. Em vez disso, ela recebeu praticamente o mesmo tratamento que Oliver quando ele desertou dos Nacionalistas. Imaginaram que ela havia deixado a Sociedade Escarlate e escolhido uma causa mais justa. Imaginaram que isso a tornava confiável. Mas não tinham ideia de que não havia sido difícil fazer as malas e abandonar a mansão Escarlate. Ela havia retornado à mansão Cai meses depois de trocar de lado, ficando em silêncio e mantendo suas alianças em segredo. Era de se pensar que fora necessária uma discussão e uma luta explosiva para que Celia partisse, mas ela só precisou passar pelas portas, e ninguém a impediu. A Sociedade Escarlate estava perdendo o controle pouco a pouco. Como o fio solto de um cachecol, agarrando-se e prendendo-se em todo objeto pontiagudo pelo qual passava, até que um dia você olha para baixo e não há mais nada em torno do seu pescoço.

Celia deixou pouco para trás quando foi embora. A irmã também estava se preparando para partir. Sua prima — sua melhor amiga — já estava... em outro lugar.

— Tem certeza de que não sabe de nada? — perguntou Audrey mais uma vez.

— Mesmo se soubesse — rebateu Celia, balançando as chaves da loja enquanto arrumava a bagunça que Audrey havia feito na bancada —, eu apagaria do meu cérebro. Não preciso saber de nada que não seja pertinente a nossa missão.

Apesar de os Comunistas a terem aceitado como uma ex-Escarlate, a parte penosa desse fato é que ele também revelou que ela era irmã de

Rosalind Lang. Os Comunistas tinham espiões junto aos Nacionalistas: esse era um fato abertamente conhecido. Por mais que tentassem se desfazer de agentes secretos a cada poucos meses, sempre havia Comunistas implantados nos lugares certos, extraindo informações sobre o Kuomintang que até mesmo alguns dentro do Kuomintang não sabiam. Como o fato de que sua filial secreta possuía uma arma, uma garota que não podia dormir nem envelhecer, que podia atingir seus inimigos várias vezes sem se cansar. Como o fato de que alegavam que o nome da garota era Janie Mead e que ela era uma agente comum, mas a liderança dos Comunistas descobrira havia muito tempo que, na verdade, ela era Rosalind Lang com substâncias químicas estranhas correndo pelas veias. Às vezes, Celia recebia ordens exigindo que relatasse as ações de Rosalind na cidade. Ela dava a mesma resposta toda vez: *"Não sei de nada. Não tenho mais contato com Rosalind Lang, e ela não aceita entrar em contato comigo."*

Era tudo mentira, é claro. Celia podia ser leal aos Comunistas, mas sua primeira lealdade era manter a irmã segura.

Audrey bateu o pé, fingindo descontentamento.

— Como sabe que não é pertinente? Ouvi falar que delegaram a Oliver controle sobre o Sacerdote.

Celia ergueu a cabeça rapidamente.

— *O quê?*

— Ah. — Os lábios de Audrey se levantaram. — Então fofoca chama sua atenção no fim das contas, Senhorita Toda-poderosa.

— Algo assim não é bem uma simples fofoca.

Celia olhou para o corredor, como se Oliver fosse sair a qualquer minuto. *Sacerdote.* Agentes sempre recebiam codinomes quando estavam em uma missão, para que os superiores pudessem falar sobre seu progresso sem revelar quem eram, no caso de a informação vazar e os Nacionalistas irem atrás deles. E as informações certamente circulavam o tempo todo. Era por isso que o partido clandestino inteiro sabia que Sacerdote era seu mais notório assassino, um atirador que nunca errava.

Celia não tinha um cargo alto o bastante para saber quem era o Sacerdote. Não havia considerado que Oliver o tivesse — muito menos para ter *controle* sobre ele.

— Parece surpresa — comentou Audrey.

Surpresa, e com certa preocupação em relação à irmã. Ela sempre estava preocupada com a irmã, mas principalmente quando a conversa envolvia outros assassinos. Em certos lugares, a identidade de Rosalind havia vazado aqui e ali. A do Sacerdote era um assunto ultrassecreto. Se o Sacerdote fosse atrás de Rosalind em um ato de guerra, ela não estaria preparada.

Celia pegou o pano sujo de volta.

— Você não tem mapas para desenhar? Xô.

Bem-humorada, Audrey recuou antes que Celia pudesse atacá-la com o pano outra vez.

— Certo. Mas me conte se...

De repente houve um estrondo, chamando a atenção de Celia, que se sobressaltou. O cliente que vagava havia batido o cotovelo em uma das câmeras. Celia teria deixado para lá, mas, na pressa para ajeitar a estrutura, ele levantou os braços, revelando um fio sutil saindo do bolso da calça.

— Ei!

Com dois passos largos, Celia o alcançou. Uma das mãos segurou o braço do cliente em um aperto firme enquanto a outra ia até o fio. Ela o arrancou e o aparelho retangular emitiu um som de estalo antes de cair do bolso dele. Uma faísca zumbiu em seu dedo, a carga elétrica tangível conforme corria da extremidade do microfone para a extremidade do plugue.

Audrey correu até o aparelho, pegando-o e correndo os olhos rapidamente por ele. Havia um logo óbvio e nítido dos Nacionalistas em um dos lados: o sol brilhante azul e branco. Tinham o ego grande o bastante para colocar identificadores oficiais em tudo, até mesmo no material de espionagem.

— Um transmissor — disse Audrey. — Suponho que tenha um atraso de trinta segundos para chegar a quem quer que esteja do outro lado.

Olhou para cima, encontrando o olhar de Celia com alívio claro. Tudo o que haviam dito que poderia ser prejudicial estava contido nos últimos trinta segundos. É claro, isso não resolvia o problema do cliente que ouvira demais...

O homem arrancou o braço das mãos de Celia e avançou até a porta.

— Eu pego ele — declarou Audrey, começando a correr. — Chame o Oliver!

— *Merde* — murmurou Celia, baixinho. E ela achou que seria uma noite tranquila. — Oliver! — Correu até os fundos, parando em frente a porta do quarto dele. — Oliv...

Os nós de seus dedos ainda não haviam feito contato com a porta quando Oliver a abriu, parecendo preocupado.

— Por que o tumulto...

— Havia um espião. Nacionalista.

Oliver começou a correr imediatamente. Ele sempre disparava pelo mundo como se a guerra estivesse em seu encalço, e isso só piorava quando havia uma ameaça real de perigo. Celia não ficou para trás, apressando-se para fora da loja e observando os arredores. Audrey havia jogado o homem no chão, ao lado da calçada. As mãos dele estavam esticadas à frente, e o homem estava extremamente quieto enquanto Audrey segurava uma pistola contra sua cabeça.

Não havia ninguém para servir de testemunha àquela hora. Os moradores gostavam de ficar em casa: era muito perigoso zanzar por aí à noite, quando os soldados poderiam estar patrulhando e fazendo tudo o que quisessem.

Oliver caminhou até a cena, as mãos atrás das costas. Seu colarinho tremulou ao vento, um dos botões casualmente aberto.

— Bem — disse ele. — O que houve aqui?

— Não sou um espião. — O homem arfava no chão. — Alguém só queria que eu fiscalizasse todas as lojas da cidade para identificar ações suspeitas. Não ouvi nada, eu juro!

— O simples fato de estar se explicando para nós indica que sabe que somos, na verdade, as "ações suspeitas" que estão procurando — disse Oliver, ríspido. — Audrey? O que ele ouviu?

Audrey visivelmente tentou não estremecer.

— Eu estava falando sobre o Sacerdote.

— Eu não vou contar nada! — insistiu o homem. — Não sei o que nada disso significa. Posso ficar quieto. Vou ficar mudo como um peixe.

Lentamente, Celia chegou mais perto, aproximando-se de Oliver pelas costas e colocando, com cuidado, uma das mãos em seu braço.

— É verdade. Ele não ouviu muito. Nada que seria devastador.

Oliver continuava sem dizer nada. Uma forte rajada de vento soprou, cantando num agudo fervoroso, o som ondulando em volta dos três agentes de pé em uma formação tensa. A cidade parecia insistir em gemer para compensar o silêncio de Oliver.

O braço de Audrey vacilou, abaixando a arma.

— Não seria tão ruim se o deixássemos...

Antes que qualquer um deles percebesse o que acontecia, Oliver tirou a própria pistola do bolso e atirou na testa do homem. O tirou soou alto, e tão rápido que poderia ter sido imaginado. Celia pulou, sentindo um leve respingo atingir sua bochecha.

O homem caiu em câmera lenta. O ruído noturno se apressou a preencher o vazio que o tiro havia criado. A grama abaixo de seus pés se agitou ao gosto do sangue e o rio próximo sibilou para perguntar se podia se alimentar do corpo. Celia soltou o ar lentamente, as mãos tremendo embaixo das mangas.

— Nossos disfarces estão seguros? — perguntou Audrey, interrompendo a noite. — Desculpa...

— Estamos bem — disse Oliver, limpando o respingo de sangue da lateral do rosto. — Não vazou para lugar nenhum. Não falhe de novo. Nem cite nada confidencial enquanto outros puderem ouvir.

Audrey olhou para os próprios pés. Havia evitado os respingos.

— Eu também deveria saber disso — disse Celia com gentileza. — Não se sinta tão mal.

Apesar de isso não mudar em nada a situação, Audrey assentiu, agradecida. Oliver pareceu discordar quando Celia assumiu parte da culpa, mas não falou nada. Quando a lua deslizou para trás de uma nuvem, disse:

— Vá para dentro, Audrey. Celia e eu resolvemos isso.

Audrey assentiu novamente, com mais energia no movimento. Afastou-se sem nenhuma discussão, entrando outra vez na loja e apagando as luzes de dentro.

— Não foi um deslize terrível — disse Celia assim que Audrey partiu. — Ela usou seu nome de batismo, mas você já é um agente conhecido.

Nem Celia nem Oliver possuíam codinomes quando eram alocados em tarefas nos subúrbios. Não era necessário quando o trabalho era relativamente fora do radar. Nenhum superior discutiria o progresso deles com grande frequência.

— Não foi um deslize terrível desta vez, mas se ela cair no hábito de falar perto de ouvidos espiões, vai acabar sendo levada e torturada. — Oliver arregaçou mais as mangas, fazendo uma careta ao ver outro borrão de sangue na ponta. Tirou um lenço do outro bolso, aquele sem a arma, mas, em vez de limpar o próprio rosto primeiro, entregou-o a Celia. — Não seja boazinha com ela, querida. Esta unidade está treinando agentes, não bebês.

Celia pegou o lenço delicadamente.

— Ela só tem 15 anos.

— Nós também já tivemos só 15 anos, mas não éramos descuidados. É por isso que estamos vivos. — Oliver se inclinou para pegar os tornozelos do homem morto. — Agora, pode me ajudar, por favor?

8

Ele se mudou naquela mesma noite.

Rosalind observou Orion tirar os itens de suas caixas e inspecionar cada um deles antes de colocá-los no apartamento, como se aquela fosse a primeira vez que visse tais coisas. Talvez não tivesse sido ele quem as empacotara. Talvez os muitos empregados em sua grande casa tivessem reunido tudo para *shàoyé,* e só agora ele estivesse lembrando que possuía uma estatueta dourada de galo. Ela não conseguia entender como Orion podia fazer uma análise tão completa de tudo enquanto falava sem parar. Sua boca não havia parado de se mover desde que ele entrara pela porta.

Nem uma única vez.

— ... confie em mim. Extrair informações é uma das minhas melhores habilidades. Se eu estiver no comando, terminaremos esta missão em semanas... um mês, *no máximo*.

— Aham... — disse Rosalind, sem muita convicção.

Ela estava com uma caneta em mãos, o lado com tinta em cima de uma carta escrita pela metade.

— Futoshi Deoka supervisiona a filial da Imprensa Turquesa de Xangai, então a probabilidade de ele estar liderando essa trama de terror é alta, certo? Ouvi dizer que ele é uma pessoa incrivelmente organizada. E sabe o que isso significa? Um rastro de papéis. Temos que direcionar nossa atenção para onde as informações confidenciais da empresa podem estar arquivadas, por que estariam sob sua proteção, certo? Cofres. Armários trancados...

Rosalind se perguntou qual seria o momento adequado para parar de prestar atenção. Ela precisava escrever para a irmã e não conseguia se lembrar de como se escrevia Manchúria em francês, quando havia um fluxo incessante de bobagens rodeando seu apartamento. Seu braço ficou posicionado ao redor do papel, bloqueando estrategicamente os rabiscos de sua caligrafia curvada.

Rosalind tocou a ponta de tinta novamente. *Mandchourie*, decidiu, desenhando um pequeno traço ao fim do parágrafo para marcar a quebra de seção. Depois, continuou rapidamente: *Agora, em vez de uma tarefa, fui enviada para trabalhar infiltrada na Imprensa Turquesa, o jornal japonês em Xangai. Tenho certeza de que viu as notícias sobre os assassinatos na cidade. O Kuomintang acredita que seja um esquema liderado pelos japoneses e originado na Turquesa. Dizem que está tudo conectado: as mortes, a invasão que avança devagar. Não há dúvidas de que devemos começar a temer o que vem de fora do país...*

Uma sombra pairou sobre o papel e a cabeça de Rosalind se levantou rapidamente, a caneta rabiscando o papel. O aposento estava silencioso. Orion Hong havia parado de falar em algum momento, sem que ela percebesse.

— Ah, não se preocupe — disse Orion, a sombra de um sorriso em seus lábios. Ele estava olhando a pilha de livros ao lado do cotovelo dela. — *The Mysterious Rider*? Bem norte-americano da sua parte...

— Não encosta — ordenou Rosalind.

A irritação queimou em seu estômago. O apartamento não era grande: a cozinha e a sala de estar eram adjacentes à entrada, decoradas apenas pelas mãos de Lao Lao. No quarto, as paredes eram vazias e o piso era praticamente tomado por livros sobre veneno. Orion era um intruso em meio a tudo isso, inadequado na cuidadosa arrumação.

Não é que ela quisesse desgostar de Orion Hong. Nem que soubesse muito sobre ele ou discordasse profundamente do rapaz em algo, tirando o fato de que ele possivelmente simpatizava com os imperialistas. Rosalind só desgostava dele porque Orion estava ali, invadindo seu espaço e seu trabalho. Precisava contar com ele para que a missão fosse um sucesso, e ele precisava contar com ela, e essa questão vital era o que mais a aborrecia. Odiava ter que depender de outra pessoa.

Orion ergueu uma sobrancelha.

— Não posso?

Rosalind bateu em sua mão assim que ele começou a estendê-la na direção do livro. De alguma forma, soube que Orion a desafiaria.

— Se encostar na minha mesa, eu te mato — disse ela sombriamente. — Quer saber? Se mudar qualquer coisa de lugar, eu te mato. Se você sequer *respirar* perto de algo em que não deveria estar mexendo, eu...

— ... te mato? — completou ele.

Rosalind virou a carta para baixo. A tinta havia secado o suficiente para esconder suas palavras sem borrar seu trabalho.

— Parabéns por entender tão rápido.

Orion passou um dedo pela mesa. Uma fina camada de pó se partiu, formando uma linha reta na madeira — uma barreira, talhada entre os dois.

— E se eu tocar em *você*?

Algo em Rosalind chegou ao limite, como uma barragem se abrindo em seu ressentimento. Ele precisava fazer piada com tudo? Como podia ser o melhor espião Nacionalista para a missão com *esse* comportamento?

— Nunca se esqueça de que está falando com outro agente — disparou ela. — Vou te estripar vivo antes que se dê conta.

Orion jogou a cabeça para trás em uma risada, reagindo com um charme descontraído. Rosalind falava *sério*. Um sangue invisível encharcava profundamente suas palmas — ele não sentia o cheiro? Cada vez que Rosalind olhava para os dedos, era como se houvesse algo pegajoso e viscoso cobrindo-a até os pulsos. Parecia impossível que os outros não percebessem, que os ombros em que esbarrava enquanto abria caminho por uma multidão não se esquivassem automaticamente ao sentir um fedor metálico nela.

— Entendido — disse Orion, um sorrisinho ainda nos lábios. Ele se afastou da mesa, colocando as mãos nos bolsos. — Tenho que sair agora. Não fique acordada me esperando, amada esposa.

Rosalind observou o pequeno relógio que tiquetaqueava ao seu lado. Suas sobrancelhas se franziram.

— Vai sair a essa hora?

— Assuntos ultrassecretos de agente — respondeu ele, já atravessando a porta de correr do quarto.

— Do que está falando? — questionou Rosalind atrás dele. — Ei! Hong Liwen!

Orion desapareceu. Rosalind tamborilou as unhas na superfície da mesa. Talvez Dao Feng tivesse dado outra tarefa ao seu falso marido, uma da qual ela não sabia. Talvez Rosalind devesse segui-lo.

O quarto caiu em silêncio. Com uma bufada exasperada, Rosalind pegou a carta, virando as palavras para cima outra vez. Parte da tinta infelizmente havia ficado manchada no fim da página, mas a escrita ainda era legível. Ela dobrou o papel, encontrou um envelope e colocou o endereço de Celia.

Rosalind a enviaria no dia seguinte. Sentiu uma dor chata atrás dos olhos quando guardou a caneta, mas não conseguiria dormir. Já havia se esquecido do sentimento de *precisar* dormir, de se levantar e ir para a cama de acordo com a rotina de uma grande casa. Manhãs com o bater de pratos, tardes com o som das pedras de *mahjong* deslizando na sala de estar, noites com o rádio alto dos empregados da casa enquanto tiravam o pó das cozinhas e se preparavam para dormir.

Não havia gostado de morar na mansão Escarlate. Sendo completamente honesta, havia odiado a maior parte do tempo. Mas viver rodeada pelo barulho havia sido um consolo. Saber que havia almas vivas no aposento ao lado que a levavam para um fluxo constante de movimento e sempre em frente.

Naquele apartamento, quando a noite caía, a quietude era sempre terrível, como se a escuridão abafasse tudo o que cobria. Seus próprios pensamentos eram o som mais alto que se ouvia em quilômetros de distância, um tropeçando no outro, até só restar um burburinho entre seus ouvidos.

Rosalind se levantou de onde estava sentada, enrolando uma mecha de cabelo em um dos dedos. Lentamente, perambulou em torno da mesa, então até às gavetas, onde Orion havia colocado a pequena estatueta de galo na fileira de perfumes dela. Ela cutucou o animal dourado, empurrando-o do canto precário de suas gavetas. Seria bem feito para Orion se sua bugiganga idiota caísse e o galo quebrasse, mas aí haveria cacos de vidro no chão. Era melhor salvá-lo agora ou...

Rosalind parou, sacudindo a estatueta. Havia algo ali dentro.

Cuidadosamente — para o caso de quebrar o galo e ser pega espionando com a boca na botija, logo depois de ter avisado Orion para não tocar em *suas* coisas —, ela cutucou a barriga da estátua, tentando achar algum tipo de abertura. Já tateava a estatueta sem nenhum resultado havia vários minutos quando bateu em seu bico e uma fenda se abriu entre as asas, fazendo com que a cabeça inteira saísse.

— Ora, o que é isso?

Rosalind inclinou o objeto para pegar o que havia dentro. Parecia ser uma folha de papel, amassada firmemente em uma bolinha. Não queria abri-la para o caso de Orion perceber o que ela havia feito, mas levantou uma das abas, vendo que era a página seis de uma edição do *Semanal de Xangai*. Rosalind empurrou um pouco mais a aba, revelando a linha superior com a data da edição: *Quarta-feira, 16 de fevereiro de 1927.*

Abaixou a aba, então devolveu o papel amassado para a estatueta e colocou a cabeça do galo de volta no lugar. Depositou-a onde estava antes, tão perto da beirada quanto Orion havia colocado.

Semanal de Xangai. Já havia visto esse jornal ser entregue na porta de Lao Lao, e, como era de sua natureza guardar informações, a idosa arquivava cada edição em seu armário. Talvez tivesse aquela exata edição de quatro anos atrás. Rosalind tirou o cabelo do rosto e correu pelo apartamento, fazendo barulho ao descer a escada, e apareceu em frente à porta de sua senhoria. Quando bateu na madeira delicada, ouviu o gritinho repentino de um garotinho e o som de passos correndo até a porta.

— Xiao Ding, *não* abra...

O aviso de Lao Lao veio tarde demais. O neto já havia aberto uma fresta da porta, uma de suas bochechas gordinhas se espremendo pelo vão enquanto ele espiava.

— Eu vim te comer! — declarou Rosalind, abaixando-se e pegando a criança nos braços.

Xiao Ding gritou de felicidade, deixando Rosalind fingir que mastigava seu rosto enquanto entrava no apartamento. Lao Lao apareceu, suspirando de alívio quando estreitou os olhos e reconheceu Rosalind.

— Ah, é você. Já comeu?

— Acabei de comer. — Rosalind devolveu Xiao Ding de barriga para baixo como se estivesse embalando um bichinho. — Um pouco cru, mas não te culpo.

Xiao Ding riu. Lao Lao pegou ele de volta, murmurando outro aviso sobre sair correndo.

— Gostaria de dar uma olhada nos seus jornais — disse Rosalind, já caminhando na direção dos armários da sala de estar.

Comparado às instalações de Rosalind, o apartamento de Lao Lao era um universo completamente diferente. As paredes eram uma explosão de vermelho e dourado, e os espaços que não estavam cobertos por cartazes de caracteres auspiciosos eram decorados com molduras ou vasos de flores em cima de armários e estantes.

Também havia barulho. Muito barulho. A maior parte atribuída às outras duas crianças se estapeando embaixo da mesa da sala de estar.

Enquanto Lao Lao cuidava da luta livre, Rosalind se agachou para examinar as pilhas dentro dos armários de vidro.

— Tem as edições do *Semanal de Xangai* de 1927? — perguntou Rosalind, distraída, vendo apenas as daquele ano.

— Tenho até as de 1911, *bǎobèi*. Continue procurando.

Rosalind continuou a folhear. Passou minutos vasculhando cuidadosamente antes de sentir a presença de Lao Lao atrás dela.

— Achou?

— Por que tinha que ser *Semanal de Xangai* e não *Mensal de Xangai*? — resmungou Rosalind em resposta.

Pelo menos não era *Diário de Xangai*.

Lao Lao também se agachou, os velhos joelhos estalando.

— O que está procurando? Tiraram uma foto sua em 1927?

Era improvável. Em fevereiro de 1927, Rosalind fugia para bares que não ficavam no território de nenhuma das duas gangues que governavam Xangai, o coração latejando no peito e a pele arrepiada com a emoção de suas atividades ilícitas. Agora, a náusea cercava seu estômago e o apertava como se fosse um elástico toda vez que ela relembrava aqueles meses. Mas essa reação visceral era culpa dela mesma.

— Dimitri Voronin, não é?

Rosalind havia falado com ele primeiro, quando as noites eram quentes e o verão de agosto se dissipava. Ele havia se virado, apreciando-a de cima a baixo com seus olhos verdes, e ela só achou engraçado, uma rejeição à guerra de sangue da Sociedade Escarlate. Rosalind não era uma Cai. Não se importava com os Montagov. Não se importava em evitar os Rosas Brancas.

— Eu te conheço — disse ele. — Não conheço?

— Conhece? — retrucou Rosalind, levando um copo aos lábios. — Me diga o que sabe.

Era tudo diversão até que ela começou a amá-lo. Até que tudo saiu do controle, porque Dimitri estava tramando um esquema cuidadoso, guiando a mão de Rosalind com os braços ao seu redor, fingindo abraçá-la suavemente para esconder o momento em que seus membros se transformariam em correntes.

— Quero ser seu amigo, Roza — prometeu ele, meses depois, naquela noite fria de inverno. A respiração visível no ar enquanto andavam nas vielas, dando voltas conforme conversavam sem nenhum olhar curioso. — Quero ser seu melhor amigo.

Que tipo de pessoa teria a decência de dizer tais palavras e não ser nem um pouco sincera? Que tipo de pessoa gastaria todo aquele tempo ganhando a confiança dela até que se tornassem amantes, só para puxar seu tapete depois e ir atrás de poder?

Agora ela sabia, é claro. O mesmo tipo de pessoa que nunca a havia amado, que a estivera usando para conseguir informações sobre a Sociedade Escarlate. O mesmo tipo de pessoa que teria destruído a cidade se Juliette não o tivesse impedido. Saber que Dimitri estava morto não fazia com que Rosalind se sentisse nem um pouco melhor. Não impedia a náusea, as memórias ou o aperto na garganta. Era uma das poucas que haviam sobrevivido ao cruzar o caminho daquele a quem chamara de amante. Então por que, mesmo assim, ela se sentia como uma de suas vítimas?

Rosalind suspirou, folheando a pilha de jornais seguinte.

— Não estou procurando por meu próprio retrato. Ficou sabendo que me deram um marido falso?

— Sim, ouvi dizer. Ele é bonito?

Rosalind revirou os olhos. Passou a investigar a pilha seguinte.

— É um pentelho, isso sim. Tenho a sensação de que ele está escondendo algo importante, mas essa edição do jornal pode esclarecer alguma coisa.

Lao Lao esticou as mãos, pegando algumas das pilhas de jornais que Rosalind tirava do lugar para que ela pudesse ver melhor lá atrás. Com destreza, Lao Lao as colocou no chão, mantendo uma fileira organizada enquanto Rosalind explorava, as pulseiras de jade tilintando.

— O que ele estaria escondendo?

— Não faço ideia — respondeu Rosalind. — Só estou desconfiada.

— Shalin, você desconfia de todo mundo.

Rosalind lançou um olhar feio a Lao Lao.

— Não desconfio não.

Lao Lao balançou a cabeça sabiamente.

— O mundo é guiado pelo amor, não pela desconfiança.

Bufando, Rosalind se voltou para a última pilha bem no final do armário. O amor era uma maldição. Nada de bom vinha dele.

— A-há. Achei! 1927.

O mês de fevereiro estava no começo da pilha. Rosalind folheou as edições, passando o olho pelas datas. Lao Lao observava por cima de seu ombro, ignorando outro gritinho de uma das crianças, até que um barulhão veio da cozinha. A senhora soltou um longo suspiro, então se levantou devagar.

— Me dê um momento... Xiao Man! Desça já daí!

Rosalind mal notou Lao Lao se afastar. Estava muito ocupada contando as semanas até finalmente achar a certa: *Quarta-feira, 16 de fevereiro*. Com três gestos rápidos do dedo, virou até a página seis, ansiosa para ver o que havia inspirado Orion a arrancar uma página inteira e enfiá-la em uma estatueta.

— Hum.

HONG BUYAO PRESO POR SUSPEITA DE TRAIÇÃO

Rosalind leu o artigo, pulando os detalhes entediantes sobre transferências monetárias e faturas, até parar em um parágrafo no final.

"Meu pai é inocente", disse seu filho Hong Liwen, 17 anos, do lado de fora de sua casa no domingo passado. "Nenhum de vocês sabe do que está falando." Quando perguntado sobre a declaração pública de Hong Lifu de que o pai era culpado, Hong Liwen não fez nenhum comentário em relação ao irmão mais velho.

— Encontrou o que procurava? — perguntou Lao Lao, colocando as crianças no sofá.

— Sim — respondeu Rosalind. — Mas não esclareceu muita coisa.

Não sabia o que havia esperado encontrar. Talvez um artigo dizendo que Orion era um assassino condenado que havia fugido da prisão e precisava ser arrastado de volta de imediato. Infelizmente, não.

Enquanto Lao Lao controlava os netos, Rosalind arrumou os armários, colocando cada pilha de jornal onde as havia encontrado. Continuou pensando, concentrada, analisando a manchete. Por mais incriminador que fosse ser preso por traição, isso não tornava alguém um verdadeiro *hanjian*. Diversos oficiais Nacionalistas colaboravam com estrangeiros secretamente para conseguir lucros extras. Esse era o motivo de a cidade estar transbordando de imperialistas.

— Tem certeza de que não quer comer nada?

— Estou bem — falou Rosalind por cima do ombro, indo em direção à porta. — Vou subir!

Despedindo-se da senhoria e das crianças, Rosalind subiu as escadas, franzindo o cenho quando entrou no próprio apartamento. Orion não havia retornado, mas ela não esperara que ele estivesse ali. Já que era assim, usaria o tempo que o rapaz estava fora para preparar algum veneno e empestear o apartamento. Ela nunca gostava do intervalo entre dois alvos, porque não sabia como passar as noites sem estar perseguindo alguém pelas ruas ou observando a casa de outra pessoa. Rosalind teria que se acostumar com isso. Enquanto a missão durasse, não seria uma assassina, seria uma espiã, o que significava que ficaria entre dois alvos por um bom tempo.

Rosalind pegou as folhas secas que escondia nos fundos da cozinha, colocando os rótulos contra a luz. Faria um tranquilizante não letal. Seria útil, dado esse estranho em sua casa.

Porém, dado o histórico dele, talvez ela precisasse de algo mais forte.

— Você não vai me enganar — murmurou Rosalind baixinho, os olhos se voltando rapidamente para a estatueta de galo enquanto ela desfilava até o quarto.

Pelo bem da sobrevivência do país, os Nacionalistas haviam juntado ela e Orion Hong e pedido que eles trabalhassem juntos.

Rosalind colocou as folhas secas em um almofariz. Então pegou um pilão, amassando-as com toda a força que possuía.

Pelo bem da sobrevivência do país, trabalharia com ele. Seria boazinha, deixaria que Orion entrasse em seu apartamento, fingiria um romance.

Mas não havia qualquer possibilidade de que baixasse a guarda, nem por um instante.

Nunca mais.

9

Orion entrou no restaurante de dois andares a passos rápidos, dobrando as mangas da camisa até os cotovelos. Atrás dele, Silas Wu tentava ao máximo acompanhar o ritmo, ajustando os óculos grossos a cada poucos segundos assim que começavam a escorregar graças ao esforço.

— Não acredito que me arrastou até aqui. — Silas bufou. — Também sou um agente, *não* seu motorista.

— E como um agente — respondeu Orion, lançando um olhar rápido por cima do ombro para se certificar de que seu melhor amigo o estava acompanhando —, preciso que me ajude enquanto fingimos beber e socializar.

Em circunstâncias comuns, o Três Enseadas não era seu local favorito para beber e socializar. A clientela era muito velha e cheia de políticos. O que significava que era o local preferido de seu pai quando ele tinha as noites livres, e onde era mais provável que Orion o encontrasse.

— Não poderia ter usado um chapéu e vindo sozinho? — resmungou Silas. Ele limpou os sapatos no tapete vermelho do hall de entrada, torcendo o nariz para os aquários instalados ao lado dos cardápios. — Posso apostar que ninguém está prestando atenção o suficiente para reconhecer você falando com seu pai.

— É uma questão de segurança. Tenho um novo pseudônimo agora. Não posso ser um Hong.

— Aí você me arrasta para todos os lugares como um mordomo? Não te suporto.

Orion segurou uma risada, entretido com a onda de reclamações de Silas. Talvez fosse rude da parte dele, mas Silas o perdoaria em questão de minutos. Orion se recusava a levar a maior parte das coisas a sério, e Silas levava tudo *tão* a sério que eles se balanceavam. Era assim que equações funcionavam, não era?

— Você é meu motorista ou meu mordomo? Decida-se.

Silas mostrou os dentes. Parecia um lulu-da-pomerânia fingindo ser um cão de guarda.

— Saiba que...

— Além disso, como é que vocês Comunistas dizem? — interrompeu Orion, batendo com uma das mãos nas costas de Silas conforme subiam as escadas. A grande estrutura de madeira girava em um meio círculo até chegar ao segundo andar, dando a volta em um chafariz de mármore na qual uma criatura marinha nua surgia da água. — Você não tem nada a perder além da dignidade?

Silas olhou para ele de soslaio. Apesar da diferença de idade, eram tão próximos quanto irmãos desde que ambos foram enviados à Inglaterra no mesmo ano para estudar: Orion aos 9 e Silas aos 5 anos, morando sob o mesmo teto, pois seus pais os colocaram sob os cuidados do mesmo tutor. Orion não se importou com o novo estilo de vida. Silas, por outro lado, crescera odiando a vida no Ocidente. A seus olhos, havia sido levado para longe de uma infância perfeitamente boa em casa, então ele se rebelava batendo os pés durante as aulas, depois chorando à noite, torcendo para que os pais sentissem pena e o mandassem voltar. Não funcionou. Quando ficou mais velho e chorar deixou de ser uma opção, Silas fez questão de passar pelos estudos o mais rápido possível, excluindo anos extras sempre que podia.

Ele voltou aproximadamente na mesma época que Orion. Semanas depois, tinha um emprego: agente na filial secreta do Kuomintang. Silas havia publicado um artigo de opinião tão mordaz em um dos mais importantes jornais de Xangai, condenando os estrangeiros — e a elite local por valorizar a educação Ocidental acima da própria — que chamou a atenção do Kuomintang. Naquela época, apesar de Orion saber da existência da filial secreta através do pai, foi o recrutamento de Silas que lhe deu a ideia de trabalhar para eles também.

E ali estavam os dois.

Graças aos anos que haviam passado juntos apanhando da régua do tutor se errassem alguma resposta, e depois os que passaram por aí brincando de política, Silas sabia que o amigo não estava usando a frase errada por falta de conhecimento. Orion simplesmente estava sendo um babaca de propósito.

— Você não tem nada a perder além de seus grilhões — corrigiu Silas. — E fale baixo. Este não é um bom lugar para manter esse disfarce.

Silas não era de fato um Comunista secreto. Ele era, tecnicamente, um agente triplo: um Nacionalista instituído que havia entrado em contato com os Comunistas clandestinos, alegando ter desertado enquanto ainda era leal aos Nacionalistas e à filial secreta. Entre os Nacionalistas, seu codinome era Pastor, mas ele não havia contado a Orion qual codinome usava entre os Comunistas, para prevenir qualquer chance de que descobrissem que Silas ainda era leal a seu partido original. Havia um ano que estava infiltrado, avançando aos poucos na descoberta da identidade de Sacerdote, um dos assassinos dos Comunistas. Da última vez que Orion ouvira falar, Silas estava fazendo um bom progresso, mas, naquele trabalho, isso não significava nada. Ele poderia facilmente voltar à estaca zero se uma fonte fosse retirada ou se o inimigo criasse suspeitas.

Orion olhou ao redor, observando os grupos de empresários que haviam se reunido para conversar fora das salas privativas. Havia muita fumaça de cigarro no local, circulando entre as conversas e cobrindo de cinza o andar superior do restaurante. Seu estômago se contraiu. Forçou-se a não prestar atenção a seu entorno, a deixar que os nós em seu intestino se desfizessem.

— Preciso resolver uma questão, Silas — disse Orion, baixinho, acalmando-se. — Oliver apareceu noite passada. Estava procurando algo na mesa do meu pai.

Imediatamente, Silas piscou, franzindo as sobrancelhas.

— Pelo contrário, esse é um assunto que você precisa reportar.

Não, pensou Orion. Não podia fazer isso. E se a informação incitasse os Nacionalistas a também investigarem as coisas de seu pai, para tentar entender o que os Comunistas poderiam estar procurando? E se acabassem encontrando algo ruim?

— Terei que convencer uma recepcionista a localizar meu pai — disse ele, fingindo não ter escutado a sugestão de Silas.

— Ou poderia cuidar da sua missão em vez de sempre meter o nariz nos negócios do seu pai, mas já sei que não vai fazer isso. — Silas parou por um momento, afastando a fumaça com a mão. — Por falar nessa missão... é verdade que você *se casou*?

A contração nos lábios de Orion foi imediata, a tensão em seu estômago se aliviando um pouco ao se agarrar àquele pensamento distrativo. Janie Mead. Com aquele rosto familiar, os gestos cuidadosos e um nariz constantemente arrebitado, que transmitia uma necessidade de ver Orion enterrado a sete palmos do chão. Quanto mais demonstrava estar irritada com ele, mais ele sentia vontade de irritá-la, mesmo que fosse para receber mais um pouco de sua atenção. Ela era fascinante. Estava tão desinteressada nele, o que o intrigava imensamente, em parte porque Orion podia jurar que a conhecia. De onde ou como, não conseguia lembrar, mas o sentimento de já a ter encontrado antes estava gravado em suas entranhas.

Se a história de Janie Mead fosse verdadeira, ela não havia estado na cidade nos últimos dez anos, criada inteiramente nos Estados Unidos. Orion não acreditava. Mas ele gostava de um desafio, então não insistiria no assunto. Em vez disso, arrancaria pedacinho por pedacinho.

— É a mais pura verdade — respondeu, mostrando um sorriso. — Ela diz se chamar Janie Mead, mas não encontro uma única pessoa que a conheça.

Silas subiu os óculos de novo, empurrando-os pelo cantinho para não sujar nada.

— Então é reclusa?

— Não, é mentirosa. Uma linda mentirosa, mas uma mentirosa mesmo assim. — Era algo comum na filial secreta. Orion tentaria não levar isso para o lado pessoal. Com um gesto, sinalizou para que Silas o seguisse pelo segundo andar, onde haveria recepcionistas a quem pressionar por informação. — Conhece alguém que tenha informações sobre os repatriados norte-americanos?

— Posso perguntar por aí — respondeu Silas. — O que aconteceu com a outra garota que você estava namorando? Zhenni?

Orion torceu o nariz.

— Terminamos há semanas. Se atualize, Silas. Ela gostava mais da Phoebe, de qualquer forma.

Silas quase engasgou em sua inspiração seguinte. Não era segredo que ele era apaixonado pela irmã mais nova de Orion, e este era a pobre alma que tinha que aguentar a vergonha alheia sempre que Silas tentava deixar suas intenções claras. Quando Phoebe assoprou as velas dos 6 anos e seus pais se prepararam para mandá-la mais cedo para o exterior, seu irmão mais velho, Oliver, já havia quase terminado os estudos em Paris, então Phoebe se juntou a Orion em Londres, morando logo no final da rua. Desde o primeiro momento em que se conheceram quando crianças, Silas não conseguira tirar os olhos dela, não importava o quanto Orion fingisse estar com ânsia de vômito sempre que Phoebe não estava olhando. Teria feito mais sentido se Silas tivesse feito amizade com a irmã em vez de com Orion — já que os dois só tinham meio ano de diferença de idade —, mas Silas era um banana em tudo que dizia respeito a Phoebe. Mais de uma década havia se passado desde então e, ou Phoebe continuava surpreendentemente ignorante em relação a Silas, ou fingia estar. Sua irmã era apenas muito caprichosa para tolerar o assunto.

— Com ciúmes? — perguntou Orion, levantando a sobrancelha.

Ele havia batido várias vezes na cabeça de Silas e insistido que ele contasse seus sentimentos. Silas sempre se recusava.

— Não — balbuciou Silas. — Phoebe pode tomar as próprias decisões.

Orion passou um braço em volta do ombro de Silas.

— Eu estava falando de mim mesmo. Talvez, se eu te tirar da Phoebe, ela finalmente te note...

Furioso, Silas bateu nele enquanto Orion fingia se inclinar.

— Sai, sai!

— Ah, vamos lá...

— Não pode brincar com os sentimentos de alguém assim...

Uma voz repentina atravessou o corredor do segundo andar.

— *Gēge!*

— Que droga...? — Foi a resposta imediata de Orion, que desistiu de atormentar Silas e tentou localizar o som. — Fale do diabo e pelo jeito ela aparecerá... Hong Feiyi, o que está fazendo aqui?

Phoebe se aproximou, as camadas de sua saia balançando a cada movimento.

— Por que está falando meu nome completo por aí? — perguntou a irmã com doçura. — Não posso estar atrás de uma reunião com nosso pai assim como você?

Orion olhou seu relógio.

— Já passou da sua hora de dormir.

— Tenho 17 anos... não tenho hora de dormir. Tente outra vez.

— Discordo veementemente. Você é um bebê.

Phoebe soprou a própria franja e balançou a cabeça, chacoalhando todos os aneizinhos presos em seu cabelo com permanente.

— Estou indo embora de qualquer jeito. Papai não está aqui.

— O quê?! — exclamou Orion. De soslaio, podia ver Silas lhe lançando um olhar fulminante. Orion os havia arrastado até ali para nada. — Então onde ele está?

— De acordo com seus queridos companheiros na sala privativa número cinco, passando a noite no escritório — respondeu Phoebe. — Mas encontrei Dao Feng na rua Fuzhou mais cedo. Ele tinha um bilhete para você.

Orion estendeu a mão na mesma hora. Phoebe não era uma agente, apenas vencedora do prêmio de irmãzinha mais intrometida. Enquanto Orion havia ido atrás de um emprego e Silas havia sido recrutado, Phoebe simplesmente estava próxima à filial secreta. Em virtude de suas relações familiares, Dao Feng confiava nela o suficiente para enviar mensagens a Orion, o que significava que Phoebe estava envolvida em todas as suas missões.

Orion havia protestado contra essa questão várias vezes. Ela não havia sido *treinada*, não importava o quanto Phoebe gostasse de alegar que sabia artes marciais. A mãe deles costumava visitá-los uma vez a cada poucos meses quando Orion e Phoebe moravam no exterior e, enquanto Orion fazia suas redações, Senhora Hong levava Phoebe ao parque, transformando um simples passeio para tomar ar em um evento ao dizer para a filha que treinariam *wǔshù*. Phoebe vangloriava-se, dizendo que sabia dar um soco, mas saía correndo e gritando se uma mosca pousasse levemente no dorso de sua mão. A mãe, por mais amável que fosse, era uma simples bibliotecária antes de se casar e se tornar a dona da casa. Não havia ensinado a Phoebe nada além de como falar alto — certamente não a lutar. Mesmo que Orion tivesse o próprio mau hábito de se meter nos assuntos dos outros, pelo menos ele podia lidar com o perigo. Phoebe continuava a avançar em águas profundas demais para ficar de pé. Ele queria mantê-la protegida, onde sempre fosse seguro e seco.

— De nada — enfatizou Phoebe, passando o bilhete. — Silas, vê como ele não me valoriza?

— Q-quê? — gaguejou Silas.

Mas Phoebe já havia seguido em frente.

— Lutei para trazer essa mensagem até você, viu? Podia jurar que fui seguida até o restaurante.

Orion franziu o cenho e ergueu o olhar por cima dos ombros de Phoebe. A maioria das janelas do segundo andar do Três Enseadas tinha vista para a rua, deixando entrar os barulhos altos e as luzes vívidas de todos os outros restaurantes da quadra. O cadáver de mais cedo apareceu na mente de Orion, assim como a vermelha picada de agulha, de alguma forma marcando uma ferida letal apesar do tamanho ínfimo. Lá embaixo, na rua, houve um grito — era impossível definir se de prazer ou de medo.

— Como assim? — perguntou Orion.

Aproximou-se da janela, pressionando uma das mãos no vidro. Havia diversas pessoas vagando na calçada abaixo, ignorantes do perigo que poderia estar à espreita nos becos próximos. Algumas estavam em grupos, rindo. Outras estavam sozinhas, olhando para o restaurante...

Phoebe deu de ombros.

— Vi o mesmo homem refletido duas vezes nas janelas das lojas da rua Fuzhou. Fui para casa à tarde e, quando saí de novo, acho que o vi perto dos semáforos.

Orion franziu o cenho, olhando com mais atenção para o único homem que estava sozinho.

— De gravata verde?

Houve um momento de hesitação. Os olhos de Phoebe se arregalaram.

— Como você sabe?

Orion não perdeu tempo.

— Fiquem aqui. Os dois — ordenou e correu para as escadas, quase indo de encontro a um casal que estava subindo.

A noite estava estridente ao seu redor quando Orion saiu do restaurante, procurando em meio aos grupos de pedestres. *Ali* — o homem chinês que vira da janela, vestindo uma gravata verde e um terno ocidental, parado ao lado de um poste.

No momento em que o homem percebeu que havia sido avistado, virou-se para fugir.

— Ei!

Orion o perseguiu, apesar do sentimento de confusão. Se o homem estava seguindo *Phoebe*, por qual motivo seria? Não poderia ser o assunto estranho das mortes químicas, com certeza. Será que ela havia sido vista pegando algo com Dao Feng?

O homem entrou correndo numa viela, esquivando-se de um varal de roupas. Orion se apressou a segui-lo, abrindo caminho entre os pedestres surpresos e disparando pelo beco antes que o homem pudesse se distanciar muito. Apesar de Orion estar em seu encalço, ele tinha que admitir que o homem corria rápido e, a não ser que houvesse algo para atrapalhá-lo...

Com sua visão periférica, Orion avistou um vaso de planta depositado pitorescamente no degrau da frente de uma casa. Tomando uma rápida decisão, pegou-o enquanto passava, jogando-o o mais forte que conseguiu.

O vaso atingiu em cheio a cabeça do homem, quebrando-se em cacos e punhados de terra. O homem tropeçou e, com essa pausa, Orion o alcançou, pegando seu colarinho e o puxando para trás.

— Quem é você? — questionou Orion. — O que quer?

O homem não respondeu. Ele se virou, encarando Orion de frente.

Um choque fez o sangue de Orion gelar. A boca do homem estava contraída em um rosnado, mas seus olhos estavam completamente vazios. Como se tivesse sido interrompido em uma crise de sonambulismo, e mesmo assim não tivesse acordado. Havia uma incompatibilidade sinistra entre aquele olhar vazio e toda aquela rapidez...

O homem deu um chute. Apesar de Orion ter aceitado, pensando poder aguentar o golpe para depois ele mesmo atacar, o impacto foi tão grande que ele derrapou três passos e bateu na parede. Quando Orion enfim balançou a cabeça, arfando por ar e clareando sua visão, o homem já havia fugido.

Orion estremeceu, apalpando-se para conferir se havia machucado algo no fim das contas. Quando percebeu que parecia estar com tudo no lugar, levantou-se lentamente, a cabeça ainda girando.

— Orion!

Silas apareceu no fim da viela. Depois Phoebe, na ponta dos pés para ver por cima dos ombros dele.

— Por que vocês nunca escutam o que eu digo? — perguntou Orion, limpando a boca.

Sentiu um gosto metálico. Devia ter se mordido ao atingir a parede.

— O que aconteceu? — Phoebe se aproximou rapidamente, olhando sem parar ao redor. Seu vestido parou de balançar quando ela chegou à frente dele, cada camada fazendo com que parecesse uma fina nuvem roxa que havia ido parar no chão por engano. — Você está bem?

— Minha pergunta é: que tipo de informações anda pegando? — Orion bufou. — Estou bem. Diga ao pai para te arranjar um segurança.

Phoebe franziu o cenho.

— Não preciso de um segurança. Provavelmente eu não era o alvo.

Aqueles olhos. Orion ainda estava pensando neles. O completo vazio naquele olhar. Ele com certeza ficaria com hematomas nos braços e no quadril no dia seguinte, mas o maior dano no momento era o tremor que estava sentindo, como se tivesse encontrado uma entidade desconhecida.

Balançou a cabeça e colocou uma das mãos no ombro de Phoebe e a outra no cotovelo de Silas. De uma só vez, empurrou todos para fora do beco, voltando para a rua principal.

— Silas, vamos beber alguma coisa. Você... — Orion apontou um dedo ameaçador na direção de Phoebe. — Vá para casa.

Phoebe mostrou a língua e levantou o braço para chamar um riquixá.

10

Uma cidade que renasceu é uma cidade traumatizada.

Ela se lembra de seu passado, de cada segundo que a fez chegar a este ponto. Ela enxerga sua versão anterior e sabe que mudou, que suas botas não servem mais e os chapéus não mais são confortáveis. As ruas traçam a forma como antes se espalhavam. Não importa como são pavimentadas e reorganizadas, memórias e ecos não se dissipam tão fácil assim.

O trauma não precisa levar à destruição. O trauma pode ser o ponto de partida para algo melhor, mais forte. Talvez uma rua *devesse* esquecer os barulhos que costumava fazer, se os motivos eram as engrenagens das fábricas e as condições devastadoras.

Mas essa questão é uma moeda sendo jogada, caindo de um dos lados. Depende da direção do vento e do quão voláteis os elementos estão se sentindo naquele ano. Mudar não é fácil. Quando a água corre por um vale na mesma direção, dinastia após dinastia, uma seca momentânea não mudará seu curso. Quando a água retornar, ainda fluirá do mesmo riacho esculpido no solo.

Esta nova Xangai não é tão diferente. Ainda são as mesmas luzes, o mesmo neon, os mesmos navios indo até o Bund e transportando produtos, trazendo pessoas, pessoas e mais pessoas. Porém, posicione o ouvido em seu coração e talvez possa escutar a tensão começar.

Coloque um assassino nas ruas e, mesmo sem escutar, as conversas começam a mudar.

— Estamos nos contentando com porcaria há tempo demais. Estamos aguentando os estrangeiros há tempo demais, deixando que nos desmoralizassem completamente. Precisamos de uma liderança melhor. Talvez assim as ruas não estivessem lotadas de criminosos.

A batida pesada de uma garrafa de cerveja. Uma contração de lábios. Dois civis idosos conversam à mesa de um bar, dividindo um pote de amendoim. Eles já viram tanto. Somando-se os dois, já testemunharam séculos.

— Não quero fazer isso de novo. Você me força a jogar na sua cara que isso não tem fundamento, e depois não escuta...

— O que não tem fundamento? União? A Ásia inteira junta, uma única força poderosa reunida contra a Europa?

— Não existe uma Ásia reunida. Somos povos diferentes. Temos histórias e culturas diferentes. Você só está tentando acreditar na ilusão que o Japão está vendendo.

— E qual é o problema?

— Não se enfrenta o imperialismo europeu com mais imperialismo!

Uma mesa atrás do bar caçoa. Estão ouvindo o debate, mas não metem o nariz. A cidade inteira tem feito essa mesma coreografia: nas mesas de jantar entre pais e filhos, nas carteiras escolares quando os professores citam o assunto, até mesmo entre amantes quando deitam as cabeças sem fôlego no travesseiro, encarando-se sob a luz do luar.

O primeiro idoso bufa. Sua cerveja espirra, caindo no chão pegajoso. Ele não gosta de ser repreendido. Uma vez apegado à ideia de heróis com a mesma aparência que eles, ficou fácil demais empurrar todo o resto para debaixo do tapete. Não era isso que estavam esperando? Liberdade do domínio ocidental?

— Sabe qual é o seu problema? — pergunta ao amigo. — Você está de olho nos pequenos detalhes em vez de enxergar o panorama geral.

— Qual é o panorama geral? — retruca o amigo. Ele abre um amendoim. — O problema tem sido os estrangeiros ocidentais há algum tempo, mas você é tão inocente a ponto de achar que eles são o único problema?

— Sim...

O primeiro homem não tem a oportunidade de terminar sua resposta.

— *Não*. O problema está em toda parte. O problema está em todo império que pensa que pode engolir os outros com seu governo. A Europa teve o campo primeiro, e o dominou. Com poder, poderíamos fazer o mesmo. Não somos isentos.

Outro pigarreio.

— Então deveríamos ter poder. Que tomemos o poder.

É aqui que a conversa finalmente acaba. O amigo se afasta da bancada do bar, farto demais para continuar. O primeiro homem segue comendo amendoim, e não percebe um par de olhos vazios seguindo seu amigo noite adentro.

— Vá embora, então — murmura baixinho. — Isso não vai impedir a nova ordem de surgir.

As portas se fecham com uma batida. Fora do bar, o outro idoso se vira, cansado, tentando ver quem o seguiu, os olhos fracos na escuridão. Eles estão em uma rua pequena, uma ramificação do distrito central de entretenimento. Não há ninguém nas proximidades. Apenas uma árvore, balançando com o vento. Apenas a lua, baixa no céu, pronta para se esconder no horizonte novamente.

—Olá — diz o idoso. — Você não teria um cigarro, teria?

Ele não pensa em se esquivar quando seu companheiro coloca a mão no bolso da jaqueta.

É tarde demais para o idoso quando o homem pega uma seringa em vez de um cigarro.

11

A manhã chegou com uma sensação gélida, formando pequenos cristais de gelo na base da janela do quarto de Rosalind. No momento em que decidiu que já bastava de se distrair durante a noite e estava pronta para "acordar", ouviu um barulho na rua e pressionou o rosto na vidraça para olhar.

Orion a cumprimentou da calçada abaixo. Então ele havia voltado, afinal. Uma pena que não havia tropeçado em um arbusto particularmente espinhoso em algum momento da noite e ficado preso para sempre.

Com um barulho de irritação, Rosalind levantou a janela, embaçando o vidro com sua respiração. O relógio bateu seis horas da manhã, e os primeiros ruídos de atividade começavam do lado de fora.

— Olá — berrou Orion. O rapaz enfiou as mãos nos bolsos, sorrindo largamente para ela. — Pronta para ir?

Rosalind franziu o cenho, então fechou a janela de novo com um baque. Vinte minutos depois, estava saindo com uma pequena bolsa de ombro, abrindo um espelho de mão para se certificar de que o pó em seu nariz estava uniforme. Para manter as aparências, apertou os olhos para o espelho ao passar por Orion, fingindo conferir se parecia alerta. Estava cedo, então isso parecia natural, exceto que Rosalind não dormia, o que também significava que nunca exibia sinais de fadiga, bem diferente de Orion, com seus ombros caídos e a gravata frouxa.

— Noite longa? — perguntou Rosalind, guardando o espelho.

Não parou por muito tempo. Os dois se examinaram por apenas um segundo até que Rosalind girou nos calcanhares e começou a andar, sentindo o vento se enrolar em sua nuca.

— Algo assim — respondeu Orion.

As mãos dele ainda estavam no fundo dos bolsos. Uma mecha de cabelo havia se soltado de seu penteado, balançando-se descontraidamente em frente aos seus olhos.

Rosalind conteve uma bufada irritada, virando a esquina na estrada principal. As lojas estavam começando a abrir as portas e colocar os carrinhos de comida para fora, então ela foi rapidamente em direção a uma das barraquinhas de *jiānbǐng*. Ainda que breve, supôs que seria um alívio da presença de Orion.

Porém ele foi em seu encalço, parando ao lado de seu cotovelo. Quando Rosalind fez o pedido, seu braço passou pelo ombro dela e o rapaz depositou um punhado de moedas na mão do vendedor antes que ela sequer alcançasse a bolsa.

— Eu mesma posso pagar — disse Rosalind, severa.

— O que é meu é seu — respondeu Orion. Ele gesticulou para que o vendedor pegasse as moedas logo, então levou Rosalind para longe, cada uma de suas mãos em um dos braços dela. — Não vai fazer com que tenhamos uma briga de casal em público, não é?

A mão de Rosalind tremeu ao lado do corpo. Ela tinha cinco sementes de mamona costuradas na saia do *qipao*. Havia veneno na costura de toda vestimenta que ela possuía, já que nunca se sabe quando poderia haver uma emergência. Amasse sementes de mamona e derrame o pó em qualquer coisa a ser ingerida, e uma hemorragia interna atinge a vítima em pouco tempo. Rápido, fácil e sem vestígios.

Mas os Nacionalistas talvez desaprovassem se fizesse isso com seu parceiro de missão.

Rosalind o afastou com um resmungo, então parou e colocou a comida embalada na bolsa para comer depois.

— Não teria necessidade de uma briga de casal se você simplesmente se comportasse.

— Me comportar? — Orion arregalou os olhos, fingindo inocência. Seu colarinho ainda estava torto, e... espera um pouco, aquilo era *batom* em seu pescoço? — Sou sempre bem-comportado.

— Pelo amor de Deus — murmurou Rosalind, pegando-o pelo ombro.

Enquanto a bolsa ainda estava aberta, ela pegou um lencinho de papel e, antes que Orion pudesse reclamar, esfregou-o em seu pescoço, sem se preocupar em manter o toque delicado. Orion estremeceu, mas Rosalind olhou para cima, e o que quer que ele tenha visto em sua expressão o impediu de falar mais alguma coisa.

Se Rosalind estava visualizando a disposição do bairro corretamente, o jornal era na esquina seguinte. No momento em que os dois entrassem, o espetáculo ia começar. Estariam cercados por imperialistas e *hanjian*, por homens que acreditavam na ocupação e por todos os seus subordinados que queriam o país conquistado até que sua individualidade virasse pó.

— Preciso que se lembre — Rosalind cerrou os dentes, limpando brutalmente a mancha vermelha uma última vez —, que agora compartilhamos um codinome. Não ligo para quem era antes. Enquanto formos Maré Alta, se um de nós for capturado, os dois estão mortos.

Se fossem descobertos, não teriam uma chance de se explicarem. Os inimigos atirariam primeiro, depois esconderiam os corpos, e ninguém saberia que dois agentes estavam afundando no Rio Huangpu.

Orion inclinou a cabeça, fingindo curiosidade.

— Você duvida da minha capacidade?

— Eu acho que ainda nem *começamos* nossa tarefa e você estava prestes a entrar no primeiro dia de trabalho parecendo que estava me traindo.

A mão de Orion a agarrou. Quando seus dedos se fecharam ao redor do pulso dela, estavam frios como gelo.

— Como você disse ontem à noite... — O tom de voz de Orion era leve, e ele tinha um sorriso nos lábios. Olhando rapidamente, seria impossível ver a chama nos olhos castanhos, o breve aviso que surgiu e desapareceu no tempo em que ele piscou os cílios escuros. Mas Rosalind viu.

— Também sou um agente. Passei de disfarce em disfarce, mesmo sob meu nome verdadeiro. Não sei que missões te colocaram para fazer, Janie Mead, mas eu era muito bom nas minhas.

Ele soltou o pulso dela. *Janie Mead*. Apesar de não ter sido a intenção dele, o uso desse nome lembrou Rosalind do quanto estava escondendo naquele momento: um disfarce dentro de um disfarce. Não podia cometer nenhum deslize enquanto estivessem naquela missão, e também não podia fazer isso no conforto de sua própria casa, com seu parceiro agora morando lá.

— Se é assim tão bom — disse Rosalind, amassando o lencinho na mão —, então prove.

— E, se você quer que esta missão dê certo — retrucou Orion, animado —, pare de me estrangular com os olhos. Não é educado. Pelo menos não em público.

Ele piscou e então saiu marchando, virando a esquina e desaparecendo de vista. A boca de Rosalind fechou e abriu. Ela estava estupefata. Completamente estupefata. Onde os Nacionalistas arranjaram alguém assim?

— Hong Liwen — chamou Rosalind, recuperando-se da perplexidade e avançando. — Volte já aqui.

Rosalind virou a esquina, andando rápido para alcançar Orion. Ele só a lançou um sorriso de lado, como se estivesse esperando que ela chegasse logo.

— Talvez devesse começar a usar Mu Liwen agora — disse ele. — Para já tornar isso um hábito.

A filial secreta havia dado um pseudônimo a ele, inspirando-se em Janie Mead e transformando-o em um repatriado educado nos Estados Unidos. Rosalind também poderia ter inventado um novo nome se quisesse. Havia uma razão pela qual o Kuomintang não havia se preocupado com isso. Com certeza haviam enviado a candidatura de Orion para a Turquesa, e então jogado a esposa como um bônus quando tiveram a chance ao perceber que a Turquesa gostou do histórico falso de Orion. No escritório, ela seria apenas a senhora Mu — a Mu *tàitài* para o Mu *xiānshēng* dele quando falassem dos dois juntos. Ela já era Rosalind Lang fingindo ser Janie Mead. Não precisava adicionar mais uma camada a si mesma.

O complexo comercial surgiu à vista. Apesar de os dois ainda estarem a alguma distância, já haviam sido identificados. Um homem acenava vigorosamente, levantando o chapéu antes de gesticular que sairia da cabine de segurança para chamar alguém. O edifício principal estava localizado ao fim de uma pequena entrada de carros. Uma grade de ferro com um portão elaborado cercava o complexo, e a cabine controlava a abertura e o fechamento do portão, vigiando quem entrava e saía. Por mais que tentassem insistir que aquele era um local de trabalho normal, o complexo era protegido como um verdadeiro núcleo imperialista.

— Podemos terminar essa conversa mais tarde — declarou Rosalind.

— Não seja difícil, querida. Você é uma espiã. Se adapte. Improvise.

Orion saiu andando. Seu passo era relaxado e ele acenou com animação quando outra figura apareceu ao portão para recebê-los.

Rosalind iria envenená-lo enquanto ele dormia. Isso se ela *realmente* não o estrangulasse primeiro.

Ela correu atrás dele, furiosa.

O nome da secretária era Zheng Haidi, e ela parecia conhecer o edifício tão bem quanto Orion e Rosalind: nem um pouco.

— É por aqui, tenho certeza — disse ela, abrindo a terceira porta nos últimos cinco minutos.

Já haviam virado em dois corredores errados ao tentarem chegar ao departamento de produção, onde Orion seria intérprete assistente e Rosalind, recepcionista assistente do departamento, ambos respondendo ao mesmo superior, o embaixador Futoshi Deoka.

— Você é nova? — perguntou Orion.

Ele fez uma careta, quase não conseguindo desviar de duas pessoas que se apressavam pelo corredor com pilhas de papéis nos braços. Rosalind foi para o lado com muito mais graciosidade, pigarreando para indicar que Orion continuasse a se mexer.

— Sim. O embaixador Deoka me contratou pessoalmente — disse Haidi com alegria.

Ela era nova, com certeza mais nova que Orion e Rosalind.

Orion olhou para trás, tentando avaliar a opinião de Rosalind. Ela apenas manteve a expressão vazia. Porém, assim que Haidi parou para encará-los, Rosalind colocou um pequeno sorriso no rosto, olhando para as mesas ocupadas.

— Você ficará aqui — disse Haidi, tocando o cotovelo de Rosalind e apontando para uma mesa menor ao lado da recepção do departamento.

Cada departamento em que entraram e saíram estava organizado da mesma forma, fosse produção, impressão ou redação. Havia uma mesa grande para receber visitantes, uma baia de cubículos no centro para os funcionários e várias portas ao longo dos corredores, onde os superiores tinham privacidade. Havia outras entradas também, é claro — salas de armazenamento, caldeiras e pisos cheios de fios elétricos —, onde Haidi enfiava a cabeça como se não lembrasse quais portas eram becos sem saída e quais levavam aos corredores que avançavam escritório adentro.

Já havia alguém sentado à mesa maior da recepção. Ele também parecia jovem, os pés apoiados e um livro em mãos. Toda a sua papelada havia sido empurrada para a mesinha de Rosalind. Ela esperava não ser a pessoa a ter que lidar com aquelas pilhas de papéis. Esse nem deveria ser um trabalho real.

— Esse é Jiemin. Vai responder a ele se o embaixador Deoka não estiver por aqui.

Rosalind assentiu. Talvez devesse ter se esforçado mais para parecer amigável, mas não seria seu belo sorriso que a faria conseguir respostas por ali, e sim se intrometer e bisbilhotar.

— Jiemin...? — perguntou, aguardando.

Haidi deu de ombros.

— Só Jiemin. Ele nunca me disse o sobrenome. — Ela indicou o fim do departamento, agora com os olhos em Orion. — Vou levá-lo até sua mesa.

— Ótimo.

Antes que Rosalind pudesse reagir, Orion se inclinou para beijar sua testa. Ela recuou imediatamente, mas não precisava ter se preocupado, já que os lábios dele nunca chegaram a tocá-la de fato, parando a um milímetro de sua pele antes de se afastar.

— Vejo você mais tarde — disse Rosalind gentilmente, tentando se recuperar depressa.

Haidi e Orion se afastaram. Foi só depois de ser deixada sozinha na mesa da recepção que Jiemin olhou para cima, trocando qual tornozelo ficava acima do outro. Ele tinha um colar pendurado no colarinho da camisa: uma cruz prateada. Algo muito incomum — pelo menos entre os chineses de Xangai.

— Olá — disse ele.

— Olá — cumprimentou Rosalind de volta. — Estou aqui para facilitar seu trabalho.

— É mesmo? — perguntou Jiemin, virando uma página em seu livro. — O que sabe fazer? Não me disseram que teríamos gente nova na recepção.

Rosalind deu de ombros.

— Me candidatei com meu marido — respondeu ela. Era melhor se manter o mais próximo possível do disfarce do que inventar seus próprios talentos. — Para ser sincera, preferiria ser dona de casa.

Jiemin olhou para cima, levantando uma sobrancelha escura. Havia um vestígio de pó em sua bochecha, e Rosalind tinha certeza de que não o estava imaginando. Ela havia se familiarizado com todo cosmético existente enquanto dançava na boate burlesca dos Escarlates. Se lhe dessem uma fila de purpurinas, conseguiria dizer qual Jiemin havia usado e falhado em remover completamente na noite passada.

— Que *módēng nülang* da sua parte.

Seu sarcasmo era mordaz. *Módēng nülang* — a *garota moderna*, um estilo de vida que os jornais e as revistas insistiam estar tomando conta de Xangai. Cabelo com permanente, salto alto, sempre passeando perto de cinemas, salões de dança e cafés com estilos ocidentais. Uma *femme fatale* perigosa, fruindo livremente e andando por aí sem se importar com nada.

Até certo ponto, Rosalind supunha que costumava ser uma dessas. Mas havia se cansado de ser descuidada e perigosa. Não havia levado a nada, a não ser a reduzi-la às coisas que podia ou não querer. Até a mais moderna das garotas tinha desejos em seu coração com os quais se importava profundamente.

— Para você, Jiemin.

Rosalind quase pulou, pega de surpresa pelo baque de uma caixa sendo colocada na mesa menor. O homem que estivera carregando a caixa parou, olhando-a de cima a baixo. Seu cabelo estava penteado para trás com gel, cada superfície do terno ocidental passada a ferro. Parecia que queria dizer algo, mas, quando Rosalind apenas o encarou, o homem decidiu não falar nada e foi embora, voltando para sua mesa do outro lado do departamento.

— Boa escolha — disse Jiemin, seguindo o homem com os olhos. — Se deixar Zilin começar a falar, ele nunca mais vai fechar a boca sobre como devemos dar as boas-vindas aos soberanos japoneses.

Rosalind ficou tensa. Aquilo era um teste?

— E não devemos? — perguntou.

O olhar de Jiemin se voltou para ela preguiçosamente.

— Você é *hanjian*?

— *Você é?* — rebateu Rosalind, seu tom de voz mais confuso do que acusador.

Ao mesmo tempo, os dois olharam ao redor, como se percebendo o quão tolo era discutir se eram traidores da pátria em um escritório comandado por forças imperiais japonesas. Jiemin se recostou, virando outra página do livro.

— Trabalho para mim mesmo. Todos precisamos arranjar um jeito de colocar arroz na barriga.

Jiemin estava tentando aferir quais eram os aliados de Rosalind. Não fazia nem vinte minutos que ele a havia conhecido e já estava falando em códigos.

Rosalind deu a volta na mesa menor e sentou-se na cadeira com elegância.

— Que vida melancólica — comentou, pegando uma das pilhas à sua frente.

Começou a examinar os diversos itens: traduções em progresso, instruções de projetos, modelos de estêncil de impressão...

— Algo estaria extremamente errado se estivéssemos felizes trabalhando aqui. — Jiemin abaixou o livro e se reclinou na cadeira, inclinando a cabeça para o lado. — Preciso de melancolia no trabalho assim como uma doninha siberiana precisa de ovos. — Ele passou para o inglês: — Mais, por obséquio, mais.

Sabe-se lá Deus que tipo de pessoa pensava em doninhas siberianas quando refletia sobre que metáforas faria. Ou quais tutores na cidade estavam ensinando hoje sentenças em inglês do século XVI. *Por obséquio?*

— Ok.

Rosalind arregalou os olhos para si mesma, então pegou a pilha seguinte.

— Quando terminar isso — Jiemin se inclinou e apontou para um dos cubículos mais próximos, falando em xangainês novamente —, Liza é a pessoa que distribui os arquivos para os outros departamentos. Liza! Venha conhecer a garota nova.

Liza levantou a cabeça do trabalho, uma cortina de cachos loiros balançando por cima do ombro. Ela era russa, supôs Rosalind. Talvez recém-saída da escola...

Rosalind congelou.

— Meu *Deus*.

A exclamação baixa escapou involuntariamente, a surpresa atingindo sua espinha com tanta rapidez que ela perdeu o controle da própria língua.

A garota loira tinha a mesma idade que a sua *agora*, mas não da última vez que Rosalind a havia visto. Apesar de estar mais alta, as bochechas maiores, as sobrancelhas mais maduras, não havia dúvidas de para quem Rosalind estava olhando.

Alisa Montagova, a última dos Rosas Brancas.

E, pelo que Rosalind havia escutado de Celia: Alisa Montagova, espiã comunista.

12

É um prazer conhecê-la.

Alisa Montagova estendeu a mão. Havia um sorriso fácil em seu rosto, mas nada em seu olhar transmitia qualquer sinal de reconhecimento quando ela encontrou os olhos de Rosalind.

— Igualmente — respondeu Rosalind.

Apesar de estar muito chocada, tentou manter o tom de voz uniforme. Alisa Montagova era uma criança na época da revolução e durante o auge da guerra de sangue. Não havia motivos para eliminá-la da mesma forma que Rosalind estivera caçando comerciantes Rosas Brancas pelo país. Ela podia agir amigavelmente — era capaz disso.

Seu aperto foi delicado e relaxado quando as mãos das duas se encontraram em um cumprimento.

— Acho que não ouvi seu nome — disse Alisa.

Rosalind afastou a mão. Agora havia o vestígio de algo na curva do sorriso de Alisa.

— Ye Zhuli — respondeu Rosalind.

Inventou o nome naquele mesmo momento, nada mais do que a reorganização do nome de outra pessoa, de alguém que Alisa reconheceria.

Rosalind havia pretendido ser apenas a senhora Mu e deixar por isso mesmo, porém, precisava testar se Alisa *sabia*...

— Ótimo. Sou Yelizaveta Romanovna Ivanova.

Alisa deixou o nome ressoar. Ninguém mais no aposento estava prestando atenção. Jiemin havia voltado sua atenção para o livro. Em algum lugar no fundo do departamento, Haidi estava explicando para Orion como mexer na máquina que se comunicava com as outras partes do escritório. Mas Rosalind sentiu o sangue correr em seus ouvidos, sentiu o coração dar um pulo. Mesmo enquanto mantinha a expressão completamente neutra, sua mente era um rugido barulhento.

Romanovna. Alisa Montagova havia assumido o nome do irmão falecido como patronímico de seu disfarce.

— Mas pode me chamar de Liza — continuou ela. — Sei que deve ser mais fácil.

Rosalind pegou um arquivo aleatório.

— Liza, é muito gentil da sua parte. — Ela deu a volta pela lateral da mesa, então pegou o cotovelo de Alisa antes que a garota pudesse reclamar. Os saltos de Rosalind eram altos, presos ao tornozelo por uma faixa grossa e, mesmo assim, Alisa estava quase na altura de seu nariz. — Venha comigo por um momento, sim? Gostaria de esclarecer esta lista com você.

Jiemin levantou a cabeça.

— Pode fazer isso comigo...

— Bobagem. A senhorita Liza vai me ajudar — interrompeu Rosalind. — Rápido... — Ela empurrou Alisa para o corredor, dando três passos para sair do departamento e do alcance dos ouvidos de Jiemin. Não houve hesitação quando perguntou: — *O que* está fazendo aqui?

Um momento se passou enquanto Alisa fingia confusão. Apenas um instante, enquanto o escritório soava como um ruído estático e uma porta bateu no andar logo acima delas. Então:

— Senhorita Lang, você não envelheceu nem um único dia.

Rosalind escarneceu.

— Não comece com o fingimento. Sei que Celia é sua superiora.

— É melhor falar baixo — disse Alisa, fungando. — Se me expuser, vai expor a si mesma.

— Te *expor*... — Sentiu a irritação se arrastar por sua pele, pinicando o pescoço e os braços, onde a bainha delicada de seu *qipao* a tocava. Rosalind passou do mandarim para o russo, não se importando com o que dizia assim que se sentiu confiante de que seriam poucos os abelhudos que a entenderiam. — Por que está infiltrada aqui? Imagino que seus patrões não se importem muito em impedir um plano terrorista, quando isso não faria nada para reunir as forças do povo.

Alisa piscou lentamente. Foi então que Rosalind percebeu seu erro: Alisa tinha que estar infiltrada ali, sim, mas quem disse que era pela mesma missão que a dela? Os agentes Comunistas não recebiam missões em Xangai da mesma forma que os agentes Nacionalistas. A prioridade dos Comunistas era se esconder, a segunda era extrair informações. Manter os olhos e ouvidos escondidos e em segurança sempre seria mais importante do que atos de heroísmo que um partido ostracizado não tinha como executar.

— Plano terrorista? — repetiu Alisa. — Eu não sabia...

Ela interrompeu a si mesma no meio da fala, suavizando o pequeno vestígio de confusão em sua testa. Rosalind franziu o cenho, pronta para incitar Alisa a continuar, mas então sentiu uma das mãos em suas costas e entendeu o porquê de a russa ter ficado quieta.

— Querida — o inglês repentino foi um choque para os ouvidos de Rosalind —, seu russo está muito melhor do que eu me lembrava.

Havia certa perspicácia em seu comentário. Uma acusação silenciosa. Por que Janie Mead, educada nos Estados Unidos, sabia falar russo?

Rosalind se virou para Orion, fechando a mão em torno do pulso dele e manobrando o toque para longe dela.

— Você sempre me subestima — comentou, com um sorriso afetado. — Não tem que organizar sua mesa?

A outra mão de Orion encontrou a dela. Ali estavam eles: parecendo a imagem perfeita da adoração mútua, incapazes de resistir ao toque a cada segundo que pudessem. Na verdade, Rosalind sabia que suas unhas deixariam marcas depois que o soltasse.

— Eu tinha — respondeu Orion, sem dar nenhum sinal de que havia sentido dor em seu pulso. — Porém, fui chamado na portaria. Aparentemente, tenho visita.

Os lábios de Rosalind se curvaram para baixo.

— Visita? — repetiu. — *Eu* não sabia que receber visita...

— Liwen!

Um barulho de saltos ecoou pela escadaria. Uma garota extremamente bem-vestida correu para o corredor, a saia balançando nos tornozelos e um casaco de pele jogado sobre os ombros. Ela carregava uma cesta em uma das mãos e uma bolsa na outra, apesar de esta ser tão pequena que alguém se perguntaria o que caberia lá dentro. Haidi se apressou pelas portas do departamento quase que imediatamente, parecendo preocupada, mas Orion apenas revirou os olhos, avançando para encontrar a garota.

— Pelo jeito não tenho mais que descer.

Haidi pigarreou.

— Não permitimos que visitantes entrem em nenhum de nossos departamentos.

Casualmente, Orion a ignorou.

— É só a minha irmã. Ela não vai ficar muito tempo. *Certo*, Feiyi?

A irmã assentiu com vigor. Então, para a surpresa de Rosalind, deu um passo à frente e empurrou a cesta em sua direção.

— Para você — disse, em inglês, seu sotaque tão britânico quanto o de Orion. — Vi esses pratos e simplesmente tive que trazê-los para seu primeiro dia. Sei como recém-casados ficam ocupados demais para cozinhar.

Com isso, ela se virou e piscou para Orion, mas Rosalind só conseguiu ficar parada, perplexa. Haidi estalou os dedos para Alisa e a convocou para cuidar de algum erro de tipografia no departamento. Enquanto isso,

Orion estava dando uma bronca na irmã por invadir o prédio e fazer um espetáculo. Enquanto os irmãos discutiam, Rosalind viu algo enfiado no fundo da cesta, entre o *rousong* embalado em plástico e os vidros de óleo de pimenta. Cuidadosamente, pegou e abriu o cartão branco:

Olá! Me chamo Phoebe! É um prazer conhecê-la! Enfim, você tem um bilhete:

Colado abaixo, em um pedaço de papel fino que parecia ter sido arrancado de um livro de contabilidade, havia uma frase escrita em mandarim em vez de inglês:

Venha me ver durante a pausa para o almoço. No lugar de sempre.

A caligrafia de Dao Feng. Rosalind levantou a cabeça rapidamente. Agora que estava observando, Orion possuía uma semelhança gritante com a suposta irmã — o mesmo nariz pequeno e arrebitado, o mesmo arco de cupido nos lábios —, então parecia improvável que essa parte fosse mentira. Quem era ela, então? Outra agente? Uma mera mensageira?

— Quem você enganou para te trazer aqui? Ah Dou?

Sua irmã — Phoebe — limpou um pouco de poeira da saia.

— Acha que preciso enganar alguém? Chamei Silas.

— Ah, *Silas*.

— Que tom foi esse?

— Tom? — Orion olhou para Rosalind, enfiando-a na conversa. — Querida, eu usei algum tom?

— Eu escutei um certo tom — respondeu Rosalind.

Orion colocou a mão sobre o coração, parecendo arrasado. Phoebe caçoou baixinho.

— Tudo bem. Roube Silas de mim. — Ao olhar por cima do ombro e encontrar o corredor vazio, exceto pelos três, Orion gesticulou para a cesta. Rosalind se aproximou e a entregou a ele sem dizer nada, deixando-o ler a mensagem. Mesmo enquanto seus olhos escaneavam o papel, ele continuou, sem pausa: — Eu tenho Janie, de qualquer forma. Ela é mais bonita que todos juntos.

— Quem está te roubando Silas? *Você* é o famoso ladrão de namorados, não eu.

Orion parou, seu olhar se erguendo rápido, observando a reação de Rosalind. Ele estava esperando por aversão? Ela não tinha certeza se Phoebe estava fazendo piada ou não, mas, de qualquer forma, a expressão de Rosalind continuou neutra, meramente levantando uma sobrancelha com curiosidade. Orion Hong era uma completa praga, mas naquele ponto não receberia julgamentos dela.

Os lábios de Orion se contraíram, de repente bem-humorado, como se ela tivesse passado em algum tipo de teste. O teste da intolerância, supunha, o que era um padrão muito baixo para definir uma boa companhia.

— Quando vai esquecer isso? — perguntou Orion a Phoebe, mexendo na cesta. — Eu não *roubei* o Henrie. Estava testando o comprometimento dele a você, e ele falhou com chocante tranquilidade.

— Quem disse para você testá-lo?

— Quem disse para você se vingar em seguida, roubando a *minha* namorada?

— Ah, então quando eu quis a Zhenni ela era sua *namorada*, mas quando eu não era uma ameaça, era só *uma garota que conheço*...

Rosalind pigarreou, interrompendo Phoebe. Quando os dois irmãos voltaram a atenção para ela, Rosalind gesticulou com a boca: *passos se aproximando.*

Dito e feito. Segundos depois, Haidi apareceu na porta do departamento, olhando o corredor e percebendo que a pequena reunião deles ainda acontecia. Ela colocou as mãos nos quadris.

— Quando estiver pronta — incitou Haidi, gesticulando para a escadaria.

Phoebe fingiu fazer uma reverência.

— Aproveitem a nova fase! Tchau, querido irmão e cunhada.

Ela se virou e saiu, saltitante, os aneizinhos em seu cabelo subindo e descendo. Havia algo no modo relaxado da garota que plantou uma semente de suspeita em Rosalind. Não conseguia discernir exatamente com o que deveria se preocupar, mas ela frequentemente usava a mesma tática. Ninguém esperava que um rostinho bonito pensasse de verdade.

Orion ofereceu o braço para Rosalind, indicando que voltassem ao departamento. Assim que Haidi olhou para o outro lado, ele se inclinou para falar com ela.

— Antes que me pergunte, Phoebe é mesmo minha irmã.

— Deu para ver com meus próprios olhos — respondeu Rosalind, fingindo que a pergunta nunca tinha passado por sua mente. — Ela também é agente do Kuomintang?

Orion parou de repente, pouco antes de chegarem às portas do departamento. Quando Rosalind lhe lançou um olhar estranho, perguntando por que havia parado, ele apenas devolveu a cesta para ela, ajeitando o papel crepe das bordas para se certificar de que estava bem arrumado. O bilhete branco de Dao Feng apareceu brevemente em sua mão, e então desapareceu, escondido em algum lugar dentro de sua manga antes que qualquer um pudesse ver.

— Não — respondeu ele, continuando a conversa com calma quando terminou de ajeitar a cesta. — Mas Silas, o canalha que a trouxe aqui? Ele também trabalha com a filial secreta... é nosso suporte, na verdade. Está infiltrado em uma delegacia para que possamos rastrear o número de assassinatos químicos que acontecem.

Rosalind reprimiu o instinto de fazer uma careta, já que sabia que podiam ser vistos pelos cubículos do departamento. Por que Orion tinha mais detalhes sobre o suporte auxiliar? O que não havia sido dito a ela?

— Acredito que Dao Feng te dará mais informações sobre o assunto — continuou Orion.

— Tenho certeza disso — disse Rosalind, de forma pouco convincente. Apesar de não ter deixado claro seu descontentamento, seus dedos colocaram mais pressão na alça da cesta. — Qual é o nome chinês de Silas?

Um momento se passou antes que Orion respondesse. Provavelmente refletia sobre quanta acessibilidade um nome diferente lhe daria e quais informações viriam com ele. Já estavam parados em frente àquelas portas havia algum tempo, mas, enquanto Haidi estava distraída com os bebedouros do outro lado do departamento, ninguém mais prestava atenção no fato de que estavam tendo uma conversa inteira aos sussurros. A única pessoa cujo olhar às vezes se voltava para eles era Alisa e, quando Rosalind encontrava os olhos da garota, ela era descarada ao reconhecer que havia sido pega, acenando animada de seu cubículo.

Benefícios do casamento: a propensão a ficar murmurando durante o dia de trabalho. Rosalind precisava admitir que talvez o Kuomintang soubesse o que estava fazendo quando criou a estratégia da missão deles.

Depois de um segundo, Orion claramente decidiu que o nome de Silas não entregaria nada importante, porque abriu um sorriso pequeno e respondeu:

— Wu Xielian.

Na mesma hora, o nome soou conhecido para os ouvidos de Rosalind. Havia suspeitado que isso aconteceria, considerando o quanto ela investigara os entornos da família de Orion, mas, para sua surpresa, não foi sua pesquisa que acendeu uma luz nos cantinhos de sua memória. Em vez disso, alcançou um lugar mais antigo: Wu Xielian, filho do magnata Wu Haotan. O senhor Wu havia trabalhado com a Sociedade Escarlate — era parte do círculo interno que sempre estava nos jantares e nas festas —, antes de se aliar ao Kuomintang quando Lorde Cai mudou de lado.

Rosalind se lembrava das fotos que ele mostrava a todos. O senhor Wu só precisava tomar um pouco de *huángjiǔ* para encher o peito de orgulho a respeito de seu querido Xielian, que estava se esforçando muito enquanto terminava os estudos na Inglaterra.

Isso marcou a memória de Rosalind. Seu pai nunca havia se gabado assim dela.

— Entendi — respondeu Rosalind em um tom imparcial. — Sei quem é.

Orion estreitou os olhos.

— Como?

— Sabe como são as fofocas. Correm de lá para cá. Ele está envolvido com Phoebe?

Uma risada curta. Isso em si não era resposta. Rosalind inclinou a cabeça e perguntou:

— Por que Phoebe *não é* uma agente? Seria melhor colocar mais a mão na massa em vez de só transmitir mensagens.

— Fora de questão — respondeu Orion sem hesitar. — Phoebe é o tipo de pessoa que passaria informações ao inimigo por se sentir mal, e falo isso do jeito mais gentil possível.

— Hum.

Rosalind não disse mais nada. Haidi já havia terminado de cuidar dos bebedouros e estava indo na direção deles, fazendo uma careta mais séria.

— Acho que vou dar uma caminhada quando o horário do almoço chegar — decidiu Rosalind. — Consegue ficar sozinho aqui sem mim?

Orion deu uma batidinha em sua mão.

— *Ma petite puce*, vou ficar ótimo.

Rosalind sorriu. Era uma ameaça de morte. Orion sorriu de volta. Era um desafio. Antes que Haidi pudesse dar uma bronca neles, os dois se separaram e foram trabalhar.

O Fênix Áurea ficava cheio durante o horário de almoço, os atendentes indo de um lado para o outro com blocos de anotação saindo dos bolsos e das bandejas empilhadas nos braços.

Rosalind abriu caminho por alguns clientes que esperavam perto do caixa, desviando das mesas redondas e indo até os fundos. Como sempre, Dao Feng esperava por ela na mesma sala, a porta se abrindo facilmente sob seu toque.

Mas, antes que entrasse, ela mal o havia cumprimentado quando Dao Feng perguntou:

— Ainda tem contato com Celia Lang?

Rosalind fechou a porta. Tirou um momento para reunir os pensamentos, observar a expressão calma no rosto de Dao Feng e identificar se estava em apuros ou não. Será que haviam descoberto alguma coisa? Será que viram algo?

O silêncio na sala estava se estendendo demais. Ela precisava tomar uma decisão. Aquela não era uma operação em que precisava falar em línguas, ou um alvo com quem brincar de adivinhação. Se seus superiores a tivessem descoberto, não perguntariam gentilmente — a arrastariam para a prisão.

— Não — mentiu Rosalind. — Por quê?

Dao Feng fez um barulho, recostando-se de volta na cadeira.

— Achei que não, mas confirmar não dói.

— Dói achar que não sou confiável. — Rosalind se sentou. A piada falhou em divertir seu treinador. — O que vazou?

— Não é bem um vazamento, mas uma pedra no nosso sapato.

Uma garçonete apareceu na sala de repente, carregando um bule de chá. Apesar de todos os funcionários do Fênix Áurea estarem na folha de pagamento do Kuomintang de um jeito ou de outro, Dao Feng ainda esperou que ela servisse o chá de crisântemo e saísse da sala antes de voltar a falar.

— Há Comunistas implantados no seu local de trabalho. Não somos os únicos investigando algo.

Rosalind ficou extremamente imóvel. Isso ela já sabia, apesar de ser difícil determinar se Alisa era a única agente ali ou se era uma entre muitos. Rosalind não tinha a intenção de delatá-la. Os Nacionalistas eram a força governando a cidade agora, mas nem sempre foi assim. A luta local era constante. Tanto fazia se as forças na cidade mudassem. Rosalind não se *importava* com os Nacionalistas, só estava usando seus recursos para curar as feridas que havia feito. Em primeiro lugar, sua lealdade estava consigo mesma e com a irmã, e, enquanto Celia estivesse associada a Alisa, Rosalind nunca delataria algo que pudesse fazer mal à irmã de alguma forma.

— A Imprensa Turquesa deve ser bem importante se tantos grupos estão tentando se infiltrar ao mesmo tempo — disse Rosalind com tranquilidade. — Não é uma boa notícia? Podemos ser uma força unida contra os japoneses.

— A situação é mais complicada do que isso.

— De que forma? — pressionou Rosalind. — A central de comando do partido Comunista expediu uma missão? Como *nós* descobrimos?

Dao Feng se levantou e começou a andar pela sala. Ele seguiu perto das paredes, parecendo estar profundamente concentrado enquanto refletia atrás do *chaise*. Apesar de Rosalind ter entrado em seu interrogatório, não havia urgência no tom de voz do treinador. Parte disso poderia ser atribuído à natureza calma de Dao Feng.

Ou ele estava dizendo o mínimo possível para impedir que Rosalind soubesse mais sobre a situação.

Ela não conseguia compreender a espionagem. Preferia quando lhe davam um nome e a enxotavam no meio da noite para preparar seu veneno.

— Os Comunistas não estão tentando impedir o plano de terror. No momento, estão buscando informações. Um de seus próprios agentes os traiu e vendeu informações para as autoridades japonesas que trabalham na Turquesa. Agora estão tentando recuperar o arquivo antes que seus segredos sigam para autoridades maiores.

Rosalind colocou o braço nas costas da cadeira, a pele deslizando contra o veludo macio.

— Como sabemos disso?

— Sabemos de tudo. Temos espiões.

Hum. Essa confiança era preocupante. Rosalind puxou uma mecha do cabelo, enrolando o cacho em volta do dedo até sentir que dificultava a circulação.

— Suponho que esteja me dando essa informação por algum motivo — disse ela, soltando a mecha de cabelo. — Devo começar a procurar por esse arquivo também?

— Não será difícil — confirmou Dao Feng. — O arquivo deve estar guardado em algum lugar no escritório. A tarefa pode ser finalizada rapidamente e você poderá continuar com o resto de sua missão. Dê uma olhada antes que um agente Comunista recupere o arquivo e o destrua.

Rosalind assentiu. Parecia fácil o suficiente. Só seria como procurar uma agulha em um palheiro.

— Por que precisamos da informação que está no arquivo?

Dao Feng colocou as mãos para trás.

— Já ouviu falar de Sacerdote?

Era típico de Dao Feng responder perguntas com mais perguntas.

— Sim, é claro — disse Rosalind. — Meu querido rival.

Dao Feng lhe lançou um olhar ameaçador.

— Não venha com gracinhas.

— Não estou. É a verdade, não é? Sacerdote é o assassino mais conhecido dos Comunistas. Não sou a mesma coisa do nosso lado?

— Espero que não, porque, se conseguirmos esse arquivo, talvez descubramos a identidade de Sacerdote.

Rosalind rapidamente ajeitou a postura, o sapato caindo no chão com um baque alto.

— É mesmo?

— Nossas fontes suspeitam que sim. Os japoneses pagaram um dinheirão. Talvez esperassem vendê-lo para *nós* em seguida. — Dao Feng parou. Ele ainda estava parado ao lado da *chaise*, a mão batucando o topo do encosto aveludado. — Se puder, não deixe Hong Liwen saber disso.

Rosalind piscou. O instinto de perguntar o porquê veio primeiro, a rápida certeza de que não receberia uma resposta direta veio depois. Segredos dentro de segredos — era exatamente assim que aquela cidade funcionava. Ela se inclinou para calçar o sapato outra vez, prendendo a fivela com mais firmeza.

— Entendido.

Dao Feng assentiu em aprovação. Talvez isso fosse um teste. Talvez ele quisesse que ela segurasse a língua, só para ver se era capaz.

— Agora. Me conte sobre sua última missão.

Pelo menos isso era algo com que Rosalind estava acostumada. Contou a ele sobre a explosão que havia testemunhado, sobre as sombras correndo para o campo e as forças policiais que a pararam em Shenyang. Dao Feng estava tomando nota enquanto ela falava, preparando um relatório.

— A Manchúria foi invadida — declarou ele quando ela terminou. — O Exército Imperial Japonês disse que foram nossas tropas que armaram a explosão, e usaram isso como desculpa para entrar em Shenyang. A cidade inteira está ocupada.

Rosalind ajeitou a postura na cadeira.

— Mas não foram, certo?

— Acredito que não, mas ficamos impotentes contra a imprensa e os jornais deles que dizem o contrário. — Dao Feng finalmente abaixou a caneta. — Vê como é fácil? Quem somos nós para insistirmos na inocência quando somos acusados? Se dizem que explodimos os trilhos, explodimos os trilhos.

Rosalind sabia para onde ia essa conversa.

— Se dizem que nosso governo está desestabilizando Xangai, nosso governo está desestabilizando Xangai.

— E quando chegarem com suas tropas...?

— Não teremos os meios para impedi-las — completou ela.

Dao Feng assentiu.

— Houve três novos assassinatos químicos desde a última vez que nos falamos. Os japoneses oficialmente entraram no país. Acho que não preciso me prolongar mais sobre o que está em jogo.

Não precisava. Rosalind sabia, assim como todo agente do Kuomintang sabia, assim como todo agente era treinado para saber várias e várias vezes, quando fazia seu juramento para operar em Xangai. Não podiam falhar. Xangai era a estrela principal do país — a protegida da qual todos os outros países queriam tirar um pedaço. O Japão movia-se rapidamente, querendo pegar tudo para si. A Grã-Bretanha e a França logo apareceriam para prover proteção, não porque se importavam e sim porque também queriam a cidade, e não queriam ficar trancados do lado de fora. Se Xangai caísse, se o esforço imperialista japonês triunfasse, se os estrangeiros ocidentais não estivessem mais se divertindo nos salões de dança, hipódromos e teatros, então bateriam em retirada, e ninguém reclamaria quando a China seguisse o caminho de sua cidade emblemática, tombasse e se submetesse à ocupação.

— Eu sei — disse Rosalind, cansada, apertando a ponte do nariz. — Deus, eu sei.

Odiava o quanto dependiam dos próprios destruidores. Tinham de manter a cidade funcionando, manter os britânicos, os franceses e os norte-americanos ali e felizes. O que mais poderiam fazer quando já não tinham mais o próprio poder com o qual contar?

— Você deve fazer o que for preciso para cumprir sua missão na Turquesa — continuou Dao Feng, como se pudesse ler sua mente. Ele não estava mais falando do arquivo. Estava falando da célula terrorista. — Em um momento como esse, não temos espaço para a moral.

— Está falando com uma assassina — respondeu Rosalind. Sua garganta apertou. — Pensei que agir sem moral já estava implícito.

— Me perdoe pelo lembrete, então. — Dao Feng sorriu. Era uma expressão contida, usada mais para apaziguar os outros do que para mostrar divertimento. — Você não é só nossa arma, Lang Shalin. É uma agente. É uma força na luta pela sobrevivência de nosso país. E, para sobrevivermos, deve julgar sem restrições.

Mate quem for necessário, estava dizendo seu treinador, uma ordem não proferida entre seus discursos teatrais. *Massacre cada imperialista e simpatizante neste país. Desde que não seja pega, não nos importamos.*

— Julgar sem restrições — repetiu Rosalind baixinho.

Em seu primeiro ano de trabalho, haviam-na enviado atrás de um Comunista. Um acadêmico de fala mansa, novo demais para sequer ter barba no queixo, vestido em trajes tradicionais e segurando uma caneta tinteiro. Ele implorou pela vida quando Rosalind entrou por sua janela, e ela hesitou. Que mal ele estava causando ao país? O que havia feito que um cidadão comum também não era culpado de fazer, discordar de seus vizinhos e dar um murro nos homens no comando?

Mas Rosalind não confiava mais no próprio julgamento. Alguém que havia chegado tão próximo da escuridão e se perdido estava fadado a ter medo de perder a luz de vista novamente. Ela precisava que alguém lhe dissesse o que era certo, e não gostava de discordar.

— Não se preocupe — dissera baixinho. Ela soprou o veneno. — Não vai doer.

Ela ajeitou tudo. Deixou o prédio em silêncio e foi para casa sem reclamar, mas ficou com muita raiva com o passar da noite, cada hora passada sem dormir deixando seu sangue mais fervente. Quando explodiu com Dao Feng no dia seguinte, foi a primeira vez que o viu piscar de surpresa. Seu treinador tinha orgulho de saber esperar todas as possibilidades — mas não havia esperado por aquilo.

— Aquilo foi *inútil*! — gritou para ele. — Só serviu para o *ego* deste governo...

— Estamos em guerra...

— Não me *importo* com a sua guerra! Por que está lutando uma guerra civil quando há inimigos de verdade na nossa fronteira?

Dao Feng não perdeu tempo a repreendendo. Podia ensiná-la a ser uma agente, e podia mostrar a ela como sobreviver. Mas nunca poderia convencê-la a acreditar em uma facção que Rosalind vira se atrapalhar diversas vezes, que testemunhara atirar em civis sem se importar com nada. Depois daquele incidente, eles pararam de enviá-la atrás de Comunistas. Foi enviada atrás de antigos Rosas Brancas, comerciantes estrangeiros, policiais simpatizantes do imperialismo, e assim ela nunca mais reclamou.

— Alguma vez te levei pelo caminho errado? — perguntava Dao Feng agora.

Ele estava observando a hesitação na expressão dela.

— Não — respondeu Rosalind com sinceridade.

Pelo menos não sem se corrigir imediatamente.

— Então confie no que eu digo — continuou Dao Feng. — Você sabe tomar a decisão certa. Esta missão será um sucesso. — O treinador pegou algo dentro do bolso. — Tenho outra coisa para você.

Ele colocou um envelope na frente dela. Rosalind sabia o que era antes mesmo de olhar o conteúdo, e cruzou os braços, recusando-se a aceitar.

— Não preciso abrir isso. Será a mesma coisa que os outros vinte.

Era melhor deixar a cidade presumir que Rosalind Lang estava morta, então seu pai sabia que não deveria mais contatá-la. Sem saber sua localização ou seu pseudônimo, não havia outra forma de chegar até a filha a não ser pelos contatos dos Escarlates, passando um envelope de mãos em mãos, até que alguém escrevesse Janie Mead apressadamente no destinatário e o enviasse para a filial secreta do Kuomintang.

Se suas tentativas de contato tivessem algum conteúdo, talvez ela perdesse tempo lendo as cartas, ou — Deus a proteja — até marcaria um encontro para ver como o pai estava. Mas nunca tinha nada. Era a mesma ladainha chata de sempre.

Lang Shalin, você precisa parar de brincar e voltar para casa. Se não deseja voltar para a mansão Cai, pode vir morar comigo, onde é seu lugar. E o que Selin está fazendo com os Comunistas...

— Seu pai se preocupa — disse Dao Feng.

Ele não entregaria nada a ela sem ler primeiro. Dao Feng já sabia que a suposição dela estava correta.

— Ele se preocupa consigo mesmo. — Rosalind amassou o envelope. — Se incomoda que talvez nunca mais possa me controlar. Quem sabe se tivesse se esforçado para ser mais gentil quando eu era mais nova, eu me sentiria mal por ele. Mas agora? — Jogou o maço do envelope de papel na mesa. — Não tenho pai.

Um segundo de silêncio se passou. Dao Feng suspirou, então deu um tapinha em seu ombro.

— Serei seu pai substituto, criança. Não tem problema.

Rosalind caçoou.

— Tem idade para isso?

— Lang Shalin, fico *lisonjeado* que diga tal coisa, mas estou na casa dos trinta há um bom tempo. Ninguém nem piscaria se eu te levasse até o altar para Hong Liwen.

A expressão de Rosalind se fechou imediatamente, decidida a fazer a maior careta que podia ao pensar na imagem. Em resposta, Dao Feng deu uma risadinha respeitosa. Por mais que tentasse ficar irritada, ela teria escolhido seu treinador para ser seu pai de verdade num piscar de olhos.

Mas não era assim que funcionava.

Uma batida soou na porta. A atendente trouxe água quente para o bule. Dao Feng empurrou o bule para frente para ajudar a enchê-lo, mas seus olhos sempre atentos estavam em Rosalind.

— Sua missão, então — disse ele, trazendo-os de volta para assuntos mais importantes. — Perguntas? Comentários? Preocupações?

— Não — respondeu Rosalind com firmeza. Empurrou os ombros para trás. — Não. Entendo perfeitamente.

13

Phoebe Hong observava a Imprensa Turquesa do lado de fora das grades do prédio, o corpo parcialmente escondido por uma árvore. Daquele ângulo, ela conseguia ficar fora do campo de visão da guarita no portão principal — não podia ser mais perfeito. Como se a árvore tivesse sido feita para sua espionagem amadora. Faria bem esperar. Talvez eles precisassem que ela levasse uma mensagem de volta. Talvez Phoebe precisasse entrar de novo e fingir que tinha esquecido algo, e então ter uma conversa astuta, como agentes de verdade faziam em campo, falando em códigos enquanto objetos eram movidos por debaixo da mesa.

— Feiyi.

Phoebe recuou rapidamente ao ouvir seu nome, tentando não parecer muito ansiosa. A guarita não podia vê-la, mas ela não estava prestando atenção em sua retaguarda. Um descuido. Os olhos da cidade estavam sempre observando: um colega de escola ou outra filha de algum general, olhos de serpente e mandíbulas venenosas, preparadas para arrastá-la pela lama e espalhar fofocas entre a elite ao menor sinal de fraqueza. No mês passado, haviam dito que ela faltava muito à escola porque estava grávida. No mês anterior, eram drogas. Os rumores nunca duravam muito, mas a mantinham alerta.

Felizmente, a pessoa andando em sua direção agora não era um colega de classe. Era apenas Silas.

Phoebe suspirou de alívio.

— Pensei que quisesse esperar no carro.

Silas parou de repente, arregalando os olhos.

— Desculpa. — Levantou o pé, pronto para dar um passo para trás. — Você demorou um pouco, então achei melhor conferir, só para o caso de...

— Ah, tudo bem, não se preocupe. Olhe... aquilo não é estranho?

Phoebe apontou para além das grades da cerca. Agora que ela tinha aprovado sua presença, Silas se aproximou, juntando-se a ela para observar três funcionários do escritório saírem do prédio principal da Turquesa. Um deles era a mulher de antes, a secretária antiquada com uma saia duas vezes maior que ela, que havia praticamente forçado Phoebe a ir embora. Zheng Haidi colocou um caixote no banco de trás de um carro estacionado ao lado do prédio principal, depois se amontoou no banco com os outros dois.

— Ainda é o começo da tarde — comentou Silas. — Me pergunto aonde eles estão indo.

— Talvez devêssemos segui-los.

Silas já estava começando a assentir antes de entender o que Phoebe havia dito. Rapidamente tentou transformar seu gesto em um balançar de cabeça.

— Não, não. De jeito nenhum.

Phoebe segurou a risada. Quando eram crianças, Orion avisava a Silas toda hora para parar de encorajar Phoebe a se juntar a eles em seus passeios, mas isso nunca dava certo. Phoebe foi mandada cedo para a Inglaterra, apenas um ano depois da partida de Orion. Foi alocada sob o mesmo teto de sua tutora, que era logo no fim da rua, mas havia sentido muita falta do irmão mais velho e, no momento em que se reuniram, começou a segui-lo por todo canto. Sempre que Phoebe prendia o cabelo e apertava a chave de casa na mão, enfrentando corajosamente a caminhada de três minutos para bater à porta dos garotos e perguntar se queriam companhia em sua próxima aventura, Silas sempre dizia sim, se fosse ele a responder, para o desgosto de Orion. Uma vez, Orion quase abriu um buraco nas tábuas do assoalho de tanto bater o pé de frustração, porque planejavam entrar escondidos em um bar, e não podiam levar *Phoebe* até lá.

Quando todos voltaram a Xangai — Orion precisava controlar os danos para o julgamento do pai, Silas havia terminado os estudos e Phoebe não queria ficar na Inglaterra se Orion não estivesse lá —, o hábito não havia desaparecido. Orion e Silas começaram a trabalhar para o Kuomintang, e de repente o irmão não estava mais bufando porque Phoebe se juntava a suas aventuras, mas sim porque Silas não conseguia guardar segredo quando Phoebe lhe perguntava o que os dois estavam fazendo. Silas e Orion faziam dupla em missões associadas. Após uma série de perguntas bem pensadas, Phoebe sempre conseguia saber exatamente o que o irmão estava fazendo.

— Estou implorando — pedira Orion certa vez, fazendo drama e se ajoelhando na frente dela. — Pare de jogar suas artimanhas femininas para cima dele. Ele não é forte o suficiente.

— Não faço ideia do que está falando. — Phoebe deu uma risadinha. — Ele deveria aprender a ser forte.

Orion se deitou de lado, então se esparramou no tapete da sala de estar.

— Está matando ele, Phoebe! E *me* matando por tabela, por ter que testemunhar isso.

— Estou? — Phoebe nem tentou conter o tom de alegria. Desviou do irmão, o salto batendo em volta dele, para que pudesse ir à cozinha pegar iogurte. — Talvez eu devesse virar uma assassina.

Agora, ela batucava os dedos na cerca, o metal dos anéis ressoando nas barras. Quando o carro de Haidi partiu e o portão principal se fechou novamente, não havia muito mais a observar, então Phoebe se afastou do perímetro. De qualquer forma, não queria seguir uma secretária antiquada. Era bisbilhotar demais para um dia só.

— Me leva de volta? — perguntou a Silas.

— É claro. Vamos.

A rua estava calma enquanto seguiam de volta para o carro de Silas, a brisa da tarde balançando os galhos das árvores acima. Phoebe ergueu o rosto para observar o movimento de vai e vem e — em sua desatenção — quase deu de cara com um poste.

— Feiyi!

— Não se preocupe, não se preocupe — tranquilizou-o, ajeitando a gola do vestido. — Gentileza sua ficar tão preocupado.

Silas abaixou a cabeça, determinado a abrir a porta.

— Seu irmão me mataria se você acabasse no hospital depois deste passeio. Para onde? Escola?

Phoebe deu uma risadinha quando se sentou no banco do carona. Era seu último ano na academia e ela não ia à escola havia semanas. Teriam sorte se ela aparecesse a cada quinzena, talvez três vezes por mês se decidisse agraciá-los com sua presença. Seus colegas de classe estavam todos a caminho da universidade após a formatura, mas Phoebe não conseguia imaginar nada pior. Escrever redações e decorar poesias em uma sala de aula abafada. Ugh.

— Para casa, se puder fazer essa gentileza. Não vai trabalhar hoje?

Silas ligou o carro e entrou na rua, conferindo os espelhos com cuidado antes de tomar velocidade. Seu disfarce atual era como assistente forense na delegacia, o que dava a ele fácil acesso aos novos corpos encontrados e suspeitos de terem sido assassinados por mortes químicas. Porém, Phoebe quase nunca ouvia falar de Silas comparecendo ao trabalho, ou, pelo menos, sempre que ela telefonava, ele estava prontamente disponível.

— Só à noite — respondeu Silas.

Chegaram a um cruzamento onde um bonde havia quebrado, e Silas murmurou algo baixinho. Sem se importar com as buzinas atrás dele, entrou em uma rua paralela, preferindo a rota mais longa a esperar no congestionamento.

Phoebe pressionou o rosto contra a janela.

— Vamos pelo território chinês?

— Será mais fácil. A não ser que tenha preferência por outro caminho. Posso virar...

— Não tem problema.

A atenção dela havia se voltado para o chão do banco do carona. Havia uma coleção de envelopes espalhados ali e, quando Silas virou para a direita e para a esquerda a fim de evitar um caixote de galinhas, Phoebe pegou um deles. Estavam todos endereçados ao Pastor.

Os olhos de Silas se voltaram para ela.

— Você... provavelmente deveria soltar isso — disse ele.

Phoebe não soltou.

— O que é isso que tenho escutado sobre você estar próximo de encontrar Sacerdote?

— Sou só um dos muitos. — Silas gentilmente tirou o envelope dela com uma das mãos enquanto dirigia com a outra. — Tenho certeza de que Dao Feng tem várias equipes trabalhando nessa questão.

— Então *está* próximo. Ou não estaria agindo com tanta humildade.

— Estou infiltrado como um auxiliar de baixo nível dos Comunistas por tempo o suficiente para que estejam dispostos a me colocarem em contato com Sacerdote, para fazer perguntas sobre recrutamento. — Silas jogou o envelope de volta no chão, então fechou a cara para Phoebe. — Não significa muita coisa. Pode não dar em nada.

Completamente implacável, Phoebe sorriu, inclinando-se para colocar uma mecha de cabelo atrás da orelha de Silas. Estava ficando muito comprido, começando a formar cachos nas pontas.

— Tenha fé. Acredito em você.

Viraram em outra rua estreita. Silas observou a rua pelo para-brisa, e Phoebe o observou enquanto as orelhas dele ficavam vermelhas.

— Você é sempre tão curiosa — disse Silas, meio baixinho, como se falasse de maneira hesitante consigo mesmo. — Deveria dizer a Dao Feng que quer ser recrutada quando se formar. Seria boa trabalhando disfarçada. — Silas pigarreou. — Talvez comigo. Quero dizer, se quiser.

Phoebe fez um barulho evasivo.

— Não sei. Eu gosto de ser livre para fazer o que quiser. Trabalhar para o governo parece tão entediante.

— Não é o que você já está fazendo?

— Hum. É diferente de certa forma. Como...

Antes que Phoebe pudesse concluir o pensamento, Silas pisou no freio de repente, e Phoebe lançou a mão para o painel, segurando-se no lugar para não voar pelo para-brisa. O carro parou. Arquejando, Phoebe voltou para o assento, o coração martelando no peito.

— O que...

O olhar de Phoebe se voltou para onde Silas estava olhando, através da janela e para o outro lado da rua comercial movimentada pela qual estavam passando. Havia um grande grupo reunido em frente a um beco, entre uma loja de tecidos e uma feira de peixes.

A conclusão era simples. Nenhum outro espetáculo reuniria uma multidão assim. De toda forma, Phoebe perguntou:

— O que está acontecendo?

Silas semicerrou os olhos, abrindo a porta. Não desceu do carro. Apenas deixou que o barulho do mercado entrasse, eliminando a barreira deles entre a confusão e o tumulto.

— Aposto qualquer coisa que acabaram de encontrar outro corpo.

— Em um lugar tão público?

Phoebe se inclinou para mais perto de Silas, também procurando em meio à multidão. Um vislumbre de movimento chamou sua atenção: uma figura vestida com um longo casaco preto, afastando-se do canto da multidão e entrando rapidamente em um carro estacionado. Apesar de o carro não estar tão deslocado a ponto de tirar a atenção do beco, era estranho estacionar em frente a uma feira de peixes. Na verdade, era estranho alguém rico o bastante para ter um carro dirigir até uma feira de peixes para começo de conversa.

As rodas aceleraram. O olhar de Phoebe foi para a placa do carro.

— Ei — exclamou de repente, colocando um braço no ombro de Silas e batendo em seu peito rapidamente. — Aquele não é o carro que acabou de sair da Turquesa?

Silas virou a cabeça na mesma hora, avistando o carro antes que pudesse virar a esquina. Ajeitou os óculos.

— É?

— Não tenho certeza — respondeu Phoebe. — Mas acho que sim.

Estava muito tarde para sair perseguindo um carro suspeito, ainda mais com os pedestres e feirantes vagando pela rua. Ficaram lá sentados por um bom tempo, refletindo sobre suas opções. Então Silas fechou a porta com um baque alto, abafando o alvoroço da rua do lado de fora.

— Olhos atentos, Feiyi — disse Silas. — Vamos fazer uma ronda e ver se conseguimos encontrá-los de novo?

Phoebe bateu palmas de animação.

O resto do dia de trabalho passou sem nenhum incidente.

Faltando dez minutos para as seis da tarde, Rosalind arrumou seus papéis em uma pilha e Jiemin disse que ela poderia ir embora. O resto do departamento de produção estava no andar de cima, tendo uma reunião com o embaixador Deoka. Orion o conheceria primeiro, apesar de Rosalind não ter grandes esperanças de que ele conseguiria muitas informações com essa interação, já que o resto do departamento estaria presente discutindo fontes.

Rosalind prendeu sua bolsa mais acima no ombro enquanto saía do departamento, descendo as escadas. Durante toda a tarde, enquanto separava sem prestar atenção os papéis que Jiemin lhe dera, havia pensado no arquivo que os Comunistas estavam procurando. Um objetivo de curto prazo, um objetivo de longo prazo. O primeiro era muito mais fácil. O último precisava de confiança, construir conexões, fazer com que seus colegas de trabalho pensassem que ela era um deles, e Rosalind odiava isso porque sempre havia a possibilidade de que deixaria algo escapar. Talvez os Nacionalistas não se importassem se ela deixasse Orion fazer toda a investigação. Podia só ficar de olho nele e se certificar de que não desertasse para os japoneses.

— Você anda tão rápido, querida.

Rosalind virou-se, surpresa que Orion já havia sido dispensado. Ela nem havia escutado ele chegar por trás dela.

— É o esforço para me afastar de você mais rápido.

Orion riu como se ela tivesse contado uma piada engraçada. No momento em que seu passo alcançou o dela, ele olhou por cima do ombro, observando os degraus do escritório atrás dele.

— Me beije — disse ele, muito sério.

Rosalind piscou.

— O que disse?

— Estamos apaixonados ou não, Janie?

Antes que Rosalind pudesse reprimi-lo por ser um degenerado, ela enlaçou um braço dele e também virou a cabeça, inclinando-a para ver o que ele estivera olhando. Ao lado do prédio, um grupo de colegas estava reunido conversando, mas estava claro que metade deles tinha a atenção voltada para Rosalind e Orion, observando-os enquanto iam embora.

— Estão desconfiados? — perguntou Rosalind.

— Um deles me perguntou hoje se éramos um casal arranjado que nunca havia se conhecido antes, então me diga você.

— Poderíamos ser.

— Essa não era nossa história, Janie Mead.

Rosalind parou de andar e fingiu uma risadinha repentina e entretida. Isso pegou Orion completamente de surpresa, mas, antes que ele pudesse se recompor, ela segurou os dois lados de seu rosto e capturou seus lábios nos dela.

Durou menos de um segundo antes que Rosalind se afastasse, o sorriso em seu rosto permanecendo quando ela pegou o braço dele de novo e o guiou para frente. Os colegas que os assistiam podiam chegar às próprias conclusões.

— Amada — disse Orion, quando passaram pelos portões. — Que performance. Se eu não soubesse, pensaria que você queria arrancar minhas roupas.

— Ah, por favor. — Era impossível não reconhecer que Orion possuía toda a beleza física que alguém precisava para causar tal reação. Talvez estivesse acostumado a isso, à bajulação e aos elogios de todas as direções. Mas não receberia nada disso de Rosalind. — Não tenho nenhuma vontade de arrancar suas roupas.

— Nem um pouco?

Não é que Rosalind não soubesse do que as pessoas estavam falando quando sussurravam sobre tais vontades. Rosalind entendia o romance. Costumava querê-lo tanto que o procurava para onde quer que olhasse. Arrancaria seu coração ardente com felicidade e esperaria pacientemente até que alguém aparecesse e o aceitasse. O que ela não entendia era o imediatismo. Como alguém avistava um estranho e ficava com as mãos suadas e a garganta seca, como sentia a força gravitacional os puxar para cada vez mais perto. Estava meio convencida de que o mundo todo conspirava para pregar uma grande pegadinha nela, tentando convencê-la de que ela era a incomum. Como alguém poderia sentir *qualquer* coisa assim por alguém que não conhecia? Como podia sentir o frio na barriga de desejo a não ser que já reconhecesse o formato do sorriso do outro? Como seu dedos poderiam doer de vontade de tocar alguém a não ser que já tivessem reconhecido as marcas em suas palmas?

E mesmo assim havia sido tão fácil enganá-la. Fingir. Ela quase desejava poder ser como todo mundo. Como devia ser libertador se apegar em um piscar de olhos e se desapegar na mesma velocidade! Mas Rosalind ou amava ou não amava. Não havia meio termo.

— Sou uma boa atriz — disse, suavemente.

Orion parou com a provocação. Talvez tivesse escutado a estranheza na voz dela. Talvez tivesse sentido o pavor e a mágoa que a seguiam como um véu sujo. A mão dela permanecia na dobra de seu cotovelo, e ela sentiu seu braço ficar tenso, como se ele estivesse tentando mantê-la no lugar.

— Qual é a história por trás disso?

Rosalind balançou a cabeça bem rápido.

— Não tem história. — Forçou-se a relaxar a tensão nos ombros, a levantar o queixo e a tirar os fios de cabelo soltos do rosto. — É simplesmente quem eu sou. Mais falsa que juramentos feitos com vinho.

A tensão havia passado. O sorriso no rosto de Orion voltou, e ele se aproximou para pegar uma mecha do cabelo dela.

Rosalind se afastou, bufando.

— Não faça isso. Alguns dos meus grampos estão envenenados. O que aprendeu hoje?

— Esqueça o que aprendi. — Estavam na rua principal agora, andando paralelamente à linha ferroviária. Assim que Rosalind apertou o passo, colocando certa distância entre ela e Orion, ele se apressou a alcançá-la, passando um braço por seus ombros. — Saí com alguns deles durante o almoço e consegui um trabalho extra para nós. O departamento de redação vai estar com menos funcionários para uma angariação de fundos, então vamos substituí-los. Conheceremos a empresa inteira como a palma de nossas mãos em pouco tempo, principalmente se começarmos com nosso departamento de produção primeiro. — Orion se abaixou para não bater com a cabeça no toldo de uma banca, mal perdendo o ritmo apesar da quase colisão. — A minha opinião é a seguinte. Primeiro conversamos um pouco no trabalho. Depois descobrimos o que fazem para se divertir à noite. Logo depois, encontraremos eles por acaso quando estiverem saindo por aí. Seremos um encaixe perfeito em suas vidas sociais.

Não parecia um plano perfeito. Era uma cidade grande.

— Já aprendeu o *nome* deles? — perguntou Rosalind, não se importando em diminuir o desdém em seu tom de voz.

— Sim — respondeu Orion no mesmo instante. — Talvez eu precise que alguns deles os repitam uma ou duas vezes, para aperfeiçoar minha pronúncia, mas estou quase lá. A maioria dos funcionários da produção ou da redação é chinesa ou japonesa, com alguns estrangeiros ocidentais. Alguns dos guardas da entrada são siques. Há uma mistura de indianos, russos e judeus asquenazes espalhados por toda parte. Você conheceu uma delas também, não foi? Liza Ivanova.

Rosalind sentiu uma palpitação de pânico. Isso era desconfiança? O olhar dele durou um momento a mais, quando Orion se virou para fazer a pergunta? O braço que estava no ombro dela ficou mais tenso de repente?

— Muito brevemente — respondeu ela. — Não conversamos sobre nada importante.

— Ah é? Não pareceu.

Chegaram ao apartamento dela. Rosalind não queria continuar inventando mentiras sobre o que ela e Alisa estavam conversando, então usou a interrupção espontânea para tirar o braço de Orion de cima dela e sair andando na frente, subindo os degraus.

Um aroma familiar flutuava pela escadaria exterior, e Rosalind fungou enquanto passava pelas janelas cobertas de papel de seu apartamento, chegando à porta da frente. Não esperou que Orion a alcançasse, só abriu a porta e encontrou Lao Lao em frente à mesa de jantar, colocando a última tigela na mesa.

— Esperei o dia todo para conhecer seu falso marido. Onde ele está?

Rosalind abriu mais a porta e indicou que Orion entrasse.

— Fale um pouco mais alto, Lao Lao. Acho que os espiões nos arbustos lá fora não a escutaram.

— Ah, que *bonitão*. — Lao Lao avançou, pegando as mãos de Orion e olhando-o mais de perto. O rosto dele se iluminou instantaneamente, aproveitando a atenção. — Gosta de sopa de bambu? Junta de porco cozida em fogo baixo? Carneiro com cominho?

— Gosto de tudo isso — respondeu Orion, olhando de volta para Rosalind enquanto ela depositava a bolsa no sofá. — Janie vai ficar com medo de eu me divorciar para me casar com a senhora.

— *Por favor*, faça isso. — Rosalind tirou um grampo do cabelo, deixando que os cachos que estavam presos à base do pescoço caíssem por suas costas. Antes que Lao Lao pudesse reclamar, pegou um dos pratos de tomate e entrou no quarto. — Assim eu não teria que te aguentar.

Rosalind fechou a porta com o pé.

— Tão sensível — reclamou Lao Lao atrás dela. — Venha você comer então, e guardaremos o resto para quando ela sair para um lanchinho noturno.

O corpo de Rosalind se retesou. Pressionou o ouvido na porta.

— Ela sai para lanchinhos noturnos com frequência?

— É melhor ter cuidado com o que vai dizer, Lao Lao — murmurou Rosalind.

— Ah, sabe como as garotas são. Tão meticulosas com o trabalho que se esquecem de comer e devoram um *zòngzi* bem antes de ir dormir. É a vida.

Rosalind se afastou da porta, suspirando de alívio por Lao Lao ter desistido. Enfiou a colher no tomate com uma das mãos e começou a folhear seus livros com a outra, observando as notas e os desenhos que os autores haviam deixado ali. Dao Feng havia lhe dado aqueles diários como guias para sua produção de venenos. Tinha de admitir que eram úteis, mas algumas das descobertas eram escritas da maneira mais complexa possível, como se os antigos assassinos do Kuomintang tivessem sido, na verdade, aspirantes a poetas.

— Dois assobios de folhas de chá preto — reclamou Rosalind. — Quem deixa um assobio ser uma unidade de medida?

De qualquer jeito, soltou um assobio curto, colocando o pó de chá moído na cumbuca.

Aprofundou-se no trabalho, retirando ervas dos vidros em suas prateleiras e as imergindo juntas. Em algum momento, ouviu o barulho de pratos tilintando na cozinha, indicando que Lao Lao e Orion estavam tirando a mesa, mas ela os ignorou para se concentrar em ligar um maçarico em miniatura, inclinando-o bem abaixo da cumbuca para esquentar a substância.

Já estava desligando o maçarico e abanando o resto da fumaça quando alguém bateu à porta do quarto.

— Um segundo. — Rosalind encontrou uma tampa, daquelas feitas para manter moscas longe da comida, e a colocou em cima de seu trabalho, empurrando tudo para a lateral da mesa. Não levantaria muitas suspeitas se Orion a visse fazendo venenos: era natural que agentes normais tivessem armas de autodefesa. Ainda assim, um interesse que parecesse muito intenso talvez o fizesse pensar e, se ela pudesse evitar, queria passar longe de revelar sua identidade como Destino. — Pode entrar.

Orion abriu a porta. Sua gravata estava frouxa, os dois botões de cima de sua camisa abertos.

— Lao Lao se retirou para o andar de baixo. Disse que a sopa deve ser esquentada antes de consumida, ou você terá dor de estômago.

— Ela adoraria que eu tivesse dor de estômago. Porque então poderia dizer que me avisou... *O que* está fazendo?

— Quem, eu? — Orion se sentou na cama. Tirou a jaqueta, e então deitou-se pesadamente nas almofadas de cetim. — Estou indo dormir. Boa noite.

Rosalind olhou para o pequeno relógio na mesa, o minúsculo pêndulo balançando para marcar os segundos.

— São oito da noite.

— Estou muito cansado, querida. Preciso descansar.

— Vai dormir — disse Rosalind, cruzando os braços em frente ao peito — com as roupas de sair?

— Amo dormir com minhas roupas de sair — retrucou Orion. — Facilita para sair correndo se invasores entrarem.

— Pelo menos tire os sapatos. Está parecendo um *lǎowài*.

Com os olhos teimosamente fechados, Orion tirou os sapatos e os jogou para o lado, deixando-os cair no chão com intervalos diferentes. Rosalind foi ficar ao lado da cama, pairando com um olhar silencioso. Orion não desistiu do fingimento de estar dormindo.

Ela se sentou ao lado dele em vez disso. Encarou-o e tentou deixá-lo desconfortável. Quando isso não funcionou, Rosalind questionou:

— Posso fazer uma pergunta?

— Quanta educação da sua parte — retrucou Orion, revelando que estava bem alerta enquanto seus olhos permaneciam fechados. — Vá em frente.

— Qual era o seu codinome antes desta missão?

Orion torceu o nariz.

— Amada, me conquiste primeiro antes de perguntar sobre coisas tão pessoais.

Rosalind sabia de apenas uns poucos codinomes ativos na cidade. Não chegava a ser um assunto pessoal. Se os agentes não fossem procurados ou fossem traidores dentro do partido, havia poucos motivos para esconderem seus codinomes daqueles em quem confiavam. É claro que primeiro era necessário estabelecer a confiança.

— Só estou curiosa — disse Rosalind.

— Também estou. Qual era o seu?

Os lábios de Rosalind formaram uma linha fina. Orion sorriu, percebendo no silêncio que a havia pegado.

— Ah, xeque-mate. — Com mais firmeza, repetiu: — Boa noite.

— Não é possível que esteja falando sério.

Ele continuou dormindo.

Rosalind bateu na lateral de sua perna.

— Chega dessa insensatez. Você vai dormir no sofá.

Os olhos de Orion se abriram.

— Minha querida esposa é tão cruel assim?

— Sim. — Ela apontou para a porta. Não havia chance alguma de Rosalind desperdiçar a noite inteira fingindo dormir na frente dele. Seu veneno semipronto precisava ser transferido para um recipiente maior em três horas. — Xô.

— *Janie* — implorou ele, os olhos grandes e arregalados.

— Xô — repetiu Rosalind. — Não me force a dizer para você ir *gǔn kāi*.

Com um suspiro, Orion se sentou.

— Certo, certo, é meu dever matrimonial te ouvir. — Ele desceu da cama com facilidade, como se não estivesse fazendo um rebuliço sobre tentar dormir um mero segundo antes. — Mais uma vez, querida, boa noite.

Rosalind o observou com desconfiança conforme ele deixava o quarto, a porta se fechando atrás dele. Segundos depois, ouviu seu falso marido mover o sofá, as tábuas do assoalho rangendo enquanto ele ajustava seu canto de dormir e mudava as várias almofadas de lugar.

O outro lado da porta finalmente ficou em silêncio.

— Como fiquei presa a alguém assim? — murmurou Rosalind, levantando-se.

Tirou a tampa de seus venenos. Cheirou o progresso da mistura. Deu uma chacoalhada na cumbuca. Pelo menos Orion não ficaria no pé dela durante a noite.

Um estalo alto soou na sala de estar de repente, interrompendo sua paz de curto prazo.

— Janie, seu abajur foi *feito* para ficar conectado à parede?

Rosalind suspirou.

14

Havia mais um setor a ser concluído no mapa de Celia. Uma gota de cera escorreu pela lateral da vela, caindo volumosamente na mesa assim que ela esticou a mão para pegar uma régua a fim de medir o espaço mínimo que restava na folha de papel.

— Isso... não está certo — murmurou Celia para si mesma.

Estava ficando tarde, mas as cortinas estavam abertas, deixando a luz da lua cheia entrar. Ela havia pensado que talvez terminasse o mapa naquele dia, mas em vez disso passara a última meia hora intrigada com a mesma discrepância. Será que houve um erro nas distribuições? Ou o mapa original no qual separaram os setores estava tão desatualizado que havia seções inteiras faltando?

Seu dedo traçou a versão anterior à frente dela, a representação oficial distribuída pelo governo que marcava campos e estradas para os viajantes que se aventuravam fora dos limites de Xangai. Millie estava responsável pelo setor alocado à direita do território de Celia, mas a jovem havia começado a desenhar o mapa da esquerda, o que significava que havia terminado aquela ponta meses atrás. Se os novos mapas deveriam se alinhar ao fim do período em que ficariam infiltradas ali, ou Millie ou Celia não haviam recebido as coordenadas completas.

Celia virou-se para seu mapa quase completo — cada estrada dolorosamente inspecionada a pé, cada parte da floresta medida no mesmo passo. Ela já havia coletado as informações no começo da semana, com o objetivo de terminar o que pensou ser seu último setor, então por que os painéis não se juntavam? Por que havia uma parte do território que permanecia desconhecida? Celia não estava lembrando errado. Quando estava explorando o território à luz do dia, havia um território inteiro entre aquelas duas coordenadas.

Celia se levantou, espiando o corredor.

— Oliver?

Nenhuma resposta. Celia voltou à mesa rapidamente e enrolou os mapas, guardando-os em uma bolsa e pendurando-a no ombro. A noite estava fria quando saiu, o vapor de sua respiração se formando à frente dela enquanto enfiava as mãos sem luvas nos bolsos da jaqueta. A loja deles ficava localizada bem nos limites da cidade, o que significava que a densa floresta estava próxima e era facilmente transitável. O luar escurecia e se iluminava e escurecia de novo, conforme um grupo de nuvens se movia através do círculo cheio da lua, mas nada disso incomodava Celia. Com sua concentração aguçada, tinha cuidado ao andar pela floresta, procurando pelas pequenas marcas vermelhas que havia deixado nas semanas anteriores para marcar seu progresso enquanto seguia soldados Nacionalistas por aí. Mas não havia nenhum soldado naquela noite. Talvez tivessem sido alocados para outro lugar ou estavam em alguma missão pelas redondezas.

O objetivo de construir mapas novos era fazer a disposição mais precisa possível do território, então ilustrar um quadro dinâmico do movimento Nacionalista, com setas categorizadas por cores e códigos direcionais. E estava dando certo: as pesquisas haviam apontado cada base Nacionalista, marcando quais eram as estradas preferidas por cada unidade e quais caminhos nunca eram usados, para que as forças Comunistas soubessem como viajar com segurança quando a hora chegasse.

Celia parou, tirando o mapa da bolsa e abrindo-o. Havia uma fileira de árvores. Ali, começando com uma inclinação lenta, o início de uma pequena colina. Ela olhou para o papel.

— Não podia ter esperado um segundo a mais pela minha resposta?

— *Merde*...

Celia derrubou o mapa e se virou, uma faca saindo de sua manga. Oliver se afastou, levantando as mãos em sinal de paz, mas Celia relaxou assim que o reconheceu.

— Não chegue de fininho assim — sibilou. — Principalmente na floresta.

— O que está fazendo com uma faca? — retrucou Oliver, erguendo as sobrancelhas. — Pelo menos sabe usá-la?

— Foi um presente da minha prima. — Apesar de ser mais decorativa do que útil, ela a carregava pela sensação de segurança. — Sei usá-la muito bem.

— Certo. Use-a em mim.

Celia torceu o nariz, sem conseguir determinar se Oliver estava falando sério.

— O que...

— Vamos lá, e se eu fosse um inimigo real? Vamos ver se sabe usá-la.

— Isso é ridículo...

— A não ser que realmente não saiba manejá-la...

Tomando uma decisão, Celia mudou a pegada na faca, apertando o cabo na palma antes de avançar com rapidez. Ela posicionou a lâmina na garganta de Oliver. Ele olhou para baixo.

— Postura horrível.

Celia quase engasgou.

— Com *licença*...

Antes que sequer pudesse piscar, ele havia levantado o braço, sua mão inteira cobrindo o punho dela e virando a arma para o próprio pescoço de Celia. O beijo frio da lâmina tocou sua garganta bem abaixo do pingente, e então ela também ficou presa: as costas contra uma árvore, o antebraço de Oliver segurando-a no lugar. A faca não estava sendo pressionada com tanta força para machucar, mas ela sentiu as costas suarem da mesma forma.

Oliver soltou um muxoxo.

— Ops. Morta. Não saia balançando armas que não sabe usar.

— Sim, porque eu teria *esfaqueado* suas *tripas* se você não fosse você — protestou Celia.

Ela ergueu a cabeça contra o tronco da árvore, tentando tirar o braço. Oliver não a soltou.

— Como teria me esfaqueado? Meus braços são mais compridos que os seus. Eu teria te atirado para longe.

— Eu teria sido mais *rápida*...

— E eu recuaria assim que você avançasse.

A lua saiu de trás da nuvem novamente, voltando com seu brilho total. Abaixo de sua luminosidade, os olhos de Oliver foram da lâmina para o pingente de jade na garganta de Celia. Ele finalmente soltou a mão dela, apenas para poder ajustar o pingente após tê-lo empurrado durante a briga. Com um suspiro trêmulo de alívio, Celia abaixou o braço para não correr mais o risco de cortar a própria garganta. Esse era o único motivo de sua respiração estar falhando. Não era porque Oliver ajustava o laço atrás do pingente, os dedos quentes roçando em seu pescoço.

— A corrente está frouxa — explicou Celia quando o laço pareceu escapar das mãos de Oliver assim que ele terminou o nó. Ela manteve o olhar na lateral, encarando a floresta para que a proximidade de Oliver não parecesse óbvia, parado bem em frente a ela enquanto ajustava sua joia. — Está ficando velha.

Oliver pegou o nó antes que escapasse, prendendo-o apropriadamente.

— Já considerou não usar mais o pingente?

— Não — respondeu Celia, sem abrir espaço para discussões.

Ele sabia por que ela o usava, já que cobria seu pescoço e prevenia que estranhos abomináveis tentassem dizer se ela era ou não uma mulher.

Celia era uma mulher de qualquer forma. Era uma pena que as outras pessoas neste mundo tivessem certas opiniões sobre como deveria ser sua aparência. Não era seguro viver sem o pingente.

— Tudo bem.

Oliver não soou aborrecido. Com o passar dos anos, Celia se acostumou com aquela atitude direta, manifestada tanto em sua facilidade ao deixar assuntos desnecessários para lá, quanto em sua intensidade ao perseguir tarefas cruciais até o fim.

— Mais um motivo — continuou Oliver — para não sair por aí balançando essa faca. A próxima vítima a quem você ameaçar desse jeito pode soltar ainda mais seu laço, e o que vai fazer se eu não estiver por perto para te ajudar a manter suas joias arrumadas?

Celia revirou um pouco os olhos.

— Me seguiu até aqui para me dar uma lição de moral?

— Te segui até aqui porque estava agindo de maneira suspeita. O que aconteceu?

Celia finalmente deu um passo para trás, colocando um pouco de distância entre eles para que pudesse pegar o mapa que havia derrubado. Quando desamassou o papel, tentou ignorar que seus ombros estavam frios, tremendo com uma sensação tangível de ausência.

— De onde estamos até... aproximadamente quinhentos metros a leste, há uma extensa floresta e, principalmente, uma estrada de terra em forma de V para caminhões passarem. Me lembro porque um ninho de pássaros foi feito bem acima da curva fechada. Me perguntei se os ovos cairiam. — Celia parou, correndo o dedo pelo limite do mapa. Oliver observou o gesto com cuidado. — Esse setor não está no mapa da Millie. Ela começou mais para a direita. Mas agora eu cheguei ao fim das minhas coordenadas e também não desenhei esta estrada.

Oliver pegou o mapa. Restava apenas um centímetro no papel a ser preenchido, mas tudo o que sobrava eram curvas sinuosas e trechos de árvores.

— Você percorreu a estrada?

Celia balançou a cabeça.

— Cortei caminho na curva e fui pela floresta. Não queria ser vista caso houvesse soldados.

— Houve um erro durante as distribuições dos mapas, então — sugeriu Oliver. — Posso enviar uma mensagem e conferir.

— Acho que não. — Celia colocou a mão dentro da bolsa e tirou o mapa antigo, aquele que tinha uma visão completa do território e havia sido dividido entre os quatro. — Olhe aqui. É como se esse setor tivesse sido completamente apagado. Não há estradas.

Oliver ficou em silêncio por um longo tempo, encarando o mapa.

— É comum que mapas tenham erros — disse ele, cuidadosamente. — Às vezes, se não há nada por uma longa distância, é fácil calcular mal e representar algo de maneira menor do que realmente é.

Celia assentiu.

— Já encontrei algo assim. É fácil ajustar a barra de escala na margem. Mas aqui... *não* é nada. Há estradas. Não se pode ajustar a escala de uma estrada e fingir que nada aconteceu.

Ela observou Oliver refletir sobre o assunto, a mandíbula tensa e brilhando prateada graças à lua. Oliver não era uma pessoa fácil de agradar e era um absoluto terror tirar algum tipo de empatia dele. Por esse motivo, apesar de Celia não admitir para ninguém por medo de soar terrível, ela achava particularmente prazeroso arrancar um sorriso dele.

O canto da boca de Oliver se contraiu. O peito de Celia se acalentou.

— Então as estradas são novas — concluiu ele. — Quando nosso mapa de referência foi desenhado?

Celia virou o mapa, procurando as informações de publicação.

— 1926.

— Então vamos descobrir o que mais há de novo.

No calar da noite, os dois começaram a abrir caminho pela floresta, os sapatos pisando com cuidado na vegetação. Havia algumas plantas espinhosas das quais Celia se desviou rapidamente e, alguns passos à frente,

Oliver tentou achatá-las primeiro com as botas para que Celia pudesse avançar com mais facilidade.

— Ali está a curva fechada — anunciou Celia depois de uma distância considerável, apontando adiante.

As árvores haviam sido retiradas de ambos os lados da estrada de cascalho. O V da curva brilhava sob o luar branco.

— Vamos para a esquerda — declarou Oliver.

Celia não hesitou em segui-lo, mas levantou as sobrancelhas, estremecendo quando uma pedra particularmente afiada pressionou a sola de sua bota.

— Não quer se separar e conferir as duas direções, só para ter certeza?

— Isso seria burrice. Dá para ver que a da direita começa a se curvar para o leste. — Oliver acelerou o passo, e Celia ajeitou a bolsa no ombro, os mapas farfalhando ali dentro. — Logo entrará em uma curva de noventa graus. O que significa que deve se conectar com a estrada de terra que começa no limite do mapa de Millie.

— O que significa que não leva a nenhum destino desconhecido que queiramos investigar — concluiu Celia, entendendo sua lógica. — Entendi.

Oliver chutou uma das pedras abaixo de seu pé.

— Concordou comigo com tanta facilidade. Estou honrado.

— É claro. Concordo com a lógica.

— Geralmente tenho que mandar um pouco em você até chegarmos a esse ponto.

Celia suspirou.

— Você apenas gosta de mandar em mim. Só nos conhecemos porque fui grossa com você naquele beco e seu pequeno ego não conseguiu aguentar.

— Meu pequeno ego sempre aguenta quando você é grossa, querida. Olha, ali em cima, aquilo está nos seus mapas?

Celia não era alta o suficiente para ver o que Oliver estava apontando. Franziu a testa, ficando na ponta dos pés, mas então o terreno se inclinou e se nivelou um pouquinho, e ela vislumbrou um minúsculo brilho prateado entre as árvores.

— O que é aquilo? Uma cabana?

— Grande demais — respondeu Oliver sem rodeios. — Suponho que não esteja nos nossos mapas, então.

Levou um tempo até se aproximarem da estrutura, mas ficou bem claro que a distância havia confundido a percepção de Celia. Não era uma cabana. Era um armazém inteiro, construído com tetos altos e uma grande porta de madeira na lateral. A estrada de terra terminava ali, como se tivesse sido construída especificamente para chegar àquele local.

— Espera.

Celia pegou o braço de Oliver, fazendo com que os dois ficassem parados. Eles escutaram: o vento circulando, as folhas farfalhando, os animais e as criaturas que moravam na grande e viva floresta. Em algum lugar distante, um trem a vapor passava, o som agudo de seu apito ecoando na clareira.

— Nenhum carro na entrada — disse Oliver baixinho. — Este local está vazio.

— Acha que é militar? — sussurrou Celia.

— Tem que ser. — O apito do trem cessou. A brisa diminuiu, acalmando o mundo. — Mas de quem?

Oliver andou até a porta de madeira, abrindo o grande trinco de metal. O trinco foi para o outro lado e atingiu o suporte com um alto e escandaloso *clang*. Celia recuou, mas então Oliver empurrou a porta e o som ficou ainda mais alto, rangendo até que a entrada ficasse totalmente escancarada e o interior cavernoso abrisse sua boca.

— Trouxe uma lanterna?

— Devo confessar que, quando saí para a noite, não pensei que precisaria de uma lanterna.

Celia entrou no armazém, tentando enxergar em meio à escuridão. Uma estante, uma caixa, e...

Um zumbido elétrico soou atrás dela. Segundos depois, as lâmpadas acima se acenderam, iluminando todo o espaço. Celia se virou, os olhos arregalados.

— Achei o interruptor — declarou Oliver, um dedo ainda pairando sobre ele. — Vê a bandeira de algum partido?

As paredes eram de metal liso. Vigas distribuídas uniformemente mantinham o teto em pé, interrompidas por lâmpadas a cada poucos metros. Mas nenhuma bandeira de partido, nada que pudesse indicar se era um território Comunista abandonado, uma propriedade Nacionalista esquecida, ou outra coisa.

Era uma instalação estranha para um armazém. Nenhuma janela. Nenhuma outra saída a não ser a da frente. Só havia uma porta menor na outra lateral, que parecia levar a outro aposento.

E no meio do armazém...

— O que é *aquilo*? — perguntou Celia.

Parecia uma mesa de cirurgia. Fria, inóspita e comprida, brilhando com um prateado maçante. Se não fossem pelas amarras nas laterais, pareceria algo roubado de um hospital. Mas os respingos de sangue nas bordas e a ferrugem no couro das amarras contavam uma história diferente.

As sobrancelhas de Oliver estavam firmemente franzidas quando ele se aproximou da mesa, esticando a mão para puxar uma das amarras. Por um longo momento, ele não se moveu, virando a fivela. Havia algo escrito à mão na superfície da mesa. Fórmulas científicas rabiscadas a lápis.

Celia se aproximou, seu olhar indo daquela coisa estranha que encontraram para a maneira com que Oliver a encarava. Ele havia adotado uma expressão peculiar. Reconhecimento.

Ela tocou seu cotovelo.

— Já esteve aqui antes?

Oliver piscou, afastando o olhar do rabisco a lápis.

— Por que essa pergunta?

— Acredite ou não, sei ler suas expressões — respondeu Celia. — *Já esteve aqui?*

— Não — respondeu Oliver rapidamente. Ele não se prolongou. Quando ele puxou uma das amarras, sujeiras marrom-avermelhadas caíram do couro. — Vamos explorar. Ver se há mais alguma coisa.

Apesar de Celia ter aberto a boca para argumentar, Oliver já estava se afastando, e tentar convencê-lo do contrário seria uma causa perdida. Ela o seguiu para investigar o armazém, afastando caixotes de madeira e explorando as estantes. Quem quer que tivesse estado ali havia deixado para trás provetas, tubos de ensaio e alguns bicos de Bunsen, seus canos pendurados na borda da mesa. Alguns dos caixotes no chão estavam fechados com cadeados, outros estavam vazios. Algumas das estantes estavam completamente limpas, outras cobertas por uma camada de poeira. Era difícil determinar se o armazém não era utilizado havia anos ou se alguém estivera ali naquele mesmo dia.

— Devíamos pegar um caixote — sugeriu Celia. — Abri-lo com um martelo.

Oliver não respondeu. Estava encarando a mesa novamente.

— Oliver.

Ele recobrou a atenção. Quando olhou para ela, sua expressão havia se transformado em indiferença.

— Sim, querida?

Todos os alarmes soaram na mente de Celia. Naqueles poucos anos, ela deixara Oliver manter muitos segredos por necessidade. Não era difícil reconhecer os sinais que surgiam quando ele o fazia: as rápidas mudanças de assunto, as respostas vagas, o tremeluzir rápido de seus olhos escuros. Mas o que ele estava fazendo guardando segredos *ali*?

— O que foi? — questionou ela. — Me conte.

— Contar o quê?

Uma fúria de impaciência atingiu as bochechas dela. Celia marchou em direção a ele, mas Oliver não se moveu, mantendo a calma quando ela inclinou a cabeça em sua direção.

— Está decidido a se fazer de tolo?

— Está decidida a nos meter em problemas?

Havia apenas calma em seu tom de voz. Ele não hesitou antes de tocar no rosto dela, passando o dedão no ponto alto de sua bochecha quente. Celia havia se aproximado o suficiente para que o gesto parecesse natural, mas recuou de repente, seu rosto esquentando ainda mais. Antes que pudesse dizer mais alguma coisa, Oliver empurrou um dos caixotes de volta, alinhando-o com a poeira para que ninguém notasse que havia sido movido.

— É melhor irmos — disse ele. — Se este for um armazém Nacionalista ativo... Já temos soldados o suficiente nos vigiando, não precisamos que saibam que estamos por perto e bisbilhotando as coisas deles também.

— Há *alguma coisa* nesses caixotes...

— Mas não podemos explorar sem deixar vestígios. — Uma das lâmpadas acima piscou. Oliver ergueu o olhar. Sua mandíbula se contraiu, pronunciada e devastadora, exatamente como um agente mortal deveria ser. — Isso não tem muito a ver conosco, de qualquer forma. Como devemos relatar esse armazém? "Talvez queira registrar essa instalação. Podemos usá-la como refúgio para esquentar nossa comida em um bico de Bunsen abandonado, enquanto marchamos para a guerra"?

Celia afastou o olhar e encarou os sapatos, escondendo sua expressão irritada. De repente, não conseguia parar de pensar em tudo que Oliver escondia dela. Todas as suas visitas a Xangai, os dias inteiros em que ele simplesmente desaparecia sem que ninguém soubesse o que estava fazendo.

— Vamos, querida — disse ele, indo em direção ao interruptor. Com um gesto simples de seu dedo, o armazém caiu em uma escuridão pesada. — Até que isso nos afete, podemos apenas desenhar esse local nos nossos mapas e deixar isso quieto.

— Tudo bem.

Mas Celia não foi sincera. Nem um pouco.

Quando Oliver se virou para conferir se ela o estava seguindo, Celia lhe ofereceu um pequeno sorriso e deixou que os punhos se cerrassem com determinação atrás das costas.

15

Na manhã seguinte, Orion observou a esposa trancar o apartamento, esticando o pescoço enquanto colocava a camisa no lugar. Ele havia amassado a roupa da noite anterior para além do aceitável. A nova escolha era muito mais confortável. O colarinho ficava dobrado contra o colete. Orion dobrou as mangas da camisa uma vez para que o comprimento ficasse ideal.

Ele gostava muito de seda. Antes de ser enviado à Inglaterra, sua mãe costumava escolher suas roupas todos os dias, combinando uma bela camisa com um par de calças e adicionando uma pequena gravata ou um broche. Orion sempre preferia quando ela escolhia seda, porque a mãe o pegava no colo e enfiava o rosto no tecido macio, então o soltava por um curto instante ao fingir que o filho havia escapado de seus braços. Ela sempre o pegava de novo ao ouvir seu gritinho entusiasmado:

— Māma, *segura mais forte!*

Orion sentia falta dela. Depois de ter sido enviado para o exterior, nunca era a mesma coisa quando ela ia visitá-lo. A mãe viajava sem o pai, porque ele precisava trabalhar. E sempre que ela pisava em Londres com o chefe dos empregados, uma sombrinha nas mãos, Phoebe precisava mais da mãe, precisava de uma sensação momentânea de afeto maternal da qual ela era nova demais para se lembrar de ter, antes de ser enviada para longe.

Orion havia passado oito anos na Inglaterra. Não teve permissão de fazer as malas e voltar para casa até receber notícias do julgamento do pai, e então a mãe já havia partido. Antes que Orion e Phoebe terminassem de cruzar o oceano, ela havia fugido durante a noite sem nenhum bilhete ou um adeus.

As circunstâncias de sua partida o assombravam. Se ele havia feito algo para causar isso. Se ela realmente havia partido por vontade própria, ou se alguém a havia levado, ou se — Deus o livre — seu pai havia feito algo. Por ser três anos e meio mais velho, Oliver havia terminado os estudos em Paris e voltado para a cidade bem antes de Orion. O irmão testemunhara a queda do pai e havia descrito o suposto desdém da mãe naquele período. Não importou o fato de que o General Hong foi inocentado no final. A mãe deles já havia partido, incapaz de aguentar sua reputação de traidor — ou ao menos era isso que Oliver havia alegado antes de ir embora também.

— Pronto para ir?

Orion piscou, voltando ao presente. Janie Mead estava olhando para ele, esperando para que descessem as escadas.

— Depois de você. — Orion conduziu-a adiante, seguindo um passo atrás. Quando voltou a ficar ao seu lado no pátio, estendeu o braço em frente a ela. — Sinta o tecido.

Janie jogou as chaves na bolsa, semicerrando os olhos.

— Sou obrigada?

— Sinta. Vamos. É seda.

Ele balançou o braço. A grama estava molhada do sereno, roçando seus calcanhares conforme caminhavam pela entrada de carros. Talvez tivesse chovido em algum momento da noite, apesar de Orion não ter notado nenhum barulho enquanto dormia no sofá da sala.

Com um suspiro, Janie esticou a mão e apertou um pedaço de sua manga, agindo como se ele tivesse coberto o tecido com veneno.

— Encantador — disse ela, em um tom que indicava o exato oposto de encanto.

Janie Mead não se deu ao trabalho de conversar pelo resto da caminhada até o escritório, apesar de Orion tentar puxar os mais diversos assuntos. Quando estavam se aproximando dos portões da Imprensa Turquesa, Orion desistiu de tirar uma reação genuína dela. Ela parecia estar presa na própria mente. Parecia *viver* na própria mente, na verdade. Havia dois tipos de pessoas no mundo: aquelas que escondiam suas ruínas em seu interior e aquelas que as vestiam em seu exterior. Orion tinha o eterno medo de que um único franzir de sobrancelhas seu fosse causar preocupação e estimular os outros a bisbilhotar seus problemas. Janie Mead, por outro lado, não carregava o mesmo fardo. Se ela estava com raiva, você sabia. Se estava distraída, você sabia. Diabos, uma olhada no biquinho em seus lábios grossos e ele sabia que teria que chamar seu nome duas vezes até que Janie respondesse e, mesmo assim, ela ficaria irritada por ter sido arrancada de seu devaneio.

— Pronta? — perguntou Orion baixinho, passando pelos portões da Turquesa.

Quase que simultaneamente, os dois acenaram para os guardas na entrada. Assim que passaram pelos seguranças, Orion ofereceu o braço a Janie. Dessa vez ela aceitou sem reclamar, os dedos acomodando-se com cautela na dobra do cotovelo dele.

As mãos dela eram tão delicadas. Nenhum calo nas palmas, nenhuma aspereza nas unhas. Mesmo um agente administrativo teria recebido treinamento de seu treinador. Até Silas, cuja espionagem servia para coletar informações, sabia como dar um soco no caso de qualquer missão ter uma terrível reviravolta.

Onde haviam encontrado alguém como Janie Mead?

Antes que pudesse reunir as palavras para perguntar, chegaram ao terceiro andar, entrando no departamento de produção. Janie imediatamente parou, torcendo o nariz para o grupo de pessoas que cercava a mesa da recepção. Parecia que um evento social improvisado estava acontecendo bem em cima do espaço de trabalho dela. Perfeito.

— O que é isso? — murmurou baixinho.

— Vou te apresentar — disse Orion com felicidade.

Colocou as mãos nos ombros de Janie e começou a empurrá-la, apesar da relutância em seus passos. Pelo canto do olho, viu um movimento nos cubículos, mas era apenas outra colega espiando para ver quem havia chegado ao departamento, antes de voltar ao trabalho. Liza Ivanova — aquela com quem Janie tivera uma conversa agitada. Ele precisava investigar isso.

— Já conheço um deles — disse Janie Mead, mantendo a voz baixa para que o grupo não a escutasse conforme se aproximavam. — Zilin, o homem à esquerda. Jiemin praticamente o acusou de ser *hanjian*.

Ah? Orion tentou esconder a surpresa. Assim como no dia anterior, Jiemin não estava dando atenção para o que acontecia ao seu redor. Ele tinha o pé apoiado na mesa de Janie, muito mais interessado em seu pequeno livro.

— E não pensou em me contar?

— Não tinha evidência o suficiente — retrucou Janie. —Só a palavra de outra pessoa não pode marcá-lo como suspeito.

— Sim. — Orion aproximou a boca do ouvido de Janie, usando seu último recurso antes que se aproximassem do grupo. — Mas acusar alguém de ser *hanjian* sem provas com certeza é suspeito... Ah, *ohayō*, como vocês estão hoje?

No dia anterior, Orion havia circulado, conhecendo cada colega no departamento, decidido a causar uma boa impressão. Todos ali tinham a mesma faixa etária: no fim da adolescência ou no começo dos vinte. Fazia sentido: quando a força imperial se preparava para mandar representantes, procuravam por sangue fresco saído da escola. Jovens que ainda não conheciam o mundo o suficiente, que queriam impressionar os mais velhos com muito afinco e cumprir seu dever com o país. Era o mesmo do outro lado, não era? Se Orion fosse mais velho e mais sábio, talvez não tivesse se enfiado na filial secreta, nem se colocado à mercê de cada instrução de seu treinador. Talvez tivesse buscado mais opções para alcançar o que queria. Não adiantava nada se arrepender agora — ele era um espião, e era bom nisso.

— Olá — cumprimentou, em inglês, a garota na extremidade esquerda. Ela deu um grande sorriso, acenando para Orion e estendendo a mão para Janie Mead. — Você deve ser a adorável esposa.

Janie apertou a mão dela para cumprimentá-la, seus lábios vermelhos se curvando em um sorriso. Orion a observou adotar uma expressão de adoração, mesmo enquanto o olhar dele se aguçava. Supunha que deveria ser grato por Janie Mead *saber* como ser maravilhosamente sociável, e ainda assim escolhia não o fazer quando os dois estavam sozinhos. Talvez isso significasse que Orion tinha contato com a versão mais real dela, que não precisava se preocupar de Janie estar escondendo algo.

De alguma forma, ele duvidava disso.

— Querida, conheça nossos colegas. — Orion passou as mãos dos ombros aos braços de Janie, virando-a centímetro a centímetro para apresentá-la às pessoas ao seu redor. — Essa é Miyoshi Yōko. Ōnishi Tarō. Kitamura Saki. E… Tong Zilin, certo?

Zilin franziu o cenho, não parecendo incomodado por seu nome ser o único com que Orion tivera dificuldade. Com certeza era o mais fácil, então ele sabia que havia sido uma ação proposital da parte de Orion.

— Correto — disse Zilin. Ele voltou a atenção para Janie, gesticulando com a cabeça para o pulso dela. — Isso é da Sincere?

Orion sentiu o sobressalto de surpresa da esposa quando ela olhou para baixo, como se tivesse esquecido o que havia ali. Uma pulseira fina estava presa debaixo de sua manga, com um pingente prateado pendurado.

— Não consigo me lembrar — respondeu ela.

Janie Mead falava de uma maneira muito peculiar. Não é que não fosse fluente em inglês. Ela soava como se tivesse sido bem-educada em alguma sociedade ocidental, onde havia aprendido seus hábitos e padrões de fala, a maneira precisa com que eles adicionavam uma elevação rápida no fim das perguntas. Nem os melhores tutores se importariam em ensinar esses hábitos nos mínimos detalhes.

Mas seu sotaque parecia arrastado. Fingido. Não era norte-americano.

Janie olhou para cima, fingindo perguntar a Orion se ele sabia de onde viera a pulseira. Orion deu de ombros.

— Talvez eu tenha lhe dado de presente. Simplesmente perdi as contas com o passar dos meses.

Não importava. Orion poderia continuar ouvindo até encontrar qual era a discrepância. O inglês era a língua comum no escritório. Os colegas japoneses não eram fluentes em mandarim, e a maioria dos chineses locais contratados não sabiam japonês, então Janie Mead não conseguiria se esconder dele para sempre.

— Humm...

Sem pedir permissão primeiro, Zilin pegou o pulso de Janie, examinando a pulseira. Orion franziu o cenho, desconfiado do gesto, mas seria falta de educação causar uma cena, especialmente quando Janie estava deixando ele dar uma olhada, sem se perturbar.

— Eu estava de olho nela em uma das vitrines para minha noiva — continuou Zilin. Seu sotaque tinha uma pequena inclinação britânica, mas não tanto quanto o de Orion. Talvez ele tivesse passado menos tempo lá, ou o tivesse aprendido com algum tutor britânico, sem sair da cidade. — Mas não tive tempo de entrar e comprá-la antes que nosso filme começasse.

Tarō se apoiou na mesa da recepção, levantando uma sobrancelha.

— Que filme? Achei que não gostasse de cinema.

Zilin finalmente largou o pulso de Janie, estufando o peito.

— Aqueles da Itália. Que passam aos domingos.

— Esses filmes são propaganda fascista.

Orion ficou tenso, um lampejo de terror agarrando sua garganta com a declaração de Janie. Era algo válido de se dizer. Os cinemas de Xangai eram abertos a receber filmes de todos os cantos do mundo, e o mercado italiano atual era famoso por empurrar uma seleção que enaltecia os feitos do fascismo. Os cinemas os exibiam sem reclamação, e cabia aos espectadores decidir se queriam ou não ver duas horas de um documentário sobre a construção de um império. Havia ramificações fascistas no Kuomintang também. Os filmes certamente tinham audiência.

Mas o silêncio havia percorrido o grupo. Algumas coisas eram conhecidas por todos, mas nunca ditas, pelo bem da decência.

Saki deu uma risadinha, balançando a mão e quebrando a tensão. Quando Orion relaxou, percebeu que Janie devia ter sentido a mão dele apertar-lhe o braço.

— Ah, isso é um exagero — disse Saki gentilmente. — Os mesmos críticos provavelmente condenariam o nosso jornal também.

— Certo — respondeu Janie no mesmo segundo. Ela pegou um arquivo em sua mesa, levantando a mão para cumprimentar Jiemin de leve. — Peço que me deem licença agora. Preciso participar de uma reunião em cinco minutos.

Orion soltou Janie conforme ela se movia, mas seus olhos continuaram a acompanhá-la enquanto a conversa entre os colegas mudava de assunto. O embaixador Deoka a havia convocado para uma reunião pela manhã, apenas para conhecer os novos contratados. Orion já havia visto o embaixador no dia anterior e não obteve nada de importante da troca, exceto que Deoka pintava o cabelo com muita frequência e isso estava ressecando a testa dele. Talvez Janie percebesse mais.

Orion olhou por cima do ombro. Janie atravessou as portas do departamento de produção. Então parou, apoiando-se contra a parede do lado de fora.

— Me deem licença também — pediu Orion rapidamente, curvando a cabeça para se desculpar.

Ele se virou e a seguiu, indo para o corredor. Janie Mead não se mexeu. Estava encarando o espaço quando Orion se aproximou e tocou seu ombro.

— Ei. — Seu cumprimento ecoou no ambiente. — Você está bem?

— Estou — disse Janie. Não podia ter soado mais como uma mentira nem se tivesse tentado. Suas palavras eram vazias de emoção. Como se ela estivesse lendo um roteiro. — Onde é o escritório de Deoka?

Orion não respondeu. Tentou de novo. Havia algo que ele podia arrancar dela — precisava haver.

— Me responda isso primeiro: *você está bem?*

O olhar afiado de Janie se ergueu. Parecia haver uma advertência naqueles olhos. Ele sabia, é claro, que *bem* era um adjetivo vago demais para a expressão que ela estava fazendo. De qualquer forma, de onde mais a conversa poderia começar? Se não conseguiam nem chegar a *bem*, como já passaram para *aterrorizados*? Como já descambaram para *enfurecidos*?

Por um momento, Janie permaneceu quieta. Então olhou por cima do ombro de Orion, e ele se virou também para seguir sua linha de visão — e viu Yōko balançando os braços animadamente, o grupo em frente à mesa da recepção jogando a cabeça para trás com risadas estridentes, antes de se dispersarem e voltarem ao trabalho.

— Não são todos ruins, eu sei — disse Janie, a voz tão suave quanto o toque de uma pena. — Mas quando estão aqui apenas porque o império deles está tentando nos engolir, é *tão* difícil não odiá-los.

A última parte saiu com veemência, mais cuspida do que dita. Quando Orion se virou de novo, sentiu um choque elétrico percorrer a coluna, sentiu algo se deslocar dentro dele. Ela era esperta demais para dizer algo daquele tipo em voz alta. Mas havia dito de qualquer jeito, havia deixado as palavras tomarem forma em vez de engoli-las.

Orion, trincando os dentes, afastou Janie alguns passos da porta. Ele não conseguia decidir se aquilo fora coragem ou teimosia. Se o zumbido que havia começado a soar em seus ouvidos era de admiração ou medo.

Por muitos anos, havia sobrevivido em sua posição e mantido o nome da família imaculado ao agir com segurança e não dar a própria opinião. Não era falta de lealdade à nação: Orion queria liberdade e autonomia tanto quanto qualquer pessoa nas ruas. Pegaria sua arma em nome do país se a ocasião surgisse algum dia. Sua missão atual era uma questão de segurança nacional — se ele não acreditasse nisso, não estaria ali.

Mas era perigoso dar voz a esse pensamento. Era perigoso trazer isso à luz, ao invés de manter essa crença escondida no fundo do peito. Era melhor dizer que seguia instruções do alto escalão na briga pela dignidade nacional. Melhor brincar de soldado, fazer o que lhe era pedido e, se o governo decidisse trocar quem era aliado e quem era adversário às custas do povo, não haveria nenhuma mágoa profunda em seu coração.

Orion abriu e fechou a boca. Apesar de não haver ninguém os observando, ele esticou a mão e afastou uma mecha de cabelo do rosto de Janie.

— Eu entendo — disse, em poucas palavras. — De verdade, Janie.

Mais do que queria. Sabia exatamente o que ela sentia porque era a mesma raiva que havia sentido pelo pai, quando as acusações de *hanjian* apareceram. Era a insistência de que havia um erro, traçando a evidência com um dedo trêmulo até o suspiro de alívio, quando, de fato, nada fez sentido — quando puderam provar que seu pai não era um traidor. Orion se importava muito em manter as coisas calmas ao seu redor. Poderia fingir e sorrir com facilidade quando estava em uma missão, mas o ressentimento espreitava pesadamente em um canto que ele tentava não tocar. Estivera lá desde cedo, quando seu tutor trouxera professores de línguas, quando lhe forçaram o sotaque britânico, o francês perfeito e então o japonês, quando o quadro político começou a mudar. Ficou mais forte conforme Orion lia os jornais, as manchetes sobre empreendimentos comerciais estrangeiros controlando o país, as diferentes forças imperiais criando raízes.

Havia um lar para a raiva dentro dele, por mais fraco que fosse o ninho.

Janie se afastou. Seus olhos se voltaram para o corredor, evitando o olhar de Orion.

— Onde fica o escritório de Deoka?

Orion apontou para o fim do corredor, depois gesticulou para a esquerda. Ele se sentia agitado. Algo em Janie Mead persistia em agitá-lo.

— Terceira porta — disse ele, voltando ao tom normal. — Não se esqueça de se curvar primeiro.

Janie assentiu, agradecendo, e se afastou depressa.

Rosalind se sentiu como um daqueles cachorros de brinquedo que ficam balançando a cabeça quando assentiu para agradecer Orion, indo embora rapidamente com os olhos vigilantes do rapaz em suas costas.

Ela não se permitiu ficar perturbada — ou ainda mais perturbada do que a conversa com Orion já a havia deixado.

Levantou o punho e bateu à porta do escritório de Deoka.

— Entre.

Respirando fundo, Rosalind girou a maçaneta e entrou. O embaixador Deoka estava sentado à mesa, os dedos batendo na máquina de escrever. Recordando-se do lembrete de Orion, ela fez uma pequena reverência, dobrando as mãos no colo. A porta se fechou atrás dela.

— Olá — cumprimentou Deoka em mandarim, sem diminuir a velocidade da digitação. — Nome?

— Meu sobrenome é Mu, sou recepcionista assistente do departamento de produção — respondeu Rosalind facilmente. — Me disseram para me apresentar.

— Ah, sim, senhora Mu.

O embaixador Deoka enfim parou de datilografar, colocando a mão debaixo da mesa e abrindo uma gaveta. Apesar de não ter levado mais que alguns segundos para que ele encontrasse o objeto de que precisava e o colocasse sobre a mesa, a mente de Rosalind funcionou como um jato, visceralmente imaginando o que ele poderia pegar: uma pistola para atirar nela, uma bomba, um dossiê que apontava todas as injúrias que havia cometido como Rosalind Lang, cada morte em seu nome.

Em vez disso, era apenas o mapa do edifício.

— Preciso lhe entregar isso — disse ele. — O departamento de produção armazena muitos excessos de materiais, então as salas marcadas com um X são os espaços corretos de arquivamento. Não coloque nada em outro lugar, entendeu? Não quero bagunça no meu prédio.

Rosalind deu um passo à frente, esticando a mão. Assim que pegou o mapa, o telefone de Deoka tocou e ela pulou, derrubando o papel.

— Desculpe, desculpe — disse Rosalind depressa.

Deoka não pareceu se importar, apenas assentiu para desculpar o erro. Quando ele começou a falar rapidamente em japonês ao telefone, Rosalind se agachou e andou alguns passou para pegar o papel de onde havia caído no chão.

Ela parou. Havia um caixote no canto, parecendo escuro e destoante da paleta de cores bege do escritório. Dando uma olhada rápida em Deoka e vendo que ele estava encarando o outro lado, sua cadeira virada para a parede e sua atenção presa ao que quer que estivesse explicando com animação, Rosalind se inclinou e examinou a parte superior do caixote.

FATURA DE ENVIO A29001
25 de setembro de 1931

De:
Armazém 34
Rua Hei Long
Taicang, Suzhou, Jiangsu

Edição Semanal — Imprensa Turquesa.

Taicang, pensou Rosalind. *Não é lá que Celia está infiltrada?* Suas últimas cartas foram carimbadas com essa localização. Por que havia uma gráfica tão longe da cidade? Certamente havia opções mais baratas por perto.

Antes que Deoka pudesse perceber seu interesse prolongado, Rosalind se levantou, fingindo tirar o pó do mapa. A ligação estava terminando e ela se apressou a chegar em frente à mesa quando ele estava desligando, os braços cruzados em frente ao corpo e segurando bem o papel.

— Distribuirei os materiais corretamente — assegurou Rosalind quando teve a atenção dele outra vez. Ela inclinou a cabeça, analisando a mesa com discrição. Alguns cartões, uns arquivos espalhados, nada tão suspeito quanto aqueles caixotes. E, se as faturas estivessem corretas, não eram nada mais do que caixas de entrega. — Mais alguma coisa?

O embaixador Deoka acenou.

— Não, não. Volte ao trabalho, por favor.

Rosalind vacilou por um segundo, quase perplexa. Não sabia o que estava esperando da reunião, mas estava surpresa. Talvez mais interesse da parte de Deoka em relação à presença dela no escritório, até mesmo uma parcela de desconfiança. Mas ele só parecia ansioso para voltar a datilografar.

— Sim, senhor.

Bizarro. Realmente bizarro. Ela não havia esperado um vilão rindo enquanto torcia o bigode, mas aquilo era quase normal *demais*.

Saiu do escritório, abrindo a porta no mesmo momento em que Zheng Haidi se preparava para entrar. Haidi lhe ofereceu um pequeno sorriso, estendendo o braço para abrir caminho e indicar que Rosalind fosse primeiro.

— Obrigada — murmurou Rosalind.

Assim que ela passou, Haidi entrou no escritório, a porta se fechando atrás dela. Por um momento, Rosalind permaneceu ali, estreitando os olhos quando a conversa começou dentro da sala. As paredes eram espessas demais para que ouvisse qualquer coisa. Poderia encostar a orelha na porta, mas qualquer um andando pelos corredores a veria. Não valia a pena. Com um suspiro, Rosalind voltou para o departamento de produção, alisando o mapa nas mãos.

Havia quatro andares, dois X vermelhos em cada um.

Não parecia traiçoeiro. Nem mesmo a planta da Imprensa Turquesa podia esconder mistérios: todas as salas eram bem acessíveis, claramente marcadas com suas funções.

Rosalind virou no corredor e entrou pelas portas do departamento de produção, indo até sua mesa. Jiemin olhou para cima por um instante quando ela retornou, mas não disse nada. Ela se sentou, depositando o mapa na mesa e encarando-o, concentrada, como se pudesse revelar segredos que antes não notara se o observasse o suficiente.

— Querida!

Rosalind arquejou, surpreendida pela aparição repentina de Orion. Jiemin lhe lançou um olhar de estranheza, perguntando silenciosamente o motivo de ela não estar acostumada com o som dos passos do próprio marido, e Rosalind fingiu ver um mosquito acima do ombro dela, batendo no ar para disfarçar sua reação.

Orion parou.

— O que está fazendo?

— Insetinho voador irritante — disse Rosalind. Deu um tapa no braço de Orion, empenhando-se na atuação. — Ah, até que enfim. Acho que peguei ele.

— Ai — disse Orion em voz baixa, esfregando o braço. — Posso falar agora? O inseto foi embora?

Jiemin havia se voltado para o livro. Rosalind assentiu e Orion se inclinou, sussurrando em seu ouvido.

— Estive perguntando por aí. Vários de nossos colegas vão ao Palácio do Lírio Pêssego esta noite.

Rosalind franziu o cenho. Conhecia o nome. Palácio do Lírio Pêssego era um salão de dança. Fora inaugurado na rua Thibet havia cinco anos, tornando-se um adversário direto da boate burlesca Escarlate; então Rosalind fora obrigada a refazer sua coreografia para manter a boate moderna e nova.

Agora a boate burlesca havia fechado, transformando-se em um restaurante, enquanto o Palácio do Lírio Pêssego seguia funcionando. Algumas das dançarinas Escarlates haviam abandonado o navio e ido para o Palácio antes mesmo do encerramento oficial. Dançarinas não eram exatamente necessárias quando os donos do lugar começavam a se envolver em uma guerra civil.

— Com certeza temos que ir também — concluiu Orion.

— *Esta noite?* — sussurrou Rosalind.

Sentiu a nuca começar a suar. Será que as antigas dançarinas a reconheceriam? Ou imaginá-la viva era tão absurdo que pensariam ser só uma sósia?

— Vai ser divertido. — Orion acariciou o cabelo dela ao longo do pescoço. Se sabia que ela estava nervosa e estava acalmando sua reação, ou era uma simples coincidência ele ter escolhido aquele momento para brincar com seu cabelo, Rosalind não sabia. Ele soltou um muxoxo de aprovação, já se mexendo para voltar à própria mesa. — Então está marcado.

16

Alisa Montagova havia criado uma organização adorável em sua casa, um pequeno apartamento secreto localizado dois andares acima de um estúdio de dança na rua Thibet. Apesar de mal ter espaço para uma cama, um fogão e uma pequena porta que levava para um banheiro ainda menor, ela havia feito uma boa decoração. As paredes eram cobertas por fotografias. Um cartaz com um desenho de Moscou ficava pendurado acima da entrada.

Alisa havia nascido em Xangai e nunca havia saído da cidade, então Moscou era uma terra fantástica em sua mente, pela qual não tinha nenhum tipo de afeição. Porém, seu primo Benedikt enviava cartões-postais o tempo todo, detalhando cada cantinho que encontrava, e ela supunha que isso criava uma imagem vívida o bastante para amá-la. Como um antigo Rosa Branca, ele estava se escondendo lá desde que os Nacionalistas dominaram Xangai, mas ao menos tinha o marido, Marshall, como companhia.

Alisa suspirou, jogando-se no colchão. Benedikt e Marshall estavam seguros, ou tão seguros quanto alguém poderia estar. Ela havia se acostumado a tê-los por perto enquanto crescia — a vê-los pela casa quase com tanta frequência quanto via o irmão. Eles não eram só os melhores amigos de Roma; os três haviam criado uma imagem dos Rosas Brancas que deixava os civis boquiabertos: o herdeiro e seus dois braços direitos, inabaláveis e formidáveis, assim como o domínio da máfia.

Até que os Rosas Brancas se separaram. Até que Roma partiu e Benedikt e Marshall foram forçados a fugir, antes que os Nacionalistas os prendessem como inimigos do Estado. Quando entraram na União Soviética, os Nacionalistas tinham muito mais com que se preocupar do que perseguir supostos rebeldes em um território vizinho, mas isso significava que todos os que Alisa considerava sua família haviam sido expulsos de Xangai.

Ela era muito nova quando a revolução chegou. Não havia tido envolvimento na cidade quando a Sociedade Escarlate estava se aliando aos Nacionalistas e os Rosas Brancas estavam sendo arrastados com os Comunistas, as linhas territoriais desenhadas a cada conflito que surgia na cidade. Não tinha como saber como tudo aquilo acabaria. Quando soldados invadiram a cidade e os Nacionalistas assumiram o poder como o governo oficial, marcando o fim do reinado dos Rosas Brancas e o punho de ferro de seu pai sob metade da cidade; quando o pai desapareceu e ela não fugiu com o primo porque queria descobrir o que havia acontecido com ele.

Alisa era nova demais. Havia se juntado aos Comunistas por vontade própria, sabendo que era a única facção que a aceitaria, mas nunca imaginou o quanto aquela guerra civil duraria.

O anoitecer caía. A janela acima de sua cama mostrava o céu escurecendo e se transformando num violeta sutil, que jogava sombras pelo quarto. Por um momento, Alisa se permitiu aproveitar a exaustão, jogada na cama em suas roupas de trabalho. Então, com um pulo, levantou-se de novo, carregada com uma energia repentina.

— *Perestan'te shumet'*!

A voz do idoso ecoou do andar de baixo. Alisa andou pelas tábuas do assoalho propositalmente, batendo o pé mais uma vez para mandar um recado. Ele estava sempre gritando pelo teto e mandando ela parar de fazer barulho, como se Alisa pudesse fazer algo em relação à estrutura horrível do prédio. Até que fosse despejada, ficaria bem ali. E, se *fosse* despejada, havia muitos outros apartamentos secretos dos Rosas Brancas na Concessão Internacional que haviam sido esvaziados, esquecidos e abandonados em meio à ocupação da cidade, perdidos na papelada que alguém teria de examinar primeiro.

— Ei! Garota! Não me escutou aí em cima?

Alisa colocou o fonógrafo no peitoril da janela, abafando a voz do idoso com música. Continuou pulando pelo apartamento, dançando à sua própria maneira. Havia um problema que a estava incomodando no trabalho. A tipografia não fora alinhada de forma correta em uma das prensas de estampagem, mas alguns dos jornais já haviam sido impressos. Ou teriam que arrumar a primeira leva manualmente ou ajustar uma nova sobreposição...

O fonógrafo parou e Alisa franziu o cenho, indo arrumar seu pequeno tocador. Ela havia comprado o aparelho de segunda mão em uma loja decaída em Zhabei, então estava velho, quase caindo aos pedaços. Alisa não sabia por que vivia como se mal tivesse dinheiro para sobreviver, quando tinha meios para ser uma pessoa bem-sucedida naquela cidade. Herdara economias suficientes da família, e a Turquesa pagava um salário em dinheiro toda semana. Além disso, não pagava as próprias contas. Todo mês, os extratos chegavam à porta de sua casa com as contas já equilibradas, pagas por um doador anônimo. Ela não era do tipo que criticaria um presente: apesar de ter uma suspeita de quem poderia ser, não via problema nenhum em deixá-los ajudar das sombras, para o caso de não ser seguro iniciar um contato.

Alisa supunha que era simplesmente dedicada a manter seu disfarce como funcionária de escritório. Sim, era espiã, mas também estava infiltrada na Imprensa Turquesa por interesse próprio. Havia dois anos, os Comunistas decidiram que não precisavam de tantos agentes espalhados só fazendo tarefas e arriscando serem capturados, então simplificaram as operações ao apresentar a ela uma lista de locais de trabalho que queriam vigiar a longo prazo. As políticas internacionais não podiam ser ignoradas.

A guerra civil só envolvia dois partidos, mas os estrangeiros sempre precisavam ser observados em um lugar como Xangai. Alisa havia analisado a lista e feito sua escolha, e desde então os dias haviam passado alegremente por ela, que desenhava fontes na maior parte do tempo e, às vezes, aguçava o ouvido para conseguir informações de oficiais japoneses que poderiam ser importantes para os Comunistas e sua busca pela sobrevivência. Quando Celia estava em alguma missão na cidade, Alisa respondia a ela. Quando Celia estava alocada fora dos limites da cidade, a pulavam na linha de comando e Alisa respondia diretamente a um superior, todo mês.

Era um modo de vida pitoresco, por mais estranho que parecesse. Enquanto a guerra não chegasse a Xangai, enquanto os agentes inativos da cidade não fossem necessários em ação, Alisa Montagova podia passar o tempo bisbilhotando e fazendo algo útil que não fosse se esconder — pelo menos não completamente.

Alisa enfim conseguiu sacudir o fonógrafo até que tocasse uma música suave de novo, ajustando a manivela na lateral. A rua movimentada abaixo de seu prédio de três andares era todo um universo em atividade, aglomerados de riquixás entrando e saindo de vista como pássaros levantando voo.

Alisa semicerrou os olhos e se aproximou da janela. Fora só recentemente que uma missão de verdade bateu à sua porta. Um dos comunistas havia desertado por dinheiro e transmitido informações confidenciais para os oficiais da Imprensa Turquesa, e ela precisava recuperar o arquivo que continha a informação para entender exatamente quais segredos haviam vazado. O problema era que o edifício era enorme, com centenas de arquivos que circulavam todos os dias, então não seria fácil achar um *único* arquivo, a não ser que, por coincidência, estivesse marcado com uma etiqueta: SEGREDOS DO PARTIDO COMUNISTA.

É claro, também havia a questão daqueles agentes Nacionalistas aparecendo na Turquesa, ambos claramente com outra missão não relacionada a informações Comunistas.

Por um acaso, os dois estavam andando abaixo de sua janela, na rua Thibet, indo em direção ao salão de dança que funcionava bem em frente ao apartamento de Alisa.

— Senhorita Rosalind, *o que* está tramando?

Alisa desligou o fonógrafo, pegando seu casaco e tirando a bolsa do gancho na parede. A música parou. As tábuas do assoalho rangeram alto com seu movimento rápido. O idoso no andar de baixo começou a gritar novamente.

Com um sorriso diabólico, Alisa saiu correndo do apartamento, pisando com mais força só para provocar.

Já fazia um bom tempo desde que a cidade havia visto Rosalind Lang, um bom tempo desde que pararam de desenhá-la nos cartazes colados pelas Concessões para lembrar às pessoas do povo que a elite havia sucumbido.

Ainda assim, Rosalind continuava a tocar o rosto distraidamente conforme se aproximavam do Palácio do Lírio Pêssego, como se pudesse apagar suas características e colocar algo novo no lugar. Havia poucas chances de ser reconhecida. Mas, se fosse... seu disfarce atual poderia ficar em perigo.

— Terra para Janie Mead.

Rosalind olhou para cima, torcendo o nariz para Orion.

— Não íamos só usar nossos pseudônimos?

Orion passou uma das mãos pelo cabelo. Estava especialmente bagunçado naquela noite — se era de propósito ou porque sua brilhantina havia acabado, Rosalind não tinha certeza. Pelo menos combinava com o resto do visual dele: a camisa preta com os três primeiros botões abertos, o colete verde-escuro com detalhes em dourado costurados na bainha, o comprido casaco preto que balançava com o vento e os anéis dourados nos dedos que refletiam a luz de cada letreiro em neon.

— Me perdoe, amada — corrigiu-se. — Não vai acontecer de novo.

Rosalind revirou os olhos, segurando a língua conforme as atendentes abriam as portas do Palácio do Lírio Pêssego, recebendo-os. Fiel ao nome, o hall de entrada possuía uma essência floral, uma mistura entre a máquina de fumaça do palco e o perfume natural dos clientes, que se misturavam em seus *qipaos* brilhantes e ternos limpos e passados. Enquanto Orion estava vestido como se tivesse acabado de sair do cofre do pai, Rosalind havia escolhido a coisa mais modesta que havia em seu armário: mangas compridas e gola alta. A última coisa de que precisava era chamar a atenção e começar a estimular rumores de que Rosalind Lang estava viva e bem, socializando nos salões de dança da cidade.

— Estou vendo eles — disse Rosalind.

O Palácio do Lírio Pêssego era grande, bem maior do que a boate burlesca Escarlate. O teto era escandalosamente alto, pintado de branco e esculpido com padrões que desciam pelas paredes até chegarem aos balaústres do segundo andar, onde os clientes podiam ficar para ter uma visão melhor do palco. No andar mais baixo, não havia só o espaço de apresentação que servia como entretenimento, mas também mesas de apostas do outro lado, perto do bar e longe do palco. Era ali que alguns rostos conhecidos estavam reunidos: Yōko, Tarō e Tong Zilin.

Rosalind fez outro breve inventário do espaço, do lustre pendurado no teto do palco e das várias luminárias brilhando pelo salão. Isso era algo diferente também: o Palácio do Lírio Pêssego era bem iluminado, todos os rostos lançados contra uma luz quente e dourada conforme se misturavam. Na boate Escarlate, Rosalind havia arruinado os sapatos diversas vezes ao pisar em uma bebida derramada que só viu tarde demais.

— Vamos — chamou ela.

Assim que começou a andar, Orion pegou seu braço para impedi-la.

— Eu... tenho que cuidar de um assunto primeiro.

Rosalind franziu o cenho.

— O quê?

— Volto logo.

Sem maiores explicações, Orion saiu andando na direção do palco.

— O quê? — repetiu Rosalind, perplexa. — Não pode simplesmente fugir. Qual é o seu pr...

Não adiantava. Ele já tinha ido embora, misturando-se à multidão de clientes e entrando em um círculo de pessoas. A visão de Rosalind era boa, mas ela não perdeu tempo fitando o grupo bem-vestido para definir quem Orion estava procurando. Conhecendo-o, ele havia avistado alguma namorada antiga que desprezara no passado.

Rosalind bufou, irritada, então marchou sozinha em direção às mesas de apostas. Inacreditável. Os dois eram uma dupla e a primeira coisa que ele fazia em uma missão crítica era se afastar.

— Senhora Mu! — exclamou Yōko quando avistou Rosalind. — Que coincidência ver você aqui também.

— Ah, estou por aqui o tempo todo — disse Rosalind alegremente. Tarō e Zilin estavam a três passos de distância, olhando por cima dos ombros dos jogadores sentados. — O que eles estão jogando? Pôquer?

— Pôquer fechado, ao que parece — respondeu Yōko. — Zilin afirma que sempre sabe quando é o melhor momento de desistir.

— Se é assim, ele deve ser onisciente.

Um dos jogadores embaralhou as cartas, o vermelho e o preto brilhando sob as luzes: espadas, copas, paus e ouros, mais rápido do que os olhos eram capazes de acompanhar.

Yōko soltou um murmúrio de deliberação.

— Ele tem *mesmo* uma intuição muito boa.

— Não dá para adivinhar algo assim. — Rosalind deu um passo adiante. — É tudo sorte. As cartas já foram decididas. Nenhuma habilidade ou tempo pode mudar o que ele tem na mão.

— Ah, que partida curta! — Zilin se virou de repente, dando uma batidinha forte demais no ombro de Tarō e exagerando na surpresa ao ver Rosalind. Suas bochechas estavam manchadas de vermelho. Ele estava bêbado. — Onde está seu marido, senhora Mu?

— Por perto, tenho certeza. — Rosalind procurou pela multidão. Orion havia desaparecido completamente. — Sabe como ele é. Gosta de agradar as pessoas, sempre saracoteando por aí.

— É de se pensar que seria mais importante agradar a própria esposa primeiro.

Eca. Rosalind não perdeu tempo respondendo. Seus olhos estavam fixos no palco conforme uma trupe de bailarinas entrava, posicionando-se antes que a banda de jazz começasse a próxima música.

Ela semicerrou os olhos. Aquelas eram...?

Eram. Três das dançarinas eram conhecidas. Garotas que trabalhavam para Rosalind na boate Escarlate.

E quando as primeiras notas do saxofone preencheram o salão, induzindo as dançarinas a começar, Rosalind reconheceu os passos na mesma hora. Elas estavam usando a coreografia *dela* — a mesma que ela havia ensinado.

Rosalind quase riu.

— Gostariam de uma bebida? — perguntou Zilin ao grupo, sua voz surpreendentemente perto do ouvido de Rosalind.

Ela desfez a careta antes de se virar. Yōko e Tarō pareceram entusiasmados com a pergunta, então Rosalind assentiu junto a eles.

Zilin apontou para o bar do segundo andar. Reprimindo qualquer hesitação aparente, Rosalind seguiu atrás dos colegas enquanto eles conversavam sobre as apostas que poderiam fazer nas outras mesas mais tarde.

Orion, onde diabos você está?, pensou, com raiva. Fora ele quem havia se gabado sobre suas habilidades de extrair informações. Enquanto isso, Rosalind já estava se coçando de irritação. Ela não era feita para esse tipo de trabalho. O único motivo de ter sido boa em tirar dinheiro dos homens na boate Escarlate era porque eles pensavam que ela estava brincando quando era grosseira, e sempre estavam bêbados.

Yōko e Tarō estavam completamente alertas naquela noite. Apenas Zilin vacilava por aí, meio embriagado, então Rosalind duvidava que poderia se safar pressionando os três sobre os motivos para estarem em Xangai e suas opiniões sobre o imperialismo japonês e o movimento pan-asiático.

— Fiquei com um pouco de medo de sair de casa hoje — começou Rosalind, pensando que não faria mal tentar.

Yōko se virou nas escadas, arquejando. Tarō a cutucou para que seguisse em frente, franzindo o cenho para o bloqueio em seu caminho.

— Por quê? — perguntou Yōko, o rosto inteiro contraído de preocupação.

Rosalind deu de ombros descontraidamente, como se o assunto tivesse apenas passado por sua mente, algo que pensou em mencionar para preencher o silêncio.

— Leio muito os jornais. Não ouviu falar dos assassinatos? Tem um assassino em série à solta.

— Assassino em série é um tanto exagerado — comentou Zilin do topo das escadas.

Haviam chegado ao segundo andar, e Zilin soluçou antes de estalar os dedos para o bartender. O homem o ignorou, muito ocupado servindo as pessoas que já estavam amontoadas ao seu redor.

— Como pode ser exagero? — perguntou Tarō. — *Houve* uma série de assassinatos seguindo o mesmo padrão. Essa é a definição de assassino em série.

Zilin dispensou as palavras de Tarō, limpando o ar ao seu redor como se a alegação tivesse criado um fedor tangível.

— Estamos em território estrangeiro. Estamos protegidos. — Ele avançou, tentando abrir caminho entre as pessoas, mas ainda falava por cima do ombro, esperando continuar a conversa em um volume mais alto.
— Não é como se ainda fôssemos governados por gângsteres. Devíamos ter tido medo quando um bando de fora-da-lei estava nos liderando, mas agora temos ordem. Temos a inovação ocidental.

Os punhos de Rosalind se fecharam, as unhas se cravando em suas palmas.

— A inovação ocidental pode evitar um assassino? — perguntou, ríspida.

Zilin não a escutou. Já estava no bar.

Yōko suspirou.

— Vou tentar o lá de baixo. Ōnishi-san? Senhora Mu? Querem me acompanhar?

Tarō assentiu, mas Rosalind já havia aguentado o suficiente. Precisava de um momento para respirar.

— Encontro vocês lá. — Avistou o que parecia ser a pia exterior de um banheiro, então começou a ir naquela direção. — Preciso usar o toalete.

Yōko e Tarō desapareceram escada abaixo, dando um momento para Rosalind. Ela se afastou da multidão no bar e passou a mão pelo balaústre do segundo andar conforme andava, assistindo às bailarinas no palco e aos casais rodopiando no salão de dança lá embaixo. Orion ainda estava desaparecido.

Rosalind retirou as luvas e lavou as mãos na pia do lado de fora do banheiro feminino, apenas para ter algo para fazer. Ficou lá por alguns minutos deixando a água fria correr por sua pele, a mente descansar, a música e o burburinho atingirem seus ouvidos e vibrarem para longe.

Quando alguém se aproximou por trás, ela sentiu a presença bem antes de a voz interromper seus pensamentos.

— Você levantou uma discussão muito intrigante, senhora Mu.

Rosalind fechou a torneira. Demorou para secar as mãos e jogar o papel usado na lixeira embaixo da pia.

— Mal consigo me lembrar sobre o que estávamos conversando — disse ela, finalmente pegando as luvas e se virando.

Apesar de Yōko e Tarō não estarem mais por perto, ela e Zilin continuaram a falar em inglês. Poderiam ter mudado para o xangainês ou qualquer outro dialeto chinês, mas Rosalind sentia que seu colega gostava de falar uma língua imperial.

— As mortes — falou Zilin de modo arrastado, como se ela realmente precisasse ser lembrada. O novo copo em sua mão já estava quase vazio. — Todas as mortes na cidade, daqueles que as mereceram.

Rosalind congelou.

— O que disse?

— Eles mereceram! — Zilin estava delirante agora. Jogou o copo no chão. O objeto quicou no tapete de pelúcia, as últimas gotas de álcool respingando nos fios, até que o copo rolou e parou perto do canto de uma parede. — Só está acontecendo nos bairros chineses, não é? Apenas naqueles becos sujos e blocos habitacionais imundos. Se reconstruíssemos essas áreas, isso não aconteceria. Se expulsássemos essas pessoas e acabássemos com suas lojinhas velhas, não haveria assassino. Deixem a Concessão Francesa entrar! *Liberté! Égalité! Fraternité!*

Era como se o braço de Rosalind estivesse se movendo por conta própria. Sua mão se levantou e então atingiu o rosto de Zilin o mais forte possível. Ela não recobrou o controle de si mesma antes que sua palma estivesse ardendo e Zilin recuando, uma marca vermelha em sua bochecha.

Controle de danos, pensou. *Agora.*

— Eu sinto muitíssimo — disse ela, depressa. — Não sei o que deu em mim. — Rosalind começou a colocar as luvas de volta. — É só que... tenho experiências horríveis com os franceses, entende? Toda essa história de *égalité* libertou uma fera em mim.

— Senhora Mu. — A voz de Zilin havia mudado. Estava mais aguda, com uma pitada de divertimento, como se ele soubesse de algo que ela não sabia. — Onde disse que foi educada?

A luva de Rosalind parou na metade de sua mão. Ela repensou os últimos segundos da conversa e encontrou seu erro. *Toda essa história de égalité.* Pelo amor de deus, ela havia deixado seu sotaque real escapar.

— Nos Estados Unidos.

Zilin não acreditava nela. Agora estava sorrindo.

— Nossos superiores ficarão interessados quando eu contar o que acha de nossos colaboradores estrangeiros — disse ele, devagar. — A não ser que... tenha outras opiniões que queira dividir comigo em particular. Isso pode me convencer.

O canto dos lábios dele subiu, apesar de vagarosamente por conta de sua embriaguez. Ele queria que Rosalind o calasse. E que fizesse isso usando os artifícios adequados para salões de dança e locais decadentes, onde as garotas eram contratadas como parceiras de dança e acompanhantes para a noite.

Rosalind terminou de colocar as luvas. Quando abaixou os braços outra vez, passou os dedos pelos bolsos.

— Por que não vem comigo? — perguntou, com doçura.

Tudo bem. Poderia entrar nesse jogo.

Zilin a seguiu por vontade própria. Não precisou ser convencido a entrar no banheiro feminino com ela, esperando enquanto Rosalind batia nas cabines e conferia se estavam vazias. Também não precisou convencê-lo a se aproximar quando ela se virou para encará-lo.

O que tornou tudo ainda mais fácil para ela, ao tirar um lenço do bolso e de repente o pressionar na parte inferior do rosto dele.

Zilin gritou, mas ela já estava se movendo com o impulso. Rosalind bateu a cabeça dele na parede e o prendeu ali, os pulsos dela apoiados nas laterais de seu rosto, os dedos atados no esforço de manter o lenço envenenado sob a boca e o nariz de Zilin.

Ele tentou se soltar. Rosalind segurou com firmeza.

— Não resista — falou, suavemente. — Sabe quem eu sou, não sabe? Já deve ter ouvido falar de mim se ama tanto a Concessão.

Zilin tentou de novo, desta vez tentando escapar pela lateral. Rosalind pressionou com mais força, o coração martelando em seu peito.

— Já ouviu falar de mim. Claro que já. Me chamam de Dama do Destino, não importa o quanto eu insista em dizer que é apenas Destino.

— Ela se aproximou ainda mais. — Sabe quantas pessoas escaparam de mim? — Uma gota de suor caía da testa de Zilin, atingindo o dedo mindinho de Rosalind. — *Zero*.

Os olhos dele estavam tão arregalados que quase escapavam das órbitas. Se ele tivesse tentado — de fato tentado — com toda força, era possível que houvesse conseguido afastar Rosalind. Mas ela tinha o medo a seu lado. Havia criado o pânico e uma profunda sensação de pavor em sua vítima, e isso... era tão mortalmente paralisante quanto veneno.

— Não importa o quanto você puxe o saco dos estrangeiros — continuou ela em voz baixa. Ele não estava mais resistindo tanto. O veneno no lenço estava fazendo efeito. — Não importa o quanto finja ser distante do resto de nós, desaprovando tudo que nos mantém vivos. Eu o encontraria de qualquer jeito.

Rosalind apertou o lenço com o máximo de força possível, forçando-o a respirar profundamente, a inspirar o veneno. *Era uma necessidade*, assegurou para si mesma. Era um esforço para calar as fontes que revelariam sua identidade. Mas o fogo da justiça estava queimando em suas veias. Achava que, se olhasse no espelho agora, veria um brilho em torno de sua pele, um ardor furioso vindo de seu interior conforme a raiva tomava as rédeas. Retribuição por seu país. Vingança por sua cidade. Era assim que estava redimindo seu nome.

Por fim, os olhos de Zilin se fecharam e seu corpo ficou flácido. Rosalind se afastou, deixando-o cair no chão com um estalar repugnante, os braços e as pernas esparramados em ângulos estranhos. Lentamente, a raiva começou a diminuir. Lentamente, ela começou a avaliar sua situação mais uma vez.

Havia um homem morto no chão do banheiro. Rosalind fora a última pessoa a ser vista com ele. E o salão de dança estava lotado, o que tornaria o ato de se livrar da evidência algo particularmente difícil.

— *Merde* — sussurrou Rosalind.

Precisava trancar a porta, formular um plano.

E foi nesse exato momento que a porta se abriu e alguém entrou.

17

Orion abriu caminho entre a multidão, parando com naturalidade em frente a uma das mesas de pôquer. A princípio, não disse nada. Apenas fingiu observar o jogo, os braços cruzados em frente ao peito.

Então se sentou em uma das cadeiras vazias, chamando a atenção do homem à sua direita.

— Por que tem sido tão difícil te encontrar ultimamente?

O olhar de seu pai se voltou para ele.

— Você sabe onde me encontrar — respondeu o General Hong, abrindo um sorriso que não chegou aos olhos. — É um jovem adulto agora. Não tenho por que me preocupar com você e seus assuntos do dia a dia.

— Não pedi que se preocupasse — retrucou Orion —, mas seria bom se estivesse em casa de vez em quando. Outro dia, Oliver apareceu. Sabia disso?

A maneira com que o General Hong se virou a fim de olhar para o filho indicava que não, ele não sabia.

— O quê? Não pensou em me contar isso antes?

— Como eu disse... — Orion se inclinou, deixando uma mulher alcançar a mesa para apertar a mão do crupiê. — Não tem sido fácil te encontrar.

— Liwen. Você pode muito bem enviar um bilhete ao escritório.

— Sim, *bom*...

Orion não terminou, incapaz de achar as palavras certas. Esse tempo todo, ele havia falado em inglês enquanto o pai respondia em xangainês. De alguma forma, parecia mais fácil. Adotar uma língua estrangeira para assuntos difíceis, culpar essa estranheza pelo atrito da conversa. A versão dele que falava xangainês com o pai não teria uma atitude assim. Essa versão, que havia sentido confiança, amor e fé por um pai que admirava, parecia existir só no passado.

— Não queria apenas escrever um bilhete. Queria te explicar diretamente. Oliver invadiu a casa e estava procurando algo em seu escritório.

O General Hong franziu o cenho.

— É claro que eu o expulsei — continuou Orion. — Mas, diga, por que meu irmão apareceria assim?

Alguém da mesa ganhou a rodada. As cadeiras balançaram em comemoração, corpos chacoalhando com o rebuliço e boás de plumas voando para lá e para cá. Orion abaixou a cabeça para evitar um braço que balançava em torno dele, encarando as duas pessoas que estavam atrás. Enquanto isso, seu pai estava parado, pois ninguém ousava se mexer tão perto assim de *sua* cabeça.

— Não sei — respondeu o General Hong de modo vago.

Orion abriu e fechou a boca.

— Como pode não...

— Deveria tê-lo denunciado imediatamente. Então poderíamos ter procurado pelo perímetro. Poderíamos tê-lo encontrado. Ele é um traidor. Não há sentido em protegê-lo.

— Eu não estava *tentando* protegê-lo — retrucou Orion.

A insistência tinha um gosto amargo em sua boca. Ele podia dizer que queria Oliver preso, podia alegar em frente a um tribunal que queria o irmão desertor executado como os inimigos opositores ao governo deveriam ser, mas só estaria repetindo as palavras do pai, ecoando os discursos que havia escutado tantas vezes que seus próprios pensamentos haviam sido apagados. Era óbvio que uma parte dele estava mantendo o irmão longe problemas. Do contrário, teria puxado o gatilho quando viu Oliver naquela noite.

— Pai — sussurrou Orion, para que só o General Hong pudesse ouvi-lo usar o título. — Por que Oliver se arriscaria assim...

— Se ele mostrar a cara novamente, me conte... entendeu?

Orion fechou os punhos ao ser interrompido. Já deveria estar acostumado a só encontrar barreiras e mais barreiras quando se tratava do pai. O General Hong não se importava mais em se comunicar apropriadamente, apenas em partes, cedendo pequenos detalhes quando considerava que Orion era digno de saber algo. Porém, no caso de Oliver, ele não sabia ao certo se o pai estava escolhendo esconder informações ou se o General Hong não queria parecer ingênuo e revelar que também estava no escuro.

— Por que você nunca *faz* nada? — sibilou Orion.

A expressão do pai continuou neutra.

— O que gostaria que eu fizesse?

Não sei, pensou Orion. Que você volte a ser como era. Que volte no tempo e não estrague tudo. Que pare de olhar para o próprio umbigo e perceba como estavam agora, porque o pai já fora carinhoso, amável. Ele simplesmente escolheu não ser mais, e essa dissonância era pior do que se o zelo nunca tivesse existido.

— Esqueça. — Orion apertou a ponte do nariz. — Esqueça que eu disse qualquer coisa.

O General Hong o observou.

— Qual é o problema? Suas dores de cabeça voltaram?

Orion afastou a mão, quase pego de surpresa. Nas primeiras semanas como espião, ele havia se metido em problemas enquanto perseguia alguém, e bateu a cabeça em uma queda feia. Isso quase o desqualificou permanentemente como espião, quando os Nacionalistas perguntavam sobre seu progresso e ele mal conseguia sair de casa para continuar o trabalho. Depois do ocorrido, por meses Orion fora dominado por dores de cabeça e crises de tontura que iam e vinham de repente. Em dias muito ruins, era como se o universo inteiro estivesse se fechando ao seu redor: os pulmões se comprimiam, os pensamentos giravam a mil por hora.

Silas havia sido sua salvação. Se Orion desaparecia, Silas se envolvia nas missões dele para mantê-lo na linha, trabalhando em duas missões ao mesmo tempo e fazendo muitos relatórios quando Orion conseguia se arrastar para fora da cama outra vez. Com o passar do tempo, a frequência das dolorosas crises diminuiu, até que Orion não via mais estrelas cada vez que se levantava rápido demais. As dores de cabeça não surgiam havia algum tempo — agora eram uma sequela do antigo ferimento, e apareciam apenas se ele se empenhava demais em esforços físicos. Não sabia que o pai ainda se lembrava.

— Não. Estou bem.

Orion se levantou. Supunha que não havia mais nada a ser dito sobre o irmão.

— Então estará em casa esta noite? — perguntou o General Hong distraidamente, antes que Orion pudesse se despedir.

— Estou em uma missão agora. Não apareço em casa há dias.

— Ah, é mesmo? — O General Hong levantou a mão, sinalizando para o crupiê que pegaria cartas naquela rodada. — Muito bem.

Era impossível definir o que o pai queria dizer com isso. Orion ficaria exausto se tentasse entender. Tudo o que podia fazer era inclinar a cabeça e pedir licença, afastando-se da mesa de pôquer e vagando à procura da esposa.

Em pânico, Rosalind pulou para pegar o lenço caído. No momento em que se levantava, o punho fechado e preparado com firmeza para outra briga, ela reconheceu quem havia entrado e suspirou fortemente de alívio, largando a arma do crime.

Alisa Montagova cruzou os braços.

— Bem aqui?

— Não tive muitas opções — retrucou Rosalind. — Tranque a porta.

Alisa obedeceu. Rosalind não perdeu tempo perguntando à garota há quanto tempo ela estivera observando, ou como sabia que devia segui-los, ou o que estava fazendo ali, no Palácio do Lírio Pêssego. Naqueles tempos, era preciso esperar espiões em toda parte.

— A saída dos fundos está bloqueada há meses — disse Alisa —, não pode tirá-lo por lá.

Rosalind agachou-se delicadamente, explorando os bolsos de Zilin. Não achou nada interessante: carteira, chaves, duas cartas de baralho que estavam dobradas nos cantos. Então ele estava trapaceando nos jogos de pôquer. Que surpresa.

— Alguma sugestão, senhorita Montagova?

— Ivanova — corrigiu Alisa, rápida como um raio.

Enquanto Rosalind revirava os olhos e continuava a revistar as costuras das roupas de Zilin, para se certificar de que não estava deixando escapar nenhuma evidência, Alisa Montagova pensava profundamente, massageando a palma da mão contra o queixo.

Depois de um bom tempo, avançou, pairando sobre o corpo de Zilin.

— Por que não faz parecer que foi um dos assassinatos químicos?

Rosalind franziu o cenho para ela.

— Porque não sei qual substância o assassino está usando. Além disso, aqui não é um território chinês.

— Tão séria. — Alisa também se agachou. Ela não estava usando saltos como Rosalind, então seus pés ficaram completamente planos, deixando-a mais perto do chão. — Não é como se os policiais fossem muito bons em seus trabalhos. É só usar isso... — apontou para o grampo no cabelo de Rosalind — para fazer o ferimento de injeção, e eles o registrarão assim.

Rosalind colocou a mão no cabelo, tirando um grampo. Era fino e afiado, uma ferramenta perfeita para perfurações. Então estreitou os olhos.

— Pensou nesse plano bem rápido.

— Sou agente de um partido que se tornou totalmente clandestino — retrucou Alisa. — Se não pensar rápido, eu morro. Agora, quer minha ajuda ou não? Se você esvaziar o salão de dança, há uma janela nos fundos do palco principal por onde posso retirá-lo. Vai parecer que ele foi assassinado no beco.

Assim que Alisa terminou de traçar o plano, uma ideia começou a se desenrolar na mente de Rosalind. O grupo de dança ainda estava fazendo sua coreografia no andar de baixo. Se tinham começado havia dez minutos, a primeira troca de figurino provavelmente aconteceria logo.

— Como posso confiar em você? — perguntou Rosalind.

Ela levantou a manga de Zilin.

— Do mesmo modo que confia em mim a respeito de sua identidade. Do mesmo modo que confio em você com a minha própria.

Do outro lado da porta do banheiro, uma explosão de vozes se aproximou em um entusiasmo repentino. A maçaneta balançou — a princípio lentamente, e da segunda vez com mais vigor —, mas, quando a porta não abriu, as vozes resmungaram, mal-humoradas, e foram embora.

— Não temos outra escolha.

Rosalind murmurou um xingamento e então apontou um dedo para Alisa. Queria repreender a garota como se ela fosse uma criança, mas era chocante ver um rosto da mesma idade que o seu, dar-lhe uma bronca quando Alisa havia superado os anos entre as duas. Alisa levantou o queixo, parecendo ansiosa por um sermão. Provavelmente seria o entretenimento do seu dia.

Não há tempo.

Rosalind cedeu, respirando fundo e girando o grampo em suas mãos. Antes que pudesse sentir a pressão da náusea na garganta, ela perfurou, enfiando um centímetro e meio do metal na parte macia da dobra do cotovelo de Zilin. Quando retirou o grampo, havia uma camada de vermelho cobrindo o prateado. Ela colocou a mão embaixo da ponta, pegando uma gota antes que caísse no chão. Alisa fez uma careta de nojo, e Rosalind lhe lançou um silencioso olhar de desdém, perguntando se a garota gostaria de fazer aquilo no lugar dela.

Alisa ao menos tinha a autoconsciência de parecer adequadamente repreendida. Ela se levantou e foi até a pia dentro do banheiro, abrindo a torneira e gesticulando para que Rosalind fosse em frente. Com cuidado para não encostar no corpo, Rosalind também se levantou e passou por cima dele, colocando a mão embaixo d'água. Depois de três esfregadas rápidas, Rosalind havia limpado o sangue do grampo e de sua luva, sacudindo-a para retirar o excesso de água antes que pudesse absorvê-la. Então colocou o grampo de volta no cabelo, as joias incrustadas refletindo a luz do espelho.

— Tenha cuidado ao levantá-lo — avisou Rosalind. — Ele é pesado.

Alisa assentiu, fazendo uma saudação.

— *Ne volnuysya*, deixa comigo.

— Como posso não me preocupar?

Alisa Montagova era uma garota magra e Zilin tinha quase um metro e oitenta de altura. Ainda assim, a garota tinha razão: não havia outra opção.

Rosalind pegou as duas cartas de baralho do chão, amassando-as na mão. Todo o resto precisava permanecer no corpo de Zilin para que a cena parecesse normal quando ele fosse encontrado. Suas grossas cartas trapaceiras, no entanto... Rosalind as destruiu, rasgando a espada e o ouro em pedaços. Quando os jogou na cabine mais próxima, Alisa a estava observando, um pequeno sorriso em seus lábios.

— Agora é sua vez. — Rosalind abaixou as mangas e abriu a porta. — Tenha cuidado.

Com os dentes cerrados, fez uma oração silenciosa para ter sorte e saiu.

18

Fora do banheiro, Rosalind parou por um momento, assimilando a quietude do segundo andar. *Perigo*, alertou seu cérebro, e ela o reprimiu com um irritado *"eu sei"*. Parecia que o salão de dança estava mais silencioso, até ela perceber que era porque a música lá embaixo havia chegado a um intervalo, para que o próximo número começasse.

Rosalind forçou-se a andar. Caminhou pelo segundo andar com os olhos fixos à frente e o passo descontraído, sem olhar uma única vez para o salão de dança. Não queria arriscar que Yōko ou Tarō a vissem e perguntassem onde estava Zilin. Era uma suposição, mas continuou seguindo na direção do palco, desviando de cadeiras de veludo e de casais que conversavam, até que pareceu estar acima das bailarinas. Precisava haver uma descida para a manutenção...

Rosalind avistou o biombo vermelho. Abriu-o, seus dedos enluvados dando apenas um empurrãozinho. Ah, sucesso!

— Talvez eu não seja uma espiã tão ruim assim — murmurou Rosalind, descendo a escada estreita às pressas.

Chegou a um corredor com um teto assustadoramente baixo, o que significava que ou estava atrás do palco, ou em um porão abaixo dele.

Os detalhes não importavam. Só havia uma porta à vista, então Rosalind entrou.

A primeira coisa que notou foi uma bagunça de figurinos jogada no chão. Depois as penteadeiras organizadas em fila, os tampos lotados de cosméticos. Cinco provadores estavam espalhados pelo perímetro do camarim, as cortinas bem presas por uma corda.

Não havia ninguém ali. Rosalind foi até os provadores, esticando a mão para desfazer os nós das cordas e fechar cada cortina. Eram pesadas e grandes; pendiam de uma haste alta e deslizavam até o chão, como as saias de uma debutante convencida. Quando o primeiro ruído de movimento surgiu no corredor do lado de fora — as vozes das dançarinas retornando para a troca de figurino —, Rosalind deslizou facilmente para trás da cortina de um dos provadores.

A porta principal do vestiário se escancarou. As garotas começaram a reclamar do quanto odiavam a coreografia seguinte, como as luzes eram fortes demais e os boás de plumas pinicavam. Rosalind colocou a mão no bolso. Quando não encontrou nada além de ar, apertou as costuras do vestido, e não achou nada também.

— Droga — sussurrou, tirando as luvas. Seu veneno havia acabado. — Se não consegue ser uma boa espiã, não pode pelo menos ser uma boa assassina?

A cortina estremeceu. Uma das dançarinas entrou. Antes que ela pudesse gritar, Rosalind colocou uma das mãos sobre a boca da garota e a outra em volta do pescoço.

— Não resista. — Rosalind pressionou o dedão e o indicador nos pontos vitais da dançarina. Ela era um eco de si mesma alguns minutos antes, mas dessa vez sua voz era gentil, mesmo enquanto seus dedos apertavam com força. — Garanto que sua dor de cabeça será maior se resistir.

A garota parecia familiar. A disposição de seus olhos, as sobrancelhas finas desenhadas a lápis. Seu nome parecia pairar na memória de Rosalind, mas então a cabeça da jovem relaxou quando ela ficou inconsciente e Rosalind afastou os pensamentos antes que pudessem se prolongar. Se a conhecera um dia, isso estava no passado. Se a conhecera um dia, foi na vida de Rosalind Lang e não na de Janie Mead, e ela não podia parar de ser Janie Mead.

Rosalind respirou com esforço, deixando a dançarina cair no chão. As garotas do lado de fora não pareciam ter escutado a briga. Com uma careta de arrependimento, Rosalind moveu a jovem para que não tombasse para o lado e batesse a cabeça. Então tirou o figurino das mãos da garota e o vestiu em seu lugar.

Um vestido laranja, decorado com pelúcias nos ombros. A parte inferior tinha o corte de um *collant*, combinando com uma meia-arrastão. Fazia tempo que ela não se trocava com tanta rapidez, marcando as batidas em sua cabeça para cronometrar sua próxima aparição no palco. Rosalind estava pronta antes que as vozes do lado de fora se calassem, esperando pelo momento em que olhassem ao redor para contar quantas estavam ali e parassem, gritando:

— Daisy? Por que está demorando tanto?

Rosalind pegou o chapéu laranja do chão, prendeu-o no cabelo, desfez seu coque baixo e saiu. Ninguém prestou atenção nela, nem percebeu que ela era uma garota completamente diferente enquanto Rosalind fingia ajustar a alça do vestido, o rosto virado para longe. Os poucos minutos entre os intervalos eram muito frenéticos, muito movimentados, e ela se misturou às dançarinas enquanto andavam pelo corredor, subiam três pequenos degraus, desciam por outra passagem e entravam nas coxias do palco.

A construção do tablado era baixa, apenas dois degraus mais alta que o resto do salão de dança. E foi dali, escondida nas sombras, que Rosalind finalmente avistou Orion, recostado a um dos pilares do salão.

Parecia estar ali para aproveitar o espetáculo. Então ele a havia abandonado em uma tarefa enquanto estavam usando um codinome conjunto, num momento crítico da missão, para aproveitar o espetáculo?

Qual é o problema *dele?*

A música mudou, sinalizando a entrada delas, e alguém a cutucou por trás, incitando o grupo de dançarinas a sair das coxias. Em sua incredulidade, ela se esqueceu de resistir, voltando a quatro anos antes e caindo em hábitos antigos para fazer o show continuar. Mas Rosalind havia colocado um figurino apenas para causar uma comoção, para se aproximar da única coisa no salão que poderia trazer caos o bastante: as máquinas de fumaça no palco.

Porém não havia tempo suficiente. Ela pareceria suspeita demais indo para cima das máquinas agora. As notas do piano se mesclaram às do trompete, e os olhos de Rosalind se voltaram para Orion novamente. Reconhecia aquela música — na verdade, aquela exata sequência de melodias — da boate burlesca Escarlate. Ela tinha uma ideia melhor.

Rosalind seguiu as últimas bailarinas com calma. Sua mente se desligou. Sentiu as luzes quentes e os olhos da plateia; sentiu o lustre brilhante acima lançar refrações em suas bochechas. Seu olhar permaneceu no lustre por uma, duas, três batidas. A música se acalmou, deixando as bailarinas assumirem suas posições, deixando que Rosalind encontrasse seu lugar do lado direito do palco, bem em frente à linha de visão de Orion.

Ela olhou nos olhos dele. Ficou encarando, e esperou, esperou...

Mas ele não a reconheceu.

Quando a rápida melodia da canção começou e Rosalind deslizou com os passos da coreografia, foi possível perceber pelo modo como o olhar dele permaneceu educadamente intrigado, pelo modo como Orion inclinou a cabeça e a olhou de cima a baixo, seguindo a linha de seus braços quando Rosalind os levantou e o comprimento de suas pernas conforme elas deslizavam pelo palco.

Na cabeça de Rosalind, dançar não era uma arte. Era uma série de passos cuidadosamente calculada, uma persuasão que podia ser usada para influenciar a mente e mudar ideias. Era tão científico quanto qualquer outra reação química, a diferença era que as variáveis eram cores, membros do corpo e movimentos. Por isso ainda se lembrava das coreografias anos após aprendê-las: um floreio após o outro dentro de uma fórmula.

O solo do saxofone começou. As primeiras fileiras de dançarinas desceram do palco e se espalharam pelo piso, procurando alvos que dariam gordas gorjetas. Na boate Escarlate, costumavam dividir os ganhos com o gerente no fim da noite. Engraçado como as coisas eram — Rosalind havia se familiarizado com o conceito de encontrar um alvo e completar uma missão bem antes de se tornar uma assassina.

A segunda fileira de bailarinas se espalhou. Rosalind, com os olhos de Orion ainda grudados nela, seguiu diretamente até ele, esperando pelo momento em que o rapaz perceberia o erro, esperando para que o estupor dele se aguçasse.

Não aconteceu. Nem mesmo quando Rosalind parou em frente a ele. Nem mesmo quando ela colocou as mãos em seu ombro e os alisou, parando no peito dele, porque tudo que Orion disse foi:

— Escuta, sou um homem casado...

— Eu *sei*, seu cabeçudo. É casado *comigo* — interrompeu Rosalind. Sua conduta mudou, uma quebra rápida entre a dançarina sedutora e a esposa furiosa, a mão no colarinho aberto da camisa dele. — Você abandonou nossa tarefa para *isso*?

A névoa no olhar de Orion finalmente se dispersou. O reconhecimento o preencheu, seus lábios se abrindo conforme ele juntava o que via no palco à mulher que era sua parceira de trabalho. Por um longo segundo, Orion ficou sem palavras.

— Eu realmente precisava resolver algumas coisas — murmurou ele por fim. — E agora já resolvi. Por que está usando o figurino de uma dançarina?

A música estava mudando, sinalizando o retorno ao palco. Rosalind olhou por cima do ombro.

— Podemos conversar sobre isso depois. Me dê a sua pistola.

Orion recuou.

— O quê?

— Sua pistola — ordenou ela, abrindo a mão. — Você a trouxe, certo?

— *Sim*, eu trouxe, amada. — Orion colocou a mão no bolso interno do casaco e a retirou apressadamente, colocando a arma na mão aberta dela e fechando seus dedos antes que qualquer um pudesse ver o que haviam trocado. As palavras dele se tornaram cada vez mais agitadas, combinando com os sibilos de Rosalind. — Por que não trouxe a sua? E não me diga que não tem uma... eu riria até o dia de São Nunca.

As dançarinas estavam voltando. Davam pequenos passos, imitando os maneirismos de animais passeando pela floresta. Rosalind era a única que permanecia imóvel. Essa havia sido sua metáfora. Essa havia sido a instrução que usara para ensinar a coreografia às garotas.

— Não tenho uma.

— Por que não?

— Esqueça isso.

— Você claramente *precisa*...

— Eu. Não. Gosto. De. Andar. Armada — frisou Rosalind. Havia uma raiva volátil fervendo em seu âmago. Algo em Orion Hong a tirava do sério de um jeito intolerável. — Agora se prepare para correr.

— *O quê?*

Rosalind se virou, apontando a pistola para o lustre no palco. Antes que qualquer uma das garotas chegasse aos degraus do tablado, ela disparou uma bala atrás da outra no lustre de cristal do teto alto.

Ela não gostava de armas, mas tinha pertencido à elite de uma gangue violenta. Sabia usá-las. Sabia atirar, ainda que sua mira não fosse perfeita.

O lustre quebrou na quarta bala e se espatifou no palco.

— Vai! — gritou Rosalind.

O salão de dança irrompeu em caos, a correria pipocando por todos os lados. Rosalind captou um vislumbre de laranja pelo canto do olho e guardou a arma em seu figurino, escondendo-a de vista e virando-se para seguir o resto das bailarinas. Havia coisas demais acontecendo para que qualquer um percebesse que ela havia atirado. Enquanto os clientes se apressavam a congestionar a entrada, as dançarinas fugiram imediatamente para um lugar seguro, correndo em volta do palco e para dentro do camarim.

Assim que a porta se fechou atrás delas, Rosalind se separou das garotas que choravam, indo em direção ao provador onde havia deixado a outra dançarina. Daisy. Ela se lembrava da artista de cabelo curto. Mas, assim como todo mundo na cidade, Daisy estava mais velha, uma versão diferente de si mesma. Quando Daisy acordasse, ela acharia impensável que a mesma Rosalind de quatro anos antes a houvesse atacado.

Rosalind fechou bem a cortina. Trocou-se rápido. Abriu o zíper do figurino, jogou o chapéu no chão, prendeu seu coque novamente. Quando colocou o *qipao* de volta, ele quase ficou preso nas joias em seu cabelo, mas ela subiu a gola depressa e retirou o tecido das pontas afiadas, a renda firme em seu pescoço outra vez.

Quanto tempo havia se passado desde que o lustre caíra? Quanto tempo levaria para evacuar o salão de dança? De quanto tempo Alisa precisaria para retirar o corpo?

Rosalind colocou a cabeça para fora do provador, observando a iluminação acima. No momento em que viu que só havia uma única luminária grande no teto, decorada com um complicado padrão de conchas, ela pegou a pistola de Orion e apontou. Antes que as garotas recuperassem o fôlego e parassem de chorar, ela já havia atirado nas luzes do camarim, cobrindo-as com uma escuridão absoluta.

As garotas começaram a gritar, chegando a um certo desespero. Felizmente para Rosalind, isso deu a ela a oportunidade de sair correndo do provador e ir até a porta, esbarrando em vários corpos no caminho. Não importava, as dançarinas não podiam vê-la. Já estava de volta ao corredor em pouco tempo, olhando para todos os lados furiosamente a fim de determinar em que direção estava...

Orion virou o corredor.

— Jesus, Janie, aonde você *foi*?

— O que... eu disse para você ir embora!

Não podiam ficar ali discutindo. Antes que Orion pudesse retrucar, Rosalind pegou seu pulso e o arrastou com ela, apressando-se pelos fundos do palco e passando pelo salão de dança, evitando os grandes cacos de vidro. Os dois atravessaram as portas com a multidão de outros clientes, imediatamente engolidos por tagarelices e suposições.

— *Foi uma atiradora? Acho que vi uma atiradora em meio às dançarinas!*

— *Não fale besteiras! Como uma dançarina poderia fazer isso? Deve ter sido uma instalação ruim. Acontece nesses lugares.*

Um vento frio soprou no rosto de Rosalind. A francesa ao seu lado estava quase histérica.

— Senhor Mu! Senhora Mu!

Orion se virou, procurando a voz que ecoava. Yōko e Tarō vinham do outro lado da multidão, acenando freneticamente.

— Janie, esconda a pistola.

Rosalind quase disse um palavrão. A pistola estava enfiada de qualquer maneira em sua manga, mal escondida de quem quer que olhasse diretamente para ela. Pensando rápido, foi até Orion e envolveu os braços em torno da cintura dele, aconchegando-se em seu peito como se não aguentasse mais ficar de pé sozinha. Enquanto os braços estavam escondidos embaixo do tecido do casaco dele, ela pegou a pistola e a colocou de volta no bolso de trás, segura e fora de vista.

Um suspiro de alívio escapou de seus pulmões. Assim que o peso da pistola se instalou no bolso do casaco de Orion, ela sentiu o rapaz relaxar também, e ele colocou o queixo no topo da cabeça dela.

— Ótimo — sussurrou ele, baixo o suficiente para que apenas ela o escutasse.

Por um momento, Rosalind não se mexeu, a bochecha encostada no tecido macio da camisa dele, o contato zumbindo de forma calorosa. Permanecer ali por segundos a mais era uma necessidade — para evitar suspeitas. Mas, mesmo assim, ela tinha que admitir que havia uma sensação inesperada de segurança ao ser envolvida assim, escondida do mundo e encoberta em um buraco que rosnaria antes de permitir que sua preciosa ocupante fosse levada embora.

— Graças a Deus encontramos vocês dois. — Yōko enfim abriu caminho entre a multidão, parando em frente a eles. Rosalind se afastou quase que relutantemente, retirando as mãos de debaixo do casaco de Orion quando Tarō os alcançou também. — Viram como tudo aconteceu?

— Não vimos nada — respondeu Rosalind. — Encontrei meu marido de novo assim que vocês saíram. Logo depois, uma gritaria começou no andar de baixo e precisamos sair correndo.

— Foi incrivelmente bizarro — afirmou Tarō. — Quem imaginaria que um caos desses aconteceria num lugar assim?

— De fato — concordou Orion com um ar indignado. Yōko e Tarō não pareceram reparar em seu tom, mas Rosalind o fitou com um aviso que ele ignorou. — Quem imaginaria?

Um alarme de sirenes surgiu na rua Thibet. Era a polícia, chegando para inspecionar a cena. Assim que os flashes de luz pararam do lado de fora do Palácio do Lírio Pêssego, Rosalind viu um movimento na saída de uma das vielas e avistou Alisa, esperando que ela a notasse.

A garota parecia relaxada, completamente à vontade. Quando seus olhos encontraram os de Rosalind, ela assentiu uma única vez, e então desapareceu em meio à multidão que estava na calçada.

Rosalind colocou a mão no cotovelo de Orion.

— *Qīn'ài de*. Vamos para casa.

Orion assentiu, tenso. Yōko e Tarō se despediram, apesar de os dois estarem muito distraídos com as sirenes. Com um aperto firme, Rosalind deu outro puxão no cotovelo de Orion e ele finalmente se virou para segui-la.

Eles haviam ido para casa em riquixás individuais, então não houve a chance de conversar. Porém, assim que os puxadores os deixaram em frente ao prédio de Rosalind, indo embora depois de receberem suas moedas, Rosalind sentiu o ar ficar tenso. Ela atravessou as portas do prédio e caminhou pelo pátio. Os passos pesados de Orion eram um eco maçante a cada degrau que subiam.

Chegaram ao apartamento. A porta se abriu. A porta se fechou.

— É melhor começar a falar antes que eu perca as estribeiras, Janie Mead.

Rosalind se virou, jogando as luvas no sofá.

— Essa é *boa*. Faça o favor de não esquecer que foi você quem sumiu sem dar explicações.

— Dar uma saidinha por alguns minutos era razão suficiente para destruir um lustre inteiro sem me consultar antes?! — exclamou Orion. — O que passou pela sua cabeça?

— Se queria ser consultado, deveria ficar por perto enquanto eventos importantes estão acontecendo.

Orion fez um som de incredulidade.

— Você é tão *hostil* sem motivo algum...

— Hostil? — repetiu Rosalind. — Por estar cumprindo nossa missão? Talvez você devesse adquirir um pouco de hostilidade...

— *Como* destruir o lustre ajudou em nossa missão?

Rosalind ficou em silêncio. Mais cedo ou mais tarde alguém encontraria o corpo de Tong Zilin. Isso convocaria as autoridades, e elas apareceriam para investigar a Imprensa Turquesa. Então Orion ficaria sabendo que Zilin havia sido assassinado naquela noite. Talvez ele juntasse as peças. Ou talvez considerasse absurdo demais que a morte fosse obra de Rosalind. Orion não sabia que ela era uma assassina. Não sabia que ela era Destino, arrancando cartas dos bolsos de homens e destroçando qualquer tipo de sorte que pensassem estar ao seu lado.

— Terá que confiar em mim — disse Rosalind simplesmente.

Ela estava sendo injusta, mas ele também não dissera por que havia sumido, nem por que havia desaparecido naquela primeira noite. Por que *Rosalind* entregaria seus segredos?

Ainda assim, Orion não desistiu do assunto.

— Isso é ridículo — disse ele, andando em um pequeno círculo na sala de estar. — Alguém poderia ter se machucado.

Rosalind zombou.

— E?

Pela primeira vez, Orion não fazia piadinhas enquanto conversava. De todas as coisas que podia levar a sério, por que escolher essa? Onde estava essa versão dele nos outros momentos?

— Não me diga que é tão insensível...

— E daí se eu for insensível? — interrompeu Rosalind. — Não *me importo* se um cliente rico ganhar um arranhãozinho. Não *me importo* se o salão de dança vai precisar ser reconstruído e usar seus recursos preciosos para a reforma. O que me importa é reerguer este país abandonado, a partir de seus próprios joelhos, e farei o que for preciso para isso. *Você* não?

O apartamento caiu em silêncio. A voz de Rosalind havia ficado cada vez mais alta conforme ela falava, e agora sua última pergunta explodia pela sala com um eco. Isso pareceu desencadear algo em Orion, porque ele avançou, a mandíbula cerrando a cada longo passo. Rosalind recuou, em uma tentativa de manter a distância entre eles, mas mal havia dado três passos antes que seus ombros atingissem a parede. Por mais que tentasse parecer inabalada pela proximidade ameaçadora de Orion, seu coração estava martelando no peito.

— Eu... — disse ele com veemência — estou dando o meu melhor.

Rosalind engoliu com dificuldade. Com menos de um centímetro de distância entre os dois, ela observou a garganta de Orion subir e descer também.

— Tudo o que eu posso fazer — continuou Orion — é dar o meu melhor. Alguns de nós não têm o luxo de trabalhar só pela causa, de serem heróis nacionais. Alguns de nós também precisam se importar consigo mesmos.

A aspereza em sua voz fez a reação de Rosalind recuar um pouco. Havia algo bruto demais ali, completamente diferente de sua tranquilidade habitual.

— Não estou pedindo que seja um herói nacional. — Suas palavras saíram baixas desta vez. — Não é preciso um herói nacional para fechar as rachaduras de uma cidade.

Orion recuou, finalmente colocando espaço entre os dois. Havia um lampejo em seu olhar — um franzir em sua sobrancelha que Rosalind notou antes que ele se virasse. Reconhecimento. Resignação. Como se em algum lugar lá no fundo, ele pensasse que Rosalind estava certa, apesar de ela só estar sendo rígida para afastar a atenção dele do *motivo* do tumulto naquela noite.

— O que teria acontecido se fosse pega? — perguntou Orion. — O que teria feito se o vidro tivesse cortado a garganta de um estrangeiro e não nos deixassem ir embora até descobrirem quem atirou, e os Nacionalistas nos jogassem aos lobos em vez de lidar com o escândalo? E então? Quer ser uma mártir, Janie Mead? Porque eu não quero.

Quando Orion olhou para ela de novo, Rosalind não evitou seu olhar. Ela o encarou descaradamente.

— Essas são especulações inúteis — disse ela. — Isso não aconteceu.

— Se vamos continuar a trabalhar juntos, preciso ouvir sua resposta. Não vou aceitar irresponsabilidade. Tenho pessoas demais a quem proteger. Um sobrenome a defender.

Os punhos de Rosalind se fecharam. A parte não dita da declaração dele pairou no ar: *"Tenho pessoas demais a proteger — e você?"*

Não importava o que Rosalind fazia ou como se comportava, a única pessoa que podia prejudicar naquela cidade era a si mesma. Sua irmã já usava a marca do inimigo. Não havia mais ninguém de quem Rosalind se importava em cuidar. Mas não sabia se isso era melhor ou pior do que tentar carregar outras pessoas nos ombros constantemente, suportando fardos sem que o mesmo favor fosse estendido a ela.

— Como eu disse: inútil. — Ela se afastou da parede. — Eles nos uniram em matrimônio e no codinome. Acha que nos separariam assim tão fácil? Está preso comigo até o fim.

Orion passou bruscamente uma das mãos pelo cabelo. As mechas escuras caíram para frente, como cortes sendo abertos em sua expressão aflita. Ele não olhou para ela. Talvez não quisesse que Rosalind visse a repugnância que haveria em seu olhar. Dao Feng havia praticamente dito de cara que confiava mais em Orion para cumprir aquela missão e em Rosalind para ficar de olho nele. Ele não permitiria uma troca de agentes àquela altura.

— Jesus — murmurou Orion. — Que seja.

Antes que Rosalind pudesse perguntar o que isso queria dizer, Orion se virou e foi para o banheiro, batendo a porta atrás de si. Segundos depois, ela ouviu a torneira abrir, a água batendo alto contra a pia. A conversa entre os dois havia acabado, apesar de não ter levado a nada. O pio de uma coruja soou do lado de fora, seu chamado cercando o apartamento. A noite estava densa e pesada, permeando as janelas com uma escuridão que parecia tangível, que poderia ser pega e moldada se ela abrisse a janela e esticasse a mão.

— Boa noite, eu acho — murmurou Rosalind.

Ela fechou as cortinas, puxando-as com firmeza. Quando Orion saiu do banheiro, Rosalind já havia fechado a porta do quarto.

19

Fechem as portas! *Agora*. Vamos, mecham-se!

Houve um estrondo na entrada da loja. Então veio a voz de Oliver, gritando alto o suficiente para ressoar nos quartos dos fundos. Celia se levantou da cadeira, torcendo o cabelo para afastá-lo dos olhos e prendendo-o com um grampo. No corredor, passou por Audrey e Millie carregando uma longa corrente, que Celia só podia supor ser para as portas da frente.

Ela foi até a loja apressadamente. Oliver estava na entrada, colocando a trava no lugar. *Era* hora de fechar, mas por que ele estava tão agitado? Nem era o turno dele hoje. Oliver deveria estar na cidade, fazendo as últimas pesquisas para os mapas finalizados.

— Querida, me dê uma mãozinha.

Celia foi até ele.

— O que aconteceu?

— Há soldados Nacionalistas por perto. Talvez estejam procurando por nós.

— Talvez? — repetiu Celia.

Ela pegou um rolo de fita adesiva na bancada, entregando-o para Oliver assim que ele pressionou uma folha de jornal nas janelas.

— Não tenho certeza. Vi um de seus caminhões se aproximando da região.

Arrepios surgiram no braço dela instantaneamente. Assim que Oliver pegou a fita, Celia foi ajudá-lo com os jornais, passando cada folha para ele. Haviam repassado o plano de fuga várias vezes, mas aquilo não parecia se qualificar como uma fuga total, apenas uma medida preventiva: cobrir as janelas, trancar as portas, fazer a loja parecer temporariamente abandonada. Se os Nacionalistas estivessem fuxicando por aí sem nenhuma suspeita em mente, passariam pela loja sem pensar duas vezes. Se, de alguma forma, os Nacionalistas tivessem ficado sabendo da presença deles ali e de fato colocassem seus soldados em torno da loja, seria hora de fugir.

— Estão entrando na cidade? — perguntou Celia. Um pensamento lhe ocorreu. — Ou estão indo para o armazém na floresta?

Oliver lhe lançou um olhar rápido, parando com uma das mãos apoiada na janela. Então, lembrando que o tempo era essencial, pegou o rolo de fita e rasgou um pedaço com os dentes, tirando o quadrado da boca e colando um canto do jornal.

— Ainda está pensando nisso? — perguntou Oliver. — Não há motivos para acreditarmos que aquilo é uma base Nacionalista.

— Eu sei. — Celia lhe passou outra folha. — De qualquer forma...

Ela parou, os olhos presos à página em sua mão. Um abalo de surpresa perpassou sua espinha. O conteúdo estava todo em japonês... exceto pelo título, em uma fonte maior, marcado na primeira página em inglês e japonês.

IMPRENSA TURQUESA

— Oliver — chamou Celia de repente. — Onde pegou esses jornais?

Ele olhou para baixo rapidamente. Não entendia o porquê da pergunta.

— Por perto, tenho certeza. Próximo à loja de roupas?

— Alguém os estava vendendo? — insistiu Celia.

Quando ela deu uma olhada rápida, parecia que os outros jornais já colados à janela estavam em mandarim. Aquelas eram as grandes publicações geralmente encontradas na região. Então de onde *esta* viera?

— Não. Estava largada em uma daquelas banquinhas de jornais em uma esquina. — Ele franziu o cenho, sinalizando para que ela passasse a folha seguinte. — Qual é o problema?

— Imprensa Turquesa — enfatizou Celia, apontando para o título do jornal. Onde Alisa trabalhava disfarçada. E, pelo que ficara sabendo pela irmã da última vez, também o local da missão mais recente de *Rosalind*. — É uma empresa japonesa que escreve para seus cidadãos em Xangai. Por que seus jornais chegariam até aqui?

Oliver parou, tirando a edição das mãos de Celia. Reconhecimento surgiu em seus olhos.

— Qual é a sua suspeita?

Com certeza havia algum tipo de suspeita se formando na mente dela. Celia simplesmente não havia conseguido colocar tudo na ordem correta, não havia amarrado as pontas soltas.

Ela se virou.

— Ei! — chamou Oliver. — Aonde você vai?

— Não se preocupe. Vou usar a porta dos fundos. Ninguém vai me ver.

— O quê? Isso não responde a minha pergunta!

Celia continuou a andar. Ela ouviu Oliver gritar para que Audrey e Millie terminassem de cobrir as janelas com jornais antes de sair atrás dela, aproximando-se de seu ombro esquerdo e depois do direito, conforme tentava forçar uma resposta dela. Os dois já estavam vestidos com roupas escuras, então Celia só pegou um par de luvas em seu quarto antes de sair pela porta dos fundos sem dizer nada, aguçando os ouvidos para o som de caminhões à distância. As rodas pesadas percorriam os caminhos de cascalho da cidade de forma inconfundível. Só poderiam ser veículos militares indo rapidamente na direção deles.

— Vai ficar cismado ou vai vir comigo? — perguntou Celia, avançando noite adentro.

Apesar de Oliver ter conseguido alcançá-la, seus passos comunicavam que ele não estava feliz em segui-la

— Não tenho medo de arrastá-la de volta para a loja.

Oliver afastou um galho. Ele sempre tivera o talento de fazer ameaças da maneira mais cordial possível. Até mesmo agora, enquanto abriam caminho pela floresta, suas palavras possuíam um tom de perigo, como se ele só precisasse de um pequeno gatilho para agir.

Celia se virou para Oliver para que ele pudesse ver sua expressão duvidosa. Assim que seus olhos se encontraram, ela voltou a seguir seu caminho, um sorriso abrindo-se em seus lábios.

— Tem, sim.

Era tudo um disfarce. O agente Comunista alto e assustador, com os nós dos dedos machucados e o maxilar duro como mármore — que certa vez não se mexeu por três horas, porque o gato da loja vizinha havia entrado e tirado um cochilo em cima de seu pé. O aterrorizante líder do grupo — que às vezes ficava acordado até de madrugada arrumando os botões das blusas de Audrey com agulha e linha, porque ela não sabia costurar.

Oliver fez um som de protesto.

— Como ousa...

— Xiu — interrompeu Celia, tanto porque havia escutado algo quanto porque sentia prazer em mandar em Oliver Hong.

Ele podia esconder dos outros. Podia mandar neles e fazê-los acreditar em certo nível de crueldade. Mas Celia sabia a verdade. E presumia que só sabia porque ele deixava, porque Oliver permitia que aqueles pedaços verdadeiros de si mesmo escapassem, ciente de que havia a possibilidade de que ela usaria isso contra ele e se arriscando mesmo assim.

Celia não sabia como se sentir em relação a isso. Nunca haviam lhe dado uma responsabilidade tão grande: proteger a confiança de alguém.

De alguém que não era da família, que não tinha nenhuma obrigação real com ela.

A lua desapareceu atrás de uma nuvem. Celia desacelerou o passo, a cabeça inclinada para o vento.

— Eu estava certa — sussurrou, espreitando entre as árvores densas —, estão indo para o armazém.

Apesar de já ter passado um tempo desde a primeira excursão noturna deles pela floresta, não foi difícil encontrar a estrada em forma de V novamente. Agora havia caminhões troando por ela, um atrás do outro, em fila única.

E só havia um destino no fim daquela estrada.

— Celia, espere.

Logo antes de Celia avançar novamente, Oliver pegou seu braço, prendendo-a no lugar. A lua emergiu de trás das nuvens e iluminou a careta no rosto dele. Ela a decifrou na mesma hora.

— Você informou sobre o armazém. — Não havia nada em seu tom de voz que pedia por uma confirmação. Celia tinha tanta certeza daquilo quanto tinha de que o céu estava escuro, só estava dizendo em voz alta para que Oliver soubesse que ela havia compreendido. — Você fez um relatório e eles lhe disseram que investigasse sozinho, para o caso de ser um segredo Nacionalista crítico.

— Querida...

— Não me venha com "querida" — ordenou Celia, arrancando o braço de seu aperto.

Talvez fosse por isso que não sabia como se sentir em relação a Oliver. Ela tinha sua confiança, mas não seus segredos. Ele colocaria a própria vida nas mãos dela sem hesitar, mas não conseguia responder uma única pergunta com sinceridade se a causa — e seus superiores — ditasse que ele ficasse quieto.

— Preciso descobrir algumas coisas antes de te colocar em perigo com informações — disse Oliver calmamente. — Não é nada com que precise se preocupar.

Ela se lembrou do olhar de reconhecimento no rosto dele quando estavam no armazém. De sua pergunta se ele havia estado lá antes, e da mudança rápida de assunto.

O que está escondendo de mim, Oliver?

Celia seguiu adiante. Se ele não ia contar, ela descobriria por conta própria.

—*Celia*. Volte aqui!

Ela não voltou. Andou até que o armazém ficasse à vista, e só então se abaixou em frente a um dos arbustos espinhosos, observando os caminhões estacionarem ao redor do local suspeito. Foram Nacionalistas uniformizados que desceram dos veículos, carregando caixotes nos braços, entrando e saindo do armazém rapidamente. Ela não via nenhum líder entre eles. Apenas soldados, em sua maioria calados. A conduta deles tinha um aspecto peculiar. Não havia medo nem ansiedade conforme passavam um pelo outro. O primeiro pensamento que Celia teve foi *ausência*. Os soldados à frente estavam se movendo da mesma maneira que sonâmbulos faziam.

Celia se virou. Em algum momento, Oliver a havia seguido relutantemente, aproximando-se por trás dela para observar em silêncio. Não poderiam chegar mais perto, ou arriscariam serem vistos, o que era uma pena. Ela queria ver os rostos dos soldados.

— Essa cena não parece estranha para você? — sussurrou.

Oliver continuou em pé, os braços cruzados em frente ao peito.

— Difícil dizer — respondeu com relutância. — Pode ser...

Atrás dele, um vislumbre de metal refletiu a lua. Celia não pensou, apenas se jogou e tirou Oliver do caminho, os dois caindo na relva espinhosa ao mesmo tempo em que uma bala ressoava na noite. Celia arfou, suas mãos agarrando qualquer pedaço de tecido da jaqueta de Oliver que podiam. Oliver, enquanto isso, ficou alerta no momento em que atingiram o chão, seu braço passando pela cintura dela para firmar o movimento.

A bala atingiu o lugar onde ele estivera em pé, pulverizando cascas de árvore por toda parte com o impacto. Teria sido um tiro na cabeça.

— Você está bem? — perguntou Oliver.

— Estou bem, estou bem — assegurou Celia depressa.

Oliver murmurou um xingamento.

— Continue abaixada — instruiu, virando o corpo para colocar suavemente Celia no chão da floresta e tirando uma pistola do bolso.

Ele esperou pelo próximo vislumbre de metal e então atirou. Na terceira bala, o grito de alguém soou na noite.

Haviam subestimado os Nacionalistas ao pensar que poderiam se esgueirar e espiar a atividade da facção inimiga. Devia haver soldados alocados em volta do perímetro também, vigiando no caso de intrusos.

— Por aqui — disse Celia, tensa, levantando-se e segurando o braço de Oliver.

Os tiros teriam ecoado até o armazém e eles precisavam sair de seu alcance, antes que outros soldados decidissem procurá-los. Começaram a adentrar mais a mata, ramos estalando sob seus pés e galhos arranhando seus rostos. Celia continuou escutando, esperando por um grito, pelo som da perseguição.

Quando estavam a uma distância considerável, Oliver desacelerou e gesticulou para que ela fizesse o mesmo. Eles observaram os entornos com cuidado. A lua estava no ponto mais alto do céu agora. As folhas das árvores crepitavam acima deles. Estava tudo quieto.

Parecia que haviam escapado.

— Maldito seja você, Oliver — xingou Celia, recuperando o fôlego.

— Maldito seja *eu*? — retrucou Oliver, os olhos arregalados.

— Sim, você! — Ela ajustou o colarinho da camisa, espanando os pedaços de casca de árvore que haviam ficado presos em suas roupas. —

Se soubesse que estava investigando o armazém, talvez eu soubesse o que esperar! Talvez estivéssemos sentados e felizes na loja agora!

— Por favor, em que universo você estaria disposta a ficar sentada e feliz, mesmo se eu te desse informações?

— Não doeria me contar quais instruções está seguindo. Não precisa me dar detalhes, simplesmente não *minta* para mim.

Se o objetivo de manter segredos era proteger um ao outro, então Celia não conseguia ver a lógica ali. Ela podia aceitar não saber quem Oliver encontrava toda vez que ia para Xangai. Não precisava saber os detalhes de suas missões pessoais. Mas não ficaria no escuro em assuntos sobre os quais havia *perguntado*, nos quais já estava envolvida, pois fora *ela* quem descobrira a discrepância que levara ao armazém.

— Eu nunca menti para você — insistiu Oliver. Ele apontou um dedo ameaçador para ela, parando apenas a um milímetro de seu nariz. — E esta é a última vez que se joga no meu caminho, entendeu? No que estava pensando? Poderia ter levado um tiro.

Celia ficou boquiaberta.

— Você *teria* levado um tiro se eu não tivesse feito aquilo! Está falando sério?

— Esse é o risco que tenho que tomar como agente. É o risco que estou disposto a enfrentar enquanto luto pela nação. Se eu for atingido, tudo bem. Mas *você* não deve se colocar na *minha* linha de fogo assim.

— Ah, claro — retrucou Celia. — A nação acima de tudo, certo? Até mesmo da sua vida.

Um rugido ressoou pela floresta. Ambos ficaram tensos, tentando determinar a fonte, se era mecânico ou humano. Nenhum dos dois — parecia mais animal, desaparecendo depois de alguns segundos. O vento soprou de leve. Celia e Oliver se encararam outra vez. Lentamente, ele parou de apontar de forma ameaçadora, mas seu braço não retornou para a lateral do corpo.

— Sim, Celia — concordou, quase cansado. — A nação acima de tudo.

Ela sabia que ele falava sério. Quando alguém como Oliver dizia aquelas palavras, elas não eram um bordão para panfletos bonitos e um grito de batalha performático. Ele colocava o coração naquele significado.

Então a mão dele se curvou no rosto dela, o movimento gentil enquanto o dedão de Oliver acariciava um leve arranhão em sua bochecha. Celia congelou, piscando rapidamente para entender o que estava acontecendo. Ele nunca havia feito isso de maneira tão direta. Houve o leve cutucão no ombro, o roçar dos dedos ao passar uma xícara de chá. Houve as batidinhas de brincadeira no queixo dela. Ou as inspeções bruscas quando um dos dois se machucava, curativos rápidos com gaze e antisséptico. Mas nunca aquilo — nunca um contato para o qual não havia outra explicação, nenhuma além de desejo.

— A nação acima de tudo — repetiu Oliver, a voz firme —, mas não você, querida. Nunca a sua *vida* em troca.

A mente de Celia zumbia com o som agudo de um rádio quebrado. Ruído branco: um zunido entre seus ouvidos enquanto ela procurava desesperadamente por algo — qualquer coisa — para falar. Então, como se alguém tivesse mudado a frequência, não foi ternura que formulou sua resposta, mas uma raiva ardente.

— Você é tão egoísta — disse Celia, afastando-se de seu toque. — Já parou para pensar que valorizo a sua vida da mesma forma? Se quer me proteger, não acha que eu quero te proteger também?

Oliver inspirou visivelmente, pego de surpresa por meio segundo antes de se recompor. Era resposta o suficiente: tal questão nunca ocorrera a ele. Como Oliver a subestimava! Como subestimava o que quer que existisse entre os dois!

Celia girou nos calcanhares e foi embora. Não havia mais nada a dizer.

20

Alguns dias depois, Rosalind teve que admitir que o mapa de Deoka do prédio estava sendo útil.

As salas de arquivamento geralmente tinham como funcionários um ou dois secretários assistentes, cutucando as unhas ou devorando um copo plástico de macarrão instantâneo. Rosalind nunca teve que arquivar nada ela mesma. Costumava entregar as pastas da produção, e então quem quer que estivesse na salinha dizia *"Otsukaresama deshita"* e a dispensava. Rosalind não fazia ideia do que a frase significava, mas todos a falavam, então ela supunha que era um sinal de que tinha feito o bastante e podia deixar o resto com seus colegas.

— É um equivalente a *"obrigado"* — respondeu Orion rapidamente, a caminho de uma reunião, quando ela lhe perguntou a respeito. — Não é o significado literal, mas explico depois do trabalho se quiser.

Orion beijou sua testa de maneira breve e foi embora.

Não haviam conversado sobre a discussão. Simplesmente haviam ido dormir em aposentos separados e levantado na manhã seguinte fingindo que tudo estava bem, o que significava que as coisas estavam ruins. Não era como se Rosalind e Orion alguma vez tivessem sido melhores amigos, mas agora algo estava ainda mais tenso. As piadas de Orion não tinham entusiasmo. As implicâncias de Rosalind pareciam forçadas. Ele não prosseguia com nenhuma de suas provocações, e ela não conseguia responder com nenhum comentário que possuísse uma ponta de verdade. Quando saíram de casa naquela manhã, Orion correra de volta para dentro depois de esquecer o chapéu, e Rosalind revirara os olhos para soltar um curto:

— Típico.

Porém a palavra havia ficado presa em sua garganta, e ela pareceu se engasgar com algo, para a preocupação de Orion ao retornar.

Rosalind o observou sair do departamento. Voltou-se para o trabalho, mordendo o lábio inferior.

A tarde passou rotineiramente. Rosalind andou para lá e para cá em diferentes salas de arquivo, pilhas sendo movidas de um local para o outro. Enquanto Orion continuava a ser simpático e a coletar informações, Rosalind enfiava o nariz nas salas, pensando na outra instrução de Dao Feng: o arquivo com informações.

Em sua última ronda para distribuir uma pilha de pastas marcadas para a sala dezoito, seus olhos pararam em uma lixeira no canto, e sua atenção foi capturada imediatamente. O secretário estava de costas, correndo o olhar pelos materiais recém-distribuídos para se certificar de que Rosalind havia trazido os certos e, sem pensar, ela perguntou:

— Aquilo na lixeira é uma bandeira Comunista?

O secretário se virou.

— O que disse? — perguntou, em inglês.

Merde. Rosalind percebeu seu erro assim que as palavras saíram de seus lábios. Havia dito *gòng dǎng* por hábito. Estava repetindo o termo que Dao Feng usava por aí, que os outros na filial secreta utilizavam para se referir aos Comunistas. Apenas os Nacionalistas abreviavam o nome assim. Condensavam-no com uma leve camada de desprezo. Todo o resto dizia *gòng chǎn dǎng*.

— A bandeira Comunista — repetiu Rosalind, voltando para o inglês também. Para sua sorte, o inglês era uma língua muito mais simples, então havia menos chance de revelar sua identidade com um simples termo. Desde que controlasse seu sotaque. Só podia torcer para que o secretário tivesse mudado para o inglês porque seu mandarim não era tão bom. Talvez não tivesse percebido a pequena diferença. — Ali na lixeira.

Rosalind apontou. O secretário se inclinou.

— Mas olha só para isso — disse ele, com tranquilidade —, é mesmo. Me pergunto como veio parar aqui.

— Você não parece nem um pouco intrigado — observou Rosalind.

O secretário simplesmente deu de ombros. Datilografou algo na máquina de escrever, os olhos escuros se voltando para os números de referência colados na frente das pastas.

— Esta é a sala Comunista. Foi invenção minha, enfim... Não temos permissão de chamar dessa maneira oficialmente, mas é culpa dos superiores por dividirem o prédio por assunto. Acho que Deoka queria se desfazer das correspondências hostis em lixeiras específicas.

Com um floreio, o secretário pegou as pastas e as ordenou até que estivessem da mesma altura.

— Você deve ser uma das novas contratadas. Acho que nunca te vi aqui antes.

— Sim — disse Rosalind, ignorando o fato de que provavelmente não poderia mais ser considerada *nova* dado o tempo que havia passado desde que começara.

Ela mal havia feito progresso em conhecer os colegas. Orion, no entanto, andava por aí cumprimentando todos pelo primeiro nome. Eles eram a combinação de um único agente, de qualquer forma. Rosalind estava perfeitamente feliz com a definição de papéis, se Orion se tornasse o rosto amigável e ela os olhos nas sombras.

O secretário pigarreou. Rosalind estivera encarando a bandeira descartada outra vez.

— Meu sobrenome é Mu — acrescentou ela depressa, recuperando-se da pausa. — A recepcionista assistente na produção. Você é...?

— Tejas Kalidas. — Tejas virou as pastas de lado, fazendo com que também tivessem a mesma largura. — Eu a cumprimentaria, mas aí as pastas ficariam desalinhadas de novo.

Rosalind inclinou a cabeça.

— Não tem problema. — Ela deu um passo para trás, ficando na soleira da porta. — Estou indo, a não ser que precise de mais alguma coisa.

— Isso é tudo.

Tejas colocou as pastas embaixo da mesa. Com um aceno, Rosalind saiu, ainda pensando no comentário atrevido do secretário. O sistema de arquivamento do prédio era organizado por assunto, cada sala agrupando materiais parecidos.

Muito curioso.

Rosalind desceu as escadas, tão absorta em seus pensamentos que quase esbarrou em um colega que subia. Desculpou-se rapidamente, balançando a cabeça para retomar o foco. Havia mais um envelope que precisava pegar na sala cinco no segundo andar, e então suas tarefas do dia estariam completas.

— Ele não aparece há dias. Estou preocupada.

Ela desacelerou o passo no segundo andar, ouvindo fragmentos de uma conversa que saíam de uma sala de descanso. Algum instinto lhe disse para ouvir, para abafar o tique de seus saltos e parar.

— Não é tão atípico dele se recusar a entrar em contato.

— Sim, mas é estranho ele não responder aos superiores. Quando foi que Tong Zilin já se arriscou a parecer incompetente?

Rosalind ficou sem ar. Uma voz masculina e uma feminina. Então o desaparecimento de Tong Zilin havia sido notado. Ela se aproximou mais da parede.

— Acha que devemos ir atrás dele? Ele ainda está com alguns de nossos papéis, não é?

— Não. Ele repassou o trabalho na última quinta-feira. Não foi? Chegou até a minha mesa.

— Acho que foi outra pessoa que fez isso. A caligrafia não era minha. E ele terminou tudo?

— Para mim, parecia bom. A única coisa agora é...

Sem aviso, algo caiu com um som surpreendentemente alto do outro lado do corredor. Rosalind estremeceu, xingando em silêncio o colega estabanado que havia acabado de derrubar a bandeja do almoço. A conversa na sala de descanso havia acabado. Ela não teria como saber que tipo de *trabalho* Zilin não repassara.

Mas se Tong Zilin era culpado de colaborar com um esquema terrorista — e muito provavelmente era, considerando suas crenças —, então as duas pessoas na sala de descanso estavam envolvidas também. Passar uma mensagem com instruções para um assassinato, escrever um relatório com procedimentos de ataque, fazer uma ligação para oficiais no Japão: não precisavam ter sangue nas mãos, mas eram culpados da mesma forma. O que era pior: ser a engrenagem ou a lâmina em uma máquina assassina? As duas não tinham a mesmíssima função se eram parte de um todo?

Rosalind se afastou depressa, voltando a um passo normal bem a tempo de esbarrar em Haidi, que saía da sala de descanso. Com um fingido sobressalto de surpresa, Rosalind deu um gritinho, as mãos indo para frente a fim de retomar o equilíbrio. Haidi, enquanto isso, lutou para rearranjar as pranchetas embaixo do braço, metade delas tortas.

— Ah, me desculpe. Eu estava com tanta pressa que não vi por onde ia — explicou Rosalind.

Ela esticou a mão, esperando ajudar com as pranchetas e espiar o que eram. Porém, assim que seus dedos se aproximaram da única prancheta que estava caindo, Haidi colocou a mão em volta do pulso de Rosalind, mantendo-a longe. Era como se uma liga de metal tivesse se fechado em sua pele. Apesar de Rosalind ter congelado, alarmada pela reação, ela suspeitava que, mesmo que tivesse tentado puxar o braço de volta, não teria conseguido.

— Está tudo sob controle — disse Haidi. A mulher abriu um sorriso gentil, completamente incompatível com o aperto no pulso de Rosalind. — De qualquer forma, agradeço o gesto.

Haidi a soltou, arrumou as pranchetas em ordem, inclinou a cabeça e foi embora. Segundos depois, outro colega — a voz masculina de antes — colocou a cabeça para fora da sala, indo na direção contrária. Rosalind não conseguia se lembrar de seu nome. Mas tinha certeza de que Orion conseguiria quando ela o apontasse.

Ai, pensou Rosalind, esfregando o pulso. Havia ficado branco pela falta de circulação graças ao aperto mortal de Haidi. Que tipo de vitaminas essa mulher estava tomando?

Insatisfeita, Rosalind pegou o envelope da sala cinco rapidamente, resmungando baixinho. Jiemin não olhou para cima quando ela voltou para a mesa. Metade do departamento havia sido convocado para diversas reuniões, algumas com Deoka no escritório dele, outras no andar de cima, com o departamento de redação.

— Aqui está — disse Rosalind, colocando o envelope na frente de Jiemin. — Vou te ajudar com essas agora.

Ela pegou uma parte da pilha de trabalho dele.

— Sabe para onde vão? — perguntou Jiemin distraído, virando uma página de seu livro.

Rosalind não precisava saber para onde iam. Só estava procurando mais trabalho a fim de ter uma desculpa para andar por aí. Havia bolado um plano em algum momento quando estava entre o segundo e o terceiro andar.

— Vou perguntar para Liza.

Ela partiu antes que ele pudesse questioná-la. Aproximou-se da mesa de Alisa com tranquilidade, as pastas claramente à vista para que qualquer espectador soubesse o porquê de ela estar ali.

— Olá — cumprimentou Alisa de maneira gentil. — Precisa de instruções?

Rosalind se inclinou. Apesar de não querer se intrometer, não conseguiu impedir a inspeção automática que fez do espaço de trabalho de Alisa: o retrato de um gato gordo, uma lista de afazeres em sua pequena caligrafia, uma cópia de *Evguiêni Oniéguin* enfiada atrás de três canecas, a obra na capa russa original, cercada por uma margem decorada.

— Na verdade, tenho uma proposta para você. É muito importante que primeiro me escute.

Com uma mudança quase imperceptível, Alisa ajeitou a postura na cadeira. Lançou um olhar cauteloso ao redor, só falando novamente quando havia confirmado que os cubículos mais próximos não estavam ocupados.

— Estou ouvindo.

Rosalind tirou o mapa do prédio de dentro de seu *qipao*, desdobrando o papel com uma das mãos e alisando-o em cima das pastas. Ela apontou para o número dezoito: a pequena porta ao fim do corredor, próximo à escada. Com uma mera olhada nas paredes do lado de fora, seria difícil perceber que havia uma sala de arquivo inteira lá dentro, supervisionada por um secretário entediado sentado à mesa.

— Sei que está procurando por um arquivo. Planos que o desertor do seu partido repassou. Acho que está naquela sala.

Alisa levantou a cabeça de repente, lançando a ela um olhar descrente. Fosse porque Rosalind sabia de seu objetivo dentro da Turquesa ou por causa de sua hipótese de que aquele era o local pelo qual estavam procurando, não tinha certeza. Então continuou pressionando.

— Você está tentando pegá-lo de volta, então vamos trabalhar juntas. Se eu distrair o secretário que protege a sala e você conseguir entrar, quero uma cópia do que quer que esteja escrito nele.

Alisa soltou um resmungo de reflexão. Pelo menos não era uma rejeição imediata, o que significava que ela estava considerando.

— Ao que parece, você sabe o que a cópia é. Eu ficaria em apuros se deixasse uma cópia circular.

— Mas o que mais importa é tirar o plano das mãos dos japoneses, não é? — retrucou Rosalind. — Por que não unimos nossas forças para conseguirmos exatamente isso?

As bochechas de Alisa ficaram magras conforme ela as mordia. A jovem parecia estar literalmente mastigando a decisão.

— Não acho que meus superiores ficariam felizes se o Kuomintang tivesse a informação.

— Seus superiores não têm que saber. — Rosalind balançou a mão, afastando o assunto como se uma mosca estivesse zunindo em volta de seu rosto. — E não me diga que não guarda segredos deles.

Alisa lhe lançou um olhar irônico. Rosalind a encarou de maneira idêntica.

Alguns segundos depois, Alisa suspirou e disse:

— Acredito que depois daquela colaboração improvisada, já estamos juntas no fundo do poço. — Ela bufou. — Porém, se alguém perguntar, não lhe dei nada.

— É claro.

Rosalind havia apostado na falta de lealdade de Alisa, e havia jogado as cartas certas. Não que esperasse que Alisa Montagova fosse uma agente pouco eficiente — ela simplesmente supôs que a jovem trabalhava para os Comunistas porque eles eram o único partido disposto a aceitar alguém com sua identidade quando a guerra civil estourou, e um trabalho era apenas um trabalho, não um compromisso de vida ou morte. As duas eram bem similares em relação aos seus respectivos partidos políticos. Nenhuma se importava com o partido em si, mas aguentavam o fardo por causa do que podia ser oferecido a elas.

— Você disse que distrairia o secretário — disse Alisa, trazendo a atenção de Rosalind de volta à situação em questão. — Como?

Rosalind não havia pensado nessa parte. Ela observou o departamento.

— Vou pensar nisso na hora. *Allons-y.*

Sem maiores discussões, elas saíram dos cubículos e Rosalind deu metade das pastas para Alisa, como se as estivessem distribuindo juntas. Alisa andou rápido, seguindo os passos de Rosalind.

— Não consigo nem imaginar onde o arquivo estará quando entrar na sala — disse Rosalind quando deixaram o departamento de produção. Passaram por duas portas de escritório abertas. Ela manteve a voz baixa. — Tudo o que sei é que aquela sala de arquivo é o local mais provável comparado ao resto do edifício.

— Se conseguir me colocar lá dentro sem ser vista, deixe o resto comigo — respondeu Alisa.

Rosalind assentiu. Seguiram em frente.

No momento em que estavam se aproximando da sala dezoito, escutaram o som de outra porta se abrindo, e então uma pequena explosão de vozes entrou no corredor. Entre elas, Orion a avistou no mesmo instante, e foi na direção dela com uma pergunta silenciosa em seu olhar.

Que sorte a minha.

— Olá, meu amor. — Orion colocou a mão nas costas dela. — O que está fazendo?

Rosalind forçou um sorriso.

— Apenas umas tarefas. Para meu trabalho. No qual estou trabalhando neste momento.

Alisa revirou os olhos. Orion não pareceu convencido. Atrás dele, havia duas outras pessoas do departamento, olhando curiosamente antes de voltarem para suas mesas.

A ideia a atingiu como um raio. Uma distração.

— Saia com raiva — instruiu Rosalind baixinho.

As sobrancelhas de Orion se levantaram.

— Como é?

— Saia com raiva — repetiu. — Em direção à escada ali, chegue o mais perto possível sem descê-la. Você está bravo comigo. Fique bravo.

Para crédito dele, Orion não desperdiçou mais nenhum segundo de confusão. Ele jogou os braços para cima e gritou:

— *Inacreditável!*

E depois saiu marchando com raiva.

Rosalind esperou três segundos, fingindo estar chocada. Então se apressou atrás dele, deixando que os saltos fizessem barulho no piso de linóleo.

— Estou errada? — gritou atrás dele. Não era difícil invocar uma falsa raiva. Afinal, atuar era mais fácil quando havia um fundo de verdade. — Não importa aonde vamos, você não consegue parar de se meter com aquela garota! Vi você falando com ela de novo noite passada!

Orion parou perto da escada, prestando atenção na instrução de Rosalind. Demorou um momento para acompanhar a linha da falsa discussão, mas ele a seguiu facilmente quando se virou, fingindo que havia encontrado mais a dizer e não pudesse mais seguir andando.

— Isso é um absurdo. Aquilo não foi nada.

— Não foi o que pareceu.

Rosalind balançou a mão na lateral do corpo, apontando para cima. Ele precisava falar mais alto.

— Se vai me acusar de algo — o tom de Orion subiu ao ver seu sinal —, POR QUE NÃO VEM AQUI E DIZ NA MINHA CARA?

— Ei, ei, o que está acontecendo aqui?

A pergunta perfurou o eco da voz de Orion, que ainda se propagava pelas paredes da escadaria. Tejas havia colocado a cabeça para fora da sala de arquivo e, ao ver Rosalind e Orion, se aproximou, responsabilizando-se por separar a briga.

— Se gritar mais alto, Deoka vai aparecer — avisou Tejas. — Ele não vai gostar de ser interrompido.

— O erro não foi bem meu — disse Orion. — Por que não perguntamos qual é o problema da minha esposa com a minha vida social?

Rosalind riu amargamente. Ela não precisou forçar, saiu por vontade própria.

— Sua vida social? Você não me prometeu seus *votos*? O que aconteceu com a dedicação e o comprometimento?

— Está imaginando coisas.

— Eu não estaria se você simplesmente me dissesse o que anda fazendo!

Precisavam de mais tempo. Aquilo não era o suficiente para que Alisa fizesse uma boa busca. Antes que Orion pudesse encontrar outra direção na qual levar a discussão, Rosalind pegou o cotovelo de Tejas e o arrastou na direção de Orion.

— Olha para isto — instruiu Rosalind, apontando para o pescoço de Orion. — Me diga se não é a marca da infidelidade.

Tejas forçou os olhos. Orion se esquivou, constrangido.

— Eu... não vejo nada, senhora Mu — disse Tejas.

Ele tentou se afastar. Rosalind colocou as mãos em seus ombros, forçando-o a permanecer no lugar.

— Esse é algum tipo de pacto de lealdade entre os homens? Está bem ali. Olhe mais de perto!

Não havia nada ali. Apenas a pele lisa e bronzeada de Orion, dourada sob o colarinho branco de sua camisa. Mas Rosalind não se importava em ser a esposa descontrolada que estava alucinando, se isso servia a um propósito.

Tejas suspirou. Parecia que tinha desistido de tentar trazer sentido à discussão, porque, quando Rosalind não o soltou, ele disse:

— Quer saber? Sim. Estou vendo. Terrível. Senhor Mu, como pôde?

Orion ficou boquiaberto.

— *O quê?* Isso é ridículo...

Alguém pigarreou atrás deles. Quando Rosalind e Tejas se viraram, as mãos dela finalmente soltando-o de seu aperto mortal, encontraram Alisa parada fora da sala de arquivo, parecendo angelical e inocente com uma pilha de arquivos nos braços, a cabeça inclinada com curiosidade, como se estivesse esperando lá o tempo todo.

— Senhor Kalidas, essas são para o senhor. Se tiver a gentileza de me libertar de ter que testemunhar uma briga de família.

— *Por favor*, me liberte também! — exclamou Tejas, indo a passos largos até Alisa e pegando a pilha de pastas.

Ele voltou para a sala de arquivo, colocando os papéis na prateleira da entrada, e Alisa encontrou o olhar de Rosalind brevemente, assentindo antes de se virar e ir para o departamento principal de produção.

Excelente. Alisa era ainda melhor do que Rosalind pensara. Era hora de encerrar esse espetáculo.

— Quer saber... — começou Rosalind. Olhou ao redor, fingiu só ter notado onde estavam agora, ficando envergonhada por ter sido uma discussão pública. — Podemos conversar mais tarde. Tenho que voltar ao trabalho.

— Espera, pare.

Orion pegou seu pulso. Sua confusão genuína a fez parar.

— O que...

— Me desculpe. — Antes que pudesse impedi-lo, Orion a havia pegado nos braços, envolvendo-a fortemente e apoiando o queixo em sua cabeça. Rosalind já sabia o quão distinta era a diferença de altura entre os dois, desde a pequena cena do bolso fora do Palácio do Lírio Pêssego, mas ela se surpreendeu de novo com a facilidade com que ele a encaixou contra o peito. — Não vamos brigar.

Que... tipo de cena era essa?

— Há. — Ela levantou os braços sem jeito, dando tapinhas nas costas dele. — Está... está tudo bem.

— Está falando sério? — perguntou Orion. — Não está falando da boca para fora?

Será que Tejas ainda estava ao alcance de ouvi-los? Rosalind colocou uma minúscula distância entre os dois para conferir. O corredor estava vazio. Supunha que Orion simplesmente estava dando um toque final. Ela esticou a mão para tocar a bochecha dele.

— Não me chateie no futuro e acredito que ficaremos bem.

— Certo, sinto muito. Sinto muito mesmo. Às vezes acho que algumas coisas não são importantes o suficiente para te contar. Não é que tenho a intenção de guardar segredos.

Rosalind piscou.

— Ah — disse ela. Seu improviso de sempre parecia ter parado de funcionar. Tudo o que conseguiu dizer foi outro: — Ah.

Orion colocou um dedo embaixo de seu queixo, levantando o rosto dela para ele.

— Estou perdoado?

— Bem, você mal me dá escolha com tanta sinceridade.

Orion abriu um sorriso brilhante, líquido, doce e lindo. Apesar de saber que era um espetáculo, Rosalind não conseguiu se impedir de dar um sorrisinho de volta.

21

Phoebe enfiou a colher no iogurte, pegando direto do pote grande. Ela era a única naquela casa que comia coisas como *iogurte*, então não era como se alguém fosse se importar.

A porta da frente se abriu e se fechou. Seu pai entrou, com uma pasta balançando na lateral do corpo.

— *Bàba* — cumprimentou Phoebe. — Ah Dou disse que pegou sua correspondência e a deixou no escritório.

— Ótimo. — O General Hong parou na entrada da cozinha. — A escola não está aberta hoje?

— Não — mentiu Phoebe tranquilamente.

Não perdeu tempo em elaborar. Não precisava. O pai acreditou na resposta e assentiu, já subindo para o escritório.

A casa ficou em silêncio. Ela conseguia ouvir o tique-taque do relógio na sala de estar, seu eco se arrastando por todas as superfícies. Ah Dou estava fazendo compras. A empregada estava de folga naquela semana, visitando sua cidade no interior.

Phoebe precisava encontrar algo para fazer hoje. Silas só viria à noite, então ela teria muitas horas para matar. Ah, se fosse mais velha — então poderia realmente adotar o modo de vida das socialites. Em vez disso, estava pairando entre aqueles anos constrangedores: com 17 era nova demais para ser levada a sério, e velha demais para que lhe dissessem o que fazer. Era a mesma ambivalência do status de sua família: conhecida o suficiente para que Phoebe pudesse depender de seu sobrenome, mas não poderosa o bastante para que pudesse descuidar do que dizia e de como se comportava.

Ela entrou na sala de estar. Ficou parada ali, como uma estátua bem polida.

— Feiyi.

Ela levantou a cabeça ansiosamente. Seu pai a estava chamando no andar de cima.

— Sim?

— Venha aqui, por favor.

Phoebe jogou o cabelo por cima do ombro. Seus sapatos fizeram um barulho alto nas escadas, batendo em cada degrau e chegando a uma parada abrupta na entrada do escritório do pai. Ele acenou para que a filha entrasse. Ela só foi em frente quando recebeu o convite.

— Ah Dou confundiu algumas correspondências que eram destinadas a você — disse ele.

Havia um pequeno envelope nas mãos dele, o nome dela impresso primorosamente no centro. Quando Phoebe pegou o envelope, virou-o com curiosidade, olhando para o carimbo impresso no topo.

— Quem está te enviando correspondências de Taicang? — perguntou o General Hong, observando a mesma coisa.

— Não faço ideia.

Seu pai entregou-lhe um abridor de cartas. Era banhado em prata, com o nome da família gravado no cabo.

— Abra.

Phoebe pegou o abridor de cartas com cuidado, não querendo se ferir por acidente. Ela fez um corte rápido no envelope e então tirou o conteúdo.

O General Hong franziu o cenho. Phoebe virou o papel de um lado para o outro, para ler a frente e o verso.

— É o panfleto de uma igreja pedindo doações para um orfanato — explicou ela. — Os estabelecimentos dessa cidade estão mesmo indo longe para levar propagandas.

— Que curioso.

Havia um certo tom na voz do pai. Phoebe alisou o panfleto, passando os olhos pelo endereço da igreja.

— Eu deveria me preocupar?

— Tenho certeza de que não é nada. — Ele pegou a lixeira. Phoebe depositou os papéis, tanto o envelope quanto o panfleto, tentando afastar o calafrio que havia percorrido sua nuca. — Pode ir.

Phoebe assentiu, aproveitando a deixa.

— Ei.

Rosalind olhou para cima, e sua caneta parou de escrever. Ela estava fazendo anotações, copiando um rol de todos os funcionários da Imprensa Turquesa. Sob o pretexto de querer aprender o nome de todos, Rosalind havia conseguido uma lista do escritório inteiro com Jiemin, o que — em sua sempre modesta opinião — ela considerou uma tática muito inteligente.

— Olá — respondeu Rosalind, mantendo a voz calma. Guardou o papel e então mudou para o russo antes de falar novamente. — Quase me perguntei se você havia fugido com o arquivo. — Horas haviam se passado desde a pequena cena das duas na sala de arquivo. Já estava quase na hora de ir embora. Jiemin estava longe de sua mesa. Do outro lado do departamento, Haidi estava inclinada sob o cubículo de Orion, conversando sobre a agenda da semana seguinte de algum superior. — Vamos ver.

Alisa tirou algo de debaixo do braço. Apesar de parecer uma pasta comum do departamento, Rosalind a abriu e encontrou outra menor ali dentro, carimbada com CONFIDENCIAL em vermelho.

— Então — disse Alisa —, seu *marido* sabe sobre isso?

Rosalind tirou a segunda pasta e pegou o pequeno papel timbrado que havia ali. Estava escrito em mandarim, o que significava que ela não precisava perder tempo traduzindo — podia ler e copiar ao mesmo tempo. *Mobilizar no sul... Desvio do rio... Montanhas...*

Ela curvou os lábios para baixo. O arquivo não deveria ser sobre Sacerdote? Parecia um relato comum sobre o movimento dos Comunistas.

— Não é a missão dele — respondeu Rosalind, ainda analisando o plano e procurando por um papel pautado em branco na gaveta. — E fale baixo, ainda não sei com certeza absoluta quais línguas ele fala. E por que a ênfase?

— Ênfase?

— Você usou uma ênfase. Como que para insinuar que ele não é meu marido, a quem eu amo com todo o meu coração.

Alisa lançou um olhar acusatório para Rosalind.

— Por favor, lembro de te ver por aí com Dimitri Petrovich. Você olhava para ele de uma forma diferente.

As palavras no papel timbrado ficaram imediatamente borradas, rodando e colidindo conforme a visão de Rosalind inclinava-se de maneira violenta. Ela sentiu seu sangue virar lodo, depois gelo, as pontas afiadas cortando sulcos em suas veias.

— Viu... o quê?

Dimitri Petrovich Voronin havia se tornado um dos favoritos entre os Rosas Brancas, depois que a posição de Roma Montagov deu uma guinada para a pior. Fazia sentido que Alisa quisesse ficar de olho num potencial usurpador do irmão. Fazia sentido que, de todas as pessoas, Alisa pudesse ter reconhecido Rosalind pela cidade com Dimitri, enquanto os outros não o fizeram; que um dia Alisa tivesse avistado uma versão mais feliz de Rosalind, que vivia na ignorância e era guiada pela fé.

Mas o pensamento de ser associada com essa outra versão de si mesma era aterrorizante agora. *Aquela* Rosalind era uma inimiga, alguém a quem ela tinha de empurrar mais e mais para o fundo de sua mente, alguém em quem nunca podia pensar demais a fim de que não retornasse. A Rosalind que estava aqui hoje nunca poderia fazer as pazes com os resquícios de sua versão anterior. Ela estava ocupada demais tentando consertar a porcaria dos erros daquela garota.

— Não se preocupe, eu espiava todo mundo naquela época — disse Alisa. — Era só por curiosidade própria. Sempre mantive a boca fechada. — Um segundo se passou. Alisa olhou para baixo, brincando com a barra da camisa. — Talvez eu não devesse ter espionado. Talvez meu irmão tivesse impedido Dimitri mais cedo se eu tivesse contado a ele o que vi.

Rosalind engoliu em seco. Forçou sua visão a entrar em foco novamente. Seu coração a voltar a bater. Foi uma gentileza de Alisa não verbalizar a outra metade da culpa: Dimitri quase destruiu a cidade porque Rosalind o havia ajudado. Dimitri adquiriu poder em meio à revolução e lançou morte e destruição em Xangai na forma de monstros humanos, porque Rosalind havia encontrado vítimas para ele.

— E talvez eu devesse ter dito algo também — declarou ela baixinho. — Então talvez seu irmão e minha prima ainda estivessem vivos. — Quando as palavras impressas à sua frente ficaram legíveis outra vez, ela pegou a caneta e começou a copiá-las em seu próprio papel em branco. — Se o peso é de alguém, ele é meu, senhorita Mon... Ivanova.

Alisa continuou calada. Ela não parecia tão triste quanto Rosalind. Sua expressão era de contemplação, como se estivesse considerando algo que Rosalind não entendia.

— Não seja tão dura consigo mesma — disse Alisa em certo momento. — Juliette não iria gostar disso.

Rosalind engoliu em seco, ocupando-se com a segunda metade do papel timbrado.

Abaixo estão os codinomes dos agentes alinhados aos Comunistas, infiltrados no Kuomintang:

Leão.

Grisalho.

Arqueiro.

Não havia mais tempo para lamentações pessoais. Rosalind inclinou a cabeça, curiosa.

— Já leu isto aqui?

— É claro — respondeu Alisa. Ela mal conteve o óbvio "*dã*" que se seguiria. — Vi a lista dos agentes duplos. Considerando que apenas os codinomes estão aí, duvido que seus Nacionalistas consigam fazer muita coisa com a informação.

A não ser que já tenham suspeitos. Rosalind dobrou o papel timbrado, colocando-o de volta na pasta menor. Aquele era o fim do relatório. Apesar de não haver nada sobre Sacerdote, pelo menos o Kuomintang estaria interessado naqueles três agentes duplos.

— Aqui. Todo seu.

Alisa pegou o arquivo de volta.

— Vai embora agora?

— Ainda não. — Rosalind se levantou da cadeira. — Tenho uma reunião com o embaixador Deoka antes do fim do dia.

Em circunstâncias normais, não teria sido o trabalho dela, mas, depois de ver como Rosalind era eficiente na distribuição das pastas, Jiemin repassara suas últimas tarefas a ela. O que incluía reportar a Deoka e dar a ele o relatório do departamento que Jiemin havia escrito.

Alisa assentiu. Porém, logo antes de se virar para ir, ela hesitou.

Ah, não, pensou Rosalind. *Alisa Montagova,* por favor *não se desculpe.*

— Se te chateei ao falar de Dimitri...

— Está tudo bem — interrompeu Rosalind rapidamente. — Já... já faz muito tempo.

Quatro anos. Vidas inteiras se passando. A cidade sendo reconstruída sob seus pés. As ruas repavimentadas e reformadas para que novos prédios fossem erguidos com seus revestimentos cromados e suas incrustações de prata.

— Muito tempo — repetiu Alisa, baixo. — Mas não para você.

Rosalind piscou, surpresa. Alisa já estava se afastando, voltando para seu cubículo. Realmente — vidas inteiras haviam se passado, e Rosalind continuava com 19 anos.

Antes que ela pudesse começar a pensar em seus infortúnios, Rosalind juntou o relatório do dia do departamento e foi até o escritório de Deoka. Quando bateu, ficou claro pelo ruído através da porta que ele estava falando ao telefone, mas indicou que ela entrasse mesmo assim. De maneira hesitante, Rosalind passou a cabeça pela fresta da porta. Deoka a viu e acenou para que entrasse.

Ele estava falando em inglês.

— ... sim... sim, eu sei. São apenas exercícios de rotina, então entrar por Zhejiang não deve ser um problema. Eles passarão por Xangai, mas podemos localizar os soldados nos perímetros da cidade.

Rosalind ficou tensa enquanto apresentava o relatório. Felizmente, recuperou-se antes que um tremor pudesse balançar o papel. Deoka se virou para ela e murmurou um "obrigado" com a boca ao pegá-lo.

— Ah, não há dificuldade — continuou Deoka, ao telefone. Ele bateu a mão na madeira maciça da mesa. — Escute, escute. A China é uma criança que precisa de disciplina. Você não verá motivo para desafiar nossas ações. Nós somos como pais que dão palmadas em uma criança mimada: severos, porém compreensivos.

Não reaja, ordenou Rosalind a si mesma. Ela se forçou a olhar para outro lugar da sala, para o mapa da China preso à parede, mas ver o país disposto para ele como um prêmio apenas aumentou a sua raiva. *Não reaja. Saia. Agora.*

Se ela lançasse um jato de cuspe no embaixador naquele momento, tinha certeza de que sairia fogo. Rosalind saiu o mais rápido possível, fechando a porta atrás de si com um *clique* que exigiu o controle de todos os seus músculos.

Rosalind se encostou na parede, soltando o ar no corredor vazio. Uma *criança* que precisava de disciplina? Isso era uma *piada* completa. A China possuía a história contínua mais longa do mundo. Existiam havia dinastias e mais dinastias.

E ainda assim... ainda assim. Desde quando os imperialistas se importavam com a história? Tudo o que desejavam era transformar suas conquistas em pó: assim era mais fácil moldá-las.

Um barulho de passos soou à sua esquerda, sinalizando movimento vindo das escadas. Rosalind não queria ser vista pairando a esmo, então alisou o *qipao* com as mãos e voltou para o departamento. Jiemin havia retornado quando ela se sentou novamente. A caneta em sua mesa estava quase sem tinta: havia deixado algumas manchas na superfície de madeira quando ela a abaixou. Jiemin se inclinou, sem tirar o olho de seu livro, passando um lencinho para que ela limpasse.

— Obrigada — disse Rosalind.

Jiemin virou uma página. Ela revirou os olhos, perguntando-se o que poderia estar prendendo tanto a atenção dele.

Algumas das banquinhas nas ruas gostavam de publicar traduções amadoras de ficções policiais vindas do Ocidente, aqueles mistérios de "quem matou?" em que o capítulo final sempre revela quem é o vilão. Talvez ela devesse ler algumas também; quem sabe isso não a ajudaria a desenvolver seu trabalho de espiã? O problema com a missão era que Rosalind não estava tentando achar pessoas como em um clássico "quem matou?". Ela já tinha o *quem*: as pessoas daquele mesmo edifício. Mais cedo ou mais tarde, eles isolariam os nomes responsáveis. A questão era mais *por qual propósito* e, pelo que era mais sagrado, *por que substâncias químicas?* Seriam as armas de fogo comuns demais? Por acaso queriam que a Liga das Nações pensasse que os territórios chineses da cidade tinham um problema com uma agulha errante, e por isso a China precisava ser colonizada? Era de se pensar que atingiriam o objetivo de desestabilizar a cidade mais facilmente se fizessem parecer que mafiosos estavam causando estragos outra vez. Se um império estava pressionando as fronteiras, não seria mais conveniente trazer a guerra de sangue à tona de novo? Fingir que as gangues rivais haviam voltado a dividir a cidade em duas?

Rosalind voltou a se recostar na cadeira, mordendo o lábio. Dao Feng havia lhe dado aquela missão com base nas hipóteses e nos palpites do Kuomintang, mas eles também deviam saber que não fazia sentido.

Isto era o que estava confirmado: agentes do projeto imperial japonês estavam matando civis em Xangai; esses agentes tinham como alvo áreas fora do controle estrangeiro; a arma escolhida era uma injeção com substâncias químicas; os agentes estavam vindo da Imprensa Turquesa.

Isso sem dúvida criava um padrão facilmente identificável para os assassinatos. Porém, se o Kuomintang achava que os homicídios eram uma tentativa de preparar o terreno para uma invasão, por que precisavam de um padrão tão fácil? Um assassino em série na cidade com certeza não era um motivo bom o suficiente para uma invasão.

De qualquer forma, não é como se precisassem de motivo. A Manchúria fora invadida por causa de uma simples explosão nos trilhos do trem.

Rosalind suspirou. Talvez o Kuomintang estivesse certo, e talvez o Kuomintang estivesse errado. Talvez houvesse algo mais acontecendo sob a superfície, e talvez não houvesse nada. O trabalho dela não era se importar. Ela era a espiã, não o cérebro da operação. Só precisava seguir instruções e conseguir informações. Uma parte já estava feita: havia encontrado o arquivo em tempo recorde. O resto não poderia ser muito mais difícil.

Rosalind pegou a lista de nomes do escritório da gaveta da mesa e voltou a copiá-los.

22

Te encontro em casa — disse Rosalind para Orion, cinco minutos antes do expediente terminar. Ela se inclinou sob o ombro do rapaz, aproximando a boca do ouvido dele. — Preciso ver Dao Feng.

Orion só pareceu surpreso por um breve momento, antes de assentir e pegar algo em sua mesa.

— Pode aproveitar e dar isso para ele? Tinha a intenção de enviar.

Ele não fez nenhum esforço para esconder as palavras de Rosalind quando passou o bilhete dobrado a ela. O papel se abriu, com o texto:

> Oliver apareceu em Xangai. Está procurando por algo. Tenha cuidado.

— Seu irmão? — questionou Rosalind.

Orion se virou na cadeira.

— Como conhece meu irmão?

— Parece ter esquecido que sua família é famosa. — Rosalind enfiou o papel no bolso, evitando a pergunta. — Vou repassar. Mais alguma coisa?

— Só isso. — A cadeira dele chiou quando Orion se inclinou para trás, dando uma batidinha de despedida nos dedos dela. — Boa sorte.

Um choque atingiu sua mão. Rosalind a fechou em um punho rapidamente para afastar o efeito, sem pensar muito na reação.

O sol havia se posto havia alguns minutos, e o ar do lado de fora estava ficando refrescante. Apesar de ser um horário completamente comum para sair do escritório, ela se percebeu olhando por cima do ombro a cada poucos segundos enquanto passava pela recepção principal e saía pela porta da frente, chutando pedregulhos conforme caminhava pelo complexo. Até mesmo depois de deixar os portões da Imprensa Turquesa para trás, uma sensação de estar sendo observada subia por seus braços.

Rosalind atravessou a estrada. No cruzamento, tentou chamar um riquixá, mas ele passou direto por ela, indo até o homem do lado oposto. Não havia outros riquixás à vista. Sem problemas. Rosalind girou nos calcanhares, reprimindo um suspiro. Ela podia andar. O Fênix Áurea nem era tão longe dali. Aquela era a melhor hora para se estar na rua, envolvida em atividades por todos os lados, estranhos roçando braços, olhos se encontrando uma única vez e nunca mais. A escuridão se aproximava em um ritmo constante, tornando as nuvens roxas. Era aquele momento em que as ruas e lojas acendiam as luzes noturnas e abriam os serviços notívagos, quando Xangai passava de uma cidade habitada por pessoas para uma que habitava seu povo.

No começo, pouco tempo depois de Rosalind ser bruscamente trazida de volta à vida, a única forma com que podia marcar as passagens dos dias era pela mudança tangível que ocorria àquela hora. Ontem e hoje, hoje e amanhã — não era mais o ato de acordar e levantar que separava a diferença entre tais conceitos, mas a forma como o cheiro no ar de repente ficava novo à noite.

Ela circulou em volta da luz do bonde, passou por um carro estacionado. Quando Rosalind estava a certa distância de um atalho em um beco, escutou um zumbido atrás de si. Parou. Olhou por cima do ombro por um ínfimo segundo.

Continuou andando, e o zumbido voltou.

Andar àquele horário da noite era como perambular por uma pintura, mas tinha suas desvantagens. Ela estava sendo seguida.

— Só uma folga — murmurou Rosalind —, é só isso que peço. Não é muito!

Apertou o passo, entrando na viela seguinte. Segurando a respiração, ela se esquivou de um dos toldos do prédio, pressionando-se contra a parede e se mantendo imóvel.

Segundos se passaram. Minutos. Quando Rosalind não escutou mais nada, saiu com cuidado, os saltos leves sobre o concreto.

Então uma bala irrompeu na noite, atingindo seu braço de raspão.

— Ah, *céus*...

Rosalind começou a correr, disparando pelo beco e virando rapidamente à esquerda. Seu braço queimava, a manga do casaco esfiapada e chamuscada onde a bala havia raspado. Apesar de pressionar os dedos na ferida e atrair gritos assustados de um casal pelo qual passou, o sangue jorrou pela extensão de uma viela antes de parar. Seu casaco farfalhou, espremendo o arquivo dentro do forro quando ela tirou a mão da manga, os dedos molhados.

Desacelerou o passo quando chegou a uma rua mais cheia, olhando furiosamente para a viela da qual tinha acabado de sair. Vários pedestres lhe lançaram olhares curiosos, desviando dela na calçada e observando o corte em sua manga. Rosalind queria gritar para que se afastassem. Para que procurassem abrigo no caso de mais balas aparecerem, rasgando a escuridão e atingindo um alvo que não fosse capaz de se curar como ela.

— O que você quer? — sussurrou Rosalind para a noite. — Quem é você?

O assassino químico, supôs sua mente primeiro. Só podia ser. Por que outro motivo alguém estaria atirando nela?

De repente, um par de mãos a segurou por trás.

— Ei...

Com um puxão violento do cotovelo, Rosalind libertou o braço, dando um chute para trás ao mesmo tempo. Quem quer que fosse o agressor, ele cambaleou para longe com um grunhido, e Rosalind se virou para encará-lo. Chapéu preto. Luvas pretas. Roupas pretas folgadas. A única característica distinta era um grosso cachecol azul em volta do pescoço, com tantas voltas que nada de seu rosto era visível.

Quando o agressor avançou novamente, sacou uma arma, e Rosalind olhou ao redor, em pânico. Outra bala quase atingiu sua orelha de raspão. Ela não sabia onde o tiro fora parar, mas não queria testar sua compaixão outra vez. O agressor estava destinado a acertar alguém, especialmente no escuro, quando as pessoas nem conseguiam ver que uma briga estava acontecendo.

— Chega — sibilou Rosalind, pegando o cano da arma.

Forçou a pistola para longe, arrancando-a das mãos enluvadas do agressor, mas ele não se importou. Nessa pausa, ele lhe deu um soco no estômago e, assim que Rosalind vacilou, o agressor colocou a mão no forro de seu casaco aberto.

Essa virada nos acontecimentos foi tão surpreendente que Rosalind não impediu o agressor de rasgar seu bolso interno e lhe arrancar a cópia do arquivo. Na mesma hora, o agressor misterioso abaixou-se para pegar a arma e saiu correndo, a informação roubada próxima ao peito enquanto desaparecia na esquina.

Rosalind ficou arfando na calçada, sem fôlego e dolorida, desacreditada do que havia acontecido. Ela havia sido perseguida por causa do *arquivo*? No mínimo esperara o assassino que estava assombrando a cidade.

— *Bèndàn* — murmurou Rosalind, massageando o estômago com uma careta.

Mesmo sem uma cópia, havia decorado as pequenas frases. Ela tocou a orelha. Quem era aquela pessoa? Um agente japonês querendo recuperar a informação? Um agente Comunista querendo resguardar a informação, que era deles para começo de conversa? Outro Nacionalista com uma missão alternativa?

Antes que o agressor voltasse e Rosalind realmente recebesse uma resposta para suas perguntas, ela fugiu.

Orion abriu a porta do banco do passageiro, sentando-se tranquilamente e fechando-a depois.

— Está adiantado — disse ele. — Meus parabéns.

Silas lhe lançou um olhar penetrante, virando o volante e pegando a estrada de volta.

— Pela última vez, não sou seu motorista. Não me elogie como se eu devesse me envaidecer.

— Não faço isso para ver você se envaidecer. — Orion olhou para trás, vendo os bancos limpos e vazios, salvo por uma pequena sacola de papelão. — Estou te elogiando para ver um sorriso. Vamos lá.

Silas mostrou os dentes de forma rude. Ele desacelerou o veículo até parar em um sinal vermelho.

— Essa é a primeira vez que me pede para te buscar depois do trabalho. Onde está Janie?

— Com Dao Feng — respondeu Orion, pegando algo do bolso. — Pode nos levar até esse local?

Ele desdobrou um pedaço de papel em sua mão, revelando um endereço escrito em letra cursiva. Silas se aproximou para ler as palavras antes que o sinal ficasse verde e sua atenção se voltou à estrada, o cenho ainda franzido.

— Isso fica no território chinês. O que você tem para tratar lá?

— É o que vamos descobrir. Quem me deu isso foi Zheng Haidi, a secretária principal da Turquesa. Ela disse que tinha uma informação chocante para me oferecer.

Silas parecia preocupado — ou, pelo menos, mais preocupado do que de costume.

— Ela tem alguma suspeita sobre a sua identidade?

— Aí é que está. — Orion colocou os pés no painel. Sem olhar, Silas estendeu a mão e lhe deu um tapão, derrubando as pernas de Orion antes que os pés dele ficassem confortáveis. — *Ai...* não acho que me passou essa informação como se eu fosse um Nacionalista. Disse que tinha a ver com Janie.

Silas lançou um olhar para o endereço novamente, então abaixou a cabeça no para-brisa, lendo uma placa de rua ao longe. Quando um riquixá ao lado deles seguiu em frente, Silas aproveitou a deixa entre os carros e fez a volta.

— E é hoje à noite?

— Em dois dias. Ao meio-dia. Quero ver o local primeiro, para o caso de ser uma armadilha.

— Uma secretária bolando uma armadilha — murmurou Silas. — Olha o tipo de trabalho que fazemos. Tem notícias da Phoebe?

Orion olhou para trás outra vez. Ele suspeitava que a sacola de papelão continha pedidos de Phoebe — como sempre.

— Não consigo passar dois dias sem ouvir falar da minha irmã demoníaca. Ela disse algo sobre fazer bolos?

— Muffins — corrigiu Silas. Ele parou, tirando os olhos da estrada brevemente e vendo Orion revirar os dele. — Liguei antes para dizer que passaria com o vidro de geleia que ela queria, mas o telefone tocou por quase um minuto até que seu pai atendeu.

— A conversa foi boa?

— Desliguei na mesma hora. Qual é o seu problema?

Orion deu risada, mas engoliu o som quando Silas se aproximou do meio-fio, chegando ao endereço. Ficando sério, ele pressionou o rosto contra a janela, contando os prédios numerados antes de indicar para que Silas freasse bem em frente a um hotel velho. Haviam chegado ao destino.

— Está vendo alguma coisa? — perguntou Silas depois de um segundo.

— Não parece uma base japonesa secreta, se é isso que está perguntando. — Orion tirou o rosto da janela. — Mas as aparências enganam. Suponho que vamos descobrir.

Silas apertou os lábios, ligando o carro de novo.

— Para a sua casa agora?

Orion balançou a cabeça.

— Para o meu apartamento com Janie. Vou deixar você e Phoebe com essa tolice de muffins.

Murmurando que assar muffins não era uma tolice, Silas pisou no acelerador e se afastou do hotel.

───────

— Fui emboscada.

Dao Feng olhou para cima assim que Rosalind entrou com tudo na sala privativa, franzindo as sobrancelhas imediatamente.

— *O quê?* Você está bem?

— Sempre estou. — Rosalind retirou o casaco e o jogou na mesa, olhando para o braço esquerdo. A manga do *qipao* abaixo também estava queimada, o tecido caro frisando graças aos danos. — Vi o arquivo Comunista. O desertor deles entregou o nome de três pessoas, que, adivinhe só, estão infiltrados *conosco*. Agentes duplos.

— Ah? — Dao Feng havia começado a sair de seu assento, mas, ao ver que Rosalind estava perfeitamente bem, voltou a se sentar, os dedos batucando na toalha de mesa vermelha. — Nada sobre Sacerdote?

— Nada sobre Sacerdote — confirmou Rosalind. — Apenas sobre Leão, Grisalho e Arqueiro.

Apesar de ele não ter feito nenhum movimento visível, houve um vislumbre de surpresa nos olhos de Dao Feng. Surpresa... depois confusão.

Rosalind se inclinou para frente, pegando o bule de chá. Serviu uma xícara para si mesma, as pequenas folhas rodopiando pelo líquido.

— Reconhece os codinomes?

— Houve alguns boatos sobre um Grisalho em Zhejiang — respondeu Dao Feng, parecendo profundamente concentrado enquanto absorvia a nova informação. Ele pegou sua pasta, tirando papel e caneta. — Ele é bastante infame, então estou tendo dificuldade para entender como ele pode estar infiltrado no Kuomintang sem que saibamos de sua verdadeira identidade Comunista.

— Bem, não acho que a informação continuará escondida por muito tempo. — Ela parou, tirando um momento para tomar um gole do chá e pensar em como dizer o que precisava sem entregar Alisa. — Acredito que os Comunistas também tenham pegado o arquivo, então todos os nossos espiões de lá com certeza ouvirão falar sobre o vazamento dos codinomes em breve. Me dê um papel. Vou copiar o resto do que me lembro.

Dao Feng parou. Ele estava prestes a começar suas próprias anotações.

— Você não está com o arquivo?

— Não ouviu o que eu disse quando entrei? — Em dias comuns, Rosalind não demonstrava esse tipo de atitude para o treinador. Mas ela estava cansada e ensanguentada, e era possível que tivesse um estilhaço preso embaixo de sua pele quando esta se curou, porque seu ombro doía um pouco quando ela o movia. — Fui emboscada. Alguém o pegou. Só Deus sabe quem.

Dao Feng resmungou, pensativo. Ele não parecia incomodado de ter sido tratado com grosseria. Se Rosalind tentasse ficar mais rabugenta, Dao Feng não a respondia com raiva. Ele simplesmente pegava a atitude dela e a transformava em alguma lição, até que Rosalind ficasse tão entediada que se acalmava.

— Pressione a caneta com leveza, a tinta está acabando.

Ele colocou papéis extras perto da xícara de chá dela. Com um resmungo incompreensível, Rosalind pegou a caneta antes que batesse na cerâmica e começou a escrever, ignorando Dao Feng conforme ele terminava as próprias anotações e pairava sobre seu ombro para observá-la escrever caractere por caractere. Quando Rosalind terminou, ele pegou a folha e a dobrou, juntando-a com seu relatório e colocando os dois papéis em um envelope fino.

— Pode entregar isso? — perguntou. — Preciso estar em uma reunião em outro lugar.

— Se é necessário — respondeu Rosalind relutantemente.

Havia uma caixa postal do correio na esquina do Fênix Áurea, uma alta entidade vermelha pela qual ela passava sempre que escolhia a entrada do restaurante que ficava no beco.

Dao Feng selou o envelope. Estava endereçado para Zhabei, então Rosalind supunha que ia para um escritório de comando de lá, ou para a casa de um superior da filial secreta — de qualquer forma, a informação transitaria com segurança. Ninguém mais tinha o poder de mexer com a correspondência oficial do governo. Não como a Sociedade Escarlate havia forçado o serviço postal a parar enquanto eles rastreavam as cartas dela para Dimitri, finalmente desvelando sua traição.

Rosalind balançou a cabeça depressa, clareando a mente. Aquela maldita conversa com Alisa realmente a estava atingindo.

— Uma última coisa. — Rosalind pegou o bilhete de Orion. — Do meu marido.

Dao Feng passou o olhar pela pequena frase, então soltou um suspiro pesado. Talvez não fosse imaginação de Rosalind quando viu duas rugas a mais no canto dos olhos dele.

— Vocês dois insistem em dar informações preocupantes hoje — murmurou Dao Feng. — Vou sair com você.

Eles arrumaram as coisas — Rosalind alcançando seu casaco e terminando sua xícara de chá, Dao Feng pegando sua pasta e colocando uma das mãos no ombro de Rosalind conforme saíam da sala privativa.

— Deve manter esses codinomes em segredo — avisou ele enquanto andavam pelo Fênix Áurea. — Será perigoso se o outro partido souber que você sabe qualquer coisa que pode revelá-los.

— Eu sei. Não se preocupe — assegurou Rosalind. — Minha boca é um túmulo.

Eles saíram por uma das portas laterais — Dao Feng afastou a cobertura de plástico, deixando que Rosalind entrasse no beco primeiro. Ela inspirou, preenchendo os pulmões com o ar noturno. Quando Dao Feng saiu também, ele parou logo na frente da entrada, acendendo um cigarro.

— Estou indo — declarou Rosalind. — Sabe como me encontrar se precisar de algo.

Dao Feng assentiu, acenando enquanto inalava a fumaça.

— Que você chegue em casa em segurança, senhorita Lang.

Fazendo uma saudação de zombaria, Rosalind foi embora, apertando o casaco mais perto do corpo. De repente, ficou paranoica ao pensar que seria perseguida novamente — com razão, depois da noite que havia tido. Seus nervos estavam à flor da pele quando voltou para a via principal e virou a esquina na caixa postal do correio.

— Você é forte — sussurrou para si mesma. — Uma espiã, uma dançarina.

Tinha veneno agora. Veneno de ação rápida, forte como uma lâmina afiada. Não estava indefesa.

Rosalind colocou o envelope na caixa, ouviu o barulho dele se juntando ao resto das correspondências lá dentro e ficou na ponta dos pés, satisfeita por ter completado as tarefas da noite.

Então um grito familiar ecoou da viela atrás dela.

Rosalind se virou.

— Dao Feng? Dao Feng!

Tā mā de. Seu pânico veio à tona, causando pontadas em seus calcanhares conforme ela voltava correndo pelo caminho que havia feito, quase batendo na parede da viela quando não virou a esquina rápido o bastante. Seus pulsos gritaram de dor, sofrendo com o choque de segurarem Rosalind antes que batesse contra os tijolos. Ela não se importou com eles. O beco havia ficado completamente silencioso.

— Dao Feng!

Os olhos de Rosalind se arregalaram com o que viram. Dao Feng estava jogado no chão, deitado em frente à porta do Fênix Áurea. Não havia movido um passo de onde ela o havia deixado. Do outro lado da viela, uma sombra estava escapando — o mesmo vulto de roupas escuras e com o característico cachecol azul enrolado firmemente em volta do rosto.

O agressor desapareceu. Rosalind permaneceu paralisada onde estava. Não conseguia compreender o que havia testemunhado: aquele mesmo perseguidor de antes voltara para outro ataque e deixara seu treinador morto no chão. Não estava interessado apenas no arquivo, então?

Ele a havia *seguido* até ali?

Rosalind saiu de seu estupor e avançou.

— Por favor, por favor, por favor... — Rosalind caiu de joelhos ao lado de Dao Feng. O concreto áspero e afiado pressionava sua pele. — Por favor, por favor, não esteja morto...

Ela colocou os dedos no pescoço dele. Ainda havia pulsação. Fraca e irregular, mas, de qualquer forma, estava lá.

— Dao Feng, consegue me escutar?

Rosalind arfava.

Fez uma inspeção no abdômen do treinador, procurando pelo local do ferimento. Ela poderia estancá-lo. Pressionar até que o socorro chegasse. Seu coração batia tão forte nos ouvidos que Rosalind não conseguia escutar nada além da própria respiração. Mas não achou nenhum ferimento. Nenhum buraco de bala. Nenhum sinal de esfaqueamento. Talvez o luar estivesse fraco demais. Mas *o que* poderia derrubar um homem adulto...

Seus olhos se prenderam no braço dele. As mangas de Dao Feng haviam sido levantadas até o cotovelo. E, bem na dobra, havia um pontinho vermelho.

Um soluço ecoou na noite. Rosalind não percebeu que o barulho vinha de si mesma até soluçar de novo. Os assassinatos químicos. O assassino esteve aqui. E ela estava perdendo tempo chorando ao invés de salvar seu treinador.

— Socorro! — gritou Rosalind. — *Socorro!*

23

Luzes de hospital sempre causavam enjoo em Rosalind, mesmo quando não estava lá por um problema próprio. A luz branco-azulada das lâmpadas lançava uma atmosfera fantasmagórica no corredor inteiro, e, além disso, Rosalind era a única sentada na fileira de cadeiras laranja, as pernas cruzadas e os dedos nervosos batucando nas pernas.

— Janie!

Rosalind se inclinou para frente na cadeira, observando as figuras que subiam os degraus. O Hospital Guangci ficava na rua Pere Robert, e era chamado de Hospital Santa Maria pelos estrangeiros. Suas alas eram grandes, os quartos espaçosos. Cada passo ecoava duas vezes, reverberando para cima e para baixo nas paredes lisas. Quando entrou, ela passou pelos jardins, que se espalhavam tão vastamente em volta do hospital que a caminhada parecia infinita, os saltos dela afundando na lama macia conforme passava por arbustos e estátuas religiosas.

— Olá — cumprimentou Rosalind, cansada.

Ela tocou os olhos, indo do canto interno para o externo. Já deviam estar secos agora, mas precisava conferir mesmo assim. Ela já havia examinado minuciosamente seu reflexo nas janelas do hospital e consertado a maquiagem, limpando as manchas como se nada tivesse acontecido para começo de conversa. As outras pessoas não precisavam testemunhar suas fraquezas. Se nem Rosalind queria se ver passando por elas, por que elas deveriam?

Orion andou até as cadeiras, seguido pela irmã, e então por um garoto que Rosalind ainda não havia conhecido. Ela presumiu que este era Silas Wu.

— Ele está vivo — disse Rosalind, antes que qualquer um perguntasse. Sabia o que eles deveriam estar imaginando.

— E estável? — perguntou Orion, sentando-se ao lado dela.

— Por enquanto. Não me disseram muito porque eu vim depois, para evitar suspeitas sobre minha identidade. — Rosalind gesticulou para os assentos em sua outra lateral. — Não querem se sentar?

Phoebe balançou a cabeça, sinalizando que ficaria de pé. O garoto atrás dela sorriu educadamente quando Rosalind o encarou.

— Sou Silas — cumprimentou, acenando de maneira desconfortável.

— O agente auxiliar da missão... eu sei. — Rosalind estendeu a mão. Queria ser mais simpática, já que era a primeira vez que via Silas Wu, mas mal tinha energia para levantar o braço, que dirá fazê-lo com entusiasmo. — Janie Mead.

— É um prazer conhecê-la.

Apesar de Silas aceitar a mão dela, ele lançou um olhar rápido para Orion ao mesmo tempo, seu aperto cauteloso. Se Rosalind não estivesse tão conturbada, talvez até risse do fato de que Silas parecia assustado, como se esperasse que Orion lhe desse uma bronca por tocá-la.

— Ela não morde — comentou Orion, notando a mesma hesitação.

— Mordo, sim. — Rosalind retraiu a mão, então cruzou os braços em volta do abdômen. Virou-se para Orion. — Liguei há uma hora. Por que demorou tanto?

Seu querido marido pareceu tão cansado quanto Rosalind se sentia quando soprou o cabelo, afastando uma mecha dos olhos.

— Fui para casa avisar meu pai primeiro, para que as notícias chegassem aos superiores. — Ele apontou para a irmã com o dedão. — Então tive que buscar a minha sombra, e a sombra da minha sombra. Por isso a presença deles.

— *Ei* — rebateram Phoebe e Silas em uníssono.

— Também estou preocupada — justificou Phoebe. — Queria ter certeza de que Dao Feng está bem.

A porta mais próxima bateu. Rosalind ajeitou a postura, esticando o pescoço para ver se alguém estava vindo, mas era apenas o vento se movendo pelo hospital e balançando a infraestrutura. Eles não a deixaram entrar na ala onde Dao Feng estava, mas havia uma janela de vidro bem no meio da porta que ficava entre os corredores. Ela espiava por ali a cada dez minutos.

— Ele não está bem — disse Rosalind, inclinando-se na cadeira.

Sentiu uma ardência nos olhos de novo. *Deus*. Isso era insuportável. Ela odiava se importar com as pessoas. A pior parte é que nem mesmo percebia que havia desenvolvido um sentimento genuíno por alguém até que a pessoa se encontrasse em apuros e uma estúpida angústia se fizesse presente. Importar-se com Celia já não era suficiente? Por que seu coração tinha que sair se apegando a outras conexões também?

— No telefone você disse que foi uma tentativa de assassinato químico — incitou Orion.

Havia descrença em seu tom de voz.

— Sim. Os médicos me disseram ao menos isso antes de baterem a porta na minha cara, preocupados que eu fosse uma jornalista. — Rosalind fincou as unhas na perna. A dor a mantinha alerta. — Simplesmente não entendo. O Fênix Áurea fica em território francês. Desde quando o assassino ataca por lá?

O hospital ficou em silêncio ao redor deles, a pergunta de Rosalind soando alto. Phoebe soltou um pequeno suspiro. Silas começou a andar de um lado para o outro.

— Por que foi se encontrar com Dao Feng esta noite? — perguntou Orion depois de alguns segundos.

A instrução de Dao Feng foi sussurrada em sua mente. *Se puder, não deixe Hong Liwen saber disso.* Mas, àquela altura, Rosalind não sabia em que direção seu sigilo deveria se estender. Dao Feng estava fora de combate. Que bem faria continuar mantendo segredos de Orion, quando ele era seu único parceiro restante na missão?

— Ele pediu que eu pegasse um arquivo da Turquesa — disse Rosalind abertamente. — Havia informações Comunistas que foram vendidas aos japoneses. Tenho certeza de que já havia rumores sobre o conteúdo vazando entre os Nacionalistas, então queríamos dar uma olhada. Pelo menos consegui enviar a informação, antes de Dao Feng ser...

Sua garganta se fechou. Ela não conseguia falar. O treinador quase não havia sobrevivido. Se Rosalind não tivesse ouvido seus gritos. Se o dono do restaurante não tivesse corrido para fora quando ela gritou por ajuda. Se o carro não tivesse sido chamado rápido o suficiente...

Orion assentiu, assegurando-lhe sem dizer nada que ela não precisava continuar. Phoebe percorreu um pequeno círculo pelo corredor do hospital. Silas, com os olhos a acompanhando distraidamente, permaneceu com o queixo apoiado na mão.

— No momento — disse Orion quando Rosalind ficou quieta —, os Nacionalistas não têm muita certeza do que fazer conosco. Eles precisam passar por alguns obstáculos burocráticos de autorização, antes que os agentes secretos de Dao Feng sejam colocados sob as asas de outra pessoa. Estamos sem um treinador.

Rosalind piscou com força. Não podia mais ficar sentada ali. Precisava se mexer, ou no mínimo inclinar a cabeça para que ninguém visse sua expressão. Quando Orion continuou falando, ela se levantou, indo até o revisteiro de plástico que estava em frente às cadeiras.

— A única coisa que meu pai alertou é para mantermos em segredo as notícias de que Dao Feng foi ferido. Assim que nossos adversários souberem que a filial secreta está vulnerável, com certeza vão atacar.

Rosalind começou a folhear as principais edições dos jornais. Não eram atualizadas havia algum tempo. Ou talvez os noticiários simplesmente estivessem repetindo as mesmas manchetes havia algum tempo, em negrito, em uma fonte maior, em preto vívido. Algumas vinham de publicações internacionais dentro de Xangai, outras eram locais.

MANCHÚRIA INVADIDA

JAPÃO INVADE A CHINA

JAPÃO APODERA-SE DE MUKDEN EM BATALHA CONTRA OS CHINESES

GUERRA À VISTA?

TERRITÓRIOS DO NORTE SOB OCUPAÇÃO

— Nada disso — murmurou Rosalind baixinho — faz qualquer sentido.

O agressor que fugiu da cena do crime era o mesmo que a havia perseguido mais cedo naquela noite. Ela fora seguida por causa do arquivo, e haviam tentado matar Dao Feng. Então por que não a matar também?

— Você estava lá? — perguntou Phoebe de repente.

Rosalind olhou para cima, percebendo que a pergunta era direcionada a ela.

— Não. Voltei correndo quando ouvi Dao Feng gritar.

— Como *Dao Feng*, entre todas as pessoas, foi derrotado? — murmurou Silas.

Rosalind estava se perguntando a mesmíssima coisa. Ela nunca conseguira dar um bom soco nele durante o treinamento. *Nunca*. Assim como estava se perguntando como alguém sabia que o arquivo estava com ela. Assim como estava se perguntando como os dois assuntos estavam relacionados: o ladrão do arquivo e o assassino químico, que estava aterrorizando a cidade por instrução da Imprensa Turquesa, serem a mesma pessoa. Sua cabeça doía. Quando ela lutou contra o agressor, a pessoa não pareceu perversa. Era difícil explicar. Ela não havia *visto* o que aconteceu com Dao Feng, afinal de contas. Haviam sido duas pessoas diferentes? Será que a pessoa de cachecol havia visto quem atacara Dao Feng?

Rosalind cruzou os braços, de repente sentindo muito frio. Outra ventania se moveu pelos corredores do hospital. Ela se sentia observada. Sentia que ia se afogar, mal conseguindo lutar para manter a cabeça acima da água.

A porta bateu. Dessa vez, era realmente um médico.

— Ainda está por aqui? — perguntou ao ver Rosalind.

Phoebe correu até ele, juntando as mãos e assumindo a atuação antes que Rosalind pudesse dizer alguma coisa.

— O paciente é meu pai. — Phoebe arfou, as palavras saindo juntas tão facilmente que Rosalind nunca perceberia que ela estava mentindo. — Por favor, eu vim o mais rápido que pude...

— Nem mesmo parentes podem entrar neste momento — interrompeu o médico, tirando o estetoscópio do pescoço. Ele passou por eles, parecendo atormentado. — O paciente está em condições precárias. Ficará em observação e seu quarto terá uma regulação estrita até que as toxinas saiam de seu corpo.

— Deve haver algo que o senhor possa nos dizer — acrescentou Orion, levantando-se da cadeira. — Sobre a recuperação dele ou...

O médico já começara a descer as escadas.

— Tudo o que posso dizer é *vão para casa*. Em casos como este, não existe uma recuperação rápida.

Rosalind tirou os sapatos e jogou o casaco no sofá. Eram quase duas da manhã, a fadiga da cidade toda se intensificando por causa da hora. Mesmo que ela não dormisse, a exaustão dos acontecimentos do dia a estava atingindo.

— Pode tomar banho primeiro, se quiser — disse para Orion, caindo no sofá e descansando a testa sobre os nós dos dedos. Ela fechou os olhos.

Orion fechou a porta da frente com um baque pesado e colocou os sapatos ao lado dos dela. Apesar de não conseguir vê-lo, Rosalind sentiu seu olhar se voltar para ela, observando-a enquanto descansava.

— Então, o que vamos fazer?

Os olhos de Rosalind se abriram em confusão.

— Com o banheiro?

— Não, amada. — Orion tirou a própria jaqueta. Suspirou profundamente, então esticou a mão para o interruptor na parede, diminuindo a luminosidade das lâmpadas acima para que Rosalind parasse de apertar os olhos de dor. — Com o estado desastroso em que nosso governo se encontra.

— O que *podemos* fazer? — perguntou Rosalind. — Não temos como parar a operação na Turquesa sem levantar suspeitas. Amanhã será aquela angariação de fundos à qual precisamos comparecer, não é? Tudo o que podemos fazer é seguir em frente até que tenhamos um novo treinador a quem responder.

— Só Deus sabe quando isso será — murmurou Orion, aproximando-se mais do sofá.

De repente, antes que Rosalind pudesse impedi-lo, ele se agachou e pegou seu cotovelo, trazendo o braço dela em sua direção.

— Ei...

A reclamação ficou presa na garganta de Rosalind. Ela olhou para baixo, reprimindo um palavrão ao perceber o que tinha chamado a atenção dele. A manga de seu *qipao* estivera coberta pelo casaco no caminho até a casa, mas agora o rasgo estava à vista. Também estava ensopado de sangue onde a bala havia raspado em sua pele.

— Está ferida — disse Orion, alarmado.

— Não é tão ruim quanto parece...

Orion já estava marchando até a cozinha, gritando:

— Vou pegar um pano. Espere um pouco.

Merde, pensou Rosalind. *C'est une catastrophe*.

Naquele momento, Rosalind tomou uma rápida decisão. Ela não estava preparada para explicar como havia se curado. Não queria ir atrás de uma mentira inacreditável, deixar que Orion levantasse o tecido e a olhasse com suspeita, sabendo que não havia motivo para ter um rasgo em sua manga e sangue seco por baixo, mas nenhuma marca. Pareciam ter chegado a uma paz tão precária — algo próximo a um entendimento. Seria uma pena perder isso.

Enquanto Orion vasculhava o balcão da cozinha, Rosalind tirou um grampo do cabelo — por sorte, não estava usando os envenenados hoje — e respirou fundo. Então, antes que tivesse tempo de recuar, pressionou a ponta do metal no braço e recriou o ferimento, formando o mesmo corte através do tecido danificado da manga.

A nova ferida queimava como o fogo do inferno. Ela engoliu o grito, enxugando o metal rapidamente e enfiando o grampo de volta no cabelo assim que Orion voltou com um pano molhado em uma das mãos e gazes na outra.

— Cubra rápido — instruiu. — Eu... odeio ver sangue.

Pela careta que ele fez, Orion não acreditou nela. Ele se sentou no sofá e indicou que abriria os botões de cima do *qipao* dela. Quando Rosalind virou o pescoço para que ele fosse em frente, Orion afrouxou o colarinho dela em segundos.

— Tenho prática — disse ele, brincando.

Ela não achava que fosse realmente piada. Ainda assim, não seguiu a linha da conversa. Optou por observá-lo trabalhar, atenta ao primeiro sinal de anormalidade. Com o maior cuidado possível, Orion abaixou a manga dela, estremecendo quando a ferida foi exposta. O cheiro do sangue era repugnante, como metal derretido com algo queimando.

— A gaze — pediu Rosalind, seu coração acelerando.

Orion ajustou o tecido do *qipao*, enrolando-o em volta do braço para que não descesse mais.

— Preciso limpar primeiro...

— Vou vomitar em você — ameaçou Rosalind. — Não pense que não vou.

Ele não escutou, só examinou a ferida.

— O que disse que foi mesmo? Uma bala perdida?

— Não — corrigiu Rosalind rapidamente. — Algo em seu punho quando o agressor tentou me atingir. Eu desviei. Talvez uma lâmina.

Orion soltou um resmungo vago. Levantou o pano molhado e deu batidinhas na ferida, limpando as manchas secas em volta do corte. Rosalind já conseguia sentir sua pele costurando-se de volta. A agitação aumentou sua pulsação para um *staccato* rápido, o barulho estrondoso em seus ouvidos. Parecia muito com o pânico que sentira mais cedo naquela noite. Parecia com suor frio em sua nuca e um terror tão profundo que a fazia estremecer da cabeça aos pés.

— Cubra — falou entredentes. — *Agora*.

— Tudo bem, tudo bem.

Orion tirou uma faixa de gaze, enrolando-a cuidadosamente em volta da ferida. Um centímetro e depois outro, cobertos pelo branco sem graça. Quando o corte estava todo coberto, Rosalind soltou um longo suspiro de alívio. Orion deve ter pensado que o som era de conforto pelo sangue estar fora de vista, porque fez um esforço cuidadoso para espalhar as camadas de gazes mais abaixo, cobrindo também o sangue seco que não havia conseguido limpar.

— Tem sorte de me ter — disse Orion, enrolando as ataduras para criar uma segunda camada. — Teria sido impossível fazer isso sozinha.

Eu não teria que fazer isso sozinha, pensou Rosalind. Ela o observou tirar as gazes do resto do rolo, prendendo a ponta com cuidado. O rosto dele estava contraído de concentração, um pedacinho da língua escapando entre os lábios. Rosalind quase sorriu, mas então Orion olhou para cima.

— O que foi? — perguntou ele.

— Nada.

— Você estava sorrindo.

— Não sorri. Ainda.

— Então admite...

Orion não continuou, o aperto que tinha em volta do cotovelo dela ficando mais forte. Apenas um ínfimo segundo se passou antes que Rosalind entendesse que havia algo errado, que houve um declive em sua voz antes de Orion parar falar. A primeira coisa em que pensou foi que as ataduras haviam caído, que ele inevitavelmente havia feito a descoberta assustadora.

Mas então Rosalind olhou para baixo, o coração na garganta, e os curativos ainda estavam no lugar. Ela piscou — da primeira vez desorientada, e então de novo a fim de realmente ver para onde a atenção dele havia ido.

Ah.

Com o colarinho aberto, a frente e as costas do *qipao* haviam se separado na costura dos ombros. O tecido havia se dobrado ao longo de sua coluna.

Suas cicatrizes estavam à mostra.

Rosalind ficou extremamente imóvel. Por qualquer motivo absurdo que fosse, ela estava com medo da reação dele, preparada para ser recebida com horror ou nojo, ou uma combinação de ambos. O que Orion pensava não importava — a parte racional dela se atinha a esse fato rigorosamente —, e ainda assim ela havia congelado, esperando.

Ele soltou o aperto ao redor do cotovelo dela. Rosalind o observou levantar a mão e usar o dedo para tocar o topo da cicatriz mais próxima, passando-o pelo tecido elevado.

— Quem fez isso com você? — A voz de Orion estava violentamente baixa. — Vou matá-los.

Todo o nervosismo de Rosalind se dissolveu, transformando-se em uma risada curta e delirante.

— Foi há muito tempo. Não há nenhuma honra conjugal para defender aqui.

— *Janie*.

O nome sempre havia soado estranho para Rosalind, mas agora parecia totalmente errado. Como se Orion estivesse repreendendo outra pessoa por fazer pouco caso do assunto. Ela quase desejou que ele soubesse seu verdadeiro nome. Talvez isso facilitasse a parceria entre eles. Talvez fizesse com que confiasse mais nele. Mas Rosalind supunha que essa fosse a questão — os Nacionalistas não queriam que eles confiassem um no outro. Queriam que ela ficasse de olho em Orion e o denunciasse ao mínimo sinal de traição.

Rosalind levantou o *qipao*. Fechou o primeiro botão novamente, mesmo que apenas para prender os dois lados, tirando as cicatrizes de vista.

— Esqueça.

— Se alguém está te machucando...

— Eu disse para *esquecer*.

Rosalind levantou-se com tudo do sofá. Orion fez o mesmo, seguindo os dois passos que ela deu através da sala de estar e apressando-se para entrar na frente dela e bloquear seu caminho.

— Olhe — disse ele, sério —, sei que não estamos mesmo casados, mas não vou ficar parado se...

— Deixe *quieto*, Orion.

— Quem *faria* algo assim?

Rosalind cerrou os dentes. Como era a sensação de soar tão descrente? De viver em um mundo no qual cicatrizes só eram causadas por ferimentos e inimigos mortais?

— Quer mesmo saber? — Deu um empurrão nele. Sua única intenção era tirá-lo do caminho, mas ele pareceu tão atônito que ela o empurrou uma segunda vez, forçando-o a esbarrar no arco do corredor. — Minha família! Minha família fez isso comigo!

Eles a haviam chicoteado. Haviam colocado Rosalind de joelhos e a punido, recusando-se a parar até seu sangue encharcar o chão do cabaré e ela desmaiar de dor.

Os lábios de Orion se abriram, uma expiração suave soprando na sala. Sua perplexidade causou em Rosalind uma vontade imediata de se esconder, mas não havia para onde ir. Ela só podia recuar, segurando as mãos próximas ao peito, para o caso de elas se rebelarem e o empurrarem de novo — e de novo e de novo, até que ele estivesse a quilômetros de distância.

— Por quê? — sussurrou Orion.

Uma pergunta simples. Tão simples quanto a vida. Teria ela merecido? Rosalind havia causado tormenta ao trair sua família — isso era certo. Mesmo depois de a capturarem e chicotearem seu corpo, ela não revelou a identidade de Dimitri.

É claro que você mereceu, gostava de sussurrar sua mente nas noites mais silenciosas.

Eu não sabia o que estava fazendo, Rosalind sempre tentava refutar. *Fiz uma escolha errada. Não era um caso perdido.*

Tudo o que ela queria era amor. Mas, de alguma forma, havia conseguido apenas crueldade de todas as partes.

— Acredite — disse Rosalind —, se alguma coisa pudesse ter sido feita, eu mesma a teria feito. Não sou indefesa.

Orion balançou a cabeça.

— Não te considero indefesa. Como alguém que passou a se importar com seu bem-estar geral, estou com raiva por você. Há uma diferença, amada.

Rosalind engoliu em seco. Ela cerrou os punhos com mais força ao redor do peito. Por mais que tentasse transparecer tranquilidade, suas mãos tremiam e suas bochechas estavam quentes.

— Que bondade a sua.

Suas palavras saíram frias. Rosalind não conseguiu evitar. Estava *tentando* soar gentil. Ela havia tentado tanto ser gentil, e, ainda assim, *ainda assim*...

— Não estou tentando ser bonzinho. Estou tendo o mínimo de decência humana. — Orion pareceu desistir, virando-se e entrando no quarto escuro dela. Porém, quando entrou, se jogou na cama e cruzou os braços, a expressão aberta e sincera. Ele não havia terminado. Só precisara fazer uma mudança dramática de local primeiro. — É por isso que está trabalhando para os Nacionalistas?

Rosalind não o seguiu para dentro do quarto, mas andou até a soleira, inclinando-se contra o batente. Com uma distância maior entre eles, seu rosto conseguiu esfriar, seu pulso conseguiu se estabilizar. Orion nem havia se incomodado em ligar as luzes do teto acima da cama. Havia um único feixe de luz vindo da janela, o brilho branco do poste da rua derramando-se sobre ele.

— O quê?

Ela esqueceu o que ele havia perguntado.

— Os Nacionalistas — incitou Orion novamente. — Trabalha para eles por que não tem mais para onde ir?

— Há muitos lugares para ir. — Rosalind pensou nas garotas das ruas. Naquelas em abundância a cada esquina. — Restaurantes. Bares. Salões de dança.

— Mas não há nenhum outro lugar para os ambiciosos. — Orion se deitou, para variar com uma postura descontraída. Ele sempre descansava de uma maneira tão desinibida, que era de se pensar que a cama era dele, que o apartamento todo era dele. Algumas pessoas simplesmente tinham o talento de pertencer a qualquer lugar em que entrassem, inclusive no quarto dos outros. — Nenhum outro lugar para os heróis.

Rosalind bufou.

— Então você se refere a todos os agentes. É claro que nenhum de nós têm para onde ir. Quem se permitiria ser enviado de uma missão para a outra, pelo resto da vida, se tivesse um lar perfeitamente bom à espera?

Um longo momento se passou.

— Alguém que acredita ter um dever a cumprir — respondeu Orion baixinho.

Era difícil definir se os olhos dele haviam lacrimejado ou se era apenas a escuridão lhe pregando peças. Antes que ela pudesse chegar a uma conclusão, Orion se jogou para trás na cama, quicando quando atingiu o colchão.

— Está falando de si mesmo? — perguntou Rosalind, dando um passo para frente.

— Não — respondeu Orion de imediato. — Não de mim mesmo.

Oliver, então, presumiu Rosalind. O sorriso de Celia também se materializou em sua mente. Ela supunha que não tinha argumentos. Os agentes altruístas existiam — pessoas como Celia, pessoas dedicadas até a alma. Rosalind não conseguia encontrar tamanha dedicação em si mesma. E quando olhou para Orion...

Não era seu lugar dizer que ele *não era* dedicado a alguma crença, mas Rosalind reconhecia algo de si nele.

— Você tem um lar, não tem?

Em algum momento, Rosalind havia começado a entrar no quarto, porém só percebeu completamente quando seu joelho esbarrou na cama. Orion olhou para o lado e, ao ver que ela estava próxima, pegou seu pulso e deu um leve puxão.

Rosalind se deitou ao lado dele. Não havia motivo para os dois estarem deitados no menor lado da cama — metade de seus corpos saindo para fora do colchão —, quando podiam ter ajeitado a posição facilmente, mas permaneceram assim, sem reclamar.

— Eu tenho um lar — concordou Orion, e virou o rosto para ela. — Mas não é bom.

Rosalind manteve os olhos presos ao teto. Sabia que estava sendo observada. Podia sentir, como um toque fantasma.

— É grande e glamuroso? — perguntou. A mansão Escarlate incitou suas memórias. Empregadas, cozinheiros e funcionários partindo um atrás do outro conforme os cofres da família se esvaziavam e a política se tornava mais perigosa. — Há quartos que deveriam estar preenchidos, mas estão vazios e abandonados?

— Sim.

Orion voltou o olhar para o teto. Juntos talvez pudessem formar uma paisagem de natureza morta, apresentados como sombras simétricas que encaram o nada.

— Tentei mantê-lo firme — continuou ele, suavemente —, mas isso só fez com que se despedaçasse ainda mais. Agora tudo o que me resta é preservá-lo. Não é um lar, não de verdade. É uma imagem que prendi atrás do vidro de um museu, exibida para que eu possa visitar de vez em quando.

Orion se importava o suficiente para pelo menos se esforçar a preservá-lo. Rosalind não sabia se simplesmente nunca havia tentado ou se nunca havia possuído o poder de colocar seu lar sob uma redoma. Ela sempre fora um adendo, a prima distante. Não era a herdeira. Não tinha o nome da família.

Não tinha o direito de preservar os anos dourados. Aqueles anos dourados nunca haviam sido dela.

Orion se levantou lentamente. Olhou para Rosalind, que piscou na direção dele.

— No que está pensando? — perguntou ele.

Ela tocou o braço enfaixado. Apesar de apalpar o local do ferimento com cuidado, podia sentir que a ferida já havia se fechado. Era um desperdício de ataduras. Um desperdício de tempo e de atenção, que poderiam ter sido usados de outra forma.

— Que Tolstói estava errado quando disse que toda família infeliz é infeliz à sua própria maneira. — Rosalind soltou o braço. — Somos todos iguais. Cada um de nós. O problema é que algo nunca é o bastante.

Orion tocou em seu curativo com um *tsc*, reajustando a parte que ela havia movido. Rosalind se perguntou em qual momento ele perceberia que ela não valia o rebuliço. Mais cedo ou mais tarde, Orion perceberia. Todos percebiam.

— *Anna Kariênina* não é bem um romance do qual se deve tirar uma lição de vida.

— Não discuta comigo, Orion — disse Rosalind, a voz fraca.

Um suspiro. Ela não conseguia interpretar o que isso queria dizer. Apenas sentiu o roçar dos dedos de Orion no topo de sua orelha, colocando uma mecha do cabelo dela para trás, antes de ele se levantar.

— Boa noite. Não durma em cima desse braço.

Quando Orion saiu do quarto, fechando a porta atrás dele, Rosalind quase quis chamá-lo de volta. Havia algo bom na conversa entre os dois, mesmo que tenha começado tensa. Algo bom ao quebrarem aquela primeira onda de justiça e raiva, acomodando-se em entendimento ao invés disso. Mas chamá-lo de volta exigia esforço, e Rosalind já não tinha mais nenhum. Tudo o que conseguia fazer era virar de lado, apoiando-se no braço, e encarar a escuridão, torcendo para que Dao Feng sobrevivesse.

— Nós atacamos o chefe da filial secreta do Kuomintang?

Papéis farfalham na sala, folheios rápidos e buscas em um livreto.

— Não.

— Então por que ele está no hospital por um suposto assassinato químico?

A sala fica mais fria. A noite lá fora está vibrante com o neon e, com apenas uma luminária de mesa ali dentro, o vermelho e o dourado adentram pela janela, vazando pelo papel de parede de flor-de-lótus.

— Eu... nós não fizemos nada hoje. Nosso assassino está...

— Eu sei. Vá ver do que isso se trata. Informe-nos de volta.

A porta se fecha. O prédio estremece. E a noite continua, sem escolher lados no enredo que se desenrola na cidade.

24

Pela manhã, Rosalind mexia seu café, cansada, metendo o nariz entre os armários da copa. Avistou uma caixa de leite nos fundos, mas só foi preciso cheirar uma vez para saber que havia azedado. *Eca*. Apenas os ocidentais o trocariam, e não havia uma quantidade suficiente deles ali para usar as áreas comuns. Pelo menos o escritório oferecia leite, para começo de conversa. Ela supunha que a maioria de seus colegas chineses e japoneses não estavam acostumados a bebê-lo como Rosalind fazia, servindo uma porção generosa no café todas as manhãs, como uma parisiense convencida de 12 anos. Por outro lado, havia um bom estoque de folhas de chá em todos os armários, de latas frescas a pacotes liofilizados.

Com uma careta, ela despejou o leite azedo na pia. O líquido girou e girou, escoando pela bacia de metal. Rosalind teria gastado mais um minuto apenas encarando o movimento hipnótico se não tivesse escutado passos vindos em sua direção. Ela jogou a caixa fora. Virou-se com uma conduta completamente diferente, então pegou a caneca e tomou um gole no mesmo momento em que Alisa Montagova entrou.

— Olá — cumprimentou Rosalind, animada.

Alisa parou de caminhar. Espiou por cima do ombro, um olhar de completo medo cruzando seu rosto.

— O que foi?

— Só estava dizendo *"olá"*. Não posso dizer *"olá"*?

— Não *assim*. O que houve?

Rosalind acreditava que não era necessário fazer rodeios.

— Contou a seus superiores que eu estava com uma cópia do arquivo?

— Não, é claro que não — respondeu Alisa de pronto, esticando a mão para abrir um dos armários e pegando uma caneca cor-de-rosa com orelhas de gato na borda. — Não estou a fim de morrer.

— Eles disseram alguma coisa sobre haver agentes Nacionalistas no seu local de trabalho?

Agora Alisa franzia ainda mais o cenho.

— Imagino que meus superiores *saibam* que o Kuomintang também está infiltrado aqui, mas meu trabalho é ficar de olho em quais informações chegam aos oficiais japoneses. Devo estar um passo à frente das interferências japonesas nos assuntos do partido, não auxiliar na guerra civil. Não há motivo para mencionar nada. Na verdade, é perigoso me dar informações no caso de eu ser capturada.

Rosalind se apoiou na bancada, pensando. Ela acreditava nisso. Não havia motivos para que Alisa relatasse mais do que o necessário.

— Alguém roubou a minha cópia do arquivo ontem à noite — explicou Rosalind, abaixando o tom de voz. Os corredores lá fora permitiam que pessoas ouvissem, então ela precisava ter cuidado. — Menos de meia hora depois, meu treinador foi vítima de um assassinato químico, e eu vi a mesma pessoa misteriosa ali por perto.

Alisa recebeu a informação tranquilamente, mas uma pequena ruga apareceu entre suas sobrancelhas, como uma lua crescente.

— Ele está morto?

Rosalind balançou a cabeça.

— Sobreviveu, mas ainda não acordou. — Ela bateu a colherzinha na lateral da caneca. — Me pergunto se foi uma imitação. Se foi um ataque Comunista, não japonês.

Era isso o que ficara remoendo na noite anterior. Por que o mesmo agressor havia aparecido para roubar o arquivo, e em seguida no beco, enquanto Dao Feng estava inconsciente? Os japoneses não sabiam que Rosalind havia pegado as informações. Suas redes de espionagem não eram boas o suficiente para terem escutado sussurros — isso era certo. Por outro lado, as redes de espionagem dos Comunistas *eram* boas o suficiente para a tarefa ter vazado.

Ou fora isso, ou havia sido um Nacionalista.

— Não é possível que tenhamos sido nós — afirmou Alisa, sem hesitar. — Não seriamos tolos o suficiente para atacar seu treinador. Acha que arriscaríamos começar uma guerra dentro da cidade? Nossos números já são baixos o bastante sem nada disso.

— Mas não consigo pensar em outra explicação — replicou Rosalind. — Não é difícil copiar os assassinatos químicos, sabemos disso por experiencia própria.

Dao Feng havia sido atingido em território francês. Assim como Alisa havia deixado o corpo de Tong Zilin na rua Thibet, na Concessão Internacional. Os dois casos não se encaixavam no modus operandi dos outros ataques: os outros corpos haviam sido largados pela jurisdição chinesa, sendo os alvos os indigentes e as pessoas comuns.

— Ele está no hospital? — perguntou Alisa.

Rosalind assentiu, colocando a caneca na pia.

— Então isso significa que médicos de verdade estão analisando os ferimentos dele. Médicos que podem perceber que *foram* substâncias químicas que tentaram matá-lo, não uma simples alfinetada no braço como nossa imitação. Vamos lá, senhorita Lang. Use a cabeça.

Alisa não se serviu de café. Em vez disso, vasculhou até o fundo do armário e tirou de lá uma caixa de suco de laranja. Ela parecia satisfeita com a explicação, mas Rosalind ainda refletia sobre o assunto.

— Pode dar uma investigada?

Alisa parou enquanto servia o suco.

— O que disse?

— Entre os Comunistas — esclareceu Rosalind. — Para descobrir se foi um de vocês que arrancou a cópia do arquivo de mim.

— *Da ladno*, definitivamente não. Não vou arriscar meu pescoço assim.

— Isso pode estar conectado aos assassinatos em Xangai. Não quer pôr um fim nessa história? Impedir mais inocentes de morrerem nas ruas?

— Claro, mas você acabou de dizer que pensa que a tentativa de assassinato do seu treinador foi uma imitação.

— Eu não *sei*. É por isso que estou procurando por respostas onde for possível.

Alisa tomou um grande gole da caneca. Com as bochechas cheias, ela balançou a cabeça com vigor.

— Esqueça — disse ela, depois de engolir o suco. — Não vou virar uma agente dupla por você.

— Não estou pedindo que vire uma agente dupla. Só quero uma pequena investigação.

— Vai me pagar?

— Pagar? Tenho certeza de que não te falta dinheiro.

— Humm... Você não sabe disso. Meu irmão pode ter sido um comprador de joias esbanjador, que acabou com o dinheiro da família há anos.

Rosalind massageou as têmporas.

— Alisa Montagova, eu juro por Deus...

Um grito alto ecoou pelo segundo andar. Rosalind e Alisa franziram a testa ao mesmo tempo, e então se apressaram até o corredor para ver qual era o motivo da confusão. Havia uma comoção vinda da escadaria, e logo depois um grupo de policiais uniformizados apareceu, subindo até o terceiro andar.

— Ah, não — murmurou Rosalind, afastando-se.

— Ei, espere — sibilou Alisa. — Aonde você vai?

Rosalind não respondeu. Subiu as escadas atrás dos policiais, parando na porta do departamento a tempo de ver o inspetor uniformizado parar em frente à mesa de Jiemin.

— Precisaremos interrogar seu departamento. Estamos investigando o assassinato de Tong Zilin — declarou o homem.

Arquejos dispararam pelos cubículos do escritório. Enquanto seus colegas começavam a murmurar e sussurrar, Rosalind observou o inspetor atenciosamente, então passou os olhos pelos policiais que o haviam acompanhado. A Polícia Municipal de Xangai costumava estar bem por dentro das recompensas e subornos dos Escarlates. Mesmo com a fusão dos Escarlates aos Nacionalistas, era difícil mudar velhos hábitos. A força policial ainda era comandada por *guānxì* e realizava trocas clandestinas por toda a Concessão Internacional. A maioria dos policiais era simplesmente homens preguiçosos com um título, fechando os olhos para as injustiças dos comerciantes e mantendo a cidade na linha apenas o suficiente para que os políticos pudessem dominar a área e os estrangeiros pudessem lucrar. De que lhes importava a justiça? Eles só queriam resolver casos a fim de ir para casa.

— O que está acontecendo? — Deoka surgiu nas portas do departamento, as mãos atrás das costas. Rosalind inclinou a cabeça e foi para o lado, apesar de Deoka mal ter notado sua presença quando passou. — Não gostamos de ser incomodados...

— Não deve levar muito tempo, embaixador — respondeu o inspetor. — Temos evidências que sugerem que os colegas do senhor Tong foram os últimos a o verem vivo. Isso poderá nos ajudar a entender o que aconteceu.

Um leve barulho de passos soou acima. Alisa também havia chegado, entrando no terceiro andar para testemunhar a cena. Quanto mais o inspetor falava, mais o departamento inteiro se remexia nas cadeiras. Rosalind viu olhares sendo trocados e mãos tremendo em seus colos. Viu o terror entre bocas abertas e narizes se retorcendo de nojo. Quais reações eram sinais de culpa? Quais dos rostos na frente dela estavam chocados porque eram parceiros de Tong Zilin em repassar instruções de superiores, deitavam a cabeça no travesseiro pensando que não haveria consequências e agora estavam duvidando de tudo que era dado como certo?

— Muito bem — disse Deoka, estendendo um braço para direcionar os policiais aos cubículos. — Desde que não atrapalhe nosso trabalho.

Rosalind deu um passo à frente, chamando a atenção do inspetor. Pelo canto do olho, viu Orion se levantar, preocupado que ela tomasse uma atitude precipitada. E ele nem *sabia* que ela havia matado Zilin — como confiava pouco nela!

— O senhor Tong está morto? — Rosalind arquejou, fingindo choque — Como assim, eu o vi outra noite com...

Ela se virou, os olhos parando em Alisa e as mãos indo até a boca, como se tivesse que se impedir de falar.

O inspetor empurrou dois de seus policiais para fora do caminho, aproximando-se.

— Continue.

— Ah, não tenho certeza...

Alisa marchou na direção de Rosalind, os olhos arregalados.

— O que está fazendo...

— Por favor — incitou o inspetor —, continue.

Rosalind se afastou de Alisa, colocando os braços ao redor do corpo.

— Bem, eu acho que vi Liza Ivanova conversando com Tong Zilin do lado de fora do Palácio do Lírio Pêssego. Acho que faz alguns dias. Mas não é possível que isso tenha alguma coisa a ver com a morte dele, certo?

Dos cubículos, Orion estava visivelmente tentando chamar a atenção dela, buscando entender o que ela estava fazendo. E Alisa... Alisa ficou tão surpresa que não disse nada. Só conseguiu encarar Rosalind de queixo caído, chocada pela traição. As duas sabiam que o corpo de Zilin teria sido encontrado do lado de fora do Palácio do Lírio Pêssego, o que não era uma informação pública. Adicionar esse pequeno fato foi tão bom quanto se a tivessem pegado com a mão na massa.

O inspetor já estava se movendo, acenando para que outros policiais o seguissem.

— Liza Ivanova, se puder, seria ideal que voltasse conosco para a delegacia para responder algumas perguntas. Embaixador, acho que não precisaremos ter nenhuma conversa aqui, no fim das contas.

— O que...

Alisa resistiu por um breve segundo quando os policiais começaram a seguir na direção dela, mas a jovem deve ter percebido que era melhor parecer assustada e solidária. Enquanto o inspetor andava até a porta, parando para se despedir de Deoka, Alisa olhou para trás mais uma vez, as sobrancelhas franzidas de pura surpresa. Ela pareceu perceber que agora era sua palavra contra a de Rosalind. A jovem deixou sua expressão vazia, e seguiu os policiais até a saída.

O departamento permaneceu parado por um longo momento. Então, Deoka bateu palmas.

— De volta ao trabalho! Vamos lá!

Na mesa da frente, Jiemin voltou a olhar para seu livro. Nos cubículos, os assistentes voltaram a se sentar e os intérpretes abaixaram a cabeça em direção aos seus papéis, apressando-se a fim de parecerem ocupados enquanto Deoka passava por eles para sair do departamento principal e voltar ao escritório. Apenas Orion arrastou a cadeira para trás, indo até Rosalind e colocando o braço ao seu redor para lhe dar um abraço, fingindo que ela precisava ser reconfortada. Na realidade, ele estava usando essa manobra para colocar a boca contra o ouvido dela e sussurrar:

— Por que fez isso?

— Falar a verdade? — murmurou Rosalind no pescoço dele.

— Não. — Orion apertou os ombros dela com mais força. — *Me* diga a verdade, querida. Quem é Liza Ivanova?

Rosalind levantou a cabeça, um sorriso pequeno e ardiloso surgindo em sua boca.

— Ela está trabalhando com os Comunistas. — De fora das janelas da Imprensa Turquesa, houve o baque alto da porta de um carro se fechando. — Mas acho que podemos dar um empurrão para trazê-la para nossa missão.

Phoebe rodopiou em frente ao espelho de corpo inteiro, virando a cabeça para ver sua saia longa de outro ângulo. Este cinto não servia perfeitamente, mas o outro era prateado, e ela não ia usar *prata* com uma bainha dourada. Talvez comprasse outro, só que verde. Ou rosa claro. Ou...

O telefone tocou no andar de baixo. Ela escutou os chinelos de Ah Dou se arrastarem pelo patamar do segundo andar enquanto ele se apressava até a sala de estar. Phoebe seguiu vasculhando o armário, tentando completar seu traje para a noite. Dada a sua péssima frequência escolar, ela quase nunca socializava com os colegas, mas havia escutado que estariam no Hotel Park depois das 9 horas, e amava fazer aparições. Dar as caras e dar o fora, deixar que vissem o quanto estava brilhando sem contribuir com mais nenhuma informação para as fofocas. Seu pai a havia chamado de ingênua quando ela insistiu que não precisaria dessas conexões. Ele sempre dizia que a cidade era comandada por quem conhecia as pessoas certas e por quem tinha informações sobre as pessoas certas — mesmo que ela não se importasse em aprender na escola, deveria ir, mesmo que só para que seu grupo lembrasse o nome dela.

Supostamente, essa era a única maneira que ela tinha de ser alguma coisa. Phoebe não sabia o quanto acreditava nisso, mas ela *queria* ser alguém importante. Então supunha que precisaria continuar navegando por aqueles círculos sociais fora da escola.

— Telefone para você, senhorita Hong.

Phoebe se apressou até a porta do quarto, abrindo-a e encontrando Ah Dou esperando pacientemente.

— Para mim?

Ah Dou assentiu.

— Cuidado com o chão. Está um pouco escorregadio.

— Você limpa com muita frequência — disse Phoebe, passando por ele, descontraída. — Descanse mais!

Seus pés cobertos por meias eram leves nas escadas, apressando-se sem fazer barulho. Ela sempre se recusava a usar chinelos, o que provavelmente encorajava Ah Dou a limpar com tanta frequência, senão Phoebe transformaria todas as meias brancas em cinza. Obviamente, ele teria que lidar com isso quando o dia de lavar roupa chegasse, então suas medidas preventivas eram compreensíveis. Apesar do aviso de Ah Dou sobre o chão limpo, ela quase escorregou perto da mesa da sala de estar, segurando-se por pouco no fio do telefone.

— *Hello?*

— Pare de responder ao telefone em inglês. Quantas vezes já te disse isso?

Phoebe revirou os olhos, caindo de costas no sofá e puxando o fio consigo. Colocou as pernas para cima, descansando o queixo nos joelhos enquanto apoiava o telefone no ouvido.

— Se os colegas de papai querem fofocar sobre nossa educação, podem fazê-lo livremente — respondeu Phoebe. — Com o que posso ajudar, *gēge*?

Orion soltou um suspiro do outro lado da linha.

— Tenho um favor a pedir. Eu mesmo faria isto, mas eu e Janie precisamos substituir os funcionários da redação em uma angariação de fundos para a Turquesa hoje à noite.

— Aah. — Phoebe se animou, batendo os pés de volta no chão e ajustando a saia. — Me diga. Devo abordar um político? Seduzir uma bela garota? Decodificar um telegrama?

— Tenho medo do que se passa na sua cabeça.

Houve um farfalhar no lado de Orion da linha, e então uma voz feminina brigando com ele. Phoebe deu um sorrisinho, supondo que era Janie dando uma bronca nele. Merecido.

— Fale para Janie que eu disse oi — disse Phoebe.

O ruído parou, trazendo a atenção de Orion de volta ao telefone.

— Janie já me considera ameaça suficiente sem que você ponha lenha na fogueira. Esteja pronta na porta em meia hora. Silas te buscará para começar a operação.

— Operação! — gritou Phoebe, sua animação crescendo. — Ainda não me disse o que vou fazer. Se está fazendo isso parecer algo enorme, mas no final eu só for buscar um pacote...

Orion suspirou de novo. O som era quase alto o bastante para ser um grunhido.

— É seu dia de sorte, *mèimei*. O que acha de fazer parte de uma fuga da prisão?

25

Assim que Orion terminou a ligação, Rosalind começou a cutucá-lo, apressando-o para que não se atrasassem para a angariação. Se perdessem o discurso preliminar, o artigo ficaria sem os comentários iniciais, e, se só estavam fazendo isso para melhorar suas condições na Turquesa, precisavam fazer o trabalho direito.

— Ei, ei, não faça careta para mim — disse ele, apressando-se para fora do quarto com apenas um braço dentro da jaqueta. — É você que está tentando tirar Liza da delegacia, mas eu que estou gastando meu tempo precioso encontrando recursos para o seu plano.

— Vai enviar a sua irmã — retrucou Rosalind. Ela pegou a outra manga da jaqueta dele, ajudando-o, já que Orion claramente precisava. — Não é bem o exército real. Além disso, se não tivesse nos enfiado nessa tarefa, eu mesma o faria.

Orion levantou as sobrancelhas, depois alisou a jaqueta.

— Você conseguiria invadir uma delegacia sozinha?

Rosalind não hesitou.

— Sim.

— Amada...

Orion deixou qualquer que fosse a outra porcaria que ia dizer morrer em sua boca. Agora que tinha vestido a jaqueta, estava tendo dificuldade com as abotoaduras.

Mal conseguindo reprimir o insulto, ela afastou os dedos dele do caminho e tirou os botões de sua mão.

— A cada dia você me leva mais próximo à loucura. Deixa que eu prendo.

Orion ofereceu os pulsos sem reclamar. Com cuidado, Rosalind dobrou os punhos da manga, então passou o pino, tocando-o com delicadeza para não amarrotar nada. Quando terminou, Orion a observava, claramente tentando suprimir um sorriso.

— O que foi?

Ele deu de ombros, mas o sorriso só aumentou.

— Está agindo como uma esposa de verdade.

Rosalind estreitou os olhos.

— Nenhum "*obrigado*", apenas sarcasmo. Que ingratidão. O que me diria se eu realmente fosse sua esposa?

— Isso é fácil. — Orion levantou o colarinho e então abriu a porta para ela. — Eu te beijaria antes de falar.

Rosalind sentiu o rosto queimar. Passou por ele com os ombros nas orelhas e saiu batendo os pés.

A angariação acontecia em uma mansão na rua Bubbling Well.

Rosalind tomou um gole de sua bebida, dando uma lida no bloco de anotações em sua mão. O champanhe era sem graça e amargo, deixando um gosto ruim em sua boca depois que o tomava. Ela passou a língua na parte de trás do dente, fazendo uma careta. Talvez o excesso de cigarros aos 16 anos tivesse queimado suas papilas gustativas. Talvez o chefe da angariação, o senhor George, estivesse oferecendo champanhe barato e insípido porque suas contas estavam se esvaziando e ele só estivesse arrecadando fundos para essa instituição de caridade para depois desviar o dinheiro. Ambas eram explicações plausíveis.

— Achei outro colega com quem posso falar. Como estão as anotações?

Orion voltou para o lado dela, uma nova bebida em mãos. Os discursos da angariação haviam acabado, então o evento havia partido para a socialização. Sob as luzes do jardim, o cabelo dele parecia ter sido penteado com ouro. Rosalind deu a bebida dela para ele também, ficando com a mão livre para folhear o bloco de notas. Uma mulher estava tentando passar entre eles educadamente e, sem olhar para cima, Rosalind deu um passo para o lado, abrindo um caminho na grama.

— Temos tudo de que precisamos. Quando estiver pronto, podemos ir.

Eles queriam matar dois coelhos com uma cajadada só: relatar sobre a angariação e progredir na missão ao conversar com alguns dos outros colegas da Turquesa que estavam ali naquela noite. Rosalind vinha escrevendo tudo de que precisavam para o artigo. Orion bancara o simpático.

— Me dê alguns minutos, então — disse Orion. — Preciso...

Rosalind fechou rapidamente o bloco de notas. De repente, um homem de meia-idade aparecera em frente a eles, assentindo para o parceiro de conversa que havia deixado para trás. Estava vestindo um uniforme militar Nacionalista. As medalhas de general pendiam de seu casaco. Não demorou muito para que Rosalind decifrasse a identidade do homem, especialmente quando Orion ficou em silêncio.

— General Hong — cumprimentou Orion, deixando a surpresa de lado para fingir falta de familiaridade. — Que felicidade vê-lo aqui.

— É um prazer vê-lo outra vez — respondeu o General Hong.

Os dois apertaram as mãos brevemente, uma série rápida de perguntas acontecendo entre os olhares. *O que você está fazendo aqui?*, lançado de pai para filho. *Negócios, é claro!*, foi a resposta de Orion.

O General Hong voltou a atenção para Rosalind.

— E essa é...?

— Minha esposa — respondeu Orion. — Lembra-se?

Outra conversa muda aconteceu na cabeça de Rosalind. Será que o pai dele não *sabia* sobre a missão?

— Ah, sim — disse o General Hong, de um modo que indicava que, de fato, ele *não* havia se lembrado. — Por que nunca vi sua adorável esposa antes?

Rosalind permaneceu com a expressão neutra. Provavelmente ele já a havia visto. Ela já devia ter passado por vários generais Nacionalistas quando ainda morava na mansão Escarlate.

— Conversem vocês dois — disse Orion de repente, empurrando Rosalind para frente e devolvendo a bebida para ela. — Preciso cumprimentar um colega.

Antes que Rosalind pudesse reclamar, Orion havia desaparecido. Ela pensou em chamá-lo de volta, mas parecia que ele estava usando essa desculpa para escapar, negando-se a conversar com o pai enquanto ela estivesse por perto. Rosalind reconhecia aquele tom de voz — era o mesmo que usava quando seu próprio pai começava a propor ideias esdrúxulas, como mudar de cidade ou desistir dos negócios. Um certo volume, tendo cuidado para demonstrar o desgosto sem chegar ao ponto de ser malcriada. Cuidado para não entornar o caldo, mesmo que cada palavra gritasse: *Por que você não pode ser melhor?*

— Só voltei à cidade recentemente — respondeu Rosalind quando Orion foi embora. Ela o viu parar perto de uma mulher francesa da produção e começar uma conversa animada. — Ainda preciso voltar a me familiarizar com tudo por aqui.

— Agora me lembrei — disse o General Hong. — Uma estadunidense repatriada, não é? Você teve supervisão por lá?

A mandíbula de Rosalind se contraiu. Era uma pergunta bem simples, mas vinha com um lembrete ríspido junto às palavras. Seu disfarce atual deveria ser o de uma pessoa superficial: uma garota descuidada que cresceu em meio às festas e à devassidão de Nova York. Mas isso parecia demais com alguém que havia conhecido, e ela não conseguia interpretar esse papel bem o suficiente. A verdadeira Rosalind achava que ir a grandes festas só era divertido se você gostasse de ser furtado.

— Muita supervisão — respondeu Rosalind com facilidade. — Onde mais eu teria aprendido a ser tão educada?

O General Hong não riu.

— Conhece Liwen há muito tempo?

— Não muito. — Rosalind hesitou. Não sabia bem se ele estava perguntando sob o disfarce do casamento falso ou se realmente queria saber há quanto tempo ela conhecia o filho dele. — Ele... é bom no que faz.

Não era mentira. Na verdade, era a única coisa verdadeira que conseguiu pensar em dizer.

Mas o General Hong inclinou a cabeça com curiosidade.

— Ah? Não precisa exagerar, querida.

— É... — Rosalind coçou o pulso. Tentou abrir um sorriso. — General Hong, não é um exagero. Falo a verdade.

— Então presumo que ele tenha te enganado. Orion não se importa com nada que não seja banal.

Rosalind reprimiu um sussurro afiado.

— General Hong...

Ele não havia terminado.

— Acredito que logo você verá. Ele vai pular de garota em garota, te envergonhará à beça, e então levará garotos para a cama também. Por que o defende? Não sei porque ele insiste em manter esse trabalho quando não o consegue levar a sério.

Então estavam falando do verdadeiro Orion agora, não de seu disfarce. Rosalind estaria mentindo se dissesse que nunca havia duvidado das habilidades dele também, mas era completamente diferente ouvir isso em voz alta e do próprio pai de Orion ainda por cima. Quase que por instinto, o olhar de Rosalind se moveu para onde Orion estava conversando com a mulher francesa. O pai dele também olhou por cima do ombro, para examinar a cena a alguns passos de distância.

— Ele nunca soube fazer nada além de brincar, e nós o mimávamos quando era jovem. Agora Orion é o herdeiro que me resta e não participa das responsabilidades da sociedade. *Precisa* bancar o herói. *Precisa* pegar disfarce atrás de disfarce.

— General Hong — disse Rosalind, muito baixo —, por que está me dizendo isso?

— Por generosidade. Para que possa proteger a si mesma.

Está me avisando por controle, pensou Rosalind, corrigindo-o. Era sempre o controle: da narrativa, do que ele pensava ser seu para dar ordens. Ele não considerava que Orion deveria assumir disfarces quando, para isso, precisava renunciar ao papel de herdeiro obediente de uma família de elite, o segundo filho que era a última chance do pai de deixar um legado após o primogênito se mostrar uma decepção.

— Por favor, me dê licença — pediu ela.

Rosalind virou o copo, que tinha só um mero gole restante. Indicando que ia pegar outro, retirou-se com tranquilidade, passando pelo general e indo embora.

Não preciso do seu aviso, queria gritar de volta, mas seus olhos estavam grudados em Orion, observando-o conversar com a francesa com um senso de cautela mais aguçado. Ela não foi até os refrescos. Andou até o marido, até a conversa ficar ao alcance dos ouvidos. Orion não notou sua aproximação. Na verdade, fazia um tempo que ele não olhava para trás, como havia feito no começo da noite quando achava que um dos colegas era suspeito, encontrando os olhos dela de longe para que Rosalind pudesse fazer uma anotação com sua caneta também.

Orion levantou a mão, encostando no ombro da mulher. Rosalind escutou com mais atenção. Não parecia que estavam conversando sobre política, ou governos, ou assuntos que costumavam indicar se um colega possuía uma ligação com o plano terrorista. Estavam falando em francês, discutindo... *joias*?

— ... esses diamantes não combinam com a sua pele tão bem quanto poderiam. Você precisa de alguns rubis para complementar esse rubor natural.

Ele afastou a mão. Ergueu o olhar no mesmo momento, os olhos piscando brevemente. Apesar de ter avistado Rosalind, não pareceu notá-la. Ela quase não conseguia acreditar. Estivera defendendo-o do pai, e agora ele estava fazendo exatamente o que o General Hong dissera que Orion faria: flertando descaradamente bem na *frente* dela. Uma irritação quente desceu por seu pescoço, tão intensa que sua pele coçou.

A francesa também avistou Rosalind. Diferente de Orion, ela não desviou a atenção, e sim virou-se completamente na direção de Rosalind.

— Aquela não é sua esposa? — perguntou ela, os lábios erguidos. — Talvez deva dar atenção a ela.

— Não tem problema — respondeu Orion.

Os olhos dele encontraram os de Rosalind de novo. Foi só quando viu a tranquilidade neles que Rosalind percebeu o que estava acontecendo. Orion acreditava que ela não fazia ideia do que ele estava falando. A francesa estava sorrindo porque achava que Rosalind estava lá sem saber de nada, um motivo de chacota à mercê do monolinguismo.

Não diga nada, ordenou a si mesma. *Ignore. Vire-se e pegue uma bebida.*

— Os rumores dizem que o casamento de vocês foi arranjado. É verdade?

Orion deu risada.

— Não dê ouvido aos rumores. Temos um entendimento. Minha esposa não me impede de admirar os outros...

Ah, esquece, decidiu Rosalind com raiva, avançando. Ele já sabia que ela falava russo. Qual era o problema de saber sobre mais um idioma? A culpa era dele por presumir que a esposa não falava um idioma que a maior parte da elite naquela cidade havia aprendido.

— *Sans blague!* Devia ter me dito antes que estava ficando vazia.

Rosalind apareceu na frente de Orion, tirando a taça de champanhe da mão dele para que o vidro tilintasse contra a dela. Ela não sabia quais olhos se arregalaram mais: os de Orion ou os da mulher. Rosalind virou-se para ela.

— *La musique crée une sympathique atmosphère de fête, non? Aimes-tu le jazz?*

Não havia chance de resposta. Também não era uma pergunta de verdade. O tom de Rosalind estava cheio de veneno, mal ouvindo a música sobre a qual estava falando. Inclinou a cabeça.

— Com licença. Pegarei mais.

E, com a garganta queimando de mesquinhez, Rosalind girou nos calcanhares e saiu andando.

Eles tinham uma tarefa. *Uma tarefa* e Orion não conseguiu prestar atenção. Ela bateu as taças vazias na mesa de refrescos. Pelo canto do olho, achou ter visto o General Hong vagando por perto novamente, mas, quando se virou para olhar, ele estava sendo chamado para o outro lado do jardim.

— Janie.

Rosalind fungou e inspecionou as unhas.

— *Oui?*

Agora que tinha mostrado as cartas, não ia dar um golpe leve. Sem esperar por Orion, colocou o bloco de notas perto do peito e se virou para ir embora.

— *Attendez.*

Rosalind, educadamente, parou ao ouvir a instrução. Observou Orion passar por uma série de expressões, não se importando em esconder nenhuma delas enquanto se aproximava. Ele foi da descrença ao choque e à compreensão — até que enfim parou na fascinação quando parou em frente a ela.

— Querida — disse, devagar. Ainda estava falando em francês. *Ma chèrie.* — O que mais está escondendo de mim?

— Depende. — Rosalind havia assumido a postura tensa de um predador, pronta para atacar. — Vai me envergonhar na frente de quantas mulheres estrangeiras?

— Só podem ser mulheres?

Rosalind levantou a mão, na intenção de atingi-lo com um tapa digno do comentário insolente, mas Orion segurou seu braço antes que a palma pudesse atingi-lo. Ele sorriu. A francesa estivera assistindo do outro lado do jardim, mas agora afastava o olhar, apressando-se a encontrar outro parceiro de conversa. *Isso mesmo*, pensou Rosalind. *Fuja.*

— Me solte.

Orion não a soltou.

— Você fica muito bonita quando está com ciúmes.

— Não é *ciúmes* — sibilou ela. — Não esqueça que, supostamente, você está casado comigo. Se insistir em ficar flertando em público...

— *Flertando!* — exclamou Orion. — Eu só estava falando com ela...

— E o que concluiu? Achamos que a francesa faz parte do esquema?

Orion afrouxou o aperto no pulso dela, apenas para poder deslizar a mão pelo braço de Rosalind, o movimento quase sensual. Ele se inclinou, levando os lábios próximo ao ouvido dela, levando o calor de sua respiração e de sua pele.

— Me desculpe — sussurrou. Havia voltado para o mandarim. — Prometo com todo o meu coração, até a última batida...

Rosalind empurrou seu peito.

— Está na hora de ir. Pegue o carro.

Ela se virou, andando pela grama em direção aos portões de entrada da mansão. Apesar de estar em vantagem sobre Orion, ele a alcançou facilmente, caminhando com suas pernas compridas.

— Vem cá. Não fique brava, amada.

Rosalind levantou a mão, amassando o bloco de notas sob seu outro braço.

— Não fale comigo.

— *Janie*. Não significou nada! Foi apenas uma bobeira!

Ele seguiu falando até que entraram no carro, apesar de Rosalind não oferecer nada em resposta. As súplicas dele apenas começaram a ficar mais ridículas. Quando ela bateu a porta do passageiro, Orion chegou a perguntar se ela gostaria de bater nele para se sentir melhor. Apesar de achar que bater nele provavelmente a *faria* se sentir melhor, Rosalind só jogou o bloco de notas no chão do carro e colocou as mãos no colo, ordenando:

— Dirija, Orion.

Ele a observou, cauteloso.

— Está mesmo brava? — perguntou, tirando o carro da vaga do estacionamento.

Seu tom de voz havia mudado. Conforme os cascalhos se espalhavam embaixo do carro, fazendo altos barulhos de estalo, pareceu lhe ocorrer que talvez Rosalind não estivesse exagerando.

Rosalind mordeu os lábios. Ouviu os dentes rangerem.

— Um pouco antes, seu pai decidiu me dar um aviso. Disse que eu deveria me proteger de você e das suas baboseiras banais.

O carro ficou em silêncio. Orion apertou o volante com força, observando o cruzamento do qual se aproximava. Estavam dirigindo por um bairro residencial, então a maioria das ruas estava vazia.

— Quer saber — Orion pisou no acelerador —, às vezes é cansativo. Eu só me juntei à filial secreta para ajudar a causa do meu pai com os Nacionalistas, depois de ele ter sido acusado de traição, mas ele acha que estou fazendo um trabalho inútil e desperdiçando minha energia sempre que tenho um novo disfarce. E adivinha? Agora os Nacionalistas acham que nós *dois* somos espiões para os japoneses! Não tenho como ganhar.

Uma aflição atingiu o coração de Rosalind. Então ele sabia que os Nacionalistas não confiavam nele completamente. Por mais que não quisesse ter empatia, sentia um eco tangível na frustração dele. Um eco antigo, mas ainda assim estava lá. Ela havia passado noites incansáveis organizando os livros de registro do pai, vasculhando seus recibos, tentando manter os negócios em ordem. Sabia como era puxar as cordas por trás dos braços do próprio pai para que a Sociedade Escarlate não o considerasse inútil, para que ele não colocasse na cabeça que não era necessário e se mudasse da cidade para o interior com as duas filhas que ainda tinha. Rosalind quase se perguntava o que teria acontecido se o tivesse deixado fazer isso. Se não tivesse ficado tão decidida a permanecer em Xangai, se ela e Celia tivessem obedecido, feito as malas e se retirado daquele jogo urbano traiçoeiro. Talvez tudo tivesse sido melhor.

— E você é? — perguntou Rosalind, direto ao ponto.

— Sou o quê? — retrucou Orion, apertando os olhos para o para-brisa. Ele parou em uma esquina e então virou. — Um espião para os japoneses? Querida, acho que *você* tem mais motivos do que eu.

Rosalind se recostou no assento. A audácia de virar isso contra *ela*.

— Como é? *Você* fala japonês. *Seu* pai foi acusado de ser *hanjian*.

Era um golpe baixo depois de ele ter sido sincero, mas ela precisava dizê-lo. Precisava dar o golpe e ouvir o que ele tinha a dizer. Talvez assim finalmente pudesse entender por que Dao Feng desconfiava de Orion o bastante para colocá-la ao seu lado.

O carro parou de repente, bem no meio da estrada. Orion havia pisado no freio e Rosalind foi para frente, segurando-se por pouco antes de bater no painel.

— Certo — esbravejou Orion. — E Janie Mead não é o *seu* nome verdadeiro. Por que ninguém nesta cidade nunca ouviu falar de você? Por que você sabe falar russo?

— Fui educada no estrangeiro. — Rosalind empinou o nariz. — Essas duas esquisitices são completamente normais.

— Ninguém ensina russo nos Estados Unidos.

Isso era ridículo. Ele estava prolongando o assunto de propósito. E teria funcionado... se Rosalind não tivesse aprendido essa mesma técnica no treinamento de espiã.

— Por que está transformando isso em algo sobre mim? — Rosalind bateu no volante. — Na verdade, por que parou o carro como uma tática para me intimidar? Fiz uma pergunta simples.

— E é ofensivo que sequer tenha me perguntado.

Bufando, Orion ligou o motor novamente. O carro roncou ao ligar. Quando ele levantou a mão para ajeitar o espelho retrovisor, os olhos de Rosalind também se ergueram, e então entraram em foco outra vez.

Havia outro carro esperando a certa distância atrás deles, na beira da estrada.

— Orion, espere.

— O quê? — Sua voz ainda estava ácida, e havia um tremor nos lábios dele e uma ruga profunda na testa.

De certa forma, a raiva genuína em sua expressão fazia com que ele parecesse mais real. Como uma pessoa qualquer com quem Rosalind pudesse ter algo em comum, em vez de um agente secreto que dava mais valor para casos sórdidos do que para a missão deles.

— Estamos sendo seguidos.

A hostilidade desapareceu da expressão de Orion. Ele olhou direito pelo retrovisor, descendo o pé no freio novamente.

— O quê? Quem...

Não foi lhes dado mais tempo para reagir. Diante dos olhos deles, um projétil voou do outro carro e explodiu abaixo do veículo com um *bum*, jogando-os para fora da estrada.

26

Alisa balançou as grades da cela, testando os limites de seu cativeiro. Supôs que era pedir demais querer que uma das grades fosse feita secretamente de massinha e lhe permitisse uma fuga fácil. Não teve essa sorte.

Resmungando, afastou-se das grades, andando em um pequeno círculo na cela. Deixariam ela ali durante a noite, insistindo que não haviam terminado com as perguntas e que precisavam reportar primeiro ao comissário de polícia. Alisa sabia como isso funcionaria: se não conseguissem encontrar nenhuma informação conflitante, se ninguém importante fizesse uma ligação, seria culpada pelo crime. Não importavam as logísticas. Não importavam os motivos, ou álibis, ou qualquer outra coisa que um tribunal de justiça comum geralmente olharia. Só a tornariam culpada.

Bem, para ser justa, ela *era* culpada de certa forma, mas a questão não era essa.

Alisa foi até as grades de novo e então bateu nelas repetidas vezes. Todas as outras celas estavam vazias. Não havia ninguém para testemunhar suas reações inúteis, salvo pelo único policial que estava de guarda na porta.

— Droga, Rosalind — murmurou Alisa.

Ela sabia que isso não havia sido feito por maldade. Não era como se Rosalind fosse ser pega pelo assassinato, mesmo sem jogar a culpa em Alisa. Mesmo que *fosse* capturada, era Rosalind quem estava andando de braços dados com Orion Hong, a quem Alisa havia reconhecido na hora, mesmo sob um nome falso. Uma simples ligação do pai dele e o nome de Rosalind ficaria limpo.

Então qual era o sentido disso? Alisa apoiou o pé na parede. Será que confiava com muita facilidade? Supunha que tinha um problema de confiar fácil demais. Raramente tinha lugar dentro de si mesma para uma grande opinião sobre qualquer coisa. Gostava de ouvir a opinião dos outros. Gostava de ser um par de olhos invisível, agindo como uma espectadora sobre a cidade. Agora olha onde estava — arrastada até a visibilidade, só porque havia decidido ajudar alguém do passado.

Alisa bufou. Nunca mais faria caridades.

Um estrondo alto soou da porta até a cela. Alisa olhou com cautela, apressando-se até as barras outra vez enquanto o guarda se assustava também, olhando pela janela de vidro.

— O que foi isso? — gritou ela.

O guarda não respondeu. Continuou a olhar pelo vidro, observando para ver o que era o som.

Então, de repente, o vidro se estilhaçou com um clarão de luz e ele tropeçou para trás, as mãos subindo aos olhos com um grito de dor. Alisa piscou, em choque, afastando-se das grades. No momento em que a luz diminuiu, um braço surgiu pela janela de vidro e abriu a porta por dentro, dando um empurrão. Duas pessoas entraram nas celas — uma garota e um garoto. O garoto avançou e colocou um pedaço de tecido no rosto do guarda. A garota foi na direção de Alisa, parando na frente da cela com as mãos nos quadris para observar as grades.

Alisa reconhecia o rosto dos dois, porém de lugares bem diferentes. A garota já havia aparecido na Imprensa Turquesa como irmã de Orion, certo dia. Ela coincidia com a descrição de Phoebe Hong que circulava pela cidade: baixa e cheia de energia, uma camada de gel no cabelo para manter as ondas feitas por seu dedo na frente do rosto, o resto do rabo de cavalo descendo pelo vestido verde. O garoto, porém... Alisa o havia conhecido em uma reunião Comunista clandestina. Por trás das lentes grossas dos óculos, seus olhos eram grandes e redondos, a boca projetada para frente como se estivesse sempre preocupado. Na primeira vez em que o viu, ele estava fazendo exatamente a mesma expressão enquanto recebia instruções de um superior.

O que um agente Comunista fazia andando por aí com a filha de um Nacionalista?

O garoto largou o guarda inconsciente no chão, então foi em direção à cela também, chegando por trás de Phoebe com um molho de chaves nas mãos. Logo antes de Phoebe se virar para falar com ele, o rapaz levantou um dedo em frente aos lábios, direcionado apenas para Alisa. O gesto era fácil de compreender.

Não diga nada. Ela não sabe.

Alisa assentiu.

— Viu — disse Phoebe para ele —, eu disse que ia funcionar.

O garoto jogou as chaves que havia retirado do bolso do guarda para ela.

— Nunca tive dúvidas. Temos que nos apressar se quisermos sair daqui antes que a equipe do escritório principal volte.

Confusa, Alisa observou Phoebe destrancar a cela e então abrir totalmente as grades.

— Seus heróis chegaram. Sou Phoebe, aliás. Espero que seja Liza, ou isso vai ser muito embaraçoso.

Alisa inclinou a cabeça, curiosa. Não disse nada. Pensou na situação e não chegou a nenhuma conclusão sobre por que aquela sequência de eventos estava acontecendo.

— Então... — incitou Phoebe quando Alisa permaneceu imóvel — Vamos. Quer ir ou não?

O carro se chocou contra uma árvore grossa.

Apesar de Rosalind ter tentado se segurar ao máximo, sua cabeça ainda bateu com força na janela graças ao impacto, enviando ondas de dor por suas têmporas. O mundo ficou cheio de chiados enquanto o metal ao redor deles voltava ao lugar. Tossindo, Rosalind ficou de joelhos no banco, tentando forçar os olhos para enxergar pelo escuro para-brisa traseiro. Um fio de sangue caiu em seus olhos. Ela o limpou.

— Que diabos foi aquilo? — perguntou Rosalind.

Orion estremeceu, ficando de joelhos para também olhar pelo retrovisor danificado do carro. Ele não parecia muito machucado, salvo por alguns cortes superficiais dos cacos de vidro que haviam voado.

— Aquelas são bandeiras militares japonesas — observou Orion, soando horrorizado quando viu o veículo estacionado. Tocou a própria mandíbula. Havia um hematoma surgindo. — Será que nossos disfarces foram descobertos?

— Impossível. — Rosalind também havia visto as bandeiras, que balançavam na frente do veículo de onde o explosivo fora lançado. Mas isso não fazia sentido. — Se os japoneses soubessem que somos espiões, por que não foram atrás de nós na Turquesa? Por que nos atacaram no meio da noite, e ainda mais assim?

Os dois esperaram, tensos, observando se poderia ter sido uma falha de ignição, um lançamento acidental de uma arma militar, mantida dentro de um dos veículos de transporte. Até que uma série de tiros ecoou na noite e os dois se abaixaram, evitando as balas que perfuravam o que sobrara das janelas do carro. Mais vidros se estilhaçaram em todas as direções.

— Não se levante! — gritaram Rosalind e Orion, ao mesmo tempo, antes de olharem um para o outro, surpresos.

Outra saraivada de tiros atingiu o carro. Cada um empurrou uma porta ao mesmo tempo. Rosalind quebrou os saltos dos sapatos, rolando para trás de uma árvore próxima. Era impossível que os moradores da vizinhança não tivessem escutado o primeiro explosivo, e ainda mais inconcebível que não estivessem escutando o tiroteio ecoar pela noite. Mas não haveria ajuda a caminho. O país — por mais que Xangai sempre esquecesse — estava em guerra, e, se barulhos estranhos perturbassem as ruas lá fora, a melhor chance de sobrevivência para um civil era ficar em casa e fora de vista.

Rosalind bateu os dois pedaços do sapato em uma árvore, ativando o mecanismo que havia dentro. Ao mesmo tempo, facas finas saíram de cada salto, afiadas e cobertas com um pó roxo quase invisível. Se a estavam forçando a jogar sujo, então era isso que ela faria.

À sua esquerda, o tiroteio recomeçou, atingindo o para-brisa dianteiro do veículo militar. Enquanto Orion atirava nos oponentes, Rosalind se lançou para frente, os braços levantados para encontrar os homens que desciam do carro. Ela contou cinco, todos vestidos de preto, misturando-se à noite. Três seguravam armas. Dois tinham cordas nas mãos.

Cordas? Rosalind desviou do primeiro combate, evitando o soldado com um pedaço de corda esticado nas mãos. Apesar de sua imensa confusão sobre o porquê de eles estarem segurando *cordas*, ela se movimentou rápido quando o soldado investiu, usando uma lâmina para cortar o pedaço em dois, e então girou para fazer um corte superficial no braço do homem.

— Janie, *derrube-o* — gritou Orion de longe. — Ele está vindo por trás.

O homem realmente a havia seguido após ela fugir. Mas, no momento em que foi até ela de novo, tropeçou nos próprios pés. Em segundos ele estava se contorcendo no chão, com espuma saindo da boca.

Rosalind girou as facas nas mãos, fortalecendo o aperto que tinha em cada uma. Ela desviou de um segundo homem que mirava a arma em sua direção, então ficou de joelhos e esfaqueou a coxa dele, antes que ele pudesse ajeitar a postura e apontar o rifle para baixo. Ela não precisava ser particularmente astuta ou fazer cortes críticos nos adversários. As facas estavam cobertas por um veneno de ação rápida que faria o trabalho por ela.

Rosalind retirou a lâmina.

— Janie!

Uma bala passou por seu ombro. Rosalind arquejou, girando. Teria levado um tiro no rosto bem ali, se não tivesse se jogado no chão, o pulso atingindo o asfalto com força e uma das facas deslizando para longe. O homem avançou em sua direção, segurando o fuzil para cima a fim de usar a força bruta com a arma, em vez de tirar um breve segundo para recarregá-la. Mas, antes de realizar a tacada e atingir Rosalind, Orion apareceu atrás dele, batendo com a pistola na cabeça do homem.

O agressor caiu. Orion xingou cruelmente, limpando sangue do nariz. Devia ter sido atingido em algum momento.

— Levante-se, amada. Pode me emprestar uma faca? Estou sem munição.

Rosalind pegou a lâmina que havia derrubado e então a jogou para Orion.

— Está envenenada. Esfaqueie com inteligência, não força.

Ainda havia dois homens que também estavam considerando suas chances de vitória. Um segundo se passou. Rosalind girou sua faca, nervosa. Sem esperar que os oponentes se recuperassem, avançou no homem mais próximo, trazendo-o para perto ao puxar a ponta de sua corda.

— À sua esquerda! Abaixe!

Rosalind abaixou sem hesitar, evitando um golpe do segundo homem e saindo do caminho para que Orion pudesse atacá-lo. Ela deu uma olhada para trás. No mesmo momento em que a corda do primeiro agressor se entrelaçou em seu braço, ela gritou:

— Atrás de você!

Orion desviou do golpe apontado para seu ombro. Ele era assustadoramente ágil. Apesar de Rosalind ter gritado um aviso, era como se Orion soubesse que precisava se mover antes mesmo de ter se virado para avistar o ataque. Rosalind, distraída, se lançou ao chão, rolando para não se chocar contra o concreto. Seu oponente a seguiu, mas, do ângulo em que estava, ela conseguiu a oportunidade de chutá-lo diretamente no peito. Quando ele cambaleou para trás, Rosalind não se preocupou em segui-lo, apenas esticou o braço e afundou a lâmina envenenada no sapato do homem.

Ele caiu.

Em algum lugar, Orion finalmente desarmou o último oponente, jogando o fuzil para longe e batendo com o cotovelo em seu pescoço. Um golpe, e pronto. O homem se juntou aos outros em um amontoado de membros. A rua residencial caiu na quietude.

Rosalind se levantou com dificuldade, tirando a poeira das mãos. As pernas doíam à beça, arranhadas e diláceradas pelo contato direto com o asfalto. A abertura na lateral de seu *qipao* oferecia muito espaço para se movimentar, desde que não se importasse com o recato, mas não oferecia muita proteção em combate. Não importava — os cortes sumiriam logo.

— Essas pessoas não eram japonesas — declarou Rosalind, quebrando o silêncio da noite.

— Eu sei — respondeu Orion. Estava sem fôlego. — Os rostos... chineses, tenho quase certeza.

O estrondo de mais veículos militares pesados soou à distância. Rosalind e Orion se viraram na direção do barulho e avistaram três caminhões idênticos vindo na direção deles, cada um brandindo a bandeira do exército imperial.

De onde estavam vindo os reforços? Por que vinham atrás de Rosalind e Orion a esta hora da noite?

Rosalind olhou para os corpos no chão. E *por que* estavam hasteando a bandeira imperial japonesa?

Orion lhe devolveu a faca.

— Não podemos vencer tantos assim. Precisamos de outro plano.

— Eu sei.

Rosalind colocou as facas envenenadas de volta nos saltos dos sapatos. Levantou o pé esquerdo, depois o direito, transformando os sapatos em saltos altos de novo, antes de fixar o olhar no veículo militar em que os primeiros cinco homens haviam perseguido eles.

— Pegue o volante — ordenou Rosalind, apontando para o veículo.

Ela se apressou até o carro que haviam batido, abrindo a porta danificada e pegando o bloco de notas que havia jogado no chão. Se os disfarces de ambos ainda estavam intactos, não ia perder as citações preciosas da angariação.

— O quê? — perguntou Orion.

— O volante — enfatizou Rosalind. — Vamos.

Orion finalmente entendeu. Não podiam vencer mais três carros, e o explosivo havia detonado o veículo fornecido pelos Nacionalistas. Se iam fugir, a única opção era roubar o transporte dos inimigos.

— Tem outra pistola no porta-luvas — gritou ele, já a caminho do veículo militar.

Com o bloco de notas em mãos, Rosalind se inclinou em direção ao porta-luvas, batendo o braço no trinco e pegando a pistola extra assim que o compartimento se abriu. Os reforços dos agressores estavam se aproximando, quase chegando ao local.

Rosalind correu até o veículo militar, então se lançou no degrau mais alto para o banco do passageiro. Esses veículos não tinham portas. Quando Orion se sentou no banco do motorista e pisou nos pedais abaixo do volante, os outros veículos chegaram, a segundos de bloqueá-los. Sem tempo a perder, Orion puxou o câmbio manual e colocou-os em marcha à ré com um som ensurdecedor na estrada.

— Você é um bom motorista? — perguntou Rosalind, jogando o bloco de notas no chão e segurando o banco com força.

— Sou adequado, *acho* — respondeu Orion, virando na via principal.

Ele fez uma manobra tranquila ao entrar e sair pelo meio dos outros carros que estavam roncando durante a hora tardia, mas os dois ainda não haviam despistado os perseguidores. Alguns dos outros caminhões estavam virando em ruas paralelas menores para continuar acompanhando a perseguição.

— Entre nas vielas — instruiu Rosalind.

Orion hesitou.

— O veículo é grande. Mal haverá espaço…

— E é exatamente assim que vamos despistá-los. — Rosalind reprimiu um grito, quase voando do banco quando Orion pisou nos freios para virar rapidamente. Ela lançou um olhar para trás. — Pelo outro lado! Pelo outro lado! Tem um carro ali!

Orion murmurou algo incompreensível em francês e virou de forma repentina outra vez, colocando o veículo em outra direção. Infelizmente, a viela em que ele entrou não estava muito alinhada com aquela em que haviam tentado entrar antes, e o espelho lateral de Rosalind quebrou, despedaçando-se contra a parede.

— ORION!

— ESTOU FAZENDO O QUE POSSO, AMADA.

— VOCÊ VAI ME CAUSAR UMA HÉRNIA.

Orion virou o volante com força outra vez, passando por uma esquina estreita da viela. Rosalind tentou visualizar quais ruas estavam mais perto. Aproximavam-se da jurisdição chinesa logo, e então as vielas *realmente* ficariam pequenas demais para que dirigissem nelas.

Ela ainda estava com a pistola extra na mão, o dedo em volta do gatilho, segurando com firmeza. Era difícil enxergar à noite, especialmente porque os becos não tinham a mesma iluminação das ruas principais, mas, quando Rosalind olhou pelo vidro traseiro para observar o caminhão mais próximo deles, havia movimento nos bancos da frente. Rosalind poderia apostar qualquer coisa que os homens lá dentro estavam carregando as armas para atirar. Se houvesse outro projétil no carro, ela e Orion estariam condenados.

O problema era que a própria janela traseira era muito baixa para que conseguissem um bom ângulo: atirar de lá só faria com que alguns tiros atingissem o chão. Rosalind olhou para a lateral do seu banco. Ela era destra. O veículo estava próximo demais da parede do beco para que ela sequer tentasse mirar para trás dali.

O banco de Orion, por outro lado...

— Orion, se recoste.

— O quê?

Ela já estava subindo no colo dele, prendendo as pernas ao redor do banco e segurando o ombro de Orion com a mão livre para permanecer estável. Antes que pudesse bloquear a visão dele, Rosalind colocou o braço para fora da janela, atirando no veículo que os perseguia mais de perto. A primeira bala estilhaçou o para-brisa. A segunda bala atingiu o pneu da frente. A terceira... Rosalind nem sabia para onde essa tinha ido. Só sabia que fez o caminhão parar onde estava e emperrou todos os outros que vinham atrás dele.

Logo a pistola estava vazia.

— DROGA!

— Meu deus, não tão perto do meu ouvido — reclamou Orion, girando o volante para virar em outra esquina.

Rosalind apertou o ombro dele com mais força, tentando não ser lançada para fora do carro com o movimento abrupto.

— Peço desculpas pelo tom — falou, ríspida. — Gostaria que eu atirasse na sua orelha para consertá-la?

— Precisa ser tão violenta, querida? Dar um beijinho para melhorar já seria perfeito. Há mais um cartucho no bolso da minha jaqueta, mas é difícil demais recarregar essas pistolas.

Rosalind bateu na cabeça dele com o cotovelo de propósito enquanto colocava a mão no bolso da jaqueta de Orion, vasculhando em busca do cartucho. Assim como ele havia dito, ela precisou de segundos preciosos para entender como recarregar a pistola, e, quando conseguiu empurrar o retém do ferrolho da esquerda para a direita, depois puxar o retém para trás, já havia veículos em seu encalce novamente, emergindo das outras vielas porque a principal fora bloqueada. Dessa vez, os caminhões estavam atirando de volta.

— Continue indo para o sul — instruiu Rosalind —, em direção à jurisdição chinesa.

— Então primeiro temos que despistar os caminhões mais próximos — respondeu Orion, recuando quando uma bala atingiu seu espelho lateral. — Ou não conseguiremos derrubá-los quando as vielas ficarem ainda mais estreitas.

Rosalind finalmente havia recarregado a pistola. Ela teria que fazer isso aos poucos. Com os dentes cerrados, colocou o braço para fora e voltou a atirar. Uma bala desacelerou o caminhão mais próximo. Duas o deixaram imóvel. A obstrução do beco foi instantânea, mas não podiam dar tempo para que os perseguidores se recuperassem.

— Vire aqui! — gritou Rosalind.

Orion não hesitou. Pegou o volante e virou rapidamente em um beco cheio de varais e calçadas de paralelepípedos. Como agora havia dois caminhões os seguindo, tendo saído de duas vielas diferentes, Rosalind atirou num grande vaso de flor apoiado no parapeito de uma varanda, fazendo chover pedaços de cerâmica e terra no caminho dos perseguidores ao mesmo tempo em que Orion virava de novo, o caminhão roncando em uma nova rua principal. Estavam na jurisdição chinesa. As barraquinhas na rua estavam lotadas naquela noite.

— Naquele beco, ali!

Rosalind apontou para um caminho escuro ao lado de um pequeno cinema. No momento em que Orion entrou ali, as rodas do veículo estremecendo e rangendo com o esforço, desligou o motor e os dois ficaram parados — completamente paralisados —, como se o movimento deles dentro do veículo pudesse chamar atenção também.

Na rua principal, os perseguidores passaram em alta velocidade. Um longo momento se passou depois do último caminhão desaparecer. Eles não voltaram.

Rosalind soltou a respiração, largando a pistola e desabando como se toda a energia tivesse sido arrancada de seu corpo. Mal se importou de ainda estar no colo de Orion. Ele se inclinou nela também, descansando a testa em sua clavícula, um alívio palpável emanando dos dois por terem escapado e terem um momento para descansar.

— Você tem uma boa pontaria — murmurou Orion, a respiração quente no pescoço dela.

— Obrigada. E você é bom de roda.

Orion levantou a cabeça e sorriu para ela, mas, por algum motivo, havia fechado os olhos.

— Sei que não está falando a verdade. Mas gosto de quando trabalhamos em equipe.

Ela também gostava. Uma parte profunda e íntima dela.

— Janie — chamou Orion de repente.

Rosalind se retesou, alarmada.

— O que houve?

O primeiro instinto dela foi pensar que ele havia avistado mais perseguidores, porém seus olhos permaneciam fechados...

— Não quero te preocupar, mas talvez eu esteja incapacitado por enquanto.

Rosalind não gostou de ouvir isso.

— Francamente, essa é a coisa mais preocupante que você poderia dizer.

— Vou ficar bem, prometo. — Apesar de tranquilizá-la, ele estava respirando de maneira mais superficial. Abaixo de suas palmas, ela sentiu o coração dele acelerar também. — Tive uma queda feia há alguns anos. Posso te assegurar que caí com muita graça e elegância, mas minha cabeça não gostou de bater no concreto. Tive dores de cabeças terríveis por meses. Toda vez eu tinha certeza absoluta de que estava morrendo.

Um pequeno arquejo. Orion considerou as próprias palavras.

— Janie, acho que estou morrendo.

— Você não está morrendo — disse Rosalind com firmeza. — Por que isso ainda acontece? Já se consultou com um médico?

— Os melhores que os Nacionalistas têm a oferecer... — respondeu ele, interrompendo-se ao fazer uma careta. Um vislumbre de dor visivelmente passou por sua expressão, os olhos dele se contraindo mais. — Disseram que não podiam fazer nada. Às vezes volta, quando me esforço demais. Não sei por quê.

Ele estava tremendo. As pernas de Rosalind ainda estavam presas ao redor do banco dele, então podia sentir cada tremor que passava por Orion.

— Ei — chamou ela. Rosalind não sabia como aliviar dores. Não era muito boa em ser uma presença calma e gentil. Mas sabia como acalmar o pânico. — Você está bem, ouviu? Não vai morrer. Se morrer, eu mesma vou socar seu peito várias vezes até que ressuscite.

Orion pressionou a cabeça no banco com força, como se estivesse tentando fazer o apoio de couro absorvê-la. Ele soltou uma risada fraca, mas o som foi engolido por sua respiração aguda, irregular e aterrorizada.

— Você está bem — repetiu Rosalind, mais gentilmente. — Vai ficar tudo bem, prometo.

Ela afastou o cabelo dele da testa. Assim que sentiu seu toque, Orion se inclinou para frente, apoiando-se no ombro dela. Rosalind piscou, recuperando-se rapidamente a fim de enfiar uma das mãos no cabelo dele e colocar a outra em sua nuca. Ele andava pelo mundo com tanta altivez, tanta confiança. Era uma surpresa que fosse capaz de se tornar tão pequeno, de buscar conforto em uma garota como Rosalind.

A parte mais assustadora para ela não era se encontrar nessa posição. Era que parecia natural.

— Vou listar todas as formas de punição que vou aplicar se você morrer — sussurrou Rosalind em seu ouvido. — Concentre-se na minha voz. Pronto? Primeiro vamos começar com a minha favorita: colocar você em cem camadas de roupas. Nenhuma delas será de seda. Que horror. Depois, na nossa vida após a morte, vou te empurrar de uma ladeira e você não vai conseguir se segurar em nada, e vou rir tanto do quão ridículo você vai estar...

Rosalind continuou assim, tagarelando sem registrar o que dizia. Não eram realmente as palavras que importavam, mas o fluxo constante de tolices, tirando a atenção de Orion do pânico para que ele parasse de pensar na dor, para que se distraísse até que a dor melhorasse.

Em certo momento, ela pôde sentir a pulsação dele voltar ao normal, a tensão deixar seus ombros e a contração em sua postura se esvaindo, até que ele não estivesse mais esperando por outra onda de agonia de rachar o crânio.

Orion por fim levantou a cabeça do ombro dela, os olhos se abrindo. Rosalind parou a tagarelice no meio da frase, observando-o com atenção. Ele a encarou de volta com olhos que haviam se tornado completamente escuros, as pupilas tão dilatadas que as íris castanhas não estavam mais à vista.

— Vai parar aí? — perguntou ele, a voz ainda fraca. — Eu estava formando uma imagem bem vívida de como é ser esfolado vivo.

— Posso ser mais explícita se você quiser — respondeu Rosalind.

Ela olhou nos olhos dele, esperando para aferir como ele estava. Orion parecia fraco, mas fora isso dava a impressão de ter dominado o pânico, mesmo que um pouco da dor tivesse permanecido.

— Viu? — perguntou ela, baixinho. — Não prometi que você ficaria bem?

Orion assentiu.

— Prometeu. — Ele soltou uma respiração trêmula. — Obrigado.

Nada no comportamento anterior deles havia parecido estranho, mas agora a gratidão a perturbava tremendamente. Rosalind disfarçou sua resposta evasiva ao sair do colo dele, onde havia estado aquele tempo todo, e caiu no outro banco com um baque pesado.

Não parecia que ela havia feito algo digno de gratidão. Às vezes, fazer promessas sobre o fim do mundo e se ater a elas era a única forma que Rosalind conseguia encontrar para seguir com seus dias. Focar a tarefa e cumpri-la. Focar um alvo e não pensar em mais nada até que estivesse morto. Prometer a Orion que ele ficaria bem se aguentasse o pânico era uma tática que ela havia aprendido ao tentar em si mesma primeiro.

Porém Rosalind não era tão gentil consigo mesma. Talvez devesse ser.

— Eu estava para te contar... — começou Orion.

A cor voltava ao rosto dele rapidamente, afastando a palidez e deixando-o ruborizado. Ele colocou a mão no bolso da calça, então mostrou uma corrente entre os dedos. Rosalind não entendeu o que ele estava segurando até ver o que estava pendurado na ponta: uma chave bem pequena.

— Isso estava ao redor do pescoço da francesa — explicou ele. — Ela é um ponto de contato da Turquesa para informantes que desejam dar sua opinião à imprensa confidencialmente. Certa vez, percebi que ela pegou um pequeno cofre debaixo de sua mesa para dar a Haidi, e também a vi tirar a chave do pescoço para destrancá-lo. É um bom lugar para esconder informações confidenciais sobre um esquema terrorista. Acho que, se eu largar a chave ao lado da mesa depois, a mulher simplesmente irá pensar que a perdeu sozinha.

Rosalind abriu e fechou a boca. Abriu e fechou.

Então ela bateu no braço de Orion.

— Ai! — protestou ele. — Ainda estou frágil!

— Não podia ter me contado?! — exclamou Rosalind. — Simplesmente aceitou minhas acusações sobre ser mulherengo?

— Amada, não houve um momento apropriado para que eu pudesse te mostrar o que tinha em mãos. Não queria parecer suspeito no caso de ela começar a se perguntar quando havia perdido o colar.

Rosalind bufou, balançando a cabeça. O raciocínio dele era sensato, mas ela ainda estava irritada. Depois da noite que tiveram, ela precisaria encarar a parede por no mínimo oito horas antes de conseguir parar de ficar emburrada.

— Houve tempo o suficiente antes de sermos atingidos pelo projétil — insistiu ela. Também ainda não conseguira fazer sua mente entender *isso*. Rosalind colocou a mão embaixo do banco, procurando pelo bloco de notas que havia jogado ali durante a perseguição. — Aquilo deve ter sido algum tipo de violação internacional. Ainda não estamos em guerra. Por que nos perseguiram pela cidade e nos atacaram com armas?

Orion massageou as têmporas. Rosalind o observou atentamente pelo canto do olho, mas não parecia que ele estava sentindo novas tensões, apenas afastando as ondas antigas.

— Mas aquelas pessoas não eram japonesas — rebateu Orion. — Então, afinal, o *que* acabou de acontecer?

Rosalind encontrou o bloco de notas, porém sua mão também encostou em algo que parecia de tecido. Franzindo a testa, ela puxou o bloco de notas... junto com uma boina. Rosalind encarou o objeto com curiosidade, examinando o pano sob a luz do único poste no beco que iluminava o interior do caminhão.

— Isso é uma boina? — perguntou Orion, inclinando-se.

Rosalind a virou. Na frente havia uma estrela vermelha de cinco pontas costurada no tecido. Naquele instante, os últimos acontecimentos fizeram sentido.

— Uniforme do Exército Vermelho — respondeu Rosalind. Ela olhou para Orion. — Aquelas bandeiras japonesas eram só um disfarce. Acabamos de lutar contra a milícia Comunista.

De repente, o beco ao redor deles pareceu congelar, desconfortável como um campo de batalha: cercado por terras vastas, onde tudo poderia acontecer a qualquer momento.

Os agressores não eram japoneses. Aquilo fora um ataque interno.

— Agora a questão é... — Rosalind largou a boina, os dedos formigando com o contato. — Os Comunistas vieram atrás de nós por sermos Nacionalistas ou por outro motivo?

27

Então, você é inimiga da nação?

A refém — Liza Ivanova, supostamente — olhou para cima, levantando a sobrancelha.

— O que é um inimigo de verdade? Eu com certeza nunca fiz mal ao bem-estar da nação, se essa é a sua pergunta.

Phoebe cruzou as pernas embaixo das saias, arrumando o tecido pesado. Ela se sentou com mais conforto no sofá, acotovelando Silas, que estava sentado primorosamente ao lado dela. Estavam esperando na casa dele, uma modesta mansão escondida em uma seção meio reclusa da Concessão Internacional. Os pais de Silas estavam em uma viagem de negócios, então não foi um problema trazer Liza até ali. Os funcionários que estavam por perto, fazendo tarefas na cozinha ou limpando os quartos, sabiam que deveriam afastar os olhares e manter a boca fechada sobre o que acontecia em relação à refém.

Bem, Liza não era realmente uma refém, já que estava só sentada no outro sofá, folheando uma revista casualmente e com liberdade para se levantar no momento em que desejasse, mas Phoebe queria tornar a situação mais oficial ao usar tais termos.

— Quero dizer... você está trabalhando para o outro lado? — esclareceu Phoebe, lançando um olhar para Silas a fim de mostrar que estava sendo cuidadosa com as palavras.

— Lados são mutáveis — respondeu Liza, o tom de voz tranquilo e inabalável. — Você tem pão? Estou morrendo de fome.

Silas se levantou imediatamente.

— Eu pego — disse ele. Enquanto passava, adicionou baixinho e mais direcionado a Phoebe: — Nunca conheci alguém que falasse tanto em círculos. Meu Deus.

Ele entrou na cozinha. Phoebe voltou ao interrogatório apesar da falta de informações preliminares que não conseguiram tirar de Liza. Além disso, Orion também não ajudou muito com sua ligação telefônica. Tudo o que havia dito era que Liza trabalhava para os Comunistas e avisara a Silas que talvez ela o reconhecesse, então ele teria que manter a farsa de ser um agente duplo que estava traindo os amigos.

— Já nos conhecemos? — perguntou Phoebe. — Sinto que sim. Quantos anos você tem?

— 17 — respondeu Liza. Ela virou a última página da revista, então esticou a mão para um jornal literário na mesa de centro. — Mas acredito que sejamos de círculos sociais diferentes.

— Bobagem. Conheço todas as pessoas com 17 anos em Xangai. — Era um grande exagero, especialmente em uma cidade tão populosa, mas, quando Phoebe exagerava, ela se atinha à história. — Sabia que seu rosto era familiar.

Liza não parecia nem um pouco convencida.

— Meu irmão era muito conhecido na cidade. Talvez esteja reconhecendo ele.

— Ah, sei tudo sobre irmãos famosos também — disse Phoebe com um biquinho, colocando as pernas em cima do sofá e deixando-as penduradas na beirada. — Os jornais sempre falam sobre Oliver e Orion, mas ninguém nunca se lembra de *mim*.

Liza não disse nada. Phoebe sentiu que havia perdido o fio da meada da conversa, ou talvez apertado com muita força e de alguma forma mandado tudo pelos ares ao segurar de forma desajeitada. Jogando os cachos sobre os ombros, tentou de novo:

— Quem é o seu irmão?

Liza ergueu o olhar, a primeira centelha de frieza aparecendo em seus olhos escuros. Na cozinha, Silas fechou a porta de um armário, e o som fez com que Liza olhasse ao redor, lembrando-se de onde estava.

— Vai descobrir logo, logo.

— O que isso quer dizer? — Phoebe se endireitou de novo, agora com uma postura adequada, antes de Silas voltar com o pão em um prato. Ele o passou para Liza, e a jovem o pegou com um "*obrigada*", a expressão cuidadosamente controlada. De fora da casa, Phoebe pensou ouvir vozes chegando mais perto, aproximando-se da garagem. — Então Janie deve saber, certo?

Liza deu uma mordida no pão e deu de ombros.

— Não sei. Sabe?

— Feiyi, vamos lá, desse jeito vocês só vão se cansar — avisou Silas.

Mas Phoebe era persistente. Ela sabia como funcionava o jogo-da-garota-irritante. Era a atual campeã das garotas irritantes.

— Como entrou nessa carreira?

— Como alguém entra nessa carreira?

— Me deixe especular — disse Phoebe, dando tapinhas no queixo para pensar. — Você mencionou um irmão. Um irmão importante. Ele deve ser um Nacionalista... e você trabalha para o outro lado para mantê-lo em segurança. Como em um jogo de esconde-esconde, você escolhe se disfarçar e observar os outros passarem por você, sem saberem de nada, juntando informações nas sombras para poder protegê-lo.

Liza deu uma risadinha de escárnio. Depois de dar uma mordida, ela agora cutucava o pão em vez de comê-lo, enrolando pedacinhos da massa.

— Por favor, nem pense em sair da escola tão cedo para virar detetive.

Phoebe fez uma careta. Silas, tendo voltado para o lugar ao lado dela, alisou seu cabelo nos ombros em um gesto apaziguador.

— Tudo bem, então não é família. Um amante?

Liza fingiu vomitar.

— Sempre fui extremamente desinteressada em assuntos românticos e no que quer que seja que os amantes façam.

— Então a única opção que resta é dinheiro — sugeriu Silas.

Depois de arrumar o cabelo de Phoebe, Silas se reclinou no sofá, mas o movimento fez com que ele se afastasse dela. Ela franziu o cenho. Será que ele estava com medo de bagunçar sua saia? Ela se aproximou, pressionando o corpo na lateral dele outra vez.

— Ou — disse Liza, de forma franca — a única opção que resta é querer um emprego na política. Sou russa... relativamente falando. Os Comunistas estão abertos a confiar em mim, então trabalho para eles. Como não começaram pela sugestão mais fácil?

Uma batida alta veio da porta da frente. Phoebe deu um pulo, acenando para que Silas ficasse parado. Era fácil para ela entrar no hall de entrada com suas meias de babados, deslizando pelo piso limpo como se estivesse patinando. As vozes lá fora estavam discutindo, altas o suficiente para flutuarem pela casa.

— ... identidades foram vazadas.

— Não temos como ter certeza.

— Sim, Orion, porque foi uma *coincidência* sermos atacados...

Phoebe abriu a porta antes que os nós dos dedos de Janie pudessem bater uma segunda vez. Ela deu uma olhada no irmão, então na esposa falsa dele, e abriu mais a porta, recebendo-os com um floreio.

— Estávamos esperando vocês.

— Fui eu quem te deu essa instrução, pirralha. — Orion suspirou, entrando, e tirou os sapatos. — Janie, o palco é seu. Por que planejou isso?

Assim que Janie Mead também entrou, Phoebe deu uma olhada rápida no caminho lá fora, conferindo se havia invasores. Não havia movimento com que se preocupar, mas havia um mosquito bem grande subindo por uma das pilastras da entrada. Apressando-se para voltar para dentro, Phoebe pegou um seixo de um dos grandes vasos de plantas que estavam por perto e o jogou no mosquito.

Pronto — esmagado. Coisinhas nojentas. Phoebe entrou, retornando à sala de estar. Janie e Orion estavam de pé em frente a Liza, enquanto a jovem permanecia sentada, ainda cutucando o pão casualmente. Silas gesticulou para que Phoebe se aproximasse, mas ela balançou a cabeça, optando por ter uma visão melhor do corredor.

— Quer pão? — ofereceu Liza.

— Não vai gritar comigo por ter te incriminado? — perguntou Janie.

Liza apontou para Orion com o queixo.

— Seu marido já sabe que foi você quem matou Tong Zilin?

Orion recuou com uma expressão de total descrença.

— *O quê?*

— Ah — disse Janie —, aí está a sua vingança.

Liza sorriu. Orion parecia perplexo por Janie não ter negado. Enquanto isso, Phoebe e Silas trocaram um olhar, sem entender nada. Nem mesmo sabiam por que haviam tirado Liza da cadeia. Teria sido por uma acusação de *assassinato*?

— Por que não me contou? — perguntou Orion. — Foi por *isso* que destruiu o lustre no salão de dança? Meu *Deus*, Janie...

— Podemos — sibilou Janie em um volume mais baixo — continuar essa conversa em outro momento?

Orion ficou visivelmente irritado. Liza segurou o riso.

— Não parem por minha causa — disse ela —, não tenho nenhum outro lugar aonde ir. Exceto para a prisão, pelo jeito.

— De nada — disse Phoebe, do corredor.

Com Orion temporariamente apaziguado, Janie alisou o tecido do *qipao*, virando-se para Liza.

— Escute, não vai ser difícil limpar seu nome. Porém, em troca, quero a mesma coisa que pedi antes. Os Comunistas te infiltraram na Turquesa... você é a pessoa com mais conexões entre os dois lados e a mais capaz de conseguir respostas. Por que aquele arquivo foi tirado de mim? Por que meu treinador foi atacado? Por que acabaram de vir atrás de nós com armas em punho e uma enorme *corda*?

Silas se retesou. Phoebe por fim entrou na sala de estar.

— O quê? Vocês estão bem?

Orion gesticulou para que Phoebe se sentasse, colocando um dedo nos lábios.

— Estamos bem. Escapamos com facilidade.

Naquele momento, Liza apenas se aconchegou no assento, o franzir de sua testa se aprofundando em seu rosto. A jovem tinha um nariz muito delicado, que se contorcia enquanto ela considerava a questão. Apesar de ter sido rápido, Phoebe percebeu o olhar de Liza se voltando para Silas uma única vez. Os Comunistas pensavam que Silas havia desertado. Ele na verdade estava fazendo um jogo bem equilibrado como agente triplo, e precisava manter o disfarce na frente de Liza caso isso vazasse. Apesar de Phoebe fingir não perceber, ela o viu dar um leve balançar de cabeça, pedindo que Liza o deixasse em paz.

— Acha que isso tem a ver com a sua investigação na Turquesa? — perguntou Liza. — Que pessoas do meu lado estão se envolvendo no plano terrorista?

Janie jogou as mãos para o alto, mas não para sinalizar uma rejeição à ideia. Era um movimento que irradiava perplexidade.

— Tem *algo* a ver com isso, mas não consigo entender o quê. Encontre minhas respostas e meu marido fará uma série de ligações para que você não seja mais uma fugitiva. Apesar de eu ter certeza de que você se divertiria muito sendo uma.

Liza se levantou. Devagar, ela limpou as mãos das migalhas de pão e então se afastou do sofá. Apesar da quantidade de olhares presos a ela, a jovem saiu casualmente da sala de estar.

— Se eu fosse mais rancorosa, iria para o interior e viveria como uma fugitiva para sempre. — A voz dela ressoou, alta com o eco que fazia no hall de entrada. — Mas, além de ser gentil, também sou mais madura. Vai receber notícias minhas logo. Adeus.

A porta da frente se abriu, e depois bateu atrás dela. A casa permaneceu imóvel por um bom tempo. Então Orion se voltou para Janie.

— Ela é tão estranha. De onde você a conhece?

— Essa é uma história muito longa. — Janie apertou algo próximo ao peito com mais força: um bloco de notas. — Ela só é estranha porque foi criada assim. O mundo se move para ela, mas Liza não se move com ele. Ela sabia que não estava realmente em apuros, ou pelo menos sabia que eu ia ajudá-la.

Phoebe chegou mais perto, tentando ler o que estava rabiscado na parte de trás do bloco de Janie, mas aí o olhar desta encontrou o seu e Phoebe desviou a atenção.

— Obrigada pela ajuda, Phoebe. Você também, Silas.

— Ah, disponha! — exclamou Phoebe. — Se precisar de alguém para ir atrás de Liza Ivanova, me avise. Sinto que nós duas poderíamos nos tornar melhores amigas.

Orion balançou a cabeça, pegou o pedaço de pão que Liza havia deixado e o jogou no lixo a caminho da porta da frente.

— Sabia que ela me lembrava alguém. Vou te acompanhar até em casa, Feiyi.

28

Se havia uma coisa de Xangai da qual Celia sentia falta, eram as feiras de rua. Ali, nas partes mais rurais do país, as opções eram pobres — apenas os tipos mais comuns de vegetais, cada variedade menor que a média.

— Fique feliz por pelo menos ter comida — murmurou Celia para si mesma, escolhendo entre as hortaliças de *qīngcài*.

Quando encontrou uma que não estava tão amarelada quanto o resto, secou a umidade da mão e ajeitou a sacola de compras no ombro. A manhã chegava devagar, trazendo a aurora sobre as barraquinhas. Só havia mais outros três cidadãos na feira livre àquela hora da manhã, então ela levou o tempo de que precisava perambulando, seus sapatos de solas planas pisando no chão duro de terra. Suas roupas mudavam completamente quando ela estava disfarçada, e ficavam ainda mais discretas quando estava fora da loja. Eram panos e tecidos de algodão mesmo que estivesse usando um *qipao*. Nada de seda e certamente nenhuma renda.

Celia ergueu o olhar, avistando dois clientes entrarem na feira. Ela ficou alerta imediatamente, pensando na possibilidade de ser uma dupla de espiões, mas eles logo se separaram na entrada, como se a aparição lado a lado não passasse de uma coincidência. Acima, uma gota de água caiu de uma barraquinha e respingou no ombro de Celia.

Ela se virou para o vendedor e pagou, apressando-se para ir embora. Não era bom enrolar, sem saber que tipo de pessoa poderia aparecer xeretando. Celia ainda estava nervosa após ter visto os soldados no armazém. Apesar de ela e Oliver terem escapado, apesar de terem voltado à loja, fechado a porta e ficado em silêncio, esperando e esperando por algum sinal de perseguição e sem ouvir nada, isso não significava que estavam seguros — não depois de um dos soldados ter sido ferido pelo tiro de Oliver.

Celia havia falado muito pouco com ele desde aquela noite. Não que as coisas houvessem amargado entre os dois — Celia era simpática demais para conseguir lidar com a amargura. Mas, mesmo assim, ela não ficava muito tempo nos lugares em que Oliver entrava, não o procurava quando não havia necessidade. Se permanecesse perto dele por muito tempo, ficaria tentada a pegá-lo pelos ombros e chacoalhá-lo até que ele contasse cada segredo que estava escondendo dela, e isso provavelmente não acabaria bem. Oliver precisava falar a verdade por vontade própria para que isso significasse alguma coisa.

Se é que isso é possível. Celia nunca fora boa em fazer exigências. Algo nessa atitude sempre pareceu sobretudo errado; ela nunca conseguia se livrar do sentimento de que ser difícil poderia afastar as pessoas. Ainda assim, precisava ser firme.

Celia deu uma olhada por cima do ombro. Os dois novos clientes permaneceram no mercado quando ela saiu. Que bom. Então era apenas paranoia. Só por segurança, ela escolheu um caminho diferente para voltar à loja, seguindo pela rua principal mais comprida que cortava a cidade.

Passou por uma loja de vestidos. Então desacelerou o passo.

À sua esquerda, havia três banquinhas de jornais revestidas em metal, dispostas sob uma cobertura para o caso de chuva. Oliver havia dito que pegara aquela edição da Imprensa Turquesa perto de uma loja de vestidos. Seria essa? As prateleiras continuavam quase cheias. Quando Celia foi até as pilhas e deu uma olhada superficial nas edições de cima, pareceu-lhe que eram atualizadas semanalmente, o que significava que nada tinha mudado desde a última visita de Oliver.

Celia se agachou delicadamente. Por garantia, olhou cada uma das pilhas, tentando ver se a Imprensa Turquesa estava escondida embaixo. Não estava ali. Só havia as publicações habituais de Suzhou e algumas notícias de Xangai, todas escritas em mandarim, como era de se esperar por aquelas bandas.

Será que aquela edição teria sido um acaso? Que tipo de jornal acidentalmente envia uma única edição por acaso?

Algo sobre o incidente incomodava Celia. A última carta de Rosalind dizia que a Imprensa Turquesa existia para atender aos residentes japoneses. Qual seria o propósito de um jornal forasteiro por ali, fora da cidade e sem influência estrangeira?

De qualquer forma, quem coloca essas prateleiras em ordem?

Celia ergueu o olhar. Ao longo da rua, havia uma loja de vestidos, uma loja de artigos de vidro e... *ah*. Uma livraria. Ela se levantou e se apressou até a loja, puxando a saia do *qipao* acima do calcanhar antes de cruzar a soleira. Um pequeno sininho soou, sinalizando sua chegada.

— Todas as entregas entram pelos fundos! — gritou a voz de um homem.

— Que bom que não estou fazendo uma entrega — respondeu Celia.

Um senhor idoso apareceu entre as prateleiras, empurrando os óculos de armação de arame para cima. Ele voltou para a mesa da frente com passos lentos e pacientes.

— Ah, me desculpe, *xiǎojiě*. Passei a esperar o entregador a esta hora. Como posso ajudar?

Era a primeira vez que ela vinha à livraria apesar dos meses que havia passado disfarçada por aquelas bandas. Não via sentido em fazer muitas conexões locais, quando isso só aumentava as chances de serem denunciados se os Nacionalistas aparecessem para investigar. Celia olhou ao redor, observando as prateleiras bem conservadas e as bordas bem espanadas. 紅樓書店, dizia a placa acima da porta. *Livraria Gabinete Vermelho*.

— É o senhor... — Celia apontou por cima do ombro para a rua. — É o senhor que cuida daquela banca de jornal ali?

O homem assentiu.

— Está procurando por algo?

— Mais ou menos. — Celia hesitou, tentando determinar como fazer a pergunta sem que ela soasse estranha. — Vi um jornal ali outro dia. Estava em japonês? Minha... minha sobrinha está tentando aprender o idioma, então queria pegar um para ela.

Por um momento, o senhor coçou a barba, parecendo não entender do que ela estava falando. Até que ele estalou os dedos.

— Ah, agora lembrei. Aquilo foi um erro, querida. O entregador me deu a caixa errada. Era para ter ido para outro lugar. Eu vi os jornais e os coloquei com o restante sem nem pensar direito.

Uma entrega errada?

Celia ajeitou a sacola de compras no ombro.

— Sabe para onde deveria ter sido entregue? Seria útil para mim conseguir uma cópia.

— Não tenho como saber, mas... Ei! Li Bao! Temos uma pergunta para você.

Do outro lado da loja, a porta dos fundos era mantida aberta por um bloco de concreto. Isso facilitava para ver o homem — Li Bao — chegar de bicicleta e tirar a boina. O dono da loja se apressou até ele, dando-lhe uma bronca pelo atraso.

Três cestas estavam penduradas em lugares diferentes da bicicleta, lotadas até o topo com pacotes e caixas menores.

— Uma pergunta? — gritou Li Bao.

Ele tirou o palitinho de dente da boca.

— Sobre uma caixa que foi entregue aqui por engano. — Celia precisou interromper antes que o idoso pudesse desviar o assunto para as broncas sobre pontualidade. — Você trouxe algo que era para outra pessoa...?

A compreensão surgiu no olhar de Li Bao.

— Ah, sim. Era para o Armazém 34, na estrada de terra. Eu a trouxe para a loja de número 34 em vez disso.

O armazém repleto de Nacionalistas. Os soldados estavam transportando aqueles caixotes. Não havia dúvidas.

— Eles estavam esperando pela entrega — continuou Li Bao. — O supervisor deles me deu uma bronca por ser irresponsável. Felizmente eu tinha outra caixa para eles e isso os acalmou, mas *nossa*.

— Outra caixa? — perguntou Celia. — Jornais também?

Li Bao colocou o palitinho de volta na boca.

— *Muitos*. E desempacotaram bem na minha frente, enfiando os papéis em um caixote diferente, que queriam que fosse enviado naquele mesmo dia. Não sei qual é o problema com esses militares engomadinhos.

Isso não fazia sentido. Nada disso fazia sentido.

— Eram do Kuomintang, certo?

Li Bao lhe lançou um olhar estranho.

— Quem mais seria?

Então soldados Nacionalistas estavam recebendo jornais japoneses, para então colocá-los em outras remessas e enviá-los de volta? *Por quê?*

Celia inclinou a cabeça.

— Obrigada. Me ajudou muito. Talvez eu vá pedir uma cópia.

Antes que o senhor da livraria pudesse oferecer mais opiniões, ela pediu licença e saiu. Caminhou de volta até o estúdio fotográfico como se estivesse em transe, ponderando, ponderando e ponderando mais um pouco. Millie e Oliver estavam fazendo seus turnos na bancada quando ela entrou, tão perdida nos próprios pensamentos que quase tropeçou no baú de fantasias que não havia sido guardado.

— Achou alguma coisa boa? — perguntou Millie.

— Apenas *qīngcài* amarelado — respondeu Celia. Ela chamou a atenção de Oliver e então inclinou a cabeça em direção aos fundos. Por mais que estivesse irritada com a maneira como ele lidou com o mistério do armazém, precisava de sua opinião sobre a nova descoberta. — Oliver, pode me ajudar na cozinha por um segundo?

Oliver abandonou a câmera em que estava mexendo e a seguiu na mesma hora. Ela esperou até que estivessem sozinhos na cozinha, até que tivesse colocado a sacola na bancada, antes de começar a falar.

— Tenho que voltar à cidade para alertar minha irmã.

Oliver tirou a caixa de ovos e a colocou em cima do armário.

— O que aconteceu? — perguntou ele, com calma.

Celia estava tentando manter a calma em sua voz com muito afinco. Continuou se movimentando, colocando as compras nos lugares certos enquanto falava.

— Rastreei de onde aqueles jornais vieram. Da Imprensa Turquesa, lembra? Deveriam ter ido para *aquele* armazém. — Ela guardou as pimentas. — Oliver, as pessoas por trás da Imprensa Turquesa são responsáveis por uma série de assassinatos que estão acontecendo em Xangai.

— Eu sei — disse ele, tranquilamente.

Celia reprimiu um suspiro. Mas é claro.

— Sabe?

Oliver fez uma pequena careta.

— Meu irmão é o atual parceiro de missão da sua irmã. Descobri poucos dias depois da tarefa deles começar.

— Ele é *o quê*? — Celia se inclinou na bancada, absorvendo a informação. Isso não era relevante para sua preocupação atual, mas mesmo assim a impactou. — Achei que enviavam Orion para tarefas na alta sociedade... e para seduzir mulheres a contar se seus maridos eram simpatizantes do Comunismo. Por que ele está investigando os japoneses agora?

— Ele é bem treinado para extrair informações e é fluente em japonês. Acredito que tenha a melhor qualificação. É a escolha de enviar a Dama do Destino que me deixa curioso. Ela não é realmente uma espiã.

Mas é confiável, pensou Celia. Mais confiável, supunha, que Orion, mesmo que ambos tivessem um irmão do outro lado. Rosalind *dissera* que os Nacionalistas a haviam alocado com outro agente, a quem ela estava observando atentamente. Mas a irmã não havia esclarecido quem ele era. Era tão típico de Rosalind não citar nomes. Ela definitivamente pensou que pouparia Celia da obrigação de relatar a Oliver como seu irmão estava.

— De qualquer forma — disse Celia, retomando o assunto —, se, e continua sendo um *se*, esse armazém for a origem de um esquema imperialista japonês, ao qual os Nacionalistas enviaram minha irmã e seu irmão para investigarem...

— ... por que os próprios soldados Nacionalistas estão no armazém? — concluiu Oliver, os lábios projetados para frente.

Celia chacoalhou a sacola após retirar todas as compras. Ela deixou o silêncio se alongar enquanto dobrava o tecido em quadrados cada vez menores, até que estivesse com um tamanho que pudesse caber em cima do armário.

— Quando podemos partir? — perguntou Celia.

29

Pouco antes do meio-dia, acontecia um burburinho de atividade no escritório, e vários assistentes transportavam caixas dos carros estacionados em frente ao prédio. Enquanto Orion segurava uma xícara de chá e deixava a infusão acontecer em suas mãos, foi até as janelas do departamento, observando os carros no complexo. Novas remessas, disseram. Impressões vindas direto da fábrica.

O embaixador Deoka estava lá embaixo, dando as ordens, assim como Haidi, de pé ao lado dele. Os dois trocaram algumas palavras antes de ela assentir e fazer uma reverência, indo até os portões de entrada como se fosse dar uma caminhada. Orion olhou seu relógio de pulso. Eles se encontrariam em quinze minutos. Será que Deoka sabia? Será que ele a havia enviado? Se Haidi tinha algo a dizer, por que não marcar o encontro numa sala de reuniões no edifício? Por que ir a tantas ruas de distância?

O cofre da francesa havia sido um fracasso. Orion fora uma das primeiras pessoas a chegar no escritório naquela manhã, antes mesmo de Janie terminar de arrumar o cabelo, só para conseguir vasculhar o lugar. Com o departamento vazio, ele foi direto até a mesa da francesa e destrancou o cofre, mas se deparou apenas com cartas de outros expatriados relatando vizinhos turbulentos em território estrangeiro. Inútil.

Eles estavam esgotando os caminhos de investigação rapidamente. Se Orion fosse um jovem menos confiante, poderia até começar a se preocupar.

Bem... ele estava um pouco preocupado. Só um pouco.

Seu relógio de pulso tiquetaqueou, marcando dez minutos para o meio-dia. Ele colocou a xícara em sua mesa do cubículo e pegou o terno nas costas da cadeira. Quando passou pela entrada do departamento, Janie olhou para cima e inclinou a cabeça com curiosidade, mas ele simplesmente acenou, atravessando as portas antes que ela pudesse perguntar. Depois que ele fosse ao encontro de Haidi e descobrisse o que ela tinha a dizer, talvez tivesse uma explicação melhor. Talvez tivesse algo útil para a investigação.

Tenho uma informação sobre sua esposa que te interessa, havia sussurrado Haidi para ele. *Pessoas como você querem informações, não querem?*

Orion não havia se esquecido do que Janie tentara ignorar na noite passada. A tranquilidade dela em relação a matar um dos colegas deles. A tranquilidade em relação a *esconder* isso, atenuando a questão do assassinato como se não fosse nada.

— Então? — questionara Orion quando Phoebe partiu.

Sua irmã havia assegurado que podia passar pela garagem sozinha, deixando Orion e Janie embaixo de um poste na esquina da rua. Janie encarava os portões de ferro que protegiam a mansão Hong e Orion tentava desvendá-la sob seu intenso escrutínio.

— Então...? — repetiu Janie, fingindo-se de tola.

— Tong Zilin — pressionou Orion. Mais cedo, ela havia usado a desculpa de encontrar um momento melhor para explicar. Agora que Phoebe havia ido embora, eram só os dois, uma rua vazia e um longo caminho até chegarem em casa. — É verdade?

Janie mexeu na pulseira, uma expressão pensativa no rosto. Orion estava tão cansado que estava prestes a se abaixar e tirar uma soneca na calçada. Janie, por outro lado, parecia perfeitamente alerta, mesmo que continuasse a se recusar a olhar na direção dele, o que era estranho.

Ela começou a caminhar. Orion a seguiu, persistindo em ficar ao seu lado conforme ela apertava o passo. Foi só quando já estavam a certa distância da casa da família dele que Janie falou:

— Ele percebeu um deslize no meu disfarce. Tive que tomar uma decisão instantânea entre ser exposta ou calá-lo.

— Então você o matou.

Ele viu os ombros de Janie se tensionarem. Ela acelerou ainda mais o passo.

— Você reprova a decisão?

— Não, é claro que não. — Orion também já havia sujado as mãos em seus anos trabalhando como agente, mas em raras ocasiões. Como quando estavam sendo perseguidos em alta velocidade por entidades misteriosas que lançavam projéteis em seu carro. — Só quero que me mantenha informado.

Ele ganhou um barulho de Janie em resposta, que Orion não soube bem como interpretar. Uma mistura de aceitação e curiosidade. Um zumbido baixo na base da garganta dela que saiu como um ronronar. Havia muito em Janie Mead que Orion não sabia como interpretar.

— Entrei em pânico — disse Janie simplesmente. — Achei que seria mais fácil manter segredo. Foi assim que Dao Feng me treinou.

— Foi assim que Dao Feng te treinou quando você trabalhava sozinha. — Orion desviou de uma poça d'água, dando três passos na rua antes de retornar à calçada. Resistiu à vontade de pegar o cotovelo de Janie, de virá-la para que o encarasse e ele pudesse colocar tudo o que ela escondia às claras. — Nós dois somos a Maré Alta agora, não somos? Somos uma força conjunta agora, certo?

Janie realmente parou, como se tivesse lido os pensamentos dele.

— Eu deveria ter te contado. Você está certo. Foi imprudente e perigoso, e, se você tivesse que me acobertar, teria sido mais fácil se soubesse tudo o que aconteceu.

Orion quase não conseguiu acreditar no que estava ouvindo. Ela parecia ser sincera. Janie estava... admitindo um erro? Quem era essa garota e o que ela havia feito com a agente com quem ele estivera dividindo um teto havia semanas?

— Ótimo. — Ele queria abusar da sorte. — Está escondendo mais algum segredo de mim, Janie Mead?

Ela se virou para encará-lo apropriadamente, procurando seu olhar sob a luz dos postes. De repente, a noite soprou uma brisa fria entre eles, mas Janie não recuou, ocupada demais considerando a pergunta que ele havia feito.

— Um — disse ela baixinho. — Mas ainda não quero te contar.

E assim ela voltou a caminhar. Como se não tivesse acabado de admitir que poderia jogar outra bomba nele qualquer dia desses. Orion não sabia se era melhor ou pior ter essa consciência agora para se preparar para o impacto.

Quem é você, Janie Mead?

Neste instante, Orion abria as portas principais da Imprensa Turquesa com os ombros, passando pela agitação do lado de fora. Ele passou pelo embaixador Deoka e assentiu. Apesar de o embaixador cumprimentá-lo de volta educadamente, Orion sentiu o olhar do oficial acompanhá-lo até os portões principais.

— Conte seus dias — murmurou Orion em voz alta, chamando um riquixá. — Você não ficará aqui por muito tempo.

Se o hotel tinha um nome, Orion estava tendo dificuldade para encontrá-lo quando passou pelas portas, olhando ao redor para ter certeza de que o local estava correto. Que tipo de estabelecimento não tinha uma placa na fachada? A entrada era muito bonita: havia um aquário no canto e um painel de vidro instalado na frente da mesa da recepção, protegendo a recepcionista que estava sentada enquanto lixava as unhas. Ainda assim, não havia dúvidas de que aquele era território chinês. As paredes não tinham o mesmo verniz que as dos hotéis ocidentais, nenhuma decoração ou o brilho do ouro que era resultado do dinheiro trocado por território.

— Estou procurando por Zheng Haidi — disse Orion, aproximando-se da mesa.

A recepcionista conferiu o caderno de registros, já aberto em uma página na frente dela.

— Quarto três, térreo. No corredor à sua esquerda.

Os braços de Orion formigavam. Quando ele andou pelo corredor e se aproximou do quarto três, não bateu à porta, só entrou direto, avaliando. Era melhor acabar logo com isso — se pensasse demais sobre algum detalhe, poderia estragar tudo.

— Você está adiantado! — exclamou uma voz aguda do sofá.

Haidi levantou num pulo, o cabelo solto no pescoço. O quarto de hotel era disposto como qualquer outro quarto comum. Uma cama, um sofá, uma mesa. Grandes janelas, cortinas finas... *hum*.

— Isso é um problema? — perguntou Orion, andando até as janelas. Ele olhou para a rua, reprimindo o sorriso em seu rosto. — Como sempre, você está linda sob a luz, Haidi, mas eu não dormi o suficiente e estou com um pouco de dor de cabeça. Você não se importa, não é?

Ele fechou as cortinas antes que ela pudesse responder. Do sofá, Haidi piscou rapidamente, surpresa.

— Nem um pouco — respondeu ela depois de um segundo. — Espero que não tenha tido muita dificuldade em encontrar este lugar.

Orion se encostou na parede. Cruzou os braços, depois um tornozelo sobre o outro. As cortinas estavam fechadas, então não haveria evidências fotográficas de uma possível armação. Com o que mais deveria se preocupar? Escutas? Microfones?

— Nada que eu não pudesse resolver. — Sutilmente, Orion olhou para o lado, inspecionando o banheiro adjacente. Ninguém estava escondido ali dentro. — Você disse que me chamou aqui para algo importante. Qual é o problema?

Haidi levou um momento para se servir do bule de chá que estava na mesa. Orion não havia desperdiçado tempo algum antes de ir direto ao assunto, e, com o rosto dela inclinado para baixo, ele não conseguia decifrar se Haidi estava reagindo com neutralidade ou desgosto.

— Por que não vem se sentar?

A suspeita se enraizou em seu âmago. Ele não demonstrou — foi até a cadeira comprida e se sentou, os cotovelos apoiados nos joelhos de maneira descontraída.

— Fiz uma descoberta outro dia — disse Haidi —, e achei que seria pertinente te contar. A última coisa que quero é ver meus colegas sendo arrastados em esquemas horríveis.

Orion entrelaçou os dedos. Se havia aprendido algo durante tantos anos socializando e se comunicando com pessoas que tinham segundas intenções, era como identificar suas mentiras. Haidi tentava se concentrar para olhar diretamente para ele. Quando suas palavras se juntaram, uma atrás da outra, parecia que ela estava lendo um roteiro. Como se recitasse palavras que já haviam sido cuidadosamente ditadas a ela.

Isso é um teste, pensou Orion, agitado. Mas de quê? De quem?

— Isso é muito gentil — disse ele, com cautela. Haidi se aproximou e colocou uma das mãos em seu braço. Ele esticou a própria mão para pegar o chá, afastando-a. — Mas você havia dito que isso tinha a ver com a minha esposa. Acredito que não há nada sobre Janie que eu já não saiba.

Os olhos de Haidi se voltaram para a bolsa que estava no fim do sofá. Orion guardou essa reação automática em seu catálogo de observações.

— É claro — disse Haidi. — Me conte, o quanto você realmente a conhece?

Orion não gostava nada disso. Não importava quantas vezes houvesse enfatizado a palavra "esposa", Haidi não queria desistir, o que significava que essa era uma tarefa proposital. Em circunstâncias normais, ele dificilmente lutaria contra uma sedução explícita. Mas isso tinha a ver com Janie. Se Haidi estava xeretando para saber a opinião de Orion sobre ela, então suspeitavam de Janie, e Haidi estava tentando determinar se Orion deveria ser um cúmplice ou considerado inocente. A Maré Alta era uma unidade. Orion nunca seria tolo o suficiente para se separar de Janie.

Porém... era verdade que ele não sabia nada sobre ela. E, apesar de ele não saber para quem Haidi trabalhava, a mulher precisava ter *alguma* informação para estar fazendo tudo isso.

— Acho que me casei com ela muito rápido — confessou ele.

— Ah, é claro. — Haidi se inclinou, o perfume dela rodopiando embaixo do nariz dele. Orion quase espirrou. — Presumo que tenha sido pego de surpresa, não é?

Ela passou um dedo pelo maxilar de Orion. Ele reprimiu o estremecimento. Se ele se afastasse com óbvia repugnância, perderia acesso à informação que Haidi tinha. Mas, se ela continuasse, Janie o mataria. Com as próprias mãos.

Orion fez a única coisa que podia.

Fingiu ter um sangramento nasal.

— Ai... — Uma de suas mãos foi para cima para apertar o nariz, enquanto a outra entrava no bolso e abria o canivete, cortando o próprio dedo indicador. Quando ele encostou no nariz, parecia que estava escorrendo um vermelho vivo, manchando seu lábio superior. — Pode pegar uma toalha molhada, por favor?

Haidi se levantou num pulo, os olhos arregalados.

— Sim, é claro. Um momento.

Ela se apressou até o banheiro, fazendo barulho ao remexer nos armários. Orion já sabia que não havia toalhas ali: lugares como esse dificilmente forneciam cortesias. Quando ela voltou, atormentada, falou:— Vou pedir para a recepcionista.

E saiu.

Imediatamente, Orion baixou o dedo do nariz, fechando bem o punho a fim de parar o sangramento. Com a mão boa, abriu a bolsa de Haidi e olhou o que havia dentro.

Uma arma — interessante. Um laço de cabelo. Algumas folhas de papel soltas.

Orion remexeu no conteúdo, cavoucando até chegar ao fundo. Algo de vidro tilintou ao rolar, e ele encontrou um pequeno frasco com um líquido verde. Colocou-o de lado e foi pegar o último objeto que havia observado: uma fotografia.

— Hum...

Ele trouxe a fotografia mais para perto. O protagonista da foto era um político do Kuomintang em cima de uma plataforma. Orion não sabia exatamente onde era, mas parecia um dos jardins públicos nas concessões. Imaginou que Haidi não estava carregando a fotografia por causa do político. Era mais provável que fosse pelo fato de Janie estar no fundo, perfeitamente capturada no retrato. Ela usava um *qipao* escuro, um laço preso em torno do pulso. Por um segundo ou dois, Orion simplesmente observou seu sorriso, admirando-o.

Mas então seu olhar encontrou uma descrição manuscrita no inferior da fotografia.

Jardins Juewu, 1926.

— O quê? — murmurou ele em voz alta.

Cinco anos atrás. Ele tinha 17 anos. Janie era ainda mais nova. Então por que parecia quase igual aos dias de hoje?

O rápido barulho de passos se aproximava do lado de fora da porta, e Orion colocou a fotografia onde havia encontrado, fechando a bolsa de Haidi e se apressando para onde estava sentado no sofá. Quando Haidi voltou com a toalha, ele apertou o dedo com força, deixando que um fio de sangue escorresse por seu braço e manchasse a manga da camisa.

— Aqui, aqui — disse Haidi rapidamente, aproximando-se depressa.

Orion pegou a toalha fria, pressionando-a no nariz. No mesmo momento, ele se levantou assim que Haidi se sentou.

— Acho melhor eu ir — disse ele em um tom nasalado. — Vejo você no escritório. Tenho certeza de que pode me dizer o que quiser lá. *Zàijiàn!*

Antes que Haidi pudesse protestar, Orion saiu, fechando a porta atrás de si. Ele afastou a toalha do nariz assim que o trinco fechou, fazendo uma careta para o corte no dedo. Que confusão. Fez o melhor que podia para limpar o nariz, então saiu do hotel às pressas, abaixando a cabeça para a recepcionista não vê-lo.

Fora do prédio, jogou a toalha na primeira lixeira que viu. Ainda havia um borrão de sangue em seu lábio quando o limpou, mas ninguém prestou atenção nele enquanto andava pela rua, desviando de engraxates e cartomantes. O ar frio ajudava a clarear sua mente, mesmo com o barulho das principais vias de acesso de Xangai. Com o sol brilhando no meio do céu, a cidade ressoava com o auge de sua agitação diurna, e Orion se colocou bem em meio a isso, sustentando a mão a fim de parar o sangramento.

Ele assistiu a uma briga começar perto da feira de legumes e verduras. Jogou algumas moedas para os mendigos que dormiam em frente às lojas. Cada passo que dava na calçada disparava uma nova onda de pensamentos bramindo em sua cabeça.

Quando já havia andado por tempo o suficiente para que uma fina camada de suor se juntasse em suas costas, seus pensamentos não haviam se esclarecido em relação aos eventos da última hora. Tudo o que sentia dentro do peito era preocupação e perplexidade. A maior parte dessa última emoção era completamente dirigida à esposa falsa e à informação que ela escondia dele. Isso estava arrastando o disfarce dos dois para uma crise.

Orion entrou em uma cabine de telefone, fazendo careta quando um pedaço da pintura verde-escura descascou na palma de sua mão. Ele espanou a mão não machucada para limpá-la, então pegou o telefone e discou.

— *Hello?*

— Está ocupada? — perguntou Orion. — Preciso da sua ajuda.

— Tem precisado muito da minha ajuda ultimamente — respondeu Phoebe do outro lado da linha.

Ela parecia muito satisfeita. Ele podia quase imaginar como a irmã estava sentada naquele momento: segurando o fio do telefone, a cabeça para dentro dos ombros como um pequeno *gremlin* sentindo o cheiro de um tesouro.

— Sim, bem, ontem você se ofereceu.

Do outro lado da linha, Phoebe certamente havia se sentado direito agora.

— Vou vigiar a Liza?

— Quero que você a observe — corrigiu Orion. Ele hesitou por um momento, então disse: — Janie está escondendo algo de mim. Algo grande. E tenho certeza de que ela e Liza se conheciam antes da Turquesa.

Uma batida veio do vidro da cabine. Orion se virou e encontrou um senhor idoso gesticulando para que ele se apressasse. Orion fez um gesto de desculpa, levantando a mão para indicar que ainda levaria alguns minutos.

— Dei uma olhada nos arquivos da Turquesa — continuou ele. — Liza Ivanova mora em um apartamento em frente ao Palácio do Lírio Pêssego. Encontre-a por coincidência, ofereça ajuda na tarefa dela. Você é a única de nós oficialmente não afiliada aos Nacionalistas, então conseguirá fingir neutralidade melhor do que nós. Precisamos descobrir o que Liza e Janie sabem uma da outra de alguma forma.

Phoebe considerou o plano por um momento.

— Tenho que perguntar... — disse ela. — Por que vamos investigar uma agente Comunista para descobrir coisas sobre sua própria esposa? Me parece complicado demais. Não pode perguntar diretamente a Janie?

— Perguntar qual segredo ela está escondendo de mim? — Orion bufou. — Isso daria muito certo. — Ele balançou a cabeça. — Tem algo escondido aí. Tenho certeza. Você consegue me ajudar?

O idoso começou a bater no vidro novamente. Orion gesticulou com mais força, pedindo paciência enquanto sua irmã refletia sobre a tarefa. O porquê de ela sequer fingir pensar sobre o assunto era um mistério. Não havia dúvidas de que a jovem estava tremendo do outro lado da linha, esperando para concordar.

Phoebe pigarreou.

— Pode contar comigo.

30

No fim do expediente, Rosalind foi sozinha para casa, já que Orion não havia retornado ao escritório. Ela estava correndo, uma lista inteira de desdobramentos preparada em sua cabeça para relatar a ele. O embaixador Deoka havia parado perto dos cubículos para fazer um anúncio. Ela havia conversado com vários colegas na sala de descanso depois disso, e todos eles deveriam ser adicionados às listas de apreensão como colaboradores do plano terrorista.

— Vocês têm trabalhado arduamente para garantir que nossas edições sejam impressas sem problemas toda semana, e seu esforço foi reconhecido — anunciou o embaixador Deoka. Havia homens ao seu lado com sorrisos simpáticos nos rostos. Talvez patrocinadores ou investidores. — O segundo aniversário da Turquesa está se aproximando, então faremos uma festa para celebrá-lo. Acontecerá no Hotel Catai, na próxima sexta-feira, às oito horas. Espero ver cada um de vocês lá para celebrarmos.

— Estou tão feliz que escolheram o Catai — disse Hasumi Misuzu, do departamento de redação, andando pela sala de descanso do segundo andar, logo antes do fim do expediente. — Se eu tiver que passar mais tempo em território chinês, talvez me mate. Ou vou apenas destruir o chão pessoalmente para que eles tenham que arrumar a arquitetura horrorosa.

Ito Hiroko, da produção, nem se importou que Rosalind estivesse ouvindo a conversa, o rosto sem qualquer expressão.

— Se acalme. Não é preciso destruir nada. Podemos melhorar tudo sob um governo mais firme. Não concorda, senhora Mu?

Rosalind colocou o copo na pia e disse o que elas queriam ouvir.

— A cidade está apodrecendo aos poucos. Um governo frouxo e um governo ocidental são igualmente perigosos.

Misuzu e Hiroko assentiram.

— É hora da Ásia se unir — sugeriu Misuzu.

— Com certeza, com certeza — concordou Hiroko. — E sob um grande império.

Para elas, não era necessário esconder essas opiniões. Se faziam parte do plano terrorista, era só outra tarefa administrativa que precisavam completar — mandar relatórios e triturar o que restava, repassar números e esquecer o resto.

Finalmente livre, Rosalind virou em sua rua, respirando fundo e relaxando os ombros. Ela havia ficado até mais tarde para terminar a conversa na sala de descanso, e agora o céu estava escuro, nublado num tom profundo de violeta. Nenhuma das luzes do lado de fora do edifício estava acesa, então ela adentrou uma certa penumbra, subindo as escadas exteriores. Quando destrancou a porta do apartamento e entrou, apenas a luz do banheiro estava acesa.

— Adicione Hasumi Misuzu e Ito Hiroko à nossa lista — disse Rosalind como saudação, jogando a bolsa no sofá. — Mesmo que não sejam culpadas, eu adoraria vê-las presas e julgadas, simplesmente por serem imperialistas convictas...

Rosalind parou de falar. Orion havia aparecido na soleira do banheiro, inclinando-se para fora a fim de indicar que a ouvia. Estava se barbeando, a metade do pescoço ainda coberta de espuma.

E estava sem camisa.

— Olá — disse ele.

— ... olá — respondeu Rosalind com uma pausa. — Existe algum motivo para você estar seminu?

— Manchei minha camisa de sangue. Não queria que caísse espuma nela também.

Rosalind resistiu à vontade de massagear as têmporas.

— E como, se é que posso perguntar, você manchou sua camisa de sangue?

— É uma história engraçada, na verdade. — Orion voltou ao banheiro para continuar o que fazia. Rosalind o seguiu, sentando-se na bancada enquanto ele se olhava no espelho, o queixo para cima. — Primeiro: aquele cofre não deu em nada. Segundo: Zheng Haidi, nossa querida secretária, me chamou para ir a um quarto de hotel hoje. Ela fez muitas perguntas sobre você. Sobre nós.

Perguntas? Rosalind franziu o cenho, cruzando os braços.

— O que disse a ela?

— Amada, eu mal consegui pronunciar uma única palavra devido à velocidade com que ela tentou me arrastar para a cama.

Rosalind pulou da bancada, os punhos fechados.

— Ela ficou maluca? Eu vou...

— Calma, calma — pediu Orion, enxaguando a navalha. — Por mais que eu adore o som da sua voz prometendo ameaças, isso não foi uma tentativa comum de provocar uma traição. Ela recebeu ordens, Janie. O que me pergunto é para quem ela trabalha. Se é Deoka quem suspeita de nós e, se for, por que ainda não nos expulsaram do escritório. — Ele aproximou a navalha do pescoço novamente, então estremeceu. — Eu escapei ao cortar o dedo e fingir que meu nariz estava sangrando. Por isso a camisa manchada.

Agora que o observava, Rosalind reparou que o indicador da mão direita de Orion estava envolto num curativo avermelhado. A pele humana era tão frágil. A pele humana *mortal* era tão frágil, a um golpe afiado de distância de transbordar sangue, entranhas e segredos de sua casca no piso frio de linóleo.

— Você não está preocupada.

Os olhos dela foram para o rosto dele, espantado com sua inspeção.

— É claro que estou preocupada. Se Haidi está fazendo perguntas, então nossos disfarces estão sob suspeita.

— Quis dizer comigo — esclareceu Orion. — Estava pronto para me defender. Tinha todo um discurso preparado sobre como eu não fiz nada para provocar isso, e você nem levantou a voz.

Rosalind colocou as mãos nos quadris.

— Você me considera uma esposa controladora e monstruosa?

— Sim.

A encarada dela tinha a força de um soco.

— Estou brincando, estou brincando — adicionou Orion rapidamente. Ele limpou o resto da espuma e deu um passo na direção dela. — Obrigado por confiar em mim.

— Não exagere — disse Rosalind, voltando a franzir a testa. Agora o banheiro tinha o cheiro de Orion, uma mistura de pimenta e hortelã. — Mas... foi uma tolice da minha parte confiar nas palavras do seu pai e tirar conclusões precipitadas, quando você nunca me deu motivos para acreditar nele. Ou pelo menos não *tantos* motivos.

Orion pareceu entretido. Não havia esperado por isso.

— Alguns motivos.

— Alguns motivos — concordou Rosalind.

— Se serve de consolo... — Orion apoiou o braço na parede, prendendo-a. — Talvez eu goste de vê-la com ciúmes.

Rosalind revirou os olhos, optando por não recompensar seu comportamento descarado com uma resposta. Supôs que a proximidade dele deveria ser alguma tática para deixá-la desorientada, mas ela apenas se concentrou no fato de que Orion havia se esquecido de raspar uma parte perto do maxilar.

— Me dê a navalha.

Ele piscou.

— O que disse?

Ela tocou a curva de seu maxilar, onde ainda havia um pouco de barba. A pele de Orion era quente, irradiando energia.

— Você não fez um trabalho muito bom, mas, com a mão machucada, era de se esperar. Me dê a navalha.

Apesar de Orion parecer hesitante, ele pegou a navalha lentamente.

— Eu... não sei se quero que você segure uma lâmina tão próximo à minha garganta.

Rosalind teve que resistir à contração que seus lábios fizeram, tentando parecer que levava a situação muito a sério.

— Como assim? — perguntou, forçando uma carranca. — *Você* não confia em *mim*?

— Eu nunca disse isso. — A garganta e o peito dele subiram e desceram, acompanhando a inspiração profunda de Orion. — Está bem. Sim, confio em você plenamente. Por favor, eu aceito sua ajuda.

— Ótimo.

Rosalind pegou a lâmina. Com certa grosseria, segurou o maxilar dele para posicioná-lo, as mãos esticadas em seu pescoço. Um dos dedos estava bem acima do espaço macio onde a pulsação de Orion vacilava.

— Relaxa. — Ela suspirou, passando a lâmina com cuidado. — Não fique tão inquieto.

— Não estou inquieto — protestou Orion.

— Aham. — Rosalind continuou sua tarefa. Ela conseguia sentir Orion observando-a. Ele estava se esforçando muito para não exalar, o que Rosalind sabia porque, se ele o fizesse, ela sentiria o ar em seu rosto.

— Você pode respirar, sabia? — sussurrou ela.

— Pare. Você está tentando me deixar nervoso de propósito — retrucou Orion.

Com uma risada, Rosalind se afastou, a tarefa terminada. Ela enxaguou a navalha na pia e a bateu para que os pelos saíssem, colocando-a de lado. Quando se virou, Orion ainda não havia se movido, parado ao lado da porta com uma expressão tola no rosto.

— O que foi?

— Faça isso de novo — pediu ele.

Ela olhou para a pia.

— Enxaguar a navalha?

— Não, amada. Sua risada.

Agora Rosalind realmente ia começar a ficar inquieta. Ela bufou de desdém e passou por ele, saindo do banheiro e esticando os braços.

— Coloque uma camisa. Você não precisava ir a algum lugar esta noite?

— Sim. A central quer falar comigo. — Orion colocou a camisa. — Enquanto eu estiver lá, vou insistir que nos atribuam um novo treinador o mais rápido possível. Não podemos continuar agindo feito baratas tontas, especialmente se a Imprensa Turquesa estiver suspeitando de nós.

Rosalind pegou um bloco de notas na mesinha de centro.

— Tudo bem. Vou ficar aqui fazendo minhas coisas de dona de casa.

Orion saiu do banheiro, uma das sobrancelhas já erguida.

— Coisas de dona de casa? Como ficar sentada no sofá?

O papel abaixo dos dedos de Rosalind farfalhou quando ela o virou, parando na primeira página em branco.

— Escolho interpretar as tarefas domésticas do meu próprio modo.

Com um pequeno balançar da cabeça, Orion se despediu e saiu do apartamento. Assim que a porta se fechou atrás dele, Rosalind abriu um sorriso.

Phoebe aproximou a cesta do peito, espreitando a entrada de carros para confirmar que os pais de Silas não haviam retornado de viagem. Não haveria problemas se tivesse que cumprimentá-los, mas ela gostava de invocar diferentes versões de si mesma, adequadas para pessoas diferentes, para que a adorassem ao máximo, e àquela hora da noite sua energia já estava baixa.

Ela bateu na porta da frente. Uma velha governanta atendeu e, ao reconhecer Phoebe, deixou-a entrar sem dizer nada.

— Silas? — chamou Phoebe, tirando os sapatos no hall de entrada e seguindo até o corredor. — Trouxe mais muffins. Me dê atenção, por favor.

A casa dele era construída de forma que os quartos e as áreas sociais fossem enfaticamente separadas, localizadas em alas diferentes da mansão. Era muito difícil que Silas a escutasse chegar, porque o som não viajava bem entre as alas, mas ele mantinha a porta aberta quando a estava esperando. Apesar de Phoebe não tê-lo avisado com antecedência naquele dia, ainda ficou surpresa por ele não ter saído do quarto para recebê-la. Franzindo o cenho, ela avançou e bateu diretamente na porta do quarto dele.

— Silas?

A porta se abriu. Porém, quando Silas apareceu, ele rapidamente colocou um dedo em frente a boca, alertando-a para que ficasse em silêncio. Havia outra voz atrás dele. A careta que Phoebe fez foi imediata, surpreendida ao pensar quem estaria no *quarto* dele, mas percebeu, segundos depois, que a voz era muito irregular e distante para ser de um visitante. Silas estava ouvindo uma gravação.

— Quem é? — sussurrou Phoebe, entrando no quarto.

Havia um fonógrafo na mesa, com um disco girando dentro.

— Sacerdote — respondeu ele distraidamente. — É a única forma de ela se comunicar comigo. É muito fácil abrir e espiar mensagens escritas.

Phoebe colocou a cesta no chão.

— *Ela?*

— Ah... — Se estivessem conversando em mandarim, não haveria uma diferença entre os pronomes. Mas Phoebe havia começado a falar em inglês e Silas a havia acompanhado, mostrando a diferença ao falar. — É o que presumo pelo som da voz. Eu posso estar errado, já que agora estão aprendendo a alterar o som.

Ele se sentou em frente à mesa novamente e continuou a escrever enquanto a gravação tocava. Era como se Phoebe nem estivesse no quarto. Quando ela parou para ouvir, a voz de fato soava distorcida, mais grave do que um tom de voz normal.

"... *prossiga por essa rota se quiser ganhar nossa confiança. Primeiro, e o mais importante, lembre-se...*"

Phoebe pigarreou.

— Vou te dar licença, então.

— Espere. — Silas olhou para cima tão rápido que seu cabelo caiu em frente aos óculos. — Você acabou de chegar aqui.

— Sim, bem, sua concentração parece estar reservada a essa garota nas ondas sonoras. Ia perguntar se quer dirigir por aí comigo amanhã, mas esquece.

— Investigar é o meu trabalho — respondeu Silas gentilmente. — Fui atribuído a ela. Quanto mais a conhecer, mais será provável que eu desmascare sua identidade. E é claro que posso dirigir por aí com você amanhã.

Phoebe continuou com a testa franzida e cruzou os braços. Havia o resquício de algo no tom de voz de Silas. Não era vingança, nem ultraje. Era *admiração*.

— Você precisa ter cuidado — disse Phoebe. — Sacerdote é uma *assassina* Comunista. E se ela descobrir que você estava aliado ao seu lado original esse tempo todo e for atrás de você?

A gravação parou. Silas abaixou a caneta.

— Vai ficar tudo bem. Eu...

Ele foi interrompido pelo som do telefone tocando. A governanta o convocou do corredor, mas Silas já se movia para atender. Phoebe marchou atrás dele, observadora como sempre, enquanto ele pegava o telefone.

Comando central, gesticulou ele com a boca, explicando depois de alguns segundos.

— O que estão dizendo? — sussurrou Phoebe.

— Sim — respondeu Silas ao telefone, antes que pudesse gesticular outra resposta. — Vou para lá imediatamente.

Ele desligou.

— O que aconteceu? — perguntou Phoebe.

Silas já corria de volta para seu quarto, pegando uma jaqueta.

— Protestos antinipônicos do lado de fora da Turquesa, e não conseguem falar com Orion ou Janie. Alguém pode usar essa oportunidade para destruir evidências. Tenho que ir ficar de olho.

— Vou também.

Silas parou. Talvez tivesse pensado em discutir, mas lançou um olhar para Phoebe e suspirou.

— Ok. Vamos.

31

Em um apartamento barulhento a algumas quadras da Imprensa Turquesa, não há como chegar nenhuma ligação. Enquanto a proprietária não estava olhando, uma criança desconectou a linha do telefone, e isso só será descoberto na manhã seguinte.

O apartamento acima está quieto. Calmo. Inconsciente do que acontece ao redor — agitação e gritos urram de alto-falantes, e uma multidão desce a rua. Eventos similares aconteceram nas concessões estrangeiras nos últimos meses. Sempre começa pequeno. Alguém do outro lado instiga um motim: um imperialista solitário soltando gritos de guerra, um soldado recorrendo à brutalidade em uma busca de rotina, uma discussão dentro do bonde. E é aí que a coisa estoura. É aí que os nativos usam seus números e formam uma multidão, e, com seus punhos unidos, tornam-se uma força de combate. Finalmente encontram algum tipo de poder.

Do lado de fora da Imprensa Turquesa, a multidão se juntou por conta de uma raiva reprimida. Já queimaram três negócios japoneses no caminho até ali. Eles chacoalham os portões da frente, apontam os alto-falantes para o céu.

— Boicote a todos os produtos japoneses! — gritam. — Não somos o Japão! Não vamos virar o Japão! Não vamos ser engolidos por seu império!

Dois agentes — ou um agente e uma aspirante a agente — correm até a cena.

— É ruim eu quase querer me juntar a eles? — sussurra a garota de laço no cabelo.

— Não — responde o garoto —, mas somos mais poderosos do que isso. Não precisamos pegar uma tocha quando podemos manipular o fogo da guerra antes que ele acenda.

Eles dão a volta na rua, mantendo um olhar atento ao prédio. Apesar de a multidão ser grande, não era possível saber quem poderia se misturar a ela com segundas intenções. Um soldado com instruções do governo, talvez, ordenado a destruir evidências; ou um colega da Turquesa, alertado por seus superiores que espiões Nacionalistas estão infiltrados na empresa, e que agora era a hora de queimar tudo. Os dois agentes na lateral estavam alertas em caso de perigo, de qualquer coisa explosiva que pudesse ser jogada por cima dos portões. Por mais que odiassem oferecer proteção, a Turquesa não podia queimar. Do contrário, não poderiam provar nada. Do contrário, qualquer plano que crescia lá simplesmente acharia outro lugar para florescer, e eles teriam que começar do zero.

Enquanto vigiam a cena, não percebem o movimento atrás deles.

Um assassino, sentado na beira do terraço de um prédio. Um assassino, levantando-se lentamente e pulando na calçada, indo ao trabalho antes que a multidão se disperse por completo, antes que a rua deixe de ressoar com o barulho.

— Ei — diz a garota de repente. Ela inclina a cabeça para o céu. A noite está pesada e vigilante, uma faixa turbulenta de escuridão retida pelas luzes da rua. Quando as sirenes policiais berram no fim da rua, quase são abafadas pela multidão. — Está ouvindo isso?

— As sirenes?

— Não. Os gritos.

Ela sai correndo antes que o garoto tenha a chance de responder. Um sentimento horrível se apossa dela, um sexto sentido que lhe diz o que era aquele grito. É natural esperar o pior da escuridão. A noite chama os criminosos da cidade. A noite deve ser temida pelo que pode facilmente esconder.

O assassino se arrasta ao dobrar a esquina, indo embora no mesmo segundo em que os agentes entram no beco atrás da Turquesa. A brisa se aproxima também, o mesmo vendaval que sai das mãos de um carrasco e entra em seus pulmões.

— Há tantos. — A garota arqueja. — Por que há tantos?

As sirenes chegam ao outro lado do complexo, e alto-falantes policiais brigam contra os manifestantes. Os dois não lhes dão atenção enquanto andam em meio aos corpos dos civis, contando quatro, cinco, *seis*. Eles viram os braços dos mortos, ainda quentes, suas vidas recentemente roubadas. Todos estão iguais: com uma ferida na dobra do cotovelo.

— Alguma coisa mudou — diz o garoto.

Ele olha por cima do ombro, sentindo um arrepio subir por sua coluna. Quase pensa que o assassino ainda pode estar observando. Quando examina a cena de novo, percebe que há algo ao lado dos corpos e se abaixa para pegar o objeto. Um frasco de vidro, extremamente frio ao toque. Ele o coloca contra a luz e vê um líquido verde balançando lá dentro.

Ele o mostra à garota.

— Estão começando a ficar descuidados.

32

A Imprensa Turquesa fechou as portas por alguns dias enquanto a polícia inspecionava o beco nos fundos e retirava os corpos. Quando Rosalind voltou ao escritório, estava agitada, a impaciência percorrendo todo o seu corpo. Ela odiava ficar sem fazer nada; colocaria isso em primeiro lugar numa lista de formas inúteis de passar o tempo.

— Você terá uma reunião com o embaixador Deoka em dez minutos — disse Jiemin quando ela se sentou, o sol da manhã batendo em sua cadeira. — Tenho que lidar com o estoque, então você deverá fazer o relatório por mim.

Às vezes, Rosalind se perguntava se ainda trabalharia como agente quando — *se* — o país eventualmente encontrasse a paz. Ou talvez acabasse indo atrás de outro caminho de vida ou morte. Talvez tivesse desenvolvido uma compulsão por consertar coisas quebradas. A raiva nacional alimentava todos os agentes, mas as cicatrizes que causava em cada um pareciam ser maiores para alguns e menores para outros. Coisas quebradas atraem coisas quebradas, depois tentam juntar seus cacos na esperança de se complementarem. Se o país não estiver mais desmoronando, de que servirá o cuidado dela com ele?

Rosalind assentiu.

— Posso fazer isso. Sobre o que vou relatar?

Talvez tivesse sido esse o motivo que a atraiu tanto para Dimitri Voronin. E depois, mesmo que a cidade não tivesse desmoronado, mesmo que Rosalind não tivesse perdido tantos a quem amava, mesmo sem uma gota de motivação, talvez já fosse de sua própria natureza se tornar essa cruel criatura assassina.

— Aqui. Me deixe encontrar. Já organizei tudo para você.

Jiemin se inclinou para remexer no armário. Rosalind esperou pacientemente, olhando as outras anotações na mesa dele.

Seria bom interagir mais com Deoka. No tempo em que passaram fora do escritório, ela e Orion se juntaram e debateram sobre os nomes na lista para confirmar quais acusações dariam aos Nacionalistas. Ela havia ficado surpresa com a facilidade com que concordaram em cada ponto, mas fazia sentido. Isso havia sido um esforço conjunto, no fim das contas. Cada nome só foi anotado após um breve encontro de olhares e um aquiescer minúsculo de Rosalind para Orion ou vice-versa.

— Tudo o que falta é descobrir quem realmente está sujando as mãos com os assassinatos — dissera Orion na noite anterior, baixando a caneta.

— E confirmar que Deoka é o grande líder — acrescentou Rosalind.

Ou, pelo menos, um líder sob ordens de seu governo. Era fácil tomar a decisão com base no que observaram. Encontrar a evidência que se sustentaria em um tribunal era mais difícil.

— Qual deles primeiro? — perguntou Orion.

Sem hesitar, ele se virou de lado no sofá e recostou a cabeça no colo dela, olhando para cima. Ela só suspirou. Já estava tão acostumada com Orion se intrometendo em seu espaço pessoal que não se importava mais.

— Os dois ao mesmo tempo — respondeu Rosalind, pegando uma mecha do cabelo dele.

Sua intenção era dar um forte puxão, numa tentativa de irritá-lo, mas em vez disso se viu enrolando a mecha em volta do dedo, curiosa para ver se o cacho ia segurar.

— Conseguir a informação de onde vier — disse Orion. — Gostei. Esse é o plano então.

Agora, do outro lado do departamento, o Orion da realidade acenava ao encontrar seu olhar, com aquela mesma mecha preta de cabelo caída para frente. Ele lhe soprou um beijo. Ela o ignorou.

Os dois precisavam encontrar Silas logo e reunir as informações que tinham. Silas estivera ocupado enquanto a Turquesa estava fechada. Depois de denunciar os corpos no beco para a polícia sob sua segunda identidade falsa, o rapaz havia ficado com eles para extrair informações sobre os assassinatos mais recentes, o que significava não entrar em contato até que a barra estivesse limpa, para prevenir que Silas não fosse exposto.

Seis corpos, pensou Rosalind com um arrepio. Sem um treinador para lhes dizer o que fazer, a única opção que restava era pensar em grupo. O que havia mudado? O assassino certamente estivera espalhando corpos aqui e ali sem precauções, mas aquilo havia sido uma chacina — e na Concessão Francesa, ainda por cima. Será que o ataque a Dao Feng não havia sido uma imitação, no fim das contas? Fora simplesmente o começo de uma mudança no *modus operandi*?

— Aprecio sua maleabilidade — disse Jiemin, trazendo os pensamentos de Rosalind de volta ao presente. — Vocês, trabalhadores jovens... — ele finalmente encontrou no armário a pilha certa de papéis — vivem para fazer com que eu pareça fraco e senil.

Rosalind olhou para ele.

— Quantos anos o senhor tem, exatamente?

— Dezoito.

Rosalind estendeu a mão para receber os papéis.

— Sou mais velha que você. Fique atento para que eu não roube seu emprego e receba um salário mais alto.

Jiemin não achou engraçado — simplesmente lhe deu os papéis e voltou para a cadeira, como se de fato precisasse considerar se Rosalind roubaria seu emprego.

Ele suspirou baixinho.

— O mundo funciona assim.

Rosalind folheou a pilha distraidamente, familiarizando-se com o que precisaria relatar. Cinco minutos haviam se passado e, quando ela olhou para o relógio outra vez, seus olhos se voltaram para Jiemin, que havia começado a escrever. E, se ela tinha visto certo, em inglês.

Sutilmente, Rosalind se inclinou para frente na cadeira.

— Jiemin — chamou ela, continuando a conversa —, você vai na festa? A que vai acontecer no Hotel Catai?

Ele não olhou para cima quando respondeu.

— Acho difícil.

— Por quê?

Rosalind inclinou a cabeça, tentando ler o que estava escrito.

Queridos chefes...

De repente, Jiemin dobrou o papel três vezes. Já havia terminado de escrever.

— Por que não ir a uma festa cansativa? — Ele colocou a carta em um envelope, então estremeceu de nojo. — Tenho jeitos melhores de desperdiçar meu tempo do que tentar subir na hierarquia da empresa.

— Não seja um estraga-prazeres. — Ela se inclinou na direção dele, tentando dar uma batidinha animada no braço de Jiemin. Havia uma probabilidade de conseguir ver resquícios da carta se ela caísse das mãos dele... — Você não está sozinho em seu desgosto pelo mundo empresarial. O resto de nós apenas sabe como tirar vantagem dos pequenos prazeres quando eles aparecem. Haverá comida de graça.

Infelizmente, Jiemin já selava o envelope, alisando a linha vertical até que estivesse nivelada.

— O mundo é um palco e todos são meros artistas. Apesar de admirar como cada um escolhe interpretar suas peças, eu entro e saio de cena de modo diferente — declarou Jiemin com naturalidade.

Ele começou a escrever o endereço. Um nome comum, uma rua comum: *Município de Zhouzhuang, Cidade de Kunshan, Província de Jiangsu...*

Espere, pensou Rosalind de repente, mentalmente refazendo vários passos. *Zhouzhuang?* Por que o nome soava familiar?

— É melhor você ir. — O som da voz de Jiemin quase a assustou. — Você é esperada ao bater do relógio.

— É claro — disse Rosalind.

Levantou-se da cadeira, os pensamentos ainda se movendo em alta velocidade. Por um breve momento, prendeu-se a algo que, certo dia, Celia talvez tivesse lhe dito, e ela se lembrou. A irmã costumava ir muito a Zhouzhuang. Rosalind não sabia o motivo.

A reunião com Deoka passou rápido. Talvez porque parte de Rosalind estava distraída, mas o embaixador não percebeu. Ela o informou, e ele lhe deu suas tarefas. Nada indicava que ele suspeitava dela ou que a missão da Maré Alta estava em perigo.

— Mais alguma coisa? — perguntou o embaixador Deoka.

No momento em que Rosalind estava pronta para ir embora, um objeto no canto chamou sua atenção e seus olhos se fixaram nos caixotes misteriosos de novo. Eram iguais aos da última vez. Ficavam deslocados em meio à decoração refinada, e certamente em relação à delimitação de tarefas, pois por que o próprio embaixador Deoka precisaria receber as remessas de jornais? Esse era o trabalho da produção.

— Eu queria perguntar, o senhor achou satisfatório o nosso relatório sobre a angariação? — indagou ela, ganhando tempo.

Talvez se olhasse a etiqueta de envio mais de perto...

— Estava ótimo — respondeu Deoka. — Pode retornar ao trabalho.

Rosalind curvou a cabeça e saiu do escritório. Não havia motivos para criar suspeitas tentando chegar ao caixote, se ele não lhe daria nenhuma resposta.

Porém, Rosalind parou de repente no meio do corredor, os saltos rangendo no piso de madeira. Era um caixote diferente daquele que havia visto da última vez, não era? Mesmo longe demais para ler o novo, percebeu que a etiqueta de envio havia sido colada na lateral, e não no topo.

Ver Jiemin escrever aquela carta havia lhe dado uma ideia. Em vez de voltar para o departamento de produção, ela desceu as escadas em direção ao primeiro andar e entrou na sala de correspondências.

— Senhora Mu — cumprimentou Tejas quando ela entrou —, como posso ajudar?

Rosalind piscou.

— Você não trabalha lá em cima?

— Faço turnos onde for necessário, então estou aqui hoje. — Ele rolou a cadeira ao longo da mesa, depois entrelaçou os dedos. — A empresa tenta evitar contratações desnecessárias.

— Justo — murmurou Rosalind, e pigarreou. — Será que eu poderia ver os registros de todas as remessas que chegaram e saíram? Temos um problema lá na produção e preciso rastrear de onde veio um certo pacote.

Tejas se virou na cadeira, olhando para a primeira estante à vista.

— Eu teria que vasculhar qualquer coisa antes de junho...

— De junho até agora — interrompeu Rosalind.

Murmurando enquanto refletia, Tejas se levantou, perambulando pela sala de correspondência. Ele remexeu nas estantes por alguns minutos — movendo pacotes prontos para serem enviados e outros prontos para a distribuição dentro da própria Turquesa —, até que voltou com uma prancheta.

— Acho que isso será suficiente.

— Obrigada — disse Rosalind, pegando a prancheta.

Ela folheou até a primeira página e examinou os registros, concentrando-se nos pacotes recebidos. Rosalind começou a sentir um formigamento nas pontas dos dedos. Um zumbido perpassava seus nervos, a ponto de entender que estava descobrindo algo, mas ainda sem saber o que era.

Foi fácil achar a linha de distribuição do mesmo endereço que ela havia visto na etiqueta de envio da primeira vez: Armazém 34, Rua Hei Long, Taicang. O embaixador Deoka estava registrado como o destinatário da entrega todas as vezes. Os pacotes também eram relativamente frequentes. A mesma coisa era registrada a cada uma ou duas semanas.

Rosalind não sabia o que fazer com essa informação. Enquanto Tejas se distraía com algo que caíra nos fundos — um pacote que não havia sido bem equilibrado na prateleira —, Rosalind permaneceu na soleira da porta, mastigando o interior das bochechas. Havia *alguma coisa* ali. Ela sabia que sim.

Ela correu o dedo pelo registro completo de um dos caixotes: *Armazém 34. 19 de setembro. 6,17 kg*.

Rosalind parou. Bateu o dedo naquela coluna, focando a atenção no peso do caixote. Era um número bem específico. Quando olhou o peso dos outros caixotes, eram todos iguais.

Rosalind começou a ver os registros de envio. Não procurou por um local em comum. Passou os dedos pelos quadrados que marcavam o peso de cada pacote e encontrou aquele número outras vezes. Nada identificava esses registros como os mesmos caixotes que chegaram à Imprensa Turquesa, exceto pelo peso.

O que significava que, algum tempo depois que os caixotes chegavam, eles sempre eram despachados. Todos para um endereço próximo a um grande distrito comercial: *Rua Burkill, 286*. A Imprensa Turquesa era uma intermediária para o que quer que estivesse naqueles caixotes, e Rosalind podia apostar que não eram simples jornais.

Ela baixou a prancheta assim que Tejas voltou dos fundos da sala. Seu coração martelava contra as costelas, quase escapando de seu corpo e caindo no chão com um *ploft*.

— Encontrou o problema? — perguntou Tejas, pegando a prancheta de volta.

— Ainda não tenho certeza — respondeu Rosalind. — Mas certamente encontrei algo digno de nota.

A várias ruas de distância, próximo ao coração da cidade, Phoebe puxava Silas do carro, insistindo em ter reforços. Eles haviam estacionado ao lado de uma banca de flores. O vendedor havia se inclinado para frente, pronto para fazer propaganda de um buquê, mas mudou de ideia e recuou, com medo assim que viu Phoebe arrancar um garoto do banco do motorista com uma mão só, os brincos tilintando de cada lado da cabeça graças a seu movimento vigoroso.

— Vamos lá, preciso que fique de olho.

— Phoebe, é uma má ideia. — Silas ajeitou os óculos, estreitando os olhos para o edifício a meia quadra de distância. — Não acredito que estivemos dirigindo por aqui para ficar de tocaia. Acreditei mesmo que você queria observar a arquitetura! — Ele tentou se manter firme. — Orion é um irresponsável por te colocar nessa missão.

— Ele não me colocou em nada. Eu me ofereci. — Phoebe juntou as mãos, as luvas de seda deslizando uma contra a outra. — Por favor, por favor, por favor, venha comigo. Eu ficaria com tanto medo ao tentar invadir um apartamento sozinha.

Depois de tantos dias dirigindo inutilmente, Phoebe aceitara que não havia chances de conseguir cumprir sua missão dessa forma. Era hora de sujar as mãos. Havia prometido a Orion que encontraria informações para ele.

— Não posso te convencer a fazer um passeio diferente? — implorou Silas. — Eu compro um bolo para você. Ou prefere tortas? Você gosta de tortas.

— Não! Precisamos resolver isso. — Phoebe separou as mãos, apertando as saias em vez disso. — Você quer me ver implorar?

— *Phoebe...*

— Então me ajude, ou vou me ajoelhar no meio da rua e aí você terá que responder pela minha honra...

— Tudo bem, *tudo bem* — disse Silas depressa, incapaz de aguentar o drama. Havia duas manchas vermelhas crescendo em suas bochechas. — Vamos.

Phoebe ficou radiante, seu comportamento se transformando em felicidade num piscar de olhos. A entrada do edifício em frente ao Palácio do Lírio Pêssego ficava escondida entre uma loja de sapatos e um estúdio de dança, e levava até um lance de escadas apertado. Eles se aproximaram da porta com cuidado, mas não havia ninguém para vigiar ou ficar de guarda. Phoebe supunha que era de se esperar por aquelas bandas. Ela subiu os degraus, Silas seguindo em seu encalço. No primeiro andar, havia um senhor idoso — outro morador — agachado em frente a uma bacia de metal para engraxar sapatos.

— Olá — disse Phoebe, parando em frente a ele. — Por acaso aqui mora alguma Liza... há...

Ela parou de falar, quebrando a cabeça para lembrar o nome completo de Liza. Orion havia lhe dito. Phoebe tinha certeza.

— Yelizaveta Romanovna — sussurrou Silas em seu ouvido.

— Yelizaveta Romanovna! — repetiu Phoebe. Lançou um rápido olhar de gratidão a Silas. — Por acaso aqui mora alguma Yelizaveta Romanovna?

— A garota Ivanova? — O homem grunhiu. — No andar de cima. Só faz barulho o tempo todo.

— Obrigada.

Phoebe desviou do homem e continuou a subir. Quando viu que Silas não a seguia, olhou por sobre o ombro e gesticulou para que ele se apressasse. Hesitante, ele também desviou do homem, subindo dois degraus por vez para alcançá-la.

— Phoebe, e se ela estiver em casa?

— É improvável. Quando a Polícia Municipal descobriu que ela desapareceu da cela, com certeza passou a inspecionar regularmente seu apartamento, para tentar capturá-la aqui. Ela não arriscaria voltar. Na verdade... — Quando Phoebe chegou à porta do terceiro andar, a única porta por ali, esticou a mão enluvada e girou a maçaneta. A porta abriu com facilidade. — Estava apostando que também não trancariam depois de investigar.

Silas pareceu ainda mais preocupado.

— Achei que tinha dito que Orion te enviou aqui para *encontrar* Liza.

— E é verdade. Mas acho que há formas melhores de conseguir respostas.

Phoebe abriu a porta com um empurrão, entrando no apartamento. A primeira coisa que notou foi o piso gasto, que rangeu quando entraram, como se as tábuas tivessem sido danificadas pela água. As paredes eram ásperas e grossas, com uma camada de tinta adicionada a cada novo ocupante. Atrás dela, Silas estremecia a cada passo que davam, parecendo querer ele mesmo chamar a polícia para prendê-la.

— Fique de guarda, pode ser? — instruiu Phoebe. Ela já explorava o pequeno espaço, os olhos examinando as estantes e o compartimento acima da cama. — Grite se ouvir alguém se aproximar.

Silas, seguindo as instruções, ficou de sentinela em frente à porta, apesar de seu corpo todo se contrair de nervosismo. Deixada por conta própria, Phoebe correu um dedo pela mesa de Liza. Um tinteiro. Uma coleção de poesias. Um porta-retrato sem uma fotografia, mas com uma revista russa cujo título Phoebe não decifrou.

Ela o pegou.

— Que estranho...

— Ande, solte isso.

Phoebe se virou com um grito. Na porta, Silas também se virou, assustado com o barulho. De alguma forma, Liza estava no quarto, os braços cruzados.

— Silas, eu falei para ficar de olho na porta! — gritou Phoebe.

— E eu fiquei! Eu estava bem aqui!

Phoebe deu um passo para trás, as pernas batendo na escrivaninha. Seus olhos arregalados estavam em Liza.

— Ai, meu Deus, você é um fantasma.

Liza caiu na gargalhada.

— Não. — Ela apontou para o guarda-roupa. — Eu estava ali dentro. Mas precisavam ver a cara de vocês.

Com a porta do guarda-roupa aberta, Phoebe teve um vislumbre das almofadas e dos papéis espalhados lá dentro, onde Liza claramente havia se aconchegado. Era impossível que a jovem ficasse sempre ali, mas servia como um bom esconderijo caso policiais aparecessem bisbilhotando o apartamento de novo.

Lentamente, o coração de Phoebe voltou à velocidade normal. Na porta, Silas ainda parecia precisar de cuidados médicos. Os olhos dele permaneceram em Phoebe, suplicando em silêncio para irem embora, mesmo sabendo que Phoebe bateria o pé se ele dissesse algo em voz alta. Silas foi esperto e permaneceu quieto.

Phoebe bufou para Liza.

— Você vê diversão demais nisso.

Liza balançou os dedos.

— Coloque isso no lugar. Seu irmão mandou você?

Phoebe baixou o retrato e franziu o cenho.

— Por que todos dizem isso? Talvez eu só seja intrometida.

— Talvez devesse fazer bom uso das suas brincadeiras intrometidas em vez de ir atrás de pessoas como eu. — Liza pulou na cama, cruzando as pernas. — Wu Xielian, feche a porta, por favor.

Silas não hesitou nem por um segundo. Fechou a porta, as duas mãos apoiadas nela mesmo após o *clique*.

Liza se esparramou nos lençóis. Parecia uma estrela-do-mar, o cabelo parecendo um membro a mais que ficou reto.

— Imagino que esteja aqui para receber um relatório do meu progresso. Tenho tentado diferentes estações de contato durante toda a semana, vasculhando por informações. Nada importante até agora, mas há um local que se destaca.

Phoebe foi pega um pouco de surpresa. Não havia esperado que Liza falasse com tanta facilidade.

Na porta, Silas pigarreou.

— Rua Se Zhong?

Fazia sentido. Liza estava tentando decifrar Silas. Até onde ela sabia, ele era um agente do partido dela, e ainda assim parecia ter ficado mudo aos seus superiores sobre todos os acontecimentos com os Nacionalistas.

— Exatamente. — Liza quicou no colchão outra vez, sentando-se na lateral e voltando a ficar de pé. — Você conhece?

Silas sentiu a armadilha. Lançou um olhar a Phoebe, preso em duas opções: ou fingir que Phoebe sabia sobre sua suposta traição, ou parecer preocupado por ela estar prestes a descobrir. Ele não optou por nenhuma delas; simplesmente manteve a expressão neutra.

— Não diria que conheço. Ouvi falar de algumas coisas.

— Isso vai dar certo então. — Liza colocou a mão embaixo da cama, pegando algo dali. — Vocês dois querem ajudar?

Phoebe e Silas a encararam, sem acreditar no que estavam ouvindo.

— Sério? — perguntou Phoebe.

Ao mesmo tempo em que Silas disse:

— De jeito nenhum.

Phoebe se virou para Silas, o olhar suplicante.

— Silas...

— Pare com isso — reclamou ele, colocando a mão no rosto para não ver os grandes olhos dela. — Não ajudaremos nessa missão!

— Precisamos saber o que houve com Dao Feng! — Phoebe correu até ele, segurando seus pulsos. — Precisamos saber se foi um ataque nacional. Precisamos saber por que meu irmão foi atacado. Ele está em perigo! Como podemos ficar sentados sem fazer nada?

— Não estamos sem fazer nada — insistiu Silas, e gesticulou na direção de Liza. — Uma agente habilidosa está cuidando disso.

Liza sorriu alegremente, aceitando o elogio.

— *Silas* — reclamou Phoebe.

— *Phoebe!*

Liza deu uma risadinha de escárnio, murmurando algo sobre ficar feliz pois nunca participaria de uma discussão de casal. Ao escutá-la, Silas ficou ainda mais vermelho do que antes.

— Temos que ajudar — insistiu Phoebe mais uma vez, ignorando Liza. — Por favor?

Um segundo se passou. Silas passava por um intenso conflito interno. Por fim, ele suspirou.

— Tudo bem. Mas só porque sei que você vai sozinha se eu me recusar. — Virou-se para Liza. — O que vamos fazer? Ficar de vigia?

— Ah, não. — Com um floreio, Liza revelou o que tinha em mãos: uma caixa de fósforos. Jogou-a para Silas — Vocês vão cuidar dos explosivos.

33

Alisa havia dito aos dois irritantes Nacionalistas — ou melhor, aos dois irritantes... vai saber — para encontrá-la no local marcado, considerando suspeito demais se todos eles deixassem o edifício ao mesmo tempo. Isso lhe daria tempo para pegar os explosivos.

Na verdade, ela só pegaria fogos de artifício, mas não tinha nada que amasse mais do que provocar um pouco de medo e ansiedade nas pessoas.

Viu o ponteiro em seu velho relógio de bolso percorrer um minuto completo, então saiu do prédio, misturando-se à multidão na rua Thibet. Logo suas medidas preventivas entraram em ação. Enquanto examinava um carrinho cheio de nabos, Alisa tirou uma jaqueta da bolsa e vestiu uma das mangas. Ao mesmo tempo em que dava algumas moedas para comprar um único tomate, pegou a outra manga, mudando a cor de suas roupas. Assim que se virou, a bolsa escorregou por seu braço e caiu no chão com um baque alto. Fingindo um suspiro cansado, Alisa se abaixou, usando a desculpa de pegar a bolsa para esconder a mão lá dentro e pegar um chapéu com cabelo falso costurado. Ela abaixou a cabeça — os cachos loiros indo para frente com a pressão da gravidade —, pegou facilmente todas as mechas de uma vez e as colocou embaixo do chapéu, antes de se erguer.

Alisa se virou para se olhar no reflexo da janela de uma farmácia. Se a estivessem observando, haviam acabado de perdê-la diante dos próprios olhos. Talvez realmente devesse pintar o cabelo de preto e cortá-lo em chanel. Mas o estilo estava começando a sair de moda. Uma pena.

— Quanto é?

O garoto sentado no pequeno banco de plástico levantou a cabeça depressa, pego de surpresa com a pergunta repentina de Alisa. Ela havia chegado por trás, evitando os riquixás cheios que roncavam no cruzamento da rua Fuzhou com a rua Shandong. Na calçada bem em frente à Farmácia Tai He, o garoto havia montado uma barraca para vender cavalos de brinquedo pintados, gritando para os pedestres que passavam pela esquina do cruzamento.

— Qual deles? — perguntou ele, gesticulando para os cavalos.

Alisa balançou a cabeça.

— Quero os fogos de artifício.

— Shhhh — sibilou o garoto, olhando ao redor. Por que ele agia com tanta surpresa? Todos sabiam que ele era o infame garoto dos explosivos da rua Fuzhou. Os cavalinhos eram só uma fachada. — Está tentando atrair a polícia?

Irritado, o garoto pegou uma bolsa de tecido preto atrás dele, abrindo-a para que Alisa desse uma olhada dentro.

— Só tenho mais alguns hoje. É isso ou nada.

Ela lhe deu um maço de dinheiro.

— É o suficiente?

— Hum. Vai ser se você não gritar de novo.

Fizeram a troca e Alisa seguiu seu caminho, colocando a bolsa de tecido próxima ao corpo. Ela foi para leste, seguindo as ruas principais onde a multidão se reunia. Quanto mais andava, mais estreitas as ruas se tornavam, a calçada ficando irregular e o cheiro de roupa molhada flutuando em seu nariz.

Alisa parou em frente a um bordel de aparência comum. Apesar de o primeiro andar funcionar como pretendido, os andares superiores também eram uma estação de contato Comunista, disfarçada para evitar ser descoberta pelo Kuomintang.

Phoebe e Silas já aguardavam, lendo um jornal na esquina do prédio. Ela foi até eles, entregando-lhes a bolsa.

— Espere cinco minutos, e então os acenda. Primeiro chame a atenção deles, depois os afaste até certa distância. Só há seis pessoas trabalhando nos andares superiores desta instalação. Preciso que os distraia.

— Essa é a tarefa mais fácil que já me foi dada em uma missão — murmurou Silas.

Ele olhou dentro da bolsa.

Alisa soltou um muxoxo.

— O que importa é dar certo.

Ela não esperou, e nem se importava muito. Se iam ajudar, então precisavam ser maleáveis.

Com passos rápidos, passou pelo primeiro andar do edifício, subindo as escadas escondidas próximas à cozinha. Havia uma mesa de recepção para saudar os visitantes que iriam aos andares superiores, e Alisa preparou um pequeno sorriso.

— Tenho uma reunião com Coelho — disse ela. Não havia nenhum agente de codinome Coelho. Era apenas um bordão para provar que era bem-vinda ali. Ela se inclinou sobre a mesa. — Será que você poderia me colocar em contato com alguém?

A mulher atrás da mesa deu uma olhada num calendário, para conferir se estava esperando alguém hoje. Visitas surpresas às estações de contato eram raras e, consequentemente, suspeitas.

— Não sei se posso ajudar...

O primeiro rojão estourou. Ali em cima, o som parecia igual ao de tiros, e a recepcionista se levantou num pulo, pedindo para que Alisa, por favor, esperasse.

Uma porta se abriu no final do corredor.

— O que foi isso? — gritou um homem, correndo para fora.

Ele foi seguido por mais dois homens com expressões igualmente atormentadas. Havia um terceiro andar acima deles, então Alisa presumiu que os outros dois agentes estavam lá. No térreo, o som dos fogos ficou mais alto. Se aquilo fosse um ataque, a prioridade era desocupar o escritório. Ela viu a recepcionista descer as escadas correndo, seguida pelos três homens, desesperados para ver o que exatamente estava causando o barulho.

Assim que ficou sozinha no andar, Alisa entrou em um dos escritórios. Ela não procurava por nada específico, mas não perdeu tempo vasculhando entre as caixas empilhadas e os montes de pastas. Em vez disso, correu até a mesa — que tomava metade do escritório — e fez uma análise rápida do que havia ali. Rosalind insistira que os Comunistas haviam ido atrás dela e de Orion Hong. Que talvez eles tivessem pegado o arquivo de volta, que talvez tivessem atacado seu treinador depois disso.

— Como vou conseguir informações sobre uma perseguição a Nacionalistas sem perguntar diretamente? — murmurou Alisa para si mesma.

Nada chamou sua atenção. O tempo estava passando.

Então viu um telefone conectado à lateral da mesa e uma ideia surgiu em sua mente. Talvez *pudesse* perguntar diretamente. Afinal de contas, não era como se aqueles arquivos tivessem planos reais de guerra para o campo. O nível de confidencialidade não poderia ser tão alto dentro da própria rede Comunista.

Alisa pegou o telefone. Assim que a operadora atendeu, ela engrossou a voz.

— Peço desculpas. Minha última ligação caiu e depois precisei resolver questões urgentes. Poderia me reconectar com a linha anterior?

— Um momento, por favor.

A operadora não achou nada de errado em seu pedido. Era normal que ligações caíssem.

Um clique soou do outro lado da linha. Alguns segundos de silêncio se passaram, e então uma voz rude falou com rispidez:

— *Wèi*?

Alisa se esforçou muito para identificar a voz. Com certeza não era ninguém com quem já havia falado pessoalmente. Será que já havia escutado essa voz por uma transmissão de rádio antes? Seria algum superior?

— *Wèi*? Não estou te ouvindo. Fale alto!

Ela deu um tiro no escuro.

— Há... Alô. Qual será o nosso próximo passo na perseguição daqueles agentes Nacionalistas?

A resposta foi imediata. Quem quer que tivesse sido a última pessoa a falar na linha, seu interlocutor agora não percebia a péssima imitação de como Alisa achava que um homem de meia-idade falaria.

— Minha mensagem não chegou? Permaneça em observação. É perigoso demais. Sem mais perseguições depois do fracasso da última vez. Destrua o memorando. A tarefa se tornou secreta.

Clique. O homem havia desligado. Alisa baixou o telefone rapidamente, o coração acelerado. *Sem mais perseguições depois do fracasso da última vez.* Então *foram* os Comunistas. Eles realmente haviam ido atrás de Rosalind e Orion, a não ser que, por acaso, outros agentes Nacionalistas tivessem sido perseguidos pela cidade também.

Mas... *permaneça em observação. É perigoso demais.* O que isso queria dizer? O que havia de *perigoso* em Rosalind e Orion?

Alisa inclinou o ouvido na direção da janela, escutando. Os rojões haviam parado. O prédio voltaria à sua operação normal em breve.

— Espere — sussurrou ela, pegando um dos arquivos na mesa.

> Memorando: Rua Bao Shang, Número 4
> (Contato feito sob o disfarce de agentes do
> Kuomintang. Não entrar em contato novamente;
> alvo está desconfiado.)

Ela o abriu.

Transcrito por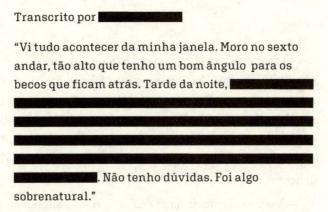

"Vi tudo acontecer da minha janela. Moro no sexto andar, tão alto que tenho um bom ângulo para os becos que ficam atrás. Tarde da noite, ▇▇▇▇▇▇
▇▇▇▇▇▇▇▇▇▇▇▇▇▇▇▇▇▇▇▇▇▇
▇▇▇▇▇▇▇▇▇▇▇▇▇▇▇▇▇▇▇▇▇▇
▇▇▇▇▇▇▇▇▇▇▇▇▇▇▇▇▇▇▇▇▇▇
▇▇▇▇▇▇▇▇▇▇. Não tenho dúvidas. Foi algo sobrenatural."

Alisa arrumou o arquivo de volta como o havia achado. Eles editavam muito esses memorandos, porque os agentes que os leriam já sabiam de qual assunto se tratava, diminuindo assim as chances de que algum par de olhos bisbilhoteiros por acaso descobrisse os detalhes, o que era exatamente o objetivo de Alisa.

— Número quatro, Rua Bao Shang — decorou Alisa em voz alta.

Antes que o dono do escritório voltasse, ela se apressou e retornou à mesa da frente, como se tivesse esperado ali o tempo todo. A recepcionista foi a primeira a surgir das escadas.

Alisa apertou as mãos juntas de maneira inocente.

— Está tudo bem?

— Eram só uns baderneiros — respondeu a recepcionista. — Precisa de alguma coisa?

Os três homens também voltaram, murmurando uns com os outros em curiosidade. Um a um, eles desapareceram nos respectivos escritórios, fechando as portas com uma série de baques. Ninguém deu um alerta de suspeita. Ninguém gritou uma acusação de que alguém havia remexido na estação de comunicação.

Alisa assentiu.

— Preciso do endereço da missão ativa em Taicang.

— Ei.

No momento em que Alisa os chamou por trás, ela assistiu a Phoebe e Silas pularem quase dois metros no ar. Silas quase caiu do degrau do restaurante em que estivera agachado. Enquanto se apressava para levantar, a mão dele esbarrou na lamparina acima, fazendo com que desencaixasse do gancho. E, apesar de Alisa estar pronta para alertá-lo, foi Phoebe quem a pegou rapidamente antes que pudesse cair no chão, preservando a chama ali dentro.

— Você se diverte demais fazendo isso. — Silas bufou. — Conseguiu?

Alisa também se sentou no degrau. O restaurante estava fechado. Ou havia falido recentemente ou estava fora do horário comercial. Phoebe colocou a lamparina de volta no lugar.

— Em parte — respondeu Alisa com cuidado. — Acredito que tenhamos ido atrás de Orion e Ros... Janie. — Ela tossiu, fingindo que o deslize havia sido um pigarro em sua garganta. — Mas, seja lá por qual motivo, os Comunistas resolveram desistir.

— E os outros itens que Janie queria? — perguntou Phoebe. — O arquivo? O treinador?

Alisa balançou a cabeça.

— Não sei. Acho que vou ter que continuar investigando.

Silas pareceu confuso. Phoebe também fez uma careta, correndo o dedo pelo colar.

— Não entendo — disse ela —, mas talvez seja só eu.

— Não, não é só você. — Silas a tranquilizou. — Isso também me parece estranho.

Alisa deu de ombros.

— Só estou contando o que vi.

— E não havia mais nada?

Alisa considerou contar sobre o memorando. Mas não havia nada interessante sobre a informação, de qualquer forma. Era melhor investigar primeiro e então dar os detalhes diretamente a Rosalind, se fosse pertinente.

— Nada. — Alisa alongou o pescoço, então se levantou. — Ah... — Olhou por cima do ombro, já indo embora. — Consegui isso para você: Rua Hei Long, Taicang, Número 240.

— O que é isso? — perguntou Phoebe.

— Seu outro irmão — respondeu Alisa. — Para o caso de um dia você precisar dele.

Horas depois, Rosalind se esforçava até suar, realizando o maior exercício físico da última semana: abotoar seu novo *qipao*. Orion havia sido convocado para o quartel-general local novamente. O apartamento era todo dela. Quando voltou para casa e viu que um *qipao* havia sido entregue à sua porta, pensou que poderia muito bem experimentá-lo antes da festa no Hotel Catai. A maioria de suas roupas elegantes havia sido danificada com o passar dos anos: se não por desgaste ou rasgos, então por manchas de sangue.

— Quantos botões podem ser colocados em uma única peça de roupa? — murmurou Rosalind.

Ela encarou o espelho da cozinha, empurrando a superfície de vidro quando seu cotovelo esbarrou na parte dourada. Por alguma razão, os botões eram *minúsculos*. Supunha que era sua própria culpa. Havia deixado a vaidade vencer quando foi tirar as medidas do *qipao* enquanto a Turquesa estava fechada. Enquanto selecionava, havia escolhido o mais justo, com uma gola alta e sem mangas. O tecido era verde-escuro com flores amarelas costuradas à mão, e o modelo era fechado por uma série de pequenos botões nas costas.

O último botão entrou. Rosalind suspirou de alívio, os braços quase dormentes quando os abaixou novamente.

Até que olhou para baixo e viu o colar que também deveria ter experimentado, e xingou em voz alta. No mesmo instante, a porta do apartamento se abriu e Orion entrou.

— Por que está xingando...

Ele parou. Encarou-a. E continuou encarando.

Rosalind observou-o pelo espelho.

— Por um acaso estou com uma cabeça a mais? O que está olhando?

— Eu... nada, nada. — Orion balançou a cabeça para sair do torpor, desenrolou um cachecol preto do pescoço e o jogou na mesinha de centro. — Você... o seu... você está... — Ele pigarreou. As palavras pareciam ter lhe escapado. Rosalind levantou uma sobrancelha. — Precisa de ajuda? — disse Orion finalmente, assentindo para o colar.

— Por favor.

Rosalind segurou a corrente e Orion ficou atrás dela, os dedos de ambos se esbarrando por um momento quando ela lhe passou as pérolas. Ele colocou os braços em frente a ela e ajeitou o colar em seu pescoço.

— Definitivamente preciso perguntar uma coisa — começou ele, solene. — Você se vestiu assim tão bem só para mim? Se tivesse me dito antes, eu teria reservado uma mesa para celebramos a ocasião.

Rosalind escarneceu. Apesar de ouvir o humor na voz de Orion, não se surpreenderia se ele estivesse falando um pouco sério.

— Estou experimentando o *qipao* para sexta-feira. O dia em que eu me arrumar para jantar com você, será o dia em que algo muito, muito errado terá acontecido em minha mente.

Orion segurou o riso, apertando os lábios.

— Ah, é? — Ele abriu o fecho do colar. — Então era uma impostora no nosso jantar de casamento?

— Sim, contratei uma atriz — disse Rosalind, sem emoção. — Tenho muita dificuldade em fazer a digestão quando você está por perto. O estresse que você me causa bloqueia meu intestino.

Orion prendeu o fecho. As pérolas ficaram bem no pescoço dela: nem muito altas, nem muito baixas. Rosalind olhou no espelho por um longo momento, examinando a si mesma em busca de algum detalhe que pudesse ser aperfeiçoado. Quando não achou nada, murmurou uma aprovação. Acima de seu ombro, Orion também permaneceu imóvel.

— Realmente perdemos uma boa oportunidade, sabia. — Os dedos dele foram até a beirada de seu *qipao* sem mangas, traçando a renda ali. Ela reprimiu um arrepio. — Se tivéssemos entrado na Turquesa apenas noivos, poderíamos ter feito uma cerimônia falsa e convidado a todos.

Rosalind pensou na ideia. Seu reflexo inclinou a cabeça junto a ela, e os lábios se franziram dos dois lados do vidro.

— *Shuǐxiān* — disse ela de repente.

Orion piscou.

— Como é?

— Narcisos — repetiu Rosalind, em inglês, para o caso de ele não ter entendido. O mandarim não tinha um nome exato para a flor, e sua tradução literal era "deusa da água", porque se dizia que suas pétalas brancas e amarelas afastavam espíritos malignos. — Eu teria escolhido narcisos para o meu buquê.

Antigamente, ela costumava sonhar com coisas assim. Um casamento no estilo ocidental, com um véu branco e uma cauda longa no vestido. Seria em alguma igreja antiga de Paris, os bancos preenchidos por meia dúzia de gatos pingados, o ar com o cheiro do calor do verão e de campos de flores.

Mas esse não era mais seu futuro. Se fosse encontrar um campo de flores, seria no campo de batalha em meio à guerra, o chão molhado de vermelho e dando vida a pétalas ensanguentadas.

— Por que narcisos? — perguntou Orion.

Rosalind hesitou. Era difícil dizer em voz alta. Mas queria ser sincera.

— Eu... bem, os vi nas fotografias de casamento da minha mãe.

Ela havia achado o álbum sem a permissão do pai, escondido em um dos cantos mais profundos do escritório dele enquanto procurava por recibos de estoque. A capa era simples, sem nenhuma descrição ou anotação, mas, ao abri-lo, viu os pais sorrindo um para o outro, e pareciam felizes mesmo na foto antiga e desfocada.

Rosalind sempre soubera que o pai havia odiado seu nascimento, odiado que sua chegada e a de suas irmãs houvesse tirado a mãe delas deste mundo. Mesmo assim, era bizarro ter isso confirmado, ver um momento congelado no tempo que capturava o pai como ela nunca havia visto antes. Parte dela não se importava se nunca mais falasse com ele de novo. Mas outra parte persistia em carregar uma fantasia de que no fim seria estimada, que ele cairia em si e perceberia que as filhas ainda estavam aqui, ainda tentavam sobreviver a cada dia e precisavam de ajuda.

— Você não fala muito do passado, Janie Mead.

Rosalind deu de ombros.

— O que há para dizer? São só sombras e trevas.

— Você sabe bastante sobre mim, já que meu passado inteiro está nos jornais. — A voz dele ficou mais quieta. Sem ser solicitado, Orion começou a ajudá-la a retirar o colar, já que ela havia acabado de experimentar a roupa. — Me dê umas migalhas, pelo menos. Qual era a sua comida preferida na infância?

Rosalind pensou na pergunta por um instante. O apartamento de repente ficou frio, um arrepio verdadeiro descendo por sua espinha.

— Croissants.

— Bem francês.

— Nosso tutor era francês e os comprava.

Não era uma mentira. Ele os comprava... em Paris.

— Nosso? — repetiu Orion. Ele levantou a cabeça, os olhos dos dois se encontrando no espelho por um rápido segundo, antes dele voltar sua atenção para o fecho do colar. — Você tem irmãos.

— Irmãs — confirmou Rosalind. — Uma morreu. A outra está longe.

Ele suspirou silenciosamente atrás dela.

— Sinto muito.

Rosalind não se sentia mal por Kathleen havia algum tempo. A verdadeira Kathleen, a que não havia nem chegado aos 15 anos antes de ser vítima da gripe espanhola. O luto de Rosalind havia se tornado abafado, só aparecendo raramente quando a lembrança daquele quarto de hospital aparecia em sua mente. Ela se via agarrando a mão de Celia quando os médicos entraram, ambas assustadas e tremendo, perguntando-se o que aconteceria. Se fosse bem honesta, seu maior luto era pela vida que tinham quando Kathleen estava viva.

— Está tudo bem — disse ela em voz alta. — De que serve a família senão para nos amar e depois partir nosso coração?

O colar saiu. Orion o colocou na mesa ao lado, cada pérola tilintando na superfície de madeira. Quando sentia o coração de fato partido, Rosalind não pensava em Kathleen.

Pensava em Juliette.

A última imagem que teve da prima foi naquele esconderijo, depois que a revolução começou. Rosalind estivera em um universo de dor, a punição de sua família ainda recente e em carne viva, as marcas de chicote em suas costas ainda sangrando. Ela queria descontar tudo no mundo. Queria se ressentir de todos que amava — simplesmente para sentir algo além do desespero.

É a última vez que nos vemos?, havia perguntado à prima, um único momento de vulnerabilidade escapando de sua cegueira.

Não sei, respondera Juliette, tão silenciosa quanto séria, tão séria quanto são os silenciosos. Se Rosalind tivesse permanecido por mais um segundo, as lágrimas teriam caído de seus olhos. Ela partira sem olhar para trás.

Deveria ter olhado para trás. Só mais uma vez.

— Você é a mais velha das irmãs.

Rosalind se virou para encarar Orion, encostando as costas no espelho e sentindo o forro de seda do *qipao* roçar nas bordas de suas cicatrizes. Orion não fizera uma pergunta dessa vez, mas sim uma afirmação.

— Como sabia?

— Às vezes você me lembra Oliver. — Orion parecia satisfeito por estar certo. — A seriedade. O mundo nos ombros.

Naquele momento, um raio de sol que se esvaía entrou pela janela, ricocheteou no metal de uma frigideira e, de repente, a cozinha ficou tão clara quanto um holofote dourado. Rosalind e Orion semicerraram os olhos, protegendo-se do brilho em sua lateral, mas não pararam a conversa. Algo inexplicável já os havia coberto, como uma camada protetora, confortável e segura.

Mesmo que ela fechasse os olhos contra o dourado cortante, poderia recriar na mente a imagem diante de si, sem faltar nenhum detalhe. A cozinha com as mesas arrumadas. As paredes verde-claras. O olhar de Orion nela, os cílios meio caídos e escuros, como se tivessem sido cobertos por fuligem. O modo como ele ficava adorável em qualquer iluminação era completamente injusto; parecia que tinha sido trazido à vida com uma fita métrica, cada proporção perfeita e implacável.

Ela se perguntou se ele sabia quem era a parceira de missão de Oliver. Se ele já havia visto Celia em campo, e se faria a conexão se visse as duas juntas.

— Sente falta dele? — perguntou Rosalind.

Orion arregalou os olhos, os cílios se erguendo.

— É claro. — Ele soube imediatamente sobre quem ela estava falando. — Odeio meu irmão por ir embora. Isso não me impede de sentir sua falta. É o mesmo com a minha mãe. Mas não importa o quanto eu me dilacere tentando entender por que nos abandonaram, isso não faz com que voltem.

Rosalind sentiu uma dor no coração. Tirou um grampo do cabelo.

— Não precisa se justificar. — Seu cabelo pesado caiu nas costas. — Você sente o que sente. Vai enlouquecer assim.

— Ah. — Orion colocou as mãos no bolso. — Outro indício de que você é a mais velha. A sabedoria.

Rosalind balançou a cabeça. Só era a mais velha por alguns minutos de qualquer forma. Mal houve tempo para conseguir qualquer sabedoria. Ainda assim, era bom receber esse rótulo. Era bom, uma única vez, ser alguém experiente e sábia, em vez de tola, irresponsável e facilmente enganada.

Rosalind enfim desencostou do espelho da parede e se afastou, quebrando a bolha que havia se formado ao redor deles.

— Encontrei uma informação muito curiosa hoje — falou enquanto entrava no quarto, deixando a porta entreaberta para que Orion ainda pudesse escutá-la.

Ela não havia percebido que a conversa havia se transformado em sussurros até voltar a um volume normal.

— Como?

— Olhei os registros da Turquesa enquanto o atendente da sala de correspondência não estava prestando atenção. — Era muito mais fácil abrir todos os botões nas costas do que fechá-los. Assim que ela deu um puxão firme, todos se abriram, um atrás do outro. — Há uma remessa que é enviada várias vezes ao escritório, endereçada direto para Deoka. Um caixote que, supostamente, contém nossas edições semanais. Não é curioso? Ele não tem por que se preocupar com tarefas simples, como conferir a qualidade de cada edição.

Rosalind tirou o *qipao* justo, rolando os ombros para que o sangue voltasse a fluir em todos os lugares em que havia sido interrompido. Depois de inspecionar o armário rapidamente, tirou outro *qipao*, este bem mais casual e adequado para um passeio na rua.

— Você disse *"supostamente"* — disse Orion da sala de estar. — O que acha que há no caixote?

— Por que não vamos descobrir? — Rosalind se trocou bem rápido, depois pegou um par de brincos na penteadeira. Abriu a porta por completo e parou na soleira enquanto colocava as safiras nos lóbulos das orelhas. — Rua Burkill, 286. É para lá que os pacotes estão sendo enviados. As caixas podem ter instruções. Podem conter armas de crimes. Podem ter correspondências. De qualquer forma, eles seguem enviando *algo* para outro lugar, e o que é mais suspeito do que retirar itens de trabalho do local de trabalho? Se estamos tentando achar evidências de que Deoka é o mandante dos assassinatos terroristas, pode haver algo importante aqui.

Orion esticou a cabeça. Ele havia se sentado no sofá enquanto Rosalind se trocava.

— A que horas você chegou em casa? — perguntou ele de repente.

Será que ele não havia escutado o que ela acabara de falar? Isso podia concluir a missão deles, e Orion estava perguntando a que horas ela saiu do trabalho?

— Cinco e meia, talvez? Com o que isso tem a ver?

— Você me esperou. — Ele se levantou. — Esperou que eu voltasse. Poderia muito bem ter ido sozinha até a rua Burkill depois de sair da Turquesa.

Rosalind não conseguia entender Orion Hong. Quando ele não a estava repreendendo por não contar o suficiente, ficava surpreso por ela tratá-lo como um parceiro confiável.

— Você está certíssimo — disse ela, indo em direção à porta. — Eu deveria ter ido horas atrás. Por que me incomodei em esperar você...

Sem se mover de onde estava, Orion segurou o braço de Rosalind enquanto ela passava, fazendo com que parasse.

— Não foi uma crítica. — Ele sorriu. — Fiquei felizmente surpreso.

Talvez Rosalind devesse ficar um pouco surpresa consigo mesma também. Nem havia considerado não esperar por ele para irem juntos. Ela sabia que Orion retornaria logo, então foi apenas sensato.

— Minha vida é sua e a sua é minha — disse ela, com muita sinceridade. — Estamos unidos no dever, se não no matrimônio. Não cometerei o mesmo erro duas vezes.

O sorriso de Orion se alargou. Rosalind não sabia o que tinha de tão divertido nisso tudo — será que ele gostava da ideia de morrerem juntos? Sempre soube que ele era um pouco esquisito.

— Está frio lá fora, amada. Vou buscar seu casaco — disse Orion, indo até o quarto. — Rua Burkill, lá vamos nós.

34

O bonde andava devagar, alongando-se pelos trilhos a passo de tartaruga. Passava pela rua Nanquim, o que significava que havia agitação por todos os lados: puxadores de riquixás e pedestres entravam no meio da via quando queriam, assustando até mesmo o motorneiro mais durão. Rosalind olhou pela janela, observando a rua à frente. Homens de terno liam jornais sob o sol que se punha; mulheres idosas passeavam com cestas de compras; batedores de carteira andavam em meio à multidão com dedos rápidos feito raios.

A movimentação se tornaria residencial assim que a rua Nanquim virasse na rua Burkill. A Sincere e a Wing On pairavam à frente como dois dragões montando guarda para seus consumidores, que entravam e saíam pelas portas das lojas de departamento como se fossem subalternos protegidos.

Ao seu lado, Orion de repente colocou um braço em volta do ombro de Rosalind.

— Acho que estamos sendo seguidos.

Rosalind não demonstrou nenhuma reação.

— Estamos dentro de um bonde, querido.

— Certo, vou reformular: um passageiro está nos observando tanto que estou desconfortável. O homem está lendo *Notícias de Xangai*. Ele entrou conosco.

Com cuidado, Rosalind ergueu o olhar para procurá-lo. Havia duas fileiras grandes de bancos, uma em cada lado do bonde, e ela logo avistou o homem sentado oposto a eles. Ele estava bem ao lado da cabine do motorneiro, a metade do rosto coberta pelo jornal. Após encará-lo por tempo demais, o olhar dele se ergueu, encontrando o dela por uma fração de segundo antes de voltar ao jornal. Ele era chinês e usava um terno ocidental. A não ser que decidissem perguntar diretamente, era impossível saber se trabalhava para Deoka, se era um agente Comunista ou se fazia parte de um terceiro grupo misterioso.

O bonde parou, deixando novos passageiros subirem.

— Ao meu sinal, vamos descer — disse Rosalind.

— Ainda faltam três paradas.

— Quer ser seguido até nosso destino?

Orion fez uma careta.

— Certo.

Se Deoka tivesse enviado o homem, seus disfarces estariam prestes a serem expostos a meros passos do fim da missão. Estavam tão perto. Rosalind esperou, observando o último passageiro se espremer dentro do bonde. Na frente, o motorista puxou o sino, dando um alerta para os pedestres à frente.

— Agora. Vá para a esquerda.

Orion e Rosalind se levantaram ao mesmo tempo, usando saídas diferentes e empurrando os passageiros que haviam acabado de embarcar. Os pés de Rosalind atingiram a calçada com tudo. Um segundo depois, Orion saiu pela frente do veículo.

O bonde deu uma guinada e foi embora. O homem lendo *Notícias de Xangai* não havia reagido rápido o suficiente para segui-los.

— Aqui estava eu — disse Orion —, pensando que estávamos num ótimo encontro noturno.

Rosalind começou a andar. Não estavam longe do destino, pelo menos não o suficiente para justificar pegar outro bonde.

— Você não começa todos os seus encontros despistando um espião?

— Se essa for sua ideia de diversão, vou pedir o divórcio imediatamente.

Rosalind repuxou os lábios.

— Cuidado onde pisa.

Apesar do aviso, Orion quase tropeçou nos trilhos do bonde. Ela soltou uma gargalhada. Orion a encarou, impassível. Pelo resto da caminhada, os dois ficaram mais atentos a espiões, mas a noite caía e o escuro fazia com que fosse mais fácil se misturar ao povo que caminhava.

Quando chegaram à rua Burkill, a frenética atividade comercial diminuiu. Rosalind e Orion observaram os números que subiam: 278… 280… 282…

— Esse lugar lhe parece familiar? — perguntou Rosalind baixinho.

Orion balançou a cabeça.

— Nunca estive aqui antes.

Ali estava o endereço: rua Burkill, 286. Era um prédio residencial único, diferente das lojas que o cercavam. Se não fosse pela porta da frente, pesada e agourenta, Rosalind acharia que era um hotel. Talvez fosse um complexo de apartamentos, com unidades compartilhadas. Ela se aproximou, acenando para que Orion a seguisse. Fingiu olhar pelas janelas do salão ao lado, como se estivesse procurando por alguém, para o caso de parecerem suspeitos espreitando por ali.

— O que fazemos agora? — murmurou Orion. — Ficamos de tocaia?

A porta principal do número 286 na rua Burkill se abriu. Uma mulher saiu, a bolsa balançando no braço. Rosalind se virou depressa para vê-la melhor, mas a mulher era uma estranha.

— Por que simplesmente não entramos?

— O quê? — indagou Orion, como se não tivesse ouvido bem. — Por que faríamos isso?

Rosalind esticou a mão sem dizer nada, indicando que Orion a pegasse. Para crédito dele, Orion não hesitou apesar da reclamação, entrelaçando os dedos aos dela antes de Rosalind puxá-lo para frente, subindo os três degraus até a porta. Ela não lhe deu tempo para duvidar do plano. Rosalind empurrou a porta e entrou no prédio.

Estava escuro ali dentro, uma única lâmpada exposta pendurada no teto. Havia um lance de escadas à esquerda, que levava a uma porta no segundo andar, então era difícil definir como seria o resto do prédio. No entanto, ao entrar, os sapatos de Rosalind afundaram em um tapete redondo, e havia uma mesinha com um telefone nos fundos. O lugar não se parecia com o corredor de um prédio que se dividiria em apartamentos separados. Parecia o hall de entrada de uma casa.

De repente, uma porta se abriu na lateral e um homem entrou no hall. Apesar de estar concentrado nos próprios pensamentos, murmurando algo para si mesmo, ele parou assim que viu Rosalind e Orion. O homem os encarou. Eles o encararam de volta. Quando ele falou, foi em japonês.

Rosalind logo apertou a mão de Orion, incentivando-o a entrar em ação. Ele agiu rápido, respondendo ao homem e gesticulando na direção de Rosalind, como se explicasse que ela queria ver algo na casa. Rosalind tentou fingir que estava acompanhando a conversa. A luz piscava, ficando ainda mais fraca. Era muito provável que os dois passassem por japoneses.

Mas o tom do homem havia começado a ficar ríspido. Orion soltou a mão dela. Ele tentava acalmar o homem, apaziguá-lo...

Rosalind abaixou a mão rapidamente, retirando uma zarabatana pequena do forro do *qipao* e colocando-a na boca. Antes que Orion percebesse que o homem pegava algo no bolso traseiro, o dardo atingiu o peito do desconhecido. O homem parou, olhando para baixo.

Então despencou no chão com um baque.

— O que ele disse? — perguntou Rosalind, jogando a zarabatana ao lado dele.

Orion precisou de um momento para se recompor. Ele encarou o homem, piscando uma, duas vezes, até que avançou para checar seu pulso e virá-lo. Havia uma pistola em sua mão, quase totalmente livre. Orion estivera a segundos de levar um tiro.

— Que este lugar não é para visitantes. Vamos. Vamos ver o que ele estava escondendo.

Orion correu até a sala lateral, fazendo uma varredura preventiva antes de chamar Rosalind para entrar também. Lá dentro, quando ele fechou a porta, Rosalind precisou de um momento para que seus olhos se ajustassem à escuridão, antes que ela pudesse enxergar as formas e os contornos no escritório iluminado por velas. Cortinas pesadas de veludo cobriam as janelas, bloqueando a noite. Havia uma sensação de umidade apesar da mesa organizada e das paredes limpas e bem pintadas. Como se a água fosse vazar do teto a qualquer instante.

— Há mais caixotes aqui — afirmou Rosalind.

Estavam empilhados em um canto, idênticos aos que encontrara no escritório de Deoka. Quando Rosalind se aproximou, seus olhos se ajustaram e viram uma etiqueta de envio parecida, colada no topo, porém nesta estava escrito o nome do embaixador Deoka como remetente.

Rosalind procurou algo para arrancar a tampa do caixote.

— Temos que abri-lo. Esta pode ser nossa única chance de ver o que há dentro.

Olhando rápido, porém, não havia nada na mesa, ou próximo a eles, que ela pudesse usar. Orion também deu de ombros, apalpando os bolsos e voltando de mãos vazias.

— Posso te oferecer uma arma se quiser abri-lo a tiros.

As paredes pareceram estremecer apenas com a ideia de uma bala disparada dentro daquele aposento. O ar abafado provavelmente pegaria fogo. Sem outra opção, Rosalind tirou um grampo do cabelo, inserindo a ponta afiada em uma das fendas no topo do caixote e aplicando pressão.

— Algum avanço? — perguntou Orion, dois minutos depois.

— Seria bom ter ajuda — murmurou Rosalind, limpando uma camada fina de suor da testa. — Acho que não se costuma usar um grampo pequeno para abrir...

Assim que deu um forte empurrão no metal, alguém bateu na porta com força. Rosalind deu um pulo, tão assustada que perdeu o controle do grampo. Apesar de finalmente ter conseguido abrir o caixote e feito a tampa sair com tudo, o grampo recuou em um movimento brusco e descontrolado, arranhando seu braço de leve.

— *Tã mã de* — murmurou Rosalind.

O grampo caiu no chão.

— Você conseguiu.

Também havia acabado de envenenar a si mesma, mas poderia lidar com esse problema quando começasse a fazer efeito. A porta balançou, sendo forçada contra a trava. Uma voz gritou uma pergunta. Quando nem Rosalind nem Orion responderam, aquela única voz se tornou várias, e elas cercavam o hall de entrada. Considerando que um homem havia sido deixado inconsciente ali, era só uma questão de tempo até que os outros moradores do prédio percebessem que havia algo errado.

Rosalind estremeceu, fazendo uma busca rápida no caixote. Estavam ficando sem tempo. Dentro do caixote, a parte superior continha uma tiragem do jornal da Turquesa. Ela os afastou depressa, revelando uma coleção de três fileiras por três colunas de frascos de vidro.

Frascos?

— Janie — chamou Orion imediatamente —, coloque um desses sob a luz.

Rosalind retirou um frasco, inclinando-o mais perto da vela oscilante. Estava cheio até a metade com um líquido de um verde detestável. A tampa era selada com um revestimento metálico, mas do tipo que se romperia facilmente se Rosalind enfiasse o dedo.

Ou a agulha de uma seringa.

— Você fala como se já tivesse visto isso antes — observou ela.

— Já vi. Na bolsa de Haidi.

— Na bolsa de *Haidi*...

Rosalind foi forçada a conter a surpresa quando houve outro tremor na porta. Ela enfiou o frasco na manga, então pegou a tampa do caixote com a etiqueta de envio anexada. Essa seria a evidência deles. Assim que ela descobrisse o que eram aqueles frascos.

— Vamos — disse para Orion. — A janela.

— Espere. — Orion havia inclinado a cabeça, concentrando-se nas vozes. Um segundo depois, piscou, surpreso, e comentou: — As pessoas no hall... são soldados. Alguém está dando ordens. Parecem militares.

Rosalind pegou o grampo do chão, então afastou as cortinas e abriu a janela para a noite lá fora.

— *Pule*. — A porta balançou nas dobradiças. Rosalind saiu primeiro, passando as pernas por cima do peitoril e caindo no beco. Ela olhou para o braço. O arranhão vermelho não estava sarando. E não melhoraria até que o veneno fosse neutralizado. — *Vamos*!

Ao ser chamado mais uma vez, Orion subiu na janela, os sapatos atingindo o chão do beco assim que a porta do escritório se escancarou. Rosalind o tirou de vista por pouco, os dois correndo antes que os soldados lá dentro pudessem vê-los.

— A rua principal é por ali — disse Orion, olhando por cima do ombro.

Rosalind balançou a cabeça.

— Eles estão muito perto e a rua principal é muito larga. Ficaremos expostos. As ruas secundárias podem despistá-los.

Orion não discutiu. Desde que pudessem atravessar o labirinto de becos não mapeados e as passagens dentro de condomínios, teriam uma chance bem maior de chegar à rua Avenue e despistar os perseguidores lá. Rosalind já ouvia os gritos distantes. Depois de passarem por uma senhora que regava as plantas e virarem três vezes, os altos protestos irritados dela, alguns segundos depois, alertaram Orion e Rosalind de que os perseguidores também haviam entrado nos becos, provavelmente chutando as plantas da senhora.

— Por que soldados imperiais estão se escondendo em uma casa na Concessão Internacional? — sibilou Orion.

Ele não estava realmente fazendo uma pergunta: os dois sabiam a verdade. Se alguém começasse um esquema para dar início a uma invasão, era necessário que os soldados estivessem prontos para agir.

— Talvez tenham bases secretas espalhadas pela cidade inteira.

O barulho de tiros ecoou nos becos. Rosalind e Orion estremeceram, a respiração de ambos pesada e visível no ar frio da noite.

— Por aqui.

Orion os levou para a esquerda, passando por debaixo de um portão de pedra e por duas casas. O chão começou a ficar mais íngreme, a calçada se tornou mais lisa. O caminho deveria tê-los levado a uma saída, que acabaria numa rua principal.

Mas eles correram diretamente para outro beco curvo e sem saída.

— Merda — sibilou Orion. Ele inclinou a cabeça bem para cima, analisando a parede. Um único poste de luz na esquina iluminava o entorno. — É alto demais para escalarmos?

— *Muito* alto — respondeu Rosalind, a garganta fechada.

Ela não sabia se sua tontura crescente era resultado da corrida desesperada ou das toxinas que entravam em seu corpo rapidamente. Teriam que abandonar a tampa do caixote que ela estava segurando. Jogá-la em algum lugar e agir feito tolos quando os soldados os alcançassem. Nenhum deles os havia *visto*, afinal. Talvez Rosalind e Orion pudessem disfarçar. Fazer parecer que eram suspeitos tão improváveis para intrusos que conseguiam invadir uma instalação militar secreta, que o pensamento chegava a ser risível. Eram apenas um casal fazendo uma caminhada noturna.

Rosalind olhou ao redor. O problema era que não havia nenhum lugar para esconder a evidência, nem uma única sacola de lixo ou um pedaço de móvel abandonado. De todos os becos que podiam estar limpos, *precisava* ser aquele.

Orion chegou à mesma conclusão.

— Precisamos esconder isso.

— *Onde?* — questionou Rosalind, os ouvidos zumbindo quando ela sacudiu o item roubado nas mãos.

Seu braço também começara a arder onde havia sido arranhado.

— Talvez possamos dobrá-la?

— É madeira, Orion. Como vamos dobrar madeira?

Orion emitiu um som que parecia uma chaleira apitando.

— Podemos quebrá-la em pedaços?

Rosalind lhe lançou um olhar incrédulo.

— É MADEIRA!

Os dois seriam pegos no flagra em menos de dez segundos. Seriam capturados e levados para execução.

— Podemos *jogá-la*? — sugeriu ele em seguida.

— Por cima do muro? Perdeu a *cabeça*...

De repente, Rosalind olhou para a tampa do caixote novamente. Não era pesada o suficiente para ser jogada por cima do muro porque era muito fina.

Era *fina*.

— Orion.

Ele estava tão assolado pelo pânico que não percebeu a estranha calma que atingia Rosalind. O começo de uma ideia — tão absurda que ela culpou totalmente sua mente envenenada — se acendeu e brilhou.

— O quê? — Ele quase gritou.

Rosalind empurrou a tampa do caixote contra o peito dele, depois pressionou o corpo contra o de Orion, colocando as mãos ao redor de seu pescoço. Assim que os soldados entraram no beco, ela ficou na ponta dos pés e o beijou, escondendo a evidência incriminadora entre os corpos dos dois.

Não sabia se era o veneno ou a adrenalina causando o formigamento que corria de sua nuca até a ponta de seus dedos. Tudo o que sabia é que algo estava diferente da última vez em que haviam se beijado, que agora havia eletricidade quando seus lábios se encontravam, como se ela tivesse se conectado direto numa tomada. Ouviu vagamente os soldados gritarem o que pareceu ser um *"tudo limpo"* em japonês, então os passos deles se afastaram conforme conferiam a viela seguinte. Mas algo a manteve parada, algo a impediu de se afastar quando Orion colocou as mãos em sua cintura e a trouxe para mais perto.

Rosalind recuou devagar, vários segundos depois de o perigo ter passado. Sua cabeça girava.

O veneno, tranquilizou-se. Não foi Orion. Definitivamente não foi Orion. Definitivamente não foram seus olhos escuros, arregalados e voláteis enquanto ela era o objeto de seu olhar surpreendido. A tampa do caixote começou a escorregar entre eles. Rosalind a segurou antes que pudesse cair, as mãos desajeitadas.

— Ei — chamou ela, sem fôlego —, me faz um favor?

Orion piscou uma vez.

— Qualquer coisa.

— Me segura.

E apenas um breve segundo depois que ele obedeceu ao pedido, Rosalind caiu em seus braços, inconsciente.

35

Um vizinho preocupado atravessava o pátio quando Orion correu pelas portas do prédio, ajeitando Janie nos braços para que ela não batesse em nada. De todos os momentos para cruzar com um vizinho que nunca tinha visto antes, por que o universo havia escolhido este?

— Não se preocupe! — exclamou Orion, saindo do caminho do vizinho. — Esta é minha esposa. Ela bebeu demais em um banquete.

Ele foi embora rapidamente, indo direto para o apartamento de Lao Lao. Sabia que a condição de Janie era séria, porque, se ela estivesse ao menos um pouco consciente, teria repreendido Orion por insinuar que ela não sabia beber.

— Lao Lao! — chamou ele em frente à porta. — Está em casa?

Não houve resposta. Orion marchou até as escadas, os dentes cerrados — pelo menos tinha as chaves do apartamento de Janie. Apesar de ter sido um esforço que envolveu um pequeno ajuste, ele atravessou a porta em pouco tempo, jogando as chaves, a bolsa e a tampa do caixote no sofá, e carregou Janie com cuidado até o quarto. Ele a colocou na cama com a maior delicadeza possível.

Janie estava muito pálida. Era assustador.

— Por que todo esse tumulto?

A voz familiar, rouca e cansada ecoou da porta da frente do apartamento. Orion correu para fora do quarto, escorregando na sala de estar e dando de cara com Lao Lao de camisola.

— Lao Lao — ele suspirou —, por um acaso a senhora tem antídotos para veneno?

Assim que Janie caiu em seus braços, ele a inspecionou rapidamente, procurando por ferimentos ou algo que a tivesse deixado inconsciente. Encontrou o arranhão vermelho depois de um minuto de pânico, e então lembrou o que ela havia dito sobre seus grampos serem envenenados. Maldita Janie e sua mania de suportar o fardo em silêncio.

— Antídotos? — repetiu Lao Lao, surpresa.

— Ela está respirando — continuou Orion. Ele havia começado a tagarelar. — Foi superficial e não piorou, então não a levei para o hospital. Não quero arriscar expor nossos disfarces, mas também não quero arriscar a *vida* dela...

— Com o que ela foi atacada?

Orion parou. Ele respirava com dificuldade.

— Com o próprio grampo.

— Ah. Devo ter algo lá embaixo. Converse com ela, *bǎobèi*. Certifique-se de que ela continue respirando.

Mais calma do que nunca, Lao Lao se virou e desceu as escadas. Orion foi deixado na escura sala de estar, se perguntando se a senhora havia entendido a gravidade da situação.

— Conversar com ela? Janie está inconsciente!

Lao Lao já estava no próprio apartamento, vasculhando ruidosamente. Orion não teve outra opção além de voltar correndo para o quarto e se agachar ao lado de Janie, atento a sua respiração. Não havia sido difícil carregá-la pela cidade. Ele mal estava sem fôlego. A única parte dele que sofreu foi seu coração, batendo a cem quilômetros por hora.

— Por favor, não me assuste — murmurou Orion.

Uma fina camada de suor permanecia na testa dela. Ele nunca havia visto Janie Mead assim: de olhos fechados, afastada do mundo. Desde que a conhecera, ela não parecia ser capaz de se desligar das coisas. Era como se tivesse nascido com os olhos completamente abertos, interessados e observadores.

Orion sentia que testemunhava algo que não deveria... mas não queria parar de olhar. Assim como o ladrão dos contos de fadas que conseguiu dar uma olhada nas cavernas escuras e assustadoras e encontrou um tesouro reluzente em vez de horrores. Aquilo não pertencia a ele.

Mas Orion queria mesmo assim.

Ele acariciou o rosto de Janie, afastando o cabelo dela. Havia um aperto em seu peito, que se espalhava até a garganta. Imaginou ser o começo de uma dor de cabeça, mas, quando olhou para cima e para baixo, a fim de testar a tensão atrás dos olhos, se sentiu perfeitamente bem. Não era sua cabeça. Era sua carne e o interior do próprio coração, que batia cada vez mais rápido.

— Dividi cada lembrança da minha vida em duas categorias, Janie Mead — disse ele em voz alta, como se ela pudesse escutá-lo. Percorreu um caminho da bochecha dela até o queixo. — Antes e depois de minha família desmoronar. O modo como eu vivia quando meu mundo parecia completo, e o modo como vivo agora, ao tentar reparar o que se partiu.

Orion suspirou. Janie respondeu com a respiração fraca. Ele pegou a mão dela, apertando os dedos que queimavam como fogo em suas palmas.

— Você foi minha primeira esperança de que podia haver algo mais. — Janie não era uma parte remanescente de sua vida anterior, esperando uma versão imprudente de Orion. Também não era um instrumento descartável de sua vida atual, que poderia ser explorado em alguma missão. — Uma terceira categoria de lembranças. O futuro separado do passado. Passei anos achando que, se fizesse a coisa certa, poderia fazer com que as coisas voltassem a ser como eram. Mas talvez eu não queira mais isso.

Talvez ele a quisesse rindo dele ao som do tráfego. Talvez quisesse que Janie o ameaçasse com uma navalha. Poderiam continuar a sair em missões sob um disfarce conjunto porque trabalhavam bem juntos, não porque ele precisava bancar o herói e provar alguma coisa. Ele não estava pronto para perdê-la quando esta missão acabasse. Não queria perdê-la *agora*.

— Por que estou falando com você quando nem pode me ouvir? — murmurou Orion. — Você é uma força espantosa, amada. Se for embora por causa de um mísero veneno, não vou te perdoar no além.

— *Não é... mísero.*

Orion teve um sobressalto, sua coluna ficando reta como uma vara. Ele não havia imaginado a resposta. Os lábios dela haviam se movido.

— Amada, está acordada?

Janie bufou. Foi uma ação carregada de esforço, como se ela precisasse invocar cada pedacinho de energia em seu corpo para fazer o barulho. Os olhos dela permaneceram fechados.

— *Tonta.*

Lao Lao finalmente retornou, os chinelos batendo no piso da sala de estar. Ela entrou com tudo no quarto e começou a repreender Janie por se envenenar, como se a jovem tivesse feito de propósito. Orion tinha muito medo da senhorinha para fazer qualquer coisa além de se afastar conforme ela se aproximava da cama e abria a boca de Janie para derramar algo em sua garganta.

Janie tossiu uma única vez, quase se engasgando com o líquido. Satisfeita, Lao Lao afastou o copo e deu batidinhas no rosto de Janie com uma toalha molhada.

— Ela vai ficar perfeitamente bem — disse a senhora, afastando-se da cama e entregando a toalha molhada para Orion. — Venho dar uma olhada de novo quando amanhecer. Agora deixe-a descansar. Ela não está acostumada com isso. Vou voltar a dormir também.

Sem esperar uma resposta, Lao Lao saiu do quarto e do apartamento. Orion torceu o tecido em suas mãos e se aproximou de Janie outra vez, ajeitando com cuidado a toalha em seu pescoço. A respiração dela já havia melhorado e as bochechas estavam mais ruborizadas.

— Está acordada? — perguntou ele, hesitante.

— *Pas vraiment* — respondeu Janie.

Ela resmungava em francês, a lateral do rosto enterrada no travesseiro. Não parecia ter percebido a troca de idioma.

Orion ficou parado ali. De repente, não sabia o que fazer com os braços. De repente, não sabia como pessoas normais ficavam em pé.

— Ok — disse ele por fim, num tom de voz abaixo. — Vou deixar você em paz...

No momento em que se afastava da beirada da cama, a mão dela se esticou, segundo o pulso dele bem de leve.

— Fique — sussurrou.

Orion encarou a mão dela. Não tinha certeza se havia escutado direito.

— Fique — disse ela novamente, agora com mais clareza. — Por favor, não quero ficar sozinha.

— Certo. — Ele se aproximou devagar, sentando-se na cama com alguma incerteza. — Posso ficar.

— Me conte — murmurou Janie. — Me conte mais.

— Mais?

— Da sua família... De você.

Orion imaginou que o aperto em seu peito melhoraria agora que Janie estava se recuperando, mas só havia piorado. E ele soube — puxou o fio que estava pendurado de seu coração maltratado e o rastreou até a fonte.

— Bem. — Ele tentou se acalmar. Janie Mead era uma garota com muitos segredos. Se Orion seguisse o fio, acabaria partindo o próprio coração. Mesmo que não conseguisse soltá-lo. Mesmo que se recusasse a soltá-lo. — Tudo começou numa noite quente de agosto, na qual eu nasci...

Rosalind já havia sido envenenada uma vez, durante o treinamento — de propósito, aliás, para que Dao Feng pudesse instruí-la a como lidar com isso. Aquela experiência foi a única coisa que a impediu de entrar em pânico quando acordou de repente, com dificuldade para lembrar que era normal ficar confusa, que não tinha nada de errado em não saber onde estava de imediato.

Para alguém que nunca dormia, ser forçada a ficar inconsciente era uma experiência desorientadora.

Rosalind abriu mais os olhos turvos, tentando registrar o ambiente. Estava deitada em cima do braço esquerdo — isso era certo, considerando que o sentia formigar agora que estava acordada. Já o outro...

Estava jogado por cima de um tronco. Um corpo quente, o peito subindo e descendo em um ritmo uniforme.

Rosalind congelou. Por longos segundos, não ousou se mover, com medo de acordar Orion e ele ver os dois entrelaçados. Mas então se lembrou dos últimos fragmentos grogues de memória, antes de o antídoto de Lao Lao a deixar inconsciente de novo, e podia jurar que o havia chamado quando os dois ainda estavam acordados.

Deus. Aquilo era tão constrangedor.

Ela levantou a cabeça em transe. Do lado de fora da janela, vislumbrou o céu arroxeado, o que não fazia sentido, pois isso significaria que um dia inteiro havia se passado...

— Orion! — exclamou ela, sacudindo-o com força. Ele acordou de repente, os olhos se arregalando e ficando redondos como moedas. — Orion, que *horas* são?

— Ei, ei...

Rosalind virou-se para o lado, decidida a ficar de pé mesmo enquanto sua cabeça girava. Porém, assim que se sentou, a reação de Orion foi rápida, e ele segurou seu ombro e a empurrou de volta para o travesseiro.

Ela começou a se levantar novamente.

— Precisamos ir.

— *Janie.*

Ele passou o braço por seu outro ombro, esforçando-se para mantê-la deitada.

— Por que está tão calmo? Um dia inteiro se passou...

— Você pode *esperar*? — pediu Orion com firmeza. Antes que pudessem brigar mais, ele imediatamente subiu em cima dela e prendeu seus pulsos acima da cabeça. — Olha o que você me fez fazer.

Rosalind piscou. Seu coração subiu para a garganta.

— Bem, não seja dramático. — Tentou abaixar os pulsos. O aperto dele era como aço. Ela deveria ter zombado, mas a lembrança de seu rosto encostado no peito dele ainda estava fresca em sua mente, e ela se viu engolindo de nervoso em vez disso. — Você também poderia ter dito com mais gentileza.

— Não tem graça. Vai se comportar se eu te soltar?

— Me *comportar*? — repetiu Rosalind. Você compartilha a cama com um homem uma única vez e ele começa a achar que pode mandar em você. O poder estava lhe subindo à cabeça. — Primeiro, vou bater meu crânio contra o seu se não me soltar em três segundos. Temos um disfarce a manter no nosso trabalho, e já está *escuro* lá fora...

— Janie, está tudo bem. Liguei para a Turquesa e disse que você está doente. As pessoas adoecem. — Ele sorriu, visivelmente esperando três segundos antes de bater de leve a testa contra a dela. — Não me bata. *Eu* estou me comportando.

Com um pulo, Orion a soltou, deslizando e voltando para o seu lado da cama. Rosalind se sentou, observando-o com suspeita.

— Ah.

Agora que ambos estavam acordados e Rosalind havia se acalmado, a expressão de Orion ficou séria.

— Como está se sentindo?

— Como se um tanque de guerra tivesse me atropelado.

Seus músculos doíam. Seus órgãos doíam. Rosalind tinha que parar de fazer um veneno tão forte. Se já estavam no dia seguinte, Silas apareceria em breve para dar seu relatório. Ela precisava tomar um banho e voltar à ativa. Provavelmente teria sido melhor se *tivesse* sido atropelada por um tanque de guerra.

— Você me deu um susto. — Orion afastou os lençóis, passando uma das mãos pelo cabelo. Ele se abaixou para se olhar no espelho da penteadeira, encarando o próprio reflexo enquanto conversavam, mas seus olhos estavam desfocados conforme ele dobrava e desdobrava o colarinho amassado, como se só o fizesse como desculpa a fim de olhar para o outro lado. — Um susto dos grandes, Janie. Por favor, nunca faça isso de novo.

Os lábios de Rosalind se abriram. Ela não sabia o que responder. Como poderia prometer nunca mais se machucar? Eram agentes secretos nacionais. Fazia parte do trabalho.

— Pelo menos... — Ela balançou a manga do *qipao*, e o frasco que haviam roubado caiu. Quando o depositou na mesa de cabeceira, seu olhar se voltou para a sala de estar, onde Orion havia jogado a tampa do caixote em uma das almofadas do sofá. — Estamos a um passo mais perto do fim.

— Sim. — Orion não parecia muito feliz com essa conclusão. Estava com uma expressão estranha no rosto. — Imagino que estamos.

Ele fechou o primeiro botão da camisa. Antes que Rosalind pudesse impedi-lo, Orion disse:

— Vou chamar Lao Lao para dar mais uma olhada em você. Só um minuto.

E saiu do quarto.

A porta do apartamento abriu e fechou. Rosalind jogou as pernas para fora da cama, franzindo o cenho.

— Por que está agindo desse jeito estranho? — perguntou ela ao quarto vazio.

36

Apesar de não terem lhe contado sobre o encontro com Silas naquela noite, Phoebe apareceu no apartamento dez minutos mais cedo.

Orion quase fechou a porta na cara dela.

— Querida irmã — lamentou ele —, por que não pode ficar em casa, quietinha e em segurança?

Phoebe ignorou a pergunta, olhando ao redor.

— Cadê a *săozi*?

— Janie está lá embaixo pegando um pouco de comida com a senhoria. — Ele suspirou quando Phoebe entrou, deixando a porta se fechar com relutância atrás dela. — Acho que agora ela vai ter que pegar mais alguma coisa para alimentar essa sua boca grande.

— Minha boca é do tamanho ideal — retrucou Phoebe. — Quero sua opinião sobre um assunto. Por acaso Silas alguma vez já mencionou Sacerdote para você?

Que pergunta estranha. Ele não tinha espaço no cérebro para refletir sobre isso naquele momento, para ser sincero. Mas, como era um bom irmão, Orion relutantemente foi até o sofá e se sentou, vasculhando sua memória. É claro que Silas já havia *mencionado* Sacerdote antes. Ele era um agente com uma complicada identidade tripla, e ainda trabalhava para os Nacionalistas como auxiliar na missão dos assassinatos químicos. Às vezes dava pequenas atualizações para Orion: contato estabelecido, comunicação iniciada, sinais trocados.

Orion olhou para a irmã com cautela. Sabia como a mente de Phoebe funcionava. Não sabia se deveria ter medo do motivo da pergunta ou se preparar para sentir vergonha alheia.

— Nada em particular — respondeu ele.

— Bem — Phoebe fungou, sentando-se no braço do sofá —, você sabia que Silas está certo de que Sacerdote é uma mulher?

Orion colocou os pés em cima da mesinha de centro.

— Ah, *mèimei*, não me diga que está ficando possessiva?

Phoebe empurrou os pés dele para fora da mesa.

— Ele me ama desde que somos crianças. A *mim*. Não essa Sacerdote.

Apesar da despreocupação de sempre, essa atitude não era muito surpreendente. Ela podia fingir desinteresse o quanto quisesse enquanto Silas a seguia por aí. Mesmo assim, ainda olhava em sua direção sempre que contava uma piada, para ter certeza de que ele estava rindo. Ainda conferia a reação dele antes da de qualquer outra pessoa quando dizia algo propositalmente horrível, na esperança de vê-lo revirar os olhos e o provocá-lo por isso.

— Primeiro de tudo — disse Orion, levantando um dedo —, minha nossa, Phoebe, isso é *doentio*. Segundo... — ele levantou outro dedo — Sacerdote pode muito bem ser uma vovozinha.

Sua irmã estava furiosa.

— A questão não é quem ela realmente é. É Silas escolher...

— Você se acostumou demais com a atenção total dele por uma década — interrompeu Orion, usando a voz de irmão mais velho. — Na verdade, você se acostumou a não lhe dar importância, e agora tem que viver com as consequências.

Phoebe não queria viver com as consequências. Na verdade, queria bater nele por sugerir isso.

— Não me dê sermões.

— Você *começou* essa conversa pedindo a minha opinião. Quer saber... — Orion passou uma das mãos no rosto, esforçando-se para permanecer calmo. — Esqueça. Volte a conversar comigo sobre isso quando estiver pronta para acordar. Descobriu algo sobre Janie com Liza?

A careta no rosto de Phoebe se transformou em animação num segundo. A relação deles sempre fora assim, mesmo na infância. Berravam um com o outro, ameaçavam-se de morte porque Phoebe havia pisado no livro de Orion ao entrar em casa, mas no minuto seguinte Orion perguntava se Phoebe gostaria de ir com ele até a loja da esquina comprar um pouco de leite. Sem supervisão dos pais durante a maior parte do ano, eles eram os maiores aliados e os maiores inimigos um do outro. Mais próximos do que qualquer coisa porque eram uma família de duas pessoas, até se transformarem em competidores quando a mãe aparecia para visitá-los por apenas duas semanas. Orion era forçado a se afastar sob a instrução de que Phoebe era quem mais precisava do tempo com ela, de que era mais nova, de que precisava dessa base materna.

Mas ele também era jovem. Também precisava da mãe.

Deveria ter suspeitado que sua família era disfuncional desde o princípio. De alguma forma, foi necessária a ruína total para que ele se desse conta disso.

— Ainda não — disse Phoebe, trazendo a atenção dele de volta ao presente. — Mas estou seguindo uma fonte que vi no apartamento de Liza.

Ouviram o som de passos subindo as escadas. Rapidamente, Orion imitou um zíper passando por seus lábios, e os dois se prepararam para mudar de assunto.

Quando Janie entrou, segurando uma bandeja de vidro nas mãos, parou na soleira da porta. Seu rosto ainda estava um pouco pálido por causa do envenenamento da noite anterior, mas ela andava sem problema algum, e Lao Lao a havia liberado. Antes que Janie pudesse expressar sua confusão pela presença repentina de Phoebe na sala de estar, a jovem já corria em sua direção, as mãos esticadas para ajudar com a comida.

— Olá! — exclamou Phoebe, animada. — Deixe-me dar uma mãozinha com isso.

Rosalind havia entrado no meio de uma conversa. Pôde perceber pelo modo como o ambiente possuía uma sensação elevada de apreensão, pela coluna ereta de Orion e pelo sorriso pronto no rosto de Phoebe no momento em que a porta se abriu. Não sabia exatamente sobre o que falavam quando entrou, mas não precisava ser um gênio para adivinhar que deveria ser sobre ela.

Ela depositou quatro pares de *kuàizi* na mesinha de centro. Um segundo depois, alguém bateu na porta da frente e Silas apareceu.

— Achei que nunca me deixariam ir embora — disse ele, entrando na sala. — Estou acordado há tantos dias, que terão que me desculpar se eu começar a falar com as paredes.

— Garanto que dormir demais não fez com que ninguém aqui ficasse mais são — respondeu Rosalind.

— Não te liberaram da investigação forense esta manhã? — perguntou Orion, mudando de lugar no sofá para que Rosalind se sentasse.

Silas se sentou no outro em frente a eles. Phoebe permaneceu no braço do sofá.

— Sim, mas fui convocado para ir até Jiangsu encontrar um agente que tinha meu contato. Ele não entendia por que não recebeu respostas de Dao Feng todo esse tempo. Ele nem sabia que Dao Feng não estava na ativa.

Rosalind estremeceu, empurrando a comida para o centro da mesa. Ela levantou seus *kuàizi*. Não importava o quão forte apertasse os dedos, suas mãos pareciam fracas.

— Acho que a comunicação é mesmo interrompida quando seu treinador está fora de operação.

Havia um motivo, afinal, pelo qual a filial secreta era desconhecida para a maior parte do partido. Quanto menos pessoas soubessem, menos pessoas exigiriam algum tipo de poder sobre as missões. Quanto menos pessoas soubessem, menos pessoas seriam torturadas se alguém fosse capturado e não conseguisse ficar de boca fechada.

— Por que o outro agente queria encontrar você? — perguntou Orion, um tom de suspeita surgindo em sua voz.

— Por causa da missão dele. Sempre tive um ouvido atento em relação ao seu progresso, para o caso de algo acabar sendo útil para nós. — Silas ofereceu um prato para Phoebe, que aceitou com delicadeza. — O codinome do agente é Barra de Ouro, e no momento ele está em contato com um negócio de armas clandestino que está se movimentando por Xangai. A sede deles fica em Zhouzhuang, mas de alguma forma eles continuam a traficar armas de todo tipo para cá.

Zhouzhuang. Rosalind ajeitou a postura. Não era para lá que a carta que Jiemin escrevera estava endereçada? Por que essa cidadezinha parecia estar em todos os lugares recentemente? Ela gesticulou para que Phoebe pegasse um par de *kuàizi*.

— Xangai está com uma escassez de armas no momento — declarou Orion.

Silas assentiu.

— Exatamente por isso que o caso tem relação conosco. Quando a célula terrorista da Turquesa for exposta, há uma pequena chance de termos que combater o Exército Imperial Japonês ao prendermos os responsáveis. O Kuomintang precisa estar armado para a pior das hipóteses. Nosso mercado mais rápido é esse negócio clandestino.

Orion murmurou, pensativo. Quando Rosalind olhou para ele, o rapaz estava franzindo o cenho.

— A maioria das outras cadeias de fornecedores nos leva de volta aos estrangeiros — disse ele. — Não poderíamos usá-las?

— Meu amigo... — respondeu Silas. — O capitalismo e os preços mais altos dizem que não.

— Você está parecendo um Comunista — murmurou Rosalind, de forma simpática.

Silas deu de ombros.

— Na verdade, foi assim que esse negócio clandestino entrou no nosso radar. A missão era fechá-lo porque estavam fornecendo armas aos Comunistas, mas agora precisamos dele também.

— E eles estão dispostos? — Não parecia fazer sentido. — De que lado da guerra esse pessoal está?

— De nenhum dos dois. Eles são antinipônicos e anti-imperialistas. Estão dispostos a dar o que ambos os partidos querem, através de conexões entre fornecedores de fora da cidade com grupos dentro de Xangai, mas só Deus sabe como eles possuem tantas conexões com o mercado clandestino. Esse tipo de negócio geralmente leva anos de construção de *guānxì* de dentro da cidade também.

Rosalind se apoiou no cotovelo, quase cutucando a perna de Orion. Ele estava tão absorto em pensamentos que não reclamou. Que estranho. Como um negócio que funcionava no meio do nada em Zhouzhuang possuía conexões para se movimentar pelo mercado clandestino de Xangai? Desde que os Rosas Brancas se desfizeram e a Sociedade Escarlate foi engolida pela política, o mercado clandestino passou a ser composto por antigos Escarlates e estrangeiros, antigos Rosas Brancas e comerciantes, que alegavam nunca terem ouvido falar das antigas organizações da cidade, para que o Kuomintang não os fechasse.

— Enfim — continuou Silas —, Barra de Ouro contou sobre seu progresso na comunicação com os chefes do negócio. Eles estão dispostos a nos abastecer, então, quando fizermos as prisões na Turquesa, nosso lado deverá estar armado para uma operação tranquila.

— Quem são? — perguntou Rosalind, prendendo-se a uma parte pequena da informação de Silas. — Quem são as pessoas que lideram o contrabando?

— Um casal. É só o que sabemos. — Com uma careta, Silas mastigou a comida mais devagar. — Barra de Ouro tentou entrar na base de operação deles e quase foi esfaqueado no rosto. Melhor deixá-los em paz a não ser que realmente precisemos acabar com o esquema. As pessoas do campo são assustadoras. — Ele apalpou a jaqueta de repente, colocando o prato na mesa. — Falando em coisas assustadoras...

Silas tirou uma coisa do bolso. Rosalind e Orion se levantaram de um pulo só, ao mesmo tempo, assustando tanto Phoebe que ela quase derrubou o prato.

— Onde conseguiu isso? — questionou Orion.

Silas colocou o frasco de vidro na mesa, os olhos arregalados por detrás dos óculos. O líquido verde brilhava sob a luz do teto.

— Achei no beco junto aos corpos — respondeu ele, pego de surpresa. — Eu teria entregado imediatamente se tivéssemos um treinador, mas... — Silas parou de falar, olhando para Phoebe. A jovem apenas deu de ombros, indicando que não sabia por que os dois haviam reagido assim. — Vocês sabem o que é isso?

A sala ficou em silêncio. De um lado, Silas e Phoebe encaravam perplexos a cena. Do outro, Rosalind e Orion trocavam um único olhar, chegando à mesma conclusão.

— Essa é a arma do crime — disse Rosalind, como se soubesse desde o princípio, como se o pensamento não tivesse tomado forma naquele instante. — É o líquido que é injetado nas vítimas. Tem sido enviado através da Turquesa.

— O que significa que — acrescentou Orion — Haidi é a nossa principal suspeita.

Depois que Silas e Phoebe foram embora, Rosalind passou um bom tempo sentada no sofá, encarando o frasco verde em sua mão. Ela havia desligado as luzes do teto, planejando ir para o quarto, mas então o composto chamou sua atenção e ela foi examiná-lo, virando o frasco de um lado para o outro sob a luz da lua que entrava pela janela. Rosalind estava com uma vontade bizarra de aplicá-lo em si mesma, apenas para ver o que aconteceria, apenas para testar sua potência. Mas isso seria suicídio, considerando que o composto devastaria seu corpo da mesma maneira que o veneno. Apesar de conter esse impulso, ela não soltou o frasco.

— Você está bem?

Orion se juntou a ela no sofá, as mangas da camisa ainda dobradas porque ele estava lavando a louça. Ele balançou as mãos para secá-las, atirando gotículas de água por toda parte. Rosalind olhou para o lado rapidamente a fim de ver o que a atingira, mas logo se voltou para o frasco.

— Só estava pensando. Já segurei algo parecido com isso uma vez.

— Uma mistura química letal? — perguntou ele, erguendo as sobrancelhas.

— Não. — Ela ouviu a voz de Dimitri com tanta clareza quanto se ele estivesse no aposento agora: *"Para dominar o mundo, temos que estar dispostos a destruí-lo. Você está disposta, Roza? Por mim?"* — Lembra-se daquela epidemia há alguns anos? Quando o surto atingiu as ruas e as pessoas começaram a dilacerar as próprias gargantas?

— Como eu poderia esquecer? — Orion se ajeitou no sofá. — Foi mais ou menos na época em que voltamos. Proibi Phoebe de sair de casa.

Rosalind colocou o frasco na mesinha de centro. Estivera prestes a falar sem pensar, a contar que tivera parte da culpa pela insanidade, que seu amante causara a segunda onda da epidemia após herdar a doença dos estrangeiros. Mas a cidade conhecia bem essa história: sabia que Juliette Cai havia atirado em Paul Dexter para impedir o primeiro surto, sabia que as duas organizações haviam trabalhado juntas quando Dimitri Voronin assumiu o comando dos monstros. Rosalind percebeu que, se admitisse seu papel, não seria mais Janie Mead. Seria a história trágica e terrível de como Destino surgiu.

— O frasco apenas me lembra dessa época — disse Rosalind baixinho. — Ciências estranhas arrebatando a cidade novamente.

Antes que Orion pudesse responder, alguém bateu na porta da frente e os dois se retesaram, ambos em alerta máximo. Não estavam esperando ninguém.

Orion se levantou para atender, pressionando um dedo contra os lábios. Rosalind ficou parada. Uma fresta da porta se abriu.

— Esta é a residência da família Mu?

Ao ver o entregador, Orion relaxou, abrindo mais a porta. O garoto segurava uma cesta de frutas nas mãos e tinha dificuldades para se manter de pé, já que o embrulho possuía quase metade de seu tamanho e estava cheio de duriões extremamente grandes.

— Sim — respondeu Rosalind do sofá. — Querido, ajude-o, por favor.

O garoto soltou um suspiro de alívio, sacudindo os braços quando Orion pegou a cesta. Ele fez uma saudação e foi embora. Orion cheirou a fruta, com um olhar de completa confusão no rosto quando voltou a fechar a porta com os pés.

— Quem nos enviaria duriões? — perguntou ele. — Isso era para ser algum tipo de insulto? Como quando os vitorianos se comunicavam através de flores?

Rosalind gesticulou para que ele colocasse a cesta na mesa.

— Ou — começou ela, dando uma olhada e achando o bilhete —, há mesmo uma mensagem sem códigos por aqui.

Ela retirou um papel quadrado, liso e na cor creme, que sangrou tinta preta ao ser desdobrado. Depois de uma olhada rápida, virou-o para que Orion também pudesse ler:

        Maré Alta
        Aqui quem fala é o seu novo treinador. Relatório

> às 8h amanhã no Mercado de Comida Rui, na
> Avenida Edward VII.
> Procurem pelo boné amarelo.

— O substituto de Dao Feng — disse Orion, com uma surpresa considerável.

Ele olhou para o resto da cesta à procura de outro bilhete, talvez a respeito do próprio Dao Feng, mas não havia nada.

— Vamos levar tudo o que conseguimos até agora. — Rosalind olhou para o lado. A tampa do caixote permanecia sobre a almofada. — Está na hora de começarmos a dar um fim nesta missão.

— Sim — repetiu Orion de maneira vaga. — Acredito que sim.

Seu tom de voz chamou a atenção de Rosalind, mas ele se virou antes que ela pudesse encontrar seu olhar, pegando a cesta e guardando-a na cozinha. Rosalind encarou o espaço vazio que ela deixara, intrigada.

Houve um baque alto na cozinha — a cesta sendo deixada na bancada. De repente, a voz de Orion gritou:

— Tenho uma pergunta.

Rosalind franziu o cenho.

— Vá em frente — gritou ela de volta.

Orion voltou para a sala, apoiando-se no batente da porta da cozinha com as mãos nos bolsos.

— Quantos anos você tem?

Rosalind precisou de todo o seu autocontrole para não ficar tensa. Por que ele faria tal pergunta?

— Dezenove. Achei que você soubesse.

— Eu sabia. Só estava me perguntando se lembrava errado.

Orion ficou em silêncio novamente. Precisava haver um motivo para esse interrogatório. Ele devia ter encontrado algo.

Mas seria tão ruim assim se ele soubesse?, sussurrou uma pequena voz.

— Meu aniversário é no começo de setembro — contou Rosalind. A informação ajudaria na credibilidade e faria com que ela parecesse uma garota comum. — No dia oito do calendário ocidental. — Ela parou. — Por quê? Pareço mais velha?

Orion deu um sorriso, analisando-a de longe. Um momento se passou antes que ele desse uma resposta.

— Não. — Havia um traço de descrença em sua voz. Como se ele não acreditasse. Como se não conseguisse entender o enigma. — Não, não parece.

— Cuidado. — Rosalind tocou os cantos dos olhos, passando as pontas dos dedos ao redor com delicadeza. — Vai fazer com que eu me sinta mal com minhas rugas.

— Você também seria linda se tivesse rugas.

Rosalind prendeu a respiração. Ela nunca as teria. Teria a mesma aparência para sempre, e então desapareceria com o vento quando seu corpo escolhesse desistir, como já escolhera uma vez.

— Ah, que elogio. — Ela colocou as mãos no peito, fingindo desmaiar. — Me atingiu em cheio. Agora terei uma dívida eterna com você.

Orion balançou a cabeça, divertindo-se.

— Posso contar uma coisa? — perguntou ele, indo rapidamente até as janelas, onde as cortinas ainda estavam abertas.

Rosalind também se levantou, juntando-se a ele para ver o que Orion estava olhando. Não eram as ruas ou os carros estacionados pela vizinhança. O olhar de Orion estava voltado para o céu.

Ela inclinou a cabeça para ver melhor, mas não conseguiu identificar o que havia chamado a atenção dele. Não até que ele segurasse seu queixo e virasse sua cabeça um pouco à esquerda. Escondidas no tecido azul do céu, com uma localização perfeita para se ver da janela, havia três estrelas que brilhavam um pouco mais que as outras.

— *Shen* — disse Rosalind, identificando a constelação em mandarim. — É uma das mansões do Tigre Branco.

— Consulte o cérebro europeu agora. Como eles a chamam?

Rosalind vasculhou tudo o que havia aprendido. Deve ter sido óbvio para Orion quando a ficha dela caiu, porque seus lábios se contraíram.

— Órion. Se chama Órion.

Ele assentiu, os olhos presos na constelação. Quando aquela mecha de cabelo sempre teimosa caiu em seus olhos, Rosalind quis afastá-la. Mas obrigou a mão a permanecer onde estava.

— Antes de eu ser Maré Alta — começou Orion —, eu era Caçador. Eles não eram muito criativos nos codinomes. Eu achava meio engraçado.

Conte a ele, pensou Rosalind de repente. *Eu era Destino. Não era uma espiã. Era uma assassina.*

Não conseguiu se forçar a pronunciar as palavras.

— Não podemos negar que os Nacionalistas têm senso de humor.

— Comediantes, todos eles. — Orion afastou o cabelo do rosto antes que Rosalind o fizesse. — Mas fizeram um trabalho intensivo ao construir minha identidade. Uma junção quase completa com quem eu realmente era, para que ninguém me levasse a sério, para que meus alvos não percebessem as informações que deixavam escapar enquanto pensavam que só estavam sendo cortejados.

Rosalind se lembrou da francesa.

— Sim, você parece ser muito bom nisso.

— Todos os melhores espiões não parecem espiões — respondeu Orion, com um brilho perverso no olhar.

Lentamente, porém, a perversidade desapareceu quando ele desviou o olhar da janela, encarando-a por completo em vez disso.

Um momento de silêncio se passou.

— Você gostava, não é? — perguntou Rosalind. — De ser espião, quero dizer.

Ela não sabia de onde a pergunta viera. Provavelmente de um lugar de surpresa, ao pensar que um trabalho que ele havia se forçado a exercer pelo bem da família não lhe causasse desgraça ou melancolia. Rosalind não era assim. Por mais que soubesse que Destino havia lhe dado um propósito que não encontraria em nenhum outro lugar, também não suportava essa parte de si mesma. A assassina imortal e incontrolável, que levava as pessoas a tremerem na base até ficarem de joelhos. Ela só queria ser uma garota que merecia seu lugar no mundo.

— Acho que gostava. — Orion considerou a questão. — Mas não sei se quero voltar para aquele disfarce.

— Por que não?

Ele bateu o cotovelo contra o dela.

— Porque estou um pouco apegado à Maré Alta.

Orion estava certo: não eram nem Caçador nem Destino. Eram Maré Alta. A melancolia de Rosalind diminuiu. Em seu lugar, surgiu uma centelha de divertimento.

— Apegado à Maré Alta? — repetiu ela, provocando-o. — Você está apegado a *mim*, Hong Liwen?

— Sim. — A resposta dele veio com facilidade. Não parecia que Orion a estava provocando de volta. — Estou.

Os olhos dela se ergueram depressa. Não estava esperando por isso. Também não havia notado que agora os dois estavam perigosamente próximos, a janela derramando o luar sobre seus ombros, duas silhuetas prateadas com cantos borrados.

— Ah?

Orion se aproximou ainda mais.

— Amada...

Ele não falou mais nada. Havia dito a palavra apenas para se dirigir a ela. Quando Orion havia começado a fazer isso? Como se o apelido fosse carregado de sentimento e não só uma piada ou um disfarce para as testemunhas?

Uma onda de pânico percorreu o corpo dela.

— Boa noite — murmurou Rosalind, dando um passo para trás e quebrando o feitiço.

Apesar de haver pouca chance de qualquer um dos dois estar cansado, já que haviam acordado fazia poucas horas, Rosalind girou nos calcanhares e usou essa desculpa para fugir, fechando a porta do quarto atrás de si antes de avistar qualquer vislumbre da reação de Orion.

Ela se encostou contra a porta. Seu coração estava acelerado e a testa, suada.

— Pare de besteira. Isso não está acontecendo.

Mas Rosalind não podia mentir para si mesma. Ali estava: aquele peso no estômago, como se estivesse parada à beira de um penhasco, prestes a cair. Ali estava: o formigamento nas pontas dos dedos, como se estivesse perdendo sangue e ele saísse freneticamente de seu corpo.

Talvez fossem os resquícios do veneno. Rosalind foi para a frente da penteadeira, conferindo a dilatação em seus olhos, colocando a língua para fora a fim de verificar sua cor. Até tentou olhar os canais auditivos, mas o resultado era o mesmo: tudo estava saudável. Não havia mais nada em sua circulação. Desta vez não podia culpar nenhum veneno por sua reação.

— *Putain de merde*.

Rosalind descansou as mãos na penteadeira. Teve dificuldade para recuperar o fôlego, como se tivesse corrido cem quilômetros para chegar ali.

— Você não gosta dele — avisou ao próprio reflexo com severidade. — *Não* gosta.

Mentirosa, retrucou o reflexo.

Ela devia se envenenar outra vez.

37

Na manhã seguinte, quando Rosalind e Orion chegaram ao mercado de comida, Silas já estava sentado, com uma tigela fumegante de *wontons* na sua frente. Estava distraído, olhando para o nada, mas recobrou a atenção assim que Rosalind se sentou na frente dele, do outro lado da mesa. Ela colocou a tampa do caixote ao lado dos pés.

— Que bom ver você aqui, amigo — cumprimentou Orion, apertando o ombro de Silas antes de se sentar ao lado de Rosalind.

Ela sentiu sua presença como se cada centímetro da lateral de seu corpo estivesse sobrecarregado. Fez o melhor que pôde para ignorar a sensação.

— Onde está nosso novo treinador? — perguntou Rosalind.

Silas olhou ao redor. Orion pegou a colher do amigo e roubou um dos *wontons*.

— Eu cheguei cedo. Ainda não vi ninguém. Talvez o treinador esteja esperando para conferir se fomos seguidos antes de se aproximar. — Silas franziu o cenho, dando um peteleco em Orion antes que ele tentasse roubar outro *wonton*. — Nenhum boné amarelo por perto até agora.

Rosalind apoiou o queixo na mão. Seus olhos se voltaram para uma pessoa a três mesas de distância.

— Mas temos o Jiemin.

Como se tivesse escutado seu nome, o rapaz se virou no banco de madeira, limpando a boca com um guardanapo, e acenou. Rosalind e Orion acenaram de volta, enquanto Silas semicerrava os olhos, encarando-o mesmo quando Jiemin voltou a comer.

— Quem é ele?

— Um colega da Turquesa — respondeu Orion. — Não está na nossa lista de suspeitos.

Silas continuava a encarar.

— Você o reconhece de algum outro lugar? — perguntou Rosalind.

Talvez não devessem ter decidido tão rápido que Jiemin era inocente.

— Bem, não — respondeu Silas. — Só estou curioso a respeito daquele boné amarelo saindo de seu bolso.

Rosalind congelou. Orion também, os dois virando-se rapidamente para examinar Jiemin de novo. O rapaz se levantou, jogou o guardanapo usado no prato vazio e observou o dorso das mãos depois de limpá-las. *Com certeza*, pensou Rosalind, *ele já vai embora, e só está vindo na nossa direção para uma rápida despedida.*

Em vez disso, Jiemin se sentou ao lado de Silas e disse:

— É um prazer conhecê-lo, Pastor. — Ele assentiu para Orion e Rosalind. — Maré Alta.

A mesa ficou em silêncio. Orion derrubou a colher que estava em sua mão. Ela caiu no chão de cimento, o barulho alto se sobrepondo às conversas que os cercavam no mercado. Várias mesas se viraram para descobrir qual era o problema, mas voltaram para o próprio café da manhã depois de uma simples olhadela.

— É *você*?! — exclamou Orion. Enquanto ele gritava, Rosalind se abaixou para pegar a colher caída, fechando a boca que havia escancarado antes de se endireitar novamente. — Por que seria você?

Jiemin deu de ombros.

— Você está perguntando sobre as tecnicalidades ou sobre a logística? Meu pai é uma pessoa importante no Kuomintang.

— O meu também!

Rosalind esticou a mão, dando uma batidinha no braço de Orion antes que ele gritasse tão alto que as pessoas na mesa ao lado pudessem ouvi-lo. Os dedos de sua outra mão apertavam o cabo da colher com tanta firmeza que seus nós já estavam brancos.

— Sei quem é seu pai — disse Jiemin, com calma. — Acredite em mim, são conceitos diferentes.

— Então vocês dois se beneficiam do nepotismo. — Rosalind tentou não cerrar os dentes e abaixou a colher. — Isso ainda não explica por que um garoto de 18 anos foi alocado como nosso treinador.

Jiemin não pareceu incomodado com seu tom de voz depreciativo. Ele fingiu não ver a expressão de total perplexidade no rosto de Silas.

— Entrei infiltrado na Turquesa um ano antes de vocês, então eles decidiram que trabalho nesta missão há tempo o bastante para poder liderá-la. — Jiemin retirou o boné amarelo do bolso e o colocou na mesa. Um logotipo de um restaurante da Concessão Internacional estava costurado nele. — Como acha que confirmamos que os assassinatos terroristas vinham da Imprensa Turquesa? Me infiltrei nos círculos sociais japoneses e encontrei instruções sendo enviadas a Deoka sobre o estabelecimento de um armazém fora da cidade e a distribuição de um componente químico desconhecido. A tarefa seguinte era confirmar que esses componentes estavam ligados aos assassinatos que haviam começado na cidade.

— Então há quanto tempo esses assassinatos vêm acontecendo? — perguntou Rosalind. — E por que *nos* envolver se você está na missão há mais de um ano?

Jiemin cruzou os braços e olhou para Rosalind. Ele ficou sem falar nada por vários segundos — os olhos firmes e fixos —, e, apenas com isso, Rosalind soube: ele conhecia sua verdadeira identidade.

— Vocês têm talentos que eu não possuo — respondeu Jiemin por fim, quando o silêncio já se estendera demais. Ele assentiu para Orion. — Por exemplo, eu não entendo o que eles dizem em japonês. Era mais fácil recrutar e enviar mais agentes do que me colocar para aprender o idioma rapidamente e correr o risco de eu entender algo errado.

— Não é possível que você vai me dizer que não tem feito listas inteiras durante o ano em que esteve lá — disse Orion. — No mínimo, você tem suspeitas...

— Sim, é provável que eu já tenha anotado as mesmas pessoas que vocês — interrompeu Jiemin. — Mas esse nunca foi o objetivo. Essa era a primeira tarefa, e precisávamos que vocês se acostumassem aos poucos para que descobrissem a próxima parte: o *porquê*. De que adianta prender pessoas se não soubermos o motivo de estarem matando nosso povo com *substâncias químicas*? Simplesmente vão começar tudo de novo se não encontrarmos a fonte.

Orion desviou o olhar, soltando um xingamento frustrado. Enquanto explicava, o tom de voz de Jiemin permaneceu monótono, quase entediado. Se alguém observasse de longe, nunca adivinharia que o garoto era o treinador — o superior — deles, com aquela aparência tão descontraída e melancólica. Ele parecia mais um dos garçons do restaurante: mal pago e passando o tempo sentado na mesa com os clientes.

— Dao Feng deveria ter nos dito isso desde o começo — declarou Rosalind.

Ela estava tentando manter o tom firme o máximo que podia.

Jiemin colocou os cotovelos na mesa.

— Para ser sincero, não sei muito bem por que ele não contou. Quando me deram o arquivo da missão, olhei as instruções de Dao Feng. Ele deveria ter apresentado tudo: prender os culpados na Imprensa Turquesa, encontrar o assassino e descobrir a explicação para o método do crime.

Rosalind percebera essa estranheza desde o começo. Isso a havia irritado, a havia incomodado quando pensava no objetivo da missão. Mas ela havia deixado de lado porque presumiu que Dao Feng teria lhes dado as tarefas se elas fossem realmente importantes. Agora, Rosalind tinha motivos para acreditar que o trabalho deles até o momento havia sido redundante, que a missão real havia sido retida. Ela e Orion haviam passado semanas buscando informações que Jiemin já reunira durante um ano. Qual era a intenção de Dao Feng? O que ele sabia e os dois não?

E por que Jiemin também não tinha esse conhecimento, se estava assumindo o papel de treinador da missão?

— Talvez Dao Feng tenha pensado que seria muito pesado — sugeriu Silas. — Que Janie e Liwen precisavam de um período de adaptação primeiro.

— Talvez — repetiu Rosalind, mas não soava nem um pouco segura. — Bem, conseguiremos o resto logo, eu acho. Zheng Haidi é a nossa principal suspeita. Só precisamos capturá-la.

Jiemin resmungou.

— *Haidi*? A secretária do escritório?

Rosalind franziu o cenho.

— Sim. Não a subestime só por parecer boba. Ela estava andando por aí com a arma do crime. Aposto que você ainda não colocou as mãos nisso, certo?

— Não — confirmou Jiemin abertamente.

— Aqui. — Rosalind colocou a mão embaixo da mesa. No caminho para lá, Orion tinha arranjado um saco plástico preto para colocar a tampa do caixote, junto com o frasco que Silas havia encontrado e o que Rosalind pegara na rua Burkill. Ela deu o saco para Jiemin. — Dois frascos da arma do crime, assim como uma evidência concreta que comprova a distribuição de Deoka. Da última vez que checamos, o resto dos caixotes estava numa residência na rua Burkill, número 286. Se formos rápidos, talvez consigamos pegar a base imperialista clandestina antes que mudem de lugar.

Jiemin pegou a sacola sem dizer nada.

— Está dando as instruções agora, senhorita Mead?

— Sim — disse Rosalind com firmeza. — A festa no Hotel Catai... Vamos encerrar a missão lá.

Orion e Silas se viraram em sua direção ao mesmo tempo, horrorizados.

— Está brincando? — questionou Silas.

— Não ouviu nosso treinador prodígio? — acrescentou Orion. Para mérito dele, Orion só deixou escapar um leve indício de zombaria. — Ele levou um ano para chegar até aqui. Como vamos terminar até sexta-feira, se demorou esse tempo todo para conseguirmos o resto?

Mas Rosalind estava decidida. Ela havia pensado muito sobre isso na noite anterior, quando não tinha nada para fazer além de andar pelo quarto e tentar impedir que sua mente vagasse para outros lugares.

— É nossa melhor chance — disse ela. — Jiemin, você continua decidido a não comparecer à festa?

Jiemin assentiu.

— Outros embaixadores das forças imperialistas estarão presentes, trazidos de outras filiais em Xangai — explicou ele. — Muitas pessoas nesta cidade me reconhecem de missões passadas. Se eu aparecer, terá que ser como Nacionalista, não como um funcionário da Turquesa.

— Certo. — Rosalind estalou o pescoço. — Então eu e Orion estaremos lá, disfarçados. Poderemos confirmar que todos os culpados estão presentes, antes dos Nacionalistas entrarem para prendê-los. Quando teremos outra chance de encontrar todos os nossos suspeitos no mesmo lugar? Ninguém saberá o que está por vir a tempo de escapar. Invadiremos a rua Burkill no mesmo momento, e amarraremos todas as pontas soltas com um laço perfeito: os suspeitos e as substâncias químicas.

Estava longe de ser um plano perfeito, mas ninguém em volta da mesa tinha energia para discutir com ela.

— Muito bem — disse Jiemin. — Vocês têm até sexta-feira para descobrir o objetivo principal deles com os assassinatos. — Ele se levantou. — Vou repassar essa reunião em nossos canais. Seguiremos o plano da senhorita Mead. Será na festa do Catai.

Sem dizer mais nada, o novo treinador deles acenou em despedida e se virou para ir embora.

— Te vejo no trabalho — murmurou Orion para as costas de Jiemin.

Alisa saiu do prédio pela janela do corredor do segundo andar, pulando do parapeito e caindo em meio ao lixo no beco dos fundos.

— Que nojo — murmurou baixinho, levantando-se.

Ela não sabia se seu status de fugitiva era sério o suficiente para obrigá-la a pular de janelas, especialmente considerando como a Polícia Municipal era preguiçosa, mas cautela nunca era demais. A luz do fim da manhã fez seus olhos arderem quando ela saiu do beco. Naquele dia, uma umidade abafada havia tomado conta do ar.

Era um novo dia de investigação, embora na verdade não houvesse muitos caminhos restantes para sua busca. Se Rosalind quisesse um trabalho mais bem feito, realmente deveria ter pedido para a própria irmã. Celia tinha uma posição mais elevada, e um agente de posição ainda mais elevada na palma da mão. Mas, já que a tarefa fora dada a Alisa, achou que era melhor amarrar a última ponta solta.

Algo sobrenatural, visto por uma senhora idosa. Algo que tinha a ver com o motivo dos Comunistas quererem perseguir um casal de Nacionalistas.

Ela chegou à rua Bao Shang. A via estreita estava nublada pela fumaça, apesar do claro céu azul acima. Alisa tomou as escadas do prédio, que continha um número 4 desgastado na fachada, subindo e virando, subindo e virando, até que ficou tonta. O memorando dissera sexto andar. Ela estava preparada para bater nas portas até achar o apartamento certo, mas, quando terminou de subir os seis lances de escada, uma das portas já estava entreaberta.

— Olá? — chamou Alisa. Ela cutucou a porta para ver se a abertura não era uma ilusão. Com um rangido alto, a entrada se abriu ainda mais.

— O Kuomintang me enviou. Estivemos aqui há algum tempo para coletar um depoimento. Voltei para... — Alisa entrou... e imediatamente foi cegada pelo forte clarão de uma luz. — *Ai!*

— Ah, você tem que ficar parada, *shǎ gūniáng*. Senão vai ficar borrada.

Alisa piscou rapidamente, tentando afastar as manchas brilhantes em seu globo ocular. Devagar, a cena à sua frente se materializou: um apartamento pitoresco, uma mulher idosa sentada numa cadeira de rodas perto da janela. A mulher segurava uma caixa nas mãos, que — depois de piscar rapidamente de novo — Alisa percebeu ser uma máquina fotográfica.

— Como pude ser tão descuidada a ponto de me mexer? — Alisa piscou com força pela última vez, para afastar as manchas. Sorriu, recusando-se a ser desencorajada de uma apresentação agradável. — Por favor, me perdoe, mas, quando meus superiores me enviaram, não me disseram um nome, apenas um endereço.

A senhora afastou a cadeira da janela, colocando-a na direção do sofá. Ela acenou para que Alisa se aproximasse. Hesitante, a jovem foi até a mulher e se sentou na beirada das almofadas do sofá.

— É porque não perguntaram meu nome da primeira vez — respondeu a mulher. — Sou a senhora Guo. Você é russa?

— Sim — respondeu Alisa. — Me chamo... — Ela parou. Não seria bom usar *Liza*, pois isso poderia expor seu disfarce na Turquesa. Apesar de que, se o Kuomintang pegasse Comunistas fingindo ser do partido, zanzando pela cidade para conseguir informações, ela teria problemas maiores com que se preocupar. — Roza.

Desculpe, Rosalind.

A senhora a olhou de cima a baixo.

— E o Kuomintang confia em você? Eles vieram bater na minha porta depois de ouvirem minha história através de um vizinho, sabe? Estou começando a me perguntar quantas pessoas eles têm recrutadas em cada esquina.

— Ah, sou apenas uma humilde assistente. Mas escute meu mandarim: é tão bom que tinham que me contratar.

A senhora Guo refletiu sobre a questão. Alisa prendeu a respiração, se perguntando se uma russa que fazia parte do Kuomintang era simplesmente absurdo demais para alguém acreditar.

— Você tem mesmo uma maneira excelente de falar — declarou a mulher.

Alisa sorriu. Pegou um bloco de notas, posicionando a caneta acima do papel.

— Não vou tomar muito do seu tempo hoje. Só quero confirmar o depoimento que a senhora deu há algum tempo.

— Leve o tempo que for preciso — disse a senhora Guo, inclinando-se na cadeira. — Meus filhos não vêm me visitar, e não posso mais descer para jogar *mahjong*.

Alisa olhou ao redor.

— A senhora se alimenta bem? Quer que eu pegue alguma coisa?

A senhora Guo pareceu achar graça.

— Ah, não se preocupe comigo. Eu só sofro de um completo tédio.

— Espero não entediá-la com isso. — Alisa fingiu consultar outra página em seu bloco de notas, apesar de ele estar completamente em branco. — Preciso confirmar o que viu através de sua janela. A senhora disse que era... sobrenatural? Algumas pessoas estão tendo dificuldade para entender, então agradeceríamos se desse detalhes.

A senhora Guo a encarou por um momento.

— Detalhes? Quantos detalhes mais eles querem, além de que havia um assassino em série no beco abaixo da minha janela?

Assassino em série? Os olhos de Alisa se arregalaram antes que ela pudesse conter a reação. Felizmente, a senhora Guo se afastava com a cadeira de rodas, parando em frente à mesa da cozinha anexa e vasculhando uma pilha de revistas que estava ali em cima, então não viu o choque de Alisa. Será que isso tinha a ver com a missão de Rosalind, afinal?

— Qualquer coisa de que a senhora se lembrar será útil — disse Alisa com calma.

— Fiquei em choque, é claro — continuou a senhora Guo. — Os jornais falam sobre esses assassinatos todos os dias. Um corpo encontrado numa rua, um corpo encontrado na outra. Buracos nos braços. Expressões de terror. Sempre digo para minha filha não sair, mas ainda assim ela vai dançar toda noite em uma *wǔtīng* idiota.

— Como sabia que eram os assassinatos químicos e não um criminoso qualquer? — perguntou Alisa, rabiscando com a caneta no papel. — As pessoas são agredidas por motivos triviais o tempo todo por essas bandas.

— Acho que criminosos insignificantes não atacam suas vítimas com seringas.

Alisa pressionou a caneta com mais força.

— Então a senhora *viu* a seringa.

— Melhor do que isso. — A senhora Guo finalmente achou o que procurava, segurando uma tira de filme fotográfico. — Aqui. Já dei a foto que mostrava a cena horrível aos seus superiores, mas acho que informações se perdem com facilidade. Tenho uma cópia de todo o resto, então, se precisar da *dǐpiàn* original...

Alisa não hesitou antes de pegar a tira. Segurou os negativos contra a luz, tentando discernir as manchas e as formas. Apesar de ser fácil identificar a do meio como a foto em questão — parecia ter sido tirada de cima e através de uma janela, com duas figuras abaixo —, o tamanho pequeno e as cores invertidas do negativo faziam com que fosse quase impossível ver algum detalhe. Precisava revelar a foto novamente, num tamanho ideal.

— Ainda não prenderam ninguém? — perguntou a senhora Guo, voltando para a sala.

— Estão chegando perto. — Alisa sacudiu a tira. — Obrigada por isso. Será muito útil.

Alisa se despediu da senhora Guo e deixou o apartamento, fechando a porta com delicadeza. Por que os Comunistas estavam se preocupando com isso? O que seus superiores sabiam que ela ainda não descobrira? Se as fotografias eram evidências do assassino, então os Nacionalistas poderiam usá-las para derrubar a Imprensa Turquesa. Seus superiores deveriam ter repassado a informação. Será que a guerra importava tanto assim? Será que a guerra importava mais que salvar vidas?

Alisa saiu do prédio, andando com urgência. Virou na rua seguinte e entrou na primeira lojinha russa que encontrou.

Segurou o negativo e um maço de dinheiro, e se aproximou da bancada.

— Vocês têm uma câmara escura?

Orion foi emboscado no seu horário de almoço enquanto estava em frente a uma barraquinha, pagando por *dumplings*.

— Você não vai acreditar nisso.

Felizmente, ele logo reconheceu a voz e, apesar de ser pego de surpresa, não derrubou o grande saco de *dumplings* por causa do susto. Ainda bem. Teria sido bem humilhante.

— Faz um favor para mim, *mèimei* — disse Orion. Ele contou as moedas pacientemente para ter certeza de que tinha o valor certo. — Pegue os dois *dòuhuā*.

Phoebe suspirou, pegando as duas tigelas de pudim de tofu das mãos do dono da loja.

— Posso ficar com um?

— Sim, pode ficar com o meu. Deixe o outro em paz ou minha esposa vai gritar comigo.

Os dois foram até uma mesa na lateral da rua. A atenção de Phoebe estava completamente focada em não derrubar as tigelas. Ela não vacilou antes de atacar o pudim, pegando uma colher da caixa de descartáveis no meio da mesa. Orion baixou o saco de *dumplings* com força na mesa, um tanto preocupado com o entusiasmo de sua irmã pelo lanche. Será que Ah Dou não a estava alimentando bem?

— Então, no que eu não vou acreditar?

Phoebe baixou a colher, como se tivesse lembrado por que estava ali.

— Lembra quando eu disse que dei uma olhada no apartamento de Liza Ivanova?

Olhando ao redor para ter certeza de que ninguém os observava, Phoebe colocou a mão na bolsa e retirou de lá uma revista, colocando-a em frente a Orion. A capa era rosa pastel e continha uma mulher em uma cadeira de jardim, olhando para o céu. Orion só pôde discernir isso. O texto em si estava escrito em russo.

— Você pegou isso dela? — perguntou ele, preocupado.

— Não! O quão irresponsável você acha que eu sou? — Phoebe soprou o ar, afastando a franja dos olhos. — A edição de Liza estava emoldurada. Achei bizarro, então andei por todas as bancas de Xangai à procura de outra cópia. Descrevi a capa diversas vezes, até que uma mulher em Zhabei soube do que eu estava falando. Ela pegou isso nos fundos da loja para mim.

Sua irmã deu outra colherada no pudim.

— Na verdade, tenho que correr. Preciso pegar uma liquidação de sapatos na Sincere. Abra na aba que fiz no final. Não vai conseguir ler nada importante, mas imprimiram os nomes em inglês junto às fotos. Não faço ideia do que concluir. Acredito que você vá entender melhor.

Batendo a colher contra o copo, Phoebe se levantou. Então, porque estava determinada a ser sempre irritante, ela deu uma olhada na sacola de *dumplings* e pegou um antes de partir.

— Não gaste muito! — gritou Orion.

— Não mande em mim!

Sozinho na mesa, Orion virou a revista e a abriu onde Phoebe havia marcado. Pela capa, parecia que a edição focava estilo de vida, então ele ficou surpreso quando abriu a página e encontrou um obituário.

Roma Montagov. Nascido em 15 de julho de 1907.

— O herdeiro dos Rosas Brancas? — murmurou Orion, prestando atenção na imagem.

Por que essa revista havia imprimido seu obituário? Ele virou para a página seguinte.

Juliette Cai. Nascida em 15 de outubro de 1907.

Ao ver esses nomes juntos, tudo de repente fez sentido. Orion folheou mais rápido. Essas últimas páginas eram obituários de gângsteres. A revista devia ter publicado como recordação, pouco depois da revolução que dissipou as organizações.

Dimitri Voronin. Nascido em 2 de janeiro de 1906.

Tyler Cai. Nascido em 25 de março de 1908.

Kathleen Lang. Nascida em 8 de setembro de 1907.

Kathleen Lang? A mão de Orion parou, as sobrancelhas se erguendo. Já ouvira falar de Kathleen Lang — a maioria das pessoas na cidade sabia os nomes da antiga elite da Sociedade Escarlate. Mas essa foto... era de uma Celia mais jovem, a parceira de missão de Oliver. Orion a havia encontrado em campo várias vezes. Sempre que Oliver tentava fazer as pazes, Celia era forçada a tirá-lo do caminho antes que Orion o socasse.

Isso não fazia sentido. A não ser...

— Ah, meu deus.

Se Celia era Kathleen Lang, então ele sabia quem Janie era. Ele jamais faria a conexão sozinho — como poderia? —, mas, quando colocada à sua frente, a semelhança entre Celia e Janie era inegável. Ele virou a página para o obituário final.

Rosalind Lang. Nascida em 8 de setembro 1907.

E ali estava Janie, com a aparência exatamente igual.

Ele sempre suspeitou que Janie Mead não existia. Mas isso era algo completamente diferente. Orion havia presumido que ela era outra garota qualquer na cidade. Talvez com um passado difícil, talvez criada em algum outro lugar que não os Estados Unidos. Mas *Rosalind Lang*...

Orion fechou a revista, atordoado. Um policial que estava por perto apitou, o barulho agudo e perfurante. Mas isso não distraiu Orion em nada. Mesmo enquanto o mundo gritava e corria ao seu redor, ele permaneceu sentado como uma pedra, recuperando-se da bomba que havia caído em seu colo.

38

Depois que fechava, o interior da Imprensa Turquesa se tornava sombrio, como se fosse uma mansão nas colinas e não um robusto edifício de escritórios na Concessão Francesa.

Rosalind já deveria ter ido embora, mas permanecia na mesa, fazendo anotações em faturas. Não havia falado muito com Orion durante o dia, decidida a parecer ocupada para qualquer um que a observasse. Por volta das cinco da tarde, ela gesticulou para que ele fosse embora quando o rapaz se aproximou, dizendo-lhe que não podiam ir embora ainda porque estava muito ocupada. Na verdade, Rosalind tinha bolado um plano. Quando todos os colegas fossem embora, ela poderia colocá-lo em prática.

Jiemin deixou sua mesa às cinco e meia. Ele lhe lançou um olhar suspeito, tentando perguntar o que ela estava tramando, mas Rosalind simplesmente bateu continência em zombaria e voltou ao trabalho. Pouco depois, não só as luzes do corredor haviam se apagado, mas o departamento inteiro ficou escuro, tornando muito mais difícil ver a tinta impressa em frente a ela. Não importava. Vinte minutos depois, a última mulher em sua mesa foi embora, e o departamento ficou vazio. Rosalind não precisava mais fingir trabalhar duro.

Ela pegou a bolsa.

Para sua surpresa, quando foi até o cubículo de Orion, ele não olhou para cima. Rosalind havia esperado que ele estivesse impaciente e pronto para ir embora, mas Orion nem a ouviu se aproximar até que ela colocou uma das mãos em seu ombro. Ele se retesou.

Rosalind franziu o cenho.

— Você está bem?

— Sim — disse Orion rapidamente. — Está pronta para ir?

Ela assentiu. O prédio havia caído num silêncio absoluto.

— Estava esperando que todos fossem embora para pegar os registros de envio na sala de correspondência — disse Rosalind enquanto desciam as escadas. — Você pode dar uma olhada na mesa de Haidi também? Acho que ela não guardaria nada incriminador lá, mas seria bom garantir.

Orion não respondeu.

— Orion — chamou ela.

Ele desceu os últimos três degraus de uma vez só. Por um momento, Orion pareceu confuso, como se tivesse acordado de um sonho e se encontrado já em movimento.

— Sim, posso fazer isso — disse ele por fim.

E andou rigidamente até a mesa da frente.

Qual é o problema dele?

Rosalind afastou a dúvida e correu até a sala de correspondência, abrindo a porta com delicadeza. Não havia motivo para proteger os vários pacotes guardados ali durante a noite, então não havia uma tranca na porta, o que facilitou muito o trabalho de Rosalind. Ela andou em meio às prateleiras no escuro, com apenas o brilho dos postes da rua iluminando sua busca.

Ela pensou ter visto Tejas vasculhar aquele corredor. Onde será que estava?

Os olhos de Rosalind se fixaram numa caixa que saía de baixo de uma das prateleiras mais distantes. As abas ainda estavam abertas. Quando ela puxou a caixa e olhou ali dentro, encontrou uma prancheta preta logo em cima.

— A-há, sucesso — murmurou, abrindo a prancheta na página mais recente.

Havia algumas anotações novas, inclusive uma de mais cedo naquele mesmo dia, registrando um caixote que partiria para a rua Burkill.

Rosalind repassou os números pela na mente. Talvez a caixa chegasse ao endereço amanhã. O que significava que talvez fosse acontecer outro assassinato.

Ela destacou o registro inteiro. Enrolou-o e o enfiou na bolsa, então se ergueu na ponta dos pés e escondeu a prancheta vazia em cima de um dos armários.

Rosalind saiu da sala de correspondência. Orion ainda vasculhava a mesa da frente quando ela foi até ele cuidadosamente.

— Achou alguma coisa?

— Só um monte de embalagens de doces — relatou Orion. — Não acho que...

Um clarão de faróis percorreu as janelas do primeiro andar, interrompendo o que Orion dizia. Logo depois, ouviu-se o ruído do freio de um carro, então uma porta bateu. Alguém havia voltado ao escritório.

— Se esconda! — sibilou Rosalind.

— Aqui.

Orion segurou seu pulso e puxou os dois para trás da mesa, abaixando-se sob a estrutura pesada. A parte exterior da escrivaninha se estendia até o chão: ninguém que passasse veria Rosalind e Orion, a não ser que dessem a volta e olhassem do ponto de vista da cadeira de Haidi.

Um único par de passos entrou no prédio. Rosalind não ousava respirar, a mão agarrada à camisa de Orion. O braço dele estava em volta de sua cintura, mantendo-a imóvel naquele espaço apertado. Ela não sabia se era seu próprio coração vacilando contra o peito ou se sentia o pânico de Orion transferindo-se para ela. O espaço embaixo da mesa era tão estreito que Rosalind estava praticamente em cima dele, mas estarem entrelaçados não era nenhuma novidade àquela altura.

Se fossem encontrados ali depois do expediente, havia poucas desculpas que justificassem suas atitudes tão suspeitas, porque as luzes estavam apagadas como se o escritório estivesse fechado. Precisavam ficar muito, muito quietinhos.

O visitante noturno subiu as escadas devagar. Seus passos pesados eram pacientes. Tinha de ser algum superior — Deoka ou alguém à sua altura — ou não teria conseguido entrar pelos portões da frente depois de os guardas terem ido embora.

— Vamos? — sussurrou Rosalind quando o visitante desapareceu em um dos andares superiores.

— E se também houver alguém no carro? — sussurrou Orion em resposta.

— Vamos ter que mentir ao sairmos. — Rosalind aguçou os ouvidos, tentando aferir se havia movimento no estacionamento de cascalho lá fora. — É mais perigoso esperar. Sair agora é um pouco suspeito. Sair daqui a uma hora nos torna completamente culpados.

— Suspeito ainda é suspeito.

— Não temos outra escolha!

Orion procurou seu olhar. Estavam discutindo aos sussurros sobre o assunto como se debatessem lados diferentes, mas ambos sabiam que era imprescindível que saíssem sem serem pegos. Estavam tão *perto* de terminar a missão.

— Certo — disse ele. — Se alguém estiver esperando no carro, tenho uma desculpa preparada.

Rosalind olhou para a escuridão além da mesa. Pensou ter escutado passos no andar de cima. Tentou soltar o aperto com que segurava a camisa de Orion, mas acabou deixando a mão aberta em seu peito. O coração dele batia com tanta força que ela o sentiu vacilar contra a palma de sua mão.

— Qual? — perguntou, virando-se para encará-lo.

O vislumbre de algo perigoso passou entre os olhos deles. Talvez, naquele momento, Rosalind devesse ter percebido exatamente qual era o grande plano de Orion.

Ele se aproximou e a beijou.

Não foi um beijinho para uma audiência. Foi um no qual as mãos de Orion seguravam a cintura dela com firmeza, enquanto a outra se emaranhava em seu cabelo, soltando os grampos e desfazendo as tranças. Um beijo em que seu corpo se aproximava, uma força magnética exigindo que ela se movesse, que colocasse os braços em volta do pescoço dele.

A boca de Rosalind se abriu com um suspiro, e Orion tomou isso como um convite. Os lábios dele se moveram contra os dela como um feitiço, como se o mundo estivesse acabando e essa fosse a dádiva final. Ela não conseguia formular nenhum pensamento coerente no meio do frenesi, mas não se importava. A maldição estava no fogo quente, e era nele que ela queria se jogar.

Orion se afastou de repente, ofegante. Rosalind estava tão atordoada que só conseguiu encará-lo, tendo dificuldade para inspirar ar o suficiente para encher os pulmões. Havia uma mancha de batom acima dos lábios dele. Sem pensar, ela levantou a mão para limpá-los, mas ele segurou seu pulso, os dedos quentes como brasas em volta de sua pele em chamas.

— É disso que precisamos — sussurrou ele.

Certo. Porque isso era parte do plano. Uma atuação.

— Vamos — murmurou ela.

Os dois saíram de debaixo da mesa sem ajeitar nenhum colarinho amassado. Rosalind colocou a bolsa junto ao corpo e Orion pegou sua mão. Quando correram pelos degraus da entrada, o carro que estava estacionado em frente ao prédio acendeu os faróis.

Os dois pararam. O motorista abriu a porta, fazendo uma carranca.

— O que...

— Peço desculpas — interrompeu Orion, antes que o homem pudesse continuar. Mesmo sem ver sua expressão, Rosalind podia ouvir o sorriso em sua voz. — Não percebemos que já tinha ficado tão tarde. Não estamos atrapalhando a segurança, estamos?

A carranca do motorista desapareceu, sendo substituída pela irritação. Ele balançou a mão e voltou a entrar no carro.

— Por favor, deixem a área quando estiverem prontos.

— Vamos largar do seu pé! — disse Rosalind, brincando.

Os dois se viraram e correram pelo terreno. Rosalind achava que nenhum dos dois havia soltado a respiração até terem passado pelos portões da frente, fora da vista do prédio e longe do motorista que os observava.

— Você está bem? — perguntou Orion, a voz suave.

Rosalind o segurou, realmente se esforçando para tirar o batom de sua boca. Ele a observou passar um dedo em seu lábio superior. Ela não sabia se Orion notara o leve tremor em sua mão.

— É claro — disse ela. — Afinal, somos ótimos espiões.

O ar estava fresco na caminhada de volta ao apartamento, o que fez bem para o rubor nas bochechas de Rosalind. Ela continuava a lançar olhares para Orion, e ele continuava a lançar olhares para ela, e os dois continuavam a se encarar sem dizer nada antes de voltar à estrada, escolhendo permanecer em silêncio enquanto caminhavam.

Quando Rosalind abriu o portão do pátio de seu prédio, parou na hora.

— Silas?

O rapaz se virou. Estava do lado de fora com Lao Lao, no meio de uma conversa.

— Espera, o quê? — indagou Silas, de repente, assim que Rosalind e Orion se aproximaram. — Achei que já estavam lá em cima.

— Lá em cima... no nosso apartamento? — perguntou Orion. — Por que você pensaria isso?

Silas olhou para Lao Lao. A senhora também estava visivelmente perplexa.

— Porque Lao Lao disse que estavam — respondeu ele. — Lao Lao contou a Phoebe que o irmão dela estava lá em cima e queria conversar com ela a sós. Nos chamou aqui e tudo mais.

O pátio ficou quieto como um funeral. Como é que Phoebe estava lá dentro, falando com o *irmão*?

— Oliver — xingou Orion, correndo pelas escadas.

— Ah, Deus — murmurou Rosalind. — Lao Lao, você sabia?

— Achei que era Liwen! — exclamou ela. — Ele disse que tinha perdido as chaves, então deixei ele entrar. Depois queria que a irmã viesse até aqui, aí eu a chamei.

Oliver Hong havia tirado vantagem do quanto ele e o irmão eram similares na aparência e na voz. Rosalind levantou a saia do *qipao* e correu pelas escadas atrás de Orion, subindo dois degraus de cada vez.

— Vou ficar aqui! — avisou Silas.

Lao Lao o conduziu para dentro de seu apartamento, oferecendo comida para deixá-lo de fora do drama familiar no andar de cima — e também para que ele não colocasse seu disfarce de agente triplo em risco em meio a Comunistas de verdade. Quando Rosalind entrou no próprio apartamento, foi bem a tempo de ver Orion avançar no irmão mais velho, indo direto para sua garganta.

— Ei, ei! — gritou Rosalind.

Phoebe se levantou, colocando-se entre os dois. Uma mulher ao lado de Oliver pegou o braço dele em um gesto brusco, falando furiosamente em seu ouvido.

Celia.

Por um segundo, Rosalind ficou tão aliviada de ver a irmã que só a encarou. Celia parecia saudável. Seu cabelo estava preso em um pequeno coque baixo, a pele tinha um brilho quente e os olhos estavam brilhantes. Então Orion avançou outra vez, tentando desviar de Phoebe, e Rosalind forçou-se a se mover, colocando os braços em volta dele e fisicamente arrastando-o para trás.

— Se você for preso por fratricídio, eu *não* vou pagar a fiança — sibilou ela.

— Às vezes um pouco de fratricídio é aceitável — retrucou Orion.

Ao lado do sofá, Oliver inclinou a cabeça. Ele realmente parecia idêntico a Orion, apenas com mais sombras embaixo dos olhos e uma sensação mais profunda de raiva que transbordava de seus ombros. Ele também parecia ser um canalha mais persistentemente presunçoso, porque, enquanto Orion deixava esse aspecto de lado com uma sensação de petulância, Oliver o usava com orgulho.

— Você não está falando sério — disse Oliver. — Senti muita falta de Phoebe. Só queria ver como ela estava.

Phoebe lhe lançou um olhar fulminante, ofendida por ser arrastada para a discussão.

Rosalind se intrometeu. Soltou o aperto que segurava Orion, rezando silenciosamente para não se arrepender.

— Sente-se — instruiu a Oliver. — Está na nossa casa como convidado, então ao menos seja educado. — Ela assentiu para Celia, fingindo não conhecê-la. — Você também.

Celia se sentou sem discutir. Oliver, porém, só para provocar, avançou.

— Minha intenção nunca foi ser grosseiro. — Ele estendeu a mão. — Eu sou...

— ... alguém que não vai encostar na minha esposa — completou Orion, dando um tapa na mão dele. — Vá se sentar.

Celia encontrou os olhos de Rosalind, as sobrancelhas erguidas. *Esposa?*, gesticulou ela com a boca.

Rosalind balançou a cabeça. *Nem pergunte.*

— Certo, vou me sentar. — Oliver se afastou, sentando-se ao lado de Celia. Phoebe, observando-o, aproximou-se mais do braço do sofá, os olhos indo de um lado para o outro. — E vocês nos pegaram; por mais adorável que seja falar com Phoebe, temos um aviso. A respeito de sua missão.

— Como se fôssemos considerar o *seu* aviso.

— Não, realmente é bem grave — disse Celia.

Era a primeira vez que ela falava, e a atenção de Orion se virou para Celia, os olhos semicerrados antes de se virarem para Rosalind. Ela precisou de todo o seu esforço para não se preocupar. Será que ele conseguira notar a semelhança?

— Qual é o problema? — perguntou Rosalind com calma.

— Vocês têm um mapa?

O pedido foi repentino, mas Rosalind se levantou mesmo assim, indo até o quarto e vasculhando suas prateleiras. Ela estava muito feliz em ver a irmã, mas isso era muito esquisito, o que só podia significar problemas. Rosalind voltou à sala com um mapa antigo que mostrava a cidade e seu perímetro externo, as fronteiras da Concessão Francesa e da Concessão Internacional bem coloridas e delineadas. Quando ela o colocou na mesa, Phoebe se inclinou e a ajudou a segurar as duas pontas. Celia, com uma caneta em mãos, parou acima do mapa, desenhando um círculo no canto superior esquerdo.

— Há um armazém aqui, distribuindo edições da Imprensa Turquesa.

— O Armazém 34 — acrescentou Rosalind imediatamente. — Estive acompanhando também. Os frascos vêm de lá.

Agora Oliver também franzia o cenho, levantando-se do sofá para dar uma olhada melhor no mapa.

— Frascos?

— As injeções químicas que têm matado as pessoas em Xangai — esclareceu Orion. Mesmo sem se virar, Rosalind sabia que ele havia revirado os olhos para o irmão. — Você sabe, o esquema terrorista que o Império

Japonês orquestrou. Aquele no qual o governo não pode se concentrar, porque também está ocupado com uma guerra civil...

— Orion, *qīn'ài de*, por favor, cale a boca — interrompeu Rosalind.

Orion fechou a boca. Phoebe deu um tapinha reconfortante em seu braço.

Celia traçou outra linha no mapa com sua caneta.

— Eu não conseguia compreender de jeito nenhum por que o armazém pegava jornais impressos das fábricas e depois os embalava novamente. Ou melhor, não conseguia entender o que um jornal estrangeiro de Xangai estava fazendo tão longe da cidade, para começo de conversa.

— Também vasculhamos o Armazém 34 há algum tempo — acrescentou Oliver. — Era uma mistura entre um laboratório e um depósito. Havia caixotes espalhados por todo canto. Provetas e tubos de ensaio nas mesas. Depois de uma discussão calorosa durante a viagem de carro até aqui, chegamos a uma conclusão.

— Os jornais são um disfarce para que as remessas passem pelo sistema postal — concluiu Celia. — O único motivo da Imprensa Turquesa escrever suas edições é para levar o que estão fazendo no Armazém 34 para Xangai.

Com um suspiro, Orion finalmente se aproximou da mesinha de centro, colocando-se ao lado de Rosalind e sentando-se no chão.

— Já sabíamos a maior parte disso tudo — disse ele, cansado. — Estávamos trabalhando do outro lado da linha de distribuição. Os caixotes vêm do armazém, chegam à Turquesa, e então a Turquesa os envia até uma casa na Concessão Internacional, onde alguém pega os frascos e os usa para assassinar as pessoas. Os Nacionalistas já têm as evidências. Estamos prontos para prender os suspeitos amanhã.

A sala ficou em silêncio. Celia e Oliver trocaram um olhar.

— O que foi? — questionou Rosalind.

— O armazém — disse Celia, devagar — é comandado por soldados Nacionalistas.

— *O quê?* — perguntou Orion. — Isso é ridículo! Esse é um esquema imperialista estrangeiro.

Oliver abriu as mãos sobre o mapa.

— Ao que parece, é um esquema imperialista estrangeiro em colaboração com desertores do Kuomintang.

— Você...

— Fique quieto aí — ordenou Rosalind, antes que Orion pudesse se levantar. Ela se virou para Oliver. — Você deve imaginar como isso soa absurdo. Uma operação inteira em um armazém não seria comandada por apenas um *hanjian*. Precisaria de uma milícia. Como algo tão grande escaparia aos olhos do Kuomintang?

Mas a dúvida começou a invadir a mente de Rosalind, deixando-a gelada. Ela pensou em todos os acontecimentos para os quais ainda não tinha respostas. O arquivo Comunista roubado. Dao Feng sendo atacado. Todo aquele caos do lado deles. Será que alguém estivera trabalhando contra os dois esse tempo todo?

Rosalind parou.

— Na verdade, espere um momento. — Virou-se para Celia. — Você sabe por que os Comunistas tentaram nos sequestrar?

Celia recuou.

— Como é que é?

— Fiz uma cópia de um arquivo deles. Havia três codinomes: Leão, Grisalho e Arqueiro, supostos agentes duplos do seu partido, fingindo ser Nacionalistas. — Rosalind não estava observando a irmã. Estava observando Oliver, esperando pelo mínimo deslize que indicaria que ele sabia algo sobre isso. — Pouco depois, ele foi roubado de mim, meu treinador quase foi assassinado, e um carro lotado de agentes seus nos perseguiu, tentando nos sequestrar com cordas. Mandei Alisa investigar, mas ela ainda não relatou nada.

Um momento se passou.

— Alisa? — repetiram Orion e Phoebe ao mesmo tempo.

Rosalind congelou. *Merde*.

— Liza — corrigiu Rosalind. — Falei errado.

— Não, você *disse* Alisa. — Um pensamento fez com que os olhos de Orion se arregalassem. — Alisa *Montagova*?

Isso era um desastre. Ela achou que tivesse sido cuidadosa em atar e desatar as linhas de seu passado, colocando-as onde deveriam ficar, mas em vez disso elas estavam criando vida própria, como uma serpente decidida a enforcá-la em suas próprias mentiras.

— São nomes bem parecidos — insistiu Rosalind.

Orion cruzou os braços. Claramente ele não acreditava nela, mas decidiu não insistir no assunto, observando o mapa diante deles mais uma vez.

— Há alguma conexão entre tudo isso — disse Orion. — Ou então Dao Feng não estaria em coma no hospital agora.

— Estou tendo muita dificuldade em enxergar a conexão — comentou Oliver.

Orion fechou os punhos.

— Não perguntei se *você*...

— Mas ofereci minha opinião mesmo assim. — Oliver se levantou. — Celia precisamos ir. Enrolamos por tempo o suficiente.

— Espere. Você acabou de chegar — insistiu Phoebe, soltando o mapa.

O papel se enrolou, voltando a sua forma cilíndrica e caindo da mesa. Rosalind quase pisou nele quando também se levantou.

— Desculpe, *xiǎomèi*. — Oliver puxou um dos cachos do cabelo de Phoebe enquanto ia em direção à porta. — Peça para que seu *èrgē* não ameace minha vida e talvez eu visite mais vezes. Celia, querida?

Celia assentiu, indicando que estava a caminho. Quando Rosalind instintivamente deu um passo em direção à irmã, Celia colocou a mão em seu cotovelo, inclinando-se, agitada, para sussurrar em seu ouvido. Ela mudou para o russo para que Orion e Phoebe não entendessem.

— Você precisa ter cuidado. Algo horrível está acontecendo aqui. Sei que foram os Nacionalistas que te colocaram nessa missão, mas eles estão envolvidos de alguma forma, mesmo que eu ainda não tenha descoberto como. — Celia se afastou. Olhou para Rosalind como se quisesse dizer mais, porém estavam sendo observadas, então ela apenas apertou seu cotovelo, demonstrando sua preocupação naquele gesto. — Se cuide.

Assim, sua irmã foi embora, desaparecendo porta afora com Oliver. Rosalind sentiu a brisa da noite atravessar a entrada.

— Por que continua afastando ele?

A voz de Phoebe pegou Rosalind de surpresa. Ela se afastou da porta, encontrando a jovem parada no meio da sala de estar, os braços em volta de si mesma.

— *Eu* não estou afastando ninguém — respondeu Orion. Ele parecia exausto. — A cidade está. Não posso impedi-lo de trabalhar para o outro lado de uma guerra.

Phoebe levantou os ombros, parecendo prestes a dar um discurso completo. Mas então, como um balão se esvaziando, simplesmente suspirou e foi até a porta.

— Vou pedir que Silas me leve para casa. Boa noite.

A porta se fechou. Rosalind e Orion permaneceram na sala de estar, e o espaço de repente pareceu vazio. Ela estendeu a mão para Orion em um gesto de amizade, mas ele pegou seu pulso, puxando-a para si em um abraço.

— Está tudo bem — disse ela na mesma hora.

Rosalind enfiou a cabeça embaixo do queixo dele, respirando profundamente. Também estava cansada daquelas linhas de batalha. Barreiras delineadas em todas as direções, mantendo-a longe da própria irmã. As duas haviam escolhido de que lado ficar. Ela queria que não existissem lados para começo de conversa, mas essa era uma parte ingênua e imprudente dela mesma falando.

Ela sabia por que lados se formavam. Mudança. Revolução. Ruptura.

— Estou cansado disso — sussurrou Orion.

Rosalind o abraçou com mais força.

— Amanhã isso acaba.

Ela o sentiu balançar a cabeça. Era um gesto que dizia: *não, não vai*. Poderiam prender os suspeitos no dia seguinte, a célula terrorista e o plano imperialista poderiam ser erradicados, mas a guerra não acabaria. Ainda haveria lados opostos.

Orion se afastou.

— Acredita neles? Sobre os Nacionalistas?

— Não sei. — Rosalind levantou a cabeça, franzindo o cenho. Sabia que Celia nunca mentiria para ela, não importavam as circunstâncias. A única questão era se a irmã havia recebido a informação correta. Esses esquemas eram orquestrados por pessoas que trocavam de figurino quando lhes era conveniente, disso eles já sabiam. — Tudo o que podemos fazer é ter cuidado. Vai chegar o momento de tomarmos uma decisão de um jeito ou de outro.

Orion assentiu. Ela imaginou se ele perguntaria sobre Celia. Se ele estava curioso sobre a razão de a mulher parecer conhecê-la. Mas Orion não perguntou. Tudo o que não estava dito entre eles permaneceria em segredo por mais uma noite. Ele simplesmente a puxou de novo e passou os braços ao seu redor.

Oliver dirigia noite adentro, pisando cada vez mais forte no acelerador.

— Mais devagar — repreendeu Celia.

Ele estava irritado. Suas tendências destrutivas vinham com tudo quando Oliver pensava muito sobre alguma coisa.

— Não há ninguém na rua — respondeu ele, acelerando ainda mais.

— Ótimo raciocínio. Quando atingirmos uma lombada na estrada e o carro sair voando, pelo menos só nós dois vamos morrer.

Embora jamais fosse admitir isso, a reprimenda no tom de voz de Celia fez com que Oliver desacelerasse um pouco. Ela batucou os dedos na perna, observando as árvores passarem rapidamente do lado de fora.

— Oliver, o que sabe sobre Sacerdote?

— Sacerdote? — repetiu ele, surpreso. O rapaz tirou os olhos da estrada por um breve momento para encontrar os dela. — Sacerdote não tem nada a ver com isso.

— Responda à pergunta.

— É sério. Literalmente não há um único ponto de conexão...

— Mas o que você *sabe*? — perguntou Celia novamente. — Para mim chega! Esse bloqueio de informações não ajuda ninguém! Se formos capturados, vamos morrer de qualquer jeito, então que diferença faz se você me contar?

O carro desacelerou ainda mais. Apesar de continuar a avançar em uma velocidade perigosa, Celia podia sentir Oliver relaxando cada vez mais o acelerador, surpreso pela explosão dela.

— Ajuda muito — disse Oliver. — Me ajuda a dormir à noite ao saber que o Kuomintang não poderá torturá-la por informações que eu te dei. Que não te coloquei em mais perigo, apesar de ter mais discernimento. — Ele contraiu a mandíbula. Estava tentando não desviar o olhar da estrada. — Tudo bem. Audrey estava certa. Eu controlo Sacerdote. Todas as viagens que faço para Xangai são para estabelecer contato e movimentar informações. É tudo o que posso dizer. É tudo o que *vou* dizer.

Celia bufou furiosamente.

— Vou descer do carro.

— Não seja ridícula.

Ela segurou a maçaneta da porta. Oliver jogou um braço por cima dela e pisou no freio ao mesmo tempo, tentando prendê-la no lugar antes que Celia pudesse abrir a porta e se machucar.

— Não! Não faça isso, ok?

O carro parou abruptamente, os pneus cantando, depois ficou em silêncio. Devagar, Orion retirou o braço ao perceber que Celia não iria embora. Ela apenas olhou para ele em expectativa — esperando, esperando.

— Olha, vamos chegar a um acordo — disse Oliver com muita delicadeza. Ele levou o carro até o acostamento, estacionando apropriadamente mesmo que ninguém passasse por aquelas ruas em tal horário. — Acho que sei por que nossos agentes foram atrás de Rosalind e Orion.

Celia piscou.

— O quê? — Ela não havia esperado essa súbita mudança de assunto. — E por que não contou a eles?

— Porque estamos em guerra. Isso pode prejudicar nossos próprios agentes. Como posso relatar aos nossos superiores que alertei nossos inimigos?

— Eles não são nossos inimigos — sibilou Celia. — São nossa *família*.

Oliver a olhou de soslaio.

— Assim como o povo do campo. Assim como cada trabalhador esquecido e cada dono de fábrica. Não posso apoiar a revolução e atrasá-la ao mesmo tempo.

Deus. Ele seria leal à causa até o último suspiro. Celia sabia disso. É claro que sabia. Ela o amava e o odiava por isso.

— Por que — perguntou ela entredentes, virando o corpo para encará-lo — você é *assim*?

Oliver imitou seu movimento, aproximando-se.

— Assim como?

Celia ficou paralisada. Baixou o olhar antes que pudesse se conter, encarando a boca de Oliver que estava a poucos centímetros de distância. De uma vez só, todos os pensamentos em sua mente e todos os argumentos que esperavam na ponta de sua língua bateram em retirada. Ela não considerou nada além da proximidade dos dois, cada vez mais próximos. Celia poderia trocar a mente pelo coração. Seria tão fácil.

— Não — sussurrou ela.

Oliver parou, mas não se afastou. Permaneceu onde estava, os dois separados por uma única respiração.

— Desculpe — murmurou ele.

— Não... não peça *desculpas...* — Celia parou de falar, frustrada, e foi a primeira a se afastar, virando-se para encarar o painel. — Não podemos fazer isso. Não a serviço.

— A serviço? — repetiu Oliver. Havia algo diferente quando ele piscou os olhos escuros dessa vez. Celia levou um longo tempo para perceber que seu olhar havia se tornado completamente desprotegido. Oliver Hong costumava ser frio, mas agora havia retirado a fachada, deixando que ela visse sua confusão e sua inquietação. — Querida, trabalhamos para a nação, mas ela não nos *controla*.

Celia balançou a cabeça. Mais cedo ou mais tarde, iam se meter em problemas. Mais cedo ou mais tarde, seriam capturados pelo governo, presos e torturados. Isso era algo que todo agente Comunista sabia. A guerra era longa. Haviam aceitado enfrentá-la.

— Você não sabe o que está pedindo de mim — sussurrou ela. — Eu vi o que o amor faz. É poderoso. É egoísta. Vai nos afastar do campo de batalha e não podemos permitir isso.

O amor construiria uma saída. Transformaria a morte em algo terrível, e aí quem iria querer ser um soldado marchando para a guerra? Quem iria querer arriscar abandonar o mundo, se tivesse algo tão lindo nas mãos?

Oliver franzia o cenho atentamente, como se vasculhasse em meio a uma porção de respostas em sua mente. Quase nenhuma luz entrava no carro além das estrelas acima, e mesmo no escuro ela podia ver cada ruga em sua sobrancelha, cada contração em seus lábios.

— Há uma pequena falha no seu raciocínio.

Celia piscou, apertando as mãos no colo.

— Qual?

Oliver piscou. Era como se ele dissesse: *"Querida"*. Era como se ele dissesse: *"Como pode estar demorando tanto para entender?"*.

— Não pode pedir que eu não te ame e mantenha distância de você. Vou te amar de qualquer forma.

O carro foi ligado outra vez, o motor voltando a fazer um barulho alto. Celia olhou para frente, a mente cheia de um ruído branco. Teria esquecido completamente de respirar se Oliver não tivesse voltado à estrada e passado por cima de uma grande pedra, fazendo-a balançar no banco e forçando seu instinto a tomar as rédeas e começar a inspirar e expirar.

— Como estávamos dizendo — disse Oliver com tranquilidade, como se não tivesse feito a mais inacreditável confissão a ela —, há rumores de que o Kuomintang está chegando perto de uma arma. Eles não têm muitas missões secretas ativas, e menos ainda em Xangai. O que quer que seja, nossos agentes querem a arma primeiro. Acredito que seja a mesma da missão de Rosalind e Orion.

Celia tentou voltar à tarefa. Era quase impossível, mas deu o seu melhor, escolhendo encontrar o olhar de Oliver pelo espelho retrovisor e não diretamente. A expressão dele estava vazia e uniforme. A cautela havia sido restabelecida.

— O que isso quer dizer? — perguntou ela. Sua voz estava muito rouca, então pigarreou. — Que foram atrás de Rosalind para pegar uma arma dela? Ou estão atrás *dela* como arma?

A rápida cicatrização da irmã. Sua inabilidade de dormir ou envelhecer. A identidade alternativa de Rosalind como Destino era infame em ambos os partidos, mesmo que a maioria das pessoas pensasse que ela era um mito.

Oliver balançou a cabeça.

— Nossos agentes sabem que ninguém foi capaz de entender os poderes dela, então não seriam burros o suficiente para tentar algo tantos anos depois. Não estão atrás dela por seus talentos como Destino.

— Então pelo que estão procurando? — perguntou Celia.

O que mais poderia ser uma arma? Além de pistolas, facas e veneno, o que mais havia?

— Não sei — respondeu Oliver. — De verdade. Não é nossa missão, apenas uma em que estamos nos intrometendo, então pouquíssimas informações são transmitidas por medo de um vazamento.

Havia algo a respeito da situação que estava além da compreensão de Celia. Ela conseguia sentir, como um bote salva-vidas boiando a metros de distância.

— Mas você acha que nosso lado foi atrás de Rosalind e Orion porque são eles que estão chegando perto da arma? Os dois só estão perto de prenderem imperialistas e *hanjian*. — Celia parou. — E do Armazém 34, imagino.

Agora as coisas começavam a fazer sentido. Partes espalhadas de uma imagem inteira, aproximando-se de onde deveriam.

A estrada de terra chegou a um cruzamento. Oliver apegou a direita. Enquanto virava, ele hesitou.

— O que foi? — perguntou Celia imediatamente.

Ele deixou que o volante se endireitasse, esperando que o veículo avançasse antes de falar.

— Há algo estranho naquele armazém. Me lembrou dos conjuntos de ciência antigos da minha mãe. Ela costumava colocá-los na mesa para que brincássemos quando reclamávamos de tédio. Parecia que eles estavam ali misturando componentes por diversão. O que há de tão bom em uma mistura química assassina? Dá para matar injetando ar na veia das pessoas também.

Celia se recostou no banco. Um pensamento passou por sua mente com tanta rapidez, que ela sentiu como se tivesse levado um tapa.

— E se o objetivo não for matar?

— O quê? — Oliver virou à esquerda, entrando em uma estrada mais estreita. Estavam saindo do território de Xangai. — Então *é* por diversão?

— Não — respondeu Celia. Os materiais no Armazém 34. A chapa de metal que parecia uma mesa de cirurgia, exceto pelas fivelas nas laterais. E Rosalind... Rosalind sendo trazida de volta à vida quando Lourens colocou aquela agulha em seu braço. — E se estiverem fazendo experimentos? E se a morte das cobaias for só um efeito colateral? E se as mortes que estão acontecendo em Xangai não aconteceram pelo *uso* de uma arma química... mas pela tentativa de aperfeiçoarem uma?

39

Leve esta informação para Rosalind imediatamente — dissera Celia assim que Alisa atendeu o telefone, tendo sido convocada à estação de comunicação mais próxima. — Prometi a Oliver que não me envolveria, mas pelo menos posso dar um aviso. A missão dela não se trata de uma célula terrorista. Não estão assassinando pessoas como uma desculpa para invadir Xangai. Estão usando as vítimas como ratos de laboratório e matando-as para aperfeiçoar uma arma química.

Na cidade e fora dela, a sexta-feira chegou ao som de tambores de guerra. Alisa só recebeu a ligação no fim da tarde, depois precisou voltar à lojinha para pegar as fotos. Achou melhor buscá-las antes de encontrar Rosalind, para assim apresentar tudo de uma vez.

— Olá.

A garota atrás da bancada deu uma batidinha em um envelope, já esperando ao lado dos mapas e das balas.

— Para você.

Alisa pegou o envelope, abrindo-o imediatamente. O conteúdo não era grande: apenas cinco fotografias, reveladas dos cinco negativos. Ela manuseou as duas primeiras: um buquê de flores apoiado na parede; a senhora Guo apontando as lentes da câmera para o espelho do banheiro e fazendo uma careta boba, o que fez Alisa rir.

Ela passou as fotos de uma das mãos para a outra, organizando-as em pilhas de vistas e não vistas. Quando chegou à fotografia seguinte, porém, derrubou todas, espalhando-as pelo chão da lojinha.

— Ah, não — disse a garota atrás da bancada.

Mas não fez questão de ajudar a pegá-las. Alisa também permaneceu imóvel e boquiaberta. Subitamente, com medo de que a foto pudesse sair voando com o vento, ela se ajoelhou e a pegou, limpando a superfície como se assim pudesse apagar o que havia visto.

— É *você*?

Orion havia recebido uma ligação pedindo que ele fosse até o quartel-general local do Kuomintang novamente, então, quando o expediente acabou, Rosalind se encaminhou para a rua Burkill sozinha.

— Te encontro lá, se terminarem a reunião antes do esperado — sussurrara ele na sala de descanso. — Caso veja Haidi durante o intervalo de tempo em que ela pode agir, *não* a confronte.

— Eu sei, eu sei. Só vou ficar de vigia. — Rosalind o tranquilizara.

A festa no Catai aconteceria em três horas. Não havia tempo a perder quando se tratava de reunir os últimos fatos. De qualquer forma, Rosalind não estava preocupada em agir sozinha. Não poderia se ferir gravemente — desde que uma agulha não fosse enfiada em *seu* braço, e, mesmo que não fosse a melhor das lutadoras, ainda seria difícil superá-la.

O sol estava se pondo devagar, transformando o céu em uma aquarela alaranjada. Uma por uma, as lamparinas nas ruas se acenderam.

Quando Rosalind andava, dava cada passo com propósito. Não carregava nenhuma sacola ou bolsa, fazendo com que fosse mais fácil se movimentar. Só tinha veneno: cobrindo os grampos em seu cabelo, escondido nas dobras de sua saia, preso aos buracos de seus sapatos.

Ela esperou o bonde passar, cada toque de seu sino soando como uma contagem das mortes na cidade, marcando aqueles que haviam partido e que permaneceriam para sempre como indigentes.

Não demorou muito para chegar à rua Burkill. Não demorou muito para deslizar pela calçada, mantendo-se próxima às fachadas das lojas e às cadeiras dos bares até se aproximar da casa, até ir para os fundos e dar uma volta completa na propriedade, identificando todas as saídas à vista. Havia algumas janelas baixas. Uma porta dos fundos ficava escondida atrás de uma grande pilha de sacos de lixo. Ela podia apostar que o assassino a usava para entrar e sair, então Rosalind correu até um prédio no fim do beco e se escondeu ao lado de suas colunas, com vista para a porta.

Ela esperou. Observou. O sol se pôs. O céu escureceu. E, quando uma única lâmpada se acendeu na rua Burkill, número 286, houve movimento no beco: uma figura saía pela porta dos fundos, ágil como o vento.

Rosalind se levantou. Não conseguiu ver o rosto de Haidi — não por falta de tentativa, mas porque a pessoa que havia acabado de sair pela porta estava disfarçada, coberta por tecido preto. Da cabeça aos pés, era tudo preto, misturando-se perfeitamente à noite.

Na mesma hora, Rosalind partiu para a perseguição. Não para entrar em combate, mas para *ver* melhor a figura suspeita. As vielas estavam relativamente vazias, e ela já estava familiarizada com o lugar depois de sua fuga com Orion. Apesar de ficar no encalço da figura, sabia que precisava manter certa distância para que a pessoa não ouvisse que estava sendo perseguida. Algumas vezes, a pessoa avançava mais. Da terceira vez, Rosalind quase ficou para trás, e por pouco não a viu virar à direita. Com uma olhada rápida para o beco à frente, ela pegou outro caminho, sabendo que se encontrariam.

— Vamos, vamos — murmurou, sem fôlego, tirando um dos grampos.

Esqueça ficar só de tocaia: Rosalind estava muito perto agora. Entrou na viela seguinte — o assassino já estava a alguns passos de distância, virando na esquina adiante. Apesar de estar se movimentando rapidamente, a figura não estava com pressa. Era um andar metódico. Feito de uma forma que indicava que ainda não havia percebido que Rosalind a estava seguindo.

Ela ouviu o som de algo se quebrando. Um vaso de flores? Um varal? Rosalind virou na esquina com o coração na boca e a arma em punho. Diante dela estava o assassino, segurando um homem com roupas surradas.

— Haidi, pare! — gritou ela, revelando sua presença. — Se afaste!

Mas Haidi... se é que era mesmo Haidi, nem percebeu a ordem. Uma onda de dúvida fez a mão de Rosalind parar. Ela estava testemunhando o assassinato em si. Será que a figura não se importava? Não tinha nem um pouco de medo? Não tentaria lutar com ela ou fugir?

— Ei!

O assassino enfiou a seringa no braço do homem e a apertou.

Em um movimento furioso, Rosalind finalmente avançou, colidindo com o assassino e fazendo com que ele perdesse o equilíbrio. Ela tentou levantar o homem assim que o assassino foi jogado de lado, mas ele tremia e convulsionava, tornando impossível segurá-lo direito.

— Não se preocupe. — Rosalind arquejou. — Não se preocupe. Espere...

Alguém segurou seu braço, jogando-a para trás. O grampo escapou de sua mão. Ela atingiu a parede com força, quase deixando uma marca no gesso.

Sua cabeça girava. De repente, Rosalind se arrependeu de todas as decisões que a fizeram chegar até ali sozinha.

O homem no chão ficou quieto. O assassino mascarado se virou, os movimentos lentos e deliberados. Rosalind ofegou, tentando recuperar o fôlego, e levantou a mão para retirar outro grampo. Assim que o assassino foi em sua direção, ela atacou, chutando a seringa de sua mão e enganchando a perna no tornozelo da figura ao abaixá-la, contando com a força do impulso. Funcionou — ou pelo menos funcionou um pouco, pois Rosalind derrubou o assassino de costas enquanto ela rolava no chão, voltando a uma posição de combate. Quando ele se recuperou, porém, se tornou muito mais ligeiro. O ataque dela fez com que a figura tirasse uma faca de algum lugar dentro das roupas, e seu braço atacou rapidamente. Rosalind o bloqueou uma vez, depois outra, rolando para sair do caminho. Ela se apoiou nos joelhos, num ângulo no qual pôde alcançar e...

... retirar o tecido de seu rosto.

Apesar de esse ter sido um momento oportuno para se afastar e evitar a facada seguinte, Rosalind não se moveu.

— Ah, meu Deus — sussurrou ela, soltando o grampo.

40

É assim que acontece.

As convocações são feitas no meio da cidade. A comunicação é simples quando as ruas são populosas e emaranhadas com fios eletrônicos: é só enviar um entregador, fazer uma ligação. A técnica não importa, apenas a palavra que desperta o gatilho: *oubliez. Esqueça.*

Então o assassino entra em ação. Às vezes é difícil escapar. O vazio está condicionado a se estabelecer apenas quando o indivíduo está sozinho. Foi necessária uma grande quantidade de programação. De experimentos. Só quando está sozinho é que ele troca de roupa e vai em direção ao mesmo local. O indivíduo recebeu claras instruções a respeito de quais caminhos usar, a fim de não ser detectado. Já era alguém habilidoso, então foi fácil aprender o trabalho. Nenhum pensamento livre é necessário — apenas a memória muscular.

Primeira instrução: pegar o frasco e a seringa. A cada vez é um novo. Levemente alterado, a depender dos resultados do último experimento.

Segunda instrução: encontrar a primeira pessoa que estiver sozinha e lhe dar o composto. Nos meses anteriores, havia certas ruas melhores onde atacar, certas áreas onde entrar primeiro. Isso diminuiria a probabilidade de ser visto por um olhar atento na janela, ou por um pedestre curioso em ruas mais bem cuidadas. Agora não importa. Agora o tempo é o que mais importa, e qualquer parte da cidade é válida.

A última remessa deveria ter sido o último experimento. Quando a entrega foi feita, as instruções mudaram mais uma vez: use os seis frascos da remessa. Certamente um deles deve funcionar. Junte os corpos se não der certo. Não vá para muito longe de casa. Não levante suspeitas.

Não funcionou como queriam. Mais uma remessa. Mais um experimento.

O assassino encontra o homem e enfia a agulha.

— Haidi, pare! Se afaste!

Quem? Quando o assassino olha, há uma garota preparada para o combate no beco, os olhos em chamas. Há instruções para esses casos também. Ande armado. Mate qualquer um que testemunhar a cena, qualquer um que tentar intervir. Faça um bom trabalho.

Um golpe, depois outro.

Nada disso é real, afinal. São apenas tarefas a realizar. Apenas instruções a seguir.

Não demorará até que um golpe mortal consiga atingi-la. Essa garota não é bem treinada. Seus golpes são descuidados e seus movimentos, abruptos. Ela ergue a mão para frente sem razão alguma, e então para a fim de puxar o tecido que escondia o rosto do assassino.

Mas ela não me parece familiar?, pensa o assassino. *Será que eu não a conheço?*

Ali: use a abertura.

Eu a conheço.

A faca vai na direção dela com a ponta afiada para frente.

Amada. Querida amada.

— Ah, meu deus — sussurra a garota. — *Orion?*

E, pouco antes de o assassino sair de seu transe, ele a esfaqueia na barriga.

Rosalind sentiu a lâmina sair de sua barriga com uma sensação dilacerante, espalhando uma agonia cortante em seu abdômen. Suas mãos cobriram a ferida, o sangue vermelho escuro vazando entre seus dedos. Assim que Orion retirou a faca, algo pareceu mudar em sua expressão. Seus olhos se arregalaram e seus lábios se abriram, perplexos. Quando ele olhou para as próprias mãos, pareceu aterrorizado ao encontrá-las cobertas de vermelho.

— Janie? — indagou ele, derrubando a faca, que tilintou no chão de concreto. — O que... o que eu...

— Para trás! — avisou ela. — Meu *Deus*.

As vísceras sempre sangravam muito sem motivo algum. Ela manteve o braço apoiado contra a parede, suando frio. Era de se pensar que sua capacidade de se curar de qualquer coisa significasse que ela não tinha problemas com ferimentos, mas cada vez era mais traumatizante do que a anterior, cada vez era um risco que a lembrava como era estar à beira da morte. Rosalind não era a mesma garota que havia morrido da primeira vez. Ela não queria mais morrer.

— Eu não...

Orion deu um passo à frente.

— Eu falei sério — ordenou Rosalind. Sua barriga estava se remendando, mas não rápido o suficiente. Ela não seria capaz de escapar se ele a alcançasse. O sangue ainda corria entre seus dedos, vazando de sua ferida. Ela estava tonta e sentia calafrios. — Não chegue perto.

— Você está *machucada*.

— Pare...

De repente, Orion caiu onde estava, como se tivesse tomado a decisão de seguir as exatas instruções dela. Um momento depois, Rosalind percebeu que Alisa Montagova estava de pé atrás dele, segurando uma zarabatana, os olhos arregalados.

— Eu sinceramente espero que essa tenha sido a decisão certa — disse ela. — Um pequeno sedativo... não se preocupe. O que houve?

Rosalind engoliu em seco. A facada começava a se remendar, primeiro fechando-se por dentro. Ela estava tão desconcertada que poderia vomitar a qualquer instante, mas ainda assim conseguiu manter a voz calma quando respondeu Alisa.

— Peguei ele no flagra. Ele é o assassino.

Alisa andou devagar até Orion, dando-lhe uma cutucada para se certificar de que ele estava totalmente inconsciente.

— Na verdade, essa parte eu já sabia. Aqui.

Ela entregou a fotografia para Rosalind. Se havia qualquer chance de ser um mal-entendido, essa esperança voou pela janela no momento em que Rosalind semicerrou os olhos para a imagem, segurando-a próximo à lâmpada que piscava na parede. Era Orion. Era Orion se movendo, uma seringa na mão e uma mulher deitada no chão úmido de uma viela.

Rosalind xingou baixinho. Sua barriga estava quase curada. Segundos depois, quando enfiou a mão no buraco que havia sido feito no meio de seu *qipao,* encontrou a pele lisa, apesar de grudenta por causa do sangue.

— Não entendo.

— Eu entendo — disse Alisa. — Celia ligou. Ela queria que você soubesse que tudo isso nunca esteve relacionado a assassinatos terroristas... são experimentos. A intenção não é usar as substâncias químicas para matar. Estão criando o protótipo de uma arma. Cada frasco é algum tipo de fórmula que ainda não foi aperfeiçoada, então estão testando e testando, até...

Um gemido soou no beco. Rosalind ficou tensa e retirou outro de seus grampos usando os dedos ensanguentados, mas não era Orion quem havia acordado. Era o homem que havia recebido a injeção.

— Ele está *vivo?* — perguntou Rosalind, correndo até o homem. — Consegue me ouvir?

— Onde estou? — sibilou o homem. — Quem é você?

Rosalind ergueu a cabeça, procurando Alisa novamente.

— Pode levá-lo ao hospital?

— Acho que sim — respondeu Alisa, hesitante, aproximando-se. Ela ajudou Rosalind a levantá-lo, então aguentou a maior parte de seu peso quando o homem cambaleou, incapaz de ficar completamente de pé. — O que vai fazer com...

— Vou decidir — interrompeu Rosalind, sabendo o que Alisa perguntaria. — Não conte a ninguém. Não diga nada. Estamos entrando em um território totalmente desconhecido, e preciso descobrir primeiro em que pé estamos.

— Você está jogando um jogo *muito* perigoso — murmurou Alisa, mas não discutiu.

Dando o máximo de apoio possível para o homem ferido, os dois se arrastaram até a rua principal.

Rosalind, deixada sozinha no beco, girou nos calcanhares em direção à porta de um dos edifícios. Bateu com força e deu um passo para trás a fim de esperar. Um homem alto com um pano no bolso a atendeu, limpando a graxa dos dedos.

— Você está bem? — perguntou ele ao ver o sangue nas roupas dela.

— Ah, estou ótima — respondeu Rosalind. — Poderia carregar uma coisa para mim? Vou te pagar bem.

Rosalind levou Orion para casa naquele estado inconsciente com a ajuda do estranho, tagarelando o tempo todo sobre como o marido era sonâmbulo e como isso era um estorvo quando ela estava tentando matar galinhas para cozinhar. Quando o homem deixou o apartamento — provavelmente se perguntando onde estavam as galinhas —, Rosalind amarrou Orion numa das cadeiras da cozinha e colocou a cadeira no meio do quarto, onde não havia nada que ele pudesse derrubar e usar para se soltar, caso acordasse antes de Rosalind voltar.

Ela havia planejado dar uma saída rápida. Mas então — porque o universo estava decidido a irritá-la — houve uma batida na porta, e Lao Lao gritou, dizendo que Rosalind tinha uma ligação.

Droga, pensou ela, agitada. Silas. Ele iria querer um relatório confirmando se tinham avistado Haidi.

— Qual é a situação, Maré Alta? — perguntou Silas, assim que ela colocou o telefone no ouvido. — Todas as pontas estão amarradas?

Rosalind não conseguiu responder por um bom tempo. Ficou parada ali, apertando o telefone. Orion precisava ser preso por seus crimes. Ele era o *assassino*. Era ainda pior do que ser *hanjian*. Ele literalmente tinha o sangue de civis inocentes em suas mãos.

— Janie? — incitou Silas. — Você está aí?

— Estou. Sim. Vimos Haidi. Ela é a assassina.

Rosalind sempre fora uma boa mentirosa. Talvez nunca aprendesse a lição. Mentir primeiro, resolver o resto depois. Sentiu um peso horrível no peito quando contou o resto para Silas rapidamente — os assassinatos eram experimentos, as mortes eram efeitos colaterais —, que ficou ainda mais pesado quando ela desligou o telefone e saiu do apartamento de Lao Lao para chamar um riquixá. O tempo estava passando. A noite ficava mais escura.

Agora, ao descer do riquixá, Rosalind segurava a seringa com força nas mãos — a que Orion havia derrubado no beco. Ainda havia um pouco de líquido verde lá dentro, balançando enquanto ela andava. Se sua mente não estivesse em outro lugar, teria pensado em fazer análises assim que roubou aquele frasco na rua Burkill. Ou quando Silas trouxe aquele outro frasco do beco atrás da Turquesa. Em vez disso, haviam entregado ambos para Jiemin. Os Nacionalistas provavelmente não fariam nada além de largá-los em uma gaveta qualquer.

Por que não imaginou que descobrir o exato conteúdo do que *era* aquela substância poderia ser importante?

Rosalind abriu caminho entre a multidão de Chenghuangmiao, aproximando-se da ponte Jiuqu e encontrando um restaurante familiar nas proximidades. Ela havia retirado o *qipao* arruinado e colocado uma roupa vermelha em seu lugar, em homenagem aos velhos tempos. Costumava andar por aquela área com frequência. Ali havia testemunhado coisas horríveis, coisas belas, coisas agonizantes. Ali havia recebido a notícia de sua imortalidade.

Rosalind entrou no restaurante, então desceu as escadas até o antigo laboratório Escarlate escondido no subsolo. Estava igual à última vez que o vira: as janelas altas mostravam os pés das pessoas que passavam do lado de fora, o piso grudento graças aos líquidos que haviam sido derramados, os cantos abarrotados de equipamentos.

Havia um cientista presente, que ergueu o olhar quando ela entrou no laboratório. Os ombros de Rosalind ficaram tensos. Ela torcera para que não fosse alguém que a reconhecesse. Mas era Hu Dai, o mesmo cientista que a havia diagnosticado. Ela se lembrava de seu rosto gentil e maduro contraído pela confusão, dando-lhe o resultado sem parecer acreditar, apesar de a evidência estar na sua frente.

Suas células são totalmente diferentes. Elas voltam ao estado inicial no momento em que são danificadas. Não enfraquecem de forma alguma. Elas renascem em vez de morrer.

— Olá. — Rosalind lhe entregou a seringa. Perguntou-se se Hu Dai a reconheceria. Já haviam se passado quatro anos. Centenas de pessoas deviam ter entrado e saído de seu laboratório desde então. — Por favor, me diga o que é isso.

— Qual...

— Eu imploro — disse Rosalind. — Há pouco tempo para explicações. Por favor, me diga se já viu essa substância antes.

— Eu só ia perguntar seu nome — respondeu o cientista gentilmente. Não havia indícios de que ele lembrava quem era ela. O homem pegou a seringa e a abriu, transferindo o líquido para uma proveta. — Me chamo Hu Dai. E você?

Rosalind secou as mãos na saia do *qipao*, mas isso não ajudou muito a absorver o suor frio. A seda só fez com que sua pele parecesse cortada.

— Não importa — respondeu Rosalind.

Janie Mead não era mais um disfarce que ela poderia usar. Sempre parecera inadequado, mas agora era como vestir a roupa molhada outra vez depois de pegar chuva, e Rosalind preferiria revelar quem realmente era a que usá-lo de novo.

Ela observou Hu Dai separar o conteúdo da proveta em três placas de petri, então derramar uma variedade de misturas nelas. Minutos se passaram enquanto ele trabalhava, metal tilintando contra o vidro conforme ele misturava as substâncias químicas.

— O que está vendo? — perguntou ela, impaciente.

Uma grande pausa. Hu Dai franziu o cenho.

— Pela forma que está reagindo, você me deu a mistura de alguma coisa — disse ele, finalmente. — Não posso afirmar do *que* em tão pouco tempo, mas posso supor quais são os efeitos: auxílio do fluxo sanguíneo, estímulo da força, superprodução de creatina.

Mas Alisa havia dito que era uma arma. Como quaisquer desses resultados poderiam ser transformados em armas? Parecia que só transformaria as vítimas em aspirantes a atletas.

— Isso está sendo usado com uma intenção letal — disse Rosalind em voz baixa. — Também há veneno aí dentro?

— Veneno? — repetiu Hu Dai, surpreso. — Não achei nenhum veneno. Deixe-me pôr embaixo de um microscópio. — Ele pegou uma das placas de petri. — Não é necessário usar veneno para que algo seja letal. Qualquer substância em grandes quantidades pode matar. Coisas boas em grandes quantidades podem matar também.

Rosalind se inclinou em uma das bancadas de trabalho. Hu Dai encaixou os olhos no microscópio e mexeu em uma alavanca. Momentos depois, ele se afastou, assustado.

— O que aconteceu? — questionou Rosalind.

— Eu já vi isso antes.

O homem pingou alguma coisa na placa. O líquido efervesceu e parou. Hu Dai se inclinou sobre o microscópio uma segunda vez. Ele assentiu sabiamente, como se o resultado fosse o esperado.

Quando ergueu os olhos, encontrando o olhar de Rosalind, algo havia mudado em sua expressão.

— Lang Shalin, não pensei que a veria aqui outra vez.

O coração de Rosalind foi parar na boca. Talvez, quando a faca foi enfiada em suas vísceras, seus órgãos tivessem se desprendido uns dos outros, e agora estavam livremente espalhados em seu tronco.

— Por que me reconheceu de repente? Nem pensou nisso quando eu entrei.

— Bem... — Hu Dai apontou com o dedão para a proveta, para a mistura verde-clara que havia deixado uma mancha atrás do vidro. — Eu acho que você acabou de me trazer o que a tornou imortal.

Jiemin balançou o uísque no copo, distraído pela música que soava de algum canto do hall de entrada do hotel. Ele ignorou as socialites que passaram por ele, os políticos que assentiram em cumprimento, até mesmo as crianças que só queriam acenar. Pela natureza do local — um terreno para os bem-sucedidos da sociedade de Xangai —, haveria muitas pessoas irritantes tentando cumprimentá-lo enquanto ele estava sentado no bar, mas não havia nenhum outro lugar na cidade que protegia tão bem suas portas e registrava cada visitante. Era mais seguro do que qualquer outro lugar em Xangai.

> Conclusão final: as mortes são resultado de um experimento dos japoneses que busca criar uma substância de fortificação — provavelmente para dar aos soldados habilidades de cura similares às de Destino. As mortes são efeitos colaterais não planejados, e não uma incitação direta ao terror.

A Maré Alta confirma Zheng Haidi como a agente responsável. Outros culpados estão incluídos na folha anexada a este bilhete. As prisões acontecerão hoje. Vamos destruir a célula antes que a última substância de fortificação seja repassada para os soldados. Podemos prosseguir?

— Pastor

— Mais uma dose?

Jiemin ergueu o olhar lentamente, então balançou a cabeça para o garçom. Ele havia queimado o bilhete assim que terminou de ler, mas as palavras de Silas continuavam claras em sua mente, memorizadas com facilidade para serem relidas se assim lhe fosse ordenado.

Evidências contra Haidi?, respondera Jiemin.

O bilhete com a resposta chegara rapidamente.

Negativo. Foi apenas avistada. Maré Alta aconselha olhos atentos em cada suspeito na lista de prisões, para garantir a presença deles esta noite. Podemos prosseguir?

Jiemin havia refletido muito. Havia balançado a xícara de café em frente a ele enquanto trocava aquelas mensagens, preocupando as garçonetes atrás da bancada do café por causa de sua carranca entristecida. Ele não era um cliente regular por ali, então não tinham como saber que aquela era apenas sua expressão de sempre.

Depois de um tempo, havia escrito a resposta e saído do café para entregá-la.

Pode prosseguir. Vou me certificar de que os suspeitos sejam vigiados.

Apesar de aprovar a missão, algo ainda parecia estranho para Jiemin. Como haviam descoberto que eram experimentos sem conseguir evidências contra Haidi? De onde haviam tirado essa informação?

Jiemin saiu do bar do hotel, atravessando a curta distância entre o hall de entrada e os elevadores. O mensageiro do lugar, já esperando ansiosamente, perguntou se ele precisava de alguma coisa, mas Jiemin não parou e apenas balançou a cabeça. Um dilúvio estava chegando ao país, e atingiria cidade após cidade apesar do fogo e da artilharia, mas os dois partidos recusavam-se a se dar as mãos e subir em uma arca para sobreviver. Talvez fossem parecer um par de feras muito estranho, andando lado a lado, mas era melhor isso do que ficarem ilhados e se afogarem como tolos.

Jiemin andou até se aproximar de um telefone, conectado por um fio na parede e disposto em uma pequena mesa cor de bronze, decorada com uma toalha de renda branca. Quando o telefonista conectou a linha para onde deveria, Jiemin não perdeu tempo fazendo relatórios.

— Estou monitorando a situação com que está preocupado — começou Jiemin. — Tem alguma coisa errada. Pode conseguir uma informação do outro lado?

Alisa suava por causa do esforço quando conseguiu dar entrada com o homem no hospital. Ela havia pedido que o puxador de riquixá fosse para a Concessão Francesa, optando por um lugar que funcionasse com moeda estrangeira em vez dos hospitais da jurisdição chinesa, sempre lotados e com poucos funcionários. Apesar de seus esforços, a sala de espera do Hospital Guangci estava relativamente cheia.

Quando a enfermeira colocou o homem em uma das macas, Alisa enfim se afastou, sentando-se com um suspiro profundo.

— Emergência familiar?

Alisa olhou de soslaio para a mulher ao lado. Ela estava tricotando enquanto esperava em uma das cadeiras de plástico.

— Algo assim — respondeu Alisa.

Sua pulsação agitada começava a regular agora. A única coisa que chamava a atenção de seus sentidos era o cheiro do antisséptico, extremamente forte no ar.

— Eles costumam deixar a família acompanhar o paciente — disse a senhorinha. — Não precisa esperar aqui.

Alisa observou a enfermeira e a maca desaparecerem pelo corredor.

— Sim, tem razão. Acho que vou ficar de olho em tudo.

Ela desviou do tricô da mulher, um arrepio subindo por sua nuca. Não havia motivo para seguir a vítima, não quando seu trabalho só era ajudá-la. Mas uma parte curiosa dela queria descobrir o que os médicos diriam. Alisa queria saber por que ele havia sobrevivido e os outros não, se isso significava alguma coisa.

Será que os experimentos haviam acabado?

Será que por fim haviam aperfeiçoado o que queriam?

Os sapatos de Alisa eram completamente silenciosos conforme ela caminhava pelo corredor, procurando pela enfermeira. Elas pareciam ter desaparecido, porque, quando ela chegou ao fim do corredor, não havia ninguém. Por alguns segundos, Alisa se virou de um lado para o outro, pensando que simplesmente não estava enxergando alguma coisa.

Nada. Para onde será que foram?

Ela passou pelos quartos, enfiando a cabeça nas portas que estavam abertas e colocando o rosto perto do vidro das que estavam fechadas. Talvez a enfermeira tivesse empurrado a maca muito rápido. Talvez tivessem feito a transferência durante o curto período de tempo em que Alisa esteve na sala de espera.

Mas mesmo depois de vasculhar todos os quartos da ala, ela não encontrou o homem que havia trazido. E ele não podia exatamente *ir embora* naquele estado.

Alisa correu de volta para a sala de espera e foi até a recepção. Ignorou a fila e foi diretamente ao balcão, batendo a palma da mão na superfície da mesa.

— Acho que um paciente desapareceu — disse ela em francês.

A atenção da recepcionista se voltou para Alisa. Ao lado dela, o telefone começou a tocar.

— Outro? — perguntou a mulher. — *Mon Dieu*... me dê um segundo. Alô?

Com o telefone tomando sua atenção, a recepcionista não viu Alisa se afastar, surpresa, os olhos arregalados. O que a mulher quis dizer com "*outro*"? Quem *mais* havia sumido?

Alisa não esperou por uma explicação, sabendo que era improvável que a recepcionista contasse mais. Ela se embrenhou no hospital, analisando a planta do andar e se familiarizando com as expansões das alas. Os pelos em seus braços estavam arrepiados. Alisa não achava que era sua imaginação: havia olhos observando-a — observando cada direção para ver o que ela faria em seguida. Mas os olhos de quem? De qual partido? Dos japoneses, querendo observar o primeiro sobrevivente do experimento científico? Dos Comunistas, na esperança de se envolverem? Ou dos Nacionalistas, preparando-se para prendê-la?

No segundo andar, Alisa seguiu o corrimão branco de uma escada, procurando freneticamente até avistar uma janela de correr, com duas enfermeiras do outro lado. Ela viu um paciente ir até a janela e pedir por um recibo. Ali deveria ser o escritório administrativo do hospital. Ela não hesitou antes de parar no canto e atravessar a porta do escritório, abaixando-se entre duas prateleiras antes que as duas enfermeiras do outro lado da sala a notassem. Alisa não deveria ter se preocupado. Assim que o paciente foi embora, as enfermeiras ficaram muito distraídas conversando, e fecharam a janela para continuar falando. Alisa começou a vasculhar entre as estantes, abrindo arquivos de pacientes que haviam sido deixados ali para serem processados.

— Vamos — murmurou Alisa, para si mesma, para os papéis que analisava, para o próprio hospital. — Respostas. Me dê respostas.

— A recepção disse que temos mais um desaparecido — disse uma das enfermeiras enquanto isso. — Porém, o paciente só deu entrada há alguns minutos, então podemos apagá-lo de nossos registros e fingir que ele nunca esteve aqui.

Alisa congelou, abaixando-se ainda mais entre as prateleiras e virando o ouvido para a frente.

— Isso não resolve o problema do primeiro. Ele era importante demais... logo os Nacionalistas vão aparecer para investigar.

— Não tenho pena de quem vai ter que fazer essa ligação. Como foi que perdemos um paciente? É como se ele tivesse se levantado e saído andando.

— Ele estava em coma, descontaminando-se de veneno. Nós saberíamos se ele tivesse se levantado e saído andando.

Quem?, questionou Alisa em silêncio. *De quem vocês estão falando?*

— Nunca se sabe. Nacionalistas, não é? Ouvi dizer que ele fazia parte da unidade de inteligência deles. Dao Feng, 38 anos.

— Merda — disse Alisa em voz alta.

Ela recuou e saiu do escritório.

41

Rosalind sentiu a mudança no quarto quando Orion recobrou a consciência. Sentiu a garganta apertar, contraindo-se de dor como se o ar tivesse se tornado cortante. Ou talvez fosse apenas um sintoma de observar Orion enquanto ele abria os olhos, levantava a cabeça devagar e piscava, extremamente confuso.

— Você está bem. — Foi a primeira coisa que Orion disse. — Você... está bem?

— Não graças a você — respondeu Rosalind. — Você me esfaqueou.

— Não foi minha intenção! — Assim que Orion tentou se levantar, as cordas o puxaram com força e ele se sentou de novo. Parecia surpreso ao perceber que estava amarrado à cadeira. — Eu nem me lembro por que estava no beco. Eu não... o que eu estava *segurando*? — A boca de Rosalind se abriu, mas Orion não havia terminado: — Eu *realmente* te esfaqueei? Como você se curou?

— Sim, você me esfaqueou — disse Rosalind com raiva. — Olhe para as suas mãos, Orion!

Ele olhou. Soltou um fraco suspiro, a energia diminuindo. Suas mãos estavam amarradas em cima de seu colo, permitindo que ele visse o sangue seco espalhado ali, os resquícios de sua violência.

— *Tā mā de*. Eu não entendo.

— Que parte?

— Todas. Você. Eu.

Rosalind percorreu uma parte do quarto. Ela havia acendido uma luminária ao lado da cama e deixado as outras apagadas. Para que mais precisaria de tanta luz? Só tornaria mais difícil encarar a expressão suplicante de Orion.

— Foi você quem assassinou as pessoas em Xangai, Orion. Acredito que não vá tentar negar isso.

— Eu...

Ele queria negar. Ela podia ouvir o esforço, a busca frenética por uma explicação. Mas Orion não conseguiu, não quando a evidência era o vermelho vivo em suas mãos. Rosalind pegou a fotografia que Alisa havia lhe dado e a segurou na frente dele.

— Negue — ordenou. — Negue, Orion.

Pelo que pareceu uma eternidade, Orion simplesmente encarou a imagem. Se fosse possível perfurar o papel apenas com o olhar, ele teria cravado doze buracos na fotografia.

— Não posso — confessou ele finalmente. — De alguma forma, não posso. Mas eu... — A voz dele se esvaneceu, fraca e confusa. — Não sei o porquê. Não tenho nenhuma lembrança dessa foto. Não me lembro de tentar te machucar. Só o que me lembro é de ir em direção ao quartel-general. Eu estava *pensando* em como precisava ser rápido. E então... então...

Uma janela de tempo perdido. Perda de controle. Memória seletiva. Era a explicação mais antiga que existia. Aquela que o descartava da culpa — mas só se fosse *verdade*.

Rosalind pegou a fotografia, depositando-a em sua mesa. Ali já havia outro jornal esperando, uma edição de uma das imprensas locais de Xangai. Eles haviam publicado uma coluna fazia duas semanas que listava todas as mortes que haviam sido atribuídas aos assassinatos químicos, chegando ao ponto de adicionarem um mapa embaixo da lista, apontando onde cada corpo havia sido encontrado.

— Rua Zhang Hua, dia 16 de setembro. — Ela leu em voz alta. — O que você estava fazendo naquela noite? Estava por perto?

O interrogatório foi tão duro que Orion simplesmente a encarou, incapaz de responder.

— O que você estava *fazendo*?

— Não sei. — Orion arquejou. — Eu não...

— Rua Lu Ka Peng, dia 12 de setembro. — Rosalind passou o dedo pela coluna, implacável. — Onde você estava naquela noite? Rua Zeng Tang, dia 24 de agosto. Onde você estava? E 19 de agosto. 8 de agosto. 22 de julho. Meu Deus, Orion, sabe qual é o tamanho dessa lista?

Ele sabia. Era o parceiro de missão dela. Conhecia cada elemento daquela missão tão bem quanto ela.

— Eu não consigo *lembrar* — insistiu Orion. Ele fechou os olhos com força, e então se forçou a abri-los outra vez. — Estou tentando. *Estou*. Mas tentar alcançar essas lembranças é como tentar alcançar um nevoeiro. É como se eu estivesse ativamente impedido de pensar sobre o que está faltando. Tudo de que me lembro é de ir até o quartel-general local. E então mais *nada*. Não até o fim da noite, quando eu volto.

Rosalind cruzou os braços com força, apertando-se até doer. Isso poderia ser um grande teatro. Havia vários atores habilidosos na cidade, fingindo fraqueza com olhos marejados e olhares suplicantes enquanto planejavam o próximo lance de suas facas. Ela não deveria confiar nele. Ser enganada uma vez era uma tragédia, um golpe do universo impiedoso ao selecionar uma vítima aleatória. Ser enganada pela segunda vez era burrice, era culpa dela por não aprender a lição de primeira.

Quatro anos antes, ela poderia ter entregado Dimitri a qualquer momento. Em vez disso, deixou que ele a enganasse várias vezes, até que a cidade em chamas fez com que ele partisse, e então — só então — ela recobrou os sentidos.

Não podia assistir àquela cidade queimar outra vez.

— Precisa admitir — disse Rosalind com firmeza — como é difícil acreditar nisso.

— Não sei de que outra forma fazer você acreditar em mim.

Orion encarava as próprias mãos. Virou-as, mas só havia mais sangue do outro lado. Rosalind pensou em lhe oferecer uma toalha molhada, mas uma parte dela queria testemunhar isso. Queria ver, queria observar cada pequena mudança de expressão no rosto dele, esperando que a crueldade aparecesse.

— Você está tentando alegar que não tem nenhuma lembrança de todas as vezes em que entrou na rua Burkill, pegou um frasco e matou alguém nas ruas — disse Rosalind. Cada uma das palavras proferidas parecia mais absurda do que a outra. — Que não fazia ideia das suas próprias ações, apesar de estarmos investigando *você*. — Sua voz ficou cada vez mais alta. — Como posso acreditar em você?

Orion fechou as mãos em punhos. Isso não tirou o sangue de sua linha de visão, não quando ele estava espalhado até seus pulsos.

— Por causa disso.

Então, em um movimento que pareceu simples, Orion se soltou das cordas, ficando de pé. Rosalind recuou depressa, pegando a pistola que estava na prateleira. Ela não hesitou: destravou o gatilho e apontou a arma para ele.

Orion não havia desfeito o nó da corda. Os pedaços estavam jogados no chão feito fiapos, um separado do outro. Ele havia usado a força bruta para escapar.

Rosalind perdeu o fôlego.

Posso supor quais são os efeitos, dissera o cientista. *Auxílio do fluxo sanguíneo, estímulo da força, superprodução de creatina.*

— Você também é um experimento.

Orion podia se machucar — ela mesma havia testemunhado isso. Ele não era como Rosalind. Mas se o estavam usando como um assassino, então ele tinha que ser algo diferente também. Ele era forte. Rápido. Já não o vira lutar antes? Já não vira como era fácil para ele?

— Um experimento? — perguntou Orion.

Ele deu um passo na direção dela. Ainda estava escolhendo este caminho: a absoluta falta de noção e ignorância.

Rosalind segurou a arma com as duas mãos. O pensamento veio a ela em um instante. Sabia o que o Armazém 34 estava criando: uma mistura perfeita entre o que ela e Orion, separadamente, podiam fazer. Coloque um poder de cura sobrenatural *e* uma força sobrenatural em uma única pessoa, e ela se tornaria uma arma humana, completamente indestrutível no campo de batalha.

Então quem deu essa habilidade a Orion?

Ele deu mais um passo para frente. O dedo de Rosalind ficou mais firme no gatilho.

— Não chegue mais perto — alertou ela.

— Me escute, eu poderia ter me soltado dessas cordas no momento em que acordei. — Apesar do aviso, Orion ainda se aproximava dela. — Mas não me soltei. Não tenho intenção de machucá-la.

Rosalind soltou uma risada fria.

— Mas essa não é a questão, é? — Vozes do passado se esgueiraram atrás dela, sussurrando furiosamente em seu ouvido. — Só porque você não me machucaria, não significa que não machucou outras pessoas. Não significa nada.

— Não tenho a intenção de machucar *ninguém*. Eu mesmo mal entendo tudo isso.

— Pare de andar! — gritou Rosalind. — Vou atirar. Não pense que não vou.

— Rosalind. Por favor.

Ela quase derrubou a arma.

— Do *que* você me chamou?

Quando Orion a alcançou, ele não puxou a arma de sua mão. Deu mais um passo para acabar com a distância entre eles, e então seu peito encostou no cano da arma, o ferro escuro da pistola se misturando às roupas que ele vestia.

— Usei seu nome. Sei quem você é.

Desde quando?

— E daí? — respondeu Rosalind, abalada. Ela não podia se prender a isso. — Não muda nada, quando a questão é *você...*

— Peço sua confiança. Vou consertar o que for minha culpa. Vou reparar o que eu tiver feito. Mas, primeiro, precisa confiar em mim. Preciso de você ao meu lado. Deveríamos ser uma equipe. Não posso fazer isso sem você.

— Deve achar que sou idiota. — As palavras de Rosalind eram duras, ríspidas, frias. — Não tenho motivos para confiar em você.

Orion envolveu a pistola com a mão. Rosalind se preparou para lutar, tensionando os braços, mas o ataque não veio. Em vez disso, Orion se moveu com delicadeza, empurrando a mão dela, movendo sua mira para o centro de seu peito.

— Então atire em mim.

Rosalind piscou. Os dedos dele apertaram os dela, encorajando-a.

— Me mate, e tudo o que fiz será punido.

— Chega — ordenou Rosalind. — Pelo menos tenha a decência de não fazer joguinhos...

— Para mim, isso não é um jogo — interrompeu Orion. — Prefiro morrer por suas mãos a ver você acreditar que sou um traidor. Prefiro ser atingido por uma bala a estar contra você em uma batalha dolorosa.

Um lampejo rápido de luz entrou pela janela naquele momento, indicando que um carro estacionava no meio-fio do lado de fora. Nenhum dos dois lhe deu atenção.

A mão de Rosalind que segurava a arma havia ficado mais frouxa. Se Orion escolhesse desarmá-la agora, conseguiria. Mas não o fez. Ele esperou.

— Então atire. Atire agora se não acredita em mim.

E deixou que ela pressionasse a arma contra seu coração acelerado.

— Por que está permitindo essa situação? — perguntou ela. Mesmo aos seus ouvidos, parecia uma súplica: *por favor, chega.* — A que truque isso vai levar?

Orion soltou o fôlego.

— Não há truque. Permito isso porque te amo.

A mente dela parou. Cada célula em seu corpo gritava por ar. *Já passamos por isso antes*, diziam. *Já ouvimos isso antes.*

Promessas feitas, mas nunca cumpridas. *Roza, podemos fugir. Roza, não importa o que sua família vai dizer. Roza, não é traição se nunca se importaram com você, para começo de conversa. Ninguém se importa tanto com você quanto eu.*

Mas Dimitri Voronin nunca havia se importado. Por que com Orion seria diferente? Ela já havia tido dificuldade de discernir o nada de algo substancial. Tudo o que Rosalind conhecera foi o amor usado como uma arma, o amor usado como uma mentira para que ela baixasse a guarda.

— Você acha que eu não vou atirar? A quem está querendo enganar? Nunca fomos reais.

Orion balançou a cabeça. Seus olhos se fecharam de forma devastadora, e estavam mais escuros quando a encararam — quase, *quase* enganando-a...

— Éramos reais para mim — disse ele em voz baixa. — Você me acusou de ser namoradeiro, e de repente eu quis provar que estava errada. Você queria narcisos em seu casamento, e de repente eu queria estar ao seu lado no altar, vendo você segurá-los. Queria que fosse real. Queria que tudo fosse real.

Acreditar nele era tão tentador, apostar sua fé e dar um salto de sorte. Exceto que Rosalind já havia acreditado uma vez, e olha onde isso a havia levado. Eles sempre sabiam as coisas certas a dizer, e ela sempre era enganada. Rosalind sentiu o dedo tremer no gatilho. Ela podia atirar. Sabia que podia.

— Eu te encurralei, Orion. Acho que você inventaria qualquer mentira para escapar.

— Acha que eu sou tão bom ator? — sussurrou Orion em resposta. — Nunca disse *eu te amo* a ninguém antes. Não assim. Só para você.

Meu Deus. Rosalind *precisava* atirar. Mas havia tantas questões girando em sua cabeça, enchendo-a de dúvida. Orion percebeu que sua vida não estava em iminente perigo, porque começou a se mover devagar, colocando os dedos nos braços dela, sem fazer nada além de tocá-la com o mais delicado decoro. Ele se aproximava mesmo sabendo que sua vida estava nas mãos dela, mesmo sabendo que Rosalind poderia decidir puxar o gatilho a qualquer instante.

O tempo passou entre eles como a água presa em um para-brisa: parado, interrompido, à espera de que algo o pusesse de volta em movimento.

Vozes soaram do lado de fora. Um feixe duplo de faróis piscou de novo.

— Janie! Orion! Estão prontos para ir?

A festa no Hotel Catai. As prisões.

Xingando baixinho e furiosamente, Rosalind afastou a pistola e deu um passo para longe de Orion.

— Continuaremos isso mais tarde. — Talvez no fundo ela já acreditasse nele. Seria tolice permitir que ele participasse da missão, se realmente o considerasse um traidor. Mas seu coração era uma coisa pequena e apavorada, e se recusava a tomar uma decisão. — Não pense que vou te deixar escapar. Vá se trocar.

— Isto é para vocês — disse Phoebe no banco do passageiro, esticando o braço quando Orion e Rosalind subiram no banco traseiro do carro de Silas.

— Por tudo que é mais sagrado, Phoebe... por que está aqui?

Orion esticou a mão. Phoebe lhe deu duas escutas finas, ambas enroladas em um círculo.

— Serei seus olhos do lado de fora do hotel — respondeu ela, balançando a própria escuta. — Vão falar comigo através da tecnologia mais moderna que existe, e que ainda nem chegou ao mercado... Jiemin me deu.

— Jiemin *me* deu — corrigiu Silas. Seus olhos se voltaram para o espelho retrovisor. — Orion, você está bem?

— Estou — respondeu Orion, rápido demais. O rosto dele estava visivelmente pálido. Enquanto Rosalind tinha o benefício de cosméticos para cobrir seu choque e dar rubor às suas bochechas, não havia nada que pudesse esconder a angústia de Orion. — Como usamos isso?

— Coloque a ponta no ouvido e enrole o arame em volta do lóbulo. Acredito que seja fino o suficiente para não chamar atenção.

Rosalind fez como instruído.

— E você consegue nos escutar através disso?

Phoebe estremeceu, retirando a escuta do ouvido.

— Ai, isso foi alto. Sim. Com certeza consigo.

Ainda olhando pelo espelho retrovisor com curiosidade, Silas tirou o carro da vaga. O veículo balançou quando entrou na estrada, passando por uma lombada. Rosalind correu as mãos pela saia e tentou não respirar com muito esforço. Ela havia vestido o *qipao* verde-escuro comprado para a ocasião. Apesar de ter afrouxado o colarinho e mantido os primeiros botões abertos até chegarem ao destino, sentia a garganta apertada, como se o tecido estivesse se fechando e ficando cada vez mais justo.

— Leve uma arma — instruiu Orion em voz baixa ao lado dela.

Nos bancos da frente, Silas e Phoebe estavam em uma discussão calorosa sobre se deveriam ter virado à direita quando o semáforo ficou vermelho. A escuta de Phoebe estava em suas mãos e não no ouvido.

— Para o hotel?

— Sim.

Orion tirou algo da manga. Rosalind quase bateu nele quando viu o que era.

— A faca que você usou para me esfaquear? Acho melhor não.

— Rosalind. — Ela queria que ele parasse de usar seu nome verdadeiro. Parecia real demais em sua língua. Íntimo demais. — Leve. Para o caso de... para o caso de eu te machucar.

— E aí eu faço o quê? Esfaqueio você de volta?

— Sim — respondeu Orion com tranquilidade. — Você me impede. Se algo me dominar. Se eu não puder me controlar.

Ele havia lavado o sangue das mãos rapidamente enquanto Silas buzinava do lado de fora. Conforme Rosalind prendia o cabelo, ela o observou. Assistiu ao pânico e ao horror dele, ao esfregar e ao enxaguar frenéticos.

Orion está atuando, quisera insistir Rosalind. Era mais fácil presumir que todos estavam contra ela em vez de pensar que eram vítimas também. Dava-lhe motivos para ser fria com o mundo, e ela já era fria havia tanto tempo.

— Você pode se conter, tenho certeza — disse ela, sem emoção. Rosalind havia deixado a pistola para trás. Não tinha onde escondê-la no corpo. Teria que se contentar com os grampos envenenados. — Fez isso mais cedo.

— Não sei como. Simplesmente aconteceu. — Orion se virou para a janela. — Mesmo assim, você se machucou.

Rosalind ficou em silêncio. Olhou através da própria janela, sem nada a dizer. As paisagens passaram e se juntaram umas às outras, cada feixe de luz se misturando ao próximo no caminho. Cassinos e cabarés migravam suas atividades para o lado de fora: mesas e bancos eram colocados embaixo das lamparinas, apostadores jogavam suas cartas e marcavam partida atrás de partida por uma fileira infinita de cigarros. Quando o carro diminuiu a velocidade para dar passagem a uma fila de riquixás no semáforo, Rosalind se inclinou contra o vidro, perguntando-se quão bem os jogadores conseguiam enxergar as cartas que haviam recebido, se jogavam à noite.

O sinal ficou verde. A mesa perto do semáforo caiu na gargalhada, o som cada vez mais fraco conforme eles se afastavam.

— Chegamos.

Silas estacionou entre dois carros. O Rio Huangpu estava um pouco à frente, os navios atracados e as rampas cheias. Sem rodeios desnecessários, Rosalind desceu do carro, desviando a cabeça da brisa. Ela ouviu Orion dizer a Silas:

— Fique de olho em qualquer carro que tentar partir quando chegar a hora.

Então a porta dele também se fechou, e os dois ficaram parados na rua, as posturas tensas e os semblantes estranhos.

— Preciso implorar?

Rosalind piscou.

— O quê?

Antes que pudesse impedi-lo, o próprio Orion cuidou do assunto, apoiando um joelho no chão e parando em frente ao seu quadril. A bainha da faca possuía uma faixa, que ele levou até a perna dela, prendendo-a tão rapidamente que Rosalind mal conseguiu reclamar. Ela teria um acesso fácil pela fenda de seu *qipao*, mas isso também faria com que ficasse muito visível, então Orion puxou-a mais para cima, prendendo-a em sua coxa.

Os olhos dele se ergueram, um *"não foi tão difícil, foi?"* não dito.

— Pronto — disse ele. Suas mãos ainda seguravam a faixa, como se fosse um segundo coldre. — Isso não faz com que se sinta segura?

— Nem um pouco. — Rosalind bateu o dedo na escuta no ouvido. — Phoebe, pode nos ouvir?

— Em alto e bom som.

A voz dela não vinha de dentro do carro. Soava diretamente dentro do ouvido de Rosalind, e do de Orion também, pela maneira como ele se encolheu.

Orion se levantou outra vez, oferecendo-lhe o braço.

— Lá vamos nós.

42

O Hotel Catai era uma estrutura cintilante, instalado bem onde a rua Nanquim encontrava o Bund — um edifício de duas torres que se destacava entre todos os outros que tinham vista para o Rio Huangpu, localizado bem na beirada. O telhado do hotel lembrava a arma de um gigante: era revestido de cobre e apontava diretamente para as estrelas, fazendo com que parecesse ainda mais alto do que já era.

Rosalind levantou a cabeça. Uma rajada de vento os atingiu com força, alimentada pela proximidade da água. Com a mão no cotovelo de Orion, ela fechou os dedos em volta do tecido de seu paletó, buscando segurança apesar da corda bamba em que ambos andavam. Rostos conhecidos começaram a aparecer, colegas e superiores acenando da entrada do hotel.

— Phoebe, como ficou a questão do horário? — perguntou Rosalind em voz baixa.

— Reforços devem chegar às dez — respondeu Phoebe em seu ouvido. A voz dela era doce mesmo com os chiados. — São quinze para as dez agora.

Rosalind apertou o cotovelo de Orion com mais força. A alguns prédios adiante, o relógio da torre da Casa da Alfândega permanecia silencioso e ameaçador. Ele badalava a cada hora — um som alto e grandioso que percorria o Bund —, o que significava que bateria quando os Nacionalistas entrassem, um aviso final se apropriando de cada ouvido atento nas proximidades. Ela ainda não havia decidido o que faria quando as prisões começassem. Entregar Orion? Protegê-lo?

A voz de Celia soava em sua mente repetidas vezes. *O armazém é comandado por soldados Nacionalistas.*

Uma coisa de cada vez, decidiu Rosalind.

Puxou Orion para frente.

Entraram no Hotel Catai pelo Hall de Entrada Leste. O glamour reverberava no exterior do prédio, mas era ainda mais potente quando se passava pelas portas: tapetes luxuosos embaixo de seus pés que tentavam engoli-los por inteiro; tetos altos e abobadados, que se curvavam em crescente elevação; um lustre pesado pendurado entre duas escadarias de mármore, uma à esquerda e uma à direita, que levavam para a sala de banquete principal. Sofás alinhavam-se às paredes douradas, ocupados por mulheres risonhas e homens bêbados, todos os quais não eram familiares para Rosalind. Ela só pôde presumir que outros clientes também haviam saído para se divertir. Sempre acontecia algo na Casa Sassoon, onde o Hotel Catai ficava localizado.

— Por aqui, querida — indicou Orion.

Ele a guiou para a esquerda assim que terminaram de subir as escadas, mas também não parecia muito confiante. O átrio era alto e tinha um brilho luxuoso por toda a sua extensão. Apesar de Rosalind já ter comparecido a eventos e jantares no Hotel Catai, ele parecia um outro universo naquela noite, com muitas pessoas presentes e se misturando.

Quando entraram na sala de banquete principal, ficou claro que haviam encontrado o coração da festa. Havia garçons parados em cada lado das duas portas, equilibrando taças de champanhe em suas bandejas, curvando-se cada vez que alguém levantava uma taça vazia. Rosalind pegou uma e a cheirou, por precaução. Não havia nenhum indício de veneno, mas quem poderia ter certeza?

— Ali está o embaixador Deoka — disse Rosalind em voz baixa.

Apoiou o queixo no ombro de Orion para fingir afeto — ele conseguiu ter uma visão melhor quando virou e a abraçou.

Ela não se aproximaria do toque. Não relaxaria. Não o faria.

Deoka estava ao lado de um vaso de flores quase tão alto quanto ele, cujo arranjo florescia em todas as direções. Ele conversava com um grupo de homens de terno, fazendo apresentações e cumprimentando as pessoas.

— Temos outros doze suspeitos no local — relatou Orion para Phoebe.

— Mais um carro chegou aqui fora — respondeu Phoebe na linha. — Nossa lista tem um total de dezesseis pessoas.

Rosalind vasculhou os rostos ao redor deles.

— São treze no local — corrigiu ela. — Você não viu Hasumi Misuzu ali no canto.

O Kuomintang teria os perfis de todas as pessoas da lista que Orion e Rosalind haviam entregado. Desde que estivessem presentes naquela noite, não seria difícil para os soldados compararem os rostos dos suspeitos com as fotos e prenderem as pessoas necessárias.

— Posso fazer uma varredura pelo resto deste andar, se quiser olhar os andares superiores menores — sugeriu Orion.

Havia mais convidados espalhados pela outra entrada para o hall, na lateral do palco onde uma banda de jazz iniciava sua apresentação. Os músicos marcaram o compasso e as primeiras notas de um saxofone percorreram o local, incitando casais a dançar na pista vazia.

— Fique bem aqui. — Rosalind soltou o braço dele. — Farei as duas varreduras.

— Está tudo bem? — perguntou Phoebe pela escuta.

— Perfeitamente bem — respondeu Rosalind sem titubear. — Só precisamos que alguém fique de olho em Deoka o tempo todo. Certo, Orion?

Ele assentiu de maneira rígida. Se permanecesse rodeado por pessoas, as chances de não fazer nada ultrajante — seja conscientemente ou não — eram maiores. Lançando-lhe um olhar tenso, Rosalind se virou para sair da sala de banquete. Seguiu pelos corredores dourados, passando pelas peças de decoração espelhadas. Uma ou duas vezes pensou ter escutado sussurros atrás de si, mas quando se virava não havia ninguém, apenas o som viajando de maneira estranha pelos tetos altos.

Havia um elevador na lateral do prédio, mas Rosalind foi pelas escadas antigas, usando os corrimões para se apoiar na subida íngreme. Os cômodos que ela verificou estavam, em sua maioria, vazios: suítes inteiras com temas de países específicos, preenchidas com objetos feitos para parecerem estrangeiros. As suítes estavam abertas para que os participantes entrassem e saíssem, mas parecia que a maior parte da festa continuava nos andares inferiores. Rosalind não avistou nenhum dos rostos que estava procurando. Esbarrou em alguém quando saía da Suíte Indiana, desculpando-se antes de notar quem era.

— Alis...

Rosalind parou de falar antes de terminar a exclamação, retirando a escuta. Ela envolveu ambas as pontas com a mão, torcendo para que isso abafasse sua voz para Phoebe.

— O que está fazendo aqui?

— Estou de olho na sua missão, o que mais seria? — respondeu Alisa. Ela usava um uniforme de garçonete e tinha uma bandeja equilibrada na mão. — O que está acontecendo? Por que Orion está aqui?

Rosalind fez uma careta, acenando para que Alisa a seguisse pelo corredor a fim de conferirem o resto dos cômodos.

— Ele alega... — Ela deu uma olhadela na Suíte Francesa, avistando apenas um empresário que provavelmente estava hospedado no hotel. — ... que não tem nenhuma lembrança do que fez.

— Ah. Acho que isso faz sentido.

— O quê? — Rosalind ficou tão surpresa que soltou a escuta por um breve instante, antes de segurar as pontas novamente. As duas continuaram andando. — Como aceitou essa desculpa com tanta facilidade?

— Por que ele não tem um motivo — respondeu Alisa, abrindo a última porta do corredor antes que Rosalind o fizesse. — Orion Hong não terá poder se os japoneses invadirem. Não subirá de posição. Também não há homens trabalhando para ele que Orion pudesse transformar em um batalhão, se estiver agindo como um *hanjian*. A não ser que ele esteja escondendo algum outro desejo de vida que você desconheça.

— Orion pode ter feito a escolha consciente de trabalhar para alguém — rebateu Rosalind.

As duas olharam dentro do último cômodo. Vazio.

— Então por que ele investigaria a si mesmo?

— Para nos despistar.

— Então por que não te despistar desde o início? Por que não atribuir as acusações a outra empresa? Por que não afastar a investigação das substâncias químicas?

No momento em que Rosalind ia se opor a Alisa por pensar bem demais dele, alguém gritou atrás delas.

— Senhora Mu!

Alisa abaixou a cabeça imediatamente, fingindo caminhar atrás dela, tornando-se invisível para Yōko enquanto se inclinava ao lado de Rosalind.

— Vai haver um discurso às dez — disse Yōko. — Já vai descer?

— Sim — respondeu Rosalind. — Depois de você.

Elas desceram as escadas no fim do corredor, com Alisa seguindo-as a alguns passos. Quando voltaram ao átrio principal, Yōko parou para conferir o batom na superfície lisa e dourada da parede.

Rosalind ia pedir licença, considerando que não havia motivo para permanecer perto de Yōko por muito tempo, já que ela não estava na lista.

— Sabe, eu tinha a sensação de que você não gostava de mim — comentou a jovem de repente. — Mas acho isso de muitas pessoas. Sei que é impossível o mundo inteiro me odiar, certo?

Rosalind estremeceu de surpresa. A adaga em sua coxa de repente pareceu pesada. Como se tivesse dobrado de peso, escorregando para fora da bainha e preparando-se para se soltar de sua perna e cair no chão.

— De onde tirou isso? — perguntou ela.

Yōko deu de ombros, o lábio inferior se projetando para frente. O movimento fez com que ela parecesse nova, muito nova para trabalhar na Turquesa.

A garota não sabia a diferença entre o ódio pessoal e o ressentimento ardente que Rosalind sentia pelo império que havia enviado Yōko para lá. Mesmo que a culpa não fosse da moça, ela sentiria a fúria da mesma forma.

— Não tenho nenhum problema com você — disse Rosalind de forma simples.

Yōko abriu um sorriso radiante, saindo de sua tristeza num piscar de olhos. Quando voltaram ao hall, ela acenou em despedida e foi se juntar à Tarō no canto. Alisa se aproximou por trás dela e disse:

— Você foi bem mais gentil do que eu seria.

— Por que cegar alguém que está no escuro? — questionou Rosalind em voz baixa.

Lembrou-se de si mesma: a ingenuidade, a preocupação que era completamente interna. Um dia, também pensara ser ela mesma contra o mundo. Que, se não gostavam dela, significava que tinha feito algo, e não que as circunstâncias separavam as pessoas em posições diferentes dentro do palco que era Xangai.

— Pela possibilidade de elas encontrarem a luz — retrucou Alisa. Ela parou, olhando para baixo e percebendo que Rosalind ainda segurava a escuta. — Tem mais uma coisa: seu treinador está desaparecido.

Rosalind virou-se rapidamente.

— *Desaparecido?*

— Ele não está no quarto do hospital. Se foi levado ou se saiu por vontade própria, ainda é um mistério. O homem que salvamos no beco também desapareceu. Sumiu sem deixar pistas.

Dao Feng havia desaparecido. Os Nacionalistas chegariam ao hotel em pouco tempo. Rosalind mal podia ouvir os próprios pensamentos em meio ao sangue que corria freneticamente em seus ouvidos. Ela sacudiu a cabeça, tentando afastar o barulho.

— Entrarei em contato sobre isso depois das prisões. Só um momento.

Rosalind colocou a escuta de volta no ouvido.

— ... esses são todos que estão no prédio. Janie, pelo amor de Deus, já consegue me ouvir?

— Estou ouvindo — disse Rosalind. Avistou Orion ao lado da mesa onde o havia deixado. — O que eu perdi?

— O objetivo de termos tecnologia de ponta é usá-la! Por que me tirou da escuta? Argh, tanto faz. Dezesseis suspeitos de dezesseis estão presentes. Mantenham a discrição até que os reforços cheguem.

— Entendido.

Rosalind assentiu para Alisa em despedida, então voltou para o lado de Orion. Ele tirou um relógio de bolso do paletó quando ela se aproximou, mostrando-lhe a hora. Cinco minutos para as dez. No palco, a banda de jazz mudou de música, colocando uma mulher em frente ao microfone. Os alto-falantes deram interferência por um rápido instante, então ficaram limpos quando a mulher começou a cantarolar uma canção norte-americana. Costumavam cantá-la na boate burlesca Escarlate. Rosalind quase havia criado uma coreografia para a melodia de jazz, mas havia decidido que a música era muito longa, mais adequada para gingados e movimentos lentos.

Ela observou os convidados dançando perto do palco. Observou-os girar embaixo dos braços dos parceiros e descansar a cabeça, os olhos fechados pacificamente.

— Dança comigo? — Orion estendeu a mão.

Rosalind hesitou.

— Essa não é uma boa...

— Dance, Janie! — A voz de Phoebe sibilou em seu ouvido. — Não aja de forma suspeita.

— Não estou agindo de forma suspeita — respondeu Rosalind, mas pegou a mão de Orion mesmo assim.

Os dedos deles se encontraram com um choque.

A música parou por um momento. Orion a trouxe para perto, os braços em sua cintura. Rosalind ficou rígida, o rosto virado na direção oposta.

— Se fizer isso, as pessoas vão perceber.

— Não estou fazendo nada — disse Rosalind, ríspida.

— Exatamente.

Ela lhe lançou um olhar feio. Ele levantou o braço e fez ela rodopiar.

— Responda à minha pergunta com muita seriedade — disse Rosalind quando voltou a ficar de frente para ele, as mãos pousadas em seu peito. — Vamos supor que eu acredite em você. Vamos supor que tudo o que me disse é verdade. Quem te forçou a isso? Quem está te dando ordens e apagando sua memória?

— Do que ela está falando? — murmurou Phoebe pela escuta.

A hora se aproximava rapidamente. Não havia tempo para se preocupar com Phoebe descobrindo a situação.

— Devo admitir que ainda não quebrei a cabeça pensando nisso — respondeu Orion. — Primeiro tive que rever a situação, e depois tentei repassar todos os espaços em branco que tenho...

— Não enrole, Orion. — Rosalind tocou sua bochecha. Queria que fosse um gesto intimidador, para incitá-lo a pensar, mas surpreendeu a si mesma quando sentiu o toque gentil, envolvendo o rosto dele com a ternura de uma amante em agonia. — Quem poderia ser?

Ele suspirou, infeliz.

— Só pode ser alguém do nosso lado. Não vejo como surgiria uma oportunidade de outra forma. Não entendo por que as convocações vêm dos quartéis-generais.

Rosalind olhou para o palco. O microfone chiou com interferência quando a cantora ajustou o pedestal, terminando a música e dando licença para um dos investidores estrangeiros da Turquesa. Ele acenou para que os músicos abaixassem o som dos instrumentos, um sorriso largo no rosto conforme cumprimentava a sala de banquete.

— Em quem confiamos agora? — sussurrou Rosalind.

— Janie Mead, do *que* você está falando? — perguntou Phoebe na escuta.

O investidor estava chamando Deoka ao palco quando um sino ecoou pela sala. Deoka ergueu sua taça para uma salva de palmas quando o relógio acima da Casa da Alfândega soou através do Bund, finalmente sinalizando a virada da hora.

Os Nacionalistas não esperaram um único segundo. Primeiro, Rosalind ouviu o estrondo de passos. Então um grito de aviso — alguém sendo empurrado no átrio exterior —, até que o barulho dos sapatos ecoou pelos corredores e os soldados entraram correndo, espalhando-se pelo salão e alinhando-se pelas paredes, os fuzis apontados para os convidados no aposento.

— Atenção! — Era Jiemin, liderando a operação. Ele havia vestido um uniforme, o verde-militar destacando-se contra a pele pálida, bem adaptado a todos os seus movimentos enquanto o rapaz levava um megafone até a boca. — Ninguém deve sair desta sala até que tenhamos prendido os suspeitos de incitar o terror na cidade.

O salão se encolheu de medo. A maioria não tinha com o que se preocupar. Aqueles que já sabiam que eram culpados tentaram chegar até as saídas, porém havia soldados esperando, empurrando-os assim que apareciam. O embaixador Deoka permaneceu paralisado. Parecia um animal capturado por um holofote, tentando não se mover e torcendo para que isso fizesse com que não o notassem.

Outro soldado, em pé ao lado de Jiemin, estava vasculhando a sala, uma prancheta nas mãos no lugar de uma arma. Quando seus olhos se fixaram em Rosalind e Orion, ele assentiu, indicando que os reconhecia como agentes da missão. Ele começou a andar pelo salão, virando uma página na prancheta, comparando os convidados com as fotografias impressas de cada pessoa que procuravam. Quando chegou a Haidi, indicou para que dois soldados chacoalhassem sua bolsa.

Três frascos verdes caíram. Rosalind assistiu à cena prendendo o fôlego.

— Isso não é perigoso! — gritou Haidi. — São para mim. Vou morrer sem eles!

Rosalind franziu o cenho. Orion apertou sua mão. Ela iria *morrer*?

— Ah, eu sei. — Jiemin pegou um dos frascos. Do outro lado do salão, a preocupação de Rosalind aumentava cada vez mais. Como assim ele sabia? — Ah Ming, poderia pegar os outros acusados?

Ao seu comando, um dos soldados deu passos largos até uma mesa afastada e pegou uma garçonete pela parte superior do braço. Ela gritou, indignada, o chapéu caindo no chão com um baque suave. *Alisa*. Por que estavam levando Alisa?

— Alisa Montagova — disse Jiemin. Agora que o silêncio havia se instalado pela sala de banquete, sua voz carregava um tom ácido. — Você está presa sob suspeita de ser uma inimiga do estado, em defesa do bem-estar da nação.

Sussurros vibraram de canto a canto do salão, as outras testemunhas mal conseguindo acompanhar a sequência de eventos. "*Montagov*" era murmurado de boca em boca. A cidade não escutava esse nome havia algum tempo.

Rosalind avançou, arrepios percorrendo seus braços.

— Jiemin — chamou ela. — O que está fazendo? Ela não tem nada a ver com esta missão.

— Estou ciente — respondeu Jiemin. Seu temperamento sempre fora calmo e lânguido, mas agora o rapaz se apresentava de uma maneira amedrontadora, cada ordem saindo de sua boca sem qualquer emoção. — Mas é útil conduzir todos os negócios de uma vez, não acha? Você também chegou bem na hora.

Rosalind piscou.

— O quê?

Jiemin indicou para que dois soldados ao lado dele seguissem em frente. Acenou para que um fosse na direção dela, e outro na direção de Orion.

— Hong Liwen e Lang Shalin — anunciou ele. — Os dois estão presos por assassinato, conspiração e traição à pátria. Quem vocês achavam que iriam enganar?

43

Hong Liwen e Lang Shalin — transmitiu a escuta. — *Os dois estão presos por assassinato, conspiração e traição à pátria.*

E então tudo ficou em silêncio.

— Alô? — chamou Phoebe. Ela bateu na escuta, mas isso só fez com que seu próprio ouvido doesse. — Orion? Janie? Estão me ouvindo?

— O que aconteceu? — perguntou Silas.

Phoebe arrancou a escuta, soltando um grito feroz. Ela notara, é claro, que algo estava estranho entre Orion e Janie. Depois de dar a revista ao irmão, apenas supôs que era por ele ter descoberto a identidade verdadeira da esposa. Em que outro tipo de *assassinato* os dois estavam envolvidos em seu tempo livre? E por que ela não ficou *sabendo*?

— Phoebe! — Silas se aproximou, pegando a escuta antes que ela pudesse destruí-la. — O que *aconteceu*?

— Perdemos o sinal. — A voz de Phoebe estava trêmula, em total perplexidade. — Jiemin acaba de prendê-los por assassinato e conspiração.

Silas a encarou.

— Você não ouviu errado?

— Como se escuta *assassinato e conspiração* errado?

As estradas à frente estavam bloqueadas por veículos militares, cercando o perímetro do Hotel Catai e garantindo que nenhum ocupante do prédio sairia sem ser visto. Soldados alinhavam-se à rua, as posturas de sentinelas sob as nuvens tingidas pela lua. Por sorte, o carro de Silas estava estacionado do lado de fora da linha de frente.

— O verdadeiro nome dela não é Janie Mead. — Phoebe se aproximou do para-brisa o máximo possível, analisando a cena. Encarou, sem piscar, até que seus olhos começaram a ficar turvos, até que a noite se fundiu como uma grande mancha caleidoscópica. — Ela se chama Rosalind Lang.

Silas colocou a escuta no próprio ouvido. Deu algumas batidinhas, como se fosse preciso mais algumas cutucadas para que o som voltasse a funcionar. Não adiantou. Os soldados deviam ter confiscado as escutas correspondentes.

— Isso é impossível. — Silas queria soar racional, mas estava vacilando também, tentando acompanhar uma corrida quando um setor inteiro da pista havia sido retirado de debaixo de seus pés. — Rosalind Lang da Sociedade Escarlate? Ela já seria adulta. Ou melhor, foi dada como *morta*.

Os olhos de Phoebe ardiam, então ela os fechou, batendo os nós dos dedos contra a testa. *Pense, pense,* ordenou a si mesma.

— Quanto do relatório que ela te passou era uma completa mentira? — perguntou ela, seriamente. — Os assassinatos em Xangai serem um experimento químico. Haidi ser a responsável pelas mortes.

Silas hesitou.

— Tem de haver algum erro...

— Não tem erro! — exclamou Phoebe. — Os dois foram levados como parte do esquema! Não são mais agentes... são suspeitos!

Silas ficou em silêncio e tirou os óculos, massageando a ponte do nariz.

— Impossível — murmurou ele de novo. — A própria Janie nos deu a conclusão do caso. Por que mentir?

Os últimos minutos do que ela havia escutado pelo aparelho voltaram à mente de Phoebe. O que foi que Janie — que *Rosalind* — dissera para Orion? Phoebe pensou ter ouvido errado, pois o som saiu muito baixo enquanto transmitia os sussurros de Rosalind.

Vamos supor que eu acredite em você. Vamos supor que tudo o que me disse é verdade. Quem te forçou a isso? Quem está te dando ordens e apagando sua memória?

— Ela está protegendo ele — disse Phoebe em voz alta.

— Janie está protegendo Orion?

Phoebe se lembrou de uma noite fria de inverno havia muitos anos. A terra do lado de fora estava seca, e o interior da casa deles era aquecido pela lareira acesa. Ela estava aconchegada no sofá, folheando seus livros, quando Orion desceu as escadas, parecendo atordoado. Aconteceu pouco tempo depois de seu primeiro mês trabalhando para o Kuomintang, quando ele ficou momentaneamente preso em casa por conta de suas dores de cabeça. Ele havia caído, ou foi o que dissera depois de ter entrado em casa segurando um saco de gelo na cabeça.

Mas também havia tantos hematomas graves em seu pescoço. E todas as vezes que Phoebe pedia que ele contasse como a queda havia acontecido, parando perto dele para cutucar o roxo ao redor de suas veias, a expressão do irmão se contraía em concentração e Orion lhe dava os mesmos detalhes, dizendo que escorregou e bateu a cabeça.

— Voltarei em alguns dias — dissera ele no último degrau da escada. — Preciso cuidar de uma questão no trabalho.

— Posso ir junto? — perguntara Phoebe na mesma hora. — Quero ir com você.

— Não é necessário, Feiyi.

Orion não acenara para ela como de costume. Quando saiu, ela avistou outro hematoma em seu pescoço, e tudo o que pensou foi: *como pode insistir tanto que caiu? Parece que você foi espancado. Várias vezes.*

No carro, Phoebe colocou o dedão na boca, mordendo a unha com força. Qual havia sido a pergunta que Rosalind fizera a ele dentro do hotel? *Quem está apagando a sua memória?*

— É Orion quem está sendo acusado de assassinato — concluiu Phoebe com confiança. Ela se recostou de volta no banco, colocando as mãos no colo e os pés no chão. — Vamos. Temos que descobrir para onde serão levados. Temos que tirá-los de lá.

44

Rosalind andava pela cela, pisando com força no chão de pedra como se pudesse fazer os pés o atravessarem. Ela ouvia resmungos das outras celas também, onde o resto dos funcionários da Turquesa havia sido colocado.

O embaixador Deoka estava na cela em frente à dela, olhando curiosamente para Rosalind por entre as barras.

— Sempre soube que havia algo meio estranho em você.

— Cale a boca — disse Rosalind imediatamente.

— Quando enviei a senhorita Zheng para investigar aquela foto de 1926, só suspeitava que estivesse mentindo sobre a sua idade. Quem poderia imaginar que era sobre sua verdadeira identidade? Lang Shalin, antiga Escarlate, reduzida a uma simples funcionária de escritório. Você não tem raiva de seu governo por isso?

Rosalind socou as barras da prisão. O golpe provocou um som alto e vibrações que sacudiram a cela inteira. Rapidamente, Orion puxou seu cotovelo, fazendo-a recuar. Fosse para o bem ou para o mal, os soldados haviam decidido colocar Orion e ela na mesma cela, pensando que não haveria problemas entre eles.

— Não aceite as provocações — sussurrou Orion.

— E vou fazer o quê? — retrucou Rosalind. Ela se soltou da mão dele, encarando Deoka novamente. — Achou que estava sendo esperto ao mandar alguém atrás de nós naquele bonde? Ao roubar aquele arquivo de volta?

Deoka apenas a encarou com calma. Se tivessem colocado uma máquina de escrever em sua cela, ele provavelmente usaria o tempo livre para trabalhar.

— Não faço ideia do que está falando. Repito: talvez deva olhar para o seu próprio governo. Que bela espiã você é.

Antes que Rosalind pudesse gritar através das barras, Orion a levantou do chão, colocando-a no canto da cela à força. Rosalind se deixou ser levada, irritada demais para lutar. Havia uma cama de paletes de madeira ali, e ela se sentou, a coluna tensa e alerta.

De certa forma, Deoka estava certo. Havia tantas mentiras em todos os cantos que Rosalind não confiava em seu próprio governo.

— Dao Feng está desaparecido.

Ela jogou a bomba sem nenhum aviso. Orion precisou de vários minutos para compreender suas palavras, e vários outros para se certificar de que havia escutado corretamente. Devagar, ele também se sentou na cama, observando a reação dela conforme se aproximava. Parecia estar preparado para se levantar a qualquer minuto se ela soltasse qualquer reclamação. Rosalind não o fez, então ele permaneceu ali.

— Desaparecido... da cama do hospital?

— Se é que ele precisava de uma cama de hospital, para começo de conversa.

Orion colocou os pés na cama, apoiando os braços no joelho.

— Está dizendo que...?

— Não sei o que estou dizendo. — Rosalind chutou o calcanhar. — Estou dando o meu melhor para olhar tudo de fora. Tentando imaginar o que diria se isso estivesse acontecendo com outra pessoa e eu não tivesse nenhuma participação.

Rosalind olhava para baixo, encarando as mãos que estavam no colo. Quando Orion esticou os joelhos, ajeitando-se para ficar mais confortável, imitou exatamente a posição dela, os dois na cama, as pernas estendidas. Lentamente, Rosalind moveu a mão um centímetro, depois outro. A lateral de sua mão esquerda encostou na lateral da mão direita de Orion. Quando ele enroscou o mindinho em volta do dela, ela imitou o gesto, mantendo as mãos dos dois unidas.

— Dao Feng é seu treinador — sussurrou ela. — Não há restrições em relação a lhe dar missões sem que os outros saibam, e apagar sua memória depois disso. O ataque a ele foi diferente de todos os outros. Foi Dao Feng quem me ensinou sobre venenos. Ele saberia, mais do que qualquer um nesta cidade, como forjar ferimentos e sobreviver sem sequelas.

— Mas nunca suspeitaríamos dele neste caso — disse Orion. — Por que forjar o ataque?

Essa era a grande questão. Rosalind não tinha nenhuma hipótese. Orion também pensava profundamente, as sobrancelhas contraídas. Em meio a isso, ele deu um puxão nos dedos enroscados, virou a mão de Rosalind e deslizou sua palma de maneira apropriada.

— Preciso perguntar — começou Orion, hesitante. — Isso significa que acredita em mim?

Do outro lado das celas, alguém gritava alto, exigindo alguma coisa dos guardas. Os Nacionalistas só haviam colocado dois soldados lá dentro — precisavam deles em outro lugar, para investigar a rua Burkill e ir até o Armazém 34, dar um fim ao que quer que estivesse sendo feito.

— Coisas mais estranhas já aconteceram — respondeu Rosalind. — Posso me curar de uma facada em questão de segundos. Alguém está fazendo uma lavagem cerebral em você. O mundo em que vivemos é este.

Orion suspirou e apertou a mão dela.

— É óbvio que você seria pragmática em relação a isso até no último momento. Dama do Destino, como você surgiu?

— É só Destino — corrigiu Rosalind. Ela se apoiou na parede, a pressão da pedra fria refrescando seu corpo. — Você sabe em que ano eu nasci?

— Sim, em 1907 — respondeu Orion rapidamente. Um tanto envergonhado, logo depois ele acrescentou: — Vi no seu obituário.

Rosalind soprou seu cabelo solto. Ela possuía tantos obituários ao redor da cidade. Será que as fofocas começariam a se espalhar depois da declaração de Jiemin naquela noite? Será que Xangai descobriria que ela estava viva em meio à multidão?

— E ainda assim permaneço com 19 anos. Não sou eu que me recuso a crescer: meu corpo parou, minha mente está bloqueada junto com ele. Fiz tantas coisas terríveis, Orion. Confiei na pessoa errada. A cidade explodiu, minha família se despedaçou e, como consequência, a morte veio me buscar. — Ela ousou olhar para ele. Orion estava ouvindo com atenção. — Mas minha irmã me salvou. Ela conhecia alguém que podia me ajudar enquanto eu estava febril e doente, e ele injetou algo no meu braço que me trouxe de volta à vida. Agora eu não envelheço. E posso me curar com uma velocidade assustadora.

Às vezes Rosalind ainda conseguia sentir o material invasivo que havia entrado em suas veias havia quatro anos. Era uma sensação ardente — corria por suas células sanguíneas como uma força vital auxiliar.

— Parecia uma queimação, não é? — perguntou Orion, como se tivesse lido os pensamentos dela. — Como se algo abrisse caminho e consumisse tudo o que tocava, refazendo seu corpo no percurso.

Rosalind piscou. Não havia esperado que ele descrevesse a sensação com tanta precisão.

— Sim. Exatamente.

— Às vezes sonho com essa sensação. — Orion acariciou a parte macia do pulso dela com o dedão. — Acho que foi assim para mim também.

Mas ele não conseguia se lembrar. Orion conseguia arrebatar cordas grossas como se fossem fios, e provavelmente poderia abrir um buraco numa pedra aos socos, se tentasse o suficiente, mas não conseguia se lembrar de como havia ficado assim. Pelo menos Rosalind havia conseguido suas estranhas habilidades num esforço para salvar sua vida. Parecia que a vida de Orion havia sido alterada para que outra pessoa o usasse.

Raiva revirou seu estômago. Quem quer que tivesse feito isso com ele — quem quer que estivesse fazendo esses malditos experimentos —, Rosalind o faria pagar. Por todas as mortes e por esse terrível crime.

De repente, os lábios de Orion se curvaram. Foi uma visão bizarra, já que Rosalind pensava em coisas tão sombrias.

— O que foi?

— Nada — respondeu ele. Um momento se passou. — Então, você costumava ser uma vedete, hein?

Rosalind revirou os olhos. É claro. Sempre se pode contar com ele para começar a fazer piada enquanto estavam presos em uma cela.

— Não, não vou dançar para você.

O sorriso dele se alargou.

— Você já dançou, lembra?

— Aquilo não conta. Eu estava disfarçada.

— Se você diz. — Ele acariciou o pulso dela com o dedão outra vez. Gostava de fazer isso. — Sei muito sobre vedetes.

— Ah, confie em mim, *eu sei.*

A barulheira indistinta do outro lado das celas enfim parou. O silêncio não durou nem três segundos antes de ouvirem um tinir surpreendentemente alto. Na mesma hora, Rosalind ficou atenta, levantando-se. Orion fez o mesmo, esperando para ver o que causou o barulho. Observaram o soldado parado perto da porta segurar o fuzil com cautela, movendo-se para investigar. Assim que ele saiu do campo de visão dos dois, ouviu-se um grito e um baque pesado.

Rosalind e Orion trocaram um olhar.

— O que foi isso? — sibilou Rosalind.

— Fui eu. Não se preocupem.

A voz era conhecida. Na verdade, nenhum dos dois deveria ter se surpreendido quando Alisa apareceu em frente à cela deles, andando como se fosse dona do lugar.

— O quê? — perguntou Orion. — Como você escapou?

— Que tipo de pergunta é essa? — retrucou Alisa. Havia um molho de chaves inteiro em suas mãos e ela o vasculhava, tentando achar a certa para libertar Rosalind e Orion. — Posso escapar de qualquer lugar. Sou Alisa Nikolaevna Montagova.

Rosalind colocou as mãos no quadril. Alisa enfiou a chave na fechadura e a girou.

— Certo — admitiu Alisa. — Irritei o soldado até que ele avançasse em mim através das barras, e então roubei as chaves. Pelo menos funcionou. — Ela abriu a porta da cela. — Vamos. Antes que o resto da Turquesa também tente escapar.

Rosalind esperava ver uma batalha do lado de fora. Em vez disso, só havia um punhado de Nacionalistas de guarda na própria delegacia, e todos estavam mortos.

— Foi você quem fez isso? — perguntou ela, perplexa, virando o corpo de um dos homens e vendo um único tiro de bala em seu pescoço.

O sangue ao seu redor não tinha ido longe. A poça estava restrita a uma mancha generosa.

— Quando eu teria tido tempo? — perguntou Alisa. — Claro que não. Meu plano era fazer Orion lutar com todos na delegacia.

Orion franziu o cenho, reclamando em silêncio sobre ser usado para fugas à base de força bruta. Mas não havia uma única alma com quem lutar. Parecia que uma batalha já havia acontecido, e ainda assim ninguém invadira as celas. Por que fazer tudo isso? *Quem* havia feito isso?

Uma porta na lateral bateu. Os três se viraram. Rosalind avistou na mesa sua faca, que havia sido confiscada, e a pegou, imediatamente desembainhando-a.

Mas não eram reforços Nacionalistas que entravam na delegacia: era Phoebe.

Ela parou assim que entrou.

— O que... aconteceu aqui?

— O que *você* está fazendo aqui? — perguntou Orion. Ele correu até ela e a abraçou. — Você é responsável por me causar urticárias de estresse.

Phoebe fez uma careta e então se esquivou de seu abraço.

— Vim ajudar. Silas se conectou a todas as linhas que podia para conseguir informações do que está acontecendo com a missão. Invadiram a rua Burkill, mas ninguém foi até o Armazém 34. A ordem foi impedida em algum ponto da cadeia de comando.

Era cada vez mais irrefutável. Alguém de dentro, alguém com influência o suficiente sobre as questões da filial secreta, estava colaborando fortemente com o esquema.

— Como você ia ajudar? — indagou Orion. — Invadindo a delegacia sozinha?

— Silas ia acender as luzes! — insistiu Phoebe. Ela gesticulou para Alisa. — Fizemos isso antes, não foi?

— Aquela era uma delegacia municipal! Isso poderia ter sido tão perigoso se...

Orion olhou ao redor. Ele parou de falar, ainda sem saber o que exatamente havia acontecido ali. Parecia ter sido o trabalho de um assassino. Mas, ao contrário do que muitos pensavam, só havia alguns assassinos na cidade.

— O Armazém 34 — disse Rosalind em voz alta. — Orion, temos que ir.

Se aqueles experimentos químicos finalmente haviam obtido sucesso no homem que sobrevivera, então estavam prontos para serem distribuídos. Um composto que transformava um indivíduo em alguém tão forte quanto Orion e tão imortal quanto Rosalind. O plano precisava ser impedido. Não podiam permitir que o composto se espalhasse.

Orion assentiu.

— Rápido.

Do lado de fora, estacionado em um canto próximo à delegacia, Silas mexia na caixa de disjuntores, parecendo muito surpreso por encontrá-los vindo em sua direção.

— Eu nem puxei a...

— Preciso que leve Phoebe para longe daqui — ordenou Orion.

— O quê?! — gritou Phoebe. — *Eu* te tirei de lá!

Alisa fez uma careta, mas não contribuiu com a discussão. Nem precisou.

— Alisa Montagova nos tirou de lá. Porque ela é uma agente. Porque todos nós somos treinados. Você está se colocando em perigo, Phoebe.

— Mas...

Phoebe juntou os lábios, procurando — desesperadamente — por um argumento.

— Por favor — implorou Orion. — Você ouviu tudo pela escuta. Ouviu em que eu me meti. Minha memória está sendo apagada, estou sendo controlado. Se eu não conseguir me conter quando acontecer novamente, não quero você perto de mim. Já machuquei alguém que eu amo. Não vou correr o risco de machucar você também.

Rosalind sentiu a pontada no estômago como se fosse uma sensação física. Como se o ferimento antigo estivesse se abrindo outra vez, rasgando-se de dentro para fora. Phoebe, enquanto isso, deu um passo trêmulo para trás. Não parecia feliz. Mas como poderia discutir com um argumento desses?

Silas deu as chaves do carro para Orion.

— Entrarei em contato com Jiemin de novo — disse ele. — Vou conseguir uma explicação melhor para o que está acontecendo com nossa unidade, e tentar convencê-lo a enviar agentes para aquele armazém. Como ele sequer descobriu sobre você?

— Vai saber — murmurou Orion, fazendo uma careta de dor. — Até agora, *eu* não teria ficado sabendo, se não fosse por...

Ele parou de falar, olhando para Rosalind. Não tentou disfarçar sua angústia. Orion queria que ela soubesse o quanto se arrependia por tê-la machucado. Que ele sabia que talvez a machucasse de novo, e queria que ela se afastasse assim como Phoebe, em vez de se arriscar.

Rosalind abriu a porta do carro, sentando-se no banco do carona. Mantê-la afastada não era uma atitude realista. Aquela era a missão deles. A Maré Alta era uma unidade conjunta, impossível de ser separada. Não dava para imaginar um sem o outro.

— Alisa — chamou Rosalind —, você também vem?

A jovem se sentou no banco de trás.

— É claro. Que pergunta boba.

45

Orion dirigiu pelas estradas escuras com cuidado, seus olhos em movimento constante para se certificar de que não viraria em uma rua errada. Ele não confiava mais em si mesmo. Cada decisão vinha contaminada de dúvida, e depois de uma súbita ansiedade quando achava que os pensamentos não vinham de sua própria mente.

Ele não percebeu que suas mãos tremiam no volante até que Rosalind tocou seu cotovelo, oferecendo uma presença tranquilizadora. O livro de mapas estava aberto em seu colo. Era fácil identificar a área onde o Armazém 34 ficava. Agora a única questão era chegar lá.

— Vire na curva à frente.

Fora dos limites da cidade, a noite estava estranhamente silenciosa. O olhar de Orion ficou preso em uma casa à distância, e de novo quando passaram por ela, e ele percebeu que não era uma casa e sim um moinho abandonado de fazenda.

— Precisamos decidir qual será nossa abordagem — disse Rosalind, quando as árvores ao redor da estrada começaram a ficar mais densas. — Se encontrarmos Dao Feng lá...

Ela não terminou a frase. Será que conseguiriam tratá-lo como traidor? Será que conseguiriam esquecer tudo a respeito dele e se concentrar em enfrentá-lo, mesmo que isso significasse tirar sua vida?

— O que você *espera* encontrar lá? — perguntou Alisa do banco de trás.

— É difícil saber — respondeu Rosalind. — Mas alguém impediu as forças Nacionalistas por algum motivo. A arma está pronta. A última cobaia sobreviveu. Custe o que custar, não podemos deixar que isso continue.

Orion segurou o volante com mais força. Podia sentir o medo deixando sua respiração gelada e penetrando o carro a cada expiração. O que estava prestes a acontecer com a cidade? Se eram capazes de causar tantos danos só com ele, então quais seriam as consequências de um exército, um batalhão, uma força militar inteira?

Alisa se inclinou para frente de súbito, enfiando a cabeça entre os dois bancos.

— Tem um veículo militar adiante.

Orion desacelerou, prendendo a respiração enquanto passavam pelo carro. Mas o veículo estava desocupado. Não tinha identificação.

— Tem alguém aqui — sugeriu Rosalind. — Ou mais de um alguém.

Orion não queria continuar avançando. Queria virar o volante e levá-los para outra direção, para longe da construção. Infelizmente, essa não era uma opção.

O armazém apareceu à vista. Orion parou o carro antes que chegassem perto demais, o coração vacilando contra o peito. A paisagem lhe era familiar de um modo vago, como ter um *déjà vu* de algo que ele sabia nunca ter acontecido. Conforme tentava vasculhar a memória, decidido a descobrir se já estivera ali antes, encontrou uma sensação de dor física bloqueando seu caminho.

Havia outro veículo parado em frente ao armazém.

— Deixe-me conferir primeiro — disse Alisa, já abrindo a porta. — Pode ser alguém do meu lado.

— O quê? — perguntou Rosalind rapidamente, abrindo a própria porta para impedir Alisa. — Por que seria?

— Meus superiores tinham evidências fotográficas dos assassinatos, lembra? Posso apostar que já sabiam sobre isso há algum tempo... Todo o esquema, incluindo qual era o objetivo final. — Alisa parou. Seus olhos se voltaram para Orion. — Depois da tentativa de sequestro fracassada, devem ter decidido que seria mais benéfico esperar até que os experimentos realmente dessem certo, e então ir até a fonte e roubar a arma.

Talvez já estivesse mais suscetível a detestar o outro lado por causa da deserção do irmão, mas Orion sentiu um ressentimento profundo e sombrio por esses superiores. Eles sabiam, e não o impediram. Eles sabiam e escolheram *monitorá-lo* para benefício próprio em vez de impedi-lo. *Meu Deus. Será que *Oliver* sabia?*

— Qual é o problema deles? — murmurou Orion.

— É uma guerra — disse Alisa, com certa relutância. — É claro que querem essa arma. É claro que jogariam sujo para consegui-la em prol do bem maior.

Isso mudaria o rumo da guerra. Orion flexionou as mãos no colo. Ao lado dele, Rosalind fechou o livro de mapas com um baque. Ambos podiam imaginar com facilidade: soldados capazes de arremessar homens, que não dormiriam, não envelheceriam e não sofreriam ferimentos. A vitória seria iminente.

— Fiquem aqui enquanto vasculho os arredores — instruiu Alisa, e fechou a porta. — Só por precaução. Vou gritar se forem pessoas contra as quais precisemos lutar.

Ela foi embora antes que Orion ou Rosalind pudessem concordar. Não era como se tivesse pedido permissão de qualquer forma. O carro ficou em silêncio. Rosalind jogou o livro no chão.

— Faz sentido — disse ela em voz baixa. — Para todos os lados. O motivo de quererem tanto essa arma. O poder é a coisa mais importante. Não é possível lutar pelo que se acredita sem antes garantir o poder.

Orion se recostou no assento, passando os dedos pelo cabelo. Se todos estavam tão desesperados pelo poder... então por que o haviam dado a ele primeiro? Ele não o queria. Esses desgraçados deveriam tê-lo pegado para si mesmos. Feito o *próprio* trabalho sujo.

— Não quero ter nada a ver com isso — decidiu ele. — Quero uma cura.

— Talvez possamos achar uma cura. — Rosalind olhava para frente, distraída. — Talvez não tenhamos que ficar assim para sempre, manejados por aí como ferramentas nacionais.

No momento em que Orion ia perguntar se ela realmente acreditava nessa ideia, os olhos dela se voltaram para ele, e Orion não precisou perguntar nada. Em um único movimento, Rosalind passou de distraída para determinada, convocando um propósito profundo para si mesma com a facilidade com que algumas pessoas sorriam. Orion nunca havia conhecido alguém como ela.

— Me conte uma coisa — pediu ele, apesar de ter a sensação de já saber a resposta. — Por que se deixa ser usada como uma ferramenta agora? Por que não ir embora?

Rosalind projetou os lábios para frente. O olhar dele acompanhou o movimento. Ela não reparou.

— Porque ainda não fiz o suficiente. Recebi um poder para ser usado. Então o utilizarei até que não seja necessário.

— Então não vai descansar até que a cidade esteja em paz e cicatrizada? — Ele se virou completamente no banco, levantando o joelho para poder encará-la. — Xangai nunca vai se curar, amada. Está quebrada, assim como, de certa forma, todos os lugares estão.

— Eu passo todas as noites acordada — retrucou Rosalind. — Passe tempo o suficiente colando os cacos de um vaso quebrado, e terá um vaso novamente.

Orion não conseguia parar de encará-la. Aqueles olhos determinados e o arco de sua sobrancelha. Artistas se matariam para pintar um rosto assim em seus cartazes de guerra. Reproduziriam sua expressão com linhas vívidas o suficiente, e a visão por si só poderia levar o mundo à batalha.

— Mas Xangai não é um vaso de vidro — disse ele gentilmente. — É uma cidade.

Rosalind suspirou, vasculhando a noite lá fora. Não houve sinal de Alisa. Pelo minuto seguinte, permaneceram em um silêncio indefinido, não porque não havia nada a ser dito, mas porque muito se falara e um momento de pausa era necessário.

— Se quer saber a verdade, eu não era assim. — Rosalind se apoiou no painel, as mãos embaixo do queixo e cada cotovelo de um lado. Sua voz estremeceu um pouco. — Não me importava o bastante, nem com a minha família, nem com a cidade, nem com o mundo. Então deixei alguém que eu amava destruir tudo, e foi a pior coisa que já fiz. — Ela parou. Quando inclinou a cabeça para o lado, o luar branco-azulado iluminou as partes altas de suas bochechas, e parecia que Rosalind estava brilhando por dentro. — Não acha estranho o jeito como pedimos desculpa em mandarim? Em todos os outros idiomas é alguma versão de "perdão" ou de angústia. Mas "*duì bù qǐ...*". Estamos dizendo que não foi possível cumprir o que nos foi pedido. Desculpe por não ter feito o que era esperado. Desculpe por ter te decepcionado. Desculpe por não ter te livrado do perigo, e eu não o fiz... não o fiz.

— *Rosalind* — disse Orion. Ele tinha que admitir: desde que descobrira seu nome verdadeiro, havia ficado obcecado com a maneira como ele soava em sua língua. Combinava muito mais do que Janie Mead. — Não pode achar que vai livrar a cidade inteira do perigo. Vai passar a vida toda tentando, e ainda vai falhar. Existe um motivo para *duì bù qǐ* ser *duì bù qǐ*. Somos humanos. Nunca poderemos cumprir tudo o que é possível fazer.

Rosalind abriu um pequeno sorriso, parecendo meio confusa.

— Com tempo suficiente...

— Não — insistiu ele. — Não se pode salvar o mundo. Você pode tentar salvar uma única coisa se precisar, mas é suficiente se essa única coisa for você mesma.

Rosalind voltou a olhar pelo para-brisa. Ainda nenhum sinal de Alisa.

— Você está sempre encarando suas mãos, sabia?

Hã? Ele não esperava a mudança de assunto tão repentina.

— No apartamento, na cela, no caminho até aqui — continuou ela. — Olha para elas a cada poucos minutos, e então o pânico cruza seu rosto. Foi assim que eu soube que podia acreditar em você. Meu outro amante nunca sentia vergonha depois de me machucar. Mas tudo o que sinto vindo de você são ondas e ondas desse sentimento.

Orion piscou. Ela havia dito *"meu outro amante"*. Isso significava que Orion também era seu amante? Ele queria isso — queria profundamente.

E, no entanto, havia causado um tipo de dano que nem mesmo compreendera por completo. Ele não sabia *o que* havia feito. Como saberia do que se arrepender?

— Me... desculpe — disse ele, instintivamente.

Rosalind suspirou, derrotada. Ele teria se desculpado outra vez por ter causado tal frustração, mas ela esticou o braço e colocou uma das mãos em sua bochecha.

— Minha vida é sua e a sua é minha. — Era a repetição de uma declaração dela de dias antes, mas agora tinha um peso completamente diferente. — Se eu prometer me salvar, pode prometer se perdoar? Podemos fazer essa troca?

Não posso, pensou Orion, mas as palavras ficaram presas em sua garganta. Ela olhava para ele com tanta seriedade que ele não suportou decepcioná-la.

— Vou tentar — respondeu ele em vez disso.

Orion prometeria vagar até os confins da terra e encontrar o começo do céu, se isso significasse que a mão dela continuaria ali, se significasse que ele poderia abafar o resto de seus medos agitados e se concentrar no som da voz dela. Ele havia ficado mais do que apegado a ela. Rosalind havia se tornado sua santa guia, a Polaris de seu coração.

— Ótimo — disse Rosalind.

Ela se inclinou e lhe deu um beijo, como se estivesse tomando-o como um juramento, como se estivesse entregando sua própria promessa, e Orion poderia ter se perdido nele.

Apesar dos carros estacionados nas imediações, o perímetro do Armazém 34 estava silencioso, sem atividades. As botas de Alisa pisavam nas folhas secas enquanto ela circulava pela área. Seus próprios passos eram o único barulho humano que ela detectou. Quando chegou na entrada do armazém, Alisa não chamou por Rosalind e Orion. Primeiro, abriu a porta lentamente, esperando alguma reação.

Mas não houve nenhum movimento. Apenas escuridão.

Alisa entrou no armazém, esforçando-se para ser o mais silenciosa possível. Ela não acendeu as luzes, apenas perambulou sob a luz do luar, deixando seus olhos se ajustarem enquanto formas escuras começavam a se tornar mais claras. Havia os caixotes e as caixas já esperadas, as mesas cobertas com equipamentos e líquidos derramados. Será que haviam chegado ao Armazém 34 antes de todo mundo? Com a maioria dos funcionários da Turquesa presa, talvez as linhas de comunicação tivessem sido cortadas.

Alisa parou, observando uma porta do outro lado do armazém. Foi até lá e girou a maceta.

Porém, assim que a porta se entreabriu, foi fechada por dentro. Um chiado percorreu o armazém, tão alto que Alisa colocou as mãos nos ouvidos, virando-se. Seria um alarme? O que *foi* isso?

Algo cintilou em sua visão periférica. Quando Alisa procurou freneticamente entre as caixas e as prateleiras, percebeu que algumas formas haviam se misturado muito bem ao piso.

— Meu Deus — disse ela em voz alta.

O armazém não estava vazio.

Soldados alinhavam-se às paredes em postura militar, todos *dormindo*. Alisa contou pelo menos vinte, alguns vestindo o uniforme do Exército Imperial Japonês, outros as roupas do Kuomintang, todos juntos em colaboração de alguma forma.

Um deles se mexeu. Outro se virou.

Os soldados estavam acordando.

De repente, o armazém começou a chiar com um alarme contínuo. Rosalind tirou os olhos do mapa que havia pegado de novo, abrindo depressa a porta do carro. Alisa não havia retornado. Alguma coisa devia ter dado errado.

— Cuidado — avisou Orion, tão apressado quanto ela. Ambos deram a volta no carro, os olhos grudados no armazém. — Não sabemos o que encontraremos.

O ventou uivou feito um lobo ao redor deles, suas rajadas parecendo dedos fantasmagóricos no cabelo de Rosalind. Ela retirou dois de seus grampos, deixando os cachos caírem sobre os ombros e esvoaçarem atrás dela. Orion foi na frente e entrou primeiro no armazém. Rosalind segurou os grampos com força — as pontas viradas para a frente — antes de segui-lo.

Não viram Alisa em lugar nenhum, mas encontraram soldados japoneses de guarda no meio do armazém, virando-se para encarar Rosalind e Orion assim que ouviram o som da invasão.

Pelo menos estavam desarmados.

Orion disse algo em japonês. Não funcionou. Os soldados avançaram.

— Rosalind, vamos!

Imediatamente, os dois saltaram em direções opostas, enfrentando a tentativa dos soldados de capturá-los. Rosalind se abaixou para evitar o primeiro borrão de um braço que vinha em sua direção, mas não foi rápida o suficiente para desviar do segundo. Assim que o soldado lhe deu um empurrão para desequilibrá-la, ela caiu no chão, seu cotovelo emitindo um som desagradável contra o chão de concreto.

— Não estão alterados — gritou Orion. — Mas...

Ele não terminou, muito distraído se defendendo para continuar, apesar de Rosalind saber o que Orion diria. Os soldados... seus olhares eram vazios de uma forma meio sinistra e nenhum deles piscava, assim como Orion quando ela o encontrou naquele beco. *Estavam* alterados, mesmo que fosse apenas mentalmente.

Ali estava ela, pensando em como os dois eram sortudos, pois os soldados estavam desarmados. Porém, eles estavam sendo *transformados* em armas. Apagados e reconstruídos, tornados inumanos por causa do plano de uma força maior. Por pura sorte, a última remessa do experimento ainda não havia voltado para o Armazém 34, ou ainda não havia sido aplicada. Do contrário, não seria nem mesmo uma luta — seria uma aniquilação imediata.

Ela viu Orion pegar a pistola e atirar em dois soldados. Eles mal estremeceram antes de caírem. Rosalind inspirou, ofegante. Então agora o campo de batalha era assim. E logo as lutas também seriam assim: peças de brinquedo sendo movidas para lá e para cá, cada vida tão descartável quanto papel de incenso.

Rosalind girou o grampo na mão e o enfiou inteiro no calcanhar do soldado mais próximo. Por um instante, ele não reagiu. Por um instante, ela achou que os cientistas tivessem achado uma solução contra isso, que os soldados eram aprimorados para serem imunes a veneno também.

Então ele caiu.

A alguns metros de distância, Orion havia abandonado a pistola, pois as balas haviam acabado. Três soldados o cercaram, e Rosalind não hesitou. Ela avançou. Apunhalou um deles, esquivou-se do ataque de outro. Quando Orion conseguiu agarrar o terceiro, ela gritou:

— Segure-o!

Orion congelou, prendendo o homem por debaixo das axilas. Rosalind enfiou o grampo envenenado em seu estômago. Quando Orion o soltou, repetiram a tática em outro soldado.

— Temos tempo — disse Rosalind, sem fôlego. — O lote que deu certo ainda não foi usado aqui...

— *Cuidado!*

Um dos soldados a jogou no chão. Antes que ela pudesse se recuperar, ele chutou sua barriga com força e Rosalind se contorceu, imobilizada pelo ataque. Mesmo que não pudesse se machucar, ela com certeza sentia a *dor*.

O soldado levantou o pé mais uma vez. No momento em que ia baixá-lo e provavelmente achatar seus pulmões, ele cambaleou para trás, um baque alto soando no armazém.

Orion havia jogado um caixote nele. Ele se abaixou e pegou outro, mas, em vez de jogá-lo, girou o braço e o bateu na cabeça do soldado, gritando:

— Não... — outro golpe — encoste... — outra pancada forte — na minha... — o caixote se partiu em dois pedaços — esposa.

O soldado caiu. Orion limpou uma pequena gota de sangue de seu rosto. Mais dois soldados se aproximavam.

Era uma batalha terrível. Havia coisas demais acontecendo ao mesmo tempo, e eles estavam em grande desvantagem. Quando outro soldado se aproximou antes que ela pudesse se levantar, Rosalind foi salva por pouco por um borrão caindo das vigas do teto. Levou um momento para perceber que era Alisa: pousando nos ombros do soldado e esticando a mão para torcer o pescoço dele com um estalar doentio.

Os dois caíram juntos, e Alisa aterrissou com força nos joelhos antes de se levantar.

— Argh, me sinto como meu irmão — disse ela, balançando as mãos. Olhou para Rosalind, que finalmente havia se levantado. — Haverá mais... Estavam esperando desacordados.

Bem na hora, ouviu-se um barulho no canto do armazém. Rosalind semicerrou os olhos no escuro, nervosa. Nem havia notado.

— Temos que ir — disse ela. — Estamos em desvantagem.

— Tem alguém naquela sala — retrucou Alisa. — Acho que entramos em uma operação ativa. Algo está prestes a começar.

Mas essa não era uma luta que conseguiriam vencer. Podiam continuar tentando, ou podiam fugir. E se o sacrifício por tentarem fosse suas vidas...

Um tiro ecoou no armazém. Rosalind se virou, os olhos arregalados. Achava que a pistola de Orion havia ficado sem balas. De onde viera o tiro?

Outro disparo derrubou o segundo soldado com quem Orion estivera lutando. Apesar de ser difícil enxergar qualquer coisa sem as luzes acesas, Rosalind estava perto o bastante para ver o buraco aberto no peito do soldado morto.

As balas vinham do lado de *fora*, disparadas pela porta aberta do armazém. Repetidas vezes. Cada uma delas atingia os soldados com uma precisão mortal.

— Sacerdote — declarou Alisa em descrença. — Os Comunistas *estão* aqui.

Rosalind estava atordoada pela perplexidade. Por que Sacerdote estava matando soldados japoneses e deixando ela e Orion intactos? E onde estava o resto dos agentes Comunistas se o atirador de elite deles estava lá fora?

Menos de um segundo se passava entre cada tiro. A última bala encontrou seu alvo, matando o último soldado que representava uma ameaça.

O armazém caiu em silêncio. Estavam cercados por corpos. Orion correu até a porta do armazém, mas, se sua expressão fosse uma boa indicação, não conseguiu ver de onde os tiros vieram.

— Por que Sacerdote nos ajudaria? — perguntou ele.

Um pensamento ocorreu à Rosalind. A delegacia Nacionalista, com todos aqueles soldados mortos para que eles pudessem escapar sem problemas. Teria sido aquilo obra de Sacerdote também?

— Não temos tempo para descobrir.

Ela viu a porta nos fundos do armazém sobre a qual Alisa havia falado. Enquanto marchava na direção dela, Alisa gritou um aviso:

— Eu já falei, alguém...

Rosalind abriu a porta. Virou-se com um olhar questionador para Alisa.

— Como assim? — murmurou Alisa, indo até lá.

A sala estava desocupada, mas havia outra saída que se abria para a noite. Se Alisa havia escutado alguém ali antes, essa pessoa havia fugido. Porém deixara um caixote para trás, virado às pressas em cima da mesa.

Rosalind foi diretamente até ele, retirando os jornais que estavam enfiados junto aos frascos. Misturadas às ásperas páginas de jornal havia folhas de papel branco pautado, com fórmulas e equações manuscritas. Ela não havia vasculhado muito a fundo o caixote que abriram na rua Burkill, mas se perguntou se as anotações também estavam lá. O progresso sendo repassado.

Ela pegou um dos frascos. O vidro estava gélido em sua mão. Atrás dela, ouviu Orion entrar devagar na sala, aproximando-se com cuidado.

Será que aquela era uma remessa antiga? Ou era a mesma que havia sido enviada à rua Burkill — a que havia funcionado exatamente como deveria?

Não quero ter nada a ver com isso. Quero uma cura.

— Alisa — chamou Rosalind. Entregou-lhe o frasco quando a garota apareceu ao seu lado. — Pode entregar isso para Celia?

Alisa ergueu as sobrancelhas, mas pegou o frasco.

— Por que Celia precisa disso?

— Não precisa. — Rosalind endireitou os ombros. Orion a observava. — Vou destruir o resto. Mas, supondo que este seja o experimento final... talvez precisemos de um frasco reserva. Para fazer uma cura. Ela é a única pessoa em quem confio para guardar algo assim.

— O que...

Alisa fingiu bater continência, interrompendo o que quer que Orion estivesse prestes a dizer.

— Farei isso. Vejo vocês em Xangai.

Ela saiu correndo da sala, atravessando a entrada do armazém. Orion se virou para Rosalind. Apesar de parecer ter algo em mente, Rosalind não prestava atenção. Começou a retirar os papéis do caixote — tanto as manchetes quanto as fórmulas — e a despedaçá-los, rasgando-os na metade e de novo, até que se tornaram confetes ilegíveis de papel.

— Rosalind, espere — disse Orion, de repente.

Antes que ela pudesse rasgar o papel em pedacinhos ainda menores, ele pegou um deles, aproximando-o dos olhos. Havia pouca luz para se ler qualquer coisa. Havia pouca luz para se notar que Orion havia ficado pálido, mas Rosalind percebeu mesmo assim.

— O que foi? — perguntou ela.

Sem nenhum preâmbulo, a porta dos fundos se abriu.

Rosalind tocou a faca que estava presa à sua perna, sacando-a rapidamente. Ela não sabia quem estava esperando. Parte dela estava muito apavorada de que fosse Dao Feng entrando.

Não sabia se sentia-se confusa ou aliviada por não ser ele.

Era uma mulher.

— Rosalind — chamou Orion de repente —, abaixe a faca.

Ela franziu o cenho.

— O quê?

— Abaixe a faca, por favor — repetiu ele, o tom mais baixo dessa vez, o choque penetrando sua voz. — Essa é... minha mãe.

46

Sua *mãe?* — questionou Rosalind.

Ela não abaixou a faca.

A mulher que havia entrado estava vestida de maneira elegante, com uma longa saia lápis que passava de seus joelhos e um par de óculos redondos no rosto. O cabelo preto estava preso num coque baixo e a mulher tinha um sorriso hesitante nos lábios. Observando-a de perto, era possível ver o rosto marcado pela idade, porém, de longe, a mulher tinha uma aparência jovem, podendo facilmente ser confundida com a nova professora assistente na universidade mais próxima.

Rosalind não sabia o que havia esperado da Senhora Hong, mas não era a mulher à sua frente. Os jornais haviam criado a imagem de uma antiga bibliotecária frágil, que havia se esquivado aos primeiros sinais de problemas, preferindo fugir e abandonar a família. Ou a de alguém a quem faltava tanta coragem que ela preferiu a solidão ao olhar público, ou a de uma mulher que sentia muito orgulho de sua pátria para se associar a comportamentos traidores. Não importava qual imagem os jornais tivessem escolhido apresentar, todos a apresentavam como uma mulher instável.

A Senhora Hong que estava ali parecia conservada. Tranquila.

A única discrepância era a terra em seus belos sapatos. A lama seca, como se ela tivesse andado pela floresta, mas...

— Liwen — chamou a mãe dele. — Achei *mesmo* que era você. Reconheci o carro.

Rosalind ergueu a mão livre rapidamente, segurando o cotovelo de Orion quando ele ameaçou ir em direção à mãe. Ele se virou de repente, confuso a respeito do porquê ela o impedira. Em perfeito contraste com a perplexidade dele, Rosalind tinha uma expressão fria como gelo.

— Também não acho que esta seja a maneira ideal de conhecer minha sogra — disse ela —, mas o que está fazendo aqui, Senhora Hong?

A tensão tomou conta da sala. Era óbvio que a Senhora Hong havia fugido correndo, até perceber que Orion estava ali e voltar.

Por mais bonito que fosse imaginar um reencontro bem-merecido entre mãe e filho, Orion Hong era valioso — uma arma ambulante. E *alguém* o havia transformado nisso.

A Senhora Hong hesitou antes de responder à pergunta. Nessa pausa, Rosalind voltou os olhos para o papel picado nas mãos de Orion, observando o rabisco outra vez. Ele provavelmente havia juntado as peças um instante antes dela. Era sua euforia momentânea que colocava a conclusão de lado, tentando suprimi-la. Mas ele havia reconhecido a caligrafia. Ele sabia quem estava por trás daquele esquema.

— Certo, vou tentar fazer uma pergunta mais fácil — disse Rosalind. — O que ganhou com isso? Dinheiro? Poder?

— Rosalind — sussurrou Orion, mas não a repreendeu com sinceridade.

Ele sabia tão bem quanto ela em que situação estavam.

A Senhora Hong se empertigou.

— Eu era acadêmica em Cambridge antes de me casar. Sabia disso? — Ela se aproximou e Rosalind deu um puxão em Orion, colocando os dois a um passo de distância dela. — É claro que não sabia. Os jornais nunca mencionaram tal fato. A elite não gostava quando eu comentava a respeito. Os Nacionalistas ficavam mais do que satisfeitos em pedir minha ajuda quando queriam fazer algum experimento, mas, assim que chegávamos perto de algo com potencial, os superiores me vetavam e, *ah*... tudo se acabava. Esqueça o que eu *poderia* descobrir.

A respiração de Orion estava ofegante. Rosalind tentou fazê-los recuar mais uma vez, pegando o caixote com os frascos ao mesmo tempo. Apesar de conseguir segurá-lo junto à faca em suas mãos, ela parou antes de conseguir dar mais um passo. Orion estava resistindo.

— Rosalind, espere.

— Pelo quê? Sua mãe fez isso com você.

A Senhora Hong puxou as mangas da blusa. Ela parecia decepcionada, como se aquela fosse uma situação inoportuna, e não o ponto culminante de uma investigação sobre uma célula terrorista. Como se ela não fosse o centro de tudo.

— Senhorita Lang, não chegue a conclusões precipitadas.

Rosalind aproximou o caixote de si. Então a mãe de Orion conhecia sua identidade. Sabe-se lá por quanto tempo a Senhora Hong estava de olho neles.

— Acho que não é nem um pouco precipitada — respondeu Rosalind. — Acho que, quando a guerra civil começou, os Nacionalistas trouxeram a senhora ao país para fazer experimentos. Para fazer um soldado mais forte, rápido e letal. Para criar soldados que venceriam no campo de batalha.

Ela se lembrou da expressão no rosto de Dao Feng quando gritou com ele depois daquela missão, quando se enfureceu em relação à morte daquele estudante inocente nos seus primeiros dias como Destino, alegando que não trabalharia para a guerra deles. O rosto de Dao Feng demonstrou sua preocupação, e então ele deu tapinhas em seu ombro, insistindo para que ela se acalmasse, para que se lembrasse de que estavam do mesmo lado, que ele sabia que Rosalind tinha uma consciência própria, que estava tudo bem se ela não quisesse matar daquele jeito.

Você não é apenas nossa arma, Lang Shalin. É uma agente.

— Eles demitiram a senhora, não foi? Interromperam sua pesquisa. Consideraram antiética. A senhora estava transformando pessoas reais em armas.

A expressão da Senhora Hong se tornou sombria.

— Foi uma estupidez. Estávamos tão próximos de uma descoberta.

Finalmente as peças se encaixaram. Uma a uma.

— Os Nacionalistas retiraram o financiamento — continuou Rosalind —, mas a senhora não estava pronta para desistir. Então foi até os japoneses e aceitou o financiamento *deles* em troca da sua pesquisa. Fez o experimento seguinte no seu próprio filho. O General Hong sabia? Ou a senhora apenas deixou que ele levasse a culpa, quando os restos dos seus documentos fizeram com que ele fosse acusado de ser *hanjian*?

Orion congelou completamente sob seu toque. Era uma suposição da parte de Rosalind, mas, considerando o silêncio frívolo da Senhora Hong, ela sabia que estava no caminho certo. Tanto soldados Nacionalistas quanto japoneses comandavam o armazém, todos com um olhar vazio.

— Ou — continuou Rosalind — era uma aliança? A senhora passa as instruções para ele a todo momento, e o General Hong faz as ligações e convoca seu filho para fazer seu trabalho sujo?

A Senhora Hong permaneceu em silêncio por um longo momento.

— Não vou me explicar para uma criança — declarou ela por fim.

Orion havia escutado o suficiente. O bastante para imaginar parte da situação geral. O bastante para que qualquer esperança que tivesse vindo à tona quando a mãe apareceu na porta desaparecesse.

— Nem mesmo seu próprio filho?

Na mesa lateral, havia uma bandeja, uma pipeta e um bico de Bunsen. O bico de Bunsen já estava conectado a uma válvula de gás abaixo do solo. Rosalind fez uma estimativa aproximada da distância.

— Eu e seu pai traçamos um plano muito cuidadoso — explicou a Senhora Hong com severidade. — Talvez ele não esteja feliz com a lentidão com que está se desenrolando, mas temos objetivos claros. O Kuomintang não pode mais nos dar o que precisamos. O Império Japonês pode. Isso também é por você, Liwen. Por nós, como família.

— *Como* pode ser para mim? — questionou Orion. Havia desprezo em sua expressão, mas não o bastante para esconder a tristeza que também estava lá. — Vocês dois me viram assassinar pessoas sem fazer nada. Sua pesquisa é muito mais importante que isso? Meu pai conseguir um exército maior é muito mais importante que isso? Você deixou que eu *investigasse* a mim mesmo.

Rosalind se moveu um centímetro para a esquerda. Quando a Senhora Hong voltou a falar, ela fingiu não ouvir as perguntas de Orion, apenas a última acusação.

— Nunca deveríamos ter chegado a esse ponto. Falei para o seu pai encerrar sua missão. Ele disse que não tinha poder para mexer com a filial secreta. Seu pai sempre desaprovou seu envolvimento com eles.

Orion contraiu o maxilar e balançou a cabeça, mas o gesto parecia mais de derrota do que qualquer outra coisa.

— Pensei que estivesse morta. Você me *abandonou*...

— Sempre estive por perto — interrompeu a Senhora Hong com firmeza. — Fico de olho em você e Phoebe. Só Deus sabe como isso é difícil quando você e sua irmã são tão bons em despistar informantes. Fogem deles sem motivo algum.

Enquanto ninguém prestava atenção, Rosalind foi um pouco mais para a esquerda.

— Como eu poderia imaginar que era *você* quem enviava homens de olhos vazios atrás de nós? — perguntou Orion enquanto isso. — Você saiu de nossas vidas. E agora descubro que te encontro a cada poucas semanas para que minha memória seja apagada? Qual é o seu *problema*?

— Me escute bem — pediu a Senhora Hong. Era como se ela estivesse dando uma palestra para uma plateia. A mulher não sentia remorso pelo que estava fazendo. Nenhum remorso pelo que prometera a uma nação inimiga, só para ser a primeira a fazer uma descoberta científica. — A sua cepa foi uma das primeiras. Só dei para você porque era a menos perigosa. Foi antes de adicionarmos a pesquisa que permitia a cura. O corpo humano não gosta de se reconstruir. Todas as baixas que tivemos vieram dessa parte da pesquisa.

Baixas. Como se os ratos de laboratório que ela pegou nas ruas fossem soldados e não vítimas de assassinato. Como se ela não tivesse concentrado os ataques em pessoas no território chinês, sabendo que o governo atuava pouco por ali e que ninguém se importaria em investigar.

— Mas você tem que continuar tomando a substância — acrescentou a Senhora Hong. — Suas dores de cabeça são um efeito colateral. Sem uma nova dose dessa antiga cepa a cada poucas semanas, elas vão piorar até te matar. Levou um tempo até que descobríssemos. Levou um tempo até que descobríssemos que a única maneira de acabar com esses efeitos colaterais de forma permanente... — ela indicou com o queixo o caixote nos braços de Rosalind — é te dando a cepa final. Eu já disse. Tudo que estou fazendo também é para você.

O grito de Haidi se repetiu na mente de Rosalind. O desespero dela no salão de banquete. *Isso não é perigoso. São para mim. Vou morrer sem eles!*

Outro experimento. Uma cepa mais nova.

— Isso é...

Orion parou de falar, incapaz de continuar discutindo. Sua tristeza havia se tornado ácida, seus olhos — que antes estavam arregalados e chocados — haviam se estreitado em hostilidade. Rosalind queria se aproximar e tranquilizá-lo, mas sabia que ele teria que trabalhar o sentimento sozinho. Sua mãe podia alegar que fizera tudo isso por ele, mas, se não o tivesse usado como experimento para começo de conversa, a vida dele nem mesmo *estaria* em perigo.

— Deixe-me adivinhar — começou ele —, quando eu tomar a cepa final, minha mente vai ficar tão irracional quanto a desses soldados.

— Errado... essa é uma cepa completamente diferente — retrucou a Senhora Hong.

Rosalind quase riu em voz alta. A mulher soava tão indiferente, tratando aquilo como se não fosse nada. Orion claramente tinha *alguma* versão dessa irracionalidade, se o comandavam pela cidade sem que ele se lembrasse de nada.

Ela deve ter emitido algum barulho, apesar de seus melhores esforços, pois o olhar da Senhora Hong se voltou para Rosalind. Para o caixote.

— Senhorita Lang, pelo bem de Liwen, me entregue esta caixa.

Obediente, Rosalind deu um passo à frente.

— Rosalind! — advertiu Orion.

Ela se virou para encará-lo. *Sua vida é a minha vida.*

E ela podia salvá-la sozinha.

Rosalind jogou o caixote no chão. De uma só vez, os frascos de vidro se quebraram, pequenos cacos se misturando ao brilhante líquido verde que se espalhava em todas as direções. Antes que a Senhora Hong pudesse reagir, Rosalind avançou na direção do bico de Bunsen e enfiou o pé na válvula de gás embaixo da mesa. Uma chama azul-clara se acendeu.

— Não ajudarei traidores da pátria — disse Rosalind friamente.

Ela derrubou o bico de Bunsen. Em uma explosão, o caixote, os jornais e o líquido verde irromperam em chamas, o fogo consumindo tudo o que estava ao seu alcance.

O horror estava estampado na expressão da Senhora Hong. Era tarde demais para salvar qualquer coisa. Tudo o que ela podia fazer era assistir à sua pesquisa queimar.

Seus olhos se ergueram para encontrar os de Rosalind.

— Você não sabe o que fez.

— Sei exatamente o que fiz — respondeu Rosalind, e, antes que pudesse pensar duas vezes, reajustou a faca na mão e golpeou.

Mas errou... por pouco.

A Senhora Hong recuou, os lábios encrespados quando a curva da lâmina quase atingiu seu nariz. Agora a raiva invadia o canto de sua boca, afastando aquela calma anterior.

— Dama do Destino, você joga sujo — retrucou ela com desdém. — Mas eu também posso jogar. *Oubliez.*

Rosalind tentou esfaqueá-la novamente, mas não pôde deixar de franzir o cenho com a mudança para o francês. *Esquecer?* Esquecer o quê?

De repente, a mão de Orion se fechou em seu braço e a lançou para trás. O ataque foi tão forte que Rosalind se chocou contra a parede oposta, o ombro batendo com um som alto. A faca caiu no chão. Ela teve um mero segundo para recuperar o fôlego. No instante seguinte, Orion já a segurava novamente.

Não.

— Orion! — Rosalind arquejou. Não havia nada no olhar dele. Nenhum reconhecimento ou sentimento, nada além de um olhar vazio e turvo. — Orion, *não...* — Rosalind desviou, esquivando-se de seu soco. — Acorde!

Ele mirou baixo. Ela sentiu o ombro voltar ao lugar e começar a se curar, dando-lhe força para segurar o pulso dele e levantá-lo, batendo um pé atrás do joelho dele quando o corpo de Orion se virou para acompanhar o movimento. Apesar de Orion ter cambaleado, ele foi para frente de propósito, deixando que o pé dela o envolvesse assim que recuperou o equilíbrio, para que Rosalind caísse.

Ela atingiu o chão. Xingou baixinho, com raiva. Era uma briga perdida. Não importava o quão rápido conseguia se curar. Orion era forte demais para ser derrotado.

A sombra dele pairou sobre ela. Antes que pudesse se afastar, ele a prendeu, as mãos ao redor de sua garganta. Rosalind contraiu o maxilar com força para conter a pressão, empurrando os dedos dele o máximo possível, mas era como lutar contra aço.

— *Orion!*

Ele apertou com ainda mais força.

— Orion, Orion... — Uma fração de reconhecimento surgiu em seus olhos. — Sou eu. Sou *eu*.

As mãos de Orion se afrouxaram minimamente. Apesar de sua expressão ainda estar vazia, havia *algo* ali, algo que lutava para chegar à superfície.

Rosalind fez a única coisa que podia. Esticou o braço, os dedos mal encostando na lâmina da faca — esticando, esticando —, e no momento em que sua visão ficou completamente escura, ela conseguiu segurar o cabo da faca e afundá-la no ombro de Orion.

Ele estremeceu e arquejou, soltando-a.

Sem nenhum segundo a perder, Rosalind se libertou e se levantou, cheia de dificuldade para respirar conforme se afastava dele. Ela esperava que ele a atacasse de novo no mesmo instante, mas a faca em seu ombro afetara seu estado alterado. Pequenas gotas de sangue caíram em frente a ele, escorrendo do ombro até o chão.

— Orion? — chamou ela, com cautela.

— *Corra!* — gritou ele.

Rosalind cambaleou para trás, completamente assustada. Do outro lado da sala, a Senhora Hong havia sacado uma pistola, vendo que a luta havia parado. Rosalind mal prestara atenção à mãe dele, apesar da ameaça que ela representava. Toda a sua atenção estava em Orion.

Ele deixara o sangue escorrer. Suas mãos estavam pressionadas com força no chão, apoiadas no concreto. Ele parecia uma divindade subjugada, cujo receptáculo humano mal a continha, a cabeça baixa e de joelhos, as palmas para baixo em súplica.

— Rosalind — murmurou —, corra. Por favor. — E ele era. Orion era uma divindade, suplicando. — Rosalind, corra! *Corra!*

— Hong Liwen, levante-se agora mesmo — instruiu a Senhora Hong, e apontou a pistola para Rosalind.

Sem hesitar nem por um momento, ela puxou o gatilho.

A bala se incrustou fundo em sua pele. Rosalind nem havia pensado em se mover. Suas mãos voaram para a barriga, em total incredulidade de que havia acabado de levar um tiro. Ela estava completamente sem rumo. Orion gritava: "*Fuja! Por favor, fuja!*", e a Senhora Hong mirava nela de novo. Rosalind mal podia ouvir seus pensamentos por causa da tontura causada pelo enforcamento quase fatal, e agora tinha metade de suas vísceras saindo para fora.

Ela não podia deixar Orion ali. A dor em seu abdômen era agonizante. A decisão que tinha que tomar era ainda pior.

A Senhora Hong atirou mais uma vez. Outra bala perfurou Rosalind mais acima, nas costelas, manchando-a de vermelho vivo.

— Corra! Rosalind, *corra*!

Era o que ela precisava fazer. Podia se curar de um ferimento à bala. Mas, se a Senhora Hong mirasse mais alto, não poderia se curar de uma cabeça explodida.

Afastar-se dali doía mais do que ser atingida por aquelas balas. Mas Rosalind cambaleou em direção às portas dos fundos, abrindo-as para a noite assim que outro tiro veio em sua direção, atingindo a soleira da porta e espalhando pedaços de madeira por toda a parte.

Apesar de correr, Rosalind não resistiu a olhar para trás. O tiroteio havia parado. A Senhora Hong ia na direção de Orion agora, jogando a pistola de lado.

Levante-se, ela queria gritar. Queria berrar, queria empunhar todas as armas que havia aprendido a usar e levá-las à batalha. Mas, quando Orion era controlado daquele jeito, Rosalind não era páreo para ele — e não era Orion quem ela queria machucar.

A Senhora Hong havia tirado algo do bolso. Orion ainda estava ajoelhado, ainda tremia enquanto tentava se impedir de ir atrás de Rosalind.

Uma seringa apareceu. Orion se recusou a levantar a cabeça. O composto agora não era verde. A seringa continha um líquido vermelho.

Rosalind parou de correr.

— Orion, vamos, vamos...

A mãe dele enfiou a seringa em seu pescoço. O êmbolo desceu. A cabeça de Orion se ergueu. Em meio ao pavor de Rosalind, talvez ela tivesse gritado, mas mal notou. Se seu maior medo havia se tornado realidade, então ele havia acabado de receber o que apagara a mente daqueles outros soldados. Rosalind não ouviu o que quer que a Senhora Hong o instruiu a fazer em seguida, porque se virou depressa e correu em direção às árvores, ofegando. Ela sentiu o corpo doer, o sangue pulsar furiosamente em torno das balas que estavam cravadas dentro dela.

Rosalind não podia parar. Mesmo quando tropeçou em uma parte irregular das folhagens, caindo de joelhos, ela reuniu o que restava de suas forças e se levantou num pulo, embrenhando-se mais na floresta.

Correu e correu.

Porque, se Orion a encontrasse, ele a mataria.

47

Alisa chegou à entrada do estúdio de fotografia, olhando ao redor para se certificar de que estava no lugar certo: *rua Hei Long, número 240*. Era ali.

Foi até a porta dos fundos, usando os dois punhos para bater e fazendo muito barulho. Não se importava se os vizinhos a ouvissem. Não havia nada suspeito demais em uma visita noturna.

— Celia! Celia, sou eu!

A fechadura girou do outro lado. Quando a porta se abriu, não foi Celia quem apareceu, mas Oliver Hong.

— Olá — cumprimentou Oliver, inclinando a cabeça com curiosidade. Havia um gato em seus braços, ronronando enquanto ele acariciava sua cabecinha. — Quem é você?

— Onde está Celia? — retrucou Alisa.

— Bem aqui. — Ao som da voz de Celia, Oliver deu um passo para o lado, abrindo espaço para ela na soleira. Celia, já de camisola, parecia surpresa quando saiu. — Alisa, o que faz tão longe da cidade?

Os dedos de Alisa se fecharam em torno do frasco em seu bolso. Ela estava prestes a retirá-lo, mas hesitou, os olhos se voltando para Oliver. Tudo que sabia sobre ele passou por sua mente: todas as perdas que havia causado em campo, todas as pessoas que o temiam por causa do que ele era capaz. Se os rumores fossem verdadeiros, alguns até sussurravam que ele era o treinador de Sacerdote.

— Rosalind pediu que eu te desse uma coisa — disse Alisa, cuidadosamente. — Mas é para você... *só* para você. Ela não confia em mais ninguém.

Celia piscou, então trocou um olhar com Oliver. A parte não dita da declaração estava clara. Alisa não daria nada a Celia se isso significasse que Oliver também colocaria as mãos no objeto.

— Alisa, está tudo bem. Se você confia em mim, também pode confiar em Oliver.

Lentamente, Alisa soltou o frasco, deixando que ele voltasse a se assentar na segurança de seu bolso. Que conceito bizarro. A confiança não vinha em pacotes. Só porque Oliver tratava Celia bem, isso não significava que teria essa mesma gentileza com todos.

Alisa se virou para Oliver.

— Você sabia? Que seu irmão havia sido transformado em um assassino?

O único indício de que ela havia surpreendido Oliver foi o miado de queixa do gato. O rapaz havia segurado o pequeno animal com mais força.

— Como é que é?

— Você deve ter percebido que havia algo errado — continuou Alisa, com calma. — Mesmo que não soubesse o motivo direto, você deve ter imaginado que existia um, já que nosso pessoal estava indo atrás do seu próprio irmão. Você tinha poder o suficiente para descobrir a razão. Por que não o fez? Por que não perseguir a verdade até o fim? Por que não foi atrás de mais e mais superiores, até que alguém pudesse te contar sobre o Armazém 34?

Oliver levou um momento para absorver as acusações. Ela havia entregado cada uma delas como se fosse um soco, e, agora que havia terminado, era a vez dele de ficar na defensiva.

— Alisa, não é? — confirmou Oliver. — *Do que* está falando?

Ele não queria aceitar a ofensa.

— Orion Hong sofreu uma lavagem cerebral para cometer os assassinatos em Xangai! — declarou Alisa, o tom de voz aumentando. Por causa de Rosalind, de repente, ela estava furiosa. — E nós *sabíamos*. Alguma filial Comunista estava guardando uma evidência fotográfica há sabe-se lá quanto tempo, só para que pudéssemos roubar o experimento final. Como pôde deixar isso acontecer? Por que não juntou as peças?

Alisa sabia que tinha jogado a culpa longe demais. Não tinha como esperar que Oliver Hong previsse o futuro. Mesmo assim, era para ele ser um agente amedrontador e poderoso. De que servia isso tudo, se não fosse colocar em uso?

Quando Oliver e Celia não responderam nada, Alisa recuou. Celia havia colocado a mão sobre a boca, digerindo a informação. A expressão de Oliver estava cuidadosamente neutra.

— Por que não se *importou* o suficiente para descobrir? — completou Alisa, fazendo a pergunta que queria ter feito esse tempo todo.

— Me importei — admitiu Oliver. — Só que com a porcaria da pessoa errada.

Celia piscou e abaixou a mão.

— O quê?

— Desde aquela primeira visita, reconheci o trabalho da minha própria *mãe* no Armazém 34 — confessou ele, cada palavra colada na outra, como se só pudesse dizer isso se fosse de uma vez. Haviam chegado ao fim da linha: não havia sentido em manter nenhum segredo. — Só podia ser algum tipo de operação Nacionalista... eu não tinha dúvidas disso. Mas não queria trazer problemas para ela, então não me meti. Nem mesmo denunciei. Estava tão decidido a deixá-la em paz, que não podia imaginar que Orion estava conectado a isso. Que *ela* estava fazendo mal a Orion, seu próprio *filho*.

Alisa não sabia o que pensar.

Não precisava pensar. Havia terminado ali.

Alisa se virou e saiu correndo. Ouviu Celia gritar seu nome, mas a ignorou. Ignorou tudo que não fosse o mundo ao seu redor, a noite uivando e as árvores farfalhando conforme ela abria caminho pela floresta.

Quando colocou a mão no bolso novamente, o frasco de vidro havia ficado tão frio que fez sua palma arder. Ela não o perderia. Desacelerou e pegou o frasco de vidro, deixando a respiração voltar ao normal.

Os Nacionalistas o queriam. Os Comunistas matariam por ele. Os japoneses venceriam ambos se o tivessem. O irmão dela havia sacrificado muito porque queria ver uma mudança em Xangai, e tudo o que Alisa faria era trabalhar para ver isso acontecer. Mas, nesse momento, nenhum partido merecia sua lealdade, não ao travar a mesma luta por poder que dividiria a cidade mais uma vez.

Alisa olhou para a lua, buscando se situar. Rosalind havia confiado nela para proteger aquele frasco, e Alisa o *protegeria*. No momento em que desaparecesse, ninguém a encontraria.

Era uma promessa.

48

O assassino não tem nome. Ele nunca teve um nome.

Isso é o que sua memória lhe diz. A estrada escura passa como um lampejo à sua frente, e ele a encara fixamente, contando os postes de luz ao seu lado. Alguém está dirigindo o carro — sua mãe. Disso ele sabe, mas não deve mais pensar nela como sua mãe.

Ela é sua controladora: a pessoa a quem ele deve ouvir e proteger acima de tudo. Nada é mais importante do que isso. Ele não deve se permitir ter vontades próprias. Não *vai* se permitir ter vontades próprias. Ele apenas escuta, apenas segue ordens.

O carro freia de repente. Vários pontos de luz aparecem à distância, tornando-se cada vez maiores. São os faróis de outros veículos, aproximando-se rapidamente.

— Desça. — A controladora coloca uma pistola em seu colo. — Proteja-nos.

O assassino desce. Quando outro carro estaciona, uma série de soldados aparece na estrada, usando o azul e branco do símbolo Nacionalista costurado nas boinas e os números das repartições colados acima dos bolsos verde-oliva em seus peitos.

É difícil discernir os rostos no escuro. É difícil discernir rostos de qualquer jeito, e todas as pessoas à sua frente parecem vagamente iguais: as feições borradas e confusas.

O assassino avança. Ele ergue a pistola e começa a disparar, e os soldados demoram algum tempo até lutarem para combatê-lo. Não importa o que fazem ou quem o desarma. Ele pega o braço que se aproxima e o quebra. Puxa a mão que está em volta do seu pescoço e joga o oponente no chão com a facilidade com que jogaria uma bolinha de papel amassada.

Nada o cansa.

Quando o carro dirige até ele e para, a expressão da controladora é vazia enquanto observa o dano que foi causado.

— Já chega. Entre.

O resto dos soldados para de tentar atacar. Ficam de lado, cautelosos. Deixam-no ir embora. Observam enquanto ele entra no carro e fecha a porta com um baque. Esse assassino — esse assassino irracional — se pergunta se está escutando alguém gritar, gritar um nome. Talvez ele saiba quem é. Talvez saiba qual nome foi gritado noite adentro. Mas tudo se dissipa antes de alcançar seu ouvido, antes que ele realmente registre o que as palavras estão dizendo.

O carro vai embora.

49

Rosalind acordava e desmaiava, a cabeça apoiada em uma árvore.

Ela estava se curando com uma lentidão terrível, e a perda de sangue a abalava. As balas não haviam sido expelidas. Eram feitas de algum material estranho e haviam se alojado muito profundamente. Devia ter sido proposital, considerando o quão bem a Senhora Hong entendia sobre sua cura. Seu corpo não sabia o que fazer. Quando teve um vislumbre de luz pelo canto do olho, pensou ter sido uma alucinação, até que seus ouvidos também escutaram vozes. Rosalind olhou para cima com a visão turva, procurando entre as formas e as manchas, até que um rosto conhecido apareceu em frente a ela.

— Jiemin?

— Você está ferida? — perguntou ele. Mais vozes os cercavam agora: soldados Nacionalistas abriam caminho entre as árvores para verificar a área. — Achei que podia se curar.

— Balas. Não estão se curando direito. Me levante.

Rosalind esticou as mãos e Jiemin a puxou. Por um breve momento, a visão dela ficou preta quando ela ficou de pé. Quase caiu novamente, mas Jiemin a segurou.

— Foi um ato descuidado vir até aqui — repreendeu Jiemin. — Suspeitei do General Hong assim que ele impediu nossa invasão ao Armazém 34. Coloquei Hong Liwen em uma cela especificamente para mantê-lo longe do controle do pai.

— Não era só o pai. — Rosalind piscou com força, insistindo que sua visão voltasse. — Era a mãe também. Se não tivéssemos aparecido, ela teria levado os frascos do armazém. Mas eu os destruí. — Um ímpeto de raiva surgiu em seu peito. De repente, embora estivesse fraca, ela deu um empurrão em Jiemin. — Por que não me *disse* nada? Por que nos surpreender daquele jeito?

Jiemin tentou apressá-la, olhando com preocupação para o sangue que ainda escorria de suas feridas.

— Porque falei com uma fonte que não deveria contatar — respondeu ele de maneira brusca. — Uma fonte que tem ouvidos por toda a cidade, inclusive entre os Comunistas. Eu não podia contar onde consegui a informação. Não podia explicar como sabia que Orion era o assassino, antes que qualquer um do nosso lado descobrisse, então eu precisei agir rápido e agir primeiro. Mas você tinha que ir adiante e fazer tudo sozinha.

Rosalind precisou parar. Não adiantava nada discutir agora. O que havia sido feito não podia ser desfeito. Ela precisava pensar. Precisava de um plano.

— Orion foi levado.

— Eu sei — disse Jiemin. — Nós o encontramos quando vínhamos para cá. Ele matou metade dos nossos. Está sob a ação de algum feitiço.

Rosalind soltou o braço que Jiemin segurava. Quase caiu assim que ficou em pé sozinha, mas precisava encará-lo, precisava fazê-lo entender...

— Temos que ir atrás dele. — Ela suspirou. — A Senhora Hong o está controlando, se levarmos as forças Nacionalistas...

— Não podemos.

— Podemos! Só vamos precisar...

— Você não está me ouvindo. Acabou. Esta missão não é nossa.

Rosalind cambaleou para trás.

— Como pode dizer isso? Como podemos abandoná-lo?

— Me *escute*.

Jiemin se aproximou e a chacoalhou pelos ombros. O movimento fez a dor piorar e todas as suas sensações se sobrecarregarem, mas ela abraçou o que sentia. Podia sentir tudo, *tudo*.

— Hong Liwen teve sua memória apagada. Ele é um fardo e uma ameaça. Devemos diminuir nossas perdas quando possível.

Rosalind se afastou. Sua cabeça girava.

— Você é um *insensível* — gritou ela. — Vou atrás dele eu mesma. Vou...

Mas, antes que pudesse terminar a frase, Rosalind caiu de joelhos involuntariamente, perdendo a sensibilidade abaixo da cintura. Em transe, ela colocou as mãos na frente do rosto e as encontrou tão cobertas de sangue que era como se estivesse usando um par de luvas escarlate.

— Lang Shalin!

Apesar de Jiemin ter se lançado para frente, não foi rápido o suficiente para segurá-la antes que sua cabeça batesse no chão. Ela sentiu o solo macio pressionar sua testa, e naquele momento estava contente em se deixar ser engolida.

Seu olhos se fecharam.

50

O mundo não voltou aos poucos, mas sim com um puxão repentino, como se seu cérebro tivesse sido acionado com o apertar de um botão. Rosalind tentou se levantar na mesma hora, com medo de que estivesse em perigo, mas alguém ao seu lado a reclinou de volta.

Não havia perigo. Estava em um hospital.

Estava deitada na cama de um hospital.

Dado esse veredito inicial, Rosalind registrou os detalhes de seus entornos um após o outro. Paredes brancas e lisas. A luz da tarde. Uma via intravenosa conectada na dobra de seu cotovelo, e Celia sentada em uma cadeira ao lado de sua cama.

— Não arranque isso — avisou sua irmã imediatamente.

Os dedos de Rosalind já haviam torcido a via, dando-lhe um puxão. A agulha deslizou para fora. A pequena ferida se fechou.

Celia suspirou.

— Eu tentei. Como está se sentindo?

— Perfeitamente bem.

Rosalind se ajeitou na cama. A dor havia desaparecido. Provavelmente passara por uma cirurgia para retirar as balas, e, assim que elas saíram, seu corpo começou a curar os ferimentos. Havia ataduras envolvendo seu torso, esgueirando-se para fora de sua camisola fina, mas não haveria ferimentos embaixo delas.

— Então, o que quer saber primeiro? — perguntou Celia. — Tudo o que perdeu enquanto estava desacordada, ou como consegui ficar sentada aqui sem ser presa por seus Nacionalistas?

— A primeira parte — disse Rosalind, colocando os braços em cima das cobertas. — A última eu já sei: você é sorrateira.

Celia ergueu uma sobrancelha, recostando-se na cadeira. Ela vestia um *qipao*, o cabelo estava preso em tranças elaboradas, e havia duas joias em seu pescoço, abaixo de seu costumeiro pingente de jade. Ela havia entrado no hospital como membro da elite, não como agente do partido Comunista.

— Sempre sinto sua falta, mas não sinto saudade do seu senso de humor.

— Quem disse que eu estava brincando? Estou falando sério.

Celia balançou a cabeça, uma risada de divertimento escapando de seus lábios. Por um longo instante, ela permaneceu quieta, organizando os pensamentos.

— Ouvi falar sobre o Armazém 34. Sobre tudo o que se passou. Aparentemente, tínhamos agentes perto do local, mas, quando vimos o que estava acontecendo, não nos juntamos à briga.

Rosalind ainda não conseguia entender exatamente o que havia acontecido. Sacerdote estava lá também e os havia ajudado — isso não contava como se juntar à briga?

— Como eles sabiam que deveriam ir para lá?

— Essa... é outra coisa que preciso contar a você.

Celia levantou as pernas, apoiando-as na lateral da cama para poder descansar os braços nos joelhos. Lançou uma olhada para a porta do quarto do hospital, certificando-se de que ninguém poderia ouvi-las.

— Um de nossos agentes duplos entrou publicamente em nossas patentes. Ele renunciou à sua antiga associação com o Kuomintang.

Rosalind se sentou. Celia não a impediu dessa vez.

— Ele estava prestes a ser descoberto — continuou sua irmã. — O Kuomintang ouviu falar de um arquivo que continha os codinomes de três agentes disfarçados em suas patentes. Quando diferentes filiais ordenassem que seus agentes fossem atrás da informação e ela começasse a correr, seria uma questão de tempo até que ele e seus dois homens fossem expostos por se comunicarem quando, supostamente, não se conheciam. Ele fingiu o próprio ataque para se certificar de que poderia fugir.

— Não — sussurrou Rosalind.

Apesar de seus pensamentos girarem em completa incompreensão, ela sabia quem devia ser a pessoa. Havia roubado esse mesmo arquivo sob suas ordens. Nunca havia sido por causa de informações sobre Sacerdote. Era a própria identidade dele prestes a ser exposta.

Celia assentiu.

— Acredite, se eu soubesse quando você me falou sobre o arquivo, teria contado. Mas isso estava muito acima da minha posição para que eu soubesse antes. Dao Feng era Leão. Dois agentes da filial secreta de Zhejiang eram Grisalho e Arqueiro. Quando a inevitável exposição deles foi confirmada, ficou impossível continuarem com seus disfarces. Na mesma noite em que Dao Feng fingiu ser atacado, ele enviou mensagens alertando Grisalho e Arqueiro para que terminassem tudo e fossem embora antes que o Kuomintang os encontrasse.

Rosalind colocou a cabeça entre as mãos. Aquilo era cruel. Aquelas mensagens de alerta — *ela* as havia enviado. Havia colocado ambas na caixa de correio, acreditando sem sombra de dúvida no que Dao Feng lhe dissera. Será que Rosalind estava fadada a essa narrativa por toda a eternidade? Será que todos que ela amava eram mentirosos decididos a traírem-na?

Ela repassou cada momento com Dao Feng, cada conselho que ele havia lhe dado, cada lição que ele havia lhe transmitido. Quanto do carinho de Dao Feng em relação a ela fora genuíno? Todas as vezes que Rosalind pensava ter fechado suas antigas feridas, outro grande ator removia sua máscara e as abria novamente.

Rosalind soltou o ar lentamente, passando as mãos pelas bochechas. Seu próprio treinador era um agente duplo. Tinha uma irmã do lado oposto. Os Nacionalistas nunca mais confiariam nela — mas que inferno, ela não confiaria em si mesma. Tirando a traição latejante que dilacerava seu coração, ela estava meio brava. Dao Feng poderia ter lhe contado. Ele sabia que ela não era particularmente leal aos Nacionalistas.

Por que não a levou *com* ele?

Rosalind afastou suas emoções. Agora que estava acordada, havia questões mais importantes com que lidar.

— Celia — chamou ela em voz baixa. — A mãe de Orion o capturou. Enfiou uma agulha em seu pescoço e apagou sua memória...

Celia pareceu pesarosa.

— Eu sei.

Ela se inclinou para a direita, pegando algo na mesa de cabeceira. Lentamente, Celia colocou o jornal em frente à irmã, virando-o para que Rosalind pudesse ler o que estava escrito.

LANG SHALIN ESTÁ VIVA.
HONG LIWEN É UM HANJIAN.

O subtítulo continuava em uma fonte grande. Rosalind deu uma olhada rápida na página, vendo as frases "disfarçados na Imprensa Turquesa" e "Hong Buyao preso por colaborar com os japoneses", mas não conseguiu ler mais nada. Afastou o jornal, depois xingou.

— Ah, fica pior — comentou Celia.

Havia outro jornal esperando na mesinha de cabeceira. Este Celia nem mesmo manejou com delicadeza. Colocou-o diretamente no colo de Rosalind.

LANG SHALIN É A INFAME DAMA DO DESTINO?

Rosalind suspirou devagar.

— Meu Deus.

— Eu tive uma reação parecida. — Celia afastou os dois jornais. — Não perca seu tempo se preocupando se o Kuomintang não vai mais usá-la porque seu treinador tinha as alianças erradas. Eles não *podem* mais te usar como agente. Sua identidade foi exposta para Xangai inteira. Na verdade, eu não me surpreenderia se alguém de dentro a tivesse exposto só para te deixar fora de seu posto.

Rosalind sentiu um grito se formar na garganta. E crescer, crescer e crescer.

— Orion não é *hanjian* — sussurrou ela.

De todos os detalhes impressos na capa do jornal, esse foi o que mais a irritou.

Celia não disse nada. Deixou Rosalind ferver de raiva.

— Mais uma coisa — acrescentou sua irmã quando um momento se passou. — Alisa desapareceu.

O quê? Rosalind ajeitou a postura.

— Ela está em perigo?

— Acho que não. Ela veio me dar algo, mas... depois saiu correndo. Não entendo o porquê.

Rosalind também não entendia. Considerando como a Senhora Hong havia reagido ao caixote que Rosalind destruíra, Alisa agora possuía a única versão do experimento químico que dera certo. Talvez o Exército Imperial Japonês fosse reunir esforços para recriá-lo, mas levaria um tempo considerável.

— Ela vai ficar bem — disse Rosalind. Não sabia se estava tranquilizando a Celia ou a si mesma. — Alisa sabe o que está fazendo.

Alguém bateu à porta, mas nenhuma enfermeira entrou. Celia levantou-se rapidamente e apertou a mão de Rosalind.

— Tenho que ir.

— Já?

Rosalind parecia uma criança mimada, mas não se importava. Era meio bizarro: apesar de as duas terem vindo ao mundo ao mesmo tempo, Rosalind sempre havia se considerado a mais velha. Porém, agora Celia parecia ser muito mais velha, como uma adulta de verdade que tinha certeza do seu lugar no mundo. Enquanto Rosalind... Rosalind não sabia se um dia encontraria isso.

— Posso te encontrar depois. Aquilo foi meu aviso de cinco minutos, antes que seus Nacionalistas venham até o quarto te interrogar. — Celia tentou sorrir. — Não cause problemas enquanto isso, entendeu?

— Quando você se tornou a irmã mais velha? — resmungou Rosalind.

Celia apertou a mão dela mais uma vez, e então a soltou.

— Quando envelheci mais que você — respondeu ela em voz baixa. — *Au revoir*, Rosalind. Se cuide.

— Adeus — sussurrou Rosalind para a irmã, com uma dor no coração quando Celia se virou para acenar pelo painel de vidro da porta.

Ela piscou para afastar as lágrimas, então desceu da cama. Apesar de estar curada, estava exausta, as pernas pesadas conforme ia até a janela.

Xangai fervilhava do lado de fora. O hospital ficava em um morro, o que significava que ela conseguia ver os telhados das alas inferiores. Para além desses telhados ficava o pátio de entrada, e então o resto da rua: crianças risonhas quicando bolinhas de borracha, velhinhos vendendo espetinhos, mulheres entregando folhetos para um cabaré.

Rosalind pressionou os dedos contra a têmpora, tentando aliviar a tensão que havia ali. Um brinquedo de madeira rolou até a rua. Um garotinho correu em sua direção, e sua mãe o puxou de volta pelo colarinho. Pela distância do quarto de hospital, Rosalind não conseguia escutar o que a mãe falava, mas o dedo severo e apontado já dizia muita coisa.

Deus. Rosalind amava a cidade que via diante de si. Como uma epifania, o sentimento a invadiu de repente, tão forte que poderia sufocá-la. Ela poderia reprimi-lo. Poderia se virar e fingir que era outra coisa. Ainda assim o amor existia, sempre paciente.

Todo o seu amor parecia surgir de uma forma idêntica. Não que desaparecesse num dia e ressurgisse no outro. Ele se alojava sem que ela percebesse, ficava confortável e conquistava cada vez mais espaço, e Rosalind nem se dava conta de que havia outro morador em seu coração, até que começava a se perguntar de onde vieram todos aqueles móveis e o amor lhe lançava seu sorriso mais brilhante como saudação.

Havia uma dor aguda atrás dos olhos de Rosalind quando ela se afastou da janela. Sentia-se muito sobrecarregada para continuar assistindo à cena lá fora. Precisava de um plano. Precisava consertar aquilo.

Porque o havia abandonado. Porque havia dito que a vida dele era dela, e então *o abandonou*.

Outra pessoa bateu à porta. Desta vez, uma enfermeira espiou por ali.

— Lang Shalin?

Rosalind teria que começar a se acostumar com isso: seu nome verdadeiro, exposto novamente. Ela assentiu, cansada.

A enfermeira lhe deu um pedaço de papel.

— Você recebeu uma ligação enquanto estava na mesa de cirurgia, e a pessoa deixou uma mensagem.

Rosalind pegou o papel, franzindo a testa. Quem ligaria enquanto ela passava por uma cirurgia? Seus superiores estavam a caminho para interrogá-la pessoalmente. Não precisavam mandar uma mensagem primeiro.

— Obrigada — disse Rosalind.

O papel farfalhou em suas mãos. Tinha bordas marrons — provavelmente molhadas por algum chá derramado e já secas ao chegar até ela.

A enfermeira fechou a porta, deixando Rosalind livre para ler a mensagem e examiná-la uma vez, depois outra.

Ela apertou o papel, fazendo com que dobras se formassem na tinta. Não importava: as palavras fixaram-se em sua mente no mesmo instante. Do lado de fora da janela, a cidade seguia seu rumo, colocando jogadores de todas as facções em suas várias esquinas, todos os quais estavam despertando ao mesmo tempo para ir ao combate. À sua frente, o senso de propósito de Rosalind se desenrolou como um caminho recém-pavimentado, traçando seus próximos passos.

Posso te ajudar a recuperá-lo.

Me encontre em Zhouzhuang.

— JM.

— JM — murmurou Rosalind para o quarto vazio. — Quem *diabos* é você?

EPÍLOGO

Phoebe Hong atravessou os portões do orfanato, a bolsa de mão balançando. Seus ombros estavam rígidos e erguidos, mantendo sua postura alerta. Ela havia enfrentado a pena e os olhares de soslaio a semana toda, e não podia aguentar mais nem um minuto daquilo. Supôs que era isso o que acontecia quando seus pais acabavam por ser traidores da pátria e arrastavam seu irmão junto. Phoebe não sabia se as pessoas estavam olhando para ela porque sentiam pena ou porque suspeitavam que ela seria a próxima.

— *Jiějiě!*

Uma garotinha correu em sua direção, segurando um pote de geleia nas mãos. Ela abriu um sorriso com janelinhas para Phoebe.

— Pode abrir isso para mim?

Phoebe se agachou com um sorriso em resposta, colocando a bolsa no chão. Pegou o pote de Nunu e fingiu ter dificuldades com a tampa.

— Aaah, essa está difícil. A irmã Su sabe que você mexeu nos armários de geleia?

Nunu levantou as mãos gordinhas, fazendo uma dancinha na grama.

— Nãooo! Não me dedura!

Phoebe segurou a risada, abrindo o pote.

— Tá bom, tá bom. Toma a sua geleia.

Com uma risada, Nunu pegou o pote e saiu correndo, pulando pela grama e sentando-se no parquinho. Apesar do frio, o sol da manhã estava resplandecente, e Phoebe teve problemas para abrir os olhos completamente na direção do orfanato, onde os vitrais refletiam dezenas de cores. Apesar da aparência pitoresca, o orfanato era enorme e possuía vários quartos de hóspedes na parte de trás.

Phoebe pegou a bolsa e entrou no edifício, fechando as pesadas portas de madeira atrás de si. Ali dentro, a irmã Su espanava os bancos da igreja enquanto vigiava as crianças que brincavam ao redor de uma mesa de plástico, e Phoebe acenou para a freira, dizendo olá.

— Não esperava ver você aqui tão cedo — disse a irmã Su quando Phoebe se aproximou. — Fiquei sabendo sobre o seu irmão.

Phoebe respirou fundo. Quando Silas lhe contou o que acontecera naquela noite, depois de reunir as informações do Kuomintang no dia seguinte, ele havia se preparado, como se esperasse que ela desabasse. Para sua surpresa, Phoebe permaneceu calma. Seu irmão não havia se tornado um mistério, nem estava em perigo iminente. Eles sabiam exatamente o que estava acontecendo, e que sua mãe não o machucaria. Os espiões do Kuomintang poderiam continuar a rastreá-lo conforme a Senhora Hong o movia, indo de base em base graças aos esforços de mobilização dos japoneses. O problema seria encontrá-lo em combate. O problema seria participar de um resgate sem que perdessem as próprias vidas no processo — o que parecia impossível no momento.

— Ele vai ficar bem — disse Phoebe com firmeza. Ela acreditava nisso. Ele era forte. — Posso passar um tempo aqui?

A irmã Su projetou os lábios para frente, os olhos se voltando uma única vez para os quartos dos fundos.

— Acho que sim. Não tem que cuidar de mais nada no momento?

Ela sabia o que a irmã Su queria dizer.

— No momento, não.

A freira assentiu e Phoebe seguiu pelo orfanato, indo até a cozinha e colocando a bolsa no chão. Havia uma porta ali que dava para o quintal, onde um pneu balançava num espesso galho de árvore. Ela ouviu as folhas farfalharem do lado de fora conforme mexia nos armários, ficando na ponta dos pés para pegar um bule. As nuvens ficavam cada vez mais densas conforme ela vasculhava a cozinha. Quando encontrou uma lata de flores secas de crisântemo e pegou duas colheradas para o seu chá, o sol já estava quase todo coberto, deixando os arredores sombrios.

— Humm — murmurou Phoebe, esticando o pescoço contra a janela conforme a água fervia no fogão.

Talvez fosse clarear mais tarde.

A água terminou de ferver. Ela encheu o bule, então o colocou na mesa com duas xícaras. Assim que ouviu uma porta se abrir no corredor, Phoebe se sentou, serviu o chá e observou o líquido amarelado formar um redemoinho.

Quando Dao Feng entrou na cozinha, ele não pareceu surpreso ao vê-la. Simplesmente se sentou e pegou a xícara de chá que ela havia preparado para ele.

— Olá — cumprimentou Phoebe.

— Que coincidência ver você aqui — respondeu Dao Feng.

Ele tomou um gole do chá.

Phoebe examinou as unhas.

— Eu precisava fazer minhas próprias perguntas de alguma forma. Acredito que tenha se recuperado completamente.

— É claro, Senhorita Hong. Veio perguntar sobre a minha saúde? Que gentileza a sua.

Era evidente que não. Sem prolongar o papo furado, Phoebe perguntou:

— Você sabia que era Orion quem cometia os assassinatos quando o colocou na investigação?

— É claro que não — respondeu Dao Feng rapidamente. — Não desperdiçaríamos nosso tempo assim.

— Quando descobriu?

— No meio da missão. Mas aí já era tarde demais para retirá-lo sem levantar suspeitas dos Nacionalistas. Era mais fácil usá-lo. Esperar pacientemente e ver se poderíamos tirar as habilidades dele no fim.

Os dedos de Phoebe apertaram a xícara. Era bizarro que isso se tratasse de negócios, nada pessoal. Mas tudo na política não era pessoal? Qual era o objetivo da política, senão cuidar das pessoas que alegava representar?

— Não funcionou, então você não fez um trabalho muito bom — comentou Phoebe. — E precisava se envenenar também? Não podia simplesmente se esconder? Quanto drama.

— Eu estava escondido bem à vista, Senhorita Hong. — Ele tomou outro longo gole de chá. — Se eu realmente tivesse desaparecido, teria sido investigado. Não teria dado tempo de os outros dois colocarem seus assuntos em ordem e se retirarem também. Ninguém pensa em investigar um homem à beira da morte. Ninguém pensa em olhar nessa direção.

Phoebe se recostou, batucando os dedos na mesa. A cada movimento, sentia seus brincos balançarem, as pérolas roçando contra sua pele. Todos os seus acessórios pouco práticos se chocavam em um barulho constante, interrompendo o silêncio que reinava na cozinha.

— Minha opinião permanece a mesma. Vi você cair. *Dramático.*

Dao Feng ajeitou a postura na cadeira. Sua mente voltou para aquela noite, adicionando essa nova informação. Ele devia ter tido um vislumbre dela quando ela deu um passo para frente a fim de ver que diabos ele estava injetando no braço. Ela havia fugido às pressas quando outra pessoa começou a correr em direção ao beco, alertada pelo grito fingido de Dao Feng.

— Era você — afirmou Dao Feng, como se tivesse resolvido um de seus mistérios internos. — Pegou o arquivo de Lang Shalin. Ainda estava por perto naquela noite.

— Eu precisava dar uma olhada no que havia naquele arquivo. Ouvi alguns rumores. Precisava garantir que meus assuntos estavam em ordem. Ao contrário dos seus.

Agora Dao Feng entendia. Ele soltou a xícara, pois havia terminado a bebida. Um brilho de satisfação transformou sua expressão, porque ele finalmente havia ligado os pontos. Se antes havia se preocupado sobre o motivo de ela estar sentada naquela cozinha, de saber que aquele orfanato era uma base, agora não estava mais.

— Hong Feiyi, você é bem mais esperta do que deixa transparecer, sabia?

Phoebe sorriu. Era diferente de seus outros sorrisos: calmo e sutil, em vez do sorriso brilhante que tinha o objetivo de ofuscar.

— Eu escuto muito isso.

Dao Feng se inclinou para apertar sua mão. Phoebe estendeu os dedos, encontrando seu aperto entusiasmado. Em seguida, quando ele voltou a falar, sua voz estava cheia de afeto.

— É um prazer conhecê-la de verdade, Sacerdote.

NOTA DA AUTORA

A dificuldade de se contar uma narrativa de ficção com raízes na História é que o autor sempre tem o poder da perspectiva, mas os personagens só entenderão o quadro geral dentro de anos ou décadas. Onde deve ser traçada a linha entre omitir informações para ser fiel à realidade, e dar essas informações ao leitor moderno? Quanto podemos ignorar para contar uma história?

A cena inicial de *A Dama do Destino* é conhecida nos livros de História como O Incidente de Mukden. No dia 18 de setembro de 1931, aconteceu uma pequena explosão na Ferrovia do Sul da Manchúria, controlada pelos japoneses. Porém, o dano foi tão pequeno que o trem passou pelo local pouco tempo depois e chegou sem nenhum problema a Shenyang — ou Mukden — após dez minutos. Ainda assim, a explosão serviu ao seu propósito. Os Nacionalistas moviam-se pela China em uma campanha de unificação (*Finais Violentos* retratou seu sucesso na dominação de Xangai em 1927). Os japoneses sentiram a ameaça de perder a Manchúria se os Nacionalistas chineses conquistassem esse território, especialmente porque era um lugar crucial para a defesa da colonização japonesa sobre a Coreia. Em sua tentativa de manter a área, os oficiais do exército japonês fingiram que a explosão havia sido um ataque chinês. No dia seguinte, tropas japonesas atacaram as guarnições chinesas em Beidaying sob o pretexto de retaliação, e ocuparam Shenyang com sucesso. Nos meses seguintes, eles usariam esse movimento para ocupar todas as grandes cidades do nordeste da China.

Em outubro de 1932, a Liga das Nações emitiu o Relatório Lytton, declarando que o Japão havia sido o instigador que invadiu a Manchúria injustamente. Quando esse posicionamento foi estabelecido no cenário internacional, o Japão já havia assumido o controle. Os boatos dentro da China sobre o acidente ter sido uma armação só foram confirmados muito tempo depois, quando investigadores determinaram que os oficiais do exército japonês haviam causado a explosão sem autorização de seu governo. No capítulo seis de *A Dama do Destino*, Rosalind supõe que os chineses não foram os responsáveis com base em suas próprias observações, o que foi uma decisão minha de dar informações históricas aos leitores antes que os personagens pudessem ter certeza. Para mim, em todos os livros que escrevo, o mais importante é que o leitor saiba que a História não é um conjunto de fatos e datas, mas a narrativa que acontece entre um e outro. Nessa mesma linha de raciocínio, minhas ficções com base histórica não têm o intuito de ser uma representação completa da época, ou um retrato direto de tudo o que estava acontecendo — porque isso seria impossível e essa não é a minha intenção em um romance. Pesquisas extensas são importantes para que eu garanta que minha história tenha a atmosfera e o clima exatos da década de 1930 em Xangai, mas, fundamentalmente, os eventos históricos de *A Dama do Destino* são usados para examinar o imperialismo, o nacionalismo e o trauma cultural e geracional que duram até hoje, não para fornecer um relato geral da época. Assim como na minha duologia anterior, recomendo bastante que sua próxima parada sejam fontes de não ficção, caso tenha se interessado pelos eventos que aconteceram neste livro.

A Xangai da década de 1930 não foi apenas uma época tensa e de iminente invasão japonesa, mas também um período de guerra civil que continuaria na década seguinte. Havia espiões de verdade de ambos os lados, e a filial secreta fictícia deste livro é vagamente baseada no Departamento de Assuntos Especiais do Juntong (军统), que foi o primeiro departamento de inteligência do Kuomintang, formado por volta de 1932. É claro que todas as operações, assassinatos e eventos são frutos da minha imaginação, assim como a existência de um composto químico sobrenatural que é disputado por todos os partidos. No entanto, mesmo ao inserir elementos fictícios em cenários históricos, minha intenção sempre é aprofundar as tensões e as nuances que realmente existiram.

O Palácio do Lírio Pêssego foi baseado no verdadeiro Peach Blossom Palace (桃花宫), construído na rua Thibet em 1928. Supostamente, ele era o mais novo e mais glamuroso salão de dança da China, entre tantos outros que existiam, e era baseado em cabarés de estilo ocidental, para os grupos de artistas e intelectuais de Xangai. A maioria das ruas mencionadas eram lugares reais, assim como as principais lojas de departamento, como a Wing On e a Sincere. A Imprensa Turquesa foi uma invenção minha, mas, nessa época, os jornais tinham uma grande importância para disseminar propaganda política — tanto chinesa quanto estrangeira — pela cidade, e para levar notícias para o público ocidental, fato que eu quis homenagear em um período no qual o movimento de notícias políticas era crucial.

Até que a sequência de *A Dama do Destino* chegue, usarei este espaço para recomendar alguns livros que realmente foram escritos na década de 1930 em Xangai, para aqueles que ficaram especialmente intrigados pela atmosfera. Os contos de Mu Shiying (穆時英) são alguns dos meus favoritos, incluindo *The Man Who Was Treated as a Plaything*, *Shanghai Foxtrot* e *Craven A*. E sim, os pseudônimos de Orion e Rosalind na Turquesa foram baseados no sobrenome do escritor. É o meu jeitinho sorrateiro.

AGRADECIMENTOS

Para ser sincera, mal posso acreditar que chegamos aos agradecimentos deste livro depois da jornada que percorremos para chegar até aqui — tanto dentro dessas páginas quanto fora delas. Escrever uma nova série é difícil, pois ela inevitavelmente será diferente da que apresentou meu trabalho aos leitores. Escrever uma nova série que também é um *spin-off* daquela primeira é ainda mais difícil, quando se trata de equilibrar um conteúdo novo e desconhecido com elementos familiares e antigos. Então obrigada, leitor, caso tenha decidido permanecer neste universo, ou caso tenha decidido, como ponto de partida, mergulhar de cabeça neste aqui. Este livro não existiria sem você.

Além disso, escrevi esta história em meio ao caos que foi me formar na faculdade e me mudar para Nova York, então não poderia ter saído inteira dessa loucura sem a ajuda da minha equipe editorial. Um grande "obrigada" a todos a seguir. Para minha agente, Laura Crockett, que faz mágica para tornar meus dias no mercado editorial os mais tranquilos possíveis. Para Uwe Stender e Brent Taylor, e todos na TriadaUS. Para minha editora, Sarah McCabe, que transformou completamente o fino rascunho inicial desta história neste produto final mais robusto. Para minha assessora de imprensa, Cassie Malmo. Para Justin Chanda e todos da Margaret K. McElderry Books, incluindo Karen Wojtyla, Anne Zafian, Bridget Madsen, Elizabeth Blake-Linn, Michael McCartney, Lauren Hoffman,

Caitlin Sweeny, Lisa Quach, Perla Gil, Remi Moon, Ashley Mitchell, Saleena Nival, Emily Ritter, Amy Lavigne, Lisa Moraleda, Nicole Russo, Christina Pecorale e sua equipe de vendas, e Michelle Leo e sua equipe de educação/bibliotecas. Para a maravilhosa equipe da Simon & Schuster Canada. Para Molly Powell, Kate Keehan, Callie Robertson e o restante da incrível equipe da Hodder. Para a fantástica equipe da Hachette Aotearoa New Zealand. E para tantas outras equipes incríveis que traduzem e trabalham *A Dama do Destino* em diferentes idiomas.

Claro, também devo um muito obrigada aos meus pais, à minha família e aos meus amigos. Um abraço especial para D.A.C.U. e para os meus Kiwis — Ilene Lei, Jenny Jiang, Tracy Chen e Vivian Qiu —, que fazem com que eu me sinta em casa em Nova York. Eu ficaria aqui o dia todo se fosse citar mais nomes, então vou enfatizar meu muito obrigada a todos nos agradecimentos dos meus dois livros anteriores.

Meus sinceros agradecimentos aos livreiros, bibliotecários, professores, e todos aqueles que fazem os livros para jovens adultos chegarem às mãos do seu público-alvo. Este livro só pode chegar onde é necessário com a ajuda de seus defensores, e serei eternamente grata por seu trabalho árduo.

E, finalmente, sei que comecei agradecendo aos leitores, mas é preciso um agradecimento ainda maior àqueles que sempre foram tão generosos com seu apoio. Isso inclui cada blogueiro, cada conta de fã, cada usuário do Instagram que publica uma foto do meu livro, cada usuário do TikTok que chora/grita/comemora em frente à câmera por causa do meu livro, cada líder de torcida em geral. Minhas histórias se tornaram mais preciosas por causa de vocês.

Ah, espere, tem mais um — minha eterna gratidão a Taylor Swift, por garantir as trilhas sonoras perfeitas enquanto eu escrevia este livro e todos os outros.

Os conflitos continuam no próximo livro da duologia

Em breve pela